L H DA   S0-ACM-713

DIE DEUTSCHE NOVELLE 1880-1950

Expanded Edition

Books by HARRY STEINHAUER

DIE DEUTSCHE NOVELLE *Expanded Edition* 1880-1950 (W. W. Norton & Company, Inc.)

DIE DEUTSCHE NOVELLE 1880-1933 (W. W. Norton & Company, Inc.)

DAS DEUTSCHE DRAMA 1880-1933 (W. W. Norton & Company, Inc.; two volumes)

AN ELEMENTARY GERMAN GRAMMAR (Ryerson Press)

DEUTSCHE KULTUR: EIN LESEBUCH (Oxford University Press)

AN OMNIBUS OF FRENCH LITERATURE (*with* Felix Walter) (The Macmillan Company; two volumes)

MODERN GERMAN SHORT STORIES (*with* Helen Jessiman) (Oxford University Press)

INTRODUCTION TO GERMAN (*with* William Sundermeyer) (The Macmillan Company)

GERMAN LITERATURE SINCE GOETHE (*with* Ernest Feise) (Houghton Mifflin Company; two volumes)

Edited by HARRY STEINHAUER
Western Reserve University

DIE DEUTSCHE NOVELLE

EXPANDED EDITION

1880–1950

General Editor · JACK M. STEIN · Harvard University

W · W · NORTON & COMPANY · INC · New York

COPYRIGHT © 1936, 1958 BY W. W. NORTON & COMPANY, INC.

FIRST REVISED EDITION, 1958

Library of Congress Catalog Card No. 58-5549

PRINTED IN THE UNITED STATES OF AMERICA
FOR THE PUBLISHERS BY THE VAIL-BALLOU PRESS

6789

Contents

Preface to the Expanded Edition

In the twenty years since *Die deutsche Novelle 1880-1933* was published, the book has fared well. It has been widely used in literary courses, as well as at the intermediate level of instruction. In view of the growing tendency to introduce students to literature of high quality before they end their formal study of German, it is hoped that this revised version will be even more widely used in second-year German. To that end, the difficulty has been reduced by supplying footnote translations of less common words and expressions. Since the book is intended for advanced as well as intermediate students, footnote references have been omitted from the body of the text. The student is thus encouraged to use the footnotes only when he really needs them.

The reasons for a revision of the book are obvious. Time has shifted perspectives. Certain authors have not stood the test; others, like Rilke, do not really belong in an anthology of fiction; still others, like Ricarda Huch, had simply gotten into the wrong pew. Moreover, there are new talents demanding recognition. It was therefore felt necessary to bring the book closer to our own day by dropping six stories and adding nine.

The general introduction and the individual prefaces to the stories have been completely rewritten. Here too the editor's point of view has shifted. Less emphasis has been placed on the political and social background in favor of a more literary approach. And the rather rigid systematization of literary currents which characterized the original introduction has been abandoned. It is hoped that the essay on the *Novelle* as a literary genre will be welcomed by teachers and students.

Harry Steinhauer

Acknowledgments

Acknowledgment is made to the following authors and publishers for permission to reprint copyright material:

To S. Fischer Verlag, Berlin, for the text of Schnitzler's *Das Tagebuch der Redegonda.*

To the late Thomas Mann for the text of *Der Bajazzo.*

To Frau Marietta Böhm for the text of Ricarda Huch's *Der Hahn von Quakenbrück.*

To Albert Langen-Georg Müller Verlag, Munich, for the text of Wilhelm Schäfer's *Das Fräulein vom Stein.*

To Suhrkamp Verlag, Frankfurt am Main, for the text of Hermann Hesse's *Iris.*

To Albert Langen-Georg Müller Verlag, Munich, for the text of Paul Ernst's *Der Hecht.*

To the Schocken Verlag for the text of Franz Kafka's *Ein Hungerkünstler.*

To Hans Grimm for the text of *Das Goldstück.*

To Rowohlt Verlag, Hamburg, for the text of Robert Musil's *Der Riese Agoag* (from *Gesammelte Werke,* Band 3).

To Rowohlt Verlag for the text of Hans Fallada's *Ich bekomme Arbeit.*

To Reclam Verlag, Stuttgart, for the text of Werner Bergengruen's *Die Feuerprobe.*

To Claassen Verlag, Hamburg, for the text of Elisabeth Langgässer's *Untergetaucht.*

To Rowohlt Verlag, Hamburg, for the text of Wolfgang Borchert's *Die lange lange Straße lang* (from *Das Gesamtwerk*).

To Marie Rodell and Joan Daves, Inc., New York, for the text of Heinrich Böll's *Die Waage der Baleks.*

DIE DEUTSCHE NOVELLE 1880-1950

Expanded Edition

Introduction

There is much merit in the current tendency in the study of literature to concentrate attention on the work itself rather than on the
historical setting into which it was born or on the life and character
of the artist who created it. This approach of the new criticism deserves our gratitude for having sharpened and deepened our aesthetic
sensibilities. But anyone who follows the method fanatically will
lose much in his understanding of the work of art. For the "external"
factors surrounding it are *not* irrelevant to its appreciation. Something must therefore be said of the political, social, and intellectual
conditions in Germany and in Europe during the period covered by
this anthology. The attempt to summarize a vast and complex development in a few paragraphs is, of course, fraught with dangers of
oversimplification and downright misstatement. However, such con-
densations are useful in making the student of literature aware of
what it was in our contemporary world that made Kafka think and
feel and express himself the way he did rather than the way Goethe
did.

The German dream of unity, which began with the collapse of the
Holy Roman Empire in 1806, was realized in Bismarck's empire,
which came to birth in the "blood and iron" of the Franco-German
war (1870-1871). Political and economic factors combined to push
the new Germany to the front as the second great power in Europe,
rivaling both France and Great Britain. Short-sighted diplomacy on
all sides brought on a series of crises which culminated in the First
World War (1914-1918) and caused the collapse of Bismarck's
empire. The democratic movement, which had fermented in the German middle class during the nineteenth century, now joined with the

3

new force of the proletariat to establish Germany as a republic moving toward socialism. For fifteen years the Weimar Republic struggled against the adverse forces of military defeat, economic disaster following the lost war, the economic ruin produced by the world depression of 1929, against internal hostility of powerful reactionary elements, and against the growing world trend toward totalitarianism. In 1933 the Republic was overthrown and national socialism entered upon its fifteen years of misrule. This ended with the Second World War (1939-1945) and the almost total devastation of Germany. The loss of territory, the physical ruin of vital industrial areas, the division of the truncated Reich into four zones of occupation, the destruction of the German economy by the victorious powers, the displacement of German nationals banned or fleeing from lost territories—all this created a situation that the German people had not known even during the Thirty Years War.

Yet within the five years that bring our anthology to a close, Germany began to show signs of recovery so remarkable that they were hailed as a miracle. A stable democratic republic was founded in the Western zone, while Eastern Germany became a Soviet satellite. The currency was stabilized; ruined cities were rebuilt; industry was reorganized; an economic upsurge began which soon made Germany the envy of her former enemies.

The *Zeitgeist*

In this age of the breaking of nations, it is inevitable that the climate of thought and opinion should be one of stress and confusion. To this stress and confusion German thinkers and artists have contributed, and it may be argued that they have contributed more than their share of it. But it is wrong to single out Germany (in the persons of Hegel, Nietzsche, Spengler, and others) as the sole or predominant mischief-maker in the breakdown of intellectual and moral standards.

"Grandeur *and* misery" is the image of the universe and of man which our age has projected for posterity, although for most of our thinkers the misery blacks out the grandeur. On the one side there is immense material and spiritual progress, unprecedented advances in science and technology, in the improvement of living conditions, in communication, in the conquest of disease, in the distribution of the world's goods on a more equitable basis, in the humane treatment of one's fellow men, women, children, the aged, the sick and the mentally disturbed. On the other, there is the familiar chronicle of cruelty, callousness, organized brutality toward human beings on a scale unparalleled in history. Here: the provision of peace of mind and social security such as man has never dreamed of, repeated large-scale attempts to establish international understanding and co-opera-tion—there: the recrudescence of violent chauvinism, imperialism, racial intolerance, spiritual agony among the more thoughtful, root-lessness, existentialist dread in the face of nothingness.

It is impossible to follow here the waves of negative, destructive pessimism chasing the waves of hope for the future. Too many historians of culture and ideas have drawn a terrifying picture of our era; the main features of this portrait have been supplied by phrases like "the atomization of life," "the release of the daemons," "the twilight" or "end of man," "the frightening power of propaganda to turn man into a robot," "the [supposed] emergence of a new human type" (Nietzsche's mass man, Alfred Weber's functionary, Ernst Jünger's worker, Riesman's other-directed man, Whyte's organization man, Holthusen's homeless man). We have had our "lost" genera-tion, followed by the "beat" generation. Because crime is more likely to make the front page than virtue, we have tended to forget that there is a credit balance on which contemporary man can draw when he must give an accounting of his actions before the judgment of history.

Added to the ambivalence of good and evil living side by side in modern life (and when have they not?), there is another spiritual ambivalence which is seen by some as marking the basic character of our age. The belief in an integrated, orderly universe and an integrated man has wholly broken down. Periods of radical doubt in which there was widespread feeling that civilization is decaying have not been unknown in the past. The ancient world knew them; the later Renaissance was such a time. From the middle of the eighteenth century man has begun to think of himself as basically split from within, without the power of putting the parts together into a harmonious, organic whole. The *"zwei Seelen"* psychology of the *Sturm und Drang* has its history throughout the nineteenth century: in the *mal du siècle* of French romanticism, in Byronism, in the *Zerrissenheit* (today we would say schizophrenia) of Heine's generation. But since Mach's philosophy of sensationalism was promulgated toward the end of the last century, the possibility of mental integration has been questioned more radically than ever before. And since Freud, the factor of ambivalence has become standard equipment for modern man. Thus, as Simone de Beauvoir points out, contemporary thinkers are much more conscious of the element of paradox contained in worn phrases like "rational animal" and the "thinking reed." Modern man feels much more poignantly that he exists in a moment lying between a past that is no longer, and a future that is not yet; and he dreads that the fragile moment in which he does exist is nothing. Two German men of letters have been most profoundly affected by this radical breakdown of belief in personal integration; both gave it poignant and forceful expression. Hugo von Hofmannsthal published a famous essay in 1901 under the title *Brief des Lord Chandos,* in which he describes, with all the magical power of language that was his, the total paralysis of his mind in the face of this collapse of external reality. And Gottfried Benn, an expressionist poet whose stature has grown with the years, made this theme the central one of all his literary work. While for the normal bourgeois (Benn wrote recently) the world of reality—nature, everyday business, history—remained intact, the intellectual found everything in a state of dissolution. All phenomena were reduced to mere functions and relations. Space and time were functions or formulae; health and sickness functions of consciousness; even the most concrete powers such as state and society could no longer be conceived of as substances. And what was science but a collection of abstract formulae and symbols? Everything was a fluid process; for there was no denying that life went on around one, though the thinking mind could not account for it. How was artistic creation possible in such a world, the young men of 1910-1920 asked? And as these young men moved to middle age and a new generation followed them, the questions and doubts and anxieties only increased; for the process of dissolution seemed to spread.

Our age of anxiety did not begin yesterday; its roots go back far into our history. But the nature of contemporary life, the elephantiasis of our modern existence, has produced problems in which a difference of degree has turned into one of quality or essence. Hence it is understandable that there should be such a powerful chorus of lament at man's destructiveness, his total depravity, his state of abandonment by the God in whom he no longer believes, who has thrown him into a world that he finds absurd.

We must remember, however, that this is a one-sided view of our contemporary world. So profound is man's craving for order and harmony and integration, that even our "nihilists" (Benn, Heidegger, the early Jünger, Sartre, Hemingway) are "heroic" nihilists. They believe in no moral order outside of man; yet they prescribe for man an ethic of heroism and decency, thus giving the lie to Dostoyevsky's rash assertion that if there is no God, all is permitted. Moreover, it is false to assume that all the best minds of our age are nihilists or skeptics. Far from it: we know that there has been a wave of conversions among intellectuals to Christian orthodoxy or to mystical faith. Others, like Rilke, have moved from lament to praise without benefit of clergy or organizational support, and a man like Albert Schweitzer has never wavered in his adherence to a Christian rationalism.

The basic problems, then, on which German—like all—writers of our age divide, and which form the themes of twentieth-century literature are: Is there an ordered cosmos? If so, how does one find it? Is it possible to obtain peace of mind in the consciousness of a harmony within the microcosm of the soul? Or will modern man forever be the prey of the hostile and aggressive forces within him?

Or worse still, is his only escape from his anxiety into the "brave new world" or "1984"? Will he never return to a unilinear conception of truth but remain doomed to believe henceforth in the dialectic: that every thesis develops its own antithesis and that man must constantly hover between yes and no in his quest for certainty and direction?

These are some of the metaphysical and ontological problems that beset modern thinking man. There are more practical questions too: the influence of collectives on human personality, the effects of industrialization and automation, the large city as a destroyer of souls, war as a spiritual scourge, poverty in the midst of plenty, the clash of nations and races and social classes. And there is the rich harvest of problems and conflicts gleaned from the new psychologies, especially from Freud.

For the student of literature and the arts it is especially important to observe this atmosphere of "nihilism" invading the inner soul of the work of art. There is first the astonishing spectacle of twentieth-century artists turning against art as a fraud (dadaism and surrealism) and against the artist as a charlatan (the early Thomas Mann, Schnitzler). There is the changing conception of beauty, moving ever further toward the ugly and grotesque, even the monstrous (Kafka, Céline, the surrealists).

> Denn das Schöne ist nichts
> als des Schrecklichen Anfang, den wir noch grade ertragen

Rilke had sung in his first Duino elegy.

There is not a ripple in all the contemporary currents of thought that has not found its way into the broad stream of recent literature. But a brief selection of stories such as the present volume offers will not produce samples of them all. The genre of shorter fiction provides the easiest port of entry into the vast realm of contemporary letters. But the *Novelle* must be supplemented by readings in the other genres and, above all, by excursions into the other main literatures of Europe and America.

Matthew Arnold, living in an age which was already faced with some of our problems in acute form, especially with the widespread feeling that the traditional values were breaking down, could still demand from poetry (i.e., literature) that it should "interpret life for us, console us, sustain us." Can we say that modern art even dreams of fulfilling such a task, when the contemporary artist either thumbs his nose at society or sulks in his tent? One is tempted to say roundly: of course not. But again the record will set us straight. There is much suffering in recent literature, but suffering and beauty have always been allied; witness tragedy. There is great beauty in the young Borchert's record of his frightful experiences. There is beauty in the way Kafka tells of the agony of his hunger artist. There is even comfort for those who seek it in the beautiful miracle that Bergengruen recounts. And all our stories fulfill Arnold's first demand: they interpret life for us.

The Literary Development

Until the early eighties German literature may be said to have lain fallow, although the great nineteenth-century masters (Keller, Meyer, Raabe) were publishing steadily in the tradition of "poetic realism." Then there was a sudden upsurge as the generation born around 1860 came to manhood. Abroad, the theory and practice of realism had been carried to its logical extreme by the naturalists. The criticism of bourgeois society which the realists had begun was sharpened and deepened by the naturalists. The positivist philosophy formulated by Auguste Comte and the philosophical application of Darwin's theories were powerful influences in shaping the picture of man as a helpless, conditioned product of hereditary and environmental forces, and in assigning to literature the passive role of accurate reporting of the human condition. This attitude was not new; as early as 1830 Balzac had described himself as the "secretary" of the historical process that was contemporary society. The difference was that now the job was done with a fanfare of science. Zola rode in a locomotive before describing one; Hauptmann walked about with a memo book in which he made notes for his plays and stories.

The industrialization of Europe created new social problems or rendered old ones more acute, and these problems form the subject matter of naturalist literature: heredity, environment, labor conditions, industrial strife, alcoholism as a social disease, prison reform, the treatment of the insane, prostitution, the position of woman. Writers generally took a "radical" view on these questions; they depicted the status quo in very pessimistic tones, but sometimes countered this pessimism by a hopeful view of a better society in the future. The technique of naturalism was an extension of realism: careful attention to small detail, "scientific" precision in the choice of words, suppression of romantic elements, complete objectivity on the part of the artist. A formula by Arno Holz sums up the aesthetic ideal: *"Die Kunst hat die Tendenz, wieder die Natur zu sein."* That is: art is not creative, but imitative. The closer the artist approximates to outer reality in his work, the more successful he is as an artist.

The German naturalists were Gerhart Hauptmann, Hermann Sudermann, Arthur Schnitzler, Arno Holz, and many other writers who now have only historical significance. The movement has really never died out, either in Germany or abroad. We find it resurrected at various points in the development of the twentieth century, between the two World Wars and again after the Second World War, when it appears in painting as well as in literature as neo-realism. But it has never been a dominant force in the art of the twentieth century.

For it became clear around the turn of the century that the artistic sensibility was experiencing a new orientation. So was thought in general. What would have seemed impossible two decades ago was now a reality: everywhere there was a revival of interest in the supersensuous and the supernatural, the unconscious and the occult, in magic, myth, symbol, in the mystique of race, blood, and soil. We can see now that there was adequate preparation for this new efflorescence of the romantic spirit: in the pre-Raphaelites, in

Wagner, in Poe, in the German romantics, who were rediscovered by the French symbolists. Perhaps those are right who diagnose the whole nineteenth century as a romantic age. Or it may be argued that realism and romanticism are not opposites, but represent dialectical manifestations of the same essence. At any rate, if these literary labels which scholars and critics use have validity, it is clear that the early twentieth century experienced a sharp break with the realistic tradition in art and that, for a while, the breach widened (into expressionism) before it began to close again.

The new romanticism of the twentieth century was a legitimate descendant of its ancestor, the family resemblance extending even to the contradictions which marked the *Weltanschauung* of the earlier romantic movement: extreme sophisticated skepticism and seemingly naive faith, the cult of the strong personality and the worship of the anonymous folk spirit, the revival of the "noble savage" myth, of an interest in the national past, especially in the middle ages. Herder's earlier cry found an echo in many hearts: "Give us your devotion and your superstition, your darkness and your ignorance, your disorder and rude manners, and take from us our light and disbelief, our enervated coldness and subtlety, our philosophical debility and human wretchedness." This is, in essence, the same disillusionment with rationalism, science, and technology which has been echoing through our age, often experienced by the very men who were extending the frontiers of the human mind, who (like Rousseau) were writing books to prove that books ought to be abolished, or (like Novalis) were perfectly at home in this world and yet profoundly alien from it. Formally, stylistically, the new romanticism shows the same ambivalence, developing dialectically from the one source: fidelity to nature. Just as Wordsworth had seen fidelity to nature in the rude, simple style, while Victor Hugo found it in the richness of baroque ornamentation, so now there were apostles of freedom and simplicity (Verlaine, the middle Yeats, Hermann Hesse, Knut Hamsun) and those who cultivated the refined or precious style (George, Hofmannsthal, Thomas Mann, Rilke).

But while the ambivalences and contradictions in twentieth-century romantic art cannot be ignored, the basic unity of the movement lies in its antirational position. Max Brod once made a very useful distinction between two types of misfortune, which he calls "noble" and "ignoble" (*edles und unedles Unglück*). Ignoble suffering results from unhealthy social conditions and is caused by human corruption or stupidity. Examples of it are poverty, ignorance, slavery, war. The misfortune which these evils cause is degrading to man's soul. It must and will in time be abolished. But even when all such ignoble suffering has passed away from earth, there will still remain that metaphysical suffering which stems from the contrast between man's imperfect state and his yearning to attain spiritual perfection. The consciousness of our human frailty causes us pain too; but it is an ennobling pain which makes us feel that, in spite of our insignificance, we do partake of that Divinity whose remoteness or inaccessibility sorely afflicts us.

The rationalist tradition in literature has tended to concern itself with "ignoble misfortune," to expose those collective ailments which can be remedied by a more reasonable ordering of society. That, at least, has been the tendency since the eighteenth century. A comparison between the various "realistic" rational movements in European literature and thought, from the Enlightenment to the most recent neo-realism, reveals a common goal: the reordering of life on a more rational basis. The rationalist's belief in the possibility of human progress based on reason and science makes him impatient of metaphysical speculation. How can—how dare—anyone dream about the "eternal verities," talk of man's divine soul, when millions live on the verge of starvation, in squalor and ugliness, in fear and trembling of their fellow men? It is sheer escapism or worse to talk of man's spiritual needs while his physical condition is wretched.

Nichts mehr davon, ich bitt euch. Zu essen gebt ihm, zu wohnen;
Habt ihr die Blöße bedeckt, gibt sich die Würde von selbst

wrote Schiller on human dignity, summing up in one distich the whole "metaphysic" of the rationalist.

Romanticism, on the other hand, plays down the importance of "ignoble misfortune" and turns its attention to man's metaphysical needs. Or when it does deal with evil in society, it tends to seek a nonsocial solution: man needs a new soul, not new laws or new institutions. In seeking concrete shape for the vague ideal of the new soul, the romantic artists find the opportunity to express that great diversity of content and form which characterizes the new romanticism.

Expressionism

Complex forces, both social and artistic, combined in the first decade of the twentieth century to produce expressionism. It is perhaps most satisfactory to conceive of this movement as an artistic style, which introduced a new tone into art, an intensity of emotion that burst all the restraints which art traditionally imposes on its subject matter. Passion, ecstasy, horror, the daemonic, and the anthropologically primitive: the world in which the expressionists lived could best be expressed through a Gothic and baroque distortion of natural forms, in exaggeration or abstraction, giving us the cubism of Cézanne, Kokoschka, and Georg Kaiser; the violent colors of Van Gogh and Matisse; the condensed, highly charged diction of the expressionist lyricists. Within this general range of sensibility there is, of course, rich variety of tone. The cynical horror of Gottfried Benn, the deep but gentle melancholy of Georg Trakl, the ecstatic jubilation of Franz Werfel seem to lead us into three different worlds. Ideologically, too, there is a cleavage in the ranks of the expressionists. Although the majority were concerned with "noble suffering" exclusively, calling for a new soul, a new spiritual vision, a new religious *frisson,* there was an enclave of rationalism within the movement, represented by writers like Heinrich Mann, Leonhard Frank, Carl Sternheim, Ernst Toller. To them "ignoble misfortune" was still man's chief concern; they still raised social problems and gave social solutions to them.

A sensitive comparison of Kafka's story *Ein Hungerkünstler* or Borchert's *Die lange lange Straße lang* with such romantic stories as

Hermann Hesse's *Iris* or Wilhelm Schäfer's *Das Fräulein vom Stein,* will show that the expressionists did create a new artistic vision, as Hermann Bahr argued in a famous essay. This conviction will be strengthened if one compares an expressionist work with a neo-realistic one—Kafka and Borchert with Fallada and Böll.

Somewhere in the mid twenties the tides of expressionism began to recede all over the Western world, though at varying tempo in different countries. To be sure, surrealism, that most extreme form of expressionism, was still shocking the bourgeois and would continue to do so for some time to come. But there was an unmistakable swing back to realism. In Germany new names were found for the reaction: *Neue Sachlichkeit,* a term borrowed from the new functional architecture, and *Magischer Realismus,* indicating a synthesis between the real and the surreal. But the product under the label was not really new. There has been no artistic novelty since expressionism anywhere, least of all in Germany where the Nazis (like the Soviet regime) favored a nonexperimental spirit in the arts. In National Socialist Germany, "respectable" literature was written to the formula of *Blut und Boden,* extolling the racial virtues of blood, soil, the Nordic race, heroism and war, and, of course, the *Führer.* The best German writing was subversive, produced abroad, or hidden behind a façade of innocence, or passed illegally from hand to hand in manuscript form, or stored in the "barrel."

Since the collapse of the Third Reich there has been a gradual revival of artistic life in Germany. But no new style or content has appeared. Artists have a burning message to communicate, a message of a religious, social or political nature. They present it as realists, romanticists, expressionists. But they are not conscious of working within the tradition of a style; they are content to write with style.

The *Novelle* as an Art Form

It would seem that in literary history, as in politics, we learn nothing from the past. The history of dramatic criticism ought to have warned us against imposing the straitjacket of theory on the genre of shorter fiction.   Yet only a short time after the drama had liberated itself from the rules that had governed it since Aristotle, the theorists were already at work on the novel, which was barely out of its swaddling clothes.   The Schlegels were telling Goethe what a novel should be like and Goethe himself was prescribing both content and form for the *Novelle.*   Since then there has been a plethora of self-appointed legislators to prescribe restrictions and make subtle but dubious distinctions between novel, *Novelle,* tale, short story, anecdote, sketch.

In an excellent study Walter Pabst has traced the game of "hide and seek" that was played between theory and practice in the field of the Romance *Novelle* from the Renaissance to the seventeenth century, that is from Boccaccio to La Fontaine, when the rule-makers finally gave up and allowed the artist to go the way of the creative imagination.   Then came the Germans and began it all over again and continued it throughout the nineteenth century, right down to the present.   When the short story emerged as a special literary genre, the same situation developed: rules and restrictions were imposed, sometimes by writers themselves (Edgar Allan Poe), to assure the new babe a proper, well-bred upbringing.

In this genre, even more than in the others, the road of critical opinion is littered with outworn, one-sided, or downright erroneous judgments.   It is of value for the student to examine some of these *idées reçues* and to test them by an analysis of successful stories.

Goethe, in his celebrated definition of the *Novelle,* emphasized "an unheard-of event" (*eine unerhörte Begebenheit*).   Elsewhere he stressed the appeal to a cultivated society and the goal of providing diversion from troublesome current events; truth to empirical experience with all its paradoxes; and he recommended the absence of "understanding."   It is probable that Goethe was speaking as the author of the two serious novels *Wilhelm Meister* and *Die Wahlver-wandtschaften.*   He may have wished to indicate that even the cultivated, serious reader should not spend all his time acquiring culture and edification, but might relax upon occasion and read for entertainment or to forget the cares of the day.   For this purpose the *Novelle,* as it had been developed by Boccaccio and his followers, seemed to him the ideal literary form.   What he asked from it was an exciting plot (the unheard-of event), in which there was not too much concern for reason or probability.   The introduction of the supernatural, without any attempt to rationalize it, seemed to him perfectly justified in the *Novelle* if its aim was to spin a yarn, to tell "a tale that holds children from play and old men from the chimney corner."

If all that Goethe intended was to suggest that fiction, short or long, need not always be "heavy" art, but might on occasion aim at mere delight, his admonition was most salutary, especially when we today see the novel as an art form in danger of killing itself by sheer weight of thought and artistry.   But that Goethe's words should be interpreted as restrictive and legislative seems wholly unjustified. For Goethe's own *Novelle* violates his prescription, being allegorical and highly ethical.   And the history of the genre in the nineteenth century shows that the *Novelle* and short story, like the novel, became an instrument through which the artist presented to his readers his interpretation of life and stated what to him were the basic problems that man had to face.   Shorter fiction can be philosophical, psychological, sociological, picaresque, or any combination of these.   And it generally has been.   The year before Goethe spoke to Eckermann about an "unheard-of event," Eichendorff published *Aus dem Leben eines Taugenichts,* which is one of the classic *Novellen* in German literature.   One can scarcely argue that it deserves this place because of an unheard-of event that occurs within its pages.   Moreover, what unheard-of event is there in Flaubert's *Un Cœur simple* or in Thomas Mann's *Tonio Kröger* or in Joyce's most famous story *The Dead* or in Henry James' *The Real Thing?*

We must meet with equal skepticism all the other restrictive demands that have been made on the genre: Tieck's turning point, Heyse's falcon (a term so ambiguous that different interpretations have been attached to it) or his silhouette, Poe's single event, Elizabeth Bowen's demand for dramatic tautness and tension.   These features do exist in famous stories, but they are absent in equally famous ones. What Pabst demonstrated for the Romance *Novelle* holds for the whole genre of shorter fiction to this day: everything is permitted, as long as the result is aesthetically pleasing, just as Lessing was ready to throw all the rules overboard and rely on the ultimate test: does it move?

It comes like a breath of fresh air to read that the Swiss literary historian Emil Staiger, in one of his seminars, defined the *Novelle* as "a story of medium length." Of all the wise and otherwise pronouncements that have been made on the art of shorter fiction, this is the most perspicacious. The definition is double-edged:

1. It indicates that all the other characterizations which have been made about the *Novelle* are untenable as apodictic generalizations.

2. It leaves the door open for any legitimate deductions that can be drawn from the paramount factor of size.

One such obvious deduction is that the *Novelle* will have a *tendency* to compression, as compared with the novel; that the short story will be more compressed still; and an anecdote even more. Such a distinction is a useful directive to a writer for organizing his material, though it may well be argued that it is rather obvious. But from the reader's point of view—that is, so far as the aesthetic effect on him is concerned—who shall say that the tension produced by a Kleistian anecdote is greater than that generated by the long *Novelle*, *Michael Kohlhaas*? Would it not be as specious to argue that if Shakespeare had written a one-act sketch, the emotional impact would have been greater than that we feel from *Hamlet* or *Lear*? Edgar Allan Poe did, in fact, argue in this vein for the superiority of the short over the long poem. But who will follow him? Is it possible to measure the emotional tension produced by great art with a pressure gauge or tension meter?

One theorist maintains that the *Novelle* cannot be panoramic and leisurely but tends to be all climax, proceeding at a feverish, accelerated pace. Does this apply to Stifter's static landscape and descriptions, so reminiscent of Hardy's in his long novels? Does it apply

to *Tonio Kröger* or *Der Tod in Venedig?* or to Flaubert's *contes?* or
to Chekhov's masterpieces of static atmosphere? Joyce's story *The
Dead* is nine-tenths leisurely naturalistic description of a social
evening, while the emotional climax which is the point of the story
takes place on the last few pages. Yet this is generally conceded to
be Joyce's masterpiece in the shorter form. On the other hand,
Heinrich Mann's *Der Sohn* is a panoramic novel sketching the life
of a family in fourteen pages. Elizabeth Bowen describes the stories
of Hardy and James as "condensed novels." Balzac himself referred
to his two novels *La Cousine Bette* and *Le Cousin Pons* as original
nouvelles which had grown into "books." Obviously the difference
between *Novelle* and novel was for him, as for Staiger, merely one
of length.

Since the publication of Percy Lubbock's *The Craft of Fiction,*
theorists have differentiated between the panoramic or epic and the
scenic or dramatic novel. The latter type restricts itself to a single
theme; its plot tends to have the necessity and inevitability of a
syllogism. Such novels are likely to observe, or nearly observe, the
classical unities of time, place and action. Examples are Jane Austen's
Pride and Prejudice, Emily Brontë's *Wuthering Heights,* Meredith's
The Egoist. Our legislators for the *Novelle* would have to contend
that some novels are really short stories and vice versa. If this were
merely stated as a scientific observation (like Elizabeth Bowen's remark about Henry James) there would be no harm done. But when
we are informed that of the hundred tales in the *Decameron* only two
are genuine short stories, we are inclined to reply: then we will enjoy
the other ninety-eight with a guilty conscience, but enjoy them we will.

"In my father's house are many mansions." We are not likely to
find a formula that will fit the work of the masters from Boccaccio to
Frank O'Connor. It would therefore be well to avoid dogmatic state-
ments on the "necessary" features of shorter fiction. All that we can
safely and profitably do is to study how the artist has obtained his
effects and what he seeks to communicate to us. As was said above,
we shall find upon such analysis that shorter fiction, like the novel,

may be picaresque (i.e., mainly interested in an exciting event or chain of events), psychological, social or philosophical. In mood or tone it may be tragic, comic, ironical, hortatory, clinically detached, severely aesthetic, tough, or delicate. In technique or style it may be casually realistic (Fallada's *Ich bekomme Arbeit*), systematically naturalistic (Hauptmann's *Fasching*), symbolical (Bergengruen's *Die Feuerprobe* and Hesse's *Iris*) or allegorical (Kafka's *Ein Hungerkünstler*). The author may use the panoramic or scenic approach or he may combine both in the same story (several of our stories do). He may don the traditional cloak of omniscience or, like Flaubert or Henry James, say nothing which he could not know from observation. In diction, too, the genre allows for any of the many modes found in literature: from the tough bareness of Hemingway to the stately grand style of Katherine Anne Porter or Thomas Mann.

The German *Novelle*

The critical term *Novelle* was in common use in German literature till about 1930, when the word *Kurzgeschichte* was introduced from Anglo-American literature to describe a form of fiction that was shorter than the older *Novelle*. The genre is usually said to have entered German literature about 1800. But Wieland wrote *Novellen* before that and even theorized about the type. The didactic tales which appeared in the English journals of the eighteenth century (*Spectator, Tatler, Rambler*) had their counterparts in Germany. Then there was the tradition of the shorter *Kalendergeschichten:* short stories inserted in calendars or almanacs. These calendars go back to the fifteenth century; the stories appearing in them were didactic, picaresque, sacred and profane, satirical and devotional. Before the calendar stories came the *exempla,* which may be traced to the thirteenth century; they were moral tales inserted in sermons to illustrate a point in theology or ethics and to keep the congregation from falling asleep.

When Goethe and Schiller and the romantics revived the formal *Novelle* as a literary genre and began to legislate for it, German writers of talent turned their attention away from the more popular *Kalendergeschichten* and from the new genre of the novel and worked principally in this middle form, which became Germany's special contribution to the art of fiction in the nineteenth century. The great writers of *Novellen* in German-speaking lands were Kleist, Tieck, Gotthelf, Hoffmann, Stifter, Storm, Keller, Meyer, Raabe. There were, besides, single outstanding *Novellen* like Eichendorff's *Aus dem Leben eines Taugenichts,* Grillparzer's *Der arme Spielmann,* Mörike's *Mozart auf der Reise nach Prag,* and Annette von Droste-Hülshoff's *Die Judenbuche.*

Our period opens when naturalism was the main current in European letters. Hauptmann's *Fasching* is a straight piece of naturalism in its choice of milieu, its view of human nature and in the clinically detached handling of the material. The remaining stories illustrate, more or less in sequence, the literary movements which have succeeded each other in the past eighty years. In Schnitzler's *Das Tagebuch der Redegonda* and Thomas Mann's *Der Bajazzo* we are in the world of the *fin de siècle:* sophisticated skepticism, paralysis of instinct resulting from a surfeit of intellect, symptoms of what is now called "nihilism." The literary historian would classify them as examples of impressionism. Wilhelm Schäfer's *Das Fräulein vom Stein,* with its emphasis on *Volksgemeinschaft* and its vaguely anti-Western flavor, illustrates one aspect of neo-romanticism; Hermann Hesse's *Iris* belongs to the same movement. Perhaps also Paul Ernst's *Der Hecht,* with its resurrection of a colorful past and its cult of pure art, although technically Ernst is classified in the histories of literature as a neo-classicist. But what label can we put on Ricarda Huch's *Der Hahn von Quakenbrück?* The author was strongly linked with the movement to revive romanticism and has herself written many purely romantic tales and novels. But this work is not one of them; it is rather a throw-back to the "poetic realism" that flourished in the middle of the nineteenth century and whose principal exemplar is Gottfried Keller.

Kafka's story is an example of expressionism. It touches the problems raised by Schnitzler, Thomas Mann, and Hermann Hesse, but in so different a spirit! In style, too, it stands in marked contrast to anything that precedes it. Indeed nothing shows so strikingly the mystery of style as a comparison of some of the *Novellen* in this volume with each other. The words "pure," "limpid," "crystalline" would apply equally to Schnitzler, Ricarda Huch, Hermann Hesse, Kafka; yet how different is the "purity" of these literary works.

Fallada's *Ich bekomme Arbeit* represents the return to realism which marked the literature of the later twenties. The remaining stories are unclassifiable, because from the thirties on there is no longer any one literary current discernible. The legacy of expressionism is evident in Musil's *Der Riese AGOAG* and in Borchert's *Die lange lange Straße lang,* the latter being the only story in our collection that reveals any influence of the experiments with language that we associate with Gertrude Stein, James Joyce and the stream-of-consciousness school. Bergengruen's *Die Feuerprobe* would, earlier in the century, have been an excellent example of the religious vein in neo-romanticism, with its naive acceptance of the miraculous as fact, and its erection of a masterly psychological structure on that fact. Heinrich Böll's *Die Waage der Baleks* joins Fallada's sketch as a sample of post-expressionist realism. Finally Hans Grimm's *Das Goldstück* and Elisabeth Langgässer's *Untergetaucht,* for all their differences in content, *Weltanschauung,* and literary treatment, underline the importance of the political theme in German literature of this century.

The student of German letters who looks into the critical literature of fiction will find the German novel ignored until our own day, when Thomas Mann and Franz Kafka are given their due place among the great. One cannot really quarrel with such a negative judgment on the German novel of the nineteenth century, when one thinks of the great English, French, and Russian novelists of that period. Apart from Fontane, what German writer could stand upright in that company? But when one finds the same dead silence surrounding the German *Novelle,* one begins to wonder. The one writer of *Novellen* who is known in the English speaking world is E. T. A. Hoffmann because of Poe's tribute to him; but Kleist, Keller, Meyer, Storm do not seem to exist for non-German criticism, though their work is on a plane with the best in the genre.   Nor is it much better when we get to the twentieth century.   Thomas Mann and Kafka are liberally represented in the anthologies.   But for Hauptmann, Schnitzler, Hesse, Ricarda Huch, Paul Ernst, Emil Strauß, Kasimir Edschmid, Werner Bergengruen there is that same silence, born (one suspects) of ignorance rather than of critical rejection.   A book like the present one may therefore perform an act of justice by calling attention to distinguished German achievement in a literary genre which has high prestige in our contemporary world.

GERHART HAUPTMANN

1862 — 1946

Hauptmann has been called the last of the German classics; and this may well be the judgment of posterity on him. For what other German writer since Goethe has so often touched the heights of great art in so many different areas? It is easy to pick out from the mass of his writings works which are either out-and-out failures or tainted by serious flaws. But that still leaves him an undisputed giant of German letters, beside whom the more refined talents of Thomas Mann or Rilke or Kafka appear highly specialized.

Hauptmann has written tragedies and comedies, epics, novels, lyric poetry, short stories, and autobiographical memoirs. His fame, which was solid in the early decades of our century, was later eclipsed by that of his younger contemporaries. His reputation as a man was also hurt by the undignified stand which he took toward the Nazi regime. But it seems safe to predict that, as with so many writers, the temporary lull in interest will rise to a new and more lasting wave of admiration for his incomparable power to record the emotional depths of suffering, degradation, and exaltation experienced by human beings in all stations of life.

It has become so natural for us to think of Hauptmann as a dramatist that we are inclined to underestimate his achievement as a writer of fiction, long and short. His two novels *Der Narr in Christo Emanuel Quint* and *Die Insel der großen Mutter,* so different in mood, intent and style, are as outstanding as any of his major dramas. And in the sphere of shorter fiction he has touched excellence at least three times: in *Der Ketzer von Soana,* in *Bahnwärter Thiel,* and in *Fasching,* our *Novelle.*

Fasching is Hauptmann's earliest published prose work. It ap-

peared in 1887 in an obscure journal *Siegfried,* and was forgotten
until 1925 when it was reissued as a separate booklet. Maupassant is,
of course, its godfather. One thinks of the French master's many
tales of human greed and lust and meanness, and of the scurvy tricks
which heartless Fate plays on humanity in them. But upon closer
inspection it becomes clear that Hauptmann's inner world is not that
of the coldly analytical, drily witty Frenchman, who only occasionally
lapses into pity for mankind. Hauptmann is only superficially the
detached clinical observer. He does not narrate the facts coldly,
almost maliciously, as Maupassant does. The repeated underscoring
of the mortal danger that hovers over the Kielblocks is like the voice
of a tragic chorus. There is in this story the same mixture of literary
techniques that is found in the better known *Bahnwärter Thiel:* a
naturalistic concern for the surface manifestation, together with a
sense of profound compassion, the famous Hauptmann pity for the
driven creatures whose lot he depicts. There is less of this *engagement* here than elsewhere in Hauptmann, because of the essential
character of the sailmaker. But the pity is there.

Hauptmann was born of lower-middle-class parents in a Silesian
watering place. He had an unhappy youth and adolescence, and a
difficult time in preparing himself for a career. A financially ad-
vantageous marriage permitted him to write at his leisure. His first
play to be performed, *Vor Sonnenaufgang* (1889), made him
famous. From then on he published prolifically until his death in
1946. He was honored both at home and abroad and was for a long
time Germany's most celebrated writer. Under the Nazis his reputation suffered but his star began to rise again after his death.

Fasching

Segelmacher Kielblock war seit einem Jahr verheiratet. Er besaß ein
hübsches Eigentum am See, Häuschen, Hof, Garten und etwas Land.
Im Stall stand eine Kuh, auf dem Hofe tummelten sich gackernde
Hühner und schnatternde Gänse. Drei fette Schweine standen im
Koben, die im Laufe des Jahres geschlachtet werden sollten.   5

Kielblock war älter als seine Frau, aber trotzdem nicht minder
lebenslustig als diese. Er sowohl wie sie liebten die Tanzböden nach
wie vor der Hochzeit, und Kielblock pflegte zu sagen: „Der ist ein
Narr, der in die Ehe geht wie in ein Kloster. Gelt, Mariechen",
setzte er dann gewöhnlich hinzu, sein rundes Weibchen mit den   10
robusten Armen umfaßend und drückend, „bei uns geht das lustige
Leben jetzt erst recht an."

Und wirklich, sechs kurze Wochen ausgenommen, war das erste
Ehejahr der beiden Leute gleichsam ein einziger Festtag gewesen.
Die sechs Wochen aber hatten nur wenig an ihrer Lebensweise ändern 15
können. Der kleine Schreihals, welchen sie gebracht, wurde der

The Kielblocks speak Berlin dialect and not very grammatically. They say
jestern for *gestern; een* for *ein; det* for *das; ick* for *ich; de* for *du; rin* for
herein; ooch for *auch; −ken* for *−chen;* and use the accusative case where
the dative is correct: *mit die Arme.*

Title: Carnival (the period of festivities preceding Lent; celebrated especially
in Roman Catholic countries with banquets, balls, masquerades, and out-
door processions. The student who is interested in the anthropological
aspects of these celebrations should consult the articles *Fastnacht* and
Karneval in the *Große Brockhaus*). *Fasching* is the South German and
Austrian form of the North German *Fastnacht.*

3 *sich tummeln* frisk about	4 *schnattern* cackle
5 *Koben* sty	9 *gelt* (lit., grant) eh? isn't that so?
12 *erst recht* more than ever	14 *gleichsam* as it were
16 *Schreihals* squalling brat	

Großmutter überlassen, und heidi ging's hinaus, sooft der Wind eine
Walzermelodie herübertrug und in die Fenster des abseits gelegenen
Häuschens hineinklingen ließ.

20   Aber nicht nur auf allen Tanzmusiken ihres Dorfes waren Kielblocks anwesend, auch auf denen der umliegenden Dörfer fehlten sie
selten.   Mußte die Großmutter, was oft vorkam, das Bett hüten,
so wurde „das kleine Balg" eben mitgenommen.   Man machte ihm
dann im Tanzsaal, so gut es gehen wollte, ein Lager zurecht, gewöhn-
25 lich auf zwei Stühlen, über deren Lehnen man Schürzen und Tücher
zum notdürftigen Schutze gegen das Licht hängte.   Und in der Tat
schlief das arme Würmchen, auf diese Art gebettet, unter dem betäu-
benden Lärm der Blechinstrumente und Klarinetten, unter dem
Gescharr, Getrampel und Gejohle der Walzenden, inmitten einer
30 Atmosphäre von Schnaps und Bierdunst, Staub und Zigarrenrauch
oft die ganze Nacht.

Wunderten sich die Anwesenden darüber, so hatte der Segelmacher
immer die eine Erklärung bereit: „Es ist eben der Sohn von Papa und
Mama Kielblock, verstanden?"   Begann Gustavchen zu schreien, so
35 stürzte seine Mutter, sobald sie den angefangenen Tanz beendet,
herbei, raffte ihn auf und verschwand mit ihm in dem kalten Hausflur.   Hier, auf der Treppe sitzend oder wo sie sonst Raum fand,
reichte sie dem Kleinen die vom Trinken und Tanzen erhitzte, keu-
chende Brust, die es gierig leer sog.   War es satt, so bemächtigte sich
40 seiner zumeist eine auffallende Lustigkeit, welche den Eltern nicht
wenig Freude bereitete, um so mehr, da sie nicht lange anzuhalten,
sondern bald von einem todesähnlichen, bleiernen Schlaf verdrängt
zu werden pflegte, aus dem das Kind dann bis zum kommenden Morgen sicher nicht mehr erwachte.

45 Sommer und Herbst waren verstrichen.   Eines schönen Morgens,

17 *heidi* . . . out they went with a whoop
22 *Mußte* . . . a conditional clause   23 *Balg* brat
26 *notdürftig* scanty   27 *betäubend* deafening
29 *Gescharr* . . . scraping, trampling, yelling
30 *Schnaps* . . . whiskey and beer fumes
38 *keuchen* pant   39 *gierig* greedily
39 *sog* from *saugen* suck   42 *bleiern* leaden
45 *verstreichen* flit by

als der Segelmacher nach einer guten Nacht unter seine Haustüre trat, war die Gegend in einen Schneemantel gehüllt. Weiße Flecken lagen in den Wipfeln des Nadelwaldes, der den See und in weitem Umkreise die Ebene umschloß, in welcher das Dörfchen gelegen war.

Der Segelmacher schmunzelte in sich hinein. Der Winter war 50 seine liebste Jahreszeit. Schnee erinnerte ihn an Zucker, dieser an Grog; Grog wiederum erregte in ihm die Vorstellung warmer, festlich erleuchteter Zimmer und brachte ihn somit auf die schönen Feste, welche man im Winter zu feiern gewohnt ist.

Mit geheimer Freude schaute er den schwerfälligen Kähnen zu, 55 welche nur noch mit Mühe vorwärts bewegt werden konnten, weil bereits eine dünne Eiskruste den See bedeckte. „Bald", sagte er zu sich selbst, „sitzen sie ganz fest, und dann kommt meine gute Zeit."

Es würde verfehlt sein, Herrn Kielblock schlechtweg für einen Faulenzer von Profession zu halten, im Gegenteil, kein Mensch 60 konnte fleißiger arbeiten als er, solange es Arbeit gab. Wenn jedoch die Schiffahrt und damit die Arbeit einmal auf Monate gründlich einfror, grämte er sich keineswegs darüber, sondern sah in der Muße eine willkommene Gelegenheit, das zu verjubeln, was er sich vorher erworben.

65

Aus einer kurzen Pfeife qualmend, schritt er die Böschung hinunter, bis an den Rand des Sees, und tippte mit dem Fuß auf das Eis. — Es zerbrach wider Erwarten beim leisesten Drucke, und der Segelmacher hätte, obgleich er das Experiment mit aller Vorsicht ausgeführt, doch beinahe das Gleichgewicht verloren.

70

Derb fluchend zog er sich zurück, nachdem er die Tabakspfeife aufgehoben, welche ihm entfallen war.

Ein Fischer, der ihn beobachtet hatte, rief ihm zu: „Wollt Ihr Schlittschuh loofen, Segelmacher?"

„In acht Tagen, warum nicht?"

75

48 *Nadelwald* pine forest   50 *schmunzelte* ... chuckled to himself
55 *schwerfällig* clumsy   59 *verfehlt* an error
59 *schlechtweg* simply   63 *sich grämen* grieve
64 *verjubeln* spend in feasting   66 *qualmen* puff
66 *Böschung* slope   73 *Ihr* the older form of polite address

„Denn will ick mich bald een neues Netze koofen."

„Warum denn?"

„Damit ick dir wieder rausfischen kann, denn rin fällst de sicher."

Kielblock lachte behaglich. Eben wollte er etwas erwidern, als die

80 Stimme seiner Frau ihn zum Frühstück rief. Im Gehen meinte er nur
noch, daß er sich die Geschichte dann doch erst befrühstücken wollte,
denn kalte Bäder gehörten gerade nicht zu seinen Passionen.

Die Familie Kielblock frühstückte.

Die alte Großmutter trank ihren Kaffee am Fenster. Als Fuß-
85 bank diente ihr ein grüner, viereckiger Kasten, den sie von Zeit zu
Zeit mit halb erloschenen Augen ängstlich betrachtete. Mit langen,
dürren Händen öffnete sie jetzt zitternd die Schublade eines neben
ihr stehenden Tischchens und fuhr unsicher darin herum, bis sie ein
Pfennigstück zwischen die Finger bekam, das sie herausnahm und
90 sorgsam in den messingenen Einwurf des unter ihr stehenden Kastens
steckte.

Kielblock und Frau beobachteten die Manöver und nickten sich
verständnisvoll zu. Über das erstarrte, welke Gesicht der Alten glitt
ein Zug heimlicher Genugtuung, wie immer, wenn sie das Geldstück
95 am Morgen in der Schublade fand, welches die beiden Eheleute nur
selten für sie hineinzulegen vergaßen.

Erst gestern hatte die junge Frau wieder eine Mark zu diesem
Zweck in Pfennige umgewechselt, die sie lachend ihrem Manne zeigte.

„Die Mutter ist eine gute Sparbüchse", sagte dieser, einen lüsternen
00 Blick nach dem grünen Kasten werfend, „wer weiß, was da drinnen
noch alles steckt. Wenig ist's nicht, und wenn sie einmal abgelebt
hat, was Gott verhüte, dann setzt's noch ein anständiges Pöstchen,
darauf verlass' dich."

Diese Bemerkung schien der jungen Frau in die Beine zu fahren;

81 *befrühstücken* think over at breakfast
88 *herumfahren* rummage about   90 *messingen* brass
93 *erstarrt* numb   1 *abgelebt = gestorben*
2 *setzt's* . . . there will be a tidy sum

sie stand auf, schwenkte die Röcke und trällerte eine Melodie: „Nach 5
Afrika, nach Kamerun, nach Angra Pequena."

Ein plötzliches lautes Geheul unterbrach sie; Lotte, das kleine,
braune Hündchen, hatte sich zu nahe an den grünen Kasten gewagt
und war von der Alten dafür mit einem Frußtritt belohnt worden.
Das Ehepaar lachte aus vollem Halse, indes Lotte mit gekniffener 10
Schnauze und gekrümmtem Rücken, eine wahre Jammergestalt, hinter
den Ofen kroch und winselte.

Die Alte geiferte in unverständlichen Worten über das „Hunde-
vieh", und Kielblock schrie die Schwerhörige an: „Recht so, Mutter.
Was hat das Hundebeest da herumzuschnüffeln, das ist d e i n 15
Kasten: der soll dir bleiben, daran soll niemand rühren, nicht einmal
Hund und Katze, gelt?"

„Die ist wachsam", äußerte er befriedigt, als er kurz darauf mit
seiner Frau in den Hof ging, um ihr beim Viehfüttern zuzusehen, „da
kommt uns kein Heller weg, nicht, Mariechen?" 20

Mariechen hantierte alsbald mit Kleiensäcken und Futterschäffern,
die Röcke und Ärmel trotz der frischen Luft aufgeschürzt, wobei
ihre gesunden, drallen Glieder in der Sonne leuchteten.

Kielblock betrachtete sein Weib mit stiller Befriedigung, innerlich
noch die Beruhigung durchkostend, welche ihm der Geiz seiner Mut- 25
ter hinsichtlich seiner Zukunft gab. Er konnte sich nicht entschließen, an die Arbeit zu gehen, so sehr behagte ihm der Zustand, in dem

---

5 *schwenkte* . . . tossed her skirt   5 *trällern* warble
5 *Nach* . . . a popular song of the day indicating the general interest in the
new German colonial ambitions. Cameroon was a German colony in Equatorial West Africa. Angra Pequena (later Lüderitzbucht) was a port in
German South-West Africa. Cf. Hans Grimm's story *Das Goldstück.*
10 *mit* . . . with her snout screwed up (in fear)
11 *Jammergestalt* figure of wretchedness
13 *geifern* slaver
13 *Hundevieh* and *Hundebeest* wretched beast
14 *recht so* you're right
20 The *Heller* was a small coin current in South Germany and Austria.
21 *hantierte* . . . busied herself at once with clover sacks and fodder pails
22 *aufschürzen* tuck up   23 *drall* plump
25 *die Beruhigung* . . . savoring the security

er sich augenblicklich wiegte. Seine kleinen, genüßlichen Äuglein
spazierten stillvergnügt über die rosig angehauchten fetten Rücken
30 seiner Schweine, die er im Geiste schon in Schinken, Wurst und
Wellfleisch zerlegt sah. Sie bestrichen dann das ganze, mit frischem
Schnee bestreute Höfchen, welches ihm den Eindruck einer sauber
gedeckten Tafel machte, auf welcher Hühner-, Enten- und Gänse-
braten reichlich aufgetischt, allerdings noch lebend, herumstanden.
35 Frau Mariechen ging auf in ihrem Vieh und Geflügel. Seit geraumer Zeit drang klägliches Kindergeschrei aus der Haustür, ein Umstand, der sie in keiner Weise von ihrer Beschäftigung abzog. In
ihrem Viehbestand sah sie eine Hauptbedingung ihres behaglichen
Lebens, in dem Kinde zunächst nichts weiter als ein Hindernis in
40 demselben.

Es war Faschingszeit. Die Familie saß beim Nachmittagskaffee.
Das etwa einjährige Gustavchen spielte am Boden. Man hatte Pfannkuchen gebacken und war in sehr vergnügter Stimmung, einesteils der
Pfannkuchen wegen, andernteils weil es Sonnabend war, hauptsäch-
45 lich aber, weil man an diesem Tage einen Maskenball besuchen wollte,
der im Dorfe stattfand.

Frau Mariechen ging als Gärtnerin, und ihr Kostüm hing bereits
in der Nähe des mächtigen grauen Kachelofens, der eine große Hitze
ausströmte. Das Feuer durfte den ganzen Tag nicht ausgehen, da
50 schon seit Monatsfrist eine beispiellose Kälte eingetreten war, die
auch den See mit einer Eiskruste überdeckt hatte, so daß vollbeladene
Fuhrwerke denselben ohne Gefahr passieren konnten.

Die Großmutter hockte wie immer über ihrem Schatze am Fenster,
und Lotte lag, vom Scheine des Feuers angeglüht, zusammengekrümmt
55 vor dem Ofenloch, dessen Türchen hin und wieder ein leises, klap-
perndes Geräusch machte.

28 *genüßlich* sensual   31 *Wellfleisch* boiled pork
35 *aufgehen in* be completely absorbed in or passionately fond of
35 *seit . . .* for some time   38 *Viehbestand* animal stock
48 *Kachelofen* stove made of glazed tiles (widely used in Germany for heating
single rooms)   50 *Monatsfrist* a month's time
52 *Fuhrwerk* vehicle   53 *hocken* squat
54 *zusammengekrümmt* bunched up   55 *klappern* rattle

Der heutige Ball sollte das letzte große Vergnügen des Winters sein, welches selbstverständlich bis zur Hefe ausgekostet werden mußte.

Der Winter war bisher auf das angenehmste vergangen. Feste, 60 Tanzmusiken, Schmausereien im eigenen Hause und bei Fremden hatten mit einigen wenigen Arbeitsstunden gewechselt. Die Kasse war aber dabei magerer geworden, der Viehbestand beträchtlich zusammengeschrumpft, Dinge, welche auf die Stimmung der beiden Eheleute nicht ohne Einfluß bleiben konnten. 65

Freilich beruhigte man sich leicht in dem Gedanken, daß der kommende Sommer ja auch wieder vergehen würde, und was besonders die leere Kasse anbetraf, so tröstete ein Blick auf die der Großmutter bald darüber hinweg.

Der grüne Kasten unter den Füßen der alten Frau hatte überhaupt 70 den beiden Eheleuten in allen Lebenslagen eine große Kraft der Beruhigung erwiesen. Bekam ein Schwein den Rotlauf, so dachte man an ihn und gab sich zufrieden. Schlug das Segeltuch auf, fielen die Kunden ab, tat man desgleichen.

Kam es den beiden vor, als mache sich ein leiser Rückgang in der 75 Wirtschaft bemerkbar, so beschwichtigte man die schwer herandämmernden Sorgen darüber ebenfalls durch den Gedanken an den Kasten.

Ja, den Kasten umwoben eine Menge so verlockender Vorstellungen, daß man sich gewöhnt hatte, den Augenblick, wo man ihn 80 würde öffnen können, als den Höhepunkt seines Lebens zu betrachten.

Über die Verwendung des darin befindlichen Geldes hatte man längst entschieden. Vor allem sollte ein kleiner Teil desselben zu einer etwa achttägigen Vergnügungsreise, vielleicht nach Berlin, verwandt werden. Man reiste dann natürlich ohne Gustavchen, den 85 man bei einer befreundeten Familie in dem Dorfe Steben jenseits des Sees bequem für die Dauer der Reise unterbringen konnte.

Kamen sie auf diese Reise zu sprechen, so bemächtigte sich der

58 *bis...auskosten* drink to the dregs   60 *Feste* . . . parties, dances, banquets
68 *anbetreffen* concern   72 *Rotlauf* dysentery
73 *aufschlagen* rise in price   76 *beschwichtigen* appease
76 *schwer* . . . rising ominously   79 *umweben* surround

beiden Eheleute ein wahrhaftes Vergnügungsfieber. Der Mann
90 meinte, das müsse aber noch einmal eine richtige Semmelwoche
werden, während die Frau, in den Erinnerungen ihrer Mädchenzeit
schwelgend, nur vom Zirkus Renz, der Hasenheide und anderen
Vergnügungsorten redete.

Wie so oft hatte man auch heute wieder das Reisethema hervorge-
95 sucht, als Gustavchen durch ein ausnehmend possierliches Gebaren
die Aufmerksamkeit davon ab- und auf sich lenkte. Er hob nämlich
seine kleinen schründigen Ärmchen in die Höhe, als ob er sagen
wollte: „Horch", und brachte aus seinem schmutzigen Mäulchen
einen Ton hervor, welcher dem Schrei einer Unke ähnelte.

00 Die Eltern beobachteten, ihre Heiterkeit mühsam zurückhaltend,
die Manöver des Kleinen eine Weile. Endlich wurde es ihnen doch
zu bunt. Sie platzten heraus und lachten so laut, daß Gustavchen
erschreckt zu weinen anfing und selbst die Großmutter ihr ver-
stumpftes Gesicht herumwandte.

5 „Na, weene man nich, alberne Jöhre, es tut dich doch niemand
nichts", beruhigte die Mutter, welche, bereits zur Hälfte Gärtnerin,
im roten Korsett vor dem Kleinen stand. „Was fällt dir denn ein",
fuhr sie fort, „daß du mit die Arme wie ein Seiltänzer in die Luft
herumangelst und eine Jusche ziehst wie meiner Mutter Bruder, wenn
10 er eenen Hasen mit die Schlinge jefangen hatte."

Kielblock, der an einem gelben Frack für den Abend herumbür-
stete, gab noch lachend eine Erklärung: „Der See", sagte er, „der See!"

90 *Semmelwoche* week in which nothing but white rolls are eaten (i.e., a
gay time)
92 *schwelgen* revel
92 *Renz* the German Barnum and Bailey
92 *Hasenheide* park in the western section of Berlin
95 *ein . . .* an exceptionally funny gesture
97 *schründig* chapped   99 *Unke* toad
2 *bunt* gay (i.e., too much)   3 *verstumpft* dull
5 *weene man nich = weine nur nicht*
5 *alberne Jöhre = alberne Göhre* silly brat
7 *was . . .* what's come over you
8 *Seiltänzer* tight-rope dancer   8 *in die . . .* saw the air
9 *eine . . .* make a face (*Jusche = Gusche* mouth) [vulgar]
11 *Frack* dress coat

Und wirklich drangen durch die Fenster bald lauter, bald leiser langgezogene, dumpfe Töne, Tubarufen vergleichbar, welche von dem unter der riesigen Eiskruste arbeitenden Wasser des Sees her- 15 rührten und die das Kind vermutlich zum erstenmal bemerkt und nachzuahmen versucht hatte.

Je näher der Abend kam, um so ausgelassener wurde man, half sich gegenseitig beim Anziehen und belustigte sich schon vor dem Fest mit allerhand Scherzen und Tollheiten, deren Kielblock während 20 seiner langen Vergnügungspraxis in großen Mengen aufgespeichert hatte.

Die junge Frau kam gar nicht aus dem Lachen heraus, ein plötz- liches Grausen aber erfaßte sie, als ihr Kielblock eine aschfahl be- pinselte Fratze aus Papier vorwies, welche er aufsetzte, wie er sagte, 25 um die Leute das Gruseln zu lehren.

„Steck die Larve fort, ich bitte dich", schrie sie, am ganzen Körper zitternd. „Det sieht ja akkarat aus wie'n toter Leichnam, der drei Wochen in der Erde gelegen hat."

Den Mann jedoch ergötzte die Furcht seiner Frau. Er lief, die 30 Larve zwischen den Händen, um sie herum, so daß sie, wohin sie sich auch wandte, hineinblicken mußte. Das machte sie zuletzt wütend.

„Kreuzmillionen, ick will det Unflat nicht mehr sehen", zeterte sie, mit dem Fuße stampfend, indes Kielblock, fast berstend vor 35 Lachen, auf einen Holzstuhl fiel, den er beinahe umriß.

Endlich war man angezogen.

Er — ein „Halsabschneider"; gelber Frack, Kniehosen aus Samt

15 *herrühren* come from
21 *Vergnügungspraxis* life of pleasure
21 *aufspeichern* store up
24 *eine* . . . showed her a paper mask painted ash gray
26 *um* . . . to make people's flesh creep
28 *Det* . . . Why, that looks just like a corpse.
34 *Kreuzmillionen* (an oath) Christ!
34 *Unflat* filth
34 *zetern* rage   38 *Halsabschneider* cutthroat
38 *Kniehosen* . . . breeches of velvet and buckled shoes

und Schnallenschuhe, ein riesiges Tintenfaß aus Pappdeckel auf dem
40 Kopf, worin noch die ebenfalls ungeheure Gänsefeder stak.

Sie — eine Gärtnerin: efeuumrankt, mit einem papiernen Rosenkranz im glatten Haar.

Die Uhr zeigte sieben, und so konnte man sich auf den We
machen.

45 Auch diesmal mußte Gustavchen leider wieder mitgenommer
werden, so schmerzlich es die „Gärtnerin" auch empfinden mochte.

Die Großmutter hatte in letzter Zeit einen Schlaganfall gehabt,
weshalb man ihr nicht die geringste Arbeit aufbürden durfte. Sie
vermochte sich zur Not noch selbst aus- und anzukleiden, damit war
50 aber ihre Leistungsfähigkeit so ziemlich erschöpft.

Ein wenig Essen stellte man der Alten neben die brennende
Lampe aufs Fensterbrett, und so konnte man sie bis zum nächsten
Morgen getrost ihrem Schicksal überlassen.

Man nahm Abschied von ihr, indem man in ihre tauben Ohren
55 schrie: „Wir jehen!" Und bald darauf waren die Alte am Fenster
und Lotte am Ofen die einzigen Bewohner des Häuschens, welches
Kielblock von außen abgeschlossen hatte.

Der Pendel der alten Schwarzwälder Uhr ging gemessen hin und
her, tick, tack. Die Greisin schwieg oder leierte mit scharfer Stimme
60 ein Gebet herunter. Lotte knurrte von Zeit zu Zeit im Schlaf, und von
draußen klangen jetzt laut und vernehmlich die dröhnenden Tuba-
stöße des Sees, dessen Eisspiegel sich wie eine riesige Demantscheibe
weiß lodernd im Vollmond und scharf umrissen zwischen die tinten-
schwarz herabhängenden formlosen Abhänge der Kiefernhügel hin-
65 einspannte.

Als Kielblocks den Ballsaal betraten, wurden sie mit einer Fanfare
begrüßt.

39 *Pappdeckel* cardboard
47 *Schlaganfall* stroke
58 *gemessen* measured, leisurely
61 *die* . . . the resounding tuba blasts
63 *lodern* gleam
64 *sich hineinspannen* fit in

41 *efeuumrankt* entwined with ivy
50 *Leistungsfähigkeit* efficiency
59 *herunterleiern* reel off
62 *Demantscheibe* diamond disc
64 *Kiefern* . . . pine covered hills

Der „Halsabschneider" erregte ungemeines Aufsehen. Gärtne-
rinnen, Zigeuner- und Marketenderinnen flüchteten kreischend zu
ihren Kavalieren, Bauernknechten und Bahnarbeitern, welche ihre 70
plumpen Glieder in spanische Kostüme gezwängt hatten und zier-
liche, zahnstocherartige Degen an der Seite trugen.

Der Segelmacher war außerordentlich zufrieden mit der Wirkung
seiner Maske. Er belustigte sich drei Stunden lang damit, ganze
Herden maskierter Frauen und Mädchen, wie der Wolf die Lämmer, 75
vor sich her zu treiben.

„He, Gevatter Halsabschneider", rief ihm jemand zu, „du siehst
ja aus wie dreimal jehenkt und wieder losgeschnitten." Ein anderer
riet, er solle doch einen Schnaps trinken, damit ihm besser würde,
denn Schnaps sei gut für Cholera. 80

Die Mahnung betreffs des Schnapses war überflüssig, denn
Schnaps hatte der Gehenkte bereits in großen Mengen zu sich
genommen. In seinem Totenschädel rumorte davon ein zweiter
Maskenball, der den wirklichen noch übertollte.

Es wurde ihm so warm und gemütlich, daß er in diesem Zustande, 85
um sein Inkognito zu wahren, mit dem leibhaftigen Sensenmann die
Brüderschaft getrunken hätte.

Um zwölf Uhr nahm man die Masken ab. Jetzt stürmten die
Freunde Kielblocks von allen Seiten auf ihn ein, beteuernd, daß sie
ihn wahrhaftig nicht erkannt hätten: „Du bist doch nun einmal der 90
tollste Kerl."

„Du verwünschter Filou, du Galgenvogel!" scholl es durcheinander.

„Das hätten wir uns doch denken können", schrie ein angetrun-
kener Schifferknecht. „Wer anders ist dreimal gehenkt und mit 95
allen Hunden gehetzt als der Segelmacher."

Alles lachte.

„Der Segelmacher, natürlich der Segelmacher", lief es von Mund

77 *Gevatter* (lit., godfather) Mr.   83 *Totenschädel* death's head
83 *rumoren* roar   84 *übertollen* outdo in wildness
86 *mit* . . . with death in the flesh   89 *beteuern* assure
92 *Du* . . . "You cursed scoundrel, you gallows bird" was heard from all sides.
95 *gehenkt* . . . i.e., has been through the mill

zu Mund, und dieser fühlte sich, wie so oft schon, auch heute als
00 der Held des Abends.

„Nichts ist schöner", rief er in das Gewühl, „als so en bißken den
toten Mann machen, aber nun hab' ick's ooch dick. Vorwärts, Musik,
Musik!" — Und sein Ruf fand Echo in aller Kehlen.

„Musik, Musik, Musik!" scholl es durcheinander, immer lauter
5 und lauter, bis mit schneidendem Ruck und schriller Dissonanz die
Musikbande zu arbeiten begann.

Der Ruf verstummte, im Nu wirbelte alles durcheinander.

Kielblock tanzte wie rasend. Er stampfte mit dem Fuße, er johlte,
daß es die Musik übertobte.

10 „Man muß doch den Leuten zeijen, det man noch leben dut",
brüllte er im Vorbeischießen dem Baßgeiger zu, der ihn freund-
schaftlich angelächelt hatte.

Mariechen überwand sich, um nicht aufzuschreien, so preßte er
sie an sich: die Sinne vergingen ihr fast. Es war, als habe ihr Mann
15 in dem „Totenspielen" doch ein Haar gefunden und wühle sich nun
mit allen Fibern seines Leibes in das Leben zurück.

Während der Musikpausen füllte er sich mit Schnaps und traktierte
auch seine Freunde damit.

„Trinkt man feste, Brüder", lallte er zuletzt, „ihr könnt mir nich
20 pankrott machen, meine Olle is eene sehr schwere Frau! Sehr, sehr
schwer", wiederholte er gedehnt, zwinkerte bedeutungsvoll mit den
Augen und führte ein Schnapsglas, bis zum Rande voll Ingwer,
unsicher zum Munde.

Das Vergnügen hatte seinen Höhepunkt überschritten und drohte
25 zu Ende zu gehen. Nach und nach verlor sich die Mehrzahl der

---

2 *machen = spielen*
5 *schneidend* i.e., sudden
10 *dut = tut*
13 *sich überwinden* control oneself
14 *als* . . . as if her husband after all did feel an aversion to playing dead
15 *sich wühlen* burrow one's way
20 *pankrott = bankrott*
21 *gedehnt* drawling
22 *Ingwer* [whiskey flavored with] ginger

2 *dick* i.e., enough
7 *im Nu* in a twinkling
11 *Baßgeiger* bass fiddler

19 *man = nur*
20 *Olle = Alte* old lady (i.e., wife)

Gäste. Kielblock und Frau nebst einer Anzahl Gleichgesinnter wankten und wichen nicht. Gustavchen hatte diesmal in einem dunklen Vorzimmer glücklich untergebracht werden können, so daß man durch ihn weniger als je behindert wurde.

Als auch die Musikanten gegangen waren, schlug jemand vor, 30 „Gottes Segen bei Cohn" zu spielen, ein Vorschlag, den man einstimmig annahm.

Während des Spiels entschliefen einige, darunter Kielblock.

Sobald der Morgendämmer fahl und gespenstig durch die Fenstervorhänge kroch, wurden sie wieder geweckt. Erwachend, gröhlte 35 der Segelmacher das Lied zu Ende, über dessen Strophen er eingeschlafen war.

„Kinder", rief er, als es heller und heller wurde, „nach Hause jehn wir nich, verstanden!? Nun jrade nich, da es Tag wird."

Einige protestierten; es sei nun wirklich genug, man müsse nichts 40 übertreiben! Die andere Hälfte stimmte ihm bei.

Aber was tun?

Der Heidekrug wurde genannt.

„Jawohl, Kinder, wir machen eenen Spazierjang ins Jrüne, wenn ooch een bißken Schnee liegen dut, es schad't nich, wir jehen 45 zusammen nach dem Heidekrug."

„Frische Luft, frische Luft!" klang es auf einmal aus vielen Kehlen, und alles drängte nach der Türe.

Die Sonne begann einen Sonntag. Ein riesiges Stück gelbglühenden Metalls, lag sie hinter den kohlschwarzen Säulen eines 50 Kieferngehölzes, welches, wenige hundert Schritte von dem Gasthause entfernt, gegen den See vorsprang. Ein braungoldiger Lichtstaub quoll durch die Stämme, drängte sich durch alle Luken und

26 *Gleichgesinnte* cronies
27 *wankten* . . . did not waver or yield
31 *Gottes* . . . God's blessing on Cohn (a card game)
34 *fahl* fallow, pale   35 *gröhlen* sing discordantly
43 *Heidekrug* Heath Inn   44 *ins Grüne* into the country
51 *Kieferngehölz* evergreen forest
52 *Lichtstaub* column of dust formed by the sun

unbeweglichen, dunklen Nadelmassen ihrer Kronen und überhauchte
55 Erde und Himmel mit einem rötlichen Scheine.   Die Luft war
schneidend kalt, aber es lag kein Schnee.

Man atmete sich nüchtern und schüttelte den Geruch des Ballsaals
aus den Kleidern.   Einige von denen, die kurz vorher gegen die
Fortsetzung des Vergnügens waren, fühlten sich jetzt so gestärkt,
60 daß sie dafür sprachen.   Andere meinten, das sei ja alles recht gut,
man müsse doch aber wenigstens die Kleider wechseln, wenn man
nicht zum Skandal der Leute werden wollte.   Dagegen konnte
niemand etwas Ernstliches einwenden; deshalb und ferner, weil
einige der Anwesenden, darunter Kielblocks, erklärten, daß sie
65 unbedingt einmal nach dem Rechten sehen müßten, wurde beschlossen, daß man sich zunächst nach Hause begeben, um neun Uhr
aber wieder treffen wolle, um den gemeinschaftlichen Spaziergang
anzutreten.

Kielblocks entfernten sich zuerst, und unter den Zurückbleibenden
70 waren wenige, die das junge Paar nicht beneideten.   Aussprüche wie:
„Ja, wenn man es auch so haben könnte" und andere wurden laut, als
man den stets fidelen Mann, Gustavchen auf dem Arm tragend, seine
Frau an der Hand führend, johlend in das Gehölz einbiegen und
verschwinden sah.

75 Zu Hause war alles in bester Ordnung.   Lotte begrüßte die
Anwesenden, die Alte lag noch im Bett.   Man kochte ihr Kaffee,
weckte sie und teilte ihr mit, daß man sie bald wieder verlassen
werde.   Sie fing an, vor sich hinzuschelten, ohne sich direkt an
jemanden zu wenden.   Durch zwei neue Pfennige wußte man sie zu
80 beruhigen.

Frau Marie, welche damit beschäftigt war, den kleinen Gustav
umzuziehen, bekam plötzlich eine Grille.   „Ach wat, et is jenug",
sagte sie, „wir wollen zu Hause bleiben."

Kielblock war außer sich.

54 *überhauchen* suffuse
65 *nach* . . . see that everything was in order
78 *vor* . . . curse away to herself   82 *ach was* oh nuts

„Ich habe Kopfschmerzen und Stechen im Rücken." 85

Eine Tasse schwarzen, starken Kaffees würde alles hinwegnehmen, erklärte er. Gehen müsse man, denn man habe die Sache ja selbst eingefädelt.

Der Kaffee hatte seine Wirkung getan. Gustavchen war vermummt und alles fertig zum Aufbruch, als ein Schiffer erschien, 90 welcher bis zum Montagmorgen ein Segel geflickt haben wollte. Es sei für die Eisjacht Mary, welche am Mittag des nächsten Tages die große Regatta mitlaufen sollte, fügte er bei.

Kielblock wies die Arbeit zurück. Um der paar Pfennige willen, welche bei so etwas heraussprängen, könne man sich nicht das 95 bißchen Sonntagsvergnügen rauben lassen.

Der Mann versicherte, daß es gut bezahlt werde, aber Kielblock blieb bei seiner Weigerung. Werktag sei Werktag, Feiertag sei Feiertag.

Unterhandelnd verließ man das Zimmer und das Haus. Er würde 00 den Lappen selbst zusammenflicken, schloß der Schiffer, wenn er nur die nötige Leinwand bekommen könnte. Auch diese verweigerte Kielblock, weil er, wie er sagte, sich nicht ins Handwerk pfuschen lassen könne.

Die Gesellschaft traf sich vor dem Gasthause. Der Spaziergang 5 gestaltete sich, da die Sonne die Kälte herabgemindert, zu einem ausnehmend genußreichen. Die Ehemänner liebelten gegenseitig mit den Frauen, sangen, rissen Witze und sprangen wie Böcke über das starr gefrorene, knisternde Moos des Waldbodens. Der Forst hallte wider vom Gejohl, Gekreisch und Gelächter des Haufens, 10 dessen Lustigkeit sich von Minute zu Minute steigerte, da man nicht vergessen hatte, gegen die Kälte einige Flaschen Kognak mit auf die Wanderschaft zu nehmen.

85 *Stechen* pain, stitch   88 *einfädeln* thread (i.e., begin)
89 *vermummen* bundle up   91 *flicken* patch
92 *Eisjacht* iceboat   93 *beifügen* add
3 *ins . . .* he couldn't let the job be bungled
7 *liebeln* flirt   8 *Witze reißen* crack jokes
9 *knistern* crackle
10 *Gejohl . . .* shouting, screaming, laughter

Im Krug wurde natürlich wieder ein Tanz improvisiert; gegen
15 Mittag trat man, bedeutend herabgestimmt, den Rückweg an.

Zwei Uhr war es, als Kielblocks vor ihrem Häuschen standen, ein
wenig müde und abgespannt, keineswegs jedoch übersättigt. Der
Segelmacher hatte den Schlüssel zur Haustür bereits ins Schloß
gesteckt, zauderte aber nichtsdestoweniger, herumzudrehen. In
20 seinem Innern klaffte eine Leere, vor der ihm graute.

Da fiel sein Blick auf den See, der wie ein ungeheurer Spiegel,
von Schlittschuhläufern und Stuhlschlitten belebt, in der Sonne
funkelte, und so kam ihm ein Gedanke.

„Mariechen", fragte er, „wie wär's, wenn wir noch 'ne Tour
25 machten? — Nach Steben rüber zu deiner Schwester — nicht? —
Sich jetzt am Mittag aufs Ohr hauen, det wär' doch sündhaft."

Die junge Frau war zu müde, sie beteuerte, nicht mehr laufen zu
können.

„Det schad't ooch nicht", erwiderte er und lief im selben Augen-
30 blick nach dem Schuppen hinter dem Hause, aus welchem er einen
hölzernen, grün angestrichenen Stuhlschlitten hervorholte.

„So wird et jehen, denk' ich", fuhr er fort, bereits damit beschäftigt, ein Paar Schlittschuhe an seinen Füßen zu befestigen,
welche über der Lehne des Schlittens gehangen hatten.

35 Ehe Mariechen Zeit hatte, weitere Bedenken zu äußern, saß sie,
Gustavchen auf dem Schoß haltend, im Stuhlschlitten und sauste,
von den kräftigen Armen ihres Mannes geschoben, über die blitzende
Eisfläche.

Kaum vierzig Meter vom Lande wandte sich die junge Frau noch
40 einmal und gewahrte den Schiffer, wie er an ihre Haustüre klopfte.
Er mußte sie heimkommen gesehen und sich entschlossen haben,
noch einmal wegen des Segels vorzusprechen.

Sie machte ihren Mann darauf aufmerksam.

---

19 *In* . . . Inside him there gaped a void which caused him horror
22 *von* . . . enlivened by skaters and sleds
24 *Tour* trip   26 *sich aufs Ohr hauen* go to bed
29 *det* . . . that's not necessary   30 *Schuppen* shed
42 *vorsprechen* call

Er hielt an, wandte sich herum und brach in ein schallendes Gelächter aus, welches die Frau mit fortriß. Es war doch auch zu 45 komisch, wie der Mann so recht geduldig und zuversichtlich mit seinem Segel auf der Schwelle stand, indes die, welche er im Hause glaubte, längst hinter seinem Rücken über den See davonflogen.

Kielblock sagte, es wäre gut, daß er nicht mehr mit dem Manne zusammengetroffen sei, denn sonst würde die schöne Schlittenpartie 50 doch noch zu Essig geworden sein.

Während des Fahrens drehte er indes wiederholt den Kopf nach rückwärts, um zu sehen, ob der Mann noch an seinem Posten stände; aber erst, als er mit Frau und Kind das jenseitige Ufer hinaufklomm, konnte er bemerken, wie sich derselbe, zum schwarzen Punkte einge- 55 schrumpft, langsam in der Richtung des Dorfes entfernte.

Die Verwandten, welche ein Gasthaus in Steben besaßen, freuten sich über den Besuch der Eheleute, zumal da bereits eine Anzahl anderer guter Freunde versammelt war. Man nahm sie gut auf, brachte Kaffee, Pfannkuchen und später auch Spirituosen. Zuletzt 60 machten die Männer ein Spielchen, während die Frauen die Tageschronik durchnahmen. Außer dem Verwandtenkreis waren noch einige Stadtleute in dem Gastzimmer anwesend. Sie brachen jedoch eiligst auf, als es zu dunkeln begann.

„Es ist ja Vollmond, meine Herrschaften", bemerkte der Wirt, die 65 Zeche einer kleinen Schlittschuhgesellschaft einstreichend, „die Passage des Sees außerdem vollkommen sicher. Sie brauchen sich nicht zu beeilen."

Man versicherte, nicht im geringsten ängstlich zu sein, ohne sich deshalb am Aufbruch hindern zu lassen. 70

„Furchtsame Stadtratten", flüsterte Kielblock seinem Schwager zu, der sich seufzend neben ihn niederließ, um sein unterbrochenes Spiel

---

45 *mit* . . . communicated itself to
51 *zu* . . . would have turned to vinegar
58 *zumal* especially as
61 *Tageschronik* . . . i.e., retailed the current gossip
66 *die Zeche* . . . pocketing the money
71 *Stadtratte* city rat

wieder aufzunehmen. Das soundsovielte Glas hochhebend, nötigte
er ihn zum Trinken und leerte selbst sein Glas zur Hälfte.

75   „Nicht wahr", fragte eine der Frauen nach dem Männertisch
herüber, „der Junge ist wieder ganz gesund."

„Ganz gesund", scholl es zurück. „Zwei Stunden, nachdem er
glücklich herausgezogen war und längst wohlgeborgen in seinem
Bette lag, schrie er plötzlich: ‚Zu Hilfe, zu Hilfe, ich ertrinke!' "

80   „Zu Hilfe, zu Hilfe, ich ertrinke!" schrie Kielblock, bei dem das
Bier wieder zu wirken begann, und hieb eine letzte Karte auf die
Tischplatte. Er gewann und strich schmunzelnd eine Anzahl kleiner
Münzen in die hohle Hand.

Währenddessen erzählte man sich, daß ein Junge bei hellem
85   Tage in die offene Stelle des Sees geraten sei, auch wohl sicher
ertrunken wäre, wenn nicht glücklicherweise im letzten Augenblick
einige Arbeiter hinzugekommen wären. Jeder der Anwesenden
kannte die Stelle; sie war an dem Südzipfel des Sees, dort, wo das
stets leicht erwärmte Wasser eines kleinen Flüßchens hineintrat.

90   Man wunderte sich um so mehr über das Unglück, da die Stelle
nicht etwa eine verführerische Eiskruste ansetzte, sondern immer
offen blieb. Der Junge müßte geradezu mit geschlossenen Augen
hineingefahren sein, meinte man.

Kielblock hatte so viel gewonnen, daß er in bester Laune der
95   Überzeugung Ausdruck gab, den ganzen verlorenen Maskenball
wieder in seiner Tasche zu haben. Ohne weitere Einwände fügte er
sich deshalb auch den Bitten seiner Frau, nun doch endlich aufzu-
brechen.

Der Abschied von den Freunden dauerte lange. Man hatte ein
00   Tanzkränzchen für den folgenden Sonntag in aller Eile zu besprechen.
Kielblock verpflichtete die Anwesenden aufs Wort, sich daran zu
beteiligen. Man sagte zu und trennte sich endlich. Kielblocks
nahmen den Weg nach dem Seeufer.

73 *soundsovielt* . . . i.e., a high number (he had lost count)
81 *hauen hieb gehauen* hew, thrust, slam
88 *Zipfel* tip   91 *verführerisch* treacherous
96 *sich fügen* yield   00 *Tanzkränzchen* dancing club
  1 *verpflichten* oblige

Senkrecht über der bläulichen Eisfläche stand der Vollmond, wie
der Silberknauf einer riesigen, funkenbestreuten Kristallkuppel 5
schien er in den Äther gefügt. Ein Lichtnebel ging von ihm aus und
rann magisch um alle Gegenstände der Erde. Luft und Erde schienen
erstarrt im Frost.

Frau Mariechen samt dem Kleinen saß bereits seit geraumer Zeit
auf dem Schlitten, als Kielblock noch immer fluchend an seinen 10
Schlittschuhen herumhantierte. Die Hände starben ihm ab, er
konnte nicht fertig werden. Gustavchen weinte.

Frau Kielblock trieb ihren Mann zur Eile; die Luft stäche sie wie
mit Nadeln. Kielblock wußte das selbst; es kam ihm vor, als ritze
man die Haut seines Gesichts und seiner Hände mit Glaserdiamanten. 15

Endlich fühlte er die Eisen fest unter seinen Sohlen. Noch konnte
er jedoch den Schlitten nicht anfassen; deshalb steckte er die Hände
in die Taschen, um sie ein wenig auftauen zu lassen. Währenddessen
schnitt er einige Figuren in das Eis. Es war hart, trocken und
durchsichtig wie Glas. 20

„In zehn Minuten sind wir drüben", versicherte er dann, den
Stuhlschlitten mit einem kräftigen Ruck in Bewegung setzend.

Spielend schoß das Gefährt in die Eisfläche, in gerader Linie auf
den gelben Lichtschein zu, welcher jenseits des Sees aus einem
Fenster des Kielblockschen Häuschens fiel. Es war die Lampe der 25
Großmutter, welche den Segelmacher schon oft, auch in mondlosen
Nächten, sicher geleitet hatte. Fuhr man vom Stebener Wirtshaus
in gerader Linie darauf zu, so hatte man überall gleichmäßig festes
Eis unter den Füßen.

„Det is noch een Schlußverjnüjen!" schrie Kielblock mit heiserer 30
Stimme seiner Frau ins Ohr, die indes vor Zähneklappern nicht
antworten konnte. Sie drückte Gustavchen fest an sich, der leise
wimmerte.

---

4 *senkrecht* vertically
4 *wie . . .* like the silver knob of a gigantic crystal dome studded with sparks
6 *gefügt* fitted, set   6 *Lichtnebel* misty light
11 *absterben* grow numb   13 *stäche* from *stechen* prick
15 *Glaserdiamant* window cutter   22 *Ruck* jolt

Der Segelmacher schien wirklich unverwüstlich; denn in der Tat
35 war diese Mondscheinpartie trotz der vorhergegangenen Strapazen
ganz nach seinem Geschmack. Er machte allerhand Mätzchen, ließ
den Schlitten im wildesten Lauf aus den Händen gleiten und schoß
hinter ihm drein, wie der Falke hinter seiner Beute. Er schleuderte
ihn wiederholt aus Mutwillen dermaßen, daß seine Frau laut auf-
40 kreischte.

Immer klarer und klarer wurden die Umrisse des Häuschens; schon
erkannte man die einzelnen Fenster desselben, schon unterschied
man die Großmutter in dem Lichtschein der Lampe, als es plötzlich
dunkel wurde.

45 Kielblock wandte sich erschreckt und gewahrte eine ungeheure
Wolkenwand, welche, den ganzen Horizont umspannend, unbemerkt
ihm im Rücken heraufgezogen war und soeben den runden Vollmond
eingeschluckt hatte. — —

„Nun aber schnell", sagte er und stieß das Gefährt mit doppelter
50 Geschwindigkeit vor sich her über das Eis.

Noch blieb das Häuschen vom Mond beleuchtet: aber weiter und
weiter kroch der riesige Wolkenschatten über den See hin, bis er
diesen samt dem Häuschen mit undurchdringlicher Finsternis
überzogen hatte.

55 Unbeirrt steuerte Kielblock auf den Lichtschein zu, welcher von
der Lampe der Großmutter herrührte. Er sagte sich, daß er nichts
zu fürchten habe, wurde aber dennoch von einer unsichtbaren
Gewalt zur Eile angetrieben.

Er raffte all seine Kraft zusammen; der Schweiß quoll ihm aus
60 allen Poren; sein Körper brannte; er keuchte . . .

Die junge Frau saß zusammengebogen und hielt das Kleine
krampfhaft an sich gepreßt. Sie sprach kein Wort, sie rührte sich
nicht, als fürchte sie anders die Schnelligkeit der Fahrt zu beeinträchtigen. Auch ihre Brust beklemmte ein unerklärliches Angst-
65 gefühl; sie hatte nur den einen Wunsch, am Ziel zu sein.

34 *unverwüstlich* indestructible   35 *Strapaze* hardship
36 *allerhand* . . . all sorts of tricks   55 *unbeirrt* unswervingly
58 *antreiben* impel   62 *krampfhaft* convulsively
64 *beklemmen* oppress

Unterdessen war es so schwarz geworden, daß Kielblock sein Weib, diese ihr Kind nicht mehr sah. Dabei rumorte der See unter dem Eispanzer unaufhörlich. Es war ein Schlürfen und Murren, dann wieder ein dumpfes verhaltenes Aufbrüllen, dazu ein Pressen gegen die Eisdecke, so daß diese knallend in großen Sprüngen barst. 70

Die Gewöhnung hatte Kielblock gegen das Unheimliche dieser Erscheinung abgestumpft; jetzt war es ihm plötzlich, als stünde er auf einem ungeheuren Käfig, darin Scharen blutdürstiger Raubtiere eingekerkert seien, die, vor Hunger und Wut brüllend, ihre Tatzen und Zähne in die Wände ihres Kerkers knirschend eingruben. 75

Von allen Seiten prasselten die Sprünge durch das Eis.

Kielblock war am See groß geworden, er wußte, daß bei einer zwölfzölligen Eisdecke ein Einbruch unmöglich sei. Seine Phantasie indes begann zu schweifen und gehorchte nicht mehr ganz seinem gesunden Urteil. Es kam ihm zuweilen vor, als öffneten sich unter 80 ihm schwarze Abgründe, um ihn samt Weib und Kind einzuschlingen.

Ein gewitterartiges Grollen wälzte sich fernher und endete in einem dumpfen Schlag dicht unter seinen Füßen.

Die Frau schrie auf. 85

Eben wollte er fragen, ob sie verrückt geworden sei, da bemerkte er etwas, das ihm den Laut in die Kehle zurücktrieb. Der einzige Lichtpunkt, welcher ihn bisher geleitet, bewegte sich — wurde blasser und blasser — zuckte auf — flackerte und — verschwand schließlich ganz. 90

„Um Jottes willen, was fällt Muttern ein!" stieß er unwillkürlich hervor, und jach wie ein Blitzstrahl durchfuhr sein Gehirn das Bewußtsein einer wirklichen Gefahr.

Er hatte angehalten und rieb sich die Augen; war es Wirklichkeit

68 *Eispanzer* coat of ice
68 *Schlürfen* . . . shuffling and rumbling
69 *dumpfes* . . . a dull, repressed roaring
70 *knallend* with a loud crack   70 *barst* from *bersten* burst
70 *Sprung* crack   72 *abstumpfen* blunt
74 *einkerkern* imprison   78 *-zöllig* -inch
89 *aufzucken* flare up
91 *Um* . . . for God's sake, what's mother up to

95 oder Täuschung? Fast glaubte er an die letztere; das Lichtbild der
Netzhaut täuschte ihn. Endlich zerrann auch dieses, und nun kam
er sich vor wie in Finsternis ertrunken. Noch glaubte er indes, die
Richtung genau zu wissen, in welcher das Licht erloschen war, und
fuhr pfeilgeschwind darauf zu.

00   Unter das Getöse des Sees mischte sich die Stimme seiner Frau,
welche vor ihm aus der Finsternis drang und ihm allerhand Vorwürfe
machte; warum man nicht zu Hause geblieben und so weiter.

Es vergingen einige Minuten. Endlich glaubte man, Hundegebell
zu hören. — Kielblock atmete erleichtert auf. Da — ein verzwei-
5 felter Schrei — ein Ruck — die Funken stoben unter seinen Stahl-
schuhen hervor; mit fast übermenschlicher Kraft riß er den Schlitten
herum und hielt an.

Der rechte Arm seiner Frau umklammerte zitternd und krampfhaft
den seinen. Er wußte, sie hatte den Tod geschaut.

10   „Sei ruhig, Miezchen, et is ja nichts", tröstete er mit bebender
Stimme, und doch war ihm selbst gewesen, als habe eine schneekalte,
verweste Hand an sein heißes Herz gegriffen.

Die junge Frau bebte wie Espenlaub; ihre Zunge schien gelähmt.
„Oh! oh! . . . mein Gott . . . mein Gott!" war alles, was sie
15 hervorbrachte.

„Was aber in aller Welt ist denn los, Menschenskind, so sprich
doch, um Himmels willen sprich doch!"

„Dort . . . dort . . .", stieß sie hervor. „Ich hab's gehört . . . ganz
deutlich . . . Wasser . . . Wasser, das offne Wasser!"

20   Er lauschte gespannt. „Ich höre nichts."

„Ich hab's gesehen, wahrhaftig, ich hab's gesehen, ganz deutlich
. . . dicht vor mir . . . wahrhaftig."

Kielblock versuchte, die dicke Luft mit den Blicken zu durchbohren
— vergebens. Es war ihm, als habe man ihm die Augen aus dem

---

95 *Lichtbild* . . . the image made on the retina
96 *zerrinnen* dissolve
5 *hervorstieben* fly out
12 *verwest* decayed
16 *Menschenskind* man alive

99 *pfeilgeschwind* swift as an arrow
10 *Miezchen* pet name for Marie
13 *Espenlaub* aspen leaf
18 *hervorstoßen* utter

Kopfe genommen und er mühe sich ab, mit den Höhlen zu sehen. 25
„Ich sehe nichts."

Die Frau ·beruhigte sich ein wenig. „Aber et riecht doch wie
Wasser."

Er erklärte, sie habe geträumt, und fühlte doch seine Angst
wachsen.   30

·Gustavchen schlief.

Langsam wollte er weiterfahren; aber seine Frau stemmte sich
dagegen mit allen Kräften der Todesangst. In weinerlichen Lauten
beschwor sie ihn, umzukehren; als er nicht still hielt, gebärdete sie
sich wie eine Wahnsinnige: „Es bricht, es bricht!"   35

Nun riß ihm die Geduld. Er schalt seine Frau, sie sei schuld mit
ihrem verfluchten Geheul, wenn er samt ihr und dem Kinde ersöffe.
Sie solle das Maul halten, oder er lasse sie, so wahr er Kielblock
heiße, allein mitten auf dem See stehen und fahre davon. Als alles
nichts half, verlor er die Besinnung und schwatzte sinnloses Zeug 40
durcheinander. Hierzu kam noch, daß er nun wirklich nicht mehr
wußte, wohin er sich wenden sollte. Die Stelle aber, auf der er
stand, schien ihm mürbe und unsicher. Vergebens suchte er die
furchtbare Angst zu bemeistern, welche auch ihn mehr und mehr zu
beherrschen begann. Die Gaukeleien erfüllten sein Hirn, er zitterte, 45
er röchelte Stoßgebete; sollte es denn wirklich und wahrhaftig zu
Ende gehen? Heute rot, morgen tot — er hatte es nie begriffen.
Heute rot, morgen tot — morgen — tot, was war das: „tot"? Er
hatte es bisher nicht gewußt, aber jetzt — nein, nein!

Kaltes Entsetzen faßte ihn, er wendete den Schlitten, er nahm 50
einen Anlauf, mit letzter, gewaltiger Kraftanstrengung — Rettung
um jeden Preis, und nun — ein klatschendes Geräusch, ein Spritzen,

25 *sich abmühen* struggle   32 *sich stemmen* resist
37 *ersaufen* go drown   43 *mürbe* soft
45 *Gaukeleien* delusions
46 *röchelte* . . . groaned out short prayers
47 *heute* . . . a popular adage
52 *Spritzen* . . . spurting, foaming, bubbling

Schäumen und Prickeln aufgestörter Wassermassen — ihm verging das Bewußtsein.

55   Ein Augenblick, und er wußte, daß er geradeswegs in die offene Stelle des Sees hineingefahren sei. Seine kräftigen Glieder durchwühlten das schwarze Wasser; er stampfte die eiskalte Flut mit übermenschlicher Kraft, bis er fühlte, daß er wieder atmen konnte.

Ein Schrei entrang sich seiner Brust, weithin gellend — ein zweiter
60   — ein dritter, die Lunge mochte mitgehen, der Kehlkopf zerspringen; ihm grauste vor dem Laut der eigenen Kehle, aber er schrie — er brüllte wie ein Tier: „Hilfe, helft uns — wir ertrinken — Hilfe!"

Gurgelnd versank er dann und der Schrei mit ihm, bis er wieder auftauchte und ihn von neuem herausheulte.

65   Er hob die Rechte übers Wasser, er suchte immer schreiend nach Halt — umsonst; wieder versank er. Als er auftauchte, war es licht um ihn. Drei Armlängen etwa zu seiner Linken begann die Eiskruste, die sich hier in großem Bogen um einen offenen Wasserspiegel zog. Er strebte sie zu erreichen. Noch einmal sank er, endlich griff er sie,
70   seine Finger glitten ab, er versuchte aufs neue und grub sie ein, als wären es Krallen — er zog sich empor. Bis zu den Schultern war er über Wasser, seine angststierenden Augen dicht über der jetzt wieder weiß im Mondschein brennenden Eisfläche. Da — da lag sein Häuschen — weiterhin das Dorf, und dort — wahrhaftig — Laternen
75   — Lichter — Rettung! Wieder durchzitterte sein Ruf die Nacht.

Er horchte gespannt.

Hoch aus der Luft fiel ein Laut. Wildgänse strichen durch den Kuppelsaal der Sterne und jetzt einzelne dunkle Punkte durch den Vollmond. Hinter sich vernahm er ein Brodeln und Gären der
80   Wasser. Blasen stiegen, er fühlte sein Blut erstarren; ihn schauderte, sich zu wenden, und er wandte sich doch. Eine dunkle

57 *stampfen* tread
60 *die* . . . enough to cause his lungs and larynx to burst
68 *Wasserspiegel* surface of the water
77 *Wildgänse* . . . wild geese flew through the arched dome of the stars
79 *Brodeln* . . . bubbling and heaving   80 *Blase* bubble

Masse quoll auf und versank in Zwischenräumen. Ein Schuh, eine Hand, eine Pelzmütze wurden sichtbar; das Ganze wälzte sich näher und näher, er wollte es haschen, aber wieder versank es.

Ein todbanger Moment — dann wahnsinniges Gelächter. Er 85 fühlte, wie ein Etwas sich von unten her um ihn klammerte; erst griff es seinen Fuß — nun umschnürte es seine Beine — bis zum Herzen kam es herauf — sein Blick verglaste — seine Hände glitten ab — er sank — dumpfes fernes Brausen — ein Gewirr von Bildern und Gedanken — dann — der Tod. 90

Man hatte im Dorfe den Hilferuf vernommen.

Arbeiter und Fischer sammelten sich auf der Unglücksstätte. Nach Verlauf einer Stunde zog man die Leiche eines Kindes aufs Eis. Man schloß aus dem Alter desselben, daß noch ein Erwachsener ertrunken sein müßte. 95

Als weitere Nachforschungen erfolglos blieben, meinte ein Fischer, man solle Netze auslegen. In Netzen fing man denn auch, gegen drei Uhr des Morgens, die Leichen des jungen Ehepaares.

Da lag nun der lustige Segelmacher mit verzerrtem, gedunsenem Gesicht, mit gebrochenen Augen die Tücke des Himmels anklagend. 00 Seine Kleider trieften, aus seinen Taschen flossen schwarze Wasserlachen. Als man ihn auf eine Bahre lud, fiel eine Anzahl kleiner Münzen klingend aufs Eis.

Die drei Leichen wurden erkannt und nach dem Kielblockschen Hause geschafft. 5

Man fand die Tür desselben verschlossen; kein Licht leuchtete aus den Fenstern. Ein Hund bellte innen, aber selbst auf wiederholtes Klopfen öffnete niemand. Ein Fischer stieg durch das Fenster in die finstere Wohnstube; seine Laterne erleuchtete dieselbe nur

---

82 *Zwischenraum* interval   85 *todbang* of deathly fear
87 *umschnüren* enlace   88 *verglasen* become glazed
99 *verzerrt* . . . distorted, bloated
00 *gebrochen* dimmed (refers to the glazed look that comes into the eyes of
   a dying person)
2 *Lache* pool   2 *Bahre* bier

10 mäßig, sie war leer. Mit seinen Wasserstiefeln ein lautes Geräusch machend, von einem kleinen braunen Hündchen angekläfft, schritt er quer hindurch und gelangte an eine kleine Tür, die er ohne weiteres aufstieß. Ein Laut der Verwunderung entfuhr ihm.

Inmitten eines fensterlosen Alkovens saß eine steinalte Frau; sie
15 war über einem grünen Kasten, welcher mit Gold-, Silber- und Kupfermünzen angefüllt offen am Boden stand, eingenickt. Ihre rechte Hand stak bis über die Knöchel im Metall, auf ihrer linken ruhte das Gesicht. Über ihren fast kahlen Scheitel warf das spärliche Flämmchen der herabgebrannten Lampe ein dunstiges,
20 falbes Licht.

11 *ankläffen* bark at   16 *einnicken* doze off
18 *kahl* . . . bald crown

ARTHUR SCHNITZLER
1862 — 1931

Arthur Schnitzler lived all his life in Vienna. He moved in medical circles, being the son of a famous throat specialist and himself a physician. In the Vienna of the nineties it was natural that his interest should turn to the new psychiatry which Freud and his colleagues were exploring. Schnitzler first attracted attention through a cycle of playlets which appeared in 1890 under the title *Anatol,* with a famous preface by the young Hofmannsthal. This first publication contained the whole Schnitzler, who reveals a society in disintegration, dissolving with charm and grace in a melancholy mood but without the energy needed for tragedy. Eliot's

> This is the way the world ends,
> Not with a bang, but a whimper

might well have served as an epigraph to Schnitzler's world.

Schnitzler's grace and delicate wit give his essentially nihilistic probing into the modern psyche a patina of freshness which time will not tarnish, though the fashion in philosophies may change.

Das Tagebuch der Redegonda (1909) explores in ironic, skeptical vein the metaphysical problem that tormented the young Hofmannsthal and his generation and which he treated in the famous *Brief des Lord Chandos:* the breakdown of the belief in an integrated personality, resulting from a general atomization of modern life (*see* Introduction, p. 6). A young civil servant, of good breeding and with a strong sense of chivalry but extremely timid in matters of the heart, is killed in a duel over a woman, who runs off with a lieutenant on the very day on which the young man has given his life for her. This much is fact; everything beyond it remains in the cloudy realm of imagination, wishful thinking, daydreaming. Did Dr. Wehwald ever really meet Redegonda? Did she really keep a diary? Did her affronted husband really appear with it in Wehwald's apartment? If all this was mere daydreaming, including Redegonda's death (which we know was not real), what led the husband to fix his suspicion on the innocent Wehwald? Turning our attention to the narrator, we ask again: How much of his account is reality? To what extent does he dream or indulge in fantasy? Does he really believe that Dr. Wehwald's ghost appeared to him on the park bench or is he merely reconstructing a macabre Poe tale from an account of the duel which he carried away from the coffee house? Who can say? As one of the characters in Schnitzler's *Paracelsus* says: "Dream and waking, truth and falsehood merge into each other. Certainty is nowhere. We know nothing about others, nothing about ourselves. We are always playing; he who knows this is wise."

ARTHUR SCHNITZLER

Das Tagebuch der Redegonda

Gestern nachts, als ich mich auf dem Heimweg für eine Weile im
Stadtpark auf einer Bank niedergelassen hatte, sah ich plötzlich in
der anderen Ecke einen Herrn lehnen, von dessen Gegenwart ich
vorher nicht das geringste bemerkt hatte. Da zu dieser späten Stunde
an leeren Bänken im Park durchaus kein Mangel war, kam mir das   5
Erscheinen dieses nächtlichen Nachbars etwas verdächtig vor; und
eben machte ich Anstalten, mich zu entfernen, als der fremde Herr,
der einen langen grauen Überzieher und gelbe Handschuhe trug, den
Hut lüftete, mich beim Namen nannte und mir einen guten Abend
wünschte. Nun erkannte ich ihn, recht angenehm überrascht. Es   10
war Dr. Gottfried Wehwald, ein junger Mann von guten Manieren,
ja sogar von einer gewissen Vornehmheit des Auftretens, die zumindest ihm selbst eine immerwährende stille Befriedigung zu gewähren
schien. Vor etwa vier Jahren war er als Konzeptspraktikant aus der
Wiener Statthalterei nach einer kleinen niederösterreichischen   15
Landstadt versetzt worden, tauchte aber von Zeit zu Zeit wieder
unter seinen Freunden im Caféhause auf, wo er stets mit jener
gemäßigten Herzlichkeit begrüßt wurde, die seiner eleganten
Zurückhaltung gegenüber geboten war. Daher fand ich es auch
angezeigt, obzwar ich ihn seit Weihnachten nicht gesehen hatte,   20
keinerlei Befremden über Stunde und Ort unserer Begegnung zu
äußern; liebenswürdig, aber anscheinend gleichgültig erwiderte ich
seinen Gruß und schickte mich eben an, mit ihm ein Gespräch zu

14 *Konzeptspraktikant* an Austrian title for a law student who receives his
practical training in a government office before taking his second State
examination, success in which entitles him to a post in the government
service
15 *Statthalterei* governorship

eröffnen, wie es sich für Männer von Welt geziemt, die am Ende
25 auch ein zufälliges Wiedersehen in Australien nicht aus der Fassung
bringen dürfte, als er mit einer abwehrenden Handbewegung kurz
bemerkte: „Verzeihen Sie, werter Freund, aber meine Zeit ist
gemessen und ich habe mich nur zu dem Zwecke hier eingefunden,
um Ihnen eine etwas sonderbare Geschichte zu erzählen, vorausgesetzt
30 natürlich, daß Sie geneigt sein sollten, sie anzuhören."

Nicht ohne Verwunderung über diese Anrede erklärte ich mich
trotzdem sofort dazu bereit, konnte aber nicht umhin, meinem
Befremden Ausdruck zu verleihen, daß Dr. Wehwald mich nicht im
Caféhause aufgesucht habe, ferner wieso es ihm gelungen war, mich
35 nächtlicherweise hier im Stadtpark aufzufinden und endlich, warum
gerade ich zu der Ehre ausersehen sei, seine Geschichte anzuhören.

„Die Beantwortung der beiden ersten Fragen," erwiderte er mit
ungewohnter Herbheit, „wird sich im Laufe meines Berichtes von
selbst ergeben.   Daß aber meine Wahl gerade auf Sie fiel, werter
40 Freund (er nannte mich nun einmal nicht anders), hat einen Grund
darin, daß Sie sich meines Wissens auch schriftstellerisch betätigen
und ich daher glaube, auf eine Veröffentlichung meiner merkwürdi-
gen, aber ziemlich zwanglosen Mitteilungen in leidlicher Form
rechnen zu dürfen."

45 Ich wehrte bescheiden ab, worauf Dr. Wehwald mit einem sonderbaren Zucken um die Nasenflügel ohne weitere Einleitung begann:
„Die Heldin meiner Geschichte heißt Redegonda.   Sie war die
Gattin eines Rittmeisters, Baron T. vom Dragonerregiment X, das in
unserer kleinen Stadt Z. garnisonierte."   (Er nannte tatsächlich nur
50 diese Anfangsbuchstaben, obwohl mir nicht nur der Name der
kleinen Stadt, sondern aus Gründen, die bald ersichtlich sein werden,
auch der Name des Rittmeisters und die Nummer des Regiments
keine Geheimnisse bedeuteten.)   „Redegonda," fuhr Dr. Wehwald
fort, „war eine Dame von außerordentlicher Schönheit, und ich

24 *sich geziemen* be fitting   26 *abwehrend* deprecatory
32 *konnte nicht umhin* could not help   36 *ausersehen* selected
40 *nun einmal* simply   43 *zwanglos* simple, natural

verliebte mich in sie, wie man zu sagen pflegt, auf den ersten Blick. 55
Leider war mir jede Gelegenheit versagt, ihre persönliche Bekannt-
schaft zu machen, da die Offiziere mit der Zivilbevölkerung beinahe
gar keinen Verkehr pflegten und an dieser Exklusivität selbst gegenüber uns Herren von der politischen Behörde in fast verletzender
Weise festhielten. So sah ich Redegonda immer nur von weitem; 60
sah sie allein oder an der Seite ihres Gemahls, nicht selten in
Gesellschaft anderer Offiziere und Offiziersdamen, durch die
Straßen spazieren, erblickte sie manchmal an einem Fenster ihrer
auf dem Hauptplatze gelegenen Wohnung, oder sah sie abends in
einem holpernden Wagen nach dem kleinen Theater fahren, wo ich 65
dann das Glück hatte, sie vom Parkett aus in ihrer Loge zu beobachten,
die von den jungen Offizieren in den Zwischenakten gerne besucht
wurde. Zuweilen war mir, als geruhe sie, mich zu bemerken. Aber
ihr Blick streifte immer nur so flüchtig über mich hin, daß ich
daraus keine weiteren Schlüsse ziehen konnte. Schon hatte ich die 70
Hoffnung aufgegeben, ihr jemals meine Anbetung zu Füßen legen
zu dürfen, als sie mir an einem wundervollen Herbstvormittag in dem
kleinen parkartigen Wäldchen, das sich vom östlichen Stadttor aus
weit ins Land hinaus erstreckte, vollkommen unerwartet entgegen-
kam. Mit einem unmerklichen Lächeln ging sie an mir vorüber, 75
vielleicht ohne mich überhaupt zu gewahren und war bald wieder
hinter dem gelblichen Laub verschwunden. Ich hatte sie an mir
vorübergehen lassen, ohne nur die Möglichkeit in Erwägung zu
ziehen, daß ich sie hätte grüßen oder gar das Wort an sie richten
können; und auch jetzt, da sie mir entschwunden war, dachte ich 80
nicht daran, die Unterlassung eines Versuchs zu bereuen, dem
keinesfalls ein Erfolg hätte beschieden sein können. Aber nun
geschah etwas Sonderbares: Ich fühlte mich nämlich plötzlich gezwungen, mir vorzustellen, was daraus geworden wäre, wenn ich
den Mut gefunden hätte, ihr in den Weg zu treten und sie anzureden. 85
Und meine Phantasie spiegelte mir vor, daß Redegonda, fern davon

---

68 *geruhen* deign   78 *in Erwägung ziehen* weigh
81 *Unterlassung* omission   82 *beschieden* destined

mich abzuweisen, ihre Befriedigung über meine Kühnheit keineswegs zu verbergen suchte, es im Laufe eines lebhaften Gespräches an Klagen über die Leere ihres Daseins, die Minderwertigkeit ihres
90 Verkehrs nicht fehlen ließ und endlich ihrer Freude Ausdruck gab, in mir eine verständnisvolle mitfühlende Seele gefunden zu haben. Und so verheißungsvoll war der Blick, den sie zum Abschied auf mir ruhen ließ, daß mir, der ich all dies, auch den Abschiedsblick, nur in meiner Einbildung erlebt hatte, am Abend desselben Tages,
95 da ich sie in ihrer Loge wiedersah, nicht anders zumute war, als schwebe ein köstliches Geheimnis zwischen uns beiden. Sie werden sich nicht wundern, werter Freund, daß ich, der nun einmal von der Kraft seiner Einbildung eine so außerordentliche Probe bekommen hatte, jener ersten Begegnung auf die gleiche Art weitere folgen
00 ließ, und daß sich unsere Unterhaltungen von Wiedersehen zu Wiedersehen freundschaftlicher, vertrauter, ja inniger gestalteten, bis eines schönen Tages unter entblätterten Ästen die angebetete Frau in meine sehnsüchtigen Arme sank. Nun ließ ich meinen beglückenden Wahn immer weiterspielen, und so dauerte es nicht
5 mehr lange, bis Redegonda mich in meiner kleinen, am Ende der Stadt gelegenen Wohnung besuchte und mir Seligkeiten beschieden waren, wie sie mir die armselige Wirklichkeit nie so berauschend zu bieten vermocht hätte. Auch an Gefahren fehlte es nicht, unser Abenteuer zu würzen. So geschah es einmal im Laufe des Winters,
10 daß der Rittmeister an uns vorbeisprengte, als wir auf der Landstraße im Schlitten pelzverhüllt in die Nacht hineinfuhren; und schon damals stieg ahnungsvoll in meinen Sinnen auf, was sich bald in ganzer Schicksalsschwere erfüllen sollte. In den ersten Frühlingstagen erfuhr man in der Stadt, daß das Dragonerregiment, dem
15 Redegondas Gatte angehörte, nach Galizien versetzt werden sollte. Meine, nein, unsere Verzweiflung war grenzenlos. Nichts blieb un-

---

92 *verheißungsvoll* full of promise   99 *weitere* i.e., *Begegnungen*
9 *würzen* spice   10 *vorbeisprengen* dash past
11 *pelzverhüllt* wrapped in furs
15 *Galizien* Galicia (formerly a province of the Austro-Hungarian Empire, now part of Poland)

besprochen, was unter solchen außergewöhnlichen Umständen zwischen Liebenden erwogen zu werden pflegt: gemeinsame Flucht, gemeinsamer Tod, schmerzliches Fügen ins Unvermeidliche. Doch der letzte Abend erschien, ohne daß ein fester Entschluß gefaßt 20 worden wäre. Ich erwartete Redegonda in meinem blumengeschmückten Zimmer. Daß für alle Möglichkeiten vorgesorgt sei, war mein Koffer gepackt, mein Revolver schußbereit, meine Abschiedsbriefe geschrieben. Dies alles, mein werter Freund, ist die Wahrheit. Denn so völlig war ich unter die Herrschaft meines Wahns geraten, 25 daß ich das Erscheinen der Geliebten an diesem Abend, dem letzten vor dem Abmarsch des Regiments, nicht nur für möglich hielt, sondern daß ich es geradezu erwartete. Nicht wie sonst gelang es mir, ihr Schattenbild herbeizulocken, die Himmlische in meine Arme zu träumen; nein, mir war als hielte etwas Unberechenbares, vielleicht 30 Furchtbares, sie daheim zurück; hundertmal ging ich zur Wohnungstür, horchte auf die Treppe hinaus, blickte aus dem Fenster, Redegondas Nahen schon auf der Straße zu erspähen; ja, in meiner Ungeduld war ich nahe daran, davonzustürzen, Redegonda zu suchen, sie mir zu holen, trotzig mit dem Recht des Liebenden und Geliebten 35 sie dem Gatten abzufordern, — bis ich endlich, wie von Fieber geschüttelt, auf meinen Diwan niedersank. Da plötzlich, es war nahe an Mitternacht, tönte draußen die Klingel. Nun aber fühlte ich mein Herz stillestehen. Denn daß die Klingel tönte, verstehen Sie mich wohl, war keine Einbildung mehr. Sie tönte ein zweites und 40 ein drittes Mal und erweckte mich schrill und unwidersprechlich zum völligen Bewußtsein der Wirklichkeit. Aber in demselben Augenblick, da ich erkannte, daß mein Abenteuer bis zu diesem Abend nur eine seltsame Reihe von Träumen bedeutet hatte, fühlte ich die kühnste Hoffnung in mir erwachen: Daß Redegonda, durch die 45 Macht meiner Wünsche in den Tiefen ihrer Seele ergriffen, in eigener Gestalt herbeigelockt, herbeigezwungen, draußen vor meiner Schwelle stünde, daß ich sie in der nächsten Minute leibhaftig in den

19 *Fügen* submission
47 *herbeigezwungen* forced to come here

Armen halten würde. In dieser köstlichen Erwartung ging ich zur
50 Tür und öffnete. Aber es war nicht Redegonda, die vor mir stand,
es war Redegondas Gatte; er selbst, so wahrhaft und lebendig, wie
Sie hier mir gegenüber auf dieser Bank sitzen, und blickte mir starr
ins Gesicht. Mir blieb natürlich nichts übrig, als ihn in mein Zimmer
treten zu lassen, wo ich ihn einlud, Platz zu nehmen. Er aber blieb
55 aufrecht stehen, und mit unsäglichem Hohn um die Lippen sprach
er: ‚Sie erwarten Redegonda. Leider ist sie am Erscheinen verhindert.
Sie ist nämlich tot.‘ ‚Tot‘, wiederholte ich, und die Welt stand still.
Der Rittmeister sprach unbeirrt weiter: ‚Vor einer Stunde fand ich
sie an ihrem Schreibtisch sitzend, dies kleine Buch vor sich, das ich
60 der Einfachheit halber gleich mitgebracht habe. Wahrscheinlich war
es der Schreck, der sie tötete, als ich so unvermutet in ihr Zimmer
trat. Hier diese Zeilen sind die letzten, die sie niederschrieb. Bitte!‘
Er reichte mir ein offenes, in violettes Leder gebundenes Büchlein,
und ich las die folgenden Worte: ‚Nun verlasse ich mein Heim auf
65 immer, der Geliebte wartet.‘ Ich nickte nur, langsam, wie zur
Bestätigung. ‚Sie werden erraten haben,‘ fuhr der Rittmeister fort,
‚daß es Redegondas Tagebuch ist, das Sie in der Hand haben. Vielleicht haben Sie die Güte, es durchzublättern, um jeden Versuch des
Leugnens als aussichtslos zu unterlassen.‘ Ich blätterte, nein, ich las.
70 Beinahe eine Stunde las ich, an den Schreibtisch gelehnt, während
der Rittmeister regungslos auf dem Diwan saß; las die ganze Geschichte unserer Liebe, diese holde, wundersame Geschichte, — in
all ihren Einzelheiten; von dem Herbstmorgen an, da ich im Wald
zum erstenmal das Wort an Redegonda gerichtet hatte, las von un-
75 serem ersten Kuß, von unseren Spaziergängen, unseren Fahrten ins
Land hinein, unseren Wonnestunden in meinem blumengeschmückten
Zimmer, von unseren Flucht- und Todesplänen, unserem Glück und
unserer Verzweiflung. Alles stand in diesen Blättern aufgezeichnet,
alles — was ich niemals in Wirklichkeit, — und doch alles genau
80 so, wie ich es in meiner Einbildung erlebt hatte. Und ich fand das
durchaus nicht so unerklärlich, wie Sie es, werter Freund, in diesem

58 *unbeirrt* calmly

Augenblick offenbar zu finden scheinen. Denn ich ahnte mit einem-
mal, daß Redegonda mich ebenso geliebt hatte wie ich sie und daß
ihr dadurch die geheimnisvolle Macht geworden war, die Erlebnisse
meiner Phantasie in der ihren alle mitzuleben. Und da sie als Weib 85
den Urgründen des Lebens, dort wo Wunsch und Erfüllung eines
sind, näher war als ich, war sie wahrscheinlich im tiefsten überzeugt
gewesen, alles das, was nun in ihrem violetten Büchlein aufgezeichnet
stand, wirklich durchlebt zu haben. Aber noch etwas anderes hielt
ich für möglich: daß dieses ganze Tagebuch nicht mehr oder nicht 90
weniger bedeutete, als eine auserlesene Rache, die sie an mir nahm,
Rache für meine Unentschlossenheit, die meine, unsere Träume nicht
hatte zur Wahrheit werden lassen; ja, daß ihr plötzlicher Tod das
Werk ihres Willens und daß es ihre Absicht gewesen war, das ver-
räterische Tagebuch dem betrogenen Gatten auf solche Weise in die 95
Hände zu spielen. Aber ich hatte keine Zeit, mich mit der Lösung
dieser Fragen lange aufzuhalten, für den Rittmeister konnte ja doch
nur eine, die natürliche Erklärung gelten; so tat ich denn, was die
Umstände verlangten, und stellte mich ihm mit den in solchen Fällen
üblichen Worten zur Verfügung.“ 00
„Ohne den Versuch“ —

„Zu leugnen?!“ unterbrach mich Dr. Wehwald herb. „Oh!
Selbst wenn ein solcher Versuch die leiseste Aussicht auf Erfolg
geboten hätte, er wäre mir kläglich erschienen. Denn ich fühlte mich
durchaus verantwortlich für alle Folgen eines Abenteuers, das ich 5
hatte erleben wollen und das zu erleben ich nur zu feig gewesen. —
‚Mir liegt daran‘, sprach der Rittmeister, ‚unseren Handel auszutragen,
noch eh Redegondas Tod bekannt wird. Es ist ein Uhr früh, um drei
Uhr wird die Zusammenkunft unserer Zeugen stattfinden, um fünf
soll die Sache erledigt sein.‘ Wieder nickt’ ich zum Zeichen des 10
Einverständnisses. Der Rittmeister entfernte sich mit kühlem Gruß.
Ich ordnete meine Papiere, verließ das Haus, holte zwei mir bekannte
Herren von der Bezirkshauptmannschaft aus den Betten — einer war
ein Graf — teilte ihnen nicht mehr mit als nötig war, um sie zur

13 *Bezirkshauptmannschaft* district command

15 raschen Erledigung der Angelegenheit zu veranlassen, spazierte dann auf dem Hauptplatz gegenüber den dunklen Fenstern auf und ab, hinter denen ich Redegondas Leichnam liegen wußte, und hatte das sichre Gefühl, der Erfüllung meines Schicksals entgegenzugehen.

Um fünf Uhr früh in dem kleinen Wäldchen ganz nahe der Stelle, 20 wo ich Redegonda zum ersten Male hätte sprechen können, standen wir einander gegenüber, die Pistole in der Hand, der Rittmeister und ich."

„Und Sie haben ihn getötet?"

„Nein. Meine Kugel fuhr hart an seiner Schläfe vorbei. Er aber 25 traf mich mitten ins Herz. Ich war auf der Stelle tot, wie man zu sagen pflegt."

„Oh!" rief ich stöhnend mit einem ratlosen Blick auf meinen sonderbaren Nachbar. Aber dieser Blick fand ihn nicht mehr. Denn Dr. Wehwald saß nicht mehr in der Ecke der Bank. Ja, ich habe 30 Grund zu vermuten, daß er überhaupt niemals dort gesessen hatte. Hingegen erinnerte ich mich sofort, daß gestern abends im Caféhaus viel von einem Duell die Rede gewesen, in dem unser Freund, Dr. Wehwald, von einem Rittmeister namens Teuerheim erschossen worden war. Der Umstand, daß Frau Redegonda noch am selben 35 Tage mit einem jungen Leutnant des Regiments spurlos verschwunden war, gab der kleinen Gesellschaft trotz der ernsten Stimmung, in der sie sich befand, zu einer Art von wehmütiger Heiterkeit Anlaß, und jemand sprach die Vermutung aus, daß Dr. Wehwald, den wir immer als ein Muster von Korrektheit, Diskretion und Vor- 40 nehmheit gekannt hatten, ganz in seinem Stil, halb mit seinem, halb gegen seinen Willen, für einen anderen, Glücklicheren, den Tod hatte erleiden müssen.

Was jedoch die Erscheinung des Dr. Wehwald auf der Stadtparkbank anbelangt, so hätte sie gewiß an eindrucksvoller Seltsamkeit 45 erheblich gewonnen, wenn sie sich mir vor dem ritterlichen Ende des Urbildes gezeigt hätte. Und ich will nicht verhehlen, daß der Gedanke, durch diese ganz unbedeutende Verschiebung die Wirkung meines Berichtes zu steigern, mir anfangs nicht ganz ferne gelegen

war. Doch nach einiger Überlegung scheute ich vor der Möglichkeit
des Vorwurfs zurück, daß ich durch eine solche, den Tatsachen nicht 50
ganz entsprechende Darstellung der Mystik, dem Spiritismus und
anderen gefährlichen Dingen neue Beweise in die Hand gespielt
hätte, sah Anfragen voraus, ob meine Erzählung wahr oder erfunden
wäre, ja ob ich Vorfälle solcher Art überhaupt für denkbar hielte —
und hätte mich vor der peinlichen Wahl gefunden, je nach meiner 55
Antwort als Okkultist oder als Schwindler erklärt zu werden. Darum
habe ich es am Ende vorgezogen, die Geschichte meiner nächtlichen
Begegnung so aufzuzeichnen, wie sie sich zugetragen, freilich auf die
Gefahr hin, daß viele Leute trotzdem an ihrer Wahrheit zweifeln
werden, — in jenem weithin verbreiteten Mißtrauen, das Dichtern 60
nun einmal entgegengebracht zu werden pflegt, wenn auch mit
weniger Grund als den meisten anderen Menschen.

61 *entgegenbringen* proffer

THOMAS MANN

1875 — 1955

Thomas Mann was born in the Hanseatic city of Lübeck into a wealthy patrician family. After an indifferent school career, he went with his widowed mother to Munich, where he entered the office of a fire-insurance company as a clerk. A year in Italy, spent in the company of his older brother Heinrich, ended his formal education. A first *Novelle* had appeared in 1894. Four years later *Der kleine Herr Friedemann*, a volume of stories, called attention to a new writer of promise. With the publication of *Buddenbrooks* (1901), Mann became a national figure in the literary world. His life after that was an uninterrupted success story, which was crowned by the award of the Nobel Prize for literature in 1929.

The Nazi seizure of power sent him into voluntary exile, first to Switzerland, then to the United States. He became an American citizen and participated actively in the political life of his adopted country. Several years after the close of the Second World War he returned to Switzerland, where he died at the age of eighty.

Thomas Mann is one of the triumvirate of literary giants whom Germany produced in the twentieth century. He was a profound and subtle thinker and a master of prose style. He grasped, as no other contemporary artist has done, the philosophical problems of our age: the position of the intellectual in a decaying bourgeois society, the mission of a liberal humanist in a world moving toward totalitarianism. Although writing essentially about himself in many disguises, he used his superb gifts of irony and parody to achieve distance and to escape the artistic sin of sentimentality.

Der Bajazzo, written in 1897, was first published in the collection of stories *Der kleine Herr Friedemann* (1898). It is a psychological

Novelle on two levels.   At first sight we have here a brilliant study of an inferiority complex.   But any student of Thomas Mann recognizes that this *Novelle* depicts the spiritual torment of the artist-intellectual who is torn between two ways of life: that which involves participation in the world of everyday experience (*Natur*) and the detached, content-less, formal existence of all those who devote themselves to the mental life (*Geist*).   Mann has probed this problem over and over again in his writings, each time adding to his and our understanding of its implications.   What he says about it in *Tristan, Tonio Kröger, Königliche Hoheit, Der Tod in Venedig,* in the two versions of *Felix Krull,* and in the later works *Der Zauberberg,* the *Joseph* cycle and *Doktor Faustus,* must be collated with his statement in this *Novelle.*   It must not be assumed that in our hero he has passed final judgment on the artist-intellectual and his relation to society.   For one thing our hero is not a successful artist any more than is Detlev Spinell of *Tristan.*   The unhappiness of significant *Geistesmenschen* like Tonio Kröger, Gustav Aschenbach, and Joseph is depicted with much more sympathy than Thomas Mann shows for dilettante natures like Spinell or our hero.

What all these artist-intellectuals have in common is a longing for the normal, a desire to "belong," to be accepted by the average bourgeois who constitutes society.   So Tonio Kröger longs for the approval of the "stupid" Hans Hansen and feels unhappy in his isolated superiority; and our hero says as much in this story.

This problem of the relation between *Natur* and *Geist* has deep roots in European literature and thought, especially since the birth of romanticism in the middle of the eighteenth century.   It has been especially prevalent in German literature since Schiller's famous formulation of the conflict in his essay *Über naive und sentimentalische Dichtung.*   It is not possible to enter here into a discussion of the character of this problem, its fortunes in nineteenth-century German literature, and its history in the development of Thomas Mann's own thought.   The student is referred to the considerable body of literature on Thomas Mann which deals with it.

THOMAS MANN

Der Bajazzo

Nach allem zum Schluß und als würdiger Ausgang, in der Tat, alles
dessen ist es nun der Ekel, den mir das Leben — mein Leben — den
mir „alles das" und „das Ganze" einflößt, dieser Ekel, der mich
würgt, mich aufjagt, mich schüttelt und wieder niederwirft, und der
mir vielleicht über kurz oder lang einmal die notwendige Schwung-   5
kraft geben wird, die ganze lächerliche und nichtswürdige Angelegenheit überm Knie zu zerbrechen und mich auf und davon zu machen.
Sehr möglich immerhin, daß ich es noch diesen und den anderen
Monat treibe, daß ich noch ein Viertel- oder Halbjahr fortfahre zu
essen, zu schlafen und mich zu beschäftigen, — in derselben mechani- 10
schen, wohlgeregelten und ruhigen Art, in der mein äußeres Leben
während dieses Winters verlief, und die mit dem wüsten Auflösungsprozeß meines Innern in entsetzlichem Widerstreite stand.   Scheint
es nicht, daß die inneren Erlebnisse eines Menschen desto stärker und
angreifender sind, je degagierter, weltfremder und ruhiger er äußerlich 15
lebt? Es hilft nichts: man muß leben; und wenn du dich wehrst, ein
Mensch der Aktion zu sein, und dich in die friedlichste Einöde
zurückziehst, so werden die Wechselfälle des Daseins dich innerlich
überfallen, und du wirst deinen Charakter in ihnen zu bewähren
haben, seiest du nun ein Held oder ein Narr.   20
    Ich habe mir dies reinliche Heft bereitet, um meine „Geschichte"

Title: Clown (Italian). Leoncavallo's opera *Pagliacci* is known in Germany as
    Der Bajazzo. Thomas Mann may have had it in mind in chosing the title
    of this *Novelle.*
  1 *Nach* . . . as an end to the whole business and a really proper issue to it
    all . . . (The tortuous diction indicates the mental turmoil of the writer.)
  5 *Schwungkraft* energy
  7 *überm Knie zerbrechen* make short work of
 15 *degagiert* detached   18 *Wechselfälle* vicissitudes

darin zu erzählen; warum eigentlich? Vielleicht, um überhaupt
etwas zu tun zu haben? Aus Lust am Psychologischen vielleicht und
um mich an der Notwendigkeit alles dessen zu laben? Die Not-
25 wendigkeit ist so tröstlich! Vielleicht auch, um auf Augenblicke eine
Art von Überlegenheit über mich selbst und etwas wie Gleichgültigkeit zu genießen? — Denn Gleichgültigkeit, ich weiß, das wäre eine
Art von Glück.

Die liegt so weit dahinten, die kleine, alte Stadt mit ihren schmalen,
30 winkeligen und giebeligen Straßen, ihren gotischen Kirchen und
Brunnen, ihren betriebsamen, soliden und einfachen Menschen und
dem großen, altersgrauen Patrizierhause, in dem ich aufgewachsen
bin.
Das lag inmitten der Stadt und hatte vier Generationen von ver-
35 mögenden und angesehenen Kaufleuten überdauert. „Ora et labora"
stand über der Haustür, und wenn man von der weiten, steinernen
Diele, um die sich oben eine Galerie aus weißlackiertem Holze zog,
die breite Treppe hinangestiegen war, so mußte man noch einen
weitläufigen Vorplatz und eine kleine, dunkle Säulenhalle durch-
40 schreiten, um durch eine der hohen, weißen Türen in das Wohnzimmer zu gelangen, wo meine Mutter am Flügel saß und spielte.
Sie saß im Dämmerlicht, denn vor den Fenstern befanden sich
schwere, dunkelrote Vorhänge; und die weißen Götterfiguren der
Tapete schienen plastisch aus ihrem blauen Hintergrund hervorzu-
45 treten und zu lauschen auf diese schweren, tiefen Anfangstöne eines
Chopinschen Notturnos, das sie vor allem liebte und stets sehr langsam spielte, wie um die Melancholie eines jeden Akkordes auszu-
genießen. Der Flügel war alt und hatte an Klangfülle eingebüßt,
aber mit dem Pianopedal, welches die hohen Töne so verschleierte,

---

29 The following account of the hero's parents and early life bears some
resemblance to that in *Tonio Kröger;* both are in essence the inner story of
Thomas Mann's own early experience. Compare the author's *Lebensabriß,*
published in the *Neue Rundschau* for June 1930.

31 *betriebsam* industrious   35 *ora . . .* pray and work

daß sie an mattes Silber erinnerten, konnte man die seltsamsten Wir- 50
kungen erzielen.

Ich saß auf dem massigen, steiflehnigen Damastsofa und lauschte
und betrachtete meine Mutter. Sie war klein und zart gebaut und
trug meistens ein Kleid aus weichem, hellgrauem Stoff. Ihr schmales
Gesicht war nicht schön, aber es war unter dem gescheitelten, leicht- 55
gewellten Haar von schüchternem Blond wie ein stilles, zartes, ver-
träumtes Kinderantlitz, und wenn sie, den Kopf ein wenig zur Seite
geneigt, am Klaviere saß, so glich sie den kleinen, rührenden Engeln,
die sich auf alten Bildern oft zu Füßen der Madonna mit der Gitarre
bemühen. 60

Als ich klein war, erzählte sie mir mit ihrer leisen und zurückhaltenden Stimme oft Märchen, wie sonst niemand sie kannte; oder
sie legte auch einfach ihre Hände auf meinen Kopf, der in ihrem
Schoße lag, und saß schweigend und unbeweglich. Mich dünkt, das
waren die glücklichsten und friedevollsten Stunden meines Lebens. — 65
Ihr Haar wurde nicht grau, und sie schien mir nicht älter zu werden;
ihre Gestalt ward nur beständig zarter und ihr Gesicht schmaler,
stiller und verträumter.

Mein Vater aber war ein großer und breiter Herr in feinem,
schwarzem Tuchrock und weißer Weste, auf der ein goldenes Binokel 70
hing. Zwischen seinen kurzen, eisgrauen Koteletten trat das Kinn,
das wie die Oberlippe glattrasiert war, rund und stark hervor, und
zwischen seinen Brauen standen stets zwei tiefe, senkrechte Falten.
Es war ein mächtiger Mann von großem Einfluß auf die öffentlichen
Angelegenheiten; ich habe Menschen ihn mit fliegendem Atem und 75
leuchtenden Augen verlassen sehen und andere, die gebrochen und
ganz verzweifelt waren. Denn es geschah zuweilen, daß ich und auch
wohl meine Mutter und meine beiden älteren Schwestern solchen
Szenen beiwohnten; vielleicht, weil mein Vater mir Ehrgeiz einflößen wollte, es so weit in der Welt zu bringen wie er; vielleicht 80

52 *steiflehnig* stiff backed
70 *Binokel* spectacles (a pince nez hanging from a silken cord)
71 *eisgrauen* . . . iron gray side whiskers

auch, wie ich argwöhne, weil er eines Publikums bedurfte. Er hatte
eine Art, an seinen Stuhl gelehnt und die eine Hand in den Rockaufschlag geschoben, dem beglückten oder vernichteten Menschen nach-
zublicken, die mich schon als Kind diesen Verdacht empfinden ließ.

85　Ich saß in einem Winkel und betrachtete meinen Vater und meine
Mutter, wie als ob ich wählte zwischen beiden und mich bedächte,
ob in träumerischem Sinnen oder in Tat und Macht das Leben besser
zu verbringen sei. Und meine Augen verweilten am Ende auf dem
stillen Gesicht meiner Mutter.

90　Nicht daß ich in meinem äußeren Wesen ihr gleich gewesen wäre,
denn meine Beschäftigungen waren zu einem großen Teile durchaus
nicht still und geräuschlos. Ich denke an eine davon, die ich dem
Verkehr mit Altersgenossen und ihren Arten von Spiel mit Leidenschaft vorzog, und die mich noch jetzt, da ich beiläufig dreißig Jahre
95　zähle, mit Heiterkeit und Vergnügen erfüllt.

Es handelte sich um ein großes und wohlausgestattetes Puppentheater, mit dem ich mich ganz allein in meinem Zimmer einschloß,
um die merkwürdigsten Musikdramen darauf zur Aufführung zu
bringen. Mein Zimmer, das im zweiten Stocke lag, und in dem zwei
00　dunkle Vorfahrenporträts mit Wallensteinbärten hingen, ward ver-
dunkelt und eine Lampe neben das Theater gestellt; denn die künst-
liche Beleuchtung erschien zur Erhöhung der Stimmung erforder-
lich. Ich nahm unmittelbar vor der Bühne Platz, denn ich war
der Kapellmeister, und meine linke Hand ruhte auf einer großen
5　runden Pappschachtel, die das einzige sichtbare Orchesterinstrument
ausmachte.

Es trafen nunmehr die mitwirkenden Künstler ein, die ich selbst
mit Tinte und Feder gezeichnet, ausgeschnitten und mit Holzleisten
versehen hatte, so daß sie stehen konnten. Es waren Herren in
10　Überziehern und Zylindern und Damen von großer Schönheit.

82 *Rockaufschlag* i.e., between the buttons at the front (the classic pose of
the great Napoleon)
00 *Wallensteinbart* Vandyke beard

„Guten Abend," sagte ich, „meine Herrschaften! Wohlauf allerseits? Ich bin bereits zur Stelle, denn es waren noch einige Anord-
nungen zu treffen. Aber es wird an der Zeit sein, sich in die Garderoben zu begeben."

Man begab sich in die Garderoben, die hinter der Bühne lagen, 15
und man kehrte bald darauf gänzlich verändert und als bunte Theater-
figuren zurück, um sich durch das Loch, das ich in den Vorhang
geschnitten hatte, über die Besetzung des Hauses zu unterrichten.
Das Haus war in der Tat nicht übel besetzt, und ich gab mir das
Klingelzeichen zum Beginn der Vorstellung, worauf ich den Takt- 20
stock erhob und ein Weilchen die große Stille genoß, die dieser
Wink hervorrief. Alsbald jedoch ertönte auf eine neue Bewegung
hin der ahnungsvoll dumpfe Trommelwirbel, der den Anfang der
Ouvertüre bildete, und den ich mit der linken Hand auf der
Pappschachtel vollführte, — die Trompeten, Klarinetten und Flöten, 25
deren Toncharakter ich mit dem Munde auf unvergleichliche Weise
nachahmte, setzten ein, und die Musik spielte fort, bis bei einem
machtvollen *crescendo* der Vorhang emporrollte und in dunklem
Wald oder prangendem Saal das Drama begann.

Es war vorher in Gedanken entworfen, mußte aber im Einzelnen 30
improvisiert werden, und was an leidenschaftlichen und süßen
Gesängen erscholl, zu denen die Klarinetten trillerten und die Pappschachtel grollte, das waren seltsame, volltönende Verse, die voll
großer und kühner Worte steckten und sich zuweilen reimten, einen
verstandesmäßigen Inhalt jedoch selten ergaben. Die Oper aber 35
nahm ihren Fortgang, während ich mit der linken Hand trommelte,
mit dem Munde sang und musizierte und mit der Rechten nicht nur
die darstellenden Figuren, sondern auch alles übrige aufs umsichtigste
dirigierte, so daß nach den Aktschlüssen begeisterter Beifall erscholl,
der Vorhang wieder und wieder sich öffnen mußte, und es manchmal 40
sogar nötig war, daß der Kapellmeister sich auf seinem Sitze wendete
und auf stolze zugleich und geschmeichelte Art in die Stube hinein
dankte.

18 *Besetzung* attendance
38 *aufs umsichtigste* most circumspectly

Wahrhaftig, wenn ich nach solch einer anstrengenden Aufführung
45 mit heißem Kopf mein Theater zusammenpackte, so erfüllte mich
eine glückliche Mattigkeit, wie ein starker Künstler sie empfinden
muß, der ein Werk, an das er sein bestes Können gesetzt, siegreich
vollendete. — Dieses Spiel blieb bis zu meinem dreizehnten oder
vierzehnten Jahre meine Lieblingsbeschäftigung.

50   Wie verging doch meine Kindheit und Knabenzeit in dem großen
Hause, in dessen unteren Räumen mein Vater seine Geschäfte leitete,
während oben meine Mutter in einem Lehnsessel träumte oder leise
und nachdenklich Klavier spielte und meine beiden Schwestern, die
zwei und drei Jahre älter waren als ich, in der Küche und an den
55 Wäscheschränken hantierten? Ich erinnere mich an so weniges.

Fest steht, daß ich ein ungeheuer muntrer Junge war, der bei
seinen Mitschülern durch bevorzugte Herkunft, durch mustergültige
Nachahmung der Lehrer, durch tausend Schauspielerstückchen und
durch eine Art überlegener Redensarten sich Respekt und Beliebtheit
60 zu verschaffen wußte. Beim Unterricht aber erging es mir übel,
denn ich war zu tief beschäftigt damit, die Komik aus den Bewegungen der Lehrer herauszufinden, als daß ich auf das übrige hätte
aufmerksam sein können, und zu Hause war mir der Kopf zu voll von
Opernstoffen, Versen und buntem Unsinn, als daß ich ernstlich
65 imstande gewesen wäre, zu arbeiten.

„Pfui," sagte mein Vater, und die Falten zwischen seinen Brauen
vertieften sich, wenn ich ihm nach dem Mittagessen mein Zeugnis ins
Wohnzimmer gebracht und er das Papier, die Hand im Rockaufschlag, durchlesen hatte. — „Du machst mir wenig Freude, das ist
70 wahr. Was soll aus dir werden, wenn du die Güte haben willst, mir
das zu sagen? Du wirst im Leben niemals an die Oberfläche
gelangen."

Das war betrübend; allein es hinderte nicht, daß ich bereits nach
dem Abendessen den Eltern und Schwestern ein Gedicht vorlas, das
75 ich während des Nachmittags geschrieben. Mein Vater lachte dabei,
daß sein Pincenez auf der weißen Weste hin und her sprang. —

„Was für Narrenpossen!" rief er einmal über das andere. Meine Mutter aber zog mich zu sich, strich mir das Haar aus der Stirn und sagte: „Es ist gar nicht schlecht, mein Junge, ich finde, daß ein paar hübsche Stellen darin sind." 80

Später, als ich noch ein wenig älter war, erlernte ich auf eigene Hand eine Art von Klavierspiel. Ich begann damit, in Fis-Dur Akkorde zu greifen, weil ich die schwarzen Tasten besonders reizvoll fand, suchte mir Übergänge zu anderen Tonarten und gelangte allmählich, da ich lange Stunden am Flügel verbrachte, zu einer 85 gewissen Fertigkeit im takt- und melodielosen Wechsel von Harmonien, wobei ich in dies mystische Gewoge so viel Ausdruck legte, wie nur immer möglich.

Meine Mutter sagte: „Er hat einen Anschlag, der Geschmack verrät." Und sie verlanlaßte, daß ich Unterricht erhielt, der während 90 eines halben Jahres fortgesetzt wurde, denn ich war wirklich nicht dazu angetan, den gehörigen Fingersatz und Takt zu erlernen.

Nun, die Jahre vergingen, und ich wuchs trotz der Sorgen, die mir die Schule bereitete, ungemein fröhlich heran. Ich bewegte mich heiter und beliebt im Kreise meiner Bekannten und Verwandten, und 95 ich war gewandt und liebenswürdig aus Lust daran, den Liebenswürdigen zu spielen, obgleich ich alle diese Leute, die trocken und phantasielos waren, aus einem Instinkt heraus zu verachten begann.

Eines Nachmittags, als ich etwa achtzehn Jahre alt war und an der Schwelle der hohen Schulklassen stand, belauschte ich ein kurzes 00 Zwiegespräch zwischen meinen Eltern, die im Wohnzimmer an dem runden Sofatisch beisammensaßen und nicht wußten, daß ich im anliegenden Speisezimmer tatenlos im Fenster lag und über den Giebelhäusern den blassen Himmel betrachtete. Als ich meinen

77 *einmal* . . . over and over   82 *Fis-Dur* F sharp major
84 *Tonart* key
87 *mystische* . . . mystical surge (a contemptuous indication that the music is gushy, vague, imprecise)
89 *Anschlag* touch   92 *Fingersatz* fingering

5 Namen verstand, trat ich leise an die weiße Flügeltür, die halb
offen stand.

Mein Vater saß in seinem Sessel zurückgelehnt, ein Bein über das
andere geschlagen, und hielt mit der einen Hand das Börsenblatt auf
den Knien, während er mit der anderen langsam zwischen den
10 Koteletten sein Kinn streichelte. Meine Mutter saß auf dem Sofa
und hatte ihr stilles Gesicht über eine Stickerei geneigt. Die Lampe
stand zwischen beiden.

Mein Vater sagte: „Ich bin der Meinung, daß wir ihn demnächst
aus der Schule entfernen und in ein groß angelegtes Geschäft in die
15 Lehre tun.“

„Oh,“ sagte meine Mutter ganz betrübt und blickte auf. „Ein so
begabtes Kind!“

Mein Vater schwieg einen Augenblick, während er mit Sorgfalt
eine Staubfaser von seinem Rocke blies. Dann hob er die Achseln
20 empor, breitete die Arme aus, indem er meiner Mutter beide Hand-
flächen entgegenhielt und sagte:

„Wenn du annimmst, meine Liebe, daß zu der Tätigkeit eines
Kaufmanns keinerlei Begabung gehört, so ist diese Auffassung eine
irrige. Andererseits bringt es der Junge, wie ich zu meinem Leidwesen
25 mehr und mehr erkennen muß, auf der Schule schlechterdings zu
nichts. Seine Begabung, von der du sprichst, ist eine Art von Bajaz-
zobegabung, wobei ich mich beeile, hinzuzufügen, daß ich dergleichen durchaus nicht unterschätze. Er kann liebenswürdig sein,
wenn er Lust hat, er versteht es, mit den Leuten umzugehen, sie zu
30 amüsieren, ihnen zu schmeicheln, er hat das Bedürfnis, ihnen zu
gefallen und Erfolge zu erzielen; mit derartiger Veranlagung hat
bereits mancher sein Glück gemacht, und mit ihr ist er angesichts
seiner sonstigen Indifferenz zum Handelsmann größeren Stils relativ
geeignet.“

35   Hier lehnte mein Vater sich befriedigt zurück, nahm eine Ziga-
rette aus dem Etui und setzte sie langsam in Brand.

14 *groß* . . . big (lit., laid out on a large scale)
24 *Leidwesen* sorrow   36 *Etui* case

„Du hast sicherlich recht," sagte meine Mutter und blickte weh-
mütig im Zimmer umher. — „Ich habe nur oftmals geglaubt und
gewissermaßen gehofft, es könne einmal ein Künstler aus ihm wer·
den. — Es ist wahr, auf sein musikalisches Talent, das unausgebildet 40
geblieben ist, darf wohl kein Gewicht gelegt werden; aber hast du
bemerkt, daß er sich neuerdings, seitdem er die kleine Kunstausstellung besuchte, ein wenig mit Zeichnen beschäftigt? Es ist gar nicht
schlecht, dünkt mich."

Mein Vater blies den Rauch von sich, setzte sich im Sessel zurecht 45
und sagte kurz:

„Das alles ist Clownerie und Blague. Im übrigen kann man, wie
billig, ihn selbst ja nach seinen Wünschen fragen."

Nun, was sollte wohl ich für Wünsche haben? Die Aussicht auf
Veränderung meines äußeren Lebens wirkte durchaus erheiternd auf 50
mich, ich erklärte mich ernsten Angesichtes bereit, die Schule zu
verlassen, um Kaufmann zu werden, und trat in das große Holzgeschäft des Herrn Schlievogt, unten am Fluß, als Lehrling ein.

Die Veränderung war ganz äußerlich, das versteht sich. Mein
Interesse für das große Holzgeschäft des Herrn Schlievogt war 55
ungemein geringfügig, und ich saß auf meinem Drehsessel unter der
Gasflamme in dem engen und dunklen Kontor so fremd und
abwesend wie ehemals auf der Schulbank. Ich hatte weniger Sorgen
nunmehr; darin bestand der Unterschied.

Herr Schlievogt, ein beleibter Mensch mit rotem Gesicht und 60
grauem, hartem Schifferbart, kümmerte sich wenig um mich, da er
sich meistens in der Sägemühle aufhielt, die ziemlich weit von
Kontor und Lagerplatz entfernt lag, und die Angestellten des
Geschäftes behandelten mich mit Respekt. In freundschaftlichem
Verkehr stand ich nur mit einem von ihnen, einem begabten und 65
vergnügten jungen Menschen aus guter Familie, den ich auf der
Schule bereits gekannt hatte, und der übrigens Schilling hieß. Er

47 *Blague* pretentiousness, humbug   57 *Kontor* office
61 *Schifferbart* sailor's beard (i.e., under the chin)

moquierte sich gleich mir über alle Welt, legte jedoch nebenher ein
eifriges Interesse für den Holzhandel an den Tag und verfehlte an
70 keinem Tage, den bestimmten Vorsatz zu äußern, auf irgendeine
Weise ein reicher Mann zu werden.

Ich meinesteils erledigte mechanisch meine notwendigen Angelegenheiten, um im übrigen auf dem Lagerplatz zwischen den
Bretterstapeln und den Arbeitern umherzuschlendern, durch das
75 hohe Holzgitter den Fluß zu betrachten, an dem dann und wann ein
Güterzug vorüberrollte, und dabei an eine Theateraufführung oder
an ein Konzert zu denken, dem ich beigewohnt, oder an ein Buch, das
ich gelesen.

Ich las viel, las alles, was mir erreichbar war, und meine Eindrucks-
80 fähigkeit war groß. Jede dichterische Persönlichkeit verstand ich
mit dem Gefühl, glaubte in ihr mich selbst zu erkennen und dachte
und empfand so lange in dem Stile eines Buches, bis ein neues seinen
Einfluß auf mich ausgeübt hatte. In meinem Zimmer, in dem ich
ehemals mein Puppentheater aufgebaut hatte, saß ich nun mit einem
85 Buch auf den Knien und blickte zu den beiden Vorfahrenbildern
empor, um den Tonfall der Sprache nachzugenießen, der ich mich
hingegeben hatte, während ein unfruchtbares Chaos von halben
Gedanken und Phantasiebildern mich erfüllte. —

Meine Schwestern hatten sich kurz nacheinander verheiratet, und
90 ich ging, wenn ich nicht im Geschäft war, oft ins Wohnzimmer
hinunter, wo meine Mutter, die ein wenig kränkelte, und deren
Gesicht stets kindlicher und stiller wurde, nun meistens ganz einsam
saß. Wenn sie mir Chopin vorgespielt und ich ihr einen neuen
Einfall von Harmonieverbindung gezeigt hatte, fragte sie mich wohl,
95 ob ich zufrieden in meinem Berufe und glücklich sei. — Kein
Zweifel, daß ich glücklich war.

Ich war nicht viel älter als zwanzig Jahre, meine Lebenslage war
nichts als provisorisch, und der Gedanke war mir nicht fremd, daß
ich ganz und gar nicht gezwungen sei, mein Leben bei Herrn
00 Schlievogt oder in einem Holzgeschäfte noch größeren Stils zu

86 *Tonfall* cadence   91 *kränkeln* be ailing

verbringen, daß ich mich eines Tages frei machen könne, um die
giebelige Stadt zu verlassen und irgendwo in der Welt meinen
Neigungen zu leben: gute und feingeschriebene Romane zu lesen, ins
Theater zu gehen, ein wenig Musik zu machen. Glücklich? Aber
ich speiste vorzüglich, ich ging aufs beste gekleidet, und früh bereits, 5
wenn ich etwa während meiner Schulzeit gesehen hatte, wie arme und
schlecht gekleidete Kameraden sich gewohnheitsmäßig duckten und
mich und meinesgleichen mit einer Art schmeichlerischer Scheu
willig als Herren und Tonangebende anerkannten, war ich mir mit
Heiterkeit bewußt gewesen, daß ich zu den Oberen, Reichen, 10
Beneideten gehörte, die nun einmal das Recht haben, mit wohl-
wollender Verachtung auf die Armen, Unglücklichen und Neider
hinabzublicken. Wie sollte ich nicht glücklich sein? Mochte alles
seinen Gang gehen. Fürs erste hatte es seinen Reiz, sich fremd,
überlegen und heiter unter diesen Verwandten und Bekannten zu 15
bewegen, über deren Begrenztheit ich mich moquierte, während ich
ihnen, aus Lust daran, zu gefallen, mit gewandter Liebenswürdigkeit
begegnete und mich wohlgefällig in dem unklaren Respekte sonnte,
den alle diese Leute vor meinem Sein und Wesen erkennen ließen,
weil sie mit Unsicherheit etwas Oppositionelles und Extravagantes 20
darin vermuteten.

Es begann eine Veränderung mit meinem Vater vor sich zu gehen.
Wenn er um vier Uhr zu Tische kam, so schienen die Falten
zwischen seinen Brauen täglich tiefer, und er schob nicht mehr mit
einer imposanten Gebärde die Hand in den Rockaufschlag, sondern 25
zeigte ein gedrücktes, nervöses und scheues Wesen. Eines Tages
sagte er zu mir:

„Du bist alt genug, die Sorgen, die meine Gesundheit untergraben,
mit mir zu teilen. Übrigens habe ich die Verpflichtung, dich mit
ihnen bekannt zu machen, damit du dich über deine künftige 30
Lebenslage keinen falschen Erwartungen hingibst. Du weißt, daß die
Heiraten deiner Schwestern beträchtliche Opfer gefordert haben.

26 *Wesen* air

Neuerdings hat die Firma Verluste erlitten, welche geeignet waren, das Vermögen erheblich zu reduzieren. Ich bin ein alter Mann, fühle
35 mich entmutigt und glaube nicht, daß an der Sachlage Wesentliches zu ändern sein wird. Ich bitte dich, zu bemerken, daß du auf dich selbst gestellt sein wirst." —

Dies sprach er zwei Monate etwa vor seinem Tode. Eines Tages fand man ihn gelblich, gelähmt und lallend in dem Armsessel seines
40 Privatkontors, und eine Woche darauf nahm die ganze Stadt an seinem Begräbnis teil.

Meine Mutter saß zart und still auf dem Sofa an dem runden Tische im Wohnzimmer, und ihre Augen waren meist geschlossen. Wenn meine Schwestern und ich uns um sie bemühten, so nickte sie
45 vielleicht und lächelte, worauf sie fortfuhr, zu schweigen und regungslos, die Hände im Schoße gefaltet, mit einem großen, fremden und traurigen Blick eine Götterfigur der Tapete zu betrachten. Wenn die Herren in Gehröcken kamen, um über den Verlauf der Liquidation Bericht zu erstatten, so nickte sie gleichfalls
50 und schloß aufs neue die Augen.

Sie spielte nicht mehr Chopin, und wenn sie hie und da leise über den Scheitel strich, so zitterte ihre blasse, zarte und müde Hand. Kaum ein halbes Jahr nach meines Vaters Tode legte sie sich nieder, und sie starb, ohne einen Wehelaut, ohne einen Kampf um ihr
55 Leben. —

Nun war das alles zu Ende. Was hielt mich eigentlich am Orte? Die Geschäfte waren erledigt worden, gehe es gut oder schlecht, es ergab sich, daß auf mich ein Erbteil von ungefähr hunderttausend Mark gefallen war, und das genügte, um mich unabhängig zu
60 machen, — von aller Welt um so mehr, als man mich aus irgendeinem gleichgültigen Grunde für militäruntüchtig erklärt hatte.

Nichts verband mich länger mit den Leuten, zwischen denen ich aufgewachsen war, deren Blicke mich stets fremder und erstaunter betrachteten, und deren Weltanschauung zu einseitig war, als daß

48 *Gehrock* cutaway
61 *militäruntüchtig* unfit for military service (which every German was expected to perform)

ich geneigt gewesen wäre, mich ihr zu fügen. Zugegeben, daß sie 65
mich richtig kannten, und zwar als ausgemacht unnützlichen
Menschen, so kannte auch ich mich. Aber skeptisch und fatalistisch
genug, um — mit dem Worte meines Vaters — meine „Bajazzobega-
bung" von der heiteren Seite zu nehmen, und fröhlich gewillt, das
Leben auf meine Art zu genießen, fehlte mir nichts an Selbstzufrieden- 70
heit.

Ich erhob mein kleines Vermögen, und beinahe ohne mich zu
verabschieden, verließ ich die Stadt, um mich vorerst auf Reisen zu
begeben.

Dieser drei Jahre, die nun folgten, und in denen ich mich mit 75
begieriger Empfänglichkeit tausend neuen, wechselnden, reichen
Eindrücken hingab, erinnere ich mich wie eines schönen, fernen
Traumes. Wie lange ist es her, daß ich bei den Mönchen auf dem
Simplon zwischen Schnee und Eis ein Neujahrsfest verbrachte; daß
ich zu Verona über die Piazza Erbe schlenderte; daß ich vom Borgo 80
San Spirito aus zum ersten Male unter die Kolonnaden von Sankt
Peter trat und meine eingeschüchterten Augen sich auf dem
ungeheuren Platze verloren; daß ich vom Corso Vittorio Emanuele
über das weißschimmernde Neapel hinabblickte und fern im Meere
die graziöse Silhouette von Capri in blauem Dunst verschwimmen 85
sah . . . Es sind in Wirklichkeit sechs Jahre und nicht viel mehr.

Oh, ich lebte vollkommen vorsichtig und meinen Verhältnissen
entsprechend: in einfachen Privatzimmern, in wohlfeilen Pensionen;
— bei dem häufigen Ortswechsel aber, und weil es mir anfangs
schwer fiel, mich meiner gutbürgerlichen Gewohnheiten zu ent- 90
wöhnen, waren größere Ausgaben gleichwohl nicht zu vermeiden.

66 *ausgemacht* decidedly
79 *Simplon* a mountain pass in the Alps; the hospice is run by an order of
monks
80 *Verona* a city in northern Italy; the Piazza Erbe is the main square in the
city
80 *Borgo* . . . an avenue near St. Peter's in Rome
83 *Corso* . . . a highway outside Naples
85 The island of Capri lies south of Naples.
88 *Pension* boarding house

Ich hatte mir für die Zeit meiner Wanderungen fünfzehntausend
Mark meines Kapitals ausgesetzt; diese Summe freilich ward überschritten.

95   Übrigens befand ich mich wohl unter den Leuten, mit denen ich
unterwegs hier und da in Berührung kam, uninteressierte und sehr
interessante Existenzen oft, denen ich allerdings nicht wie meiner
ehemaligen Umgebung ein Gegenstand des Respekts war, aber von
denen ich auch keine befremdeten Blicke und Fragen zu befürchten
00   hatte.

Mit meiner Art von gesellschaftlicher Begabung erfreute ich mich
in Pensionen zuweilen aufrichtiger Beliebtheit bei der übrigen
Reisegesellschaft, — wobei ich mich einer Szene im Salon der
Pension Minelli zu Palermo erinnere.   In einem Kreise von
5   Franzosen verschiedenen Alters hatte ich am Pianino von ungefähr
begonnen, mit großem Aufwand von tragischem Mienenspiel, de-
klamierendem Gesang und rollenden Harmonien ein Musikdrama,
„von Richard Wagner" zu improvisieren, und ich hatte soeben unter
ungeheurem Beifall geschlossen, als ein alter Herr auf mich zueilte,
10   der beinahe kein Haar mehr auf dem Kopfe hatte, und dessen weiße,
spärliche Koteletten auf seine graue Reisejoppe hinabflatterten.   Er
ergriff meine beiden Hände und rief mit Tränen in den Augen:

„Aber das ist erstaunlich!   Das ist erstaunlich, mein teurer Herr!
Ich schwöre Ihnen, daß ich mich seit dreißig Jahren nicht mehr so
15   köstlich unterhalten habe!   Ah, Sie gestatten, daß ich Ihnen aus
vollem Herzen danke, nicht wahr!   Aber es ist nötig, daß Sie
Schauspieler oder Musiker werden."

Es ist wahr, daß ich bei solchen Gelegenheiten etwas von dem
genialen Übermut eines großen Malers empfand, der im Freundes-
20   kreise sich herbeiließ, eine lächerliche zugleich und geistreiche
Karikatur auf die Tischplatte zu zeichnen. — Nach dem Diner aber
begab ich mich allein in den Salon zurück und verbrachte eine
einsame und wehmütige Stunde damit, dem Instrumente getragene

---

4 Palermo is a seaport on the northern coast of Sicily.
11 *Reisejoppe* traveling jacket   23 *getragene* . . . sustained chords

Akkorde zu entlocken, in die ich die Stimmung zu legen glaubte, die
der Anblick Palermos in mir erweckt.   25

Ich hatte von Sizilien aus Afrika ganz flüchtig berührt, war
alsdann nach Spanien gegangen, und dort, in der Nähe von Madrid,
auf dem Lande war es, im Winter, an einem trüben, regnerischen
Nachmittage, als ich zum ersten Male den Wunsch empfand, nach
Deutschland zurückzukehren, — und die Notwendigkeit obendrein. 30
Denn abgesehen davon, daß ich begann, mich nach einem ruhigen,
geregelten und ansässigen Leben zu sehnen, war es nicht schwer, mir
auszurechnen, daß bis zu meiner Ankunft in Deutschland bei aller
Einschränkung zwanzigtausend Mark verausgabt sein würden.

Ich zögerte nicht allzulange, den langsamen Rückweg durch 35
Frankreich anzutreten, auf den ich bei längerem Aufenthalt in
einzelnen Städten annähernd ein halbes Jahr verwendete, und ich
erinnere mich mit wehmütiger Deutlichkeit des Sommerabends, an
dem ich in den Bahnhof der mitteldeutschen Residenzstadt einfuhr,
die ich mir beim Beginn meiner Reise bereits ausersehen hatte, — ein 40
wenig unterrichtet nunmehr, mit einigen Erfahrungen und Kennt-
nissen versehen und ganz voll von einer kindlichen Freude, mir hier,
in meiner sorglosen Unabhängigkeit und gern meinen bescheidenen
Mitteln gemäß, nun ein ungestörtes und beschauliches Dasein gründen zu können.   45

Damals war ich fünfundzwanzig Jahre alt.

Der Platz war nicht übel gewählt. Es ist eine ansehnliche Stadt,
noch ohne allzu lärmenden Großstadttrubel und allzu anstößiges
Geschäftstreiben, mit einigen ziemlich beträchtlichen alten Plätzen
andererseits und einem Straßenleben, das weder der Lebhaftigkeit 50
noch zum Teile der Eleganz entbehrt. Die Umgebung besitzt
mancherlei angenehme Punkte; aber ich habe stets die geschmackvoll
angelegte Promenade bevorzugt, die sich auf dem „Lerchenberge"

32 *ansässig* steady
39 *Residenzstadt* the capital and official residence of the sovereign
48 *Trubel* confusion

hinzieht, einem schmalen und langgestreckten Hügel, an den ein
55 großer Teil der Stadt sich lehnt, und von dem man einen weiten
Ausblick über Häuser, Kirchen und den weich geschlängelten Fluß
hinweg ins Freie genießt. An einigen Punkten, und besonders,
wenn an schönen Sommernachmittagen eine Musikkapelle konzertiert
und Equipagen und Spaziergänger sich hin und her bewegen, wird
60 man dort an den Pincio erinnert. — Aber ich werde dieser Promenade
noch zu erwähnen haben.

Niemand glaubt, mit welchem umständlichen Vergnügen ich mir
das geräumige Zimmer herrichtete, das ich nebst anstoßender
Schlafkammer etwa inmitten der Stadt, in belebter Gegend gemietet
65 hatte. Die elterlichen Möbel waren zwar zum größten Teil in den
Besitz meiner Schwestern übergegangen, indessen war mir immerhin
zugefallen, was ich gebrauchte; stattliche und gediegene Dinge, die
zusammen mit meinen Büchern und den beiden Vorfahrenporträts
eintrafen; vor allem aber der alte Flügel, den meine Mutter für mich
70 bestimmt hatte.

In der Tat, als alles aufgestellt und geordnet war, als die Photographien, die ich auf Reisen gesammelt, alle Wände sowie den
schweren Mahagonischreibtisch und die bauchige Kommode schmück-
ten, und als ich mich, fertig und geborgen, in einem Lehnsessel
75 am Fenster niederließ, um abwechselnd die Straßen draußen und
meine neue Wohnung zu betrachten, war mein Behagen nicht
gering. Und dennoch — ich habe diesen Augenblick nicht vergessen
— dennoch regte sich neben Zufriedenheit und Vertrauen sacht etwas
anderes in mir, irgendein kleines Gefühl von Ängstlichkeit und
80 Unruhe, das leise Bewußtsein irgendeiner Art von Empörung und
Auflehnung meinerseits gegen eine drohende Macht, — der leicht
bedrückende Gedanke, daß meine Lage, die bislang niemals mehr
als etwas Vorläufiges gewesen war, nunmehr zum ersten Male als
definitiv und unabänderlich betrachtet werden mußte.

60 *Pincio* a hill in the northern part of Rome
67 *gediegen* solid, substantial
73 *bauchige* . . . a chest of drawers with a bow front
82 *bislang* till now

Ich verschweige nicht, daß diese und ähnliche Empfindungen sich 85
hie und da wiederholten. Aber sind die gewissen Nachmittagsstun-
den überhaupt zu vermeiden, in denen man hinaus in die wachsende
Dämmerung und vielleicht in einen langsamen Regen blickt und das
Opfer trübseherischer Anwandlungen wird? In jedem Falle stand
fest, daß meine Zukunft vollkommen gesichert war. Ich hatte die 90
runde Summe von achtzigtausend Mark der städtischen Bank vertraut, die Zinsen betrugen — mein Gott, die Zeiten sind schlecht!
— etwa sechshundert Mark für das Vierteljahr und gestatteten mir
also, anständig zu leben, mich mit Lektüre zu versehen, hier und da
ein Theater zu besuchen, — ein bißchen leichteren Zeitvertreib nicht 95
ausgeschlossen.

Meine Tage vergingen fortab in Wirklichkeit dem Ideale gemäß,
das von jeher mein Ziel gewesen war. Ich erhob mich etwa um
zehn Uhr, frühstückte und verbrachte die Zeit bis zum Mittag am
Klavier und mit der Lektüre einer literarischen Zeitschrift oder eines 00
Buches. Dann schlenderte ich die Straße hinauf zu dem kleinen
Restaurant, in dem ich mit Regelmäßigkeit verkehrte, speiste und
machte darauf einen längeren Spaziergang durch die Straßen, durch
eine Galerie, in die Umgegend, auf den Lerchenberg. Ich kehrte
nach Hause zurück und nahm die Beschäftigungen des Vormittages 5
wieder auf: ich las, musizierte, unterhielt mich manchmal sogar mit
einer Art von Zeichenkunst oder schrieb mit Sorgfalt einen Brief.
Wenn ich mich nach dem Abendessen nicht in ein Theater oder ein
Konzert begab, so hielt ich mich im Café auf und las bis zum
Schlafengehen die Zeitungen. Der Tag aber war gut und schön 10
gewesen, er hatte einen beglückenden Inhalt gehabt, wenn mir am
Klavier ein Motiv gelungen war, das mir neu und schön erschien,
wenn ich aus der Lektüre einer Novelle, aus dem Anblick eines
Bildes eine zarte und anhaltende Stimmung davongetragen hatte.

Übrigens unterlasse ich es nicht, zu sagen, daß ich in meinen 15
Dispositionen mit einer gewissen Idealität zu Werke ging, und daß
ich mit Ernst darauf bedacht war, meinen Tagen so viel „Inhalt" zu

---

1 *schlendern* stroll   16 *Idealität* purposiveness, system

geben, wie nur immer möglich. Ich speiste bescheiden, hielt mir in
der Regel nur einen Anzug, kurz, schränkte meine leiblichen
20 Bedürfnisse mit Vorsicht ein, um andererseits in der Lage zu sein,
für einen guten Platz in der Oper oder im Konzert einen hohen
Preis zu zahlen, mir neue literarische Erscheinungen zu kaufen, diese
oder jene Kunstausstellung zu besuchen. —

Die Tage aber verstrichen, und es wurden Wochen und Monate
25 daraus, — Langeweile? Ich gebe es zu: es ist nicht immer ein Buch
zur Hand, das einer Reihe von Stunden den Inhalt verschaffen
könnte; übrigens hast du ohne jedes Glück versucht, auf dem Klavier
zu phantasieren, du sitzest am Fenster, rauchst Zigaretten, und unwiderstehlich beschleicht dich ein Gefühl der Abneigung von aller
30 Welt und dir selbst; die Ängstlichkeit befällt dich wieder, die
übelbekannte Ängstlichkeit, und du springst auf und machst dich
davon, um dir auf der Straße mit dem heiteren Achselzucken des
Glücklichen die Berufs- und Arbeitsleute zu betrachten, die geistig
und materiell zu unbegabt sind für Muße und Genuß.

35 Ist ein Siebenundzwanzigjähriger überhaupt imstande, an die
endgültige Unabänderlichkeit seiner Lage, und sei diese Unabänderlichkeit nur zu wahrscheinlich, im Ernste zu glauben? Das
Zwitschern eines Vogels, ein winziges Stück Himmelsblau, irgendein
halber und verwischter Traum zur Nacht, alles ist geeignet, plötzliche
40 Ströme von vager Hoffnung in sein Herz zu ergießen und es mit der
festlichen Erwartung eines großen, unvorhergesehenen Glückes zu
erfüllen. — Ich schlenderte von einem Tag in den andern, —
beschaulich, ohne ein Ziel, beschäftigt mit dieser oder jener kleinen
Hoffnung, handele es sich auch nur um den Tag der Herausgabe einer
45 unterhaltenden Zeitschrift, mit der energischen Überzeugung, glücklich zu sein, und hin und wieder ein wenig müde vor Einsamkeit.

Wahrhaftig, die Stunden waren nicht gerade selten, in denen ein
Unwille über Mangel an Verkehr und Gesellschaft mich ergriff, —
denn ist es nötig, diesen Mangel zu erklären? Mir fehlte jede

28 *phantasieren* improvise

Verbindung mit der guten Gesellschaft und den ersten und zweiten 50
Kreisen der Stadt; um mich bei der goldenen Jugend als *fêtard*
einzuführen, gebrach es mir bei Gott an Mitteln, — und andererseits
die Boheme? Aber ich bin ein Mensch von Erziehung, ich trage
saubere Wäsche und einen heilen Anzug, und ich finde schlechterdings keine Lust darin, mit ungepflegten jungen Leuten an absinth- 55
klebrigen Tischen anarchistische Gespräche zu führen. Um kurz zu
sein: es gab keinen bestimmten Gesellschaftskreis, dem ich mit
Selbstverständlichkeit angehört hätte, und die Bekanntschaften, die
sich auf eine oder die andere Weise von selbst ergaben, waren selten,
oberflächlich und kühl, — durch mein eigenes Verschulden, wie ich 60
zugebe, denn ich hielt mich auch in solchen Fällen mit einem Gefühl
der Unsicherheit zurück und mit dem unangenehmen Bewußtsein,
nicht einmal einem verbummelten Maler auf kurze, klare und Anerkennung erweckende Weise sagen zu können, wer und was ich
eigentlich sei. 65

Übrigens hatte ich ja wohl mit der „Gesellschaft" gebrochen und
auf sie verzichtet, als ich mir die Freiheit nahm, ohne ihr in irgendeiner Weise zu dienen, meine eigenen Wege zu gehen, und wenn
ich, um glücklich zu sein, der „Leute" bedurft hätte, so mußte ich
mir erlauben, mich zu fragen, ob ich in diesem Falle nicht zur 70
Stunde damit beschäftigt gewesen wäre, mich als Geschäftsmann
größeren Stils gemeinnützlich zu bereichern und mir den allgemeinen
Neid und Respekt zu verschaffen.

Indessen — indessen! Die Tatsache bestand, daß mich meine
philosophische Vereinsamung in viel zu hohem Grade verdroß, und 75
daß sie am Ende durchaus nicht mit meiner Auffassung von „Glück"
übereinstimmen wollte, mit meinem Bewußtsein, meiner Überzeugung, glücklich zu sein, deren Erschütterung doch — es bestand kein
Zweifel — schlechthin unmöglich war. Nicht glücklich sein,
unglücklich sein; aber war das überhaupt denkbar? Es war undenk- 80

51 *fêtard* reveler
55 *absinthklebrig* sticky with absinthe
63 *verbummelt* lazy

bar, und mit diesem Entscheid war die Frage erledigt, bis aufs neue
Stunden kamen, in denen mir dieses Für-sich-Sitzen, diese Zurück-
gezogenheit und Außerhalbstellung nicht in der Ordnung, durchaus
nicht in der Ordnung erscheinen wollte und mich zum Erschrecken
85 mürrisch machte.

„Mürrisch" — war das eine Eigenschaft des Glücklichen? Ich
erinnerte mich meines Lebens daheim in dem beschränkten Kreise,
in dem ich mich mit dem vergnügten Bewußtsein meiner genial-
artistischen Veranlagung bewegt hatte, — gesellig, liebenswürdig,
90 die Augen voll Heiterkeit, Moquerie und überlegenem Wohlwollen
für alle Welt, im Urteil der Leute ein wenig verwunderlich und
dennoch beliebt. Damals war ich glücklich gewesen, trotzdem ich in
dem großen Holzgeschäfte des Herrn Schlievogt hatte arbeiten
müssen; und nun? Und nun? —
95 Aber ein über die Maßen interessantes Buch ist erschienen, ein
neuer französischer Roman, dessen Ankauf ich mir gestattet habe,
und den ich, behaglich im Lehnsessel, mit Muße genießen werde.
Dreihundert Seiten, wieder einmal, voll Geschmack, Blague und
auserlesener Kunst! Ah, ich habe mir mein Leben zu meinem
00 Wohlgefallen eingerichtet! Bin ich vielleicht nicht glücklich? Eine
Lächerlichkeit, diese Frage, und weiter nichts.

Wieder einmal ist ein Tag zu Ende, ein Tag, dem nicht abzu-
sprechen ist, Gott sei Dank, daß er Inhalt hatte; der Abend ist da,
die Vorhänge des Fensters sind geschlossen, auf dem Schreibtische
5 brennt die Lampe, es ist beinahe schon Mitternacht. Man könnte zu
Bette gehen, aber man verharrt halb liegend im Lehnsessel, und, die
Hände im Schoße gefaltet, blickt man zur Decke empor, um mit
Ergebenheit das leise Graben und Zehren irgendeines halb unbestimmten Schmerzes zu verfolgen, der nicht hat verscheucht werden
10 können.

Vor ein paar Stunden noch habe ich mich der Wirkung eines

83 *Außerhalbstellung* position on the outside of things
99 *auserlesen* choice

großen Kunstwerkes hingegeben, einer dieser ungeheuren und grausamen Schöpfungen, welche mit dem verderbten Pomp eines ruchlos genialen Dilettantismus rütteln, betäuben, peinigen, beseligen, niederschmettern. — Meine Nerven beben noch, meine Phantasie 15 ist aufgewühlt, seltene Stimmungen wogen in mir auf und nieder, Stimmungen von Sehnsucht, religiöser Inbrunst, Triumph, mystischem Frieden, — und ein Bedürfnis ist dabei, das sie stets aufs neue emportreibt, das sie heraustreiben möchte: das Bedürfnis, sie zu äußern, sie mitzuteilen, sie zu zeigen, „etwas daraus zu machen." — 20

Wie, wenn ich in der Tat ein Künstler wäre, befähigt, mich in Ton, Wort, oder Bildwerk zu äußern, — am liebsten, aufrichtig gesprochen, in allem zu gleicher Zeit? — Aber es ist wahr, daß ich allerhand vermag! Ich kann, zum guten Beispiel, mich am Flügel niederlassen, um mir im stillen Kämmerlein meine schönen Gefühle 25 vollauf zum besten zu geben, und das sollte mir billig genügen; denn wenn ich, um glücklich zu sein, der „Leute" bedürfte — zugegeben dies alles! Allein gesetzt, daß ich auf den Erfolg ein wenig Wert legte, auf den Ruhm, die Anerkennung, das Lob, den Neid, die Liebe? — Bei Gott! Schon wenn ich mich an die Szene in jenem 30 Salon zu Palermo erinnere, so muß ich zugeben, daß ein ähnlicher Vorfall in diesem Augenblick für mich eine unvergleichlich wohltuende Ermunterung bedeuten würde.

Wohlüberlegt, ich kann nicht umhin, mir diese sophistische und lächerliche Begriffsunterscheidung zu gestehen: die Unterscheidung 35 zwischen innerem und äußerem Glück! — Das „äußere Glück", was ist das eigentlich? — Es gibt eine Art von Menschen, Lieblingskinder Gottes, wie es scheint, deren Glück das Genie und deren Genie das Glück ist, Lichtmenschen, die mit dem Widerspiel und Abglanz der Sonne in ihren Augen auf eine leichte, anmutige und 40 liebenswürdige Weise durchs Leben tändeln, während alle Welt sie umringt, während alle Welt sie bewundert, belobt, beneidet und liebt, weil auch der Neid unfähig ist, sie zu hassen. Sie aber blicken darein wie die Kinder, spöttisch, verwöhnt, launisch, übermütig,

26 *mir zum besten geben* treat myself

45 mit einer sonnigen Freundlichkeit, sicher ihres Glückes und Genies, und als könne das alles durchaus nicht anders sein. —

Was mich betrifft, ich leugne die Schwäche nicht, daß ich zu diesen Menschen gehören möchte, und es will mich, gleichviel ob mit Recht oder Unrecht, immer aufs neue bedünken, als hätte ich
50 einstmals zu ihnen gehört; vollkommen „gleichviel", denn seien wir ehrlich: es kommt darauf an, für was man sich hält, für was man sich gibt, für was man die Sicherheit hat, sich zu geben!

Vielleicht verhält es sich in Wirklichkeit nicht anders, als daß ich auf dieses „äußere Glück" verzichtet habe, indem ich mich dem
55 Dienst der „Gesellschaft" entzog und mir mein Leben ohne die „Leute" einrichtete. An meiner Zufriedenheit aber damit ist, wie selbstverständlich, in keinem Augenblick zu zweifeln, kann nicht gezweifelt werden, darf nicht gezweifelt werden; — denn um es zu wiederholen, und zwar mit einem verzweifelten Nachdruck zu
60 wiederholen: Ich will und muß glücklich sein! Die Auffassung des „Glückes" als eine Art von Verdienst, Genie, Vornehmheit, Liebenswürdigkeit, die Auffassung des „Unglücks" als etwas Häßliches, Lichtscheues, Verächtliches und mit einem Worte Lächerliches ist mir zu tief eigentlich, als daß ich mich selbst noch zu achten
65 vermöchte, wenn ich unglücklich wäre.

Wie dürfte ich mir gestatten, unglücklich zu sein? Welche Rolle müßte ich vor mir spielen? Müßte ich nicht als eine Art von Fledermaus oder Eule im Dunkeln hocken und neidisch zu den „Lichtmenschen" hinüberblinzeln, den liebenswürdigen Glücklichen?
70 Ich müßte sie hassen, mit jenem Haß, der nichts ist als eine vergiftete Liebe, — und mich verachten!

„Im Dunkeln hocken!" Ah, und mir fällt ein, was ich seit manchem Monat hin und wieder über meine „Außerhalbstellung" und „philosophische Vereinsamung" gedacht und gefühlt habe! Und
75 die Angst meldet sich wieder, die übelbekannte Angst! Und das Bewußtsein irgendeiner Art von Empörung gegen eine drohende Macht. —

51 *es kommt darauf an* . . . (This is the key sentence in the story.)

Unzweifelhaft, daß sich ein Trost fand, eine Ablenkung, eine Betäubung für dieses Mal und ein anderes und wiederum ein nächstes. Aber es kehrte wieder, alles dies, es kehrte tausendmal 80 wieder im Laufe der Monate und der Jahre. Es gibt Herbsttage, die wie ein Wunder sind. Der Sommer ist vorüber, draußen hat längst das Laub zu vergilben begonnen, und in der Stadt hat tagelang bereits der Wind um alle Ecken gepfiffen, während in den Rinnsteinen unreinliche Bäche sprudelten. Du hast dich darein 85 ergeben, du hast dich sozusagen am Ofen bereit gesetzt, um den Winter über dich ergehen zu lassen; eines Morgens aber beim Erwachen bemerkst du mit ungläubigen Augen, daß ein schmaler Streif von leuchtendem Blau zwischen den Fenstervorhängen hindurch in dein Zimmer blitzt. Ganz erstaunt springst du aus dem 90 Bette, du öffnest das Fenster, eine Woge von zitterndem Sonnenlicht strömt dir entgegen, und zugleich vernimmst du durch alles Straßengeräusch hindurch ein geschwätziges und munteres Vogelgezwitscher, während es dir nicht anders ist, als atmest du mit der frischen und leichten Luft eines ersten Oktobertages die unver 95 gleichlich süße und verheißungsvolle Würze ein, die sonst den Winden des Mai gehört. Es ist Frühling, es ist ganz augenscheinlich Frühling, dem Kalender zum Trotz, und du wirfst dich in die Kleider, um unter dem schimmernden Himmel durch die Straßen und ins Freie zu eilen. — 00

Ein so unerhoffter und merkwürdiger Tag erschien vor nunmehr etwa vier Monaten — wir stehen augenscheinlich am Anfang des Februar — und an diesem Tage sah ich etwas ausnehmend Hübsches. Vor neun Uhr am Morgen hatte ich mich aufgemacht, und ganz erfüllt von einer leichten und freudigen Stimmung, von einer 5 unbestimmten Hoffnung auf Veränderungen, Überraschungen und Glück schlug ich den Weg zum Lerchenberge ein. Ich stieg am rechten Ende den Hügel hinan, und ich verfolgte seinen ganzen Rücken der Länge nach, indem ich mich stets auf der Hauptpromenade am Rande und an der niedrigen Steinrampe hielt, um auf dem 10 ganzen Wege, der wohl eine kleine halbe Stunde in Anspruch

nimmt, den Ausblick über die leicht terrassenförmig abfallende Stadt
und den Fluß freizuhaben, dessen Schlingungen in der Sonne
blinkten, und hinter dem die Landschaft mit Hügeln und Grün im
15 Sonnendunst verschwamm.

Es war noch beinahe menschenleer hier oben. Die Bänke jenseits
des Weges standen einsam, und hie und da blickte zwischen den
Bäumen eine Statue hervor, weißschimmernd vor Sonne, während
doch ein welkes Blatt dann und wann langsam darauf niedertaumelte.
20 Die Stille, der ich horchte, während ich im Wandern den Blick auf
das lichte Panorama zur Seite gerichtet hielt, blieb ungestört, bis ich
das Ende des Hügels erreicht hatte, und der Weg sich zwischen alten
Kastanien zu senken begann. Hier jedoch klang hinter mir Pferdegestampf und das Rollen eines Wagens auf, der sich in raschem
25 Trabe näherte, und dem ich an der Mitte etwa des Abstieges Platz
machen mußte. Ich trat zur Seite und blieb stehen.

Es war ein kleiner, ganz leichter und zweirädriger Jagdwagen,
bespannt mit zwei großen, blanken und lebhaft schnaubenden
Füchsen. Die Zügel hielt eine junge Dame von neunzehn vielleicht
30 oder zwanzig Jahren, neben der ein alter Herr von stattlichem und
vornehmem Äußern saß, mit weißem *à la russe* aufgebürstetem
Schnurrbart und dichten, weißen Augenbrauen. Ein Bedienter in
einfacher, schwarzsilberner Livree dekorierte den Rücksitz.

Das Tempo der Pferde war bei Beginn des Abstieges zum Schritt
35 verzögert worden, da das eine von ihnen nervös und unruhig schien.
Es hatte sich weit seitwärts von der Deichsel entfernt, drückte den
Kopf auf die Brust und setzte seine schlanken Beine mit einem so
zitternden Widerstreben, daß der alte Herr, ein wenig besorgt, sich
vorbeugte, um mit seiner elegant behandschuhten Linken der jungen
40 Dame beim Straffziehen der Zügel behilflich zu sein. Die Lenkung
schien ihr nur vorübergehend und halb zum Scherze anvertraut
worden, wenigstens sah es aus, als ob sie das Kutschieren mit einer

---

28 *schnaubenden* . . . snorting chestnut horses
31 *à la russe* Russian style   33 *Livree* livery, uniform
36 *Deichsel* shaft

Art von kindlicher Wichtigkeit und Unerfahrenheit zugleich be-
handelte. Sie machte eine kleine, ernsthafte und indignierte Kopfbewegung, während sie das scheuende und stolpernde Tier zu 45
beruhigen suchte.

Sie war brünett und schlank. Auf ihrem Haar, das überm Nacken
zu einem festen Knoten gewunden war, und das sich ganz leicht und
lose um Stirn und Schläfen legte, so daß einzelne lichtbraune Fäden
zu unterscheiden waren, saß ein runder, dunkelfarbiger Strohhut, 50
geschmückt ausschließlich mit einem kleinen Arrangement von
Bandwerk. Übrigens trug sie eine kurze, dunkelblaue Jacke und
einen schlichtgearbeiteten Rock aus hellgrauem Tuch.

In ihrem ovalen und feingeformten Gesicht, dessen zartbrünetter
Teint von der Morgenluft frisch gerötet war, bildeten das Anzie- 55
hendste sicherlich die Augen, ein Paar schmale und langgeschnittene
Augen, deren kaum zur Hälfte sichtbare Iris blitzend schwarz war,
und über denen sich außerordentlich gleichmäßige und wie mit der
Feder gezeichnete Brauen wölbten. Die Nase war vielleicht ein
wenig lang, und der Mund, dessen Lippenlinien jedenfalls klar und 60
fein waren, hätte schmaler sein dürfen. Im Augenblicke aber wurde
ihm durch die schimmernd weißen und etwas voneinander entfernt
stehenden Zähne ein Reiz gegeben, die das junge Mädchen bei den
Bemühungen um das Pferd energisch auf die Unterlippe drückte,
und mit denen sie das fast kindlich runde Kinn ein wenig emporzog. 65

Es wäre ganz falsch, zu sagen, daß dieses Gesicht von auffallender
und bewunderungswürdiger Schönheit gewesen sei. Es besaß den
Reiz der Jugend und der fröhlichen Frische, und dieser Reiz war
gleichsam geglättet, stillgemacht und veredelt durch wohlhabende
Sorglosigkeit, vornehme Erziehung und luxuriöse Pflege; es war 70
gewiß, daß diese schmalen und blitzenden Augen, die jetzt mit
verwöhnter Ärgerlichkeit auf das störrische Pferd blickten, in der
nächsten Minute wieder den Ausdruck sicheren und selbstverständ-
lichen Glückes annehmen würden. Die Ärmel der Jacke, die an
den Schultern weit und bauschig waren, umspannten ganz knapp die 75
schlanken Handgelenke, und niemals habe ich einen entzückenderen

Eindruck von auserlesener Eleganz empfangen, als durch die Art, mit der diese schmalen, unbekleideten, mattweißen Hände die Zügel hielten.

80   Ich stand am Wege, von keinem Blicke gestreift, während der Wagen vorüberfuhr, und ich ging langsam weiter, als er sich wieder in Trab setzte und rasch verschwand. Was ich empfand, war Freude und Bewunderung; aber irgendein seltsamer und stechender Schmerz meldete sich zur gleichen Zeit, ein herbes und drängendes Gefühl

85   von — Neid? von Liebe? — ich wagte es nicht auszudenken — von Selbstverachtung?

Während ich schreibe, kommt mir die Vorstellung eines armseligen Bettlers, der vor dem Schaufenster eines Juweliers in den kostbaren Schimmer eines Edelsteinkleinods starrt. Dieser Mensch wird es in

90   seinem Inneren nicht zu dem klaren Wunsche bringen, das Geschmeid zu besitzen; denn schon der Gedanke an diesen Wunsch wäre eine lächerliche Unmöglichkeit, die ihn vor sich selbst zum Gespött machen würde.

Ich will erzählen, daß ich infolge eines Zufalles diese junge Dame

95   nach Verlauf von acht Tagen bereits zum zweiten Male sah, und zwar in der Oper. Man gab Gounods „Margarete", und kaum hatte ich den hellerleuchteten Saal betreten, um mich zu meinem Parkettplatze zu begeben, als ich sie zur Linken des alten Herrn in einer Proszeniumsloge der anderen Seite gewahrte. Nebenbei stellte ich fest,

00   daß mich lächerlicherweise ein kleiner Schreck und etwas wie Verwirrung dabei berührte, und daß ich aus irgendeinem Grunde meine Augen sofort abschweifen und über die anderen Ränge und Logen hinwandern ließ. Erst beim Beginn der Ouvertüre entschloß ich mich, die Herrschaften ein wenig eingehender zu betrachten.

5   Der alte Herr, in streng geschlossenem Gehrock mit schwarzer Schleife, saß mit einer ruhigen Würde in seinen Sessel zurückgelehnt und ließ die eine der braun bekleideten Hände leicht auf dem Sam-

---

96 i.e., his opera *Faust*   98 *Proszeniumsloge* stage box
  5 *streng* . . . i.e., buttoned high   6 *Schleife* tie

met der Logenbrüstung ruhen, während die andere hie und da langsam über den Bart oder über das kurzgehaltene ergraute Haupthaar strich. Das junge Mädchen dagegen — seine Tochter, ohne 10 Zweifel — saß interessiert und lebhaft vorgebeugt, beide Hände, in denen sie ihren Fächer hielt, auf dem Sammetpolster. Dann und wann machte sie eine kurze Kopfbewegung, um das lockere, lichtbraune Haar ein wenig von der Stirn und den Schläfen zurückzuwerfen. 15

Sie trug eine ganz leichte Bluse aus heller Seide, in deren Gürtel ein Veilchensträußchen steckte, und ihre schmalen Augen blitzten in der scharfen Beleuchtung noch schwärzer als vor acht Tagen. Übrigens machte ich die Beobachtung, daß die Mundhaltung, die ich damals an ihr bemerkt hatte, ihr überhaupt eigentümlich war: in 20 jedem Augenblicke setzte sie ihre weißen, in kleinen, regelmäßigen Abständen schimmernden Zähne auf die Unterlippe und zog das Kinn ein wenig empor. Diese unschuldige Miene, die von gar keiner Koketterie zeugte, der ruhig und fröhlich zugleich umherwandernde Blick ihrer Augen, ihr zarter und weißer Hals, welcher 25 frei war, und um den sich ein schmales Seidenband von der Farbe der Taille schmiegte, die Bewegung, mit der sie sich hie und da an den alten Herrn wandte, um ihn auf irgend etwas im Orchester, am Vorhang, in einer Loge aufmerksam zu machen, — alles brachte den Eindruck einer unsäglich feinen und lieblichen Kindlichkeit hervor, 30 die jedoch nichts in irgendeinem Grade Rührendes und „Mitleid"-Erregendes an sich hatte. Es war eine vornehme, abgemessene und durch elegantes Wohlleben sicher und überlegen gemachte Kindlichkeit, und sie legte ein Glück an den Tag, dem nichts Übermütiges, sondern eher etwas Stilles eignete, weil es selbstverständ- 35 lich war.

Gounods geistreiche und zärtliche Musik war, wie mich dünkte, keine falsche Begleitung zu diesem Anblick, und ich lauschte ihr, ohne auf die Bühne zu achten, und ganz und gar hingegeben an eine

8 *Logenbrüstung* railing of the loge   26 *frei* i.e., uncovered
27 *Taille* waist, sash

40 milde und nachdenkliche Stimmung, deren Wehmut ohne diese
Musik vielleicht schmerzlicher gewesen wäre. In der Pause aber
bereits, die dem ersten Akte folgte, erhob sich von einem Parkett-
platz ein Herr von sagen wir einmal siebenundzwanzig bis dreißig
Jahren, welcher verschwand und gleich darauf mit einer geschickten
45 Verbeugung in der Loge meiner Aufmerksamkeit erschien. Der alte
Herr streckte ihm alsbald die Hand entgegen, und auch die junge
Dame reichte ihm mit einem freundlichen Kopfnicken die ihre, die
er mit Anstand an seine Lippen führte, worauf man ihn nötigte,
Platz zu nehmen.

50   Ich erkläre mich bereit zu bekennen, daß dieser Herr den unver-
gleichlichsten Hemdeinsatz besaß, den ich in meinem Leben
erblicken durfte. Er war vollkommen bloßgelegt, dieser Hemdeinsatz, denn die Weste war nichts als ein schmaler, schwarzer Streifen,
und die Frackjacke, die nicht früher als weit unterhalb des Magens
55 durch einen Knopf geschlossen wurde, war von den Schultern aus in
ungewöhnlich weitem Bogen ausgeschnitten. Der Hemdeinsatz aber,
der an dem hohen und scharf zurückgeschlagenen Stehkragen durch
eine breite, schwarze Schleife abgeschlossen wurde, und auf dem in
gemessenen Abständen zwei große, viereckige und ebenfalls schwarze
60 Knöpfe standen, war von blendendem Weiß, und er war bewun-
dernswürdig gestärkt, ohne darum der Schmiegsamkeit zu ermangeln,
denn in der Gegend des Magens bildete er auf angenehme Art eine
Vertiefung, um sich dann wiederum zu einem gefälligen und schimmernden Buckel zu erheben.

65   Es versteht sich, daß dieses Hemd den größten Teil der Aufmerksamkeit für sich verlangte; der Kopf aber, seinerseits, der vollkommen
rund war, und dessen Schädel eine Decke ganz kurzgeschorenen,
hellblonden Haares überzog, war geschmückt mit einem rand- und
bandlosen Binokel, einem nicht zu starken, blonden und leichtge-
70 kräuselten Schnurrbart und auf der einen Wange mit einer Menge

48 *Anstand* decorum, dignity   51 *Hemdeinsatz* shirt front
57 *zurückgeschlagen* . . . a wing collar
68 *rand* . . . (This pince nez, in contrast to that worn by the hero's father, is
rimless and has no cord.)

von kleinen Mensurschrammen, die sich bis zur Schläfe hinaufzogen. Übrigens war dieser Herr ohne Fehler gebaut und bewegte sich mit Sicherheit.

Ich habe im Verlaufe des Abends — denn er verblieb in der Loge — zwei Positionen an ihm beobachtet, die ihm besonders eigentümlich 75 schienen. Gesetzt nämlich, daß die Unterhaltung mit den Herrschaften ruhte, so saß er, ein Bein über das andere geschlagen und das Fernglas auf den Knien, mit Bequemlichkeit zurückgelehnt, senkte das Haupt und schob den ganzen Mund heftig hervor, um sich in die Betrachtung seiner beiden Schnurrbartenden zu versenken, 80 gänzlich hypnotisiert davon, wie es schien, und indem er langsam und still den Kopf von der einen Seite nach der anderen wandte. In einer Konversation, andernfalls, mit der jungen Dame begriffen, änderte er aus Ehrerbietung die Stellung seiner Beine, lehnte sich jedoch noch weiter zurück, wobei er mit beiden Händen seinen 85 Sessel erfaßte, erhob das Haupt so weit wie immer möglich und lächelte mit ziemlich weit geöffnetem Munde in liebenswürdiger und bis zu einem gewissen Grade überlegener Weise auf seine junge Nachbarin nieder. Diesen Herrn mußte ein wundervoll glückliches Selbstbewußtsein erfüllen. — 90

Im Ernste gesprochen, ich weiß dergleichen zu schätzen. Keiner seiner Bewegungen, und sei ihre Nonchalance immerhin gewagt gewesen, folgte eine peinliche Verlegenheit; er war getragen von Selbstgefühl. Und warum sollte dies anders sein? Es war klar: er hatte, ohne sich vielleicht besonders hervorzutun, seinen korrekten 95 Weg gemacht, er würde denselben bis zu klaren und nützlichen Zielen verfolgen, er lebte im Schatten des Einverständnisses mit aller Welt und in der Sonne der allgemeinen Achtung. Mittlerweile saß er dort in der Loge und plauderte mit einem jungen Mädchen, für dessen reinen und köstlichen Reiz er vielleicht nicht unzugänglich 00

71 *Mensurschrammen* scars earned by dueling (formerly a popular sport among the gayer German students). Such scars were regarded as a mark of courage and manliness and were admired by women.
78 *Fernglas* field glasses
92 *und sei* . . . though . . . was daring

war, und dessen Hand er in diesem Falle sich guten Mutes erbitten
konnte. Wahrhaftig, ich spüre keine Lust, irgendein mißächtliches
Wort über diesen Herrn zu äußern!

Ich aber, ich meinesteils? Ich saß hier unten und mochte aus der
5 Entfernung, aus dem Dunkel heraus grämlich beobachten, wie jenes
kostbare und unerreichliche Geschöpf mit diesem Nichtswürdigen
plauderte und lachte! Ausgeschlossen, unbeachtet, unberechtigt,
fremd, *hors ligne*, deklassiert, Paria, erbärmlich vor mir selbst. —

Ich blieb bis zum Ende, und ich traf die drei Herrschaften in der
10 Garderobe wieder, wo man sich beim Umlegen der Pelze ein wenig
aufhielt und mit diesem oder jenem ein paar Worte wechselte, hier
mit einer Dame, dort mit einem Offizier. — Der junge Herr
begleitete Vater und Tochter, als sie das Theater verließen, und ich
folgte ihnen in einem kleinen Abstande durch das Vestibül.

15 Es regnete nicht, es standen ein paar Sterne am Himmel, und man
nahm keinen Wagen. Gemächlich und plaudernd schritten die drei
vor mir her, der ich sie in scheuer Entfernung verfolgte, — niedergedrückt, gepeinigt von einem stechend schmerzlichen, höhnischen,
elenden Gefühl. — Man hatte nicht weit zu gehen; kaum war eine
20 Straße zurückgelegt, als man vor einem stattlichen Hause mit
schlichter Fassade stehenblieb, und gleich darauf verschwanden Vater
und Tochter nach herzlicher Verabschiedung von ihrem Begleiter,
der seinerseits beschleunigten Schrittes davonging.

An der schweren, geschnitzten Tür des Hauses war der Name
25 „Justizrat Rainer" zu lesen.

Ich bin entschlossen, diese Niederschrift zu Ende zu führen,
obgleich ich vor innerem Widerstreben in jedem Augenblicke
aufspringen und davonlaufen möchte. Ich habe in dieser Angelegenheit so bis zur Erschlaffung gegraben und gebohrt! Ich bin alles
30 dessen so bis zur Übelkeit überdrüssig! —

8 *hors ligne* (lit., out of line) a misfit
25 *Justizrat* counsellor at law (an honorary title formerly given to distinguished lawyers and judges)

Es sind nicht völlig drei Monate, daß mich die Zeitungen über
einen „Basar" unterrichteten, der zu Zwecken der Wohltätigkeit im
Rathause der Stadt arrangiert worden war, und zwar unter Beteili-
gung der vornehmen Welt. Ich las diese Annonce mit Aufmerksamkeit, und ich war gleich darauf entschlossen, den Basar zu 35
besuchen. Sie wird dort sein, dachte ich, vielleicht als Verkäuferin,
und in diesem Falle wird nichts mich abhalten, mich ihr zu nähern.
Ruhig überlegt, bin ich Mensch von Bildung und guter Familie, und
wenn mir dieses Fräulein Rainer gefällt, so ist es mir bei solcher
Gelegenheit so wenig wie dem Herrn mit dem erstaunlichen Hemd- 40
einsatz verwehrt, sie anzureden, ein paar scherzhafte Worte mit ihr
zu wechseln. —

Es war ein windiger und regnerischer Nachmittag, als ich mich
zum Rathause begab, vor dessen Portal ein Gedränge von Menschen
und Wagen herrschte. Ich bahnte mir einen Weg in das Gebäude, 45
erlegte das Eintrittsgeld, gab Überzieher und Hut in Verwahrung und
gelangte mit einiger Anstrengung die breite, mit Menschen bedeckte
Treppe hinauf ins erste Stockwerk und in den Festsaal, aus dem mir
ein schwüler Dunst von Wein, Speisen, Parfüms und Tannengeruch,
ein wirrer Lärm von Gelächter, Gespräch, Musik, Ausrufen und 50
Gongschlägen entgegendrang.

Der ungeheuer hohe und weite Raum war mit Fahnen und Girlanden buntfarbig geschmückt, und an den Wänden wie in der Mitte
zogen sich die Buden hin, offene Verkaufsstellen sowohl wie geschlossene Verschläge, deren Besuch phantastisch maskierte Herren 55
aus vollen Lungen empfahlen. Die Damen, die ringsumher Blumen,
Handarbeiten, Tabak und Erfrischungen aller Art verkauften, waren
gleichfalls in verschiedener Weise kostümiert. Am oberen Ende des
Saales lärmte auf einer mit Pflanzen besetzten Estrade die Musikkapelle, während in dem nicht breiten Gange, den die Buden 60
freiließen, ein kompakter Zug zon Menschen sich langsam vorwärts
bewegte.

52 *Girlanden* garlands   59 *Estrade* platform

Ein wenig frappiert von dem Geräusch der Musik, der Glücks-
häfen, der lustigen Reklame, schloß ich mich dem Strome an, und
65 noch war keine Minute vergangen, als ich vier Schritte links vom
Eingange die junge Dame erblickte, die ich hier suchte. Sie hielt in
einer kleinen, mit Tannenlaub bekränzten Bude Weine und
Limonaden feil und war als Italienerin gekleidet: mit dem bunten
Rock, der weißen, rechtwinkligen Kopfbedeckung und dem kurzen
70 Mieder der Albanerinnen, dessen Hemdärmel ihre zarten Arme bis zu
den Ellenbogen entblößt ließen. Ein wenig erhitzt lehnte sie
seitwärts am Verkaufstisch, spielte mit ihrem bunten Fächer und
plauderte mit einer Anzahl von Herren, die rauchend die Bude
umstanden, und unter denen ich mit dem ersten Blicke den Wohlbe-
75 kannten gewahrte; ihr zunächst stand er am Tische, vier Finger jeder
Hand in den Seitentaschen seines Jacketts.

Ich drängte langsam vorüber, entschlossen, zu ihr zu treten, sobald
eine Gelegenheit sich böte, sobald sie weniger in Anspruch genommen
wäre. — Ah! Es sollte sich erweisen nunmehr, ob ich noch über
80 einen Rest von fröhlicher Sicherheit und selbstbewußter Gewandtheit
verfügte, oder ob die Morosität und die halbe Verzweiflung meiner
letzten Wochen berechtigt gewesen war! Was hatte mich eigentlich
angefochten? Woher angesichts dieses Mädchens dies peinigende
und elende Mischgefühl aus Neid, Liebe, Scham und gereizter
85 Bitterkeit, das mir auch nun wieder, ich bekenne es, das Gesicht
erhitzte? Freimut! Liebenswürdigkeit! Heitere und anmutige
Selbstgefälligkeit, zum Teufel, wie sie einem begabten und glücklichen Menschen geziemt! Und ich dachte mit einem nervösen Eifer
der scherzhaften Wendung, dem guten Worte, der italienischen
90 Anrede nach, mit der ich mich ihr zu nähern beabsichtigte. —

Es währte eine gute Weile, bis ich in der schwerfällig vorwärts
schiebenden Menge den Weg um den Saal zurückgelegt hatte, — und

---

63 *frappiert* struck   63 *Glückshafen* lottery booth
66 *feil halten* sell
70 *Albanerinnen* Albanian women (Albania was formerly part of Italy)
83 *anfechten o o* come over [one]   90 *nach* belongs to *dachte* (line 88)

in der Tat: als ich mich aufs neue bei der Kleinen befand, war der
Halbkreis von Herren verschwunden, und nur der Wohlbekannte
lehnte noch am Schanktische, indem er sich aufs lebhafteste mit der 95
jungen Verkäuferin unterhielt. Nun wohl, so mußte ich mir
erlauben, diese Unterhaltung zu unterbrechen. — Und mit einer
kurzen Wendung verließ ich den Strom und stand am Tische.
Was geschah? Ah, nichts! Beinahe nichts! Die Konversation
brach ab, der Wohlbekannte trat einen Schritt zur Seite, indem er mit 00
allen fünf Fingern sein rand- und bandloses Binokel erfaßte und
mich zwischen diesen Fingern hindurch betrachtete, und die junge
Dame ließ einen ruhigen und prüfenden Blick über mich hingleiten,
— über meinen Anzug bis auf die Stiefel hinab. Dieser Anzug war
keineswegs neu, und diese Stiefel waren von Straßenkot besudelt, 5
ich wußte das. Überdies war ich erhitzt, und mein Haar war
möglicherweise sehr in Unordnung. Ich war nicht kühl, nicht frei,
nicht auf der Höhe der Situation. Das Gefühl, daß ich, ein Fremder,
Unzugehöriger, hier störte und mich lächerlich machte, befiel mich.
Unsicherheit, Hilflosigkeit, Haß und Jämmerlichkeit verwirrten mir 10
den Blick, und mit einem Worte, ich führte meine munteren
Absichten aus, indem ich mit finster zusammengezogenen Brauen,
mit heiserer Stimme und auf kurze, beinahe grobe Weise sagte:
„Ich bitte um ein Glas Wein."
    Es ist vollkommen gleichgültig, ob ich mich irrte, als ich zu 15
bemerken glaubte, daß das junge Mädchen einen raschen und
spöttischen Blick zu ihrem Freunde hinüberspielen ließ. Schweigend
wie er und ich gab sie mir den Wein, und ohne den Blick zu erheben,
rot und verstört vor Wut und Schmerz, eine unglückliche und
lächerliche Figur, stand ich zwischen diesen beiden, trank ein paar 20
Schlucke, legte das Geld auf den Tisch, verbeugte mich fassungslos,
verließ den Saal und stürzte ins Freie.
    Seit diesem Augenblicke ist es zu Ende mit mir, und es fügt der

95 *Schanktisch* bar   5 *besudeln* soil
 7 *frei* at ease   9 *Unzugehöriger* outsider
21 *fassungslos* awkwardly

Sache bitterwenig hinzu, daß ich ein paar Tage später in den
25 Journalen die Verkündigung fand:

„Die Verlobung meiner Tochter Anna mit Herrn Assessor Dr.
Alfred Witznagel beehre ich mich ergebenst anzuzeigen. Justizrat
Rainer."

Seit diesem Augenblick ist es zu Ende mit mir. Mein letzter Rest
30 von Glücksbewußtsein und Selbstgefälligkeit ist zu Tode gehetzt
zusammengebrochen, ich kann nicht mehr, ja, ich bin unglücklich,
ich gestehe es ein, und ich sehe eine klägliche und lächerliche Figur
in mir! — Aber ich halte das nicht aus! Ich gehe zugrunde! Ich
werde mich totschießen, sei es heut oder morgen!

35 Meine erste Regung, mein erster Instinkt war der schlaue Versuch,
das Belletristische aus der Sache zu ziehen und mein erbärmliches
Übelbefinden in „unglückliche Liebe" umzudeuten; eine Albernheit,
wie sie sich von selbst versteht. Man geht an keiner unglücklichen
Liebe zugrunde. Eine unglückliche Liebe ist eine Attitüde, die
40 nicht übel ist. In einer unglücklichen Liebe gefällt man sich. Ich
aber gehe daran zugrunde, daß es mit allem Gefallen an mir selbst
so ohne Hoffnung zu Ende ist!

Liebte ich, wenn endlich einmal diese Frage erlaubt ist, liebte ich
dieses Mädchen denn eigentlich? — Vielleicht . . . aber wie und
45 warum? War diese Liebe nicht eine Ausgeburt meiner längst schon
gereizten und kranken Eitelkeit, die beim ersten Anblick dieser
unerreichbaren Kostbarkeit peinigend aufbegehrt war und Gefühle
von Neid, Haß und Selbstverachtung hervogebracht hatte, für die
dann die Liebe bloß Vorwand, Ausweg und Rettung war?
50 Ja, das alles ist Eitelkeit! Und hat mich nicht mein Vater schon
einst einen Bajazzo genannt?

26 *Assessor* assistant judge (acting as an expert in special cases)
27 *Witznagel* (Even the man's name is slightly ridiculous.)
27 *sich ergebenst beehren* have the most humble honor
36 *Belletristische* the literary feature or element
38 *Man geht* . . . (Compare *As You Like It* 4:1: Men have died from time to
time and worms have eaten them; but not for love.)

Ach, ich war nicht berechtigt, ich am wenigsten, mich seitab zu setzen und die Gesellschaft zu ignorieren, ich, der ich zu eitel bin, ihre Miß- und Nichtachtung zu ertragen, der ich ihrer und ihres Beifalls nicht zu entraten vermag. — Aber es handelt sich nicht um 55 Berechtigung? Sondern um Notwendigkeit? Und mein unbrauchbares Bajazzotum hätte für keine soziale Stellung getaugt? Nun wohl, eben dieses Bajazzotum ist es, an dem ich in jedem Falle zugrunde gehen mußte.

Gleichgültigkeit, ich weiß, das wäre eine Art von Glück. — Aber 60 ich bin nicht imstande, gleichgültig gegen mich zu sein, ich bin nicht imstande, mich mit anderen Augen anzusehen, als mit denen der „Leute", und ich gehe an bösem Gewissen zugrunde, —erfüllt von Unschuld. — Sollte das böse Gewissen denn niemals etwas anderes sein, als eiternde Eitelkeit? 65

Es gibt nur ein Unglück: das Gefallen an sich selbst einbüßen. Sich nicht mehr zu gefallen, das ist das Unglück, — ah, und ich habe das stets sehr deutlich gefühlt! Alles übrige ist Spiel und Bereicherung des Lebens, in jedem anderen Leiden kann man so außerordentlich mit sich zufrieden sein, sich so vorzüglich ausnehmen. Die 70 Zwietracht erst mit dir selbst, das böse Gewissen im Leiden, die Kämpfe der Eitelkeit erst sind es, die dich zu einem kläglichen und widerwärtigen Anblick machen. —

Ein alter Bekannter erschien auf der Bildfläche, ein Herr Namens Schilling, mit dem ich einst in dem großen Holzgeschäfte des Herrn 75 Schlievogt gemeinschaftlich der Gesellschaft diente. Er berührte in Geschäften die Stadt und kam, mich zu besuchen, — ein „skeptisches Individuum", die Hände in den Hosentaschen, mit einem schwarzgeränderten Pincenez und einem realistisch duldsamen Achselzucken. Er traf des Abends ein und sagte: „Ich bleibe ein paar Tage hier." — 80 Wir gingen in eine Weinstube.

Er begegnete mir, als sei ich noch der glückliche Selbstgefällige,

65 *eiternd* suppurating, festering
70 *sich . . . ausnehmen* cut an excellent figure

als den er mich gekannt hatte, und in dem guten Glauben, mir nur
meine eigne fröhliche Meinung entgegenzubringen, sagte er:

85   „Bei Gott, du hast dir dein Leben angenehm eingerichtet, mein
Junge! Unabhängig, was? frei! Eigentlich hast du recht, zum
Teufel! Man lebt nur einmal, wie? Was geht einem im Grunde
das übrige an? Du bist der Klügere von uns beiden, das muß ich
sagen. Übrigens, du warst immer ein Genie." — Und wie ehemals
90   fuhr er fort, mich bereitwilligst auzuerkennen und mir gefällig
zu sein, ohne zu ahnen, daß ich meinerseits voll Angst war, zu
mißfallen.

Mit verzweifelten Anstrengungen bemühte ich mich, den Platz zu
behaupten, den ich in seinen Augen einnahm, nach wie vor auf der
95   Höhe zu erscheinen, glücklich und selbstzufrieden zu erscheinen, —
umsonst! Mir fehlte jedes Rückgrat, jeder gute Mut, jede Kontenance, ich kam ihm mit einer matten Verlegenheit, einer geduckten
Unsicherheit entgegen, — und er erfaßte das mit unglaublicher
Schnelligkeit! Es war entsetzlich, zu sehen, wie er, der vollkommen
00   bereit gewesen war, mich als glücklichen und überlegenen Menschen
anzuerkennen, begann, mich zu durchschauen, mich erstaunt
anzusehen, kühl zu werden, überlegen zu werden, ungeduldig und
widerwillig zu werden und mir schließlich seine Verachtung mit
jeder Miene zu zeigen. Er brach früh auf, und am nächsten Tage
5   belehrten mich ein paar flüchtige Zeilen darüber, daß er dennoch
genötigt gewesen sei, abzureisen.

Es ist Tatsache, alle Welt ist viel zu angelegentlich mit sich selbst
beschäftigt, als daß man ernstlich eine Meinung über einen anderen
zu haben vermöchte; man akzeptiert mit träger Bereitwilligkeit den
10   Grad von Respekt, den du die Sicherheit hast, vor dir selber an den
Tag zu legen. Sei, wie du willst, lebe, wie du willst, aber zeige kecke
Zuversicht und kein böses Gewissen, und niemand wird moralisch
genug sein, dich zu verachten. Erlebe es andererseits, die Einigkeit
mit dir zu verlieren, die Selbstgefälligkeit einzubüßen, zeige, daß du

96 *Kontenance* bearing   7 *angelegentlich* urgent

dich verachtest, und blindlings wird man dir recht geben. — Was 15
mich betrifft, ich bin verloren. —

Ich höre auf zu schreiben, ich werfe die Feder fort, — voll Ekel,
voll Ekel! — Ein Ende machen; aber wäre das nicht beinahe zu
heldenhaft für einen „Bajazzo?" Es wird sich ergeben, fürchte ich,
daß ich weiter leben, weiteressen, schlafen und mich ein wenig 20
beschäftigen werde und mich allgemach dumpfsinnig daran
gewöhnen, eine „unglückliche und lächerliche" Figur zu sein.

Mein Gott, wer hätte es gedacht, wer hätte es denken können, daß
es ein solches Verhängnis und Unglück ist, als ein „Bajazzo" geboren
zu werden! — 25

24 *Verhängnis* destiny

RICARDA HUCH

1864 — 1947

Among the richly varied literary treasures that Ricarda Huch has left us is a large collection of prose tales. These differ among themselves in mood and form; what they share in common is the stamp of the author's brilliant personality. They are as easy to identify as a composition by Mozart.

It is difficult, in speaking of this *leuchtende Spur,* not to glide into the language of enthusiasm. Ricarda Huch has often been described as a masculine intelligence; she herself conceived of intellect as a feminine quality of mind and creative instinct as masculine. She has both, and more: keen intellect, an instinctive sense of good literature, and warmth of personality that pervades her work. Who else in the twentieth century has illuminated and irradiated so many segments of life with her spirit? Witness the revelation of her own great soul in her lyric poetry; her deep insight into the historical development of Germany and into the spirit of the Italian movement for liberation and unification; her brilliant probing into the nature of German romanticism; her wrestling with the problems of theology and philosophy; the sheer esthetic delight afforded by her novels and *Novellen.*

Ricarda Huch's shorter fiction is often put on the doorstep of Gottfried Keller, whom she loved and celebrated in a famous essay. There is a point of contact in the serene humor that pervades the tales of both writers and in the ability of both to write about the depths of human passion under the cloak of trivial trials and tempests. But it would be wrong to imagine that Ricarda Huch is a derivative talent. Her rich imagination, anchored in a solid sense of historical reality, makes her an original artist of the first rank.

The ease and grace with which she writes has misled one critic into denying her the power of dramatic tenseness which is characteristic of the *Novelle* and short story. Such a judgment is erroneous on two counts. First, this tenseness is not essential to shorter fiction, which may have the serenity of the traditional epic. But second, beneath the surface calm and relaxation in Ricarda Huch's work, behind the façade of lightness, there is strong dramatic tension, as there is behind the seeming coldness of Hemingway. For instance, *Der Hahn von Quakenbrück* is a masterly depiction of a serious political crisis, with all the tragicomic twists and turns of fate that such crises engender. This mastery will strike home to the thoughtful reader all the more sharply because of the symbolic disguise which the author has used for her theme.

Ricarda Huch was born in Braunschweig, north Germany, into a well-to-do and highly cultured bourgeois family. She studied history at Zürich, took her doctorate, then worked as a librarian and teacher. She was one of the early emancipated women in Europe, without being politically minded, however. She was twice married under very romantic circumstances. She lived in various German cities, absorbing deeply the culture of each. Many honors came to her, including the Goethe Prize in 1931. During the National Socialist period she was an outspoken and implacable foe of the regime, which she outlived. She died at the age of 83.

Der Hahn von Quakenbrück was published in 1910 as the title piece of three *Novellen* in light vein. A naive reading of the tale puts it into the class of the grotesque and farcical. Even the reader who can remain on this plane will find the story fascinating from the point of view of intrigue, character development and diction. But it should soon become apparent that the ridiculous feud in Quakenbrück society is a symbol of the equally ridiculous contests that we know as national and international politics. He will sense also that Ricarda Huch, like all the great comic artists, knows how closely allied are comedy and tragedy. Although the fantastic names and events of the tale are fictitious, there is a basis of fact for the story. In *Folklore of the Old Testament,* Frazer records that in 1474 an aged rooster was indicted by the authorities of Basel in Switzerland for laying an egg. After a voluminous amount of pleading on both sides the monster was found guilty and sentenced to death. Both rooster and egg were duly burned at the stake amid all the solemnity of a regular execution.

RICARDA HUCH

Der Hahn von Quakenbrück

Im folgenden wird gemeldet, was die Chroniken über den staatswichtigen Prozeß wegen des eierlegenden Hahnes überliefert haben, durch welchen eine freie Reichsstadt Quakenbrück im Jahre 1650 ängstlich erschüttert wurde und leicht zu gänzlicher Auflösung
5 gebracht worden wäre.

Es hatte nämlich der Pfarrer an der Heiligengeistkirche, der der Reformation anhing, mehrere Male auf der Kanzel vorgebracht, daß der Hahn des Bürgermeisters, wider Natur und Gebrauch, als wäre er eine Henne, Eier lege, darüber gewitzelt wie auch merken lassen,
10 daß dergleichen ohne die Beihilfe des Teufels oder teuflischer Künste nicht wohl zu bewerkstelligen sei. Dies verursachte der Zuhörerschaft des beredten Pfarrers teils Belustigung, teils Grausen, und es wurde in den Bürgerhäusern hin und her darüber geredet, besonders in den Kreisen der zünftigen Handwerker, welche be-
15 haupteten, von Bürgermeister und Ratsherren aus dem Regimente verdrängt worden zu sein, an dem sie vielerlei auszusetzen hatten. Allmählich kam es so weit, daß die müßigen Buben, wenn der Bürgermeister sich auf der Straße blicken ließ, anfingen zu krähen und zu gackern und mit solchen Bezeigungen unehrerbietig hinter
20 ihm herliefen. Auch dem Stadthauptmann, der die Kriegsmacht von Quakenbrück im Namen des Kaisers befehligte und eine gewaltige

3 *freie Reichsstadt* a city owing allegiance directly to the Emperor, not to any Prince or King (= *Landstadt*)
9 *witzeln* make jokes   11 *bewerkstelligen* bring about
12 *beredt* eloquent   14 *zünftig* belonging to the guilds
15 *Regiment* i.e., the municipal government
19 *Bezeigung* demonstration   19 *unehrerbietig* irreverent
20 *Stadthauptmann* commander of the Imperial militia stationed in the city

Person war, kam etwas davon zu Ohren, und da er mit der Bürgermeisterin, Frau Armida, befreundet war, begab er sich selbst in sein Haus, um ihn deswegen zur Rede zu stellen. Bevor noch der Bürgermeister nach Gewohnheit eine Kanne Wein auftragen lassen konnte, 25 setzte sich der Stadthauptmann auf einen Sessel, schlug auf den Tisch und sagte: „Tile Stint" — denn so hieß der Bürgermeister —, „das mit dem Hahn muß aufhören, oder du sollst sehen, daß ich nicht von Pappe bin."

Tile Stint klopfte dem Stadthauptmann auf den Rücken, als ob er 30 einen Hustenanfall hätte, und sagte begütigend: „Wenn du mir sagst, was es mit dem Hahne auf sich hat, so mag es meinetwegen aufhören, da dir viel daran zu liegen scheint." „Was," rief der Stadthauptmann noch lauter als zuvor, „so willst du zu der Schandbarkeit deiner Tat noch die Dreistigkeit fügen, sie mir abzuleugnen, da doch das 35 Gelichter der Gasse ungestraft hinter dir her kräht." Diese Worte stimmten den Bürgermeister nachdenklich, und er sagte: „Das Krähen der mutwilligen Buben ist mir in der Tat aufgefallen, und es wäre mir lieb, den eigentlichen Grund desselben zu erfahren. Ich dachte schon, es sei ein Symbolum und diene den Reformierten, uns 40 Altgläubige damit zu verspotten, doch will ich sie gern einer derartigen Herausforderung und Tücke freisprechen, wenn es sich anders verhält." Der Stadthauptmann runzelte die Brauen und brummte: „Firlefanz! Solltest du nicht wissen, daß auf das niederträchtige Eierlegen deines Hahnes gezielt wird?" 45

Auf diese Insinuierung öffnete Tile Stint seine matten blauen Augen voll Staunen, indem er ausrief: „Der kann Eier legen! Mache

29 *Pappe* cardboard   31 *begütigend* appeasingly
32 *auf sich haben* be about   35 *Dreistigkeit* insolence
36 *Gelichter* . . . rabble on the streets
37 *nachdenklich stimmen* put into a thoughtful mood
40 *Symbolum* act of faith
40 *Reformierte* members of the Reformed Church (a collective term for all the Protestant churches which developed as a result of Luther's rebellion)
41 *Altgläubige* adherents of the old (i.e., Roman Catholic) faith
43 *runzeln* knit   44 *Firlefanz* nonsense
45 *niederträchtig* vile
47 *mache* . . . don't give me any of that

mir das nicht weis! Tun es doch nicht einmal meine Hühner nach
der Ordnung, so daß ich ihn schon habe abschlachten lassen wollen,
50 da er noch dazu die Federn läßt und schäbig wie von einer Rauferei
daherkommt; aber ich unterließ es, da er wegen seiner Magerkeit
keinen guten Bissen verspricht."

Das Gesicht des Stadthauptmanns verdüsterte sich, und er herrschte
den Bürgermeister an: „Verlege dich mir gegenüber nicht aufs
55 Leugnen! Das Mistvieh legt Eier und gehört von Rechtens auf den
Scheiterhaufen. Du weißt, daß ich im Christentum unerbittlich bin
und meine besten Freunde nicht verschone, wenn ich sie bei Frivolität
und Gotteslästerung ertappe. Das Volk muß in Respekt erhalten
werden und an den Regierenden ein Beispiel sehen; deshalb trage
60 ich dir auf, dafür zu sorgen, daß der üble Leumund von dir
abgewaschen und künftig nichts Ungebührliches mehr von deinem
Haus und Hof vernommen wird, da ich zuvor meinen Fuß nicht
wieder auf deine Schwelle setzen werde."

Über dies majestätische Auftreten seines Freundes heftig
65 erschrocken, rief der Bürgermeister: „Erlaubt wenigstens, daß ich
Frau Armida rufe!" und riß heftig an einem Klingelzuge, dessen
Geläut sich indessen noch kaum erhoben hatte, als die Erwünschte
schon in das Zimmer trat. Sie war eine prächtige Frau, die immer in
einem burgunderfarbenen Seidenkleide umherging und eine hoch-
70 aufgetürmte, weitläufige Frisur auf dem Kopfe trug, von deren
Spitze ein Kranz von weißen und hellblauen Federn herunternickte.
Infolge eines liebenswürdigen Temperamentes erglomm sie zwar
leicht zu großer Heftigkeit, besänftigte sich aber auch unversehens,
liebte die Gesellschaft und verscheuchte mit viel Geräusch die Lange-
75 weile und üble Laune, weswegen sie wohlgelitten und dem Stadthauptmann unentbehrlich war.

50 *die Federn lassen* moult	50 *Rauferei* brawl
53 *anherrschen* speak sternly *or* sharply	
54 *sich verlegen* have recourse	55 *Mistvieh* scum
56 *Scheiterhaufen* funeral pyre (i.e., as an agent of the devil)	
58 *Gotteslästerung* blasphemy	60 *üble* . . . ill repute
69 *eine* . . . a towering, elaborate headdress	
72 *erglimmen* flame	75 *wohlgelitten* liked

„Ihr seid es, Klöterjahn," rief sie, als sie den erhabenen Mann
erblickte, und wollte mit einer angemessenen Begrüßung fortfahren;
allein der Bürgermeister schnitt ihr die Rede ab, indem er kläglichen
und gereizten Tones ausrief: „Warum meldet man mir nicht, wenn 80
solche Unrichtigkeiten im Hühnerstall vorfallen? Du bist die
Hausfrau und solltest wissen, wer bei uns die Eier legt! Oder hält
man es nicht für nötig, mich von so gröblichen Mißständen in
Kenntnis zu setzen?"

„Ereifere dich nicht!" sagte Frau Armida strenge, denn sie miß- 85
billigte es, wenn andere heftig wurden; „wenn du selbst nicht weißt,
was du sagst, verstehen es andere noch weniger." Diese Entgegnung
brachte den Bürgermeister vollends auf, so daß er böse rief:
„Verstehst du nicht, daß es Sache der Hühner ist, Eier zu legen, wie
die der Weiber, Kinder zu gebären!" und hoffte mit dieser Anzüg- 90
lichkeit seine Frau zu ärgern, welche ihm keine Kinder geschenkt
hatte. Diese jedoch hielt an sich und lud nur durch einen funkelnden
Blick den Stadthauptmann ein, ihr unschuldiges Leiden zu bezeugen.
„Ich bin ein einfacher Kriegsmann, aber ein guter Christ," sagte von
Klöterjahn, düster ihrem Blicke ausweichend; „bevor ihr diesen 95
Schandfleck nicht von euch abgewaschen habt, kann ich eure Schwelle
nicht mehr betreten. Was ich gesagt habe, kann ich nicht zurücknehmen, also muß es dabei bleiben!" Damit stand er eisern entschlossen
auf und griff nach der Türklinke. „Klöterjahn!" schrie Frau Armida
auf und brauste hinter dem Entweichenden her, willens, ihn mit ihren 00
Armen festzuhalten, konnte ihn aber nicht mehr einholen, der
gerade die Gartentür hinter sich zuwarf und mit starken Schritten
sich ihrem Klageruf entzog.

Unterdessen bereute es Tile Stint schon, daß er gegen seine
Frau ausgefallen war; denn er war keineswegs bösartig, vielmehr 5
sanft und verträglich, nur hatte er schwache Nerven, konnte Lärm,
Streit und Aufregung nicht vertragen und wurde zuweilen hitzig,

77 *Ihr* the older form of formal address
88 *aufbringen* rouse   90 *Anzüglichkeit* offensive remark
93 *bezeugen* testify to   96 *Schandfleck* stain
00 *willens* with the intention

wenn es in seinem Kopfe durcheinanderzugehen anfing. Er besaß
einen mittelmäßigen Verstand, den er von jeher aus Bequemlichkeit
10 nur selten in Betrieb gesetzt hatte, und nun, seit er alterte und meist
schläfrig war, wie eine gute Stube mit überzogenem Kanapee und
Stühlen vermuffen ließ. Die Ratsgeschäfte liefen mehr oder weniger
von selber, und zu Hause bekümmerte er sich nur ein wenig um den
Garten und die Hühner, hauptsächlich aber um die Küche, in der er
15 sich gern aufhielt, um an den Töpfen zu schieben und mit der
blonden, rosigen und runden Köchin, welche Molli hieß, liebreich
umzugehen. Nachdem der Stadthauptmann und seine Frau das
Zimmer verlassen hatten, klingelte er sämtliche Dienstleute zusammen
und befragte sie wegen des Hahnes. Es war aus ihnen nichts
20 herauszubringen, als daß sie von der Munkelei schon vernommen
hatten; übrigens stotterten sie, verdrehten die Augen und kratzten
sich hinter den Ohren, was den Bürgermeister so aufregte, daß er sie
in großem Unwillen wieder fortschickte, sich in einen Lehnsessel
warf und einschlief.

25   Ganz anders war Frau Armida tätig, sie ließ die vertrautesten
Freunde ihres Mannes zu einem Plauderstündchen am häuslich
beschickten Tische bitten, nämlich die Ratsherren Lüddeke und
Druwel von Druwelstein und den Rechtsgelehrten Engelbert von
Würmling, der nur von den vornehmsten Familien als Beistand
30 gewonnen wurde. Es zeigte sich, daß auch diesen Herren das
häßliche Gerede bereits zu Ohren gekommen war, daß sie aber aus
verschiedenen Gründen gegen den Bürgermeister geschwiegen hatten,
der kleine Lüddeke, weil es eine heikle Sache und Tile Stint vielleicht nicht genehm wäre. Druwel, weil es ihm schien, als wäre eine

---

8 *durcheinandergehen* turn in confusion
10 *in* . . . set in motion
11 *wie* . . . i.e., he rarely used his intelligence, but kept it covered, as one
puts covers over upholstered furniture in the "parlor" when it is not in use
15 *schieben* putter about   16 *liebreich* . . . i.e., flirt
20 *Munkelei* gossip   21 *verdrehten* . . . let their eyes roll
26 *Plauderstündchen* . . . a gab-fest around a table provided with good food
28 *Rechtsgelehrte* attorney   33 *heikel* delicate
34 *genehm* pleasant

Sache noch nicht ganz wahr, wenn man nicht davon spräche, 35
Würmling degegen, der italienische Universitäten besucht hatte und
sehr aufgeklärt war, weil es ihm nicht wichtig vorgekommen war.
„Ich glaube nicht, daß ein Hahn Eier legen kann," sagte er, „tut
er es aber dennoch, so mag er es meinetwegen, ich habe keine
Vorurteile. Es ist außergewöhnlich; gut. Es ist unnatürlich; gut. 40
Schadet es mir? nein. Überlassen wir es doch alten Weibern, über
Himmel und Hölle, Tugend und Laster zu disputieren." „Indessen
doch," wandte Druwel schüchtern ein, „da der Herr Stadthauptmann
seine Ungnade darüber ausgesprochen hat, möchte die Sache noch
von einem anderen Gesichtspunkte zu betrachten sein." Herr 45
Engelbert schloß die Augen, wie wenn er sich davor behüten wolle,
den Anblick dummer und schwacher Menschen in sich aufzunehmen,
und sagte im Tone der Erschöpfung: „Die Meinung des Herrn
Stadthauptmann ist wohl, dem Volke das Maul zu stopfen, vor dessen
Unverstand und Aberglauben allerdings manches Ungewöhnliche 50
verborgen bleiben muß."

Druwel war ein Kriegsmann und hatte sich bei allen Waffentaten
der Stadt hervorgetan, und wenn er daherkam mit steifem Knebelbart,
blitzenden Augen und sonnenverbrannter Haut, dick und steifbeinig
wie ein aufrechter Kanonenlauf, dachte ein jeder, es könne Quaken- 55
brück nicht fehlen, solange es seinen Druwel habe. Nur in mora-
lischen Dingen war er nicht beherzt, weil er wohl Neigung dafür,
aber keine Unterscheidung hatte und sich, so gut es gehen wollte,
nach irgendeinem ansehnlichen Manne, besonders dem Stadthauptmann von Klöterjahn richtete. Er hatte immer Angst, daß er sich 60
unversehens wider die Religion oder das Moralische verfehlen könnte,
ja schon daß er etwas sähe und hörte, was ihn bei der Beichte in
Ungelegenheiten bringen könnte. Der kleine Lüddeke dagegen, ein
munteres Männchen, ließ das Christentum auf sich beruhen, wenn

---

44 *Ungnade* displeasure
53 *Knebelbart* twirled moustache
57 *beherzt* courageous
63 *Ungelegenheiten* embarrassment

53 *sich hervortun* be prominent
55 *Kanonenlauf* muzzle of a cannon
58 *Unterscheidung* discrimination
64 *auf* . . . look after itself

65 er nur das Vorschriftsmäßige absolviert hatte, und freute sich schon
    des Abends beim Zubettgehen auf die Neuigkeiten, die der folgende
    Tag bringen könnte. „Gestrenger," sagte er, sich ungeduldig am
    Bärtchen zupfend, „da wir nun doch einmal daraufgekommen sind,
    so führe uns doch in den Garten und zeige uns den Teufelsbraten,
70 und laß ihn womöglich ein Pröbchen seiner Kunst ablegen."
    Obwohl Druwel zögerte unter dem Vorwande, es dämmere und man
    könne doch nichts sehen, öffnete Tile Stint die Tür, um den Herren
    voranzugehen: da kam Frau Armida durch dieselbe hereingestoben
    und rief zornig, der Gärtner habe gekündigt, da er in einem solchen
75 Hause nicht bleiben könne, und Molli, die Köchin, ließe das Trüffel-
    gemüse in der Pfanne verbrennen, um nicht Schaden an ihrer Seele zu
    nehmen. Hätte man doch der Bestie, dem Hahn, der an allem
    schuld sei, zeitig den Hals umgedreht, wie sie gewollt habe! Nun
    werde man heute abend vor leeren Schüsseln sitzen müssen, oder sie
80 werde kochen müssen, obwohl sie die Hitze des Herdes nicht
    vertragen könne. Die ganze Gesellschaft begab sich darauf in die
    Küche, wo Molli unter Händeringen erzählte, wie sie fünf Eier
    bereits habe wegwerfen müssen, weil das Dotter in denselben nicht
    gelb, sondern karminrot gewesen sei und noch dazu das Ei fast ganz
85 ausgefüllt habe, wie sie sich darüber bis ins Herz entsetzt habe und
    nun die Geschichte glaube, was sie bisher nicht habe tun wollen, wie
    sie keines von den verhexten Eiern mehr anrühren werde und
    folglich die Trüffelomelette auch nicht zu Ende bringen könne.
        „Molli," sagte der Bürgermeister sanft, indem er den Arm um ihre
90 Schulter legte, „was die Eier betrifft, so werde ich sie zerklopfen,
    und wenn es mir gerät, hoffe ich von deiner Liebe und Treue, daß
    du auch mir beistehst und die Trüffelomelette, die du so geschmack-
    voll wie kein anderes Mädchen zu backen verstehst, wie auch alle

65 *das* . . . done what was prescribed   67 *gestrenger* . . . gracious sir
68 *da* . . . since we *are* on the subject
69 *Teufelsbraten* i.e., the rooster which (because of its unnatural powers)
    will roast in hell
70 *Pröbchen* little test   73 *hereinstieben o o* sweep in
75 *Trüffel* truffle (a fungus which is considered a great delicacy)
83 *Dotter* yolk   90 *zerklopfen* scramble

anderen Speisen in gewohnter Weise vollendest." Darauf teilte er
mit ziemlichem Geschick ein Ei, obwohl ihm die Hände zitterten, teils 95
infolge seiner schwachen Nerven, teils weil Druwel ihn durch Ziehen
am Rocke von dem Geschäfte abzuhalten versuchte. Als sie ihren
Brotherrn so hantieren sah, wurde Molli weich, begann laut zu
weinen und erklärte, den Anblick seines Eierzerklopfens nicht länger
ertragen zu können; da außerdem die von ihm aufgeschlagenen Eier 00
recht und schlecht wie andere auch waren, nahm sie ihm den Napf
weg und schickte sich an, unter einem Stoßgebet die Zurüstung
selbst wieder in die Hand zu nehmen.

In dieser Zeit hatte Frau Armida ein großes Beil auf einem
Küchentische liegen sehen, bewaffnete sich damit und eilte in den 5
Garten, was das Zeichen zum allgemeinen Aufbruch gab, da die
Herren nicht zweifelten, sie wolle dem Hahn zu Leibe, und das
Gefühl hatten, als müßten sie eine rasche Tat verhindern. Der
kleine Lüddeke lief so schnell er konnte, und Druwel ließ sich so
weit hinreißen, daß er sie am Schweif ihres rotseidenen Kleides 10
faßte, um sie aufzuhalten, während der Bürgermeister und Würmling
langsamer nachfolgten. Eben hatte die Bürgermeisterin die Tür des
Hühnerstalles, der von einem hölzernen Zaun umgeben war, erfaßt,
und da sie glaubte, daß ihr Kleid an einer Latte festgehakt wäre,
suchte sie es ärgerlich loszureißen, wobei sie sich umdrehte und den 15
Druwel gewahrte, der sie beschwor, den Stall nicht zu betreten,
welcher vielleicht ein Bezirk des Teufels sei. „Wer ein gutes Gewissen
hat, fürchtet den Teufel nicht," sagte Frau Armida spitz, riß mit
einer scharfen Bewegung ihre Schleppe aus den Händen des Druwel
und trat mit stiebendem Schritt unter die Hühner, die erschreckt 20
auseinanderflogen. Dem Hahn gelang es, sich mit Aufopferung
einer Schwanzfeder ihrem Griff zu entziehen und, an einer Scheune

98 *Brotherr* employer
1 *recht* . . . simply and truly
2 *Stoßgebet* short prayer
10 *Schweif* train
17 *Bezirk* area, confine
20 *stiebend* which made the dust fly

98 *hantieren* bustle
2 *sich anschicken* set about
7 *zu Leibe* i.e., kill *or* "do in"
14 *Latte* lath
19 *Schleppe* train

hinaufflatternd, die den Hintergrund des Stalles bildete, eine offene
Luke zu entdecken, in der er sich niederließ.

25   Tile, Lüddeke und Würmling, die inzwischen nähergekommen
waren, versuchten der Frau zu erklären, man dürfe das Tier nicht
töten, da es so ausgelegt werden würde, als hätten sie ein ver-
räterisches Zeugnis aus der Welt geschafft; aber sie war Belehrungen
nicht leicht zugänglich, wenn ihr Gemüt in Aufruhr war, und
30 forderte die Herren mit Ungestüm auf, die Bestie herunterzuschießen,
wenn anders sie sie nicht für Feiglinge halten sollte. Herr Lüddeke
blinzelte mit seinen kleinen Augen bald Frau Armida, bald den
Hahn an, der in der viereckigen Luke saß, mit den Flügeln schlug,
den Schnabel weit aufreißend krähte und in der einfallenden
35 Dämmerung größer als natürlich aussah. „Er hat eine gellende
Stimme und abscheuliche Figur," sagte er, „und es wäre nicht schade
um ihn; allein wenn Herr von Würmling uns rät, daß wir uns nicht
mit Übereilungen verdächtig machen, so müssen wir wohl unseren
berechtigten Groll und unsere Verwegenheit einstweilen zügeln."

40   „Nun denn," rief Frau Armida, welche das Zureden und die
Gründe der Herren wie Wassertropfen an sich ablaufen ließ, „wenn
die Männer kein Herz in der Brust haben, so werde ich dem
Federvieh seinen Lohn geben," raffte ein paar große Feldsteine auf,
die inmitten des Stalles einen Futtertrog bildeten, und warf sie weit
45 ausholend nach der Luke. Die Herren sputeten sich, aus dem
Bereich der niedersausenden Blöcke zu kommen, woran sie durch das
Lachen nicht wenig behindert wurden, in das sie über die Heftigkeit
der Dame geraten waren; doch kehrte der gute Tile wieder zurück,
um seine Frau darauf aufmerksam zu machen, daß sie leichter sich

24 *Luke* dormer window
27 *ein* . . . a piece of incriminating evidence
28 *Belehrung* i.e., advice   31 *wenn anders nicht* if not
32 *anblinzeln* peer at   35 *gellend* shrill
39 *verwegen* impetuous   39 *zügeln* curb
43 *aufraffen* snatch
44 *weit* . . . winding up (like a baseball pitcher)
45 *sich sputen* hasten   46 *Bereich* realm
46 *sausen* whiz

selbst als den Hahn treffen würde. Da ihr das soeben selbst einge- 50
fallen war, verließ sie den Kampfplatz, auf dem das Beil und die
Steine wild umherlagen. „Druwel," sagte sie streng, indem sie vor
den Herren stehenblieb, „in manchem Korsett steckt ein Held und
in mancher Rüstung eine Memme." „Das erste," sagte der Druwel
demütig, „wird niemand bestreiten, der Euch kennt; was mich 55
betrifft, so ist mein körperliches System derart beschaffen, daß ich
vor geheimen Dingen, als Gespenster, Furien, Miasmen, Seuchen,
Visionen, Erdbeben und Gewittern, eine unüberwindliche, innere
Zurückhaltung und Grausen verspüre, während ein ganzes Kriegs-
heer mein Herz nicht um einen einzigen Wirbel schneller schlagen 60
läßt." — „In Eurem Verzeichnis habt Ihr die Weiber vergessen,"
bemerkte Frau Armida, „und doch habt Ihr Ursache, auch vor ihnen
die Augen niederzuschlagen," — „Von dem Blick einer schönen und
edlen Dame überwunden zu werden, dessen braucht sich kein Mann
zu schämen," antwortete Druwel und bot der nunmehr versöhnten 65
Bürgermeisterin den Arm, um sie in den Speisesaal zu führen.

Die charaktervolle Molli hatte nicht wie die übrigen Dienstboten
dem Auftritt im Garten zugeschaut, sondern war bei ihren Omeletten,
Pasteten und Bäckereien geblieben, so daß eitel Wohlgeschmack
und Üppigkeit die Gesellschaft an der Tafel empfing. Frau Armida, 70
die noch stark atmete, eröffnete das Tischgespräch, indem sie ausrief:
„Habe ich mich bisher nicht darum gekümmert, so bin ich jetzt dessen
sicher, daß der Bösewicht Eier legt, und schlau muß er es anfangen,
daß wir ihn nie dabei betroffen haben." Von Würmling sagte:
„Gnädigste haben dem Armen ihre Huld entzogen und halten ihn 75
nun jeder Übeltat fähig: das ist die Art der Frauen." „Ei freilich,"
entgegnete sie rasch, „die Art der Frauen ist es, sich nicht verblenden
zu lassen, weder durch ein geschabtes Kinn noch durch einen langen
Bart oder bunte Federn, sondern die schlechten Faxen zu durch-

54 *Memme* coward
61 *Verzeichnis* catalogue
75 *Huld* homage
78 *geschabtes* . . . scraped (i.e., clean-shaven) chin
79 *Faxen* pranks

60 *Wirbel* beat
69 *Pastete* pie (of meat or fish)

80 schauen und damit aufzuräumen." Als sie bemerkte, daß Herr
Lüddeke sie der bedienenden Mädchen wegen durch Zublinzeln und
allerhand Zeichen zur Vorsicht zu mahnen suchte, blickte sie sich
herausfordernd um und sagte: „Warum soll ich in dieser Sache
schweigen, wie wenn ich die Eier gelegt hätte? Wir wollen schon
85 dahinterkommen und einen Stecken dabeistecken, so daß jedermann
mit unserer Justiz zufrieden sein muß." — Ja, sagte der Bürgermeister, so sollte es wohl sein, aber die Zeiten wären nicht mehr so,
sondern es herrsche Mutwillen und Unbotmäßigkeit im Volke, es
gebe freche Leute, die sich ungestraft aufbliesen und den höheren
90 Personen etwas am Zeuge flickten. Der Stadthauptmann habe ihm
ernstlich aufgegeben, das Gerede Lügen zu strafen, als lege sein
Hahn Eier, wie sollte er das aber anstellen, wenn sein eigenes
Eheweib auf die Straße hinausriefe, daß es wahr sei?

Die Erwähnung des Stadthauptmanns stimmte Frau Armida
95 nachdenklich und trübe, so daß sie aus Schwermut und wachsender
Besorgnis das Knäuel der Unterhaltung sich entrollen ließ. Indessen wurden Herr Lüddeke und der von Würmling immer lustiger;
der letztere nämlich fing an, wenn er eine Flasche guten Weins
getrunken hatte, umgänglich zu werden und Witz und Laune spielen
00 zu lassen, wie wenn das edle Feuerzeug ein Holz anzündete, das zuvor
stumm und dumm dagelegen hatte, nun aber knisterte, wärmte,
leuchtete und Wohlgeruch verbreitete. Sie versuchten auch den
Druwel in die Lustbarkeit hineinzuziehen; der aber, nachdem ihn das
Essen zuerst ein wenig ermuntert hatte, war wieder in Sorgen ver-
5 fallen, die ihn so drangsalierten, daß er sich zuweilen den Schweiß
von der Stirne trocknen mußte.

„Du weißt, Tile," sagte er, „daß ich in allen Gefahren zu dir halte
und ein mannhafter Kriegsoberst immer gewesen bin, es ist dir aber

85 *einen* . . . find out what's what
88 *Mutwillen* . . . mischief and insubordination
89 *den* . . . picked the higher ups to pieces
91 *aufgeben* assign the task   91 *Lügen strafen* give the lie to
91 *als* that   92 *anstellen* achieve
96 *Knäuel* twisted *or* tangled ball 99 *umgänglich* affable
  5 *drangsalieren* oppress   8 *Oberst* commander

auch bekannt, daß ich im Christentum heikel bin, und wenn ich
einen Eid habe schwören müssen, am liebsten den Mund nicht wieder 10
auftäte, geschweige denn, daß ich dagegen anlöge. Wie soll ich
mich denn nun daraus ziehen, wenn ich wegen des Hahnes befragt
werde? Wenn ich auf die Folterbank gelegt und mit glühenden
Zangen gekneipt würde, ließe ich mir bei Gott über dich und das
Eierlegen nichts entschlüpfen; wenn sie mich aber mit drei Fingern 15
gen Himmel schwören lassen, so ist mir die Zunge wie vom Schlage
gerührt und geht keine Unwahrhaftigkeit mehr darüber."

Alle blieben betroffen, nur Herr Engelbert lächelte und sagte,
indem er seinen schlanken blassen Zeigefinger über den Tisch auf des
Druwels Brust zu bewegte: „Habt Ihr denn den Gockel Eier legen 20
sehen?" Der Druwel rollte erstaunt seine Augen hin und her und
sagte endlich aufatmend mit großer Erleichterung: „Wenn ich es
recht bedenke, so habe ich gar nichts gesehen." — „Nun, so könnt
Ihr aussagen, was Euch beliebt, ohne Euer Gewissen zu verstricken,"
sagte der Rechtsgelehrte, „und die Wahrheit wird uns so wenig 25
schaden wie Euch die Lüge." Jetzt brachte der Bürgermeister noch
ein Bedenken vor, nämlich, daß es doch etwa besser gewesen wäre,
das Tier abzutun, denn wenn es in der Untersuchung peinlich mit
Schrauben und Drehen behandelt würde, könnte es durch einen
unglücklichen Zufall doch noch Eier legen, wodurch sie dann ohne 30
Verschulden häßlich bloßgestellt sein würden; allein der Druwel
winkte heftig mit beiden Armen Schweigen und rief: „Redet mir
nicht mehr von dem verfluchten Viehzeug. Laßt mich über die
ganze Sache im Dunkeln, daß ich so wenig davon weiß wie von der
unbefleckten Empfängnis Mariä! Eure gelehrte Spitzfindigkeit, 35
Herr Engelbert, mögt Ihr vor dem Tribunal entfalten, einem einfachen

---

13 *Folterbank* rack (torture)   16 *gen = gegen*
20 *Gockel* rooster   24 *belieben* please
24 *verstricken* ensnare   28 *abtun* do away with
28 *peinlich* i.e., as a matter of life and death (a legal term)
28 *mit* . . . with screws and the rack   33 *verfluchten* . . . cursed beast
34 *von* . . . of the Immaculate Conception
35 *Spitzfindigkeit* captiousness

Kriegsobersten wird dadurch nur der Verstand verwirrt. Schenkt
nur ein und füllt mir den Teller, denn vorher hat sich mir jeder
Schluck und Bissen in Galle verwandelt."

40 So begann der Druwel das Festmahl von neuem, nachdem die
übrigen bereits abgespeist hatten, und es ergab sich ein lautes
Pokulieren bis in die späte Nacht, wobei die Herren zum voraus
ihren Sieg feierten und beredeten, wie sie den alten Zustand wieder
einführen, den Zünften einen Denkzettel anhängen und die re-
45 formierte Sekte hinausbefördern wollten, am liebsten durch Feuer
und Wasser, aber aus Mildherzigkeit und anderen Gründen durch
Verbannung, nachdem die Rädelsführer auf dem Markte wacker
ausgestäupt wären.

So plauderten die Herren beim Weine, indessen von weitem
50 greuliche Wetterwolken gegen sie dahergefahren kamen. Der
Pfarrer Splitterchen war ein unerschrockener und vorwitziger Mann,
und da er nun verklagt wurde, die Herrlichkeit des Bürgermeisters
gröblich verleumdet zu haben, als ob er ein Zauberer und Heide sei,
dermaßen, daß er einen eierlegenden Hahn auf dem Hofe hege,
55 war ihm keinerlei Beschämung oder Kleinmut anzumerken, im
Gegenteil, er trat noch dreister auf als sonst und führte eine ganze
Sippe seinesgleichen mit sich, die sich gebärdeten, als wollten sie den
Fürsten Beelzebub vom Throne stoßen und die betrogene Welt vom
Schwefelstanke räuchern. Er war annehmlich von außen, kraushaarig
60 und mager, mit so feurigen Augen, daß es zischte, wenn er sie
umherwarf, dazu voll loser Worte, die wohlgezielt geflossen kamen
wie ein Wasserguß, womit man kranke Gliedmaßen bearbeitet. Er
hatte auch einen rechtsgelehrten Beistand mitgebracht, den er aber

37 *einschenken* pour out [some wine]
40 *Festmahl* banquet   42 *pokulieren* carouse
44 *den* . . . give the guilds something to remember them by
47 *Rädelsführer* ringleader   47 *wacker* . . . properly flogged
51 *vorwitzig* insolent   54 *dermaßen* inasmuch
54 *hegen* harbor   55 *Kleinmut* cowardice
59 *Schwefelstank* stink of sulphur (associated with the devil)
59 *räuchern* fumigate   62 *Wasserguß* shower
62 *bearbeiten* treat

nicht an die Rede gelangen ließ und also füglich hätte daheim
lassen können, wenn er nicht in seinem breiten schimmeligen 65
Gesichte ein giftgrünes Lächeln versteckt gehabt hätte, das zuweilen
anzüglich herausspritzte und die Gegner zu ihrem großen Schaden
und zum Vergnügen der anderen Partei besabberte. Außerdem
waren eine Reihe von Zunftvorstehern und einige von der Kaufmann-
schaft gekommen, welche aus alten Briefen ihr Recht erwiesen, einer 70
solchen Verhandlung beizuwohnen, während die Ratsherren lieber
unter sich geblieben wären.

Der Richter, welcher den Vorsitz führte, mit Namen Tiberius
Tönepöhl, hielt es im Herzen mit den Reformierten und freute sich,
wenn den Katholischen etwas aufgemutzt werden konnte, aber er 75
hatte gleichsam einen Pakt und Blutsbrüderschaft mit der Gerechtigkeit abgeschlossen, wonach sein eigener Trieb so wohl eingepfercht
war, daß er nicht einmal die Schnauze durch die Gitterstäbe zu
stecken wagte; anstatt dessen war die göttliche Themis bei ihm
behaust und weissagte aus seinem Munde heraus, bis auf einige 80
Mußestunden, wo das Behältnis einmal aufgetan wurde und das
Herz sich ein wenig tummeln und verschnaufen durfte. Unter den
beisitzenden Richtern befanden sich auch ein katholischer und ein
evangelischer Pfarrer, da die Sache ebensosehr geistlicher wie welt-
licher Natur sei. Tiberius Tönepöhl bot zwar den Übergriffen der 85
Kirche die Stirn, ließ ihr aber andererseits das ihrige zukommen und
betonte, wenn Gelegenheit war, daß er als ein Laie von den reli-
giösen Mysterien nichts wisse noch wissen wolle, und jede Konfession
ihre Ketzer verbrennen lasse, soviel ihr zustehe, aber nicht ein
Titelchen mehr.   90

64 *füglich* properly
65 *schimmelig* mouldy
68 *besabbern* bespatter
69 *Zunftvorsteher* guild official
75 *aufmutzen* pin on
77 *einpferchen* pen in
79 *Themis* the goddess of justice in Greek mythology
82 *sich tummeln* ... frolic and catch its breath
83 *beisitzend* (German judges sit in groups of three, one acting as presiding judge)
84 *evangelisch* Protestant
85 *die Stirn bieten* check, stem
85 *Übergriff* excess
86 *das* ... have its due
89 *zustehen* be [its] due
90 *Titelchen* tittle, jot

Tönepöhl eröffnete die Verhandlung damit, daß er sagte, er tue
es nicht ohne Bedauern und Schamgefühl, daß ein hochangesehener
Mann, wie der Bürgermeister und beinahe die höchste Person im
Gemeinwesen, öffentlich eines solchen Greuels habe geziehen werden
95 können, wie es sei, einen Hahn zu besitzen, der Eier lege. Das wären
anrüchige Dinge, die einen auf den Scheiterhaufen bringen könnten,
wenn er die geistliche Gerichtsbarkeit recht einschätze, der er übrigens nicht vorgreifen wolle. Was man auch sonst für Grundsätze
haben möge, jeder müsse zugeben, sich mit dem Teufel einzulassen,
00 sei das Laster aller Laster, wie der Teufel der Vater aller Sünde sei,
und die Verkehrung der von Gott angeordneten natürlichen Leibesvorgänge deute auf einen Auswuchs oder Monstruosität des Gewissens, die doppelt abscheulich an einer Regierungsperson sei, die den
Untergebenen beispielsweise in fleckenloser Tugend voranleuchten
5 solle. Er hoffe aber, es werde dem Herrn Bürgermeister gelingen,
sich von dem peinlichen Verdacht zu säubern, und wenn der Pfarrer
Splitterchen etwa jetzt schon fühle, daß er in seinen Behauptungen
zu weit gegangen sei, so möge er dieselben sogleich zurücknehmen,
was doch besser sei, als hernach wie ein Ehrabschneider dazustehen.
10 Verleumdung sei von Moses in den zehn Geboten gerügt und sicherlich ein Haupt- und Grundlaster, das scharf geahndet werden müsse,
und das vorzügliche Geistliche sich nicht sollten zu schulden kommen
lassen. Man wisse ja wohl, daß die Besorgnis um das Heil des
Gemeinwesens Splitterchen veranlaßt habe, von dem berüchtigten
15 Hahn zu reden; um so mehr könne er ja zugestehen, daß eben diese
feurige Liebe des Guten zu seiner Vaterstadt ihn hingerissen habe,
etwas als Tatsache hinzustellen, was eine zunächst nur unsicher
begründete Vermutung sei. Es sei freilich tadelnswert, überhaupt
nur Anlaß zu einem so gräßlichen Verdacht gegeben zu haben, aber

---

94 *Gemeinwesen* community   94 *zeihen ie ie* accuse
96 *anrüchig* malodorous   1 *Verkehrung* perversion
 1 *Leibesvorgänge* physiological processes
 9 *Ehrabschneider* slanderer   10 *rügen* censure
11 *ahnden* avenge, requite
12 *das* . . . which superior clerics should not allow themselves to incur

man müsse bedenken, daß einer dem Rechte nach auch des Teufels 20
Buhle sein könne, solange es ihm nicht nachzuweisen sei, und so solle
sich niemand aufopfern, indem er auf eine Wahrheit poche, die nicht
ans Licht zu bringen sei. Er fordere also pflichtgemäß den Pfarrer
auf, seine Unterschiebungen zurückzunehmen und dem Herrn Bürgermeister frei zu gestehen, was zu gestehen sei; da sonst der Augen- 25
blick gekommen sei, wo die Gerechtigkeit ihre eisernen Füße aufheben und losmarschieren und ohne Ansehen der Person den Schuldigen zermalmen werde.

Sogleich erhob sich der Pfarrer mit einer Handbewegung gegen
seinen Rechtsbeistand, Augustus Zirbeldrüse, des Bedeutens, er möge 30
sich wegen einer solchen Kleinigkeit nicht bemühen, und sagte frei-
mütig, daß er den heidnischen Unfug im Hühnerstalle des Herrn
Bürgermeisters bisher nur leichthin angedeutet habe, damit der Herr
Bürgermeister einlenken und die Schweinerei zudecken könne und
das Gemeinwesen nicht dadurch verseucht werde. Er befasse sich 35
nicht damit, die katholische Kirche anzutasten und die Obrigkeit zu
unterwühlen, teils aus natürlicher Friedfertigkeit, und dann auch, um
den Herrn Stadthauptmann, dem er wie jedermann treu ergeben sei,
nicht zu verstimmen, von dem man wisse, daß er in herzlich vertrau-
lichen Beziehungen zum Herrn Bürgermeister und seiner Familie 40
stehe, so sehr, daß er gewissermaßen mit ihm verschwägert sei. Aus
diesen Gründen habe er seine Entrüstung hintangesetzt und zartsinnig
geschwiegen, soweit es mit seiner Pflicht vereinbar gewesen sei. Ob
er ruhig hätte zusehen sollen, wie diejenigen, die Gottes Gebote in
den Staub, ja in den Dreck träten, mächtig am Steuer säßen, während 45
die guten Handwerker und Bürgersleute, die ihre in Zucht und
schlichter Frömmigkeit erworbenen Eier verzehrten, das Maul halten
und unter jeder Willkür sich ducken müßten? Er habe trotzdem

22 *pochen auf* rely on   24 *Unterschiebung* falsification
30 *des Bedeutens* indicating   34 *einlenken* reform
35 *verseuchen* infect
36 *die Obrigkeit* . . . undermine authority
39 *verstimmen* cross
41 *verschwägert* allied through marriage
48 *sich ducken* submit

geschwiegen, solange er es vermocht habe; nun aber der Bürger-
50 meister ihn nicht verstehen wolle, sondern trotzig gegen ihn vorrücke,
um ihm eine Grube zu graben, der offen und redlich an ihm gehandelt habe, wolle er denn das aufgeklebte Blatt von Pietät und Rücksicht vom Munde reißen und die Wahrheit herauslassen.

Bei den Worten des Pfarrers, die Beziehungen des Stadthaupt-
55 manns zum Hause des Bürgermeisters betreffend, lächelte sein Rechtsbeistand Augustus Zirbeldrüse, so daß sein Gesicht einem auseinanderlaufenden Käse ähnlich wurde, und gab ein leises Pfeifen von sich,
das die Zuhörer kichern machte und ein erwartungsvolles Schweigen
im Saale verbreitete.

60 Tile Stint, der nicht bemerkt hatte, woher das Pfeifen kam, sah
sich erschrocken und ein wenig verlegen um in der Meinung, es sei
einem aus Versehen entwischt und als eine Unschicklichkeit peinlich,
und er räusperte sich, um zu antworten und zugleich den kleinen
Zwischenfall zuzudecken.   Allein von Würmling drehte den Kopf
65 ein wenig nach ihm und sagte, ohne die Augenlider von den Augen
zu heben, er sowohl wie der Bürgermeister wären recht neugierig,
die Wahrheit kennenzulernen, die nun sollte vorgeführt werden.
Dieselbe sei als ein sprödes Frauenzimmer bekannt, die viele Pro-
pheten und Potentaten vergebens um sich habe freien lassen.   Herr
70 Splitterchen dürfe also billig stolz sein, daß er es einer so wähle-
rischen Person angetan habe.   Freilich sei er ein verdienstlicher Mann
in den besten Jahren und brauche sich als ein Reformierter auch um
das Zölibat nicht zu kümmern.

„Zunächst," antwortete der Pfarrer keck, „sollen einmal die
75 Kränzeljungfern und Brautführer antreten, zum Schlusse werde ich
dann die Braut zum Altare führen."

Da begannen denn die Zeugen hervorzuströmen; es war, wie wenn
die Schleuse eines starken Stromes aufgemacht wird.   Zuerst kam die
Köchin Molli, welche das Sacktuch an die Augen drückte und vor

50 *vorrücken* proceed   68 *sprödes . . .* coy lady
71 *angetan* captured, hoodwinked   71 *verdienstlich* meritorious
75 *Kränzeljungfer* bridesmaid   79 *Sacktuch* handkerchief

Schluchzen nicht reden konnte, worauf Tiberius Tönepöhl sie einige 80
Minuten weinen ließ, sodann sie gelinde tröstete, dann sachte zu
fragen anhub, wie sie heiße, wie lange sie beim Herrn Bürgermeister
im Dienst sei, und ob sie mit seinem Hahn jemals etwas zu schaffen
gehabt habe. Bei Erwähnung des Hahnes fing die Molli, welche
sich eben ein wenig erholt hatte, von neuem zu weinen an und sagte 85
nach erneuerter Tröstung, daß sie die Bestie einige Male habe
abstechen wollen, daß aber der Herr Bürgermeister solches verhindert
habe, weil er zäh und nicht schmackhaft sein würde. Hier wurde
das Verhör durch Augustus Zirbeldrüse unterbrochen, der sich auf-
notierte, daß der Hahn, weil zäh, vermutlich sehr alt sei, und die 90
Molli fragte, wie lange er sich schon im Hause des Bürgermeisters
befinde.

Auf die Frage des Vorsitzenden, warum sie die Bestie habe
abstechen wollen, besann sie sich eine Weile und sagte, daß es so
Sitte sei, von Zeit zu Zeit das Federvieh abzuschlachten, bevor es zu 95
alt sei, da sie ja auch dazu da wären und immer junge nachwüchsen;
wurde aber ermahnt, sich an die Wahrheit zu halten und auch ihres
Eides erinnert, da sie unzweifelhaft ein tieferliegender Grund zu der
sonst nicht gewöhnlich an ihr scheinenden Mordlust bewogen haben
müsse. Dies Zureden beängstigte die Köchin, und sie gab errötend 00
zu, daß sie in der Tat dem Hahne gram gewesen sei, da er eine
häßlich kreischende Stimme habe, von der sie oft vor Tage geweckt
sei. Wegen der Eier sagte sie aus, daß zwar letzthin mehrere Eier
durch eine sonderlich rote Farbe und Ausdehnung des Dotters ihr
Bedenken gemacht hätten, daß sie aber den Hahn niemals beim 5
Eierlegen betroffen habe, und daß sich etliche Hühner im Hühnerhofe
befänden, denen die vorkommenden Eier ihrer Zahl und Beschaffenheit nach, wohl zugeschrieben werden könnten.

Der Vorsitzende ging nun dazu über, die Molli zu fragen, ob im
Hause des Bürgermeisters viel Eier verbraucht, und ob sie im Fami- 10

82 *anhub* = anfing
95 *Federvieh* poultry
6 *etliche* several

87 *abstechen a o* knife
1 *gram* hostile
7 *Beschaffenheit* shape

lienkreise oder mit Gästen genossen würden, und als sie das letztere
bejahte, wer die Gäste wären und wie sie sich aufführten. Hierüber
wurde Molli zornig und sagte, daß zu den Gästen der Herr Stadthauptmann und der Herr Druwel von Druwelstein gehörten, und
15 daß diese von niemandem Lehren über ihr Betragen anzunehmen
brauchten, und daß sie, obwohl sie nur eine Köchin sei, Bildung
genug besitze, um zu wissen, daß es ungehörig sei, solche Fragen zu
stellen, auf welche sie nicht antworten würde. Tönepöhl, welcher
infolge seiner Gerechtigkeit sich niemals ereiferte, sagte: „Liebes
20 Kind, mir mußt du Rede stehen, als ob ich dein Beichtvater wäre,
sollte ich dich auch noch unziemlichere Dinge fragen, als diese
waren," worauf Augustus Zirbeldrüse mit quiekender Stimme einfiel,
ihm stehe das Recht zu fragen nicht minder zu, und er wolle denn
auch gleich wissen, wie lange die Gesellschaft gemeinhin bei der
25 Tafel gesessen habe, auf welche Weise Molli die Speisen zubereitet,
und ob die Frau Bürgermeisterin dabei geholfen habe. Die eingeschüchterte Molli erzählte, wie einmal der Herr Bürgermeister mit
eigenen Händen die Eier zerklopft habe, überhaupt zuweilen in die
Küche gekommen sei und ihr zugesehen habe. Bei diesen Worten
30 hob Zirbeldrüse seinen dicken Kopf ein wenig aus den Schultern und
machte Kikeriki, was er halb krähend, halb flötend überaus scherzhaft
zuwegebrachte, um so mehr, als er sein Gesicht dabei kaum bewegte
und es schien, als ob der Hahnenkraht wie ein Lebewesen eigenwillig
aus seinem Munde stiege. Nachdem der Pfarrer noch gefragt hatte,
35 ob der Herr Bürgermeister das Tischgebet spräche, und ob in seinen
Gemächern Heiligenbilder ständen oder hingen, wurde Molli entlassen, von den wohlwollenden Blicken Tönepöhls und Zirbeldrüses
begleitet.

Tile Stints übrige Diener sagten aus, daß sie freilich den Hahn
40 nicht hätten Eier legen sehen, daß er aber etwas Widriges an sich

20 *Beichtvater* father confessor   22 *quiekend* squeaky
23 *zustehen* belong   24 *gemeinhin* commonly
31 *machte* went   31 *überaus . . .* produced most comically
33 *Hahnenkrat* cock crow

habe und sie ihm wohl allerlei Unrichtiges zutrauten; ferner, wie oft
der Stadthauptmann zu Besuch gekommen sei, wie oft der Herr und
die Frau Bürgermeister zur Kirche gegangen seien, daß sie keine
Kinder hätten und woran dies etwa liegen könne, was für Aufwand
sie trieben, wieviel Röcke, Unterröcke, Pelze und Hauben die Bürger- 45
meisterin hätte, daß sie alle ihre Bezahlung reichlich und pünktlich
erhielten und auch sonst, was ins Haus käme, auf den Heller bezahlt
würde.

Danach kamen die Freunde des Hauses, zuerst der Druwel, der
sich vorher mit einem Becher starken Weines Mut getrunken hatte 50
und deshalb mit gläsernen Augen und blauroten Backen daherkam,
so daß ein mißfälliges Murmeln durch die Reihe der Zunftvorsteher
lief. Er hatte indessen doch zu wenig getrunken und es wollte ihm
mit dem Schwören durchaus nicht glücken; der Schweiß trat ihm
tropfenweise auf die Schläfen, und er mußte um einen Stuhl bitten, 55
wobei er sein Alter, die Gicht und die ausgestandenen Feldzüge
vorschützte. Wegen des Hahnes wollte er sich von vornherein entschuldigen, daß er durchaus nichts davon wisse und verstehe, überhaupt ein einfacher Kriegsmann sei; allein der Vorsitzende erklärte
ihm lächelnd, daß er nur auf jede einzelne Frage der Wahrheit 60
gemäß antworten müsse, und da wurde er denn freilich ärger
bedrängt, als er sich hatte träumen lassen. Bald hatte er zugegeben,
daß Frau Armida den Hahn habe umbringen wollen, daß sie durch
unüberwindliche Abneigung dazu angetrieben worden sei, und daß
der Bürgermeister sie daran verhindert habe. Vollends aber machte 65
es jedermann stutzig, daß es der Frau Armida trotz ihres festen
Willens nicht gelungen war, den Hahn zu töten, was nach der Aus-
sage mehrerer Sachverständiger, die sogleich herbeigerufen wurden,

44 *Aufwand* . . . what expenditures they had
45 *Hauben* bonnets
47 *Heller* an old coin of small value; "to the last dime"
52 *mißfällig* displeasing   56 *Gicht* gout
56 *die* . . . the battles he had fought   57 *vorschützen* allege as an excuse
61 *ärger* . . . more hard pressed   64 *antreiben* impel
66 *stutzig* nonplussed   68 *Sachverständige* expert

kein schweres Geschäft sei, sondern durch Halsumdrehen von jedem
70 Kinde könne bewirkt werden. Bei dieser Gelegenheit erhob sich
Zirbeldrüse und verlangte, daß die Köchin Molli noch einmal vor-
geladen werde, damit man erführe, ob es bei Bürgermeisters üblich
gewesen sei, das Geflügel durch Steinewerfen zu töten, widrigenfalls
es sehr auffallend und belastend sei, daß Frau Armida sich zu einer
75 so mühsamen und umständlichen Beförderungsart entschlossen habe.

Tönepöhl, der Vorsitzende, war mit dieser Wendung unzufrieden,
weil er bemerkt hatte, daß Zirbeldrüse auf Molli eine ebenso große
Zuneigung geworfen hatte wie er selbst, und zum Anwachsen eines
solchen Gefühls keine Gelegenheit bieten wollte, zumal er auch fand,
80 daß zu dergleichen verliebten Einfädelungen das Gericht in seiner
Würde der Ort nicht sei, und lehnte daher ab mit der Begründung,
ein jeder habe sich aus den Tatsachen, die Druwel von Druwelstein
beigebracht habe, genugsam seine Meinung bilden können; denn
wenn die Frau Bürgermeister häufiger Hühner durch Steinwürfe
85 getötet habe, beziehungsweise habe töten wollen, so würde es ihr
entweder bei dem Hahne besser gelungen sein, oder sie würde es
wegen der Ergebnislosigkeit für den gemeinen Gebrauch längst aufgegeben haben. Während sich alle über den Scharfsinn des Tönepöhl
wunderten und freuten, ärgerte sich Zirbeldrüse dermaßen, daß er
90 grün anlief, und es bildete sich verdeckterweise eine grimmige Feind-
schaft zwischen beiden, die sich nun als Nebenbuhler erkannten.

Der Druwel wurde noch mehrere Stunden lang ausgefragt, erstens
über das Verhältnis des Stadthauptmanns zum Bürgermeister, über
des Letzteren kirchliche Gewohnheiten, ob er die Fasten halte, ob er
95 zuweilen Ablaß kaufe, dann aber auch über seinen eigenen Lebenswandel, wieviel Wein er im Keller habe, ob er schon einmal Lotto
oder Würfel gespielt habe und dergleichen mehr, so daß er, zu Hause

71 *vorladen* summon   74 *belastend* incriminating
75 *mühsamen* . . . difficult and roundabout method of despatch
80 *zu* . . . the Court, in its dignity, was not the place for such amorous
   complications
90 *anlaufen* turn
95 *Ablaß* . . . bought indulgence (i.e., forgiveness of sins granted in return
   for a money contribution to the Church)

angekommen, sich auf der Stelle zu Bette legte und nicht mehr zum Aufstehen zu bewegen war.

Nachdem alle Freunde des Bürgermeisters sowie alle Händler, die ihm Waren lieferten, und alle Ratsangestellten vernommen waren, kamen zum Schlusse noch ein Nachtwächter, welcher den Hahn des öfteren zur unrichtigen Zeit, nämlich um Mitternacht statt um drei Uhr, hatte krähen hören, und ein Dieb, welcher vor etwa einem Jahre in einem dem Bürgermeister benachbarten Hause hatte einbrechen wollen und jetzt seine Strafe im Gefängnis verbüßte. Dieser sagte aus, daß in jener Nacht alle Fenster im Hause des Bürgermeisters erleuchtet gewesen wären und ein großer Schall vom Bankettieren in den Garten und auf die Straße gedrungen wäre, daß es einen recht gotteslästerlichen Eindruck auf ihn gemacht habe und er in Zweifel gefallen sei, ob er sein Vorhaben ausführen solle, da doch nebenan so viele Menschen wach wären. Er wäre aber doch dabei verblieben, weil er sich gesagt hätte, daß in einem solchen Taumel und Hexensabbat keiner auf sein gelindes Wesen merken würde, wie es denn auch wirklich geschehen sei, so daß alles gut herausgekommen wäre, wenn nicht im Hause, wo er es vorhatte, die Leute durch ein schreiendes Kind auf ihn aufmerksam geworden wären.

Hiermit, sagte der Vorsitzende, könne man wohl das Zeugenverhör schließen. Es hätten sich zwar noch an hundert gemeldet, die merkwürdige Dinge über den Bürgermeister und ihn Betreffendes vorzubringen versprächen, er glaube aber, es sei nun übergenug Stoff gesammelt, daraus man sich ein Urteil bilden könne, und er wolle es dabei bewenden lassen, damit der Prozeß doch einmal zu Ende käme und auch übrigens wieder Gerechtigkeit gepflegt werden könne. Etwa käme es noch in Frage, ob man den Stadthauptmann vorladen

---

2 *des* . . . frequently   6 *verbüßen* atone, pay for
13 *dabei* . . . persevere
14 *Taumel* . . . confusion and hurlyburly (The witches' sabbath was a midnight orgy held annually under the auspices of the devil. The German word is now used to indicate wild goings-on.)
23 *wolle* . . . would let matters stand as they were

solle, was er als ein tapferer und gerechtigkeitsliebender Mann ohne
weiteres tun würde, wenn dadurch mehr Licht in eine vorhandene
Dunkelheit gebracht würde. Er seinerseits sähe aber hell genug,
30 womit er indessen den anderen Richtern oder dem Kläger und
Beklagten nicht vorgreifen wolle. Da niemand in betreff des Stadthauptmanns etwas wünschte, wollte oder meinte, erteilte am folgenden Tage der Vorsitzende dem von Würmling das Wort, damit er
die Klage seines Klienten noch einmal kurz und faßlich begründe.
35 Herr Engelbert, der während der Zeugenvernehmung meist das
blasse spitzbärtige Gesicht in die schlanke Hand gestützt dagesessen
hatte, als ob er schliefe oder an etwas anderes dächte, öffnete die
Augen ein wenig und setzte auseinander, daß der Pfarrer höchst
unbefugterweise auf der Kanzel etwas gegen den Herrn Bürger-
40 meister vorgebracht hätte, da den Reformierten das Predigen nur
unter der Bedingung gestattet wäre, daß sie sich in allen Stücken
ruhig und gehorsam verhielten und weder durch Tat noch durch
Wort sich gegen eine hohe Obrigkeit aufsässig zeigten, welches zu
beweisen er mehrere Erlasse aus vergangener Zeit vorlas. Auch gab
45 er einen schönen Abriß der Verfassung und der Rechte von Bürgermeister und Ratsherren, welche die Untertanen zu nichts anderem
als zu schuldigem Gehorsam verpflichteten, der durch den Pfarrer
gröblich verletzt war, und gab verschiedene Beispiele, wie in vergangener Zeit vorwitzige Gesellen wegen loser Worte enthauptet
50 oder gevierteilt wären, welches zu beweisen er wiederum einige
Abschnitte aus den Büchern der Stadt vorlas. Da es nun den Untertanen und den reformierten Pfarrern insbesondere verboten sei, der
Obrigkeit etwas Schmähliches vorzuhalten oder nachzusagen, selbst
wenn es wahr wäre, so sei es über allen Ausdruck verbrecherisch und
55 gemeingefährlich, wenn dasselbe erfunden und erlogen sei; und das

31 *vorgreifen* interfere
34 *faßlich* clearly
38 *höchst* . . . most improperly
43 *aufsässig* rebellious
45 *Abriß* sketch
50 *wiederum = wieder*
53 *vorhalten* . . . reproach with *or* gossip about

32 *Wort erteilen* permit to speak
36 *spitzbärtig* with the Vandyke
41 *in* . . . in all respects
44 *Erlaß* edict
48 *gröblich* crudely, palpably
53 *schmählich* shameful

sei eben hier der Fall. Der Bürgermeister sei über sechzig Jahre alt und in Ehren ergraut, habe öfter kommuniziert und gebeichtet, sich niemals gegen die Kirchenzucht verfehlt und wanke dem Grabe zu, so daß es jeden rühren müsse, und es sei von vornherein widersinnig, einen solchen Mann mit verdächtigem Teufelswerk in Verbindung zu 60 bringen. Die Hauptsache sei aber dies, daß das Eierlegen des Gockels nimmermehr als bewiesen zu erachten sei, da er weder von irgendjemand dabei betroffen sei noch auch vor versammeltem Gerichtshof eine Probe seiner Unnatur abgelegt habe.

„Ei,“ rief der Pfarrer aufspringend, „da möchte wohl jeder 65 Kirchenschänder und Muttermörder frei ausgehen, wenn die Richter an seine Übeltat nicht glaubten, bis er sie in ihrer Versammlung als ein Schauspiel vorgestellt hätte! Ist die Natur dieses Basilisken nicht genugsam durch die hundertfachen Aussagen so vieler argloser Menschen dargetan? Hat nicht eine unverdorbene Jungfrau, die Köchin 70 Molli, aus deren tränenden Augen abzulesen war, wie ungern sie wider ihren Brotherrn zeugte, ihren unüberwindlichen Abscheu vor der heillosen Bestie gestanden? Haben nicht alle, die mit ihm in Berührung kamen, wes Alters, Standes und Geschlechtes sie waren, dasselbe unerklärliche Gefühl des Grauens, gleichsam einen inneren 75 Warner, im Herzen gespürt? Hat nicht die Bürgermeisterin selbst die Höllenausgeburt mit feindlichen Gefühlen verfolgt, die sich bis zu einer der weiblichen Natur sonst fremden Mordlust vergifteten? Selbst wenn der satanische Vogel niemals mit Erlaubnis zu sagen Eier gelegt hätte, muß es doch jedem klar geworden sein, daß er dies und 80 noch viel anderes vermöchte, seiner Abkunft und Konnexion, die ich nicht näher bezeichnen will, gemäß.“

An dieser Stelle brüllte Augustus Zirbeldrüse so laut, daß ein

---

57 *kommunizieren* take communion   66 *schänden* violate
68 *Basilisk* a mythical monster supposedly hatched by a serpent from a cock's egg
74 *wes* of what(ever)
79 *mit* . . . if I may be pardoned for saying so
81 *Abkunft* origin

allgemeines Lachen und Beifallklatschen entstand und der Redner
85 erst nach einigen Minuten fortfahren konnte.

„Oh, schweigen wir," rief er mit edler Betonung, „von diesen
unnennbaren, unkeuschen und unflätigen Dingen, da wir den Un-
schuldschnee der Volksseele schon allzusehr mit Schlamm durch-
mistet haben! Wie ungern habe ich meine Stimme in dieser Sache
90 erhoben! Wie leicht und lieblich ist es, die Nase wegzuwenden,
wenn wo Gestank ist. Uns Prediger aber hat Gott berufen, die Gemeinde vor Übel zu bewahren, und uns mit einem wundersamen
Harnisch gerüstet, daß wir den Mächtigen der Erde furchtlos als
Angreifer und Entlarver entgegentreten. Liebe Freunde, ich weiß,
95 daß die Besten unter euch schon lange mit Murren zugesehen haben,
wie das Volkswohl, unbeachtet am Karren der Regierung hängend,
durch den Kot geschleift wird. Wir haben tüchtige Männer genug,
die zugreifen und die Ordnung herstellen könnten, die löblichen
Meister der Gilden, die Herren Bäcker, Kürschner, Kupferschmiede
00 und Gewürzkrämer, mit Herzen und Händen, die in Entsagung und
ehrlicher Arbeit geläutert sind, das Steuer zu drehen; aber sie scheuen
den Aufruhr und warten, bis das Maß voll ist. Liebe Freunde, wir
haben gehört, was für Aufwand im Hause des Bürgermeisters getrie-
ben wird. Wir wissen, wie überflüssig mittags sowohl wie abends
5 seine Tafel besetzt ist. Von dem übermäßigen Eierverbrauch will
ich nicht reden; aber führen wir uns noch einmal alle die Speisen vor,
die das zahlreich zusammengetriebene Gesinde, im sauren Frondienst
schwitzend, von früh bis spät herstellen mußte: da folgen sich die
mit Wein und Nelken gewürzte Suppe, die Pastete voll Trüffeln, die

87 *unflätig* lewd   88 *durchmisten* soil
91 *wo = irgendwo*   94 *Entlarver* unmaskers
95 *murren* grumble   97 *schleifen* drag
99 *Kürschner* furrier
00 *Gewürzkrämer* dealer in spices
  3 *Aufwand treiben* live in style (lit., carry out expenditures)
  5 *übermäßig* . . . excessive consumption of eggs
  6 *vorführen* review   7 *das* . . . numerous motley servants
  7 *im* . . . sweating in the bitter slave-labor
  9 *Nelke* clove

schwer mit Äpfeln und Rosinen gespickte Mastgans, der üppige 10
Kapaun, der zartblättrige Salat, das Mandelgebäck und die aus
Pistazien, Mandeln und anderen fremden Zutaten wie Mosaik gemu-
sterte Magenmorselle. Und alle diese Leckerbissen sind bezahlt!
Bezahlt sind die Muskateller und Malvasier, das böhmische Glas und
der russische Hermelin! Wovon? Das würde ein Rätsel bleiben, 15
wenn die Lösung nicht in einer anderen häßlichen Frage läge:
Warum wächst der nördliche Turm der Hundertjungfrauenkirche
nicht, zu dessen Vollendung seit Jahren unter der Bürgerschaft
gesammelt wird? Da prahlt wohl ein Baumeister mit seinen Plänen,
da steigen Maurer an den Leitern auf und nieder, da ist seit Jahren 20
das Hauptportal mit Gerüsten verstellt; aber an dem Turme ändert
sich nichts, als daß ein Jahr ums andere ein neues Kränzlein von
Steinen auf die alten kommt. Laßt mich nebenbei bemerken, daß die
Hundertjungfrauenkirche, wie schon in ihrem abgöttischen Namen
liegt, der katholischen Konfession vorbehalten ist, wir also einen 25
selbstischen Zweck an ihrer Vollendung nicht haben können und uns
nur aus unparteilicher Gerechtigkeitsliebe um eine diesbezügliche
Verwahrlosung und Unterschleif bekümmern. Diejenigen, die mich
des Parteihasses bezichtigen und wohl selbst dessen voll sind, werden
überzeugt sein, ich lache in mir hämisch und schadenfroh, wenn ich 30
die Münstertürme der Papisten wie vom Blitz geköpft oder wie im
Frost verkohlte Strünke dem Untergang anheimfallen sehe. Nein,
meine Lieben, wo immer ich Mißstände und Treulosigkeit erblicke,

---

10 *gespickte* . . . the fat goose richly stuffed with apples and raisins, the
   luxurious capon, the tender-leafed lettuce, the almond pastry, the gas-
   tronomical tidbit made of pistachios, almonds, and other imported in-
   gredients arranged in a mosaic pattern
13 *Leckerbissen* delicacies   14 *Malvasier* a French wine
15 *Hermelin* ermine   19 *prahlen* brag
22 *Kränzlein* i.e., layer
27 *um* . . . are concerned about a case of neglect and fraud in connection with
   it (legal jargon)
29 *bezichtigen* accuse
30 *hämisch* . . . mockingly and maliciously
31 *oder wie* . . . or, like stumps charred in the frost, fall a prey to destruction
33 *Mißstand* abuse

unter denen das Gemeinwesen leidet, rühre ich mich, dem Arzte ver-
35 gleichbar, der, wenn es an seinem Glöckchen läutet, sei es auch um
Mitternacht und zur Winterszeit, aus dem lauschigen Federbett
springt und über die dunklen Straßen durch Tümpel und Pfützen
der Pflicht nacheilt, die mit bescheidenem Lämpchen voranleuchtet
an das Wochenbett, an das Sterbelager, manchmal auch zu Besessenen,
40 die sich, unter dem Zwang ihres teuflischen Schmarotzers, gegen den,
der es gut mit ihnen meint und das Übel austreiben will, mit Beißen
und Kratzen zur Wehr setzen . . .‟

Weiter konnte der Pfarrer nicht reden; denn das Jauchzen und
Lebehochrufen der Gildemeister und anderen Zuhörer verursachte
45 ein solches Geräusch, daß seine tapfere Stimme nicht mehr hindurch-
zudringen vermochte.   Als er sich wieder vernehmlich machen
konnte, wiederholte er den letzten Satz und fügte noch mehrere voll
rühmlicher Gesinnung hinzu, worauf er mit den Worten schloß: aus
allem diesem erhelle wohl für jeden, daß der Hahn des Bürger-
50 meisters wider göttliche Ordnung Eier lege, was er oben behauptet
habe, zu welcher Behauptung er, da sie gewissermaßen wahr sei, nicht
nur berechtigt, sondern sogar verpflichtet gewesen sei, und wodurch
er sich um den Bürgermeister, für den es vielleicht noch Zeit sei, seine
Seele zu retten, verdient gemacht zu haben glaube.

55 Der Pfarrer hatte noch nicht ausgesprochen, als er von allen Seiten
unter Händeklatschen beglückwünscht wurde, da niemand mehr an
seinem Siege zweifelte.   Eben forderte der Vorsitzende die anderen
Richter auf, sich mit ihm zur Findung des Urteils zurückzuziehen,
was sie, wie er bedeutsam fallen ließ, nun nicht mehr viel Zeit
60 kosten würde, als etwas Unerwartetes eintrat, das dem Verlaufe der
Sache eine andere Wendung gab.

Unter dem erweichenden Einfluß der sehnenden Liebe nämlich
schien es dem Stadthauptmann bald, als sei er allzu grausam gegen
Frau Armida gewesen; da er aber doch an seinem Worte, dem eine

36 *lauschig* snug, comfortable   36 *Federbett* comforter
37 *Tümpel* . . . puddles and gutters   39 *Wochenbett* childbirth
48 *rühmlicher* . . . meritorious sentiments

gewisse Heiligkeit innewohnte, unerschütterlich festhalten mußte, 65
ergrimmte er gegen den Pfarrer, der das ganze unnütze Lärmen
verursacht hatte. Wie sich im Laufe des Prozesses merken ließ, daß
der Bürgermeister mit seiner Anklage abprallte, dagegen er selbst und
vielleicht auch Frau Armida in eine gefährliche Malefizsache geriet,
wurde sein Zorn unbändig, und er schalt insgeheim auf seine eigene 70
Langmut, mit der er den Aufruhrgeist im Volke sich hatte ausbreiten
lassen, anstatt es von vornherein mit scharfen Mitteln zu Bescheiden-
heit und Gehorsam anzuhalten. Da er ohnehin mit dem Bischofe
von Osnabrück, einem ausnehmend feinen Manne, Geschäfte abzu-
machen hatte, reiste er zu ihm und stellte ihm die Angelegenheit vor, 75
ließ auch einfließen, wieviel ihm daran läge, wenn der Bürgermeister
aus der Falle gezogen würde, dem reformierten Pfarrer und seinem
Anhang aber eine merkliche Belehrung für die Zukunft erteilt würde.
Aus diesem Grunde geschah es, daß der Bischof mit einem Male in
den Gerichtssaal zu Quakenbrück trat und begehrte vernommen zu 80
werden, da er etwas Wichtiges in der Sache des Herrn Bürgermeisters
auszusagen habe.

Die plötzliche Erscheinung des Kirchenfürsten wirkte so erbaulich,
daß einige auf die Knie fielen, die anderen wenigstens sich tief und
eilfertig verbeugten; einzig Pfarrer Splitterchen blieb aufrecht stehen, 85
und der von Würmling verneigte sich nur mit den Augenlidern. Auf
Grund seiner Vorurteilslosigkeit und Gerechtigkeitsliebe zögerte
Tönepöhl nicht, den Bischof in höflichen Worten zum Sprechen auf-
zufordern, ja sogar ihm im voraus für sein Kommen zu danken, falls
er etwas Förderliches in diesem schwierigen Handel beizubringen 90
habe. Nachem sich der Bischof, der ein beleibter Mann war, mehrere
Male nach rechts und links umgesehen hatte, wurde ihm ein Sessel
herbeigerollt, in den er sich mit Anmut niedersetzte, und von dem

---

68 *abprallen* rebound, recoil   69 *Malefizsache* criminal act
70 *unbändig* boundless
74 *Osnabrück* city in Lower Saxony, seat of an ancient bishopric
76 *einfließen lassen* introduce (into the conversation)
78 *Anhang* following   83 *erbaulich* edifyingly
85 *eilfertig* zealously

aus er nun behaglich um sich blickte und dem und jenem zulächelte,
95 der ihm bekannt vorkam. Unterweilen zog er eine funkelnde Schnupftabakdose hervor und sagte lächelnd: „Euer Pflaster ist holperig, ich
habe meinen Wagen am Tore stehenlassen und mich in einer Sänfte
hertragen lassen; so bin ich zwar anständig hereingekommen, aber
die guten Leute, die mich trugen, ließen die Zunge zum Verdampfen
00 aus dem Munde hängen, denn sie mußten springen, damit ich zu
rechter Zeit käme, und dazu zeigt der Kalender noch den Hundsstern
an." Nachdem er sich noch einige Male nach rechts und links
umgesehen hatte, brachte man ihm auf einem Brett eine Flasche Wein
nebst einem Glase, das man auf ein Tischchen neben ihm stellte, so
5 daß er nun bequem und vergnüglich eingerichtet war. „Es trifft sich
gut," sagte er, indem er das Glas in die Hand nahm, „daß heute
kein Fastentag ist, sonst würde ich mir diesen Labetrunk versagen,"
und ging dann allmählich zu der schwebenden Sache über, indem er
folgendes erzählte: Er sei vor einem Jahre, um einen Ablaß für den
10 Turmbau zu verkünden, in Quakenbrück gewesen und habe bei der
Gelegenheit Haus und Hof des Bürgermeisters samt allen Bewoh-
nern, Mensch und Vieh, geweiht, und dieser Segen habe auch den
fraglichen Hahn getroffen, welcher dadurch entweder des teuflischen
Charakters ledig geworden sei oder niemals dergleichen an sich ge-
15 habt habe, da er sonst der Weihespende ausgewichen sein würde, wie
es böser Geister Sitte oder Unsitte sei.

Tönepöhl unterdrückte eine leichte Verlegenheit und sagte, er
wisse als Laie in weltlichen Dingen besser als in kirchlichen Bescheid,
allein er achte auch die letzteren und sei fern davon, etwas in der
20 Kirche zu Recht Bestehendes antasten zu wollen. Hochwürden möge
ausdrücklich feststellen, ob wirklich der fragliche, des Eierlegens

95 *Schnupftabakdose* snuff box   96 *holperig* bumpy
97 *Sänfte* sedan chair   98 *anständig* in decent time
99 *zum Verdampfen* to moisten them
 1 *Hundsstern* (indicating that the dog days are here)
 5 *es . . .* it is a lucky chance
 8 *schwebenden . . .* matter under consideration
14 *ledig* rid   15 *Weihespende* consecration
20 *zu . . .* existing justifiably   20 *Hochwürden* His Worship

bezichtigte Hahn und nicht ein anderer sich unter dem Geflügel befunden habe, dem der Bischof die Weihe gütigst habe angedeihen lassen. Ein Hahn sei dabeigewesen, sagte der Bischof leutselig, ein hübsches Tier von stattlichem Betragen, der ihm wegen seines über- 25 mäßig geschwollenen Kammes aufgefallen sei; er habe damals diesen Kamm mit der päpstlichen Tiara verglichen und den Hahn scherz- weise Seine Heiligkeit genannt, wessen sich namentlich die Frau Bürgermeisterin gewiß noch entsinnen würde.

Daß der Bischof mit so gewaltigen Dingen tändelte, machte auf 30 Tönepöhl, der ein Freigeist war, sich dessen aber doch nicht getraut hätte, einen bedeutenden Eindruck, so daß er begann, den Bischof als seinesgleichen zu bewundern. Er lächelte ein wenig und sagte, daß man die Frau Bürgermeisterin gern hören würde, wenn es ihr belieben sollte, der Darstellung des Bischofs ihre Glossen hinzuzu- 35 fügen. Als dann die Dame in ihrem burgunderroten Kleide wie ein Windessausen dahergefahren kam, winkte er nach einem zweiten Sessel, da der Bischof Miene machte aufzustehen und ihr den seinigen anzubieten, wobei er sich aber etwas langsam und schwerfällig bewegte. 40

Frau Armida dankte kurz mit Kopfnicken und sagte, daß der Hahn, der die Weihe des Bischofs empfangen habe, derselbe sei, welcher jetzt von Lästerzungen schmählich besudelt werde, leide keinen Zweifel; denn sie besäßen ihn seit zwei Jahren und hätten inzwischen keinen anderen gehabt. Es würde dann wohl das beste 45 sein, den Hahn selbst herbeizuholen, damit der Bischof ihn anerkenne und auch die Richter ihn in Augenschein nähmen, ob etwas Ver- dächtiges an ihm zu vermerken sei.

„Es soll mich freuen, das gute Tier wiederzusehen," sagte der Bischof liebenswürdig. „Und wie wäre es," meinte er, „wenn man, 50 um ihn zutraulich zu machen und des Vergleiches wegen, ein paar

---

23 *angedeihen lassen* grant, confer   31 *Freigeist* freethinker
34 *wenn* . . . if it should be her pleasure
35 *Glosse* comment   38 *Miene machen* act as if
43 *schmählich besudeln* insult shamefully

Hühner vom Hofe des Herrn Splitterchen dazu lüde? Es wäre merkwürdig zu sehen, wie diese, die zweifelsohne natur- und ordnungs-
gemäße Hühner sind, sich mit dem übelbeleumdeten Hahn vertragen,
55 ob sie etwas Anrüchiges an ihm wittern, oder ihn als einen tauglichen
Hahn und Herrn zulassen."

Splitterchen erwiderte mit beißender Freundlichkeit, er wolle mit
seinen Hühnern nicht zurückhalten, halte aber dafür, daß es ein
schlechtes Apellieren sei von menschlicher Vernunft zu tierischer.
60 „Nun," entgegnete der Bischof, „es wird ja nichts anderes von
ihnen verlangt, als daß sie den Bösen wittern, wozu man, meine ich,
weder des Verstandes noch der Vernunft bedarf, sondern des ein-
fältigen Instinktes, womit die Tiere vorzüglich behaftet sind."

Nachdem noch einige Reden dieser Art zwischen den Parteien
65 gewechselt waren, entschied Tönepöhl, daß der beschuldigte Hahn
den Splitterchenschen Hühnern sollte konfrontiert oder gegenüber-
gestellt werden, jedoch erst am folgenden Tag, da die Mittagsstunde
sogar schon vorüber war und anzunehmen stand, daß alle, besonders
aber der Bischof, der unaufhaltsam gereist war, einer Erfrischung
70 bedürftig wären.

Inzwischen hatte Molli gekocht und gebraten, damit dem Bischof
eine ziemliche Bewirtung vorgesetzt würde. Während des Mahls
wurde dem hochwürdigen Manne ein Brief des Herrn von Klöterjahn
überbracht, der sehr vertraulicher Natur war, und nach dessen Lesung
75 er sagte, daß der Stadthauptmann bald wieder mit Freuden in diesem
Hause verweilen würde, wie denn jetzt schon sein gerechter Unwille
sich ein wenig verkühlt hätte und er dem Bürgermeister seine volle
Liebe und Gnade wieder zuwenden würde, wenn derselbe sein Christentum sauber gereinigt vor aller Augen könnte glänzen lassen.
80 Nachdem der Bischof sich über den schönen Glaubenseifer des Stadthauptmanns, über den unbotmäßigen Geist der Untertanen und der
Reformierten insbesondere und die Notwendigkeit, solchen zu dämp-

52 *lüde* (from *laden*) invited   54 *übelbeleumdet* of ill repute
55 *anrüchig* infamous   55 *tauglich* capable
63 *behaftet* supplied   70 *bedürftig* needy
72 *eine* . . . decent hospitality   81 *unbotmäßig* rebellious

fen, unwiderleglich geäußert hatte, ging er zu den auserlesenen
Speisen über, die wie die Sterne am Himmelsgewölbe nach einer
weisen und festen Unordnung die Tafel umliefen, erkundigte sich 85
nach der Herstellung der einen oder anderen bei der Hausfrau und
sprach den Wunsch aus, der verdienstvollen Molli seine Zufriedenheit selbst in der Küche auszudrücken.

Da man sich am Schlusse der Traktierung dorthin begab, stand das
Gesinde am Wege aufgereiht und begehrte den Segen des Bischofs, 90
dessen Herablassung bekannt war; dazu war er fett und schön, mit
sicheren blauen Augen und einer erhabenen Nase und einer Umgangsweise, als ob er gewohnt wäre, von einem Thron herunter mit
den Leuten zu reden. Molli empfing den hohen Gast in der Küche
mit Kniebeugung und Handkuß, worauf sie von ihm auf die Stirn 95
geküßt und sowohl wegen ihres Kochens belobt wurde, als auch
weil sie sich bei dem Verhör als ein tapferes, kluges und ihrer Herrschaft ergebenes Mädchen erwiesen habe. Molli lächelte verschämt
und sagte, sie gehöre freilich nicht zu denen, die eine gute Herrschaft
im Unglück verließen. Zuerst sei sie wohl über die unanständigen 00
Dinge erschrocken gewesen, die man von dem Herrn Bürgermeister
gemunkelt habe, und als ihr dann noch die karminroten Eidotter in
die Hände geraten seien, habe sie den Kopf verloren, nachher aber
sich desto besser gefaßt und sich vorgesetzt, zu ihrem Herrn zu
halten, der doch einmal die Obrigkeit sei und bei der guten katho- 5
lischen Religion bleibe. Die Herren vom Gerichte hätten sich zwar
recht darangehalten, um sie auf ihre Seite zu ziehen, sie hätte gestern
noch von Tiberius Tönepöhl sowie auch von Herrn Augustus Zirbeldrüse je ein hübsch gemaltes Schreiben erhalten, worin sie artig
um das Vergnügen gebeten hätten, sie als Köchin in ihr Haus ein- 10

89 *Traktierung* eating   90 *Gesinde* servants
91 *Herablassung* condescension, friendliness
92 *sicheren* i.e., pronounced   92 *Umgangsweise* social manner
  2 *munkeln* whisper (scandal)   2 *die* . . . the crimson egg yolks
  6 *hätten* . . . had, to be sure, made a real effort
  9 *gemalt* (The illiterate cook's conception of a written document is that it
    is a picture.)

führen zu dürfen, wenn der Herr Bürgermeister, wie es doch nun
wohl nicht anders sein könnte, von Amt und Würden hinunter in
Schande und vielleicht gar Lebensverlust stürzte; aber sie hätte nicht
darauf geantwortet, da sie erst hätte erwarten wollen, ob der Herr
15 Bürgermeister wirklich so übel daran sei, und dann auch aus den
Blicken der beiden Herren den Argwohn gezogen hätte, daß es
ihnen nur darum zu tun wäre, die Ehre einer unschuldigen Jungfrau
zu Falle zu bringen. Diese letzten Worte gingen in ein zartfühlendes
Schluchzen über, das nur durch liebreiches Zureden des Bürgermei-
20 sters und des Bischofs sowie durch eine Geldspende von beiden
endlich gestillt werden konnte.

Gegen Abend meldete sich Tiberius Tönepöhl zu einer Rück-
sprache bei dem Bürgermeister und trug vor, daß es ihm ungeziemend
vorkomme, wenn das Geflügel im Saale des Rathauses vorgestellt
25 würde, der dadurch wie ein Stall mit Geschrei und Unrat erfüllt
werden würde. Mann könnte den Garten des Bürgermeisters dazu
verwenden, um diesem gefällig zu sein. Allein darin könnte Pfarrer
Splitterchen eine Benachteiligung erblicken, was er auch nicht schein-
weise auf sich laden möchte; sein Vorschlag gehe deshalb dahin, daß
30 die Sitzung vor dem Lindentore auf dem Anger abgehalten werde,
wo nach altem Gebrauch die städtischen Truppen eingeübt und auch
Märkte und Feste veranstaltet wurden. Wegen des Imbiß, zu dem
Tile Stint den Richter einlud, entschuldigte sich Tönepöhl, da er in
seinem Amte sich der weichen Regung, die ein trauliches Verkehren
35 bei Tische anfache, nicht unterstehen dürfe, vielmehr beständig das
Bild des Rechtes vor Augen haben müsse, gleichsam als den Nabel,
auf den die indischen Mönche ihr unentwegtes Augenmerk richteten,
um zur Gefühllosigkeit zu erstarren.

15	*so* . . . in such a parlous state	18	*zu Falle bringen* ruin
20	*Geldspende* cash gift	22	*Rücksprache* interview
25	*mit* . . . with screaming and filth	28	*Benachteiligung* discrimination
28	*scheinweise* in appearance	30	*Anger* meadow
31	*einüben* drill	35	*anfachen* kindle
35	*sich unterstehen* submit	36	*Nabel* navel
37	*ihr* . . . directed their unwavering attention		

Am folgenden Morgen strömten Fußgänger, Wagen und Karren
aus dem Tore nach dem Stadtanger, der auf allen vier Seiten von 40
alten, nun blühenden Linden umrandet war. Wie ein Sternenkörper
in einer Lichtregion schwebt, die er von sich ausstrahlt, so schwamm
der Anger in einem Lindenduftgewoge, als ob ein elysisches Seligen-
land aus der harten Erdenkruste hervorblühte oder daran vorüber-
wehte. Wer der Zauberinsel nahekam, spürte eine reizende Betäu- 45
bung und wurde mitten in ein magisches Wohlgeruchsreich hineinge-
zogen, wo es eitel Scherz und Liebe und Wonnedasein gab. Einzig
Pfarrer Splitterchen und sein Rechtsbeistand Zirbeldrüse gingen, wie
wenn ihre irdischen Sinne mit Wachs verstopft wären, in dieser som-
merlichen Trunkenheit umher, als zwei Gerechte zwischen einem 50
Volk von Toren und Schelmen, und die wohl wissen, daß sie wegen
ihrer Überlegenheit und Tugend, deren sie sich nun einmal nicht
entbrechen können noch wollen, zuerst ausgelacht und dann gekreu-
zigt werden müssen. Der Pfarrer rieb zuweilen die Zähne aufein-
ander vor Verachtung und Ungeduld, oder er lachte, um anzudeuten, 55
er wisse wohl, daß er in einer Komödie mitspiele; Zirbeldrüses
Gesicht glich nicht mehr einem auseinanderlaufenden, sondern einem
hartgewordenen Käse, den man nicht schneiden, höchstens zu einem
grünlichen Pulver zerreiben kann. Sein Mund sah aus wie ein Strick,
an dessen Enden zwei schwere Gewichtsstücke hängen, und er blin- 60
zelte von Zeit zu Zeit immer um sich wie ein Hund, der ein Loch
im Zaune sucht, durch das er entwischen könnte, der aber zu voll
im Bauch und zu träge ist, um davon Gebrauch zu machen, selbst
wenn er eins fände. Zwischen den Linden standen einige Ratsbüttel,
um dem zuströmenden Volke abzuwehren, allein sie nahmen es nicht 65
genau und ließen alt und jung lustwandeln, so weit die Macht der
alten Bäume schattete, sofern sie sich nur nicht in den Ring des
Gerichtes mitten auf dem Platze wagten.

Auf die Nachricht von dem hilfreichen Erscheinen des Bischofs

41 *umranden* frame
43 *Lindenduftgewoge* surge of linden fragrance
53 *sich entbrechen* do without   64 *Ratsbüttel* municipal police

70 war Druwel von Druwelstein vom Bette aufgestanden und kam mit
festlich strahlendem Gesicht auf den Lindenanger, ohne sich durch
den Spott und Mutwillen Frau Armidas beirren zu lassen. „Da war
ich," rief er, „im Getümmel unter mein Pferd geraten und sind
mir die Knochen arg zerquetscht worden; aber ich habe mich her-
75 vorgearbeitet und sitze wieder aufrecht, bereit zu einem neuen
Gange." — „So laget Ihr unter dem Pferde, als man Euch allenthalben vergeblich suchte?" erwiderte Frau Armida, „darunter ist
man freilich vor Stich und Kugel sicherer als darauf; aber ein Kavalier
geht nach Ehre aus, und die ist unter einem Pferdekadaver nicht
80 zu holen!" — „Warum nicht!" rief Druwel frohmütig, „wenn man
nur mit Ehren darunter gekommen ist. Den möchte ich sehen, der
den Druwel von Druwelstein nicht da finden wird, wo der Herrgott
und das Recht ist, gleichviel ob einer in Ängsten ist oder floriert.
Verzagt nicht, gestrenge Freundin, solange Ihr mein Fähnlein flattern
85 seht, ist Eure Sache nicht verloren." — „Ei was, für den Herrgott
brauche ich keine Freunde, aber wider den Teufel," sagte Frau
Armida ungeduldig, aber nicht herbe; denn sie ließ vielmehr ein
tröstliches Lächeln über Druwels bräunlichblinkende Wange und
seinen straffen Knebelbart gleiten.

90   Der Vorsitzende machte sich unterdessen mit der Einrichtung des
Tisches und mit dem Federvieh zu schaffen, das in Körben herbeige-
schafft war. Ratsherr Lüddeke, der Bürgermeister und die Bürgermeisterin legten selbst Hand an, um den Hahn aus der Watte heraus-
zuwickeln, in die er wegen neuerlicher Gebrechlichkeit verpackt war.
95 Als davon nichts mehr an ihm und um ihn saß, glich er einer Leich-
nammumie, von der soeben der Kalkbewurf abgekratzt ist, welcher
sie jahrhundertelang bedeckt hatte; der kleine Lüddeke, der sich
dessen nicht versehen hatte, geriet in einige Verlegenheit und sah

76 *Gang* round (in battle)   76 *allenthalben* everywhere
78 *Stich* thrust (of the lance)   85 *ei was* nonsense
87 *herbe* harshly   88 *bräunlichblinkend* tanned-looking
89 *straff* stiff
90 *sich zu schaffen machen* bustle about
93 *Watte* wadding
96 *abkratzen* scrape off   96 *Kalkbewurf* lime covering
98 *sich dessen versehen* expect this

den Bürgermeister von der Seite an, der gleichfalls die Augen nieder-
schlug; denn hier draußen, wo der lautere Sonnenglanz gleichsam in 00
einem kristallenen Bade zwiefach erglitzerte, stach das abgeschabte
Jammergerippe widriger hervor, als es sich zu Hause dargestellt hatte.
Der Armselige hatte sich an jenem Abend, als die Bürgermeisterin
mit Steinwürfen nach seinem Leben trachtete, zwischen das Dachgebälk der Scheune verkrochen und war erst am vorhergehenden Tage 5
wieder aufgefunden und gewaltsam ans Licht gefördert. In dieser
Zeit war seine Ernährung und sonstige Pflege ungenügend gewesen:
er sah nicht anders aus, als ob der Böse ihn geholt, mit seinen rußigen
Händen ihm das Gefieder zerzaust und den Hals umgedreht hätte.
Während der kleine Lüddeke und der Bürgermeister sich unschlüssig 10
ansahen, und der Druwel sich räusperte, rief Frau Armida mit heller
Stimme: „So ist der Arme in der Zeit seiner Verfolgung herunterge-
kommen! Sollte er, was der Himmel verhüte, tödlich abgehen, so
werden wir auf Ersatz des Schadens klagen, da wir nicht nur einen
guten alten Haushahn, sondern auch unseren Liebling mit ihm ver- 15
lieren!" Auch der Bischof war nun hinzugetreten und sagte: „Wie
sehe ich Eure Heiligkeit wieder! So kann es Gott gefallen, die
Hohen dieser Erde zu erniedrigen. Immerhin trägt er noch die Tiara,
an der ich ihn wiedererkenne, obwohl sie für seinen augenblicklichen
Kräftezustand zu schwer ist und trübselig wie eine Zipfelmütze von 20
seinem Haupt herabhängt!"
Als der Bischof bei den Linden aus seiner Sänfte gestiegen war,
hatte sich das lustwandelnde Volk um ihn geschart und im Schutze
seines leutseligen Lächelns wie eine bunte und brausende Schleppe
hinter ihm hergewälzt. Eine solche hinter sich herzuziehen, war er 25
gewöhnt und hätte sich ohne das unvollkommen bekleidet gefühlt,

99 *niederschlagen* drop
 1 *stach* . . . the flayed miserable skeleton stood out more repulsively
 4 *Dachgebälk* roof beams   8 *rußig* sooty
 9 *zerzausen* rumple   20 *Kräftezustand* state of health
20 *Zipfelmütze* peaked nightcap
24 *wie* . . . like a motley and noisy train
25 *herwälzen* roll along

und ebensowenig dachten die Büttel daran, ihm den Huldigungsschweif hinterrücks abzureißen. Demzufolge war der Hahn im Nu
von vielen Frauen und Kindern umgeben, die ihn streichelten und
30 ihm allerlei Futter beizubringen suchten, wovon er schließlich etwas
nahm und angstvoll hinunterschluckte. Die beobachtende Menge
begrüßte dies und andere Zeichen wiederkehrenden Lebens mit
frohem Geschrei; denn er schloß nun auch einige Male die Augen
ganz und öffnete sie wieder, als wollte er versuchen, ob die Maschine
35 noch ginge. Als er sogar mit dem Schnabel, wiewohl schwächlich,
unter die Körner stieß, die vor ihm ausgestreut waren, mit den
wackelnden Beinen nach hinten auszukratzen sich bemühte und ein
heiseres Krächzen von sich gab, kamen die Hühner, um die sich niemand bekümmert hatte, erst schüchtern, dann eilfertiger herbeige-
40 rannt und fingen um das Scheusal herum zu picken und zu essen an.
Hierüber erhob sich anhaltender Jubel, der mit leichten Flügel-
schlägen den ausgebreiteten Lindenduft bewegte, so daß ein seliges
Jagen von Balsam und Schall sich zu den Häupten des Volkes auf und
ab wiegte und als ein Baldachin der Freude über den Berauschten
45 schwebte.

Der Bürgermeister begann vor Rührung zu weinen, und auch dem
Druwel wurden die Augen feucht, als er seinem Freund und Frau
Armida kräftig die Hand schüttelte.

„Nun," sagte der Bischof, auf die Hühner deutend, „das Völkchen
50 hat sich einträchtlich zusammengefunden, wie es nicht der Fall sein
könnte, wenn die Hölle dazwischen nistete."

Tönepöhl ließ den Bischof aus Achtung den Satz zu Ende bringen,
fiel dann aber schnell ein, damit er ihm nicht zuvorkäme, und
schickte sich mit lächelndem Ernst zu einer Rede an. „Wenn man
55 sagt, daß die Stimme des Volkes die Stimme Gottes sei, so kann man
diesen Spruch wohl mit ebensoviel Recht auf die Tiere anwenden,
die noch mehr als das Volk aus der Tiefe untrüglicher Grundgefühle

27 *Huldigungsschweif* train of homage
28 *im Nu* in an instant
39 *eilfertig* eager
44 *Baldachin* canopy

36 *stoßen* pick
42 *ein* . . . a blissful surge
50 *einträchtlich* harmoniously

heraus sich äußern. Hier haben wir nun beide, das Volk und das Vieh, vernommen. Es hat sich vor unseren Augen ein Gottesgericht abgespielt, markerschütternd und doch auch lieblich in seiner Ahnungslosigkeit. Wenn wir heute vom strengen Gange der Justiz abgewichen sind, so ist es mit Fug und durchdachter Absicht geschehen, da zuweilen Freiheit Weisheit sein kann. Möge doch jeder sich überzeugen, wie unberechtigt die Klage ist, daß in unserem Gemeinwesen das Volk von der Regierung ausgeschlossen sei; wo es ersprießlich ist, geben wir seinem Urteil Raum und Gehör." 65

Hier wurde Tönepöhl durch einen Zwischenfall, der sich geräuschvoll abspielte, unterbrochen. Es ertönte nämlich aus der Mitte der Hühner ein lautes Kreischen oder Krächzen, dem auf der Stelle ein Aufschreien der Bürgermeisterin folgte, eines von den Pfarrers-hühnern habe Kikeriki gerufen. Sie bezeichnete das Huhn, dem sie den Hahnenkraht zuschrieb, mit hindeutendem Finger und sagte, rot vor Entrüstung, so komme denn Ungebührlichkeit und Unnatur unter den Hühnern desjenigen vor, der ihren Hahn teuflischer Umtriebe beschuldigt habe. Mit raschen Schritten näherte sich der Pfarrer und sagte spöttisch: „Wenn irgendwo Kikeriki gerufen wird, so schließt man daraus, daß ein Hahn anwesend sei, und da in der Tat der Hahn des Herrn Bürgermeisters hier vorhanden ist, so wird jeder Vernünftige der Ansicht sein, daß er es getan habe." „Freilich, freilich," rief Frau Armida, „so meint man auch, wenn irgendwo Eier gelegt werden, daß es Hühner getan haben. Indessen habe ich mit meinen Augen gesehen, daß das Kikeriki aus dem dünnen Halse jenes Huhnes kam, und stelle es außerdem den Anwesenden anheim, ob unser armer schlotternder Hahn imstande wäre, in so lauter, durchdringender Weise zu krähen, wie eben geschehen ist." „Gesehen habe ich nichts, aber daß eben vernehmlich und deutlich gekräht worden ist, bestätige ich als richtig," sagte Tönepöhl. „Das kann

60 *markerschütternd* marrow shaking (i.e., deeply moving)
66 *ersprießlich* proper
69 *Kreischen* . . . screaming or croaking
74 *Umtrieb* association   83 *anheimstellen* put [it] up to
84 *schlottern* totter

jeder," wandte Zirbeldrüse hämisch ein. „Ich sage, daß von einem
Hahn gekräht worden ist," wiederholte Tönepöhl aufgebracht, aber
90 doch gemessen; „und zwar von einem Hahn in der Gestalt eines
eigentlichen Hahnes oder eines wirklichen Huhnes."

Jetzt meldeten sich Männer, Frauen und Kinder durcheinander,
um zu bezeugen, daß das von der Frau Bürgermeisterin bezeichnete
Huhn den vorgefallenen Hahnenkraht wirklich begangen habe. Auf
95 den Befehl Tönepöhls wurde das Huhn ergriffen und auf den Tisch
gesetzt, wo es verzweifelt herumstolperte, um zu entkommen, als ob
es sich seiner häßlichen Erscheinung schäme. Der Hals des Tieres
war nämlich, vielleicht durch die Arbeit von Ungeziefer, ganz von
Federn entblößt, und so schien es von einer grausamen Köchin leben-
00 digen Leibes gerupft, aber noch vor Beendigung des Geschäftes
entsprungen zu sein. „Das Tier ist ein Greuel!" rief Druwel von
Druwelstein, mit markiger Stimme das atemlose Schauen und Staunen der Menge durchbrechend. „Man veranlasse es, noch einmal
einen Ton von sich zu geben," sagte der Bischof heiter, „damit jeder
5 sich von dem Charakter desselben überzeugen kann." Dieser Vorschlag wurde unmittelbar als so einsichtig befunden, daß die Richter
ihre Gänsefedern ergriffen und das Huhn damit stachen und
belästigten, so gut sie konnten, wovon die Folge war, daß der
entsetzte Vogel hierhin und dorthin flatterte und endlich auch in ein
10 mißtönendes Kreischen ausbrach, dem sich ein nicht schwächeres,
sondern donnernd verstärktes Echo aus der Versammlung anschloß.
Als das Triumphgeschrei verhallt war, sagte Tönepöhl: „Daß das
Huhn krähen kann, halte ich hiermit für bewiesen," in welchem
Sinne auch die übrigen Richter ihre Stimme abgaben; dann wurde
15 auf einen Wink des Vorsitzenden das gesamte Federvieh in die
Körbe gepackt und fortgeschafft.

Der Pfarrer, der bisher zähneknirschend und hier und da den
Kopf in den Nacken werfend, als rufe er Gott zum Zeugen solcher
Dummheit an, zugehört hatte, trat nun hastig vor und rief: „Und

88 *hämisch* jeering   00 *rupfen* pluck
2 *markig* pithy   6 *unmittelbar* i.e., literally

was folgt daraus, wenn es bewiesen wäre, was ich nicht anerkenne? 20
Es gibt Tauben, die lachen, Pfauen, die trompeten, Papageien, die
menschlich schwatzen, warum soll ein Huhn nicht krähen? Hängt
solches doch nur von der zufälligen Bildung der Kehle ab!"

„Das Krähen," entgegnete Tönepöhl mit nachdrücklicher Ruhe,
die dem Pfarrer seine unanständige Hitze beschämend zum Be- 25
wußtsein bringen sollte, „das Krähen ist ein Abzeichen der Männ-
lichkeit und kann auf natürlichem Wege vom Huhne nicht erfolgreich
nachgeahmt werden. Wir haben vor mehreren Jahren eine Frau, die
in Männerkleidern einherging und auf ihrem Geschlecht ertappt
wurde, öffentlich ausgestäupt und des Landes verwiesen, da das Weib 30
sich die Tracht des Mannes, das ist des höhergeborenen Menschen,
nicht anmaßen darf. Wie soll man es da beurteilen, wenn ein
Weibswesen sogar die dem Manne angeborenen Eigenheiten,
gleichsam die ihn auszeichnende Naturtracht, nachahmen oder sich
erwerben will? Wo sollte bei einer solchen Vermischung die 35
notwendige Zucht und Botmäßigkeit bleiben, die im Hause wie im
Hühnerstall herrschen muß?" Wie nun der Pfarrer im hellen Ärger
sich die Worte entfahren ließ: „Wie konnte ich auch so albern sein,
gegen papistischen Aberglauben kämpfen zu wollen!" entstand ein
unwilliges Murren in der Menge, und sie hätten es ihm wohl übel 40
eingetränkt, wenn nicht der Bischof beschwichtigende Zeichen
gegeben und Tönepöhl aufgefordert hätte, den Pfarrer zu seinem
Besten zu verhaften und in ein gutes Gewahrsam zu bringen, damit
ihm von dem zwar aus verständlichen und schätzbaren Ursachen, aber
doch über Gebühr aufgeregten Volke nicht ein Leides zugefügt 45
werde.

Dem Hahn war das hastige Fressen nach langer Enthaltsamkeit so
schlecht angeschlagen, daß Molli für gut fand, ihn abzuschlachten

---

29 *auf* as to
30 *öffentlich* . . . publicly flogged and deported
36 *Botmäßigkeit* obedience   37 *hell* ringing
40 *sie* . . . they would probably have made him suffer for it
45 *Gebühr* propriety   45 *ein Leides zufügen* do an injury
47 *Enthaltsamkeit* abstinence   48 *anschlagen* turn out

und sein mageres und zähes Fleisch geschickt in eine lüsterne Pastete
50 verwurstete, welche bei dem Sieges- und Versöhnungsmahl, das unter
Teilnahme des Stadthauptmanns beim Bürgermeister stattfand, ver-
zehrt wurde.

49 *eine* . . . a succulent meat pie

WILHELM SCHÄFER

1868 — 1952

Schäfer, like Hans Grimm, thought of himself as a political writer, except that he preferred to use the word *völkisch*. He was hostile to liberal Germany and was equally neglected by liberal opinion. Schäfer retaliated by pouring scorn on "asphalt intellectuals" and appealed to the sounder judgment of "the people," by which he can have meant only the intellectuals of the right. "The flower of humanity," he wrote, "does not thrive in the international hothouse of the intellect but on the emotional soil of nationalism." He made it his mission to recall the German people to a sense of their racial heritage, which is the Prussian ideal of sinking one's own interests in those of the State or the *Volksgemeinschaft*. His history of Germany *Die dreizehn Bücher der deutschen Seele* is written from this point of view. So is much (though not all) of his other literary output.

Schäfer deserves a niche in the literary pantheon as a master of the short story. He referred to his stories variously as anecdotes and *Histörchen* (story-ettes). It is idle to haggle over nomenclature, after what has been said in the general introduction; but it does seem that they are too substantial to be called anecdotes. Schäfer studied the art of Johann Peter Hebel and modeled himself on Hebel's terse, pointed style with its dry humor and inoffensive moralizing. He is a worthy spiritual descendant of the great Alemannian folk-poet.

Wilhelm Schäfer grew up in the Rhineland, taught school, and edited a patriotic journal for over twenty years. His talent was early recognized by the poet Richard Dehmel, who befriended him. Schäfer's first collection of *Anekdoten* appeared in 1908. From then on he published steadily: novels and stories. He was awarded the Goethe Prize in 1941 but was forbidden to publish after 1945. He died a bitter, disillusioned man.

The short story on Marianne vom Stein is an example of Schäfer's work at its finest. In these few pages we read the spiritual history of Germany between 1806 and 1812, the turning point in the nation's destiny. The new spirit which animated Germany after the shameful defeat of Jena, Schäfer seems to argue, was brought about, not by Dörnberg's abortive *Putsch* nor by Caroline von Baumbach's flag nor even by the patriotic activity of Stein and his intrepid sister. It was that obscure journeyman, pulling off his cap before the humiliated woman, who atoned for Jena. That journeyman symbolized the people, and his simple act was a national gesture. "Perhaps," Marianne felt as she swept the street, "perhaps there might arise one day from the people—not from the princely courts—one with strength and courage enough to make a clean sweep."

WILHELM SCHÄFER

Das Fräulein vom Stein

Marianne vom Stein, des Reichsfreiherrn Schwester, war von seiner
unbeugsamen Art, nur kränklich und schon ein ältliches Fräulein, als
der Minister aus Preußen flüchten mußte. Um den Plackereien der
Kriegszeiten zu entgehen, war sie Stiftsdame in Wallenstein
geworden, wo sie äußerlich das Dasein alter Damen teilte, die   5
zwischen der häuslichen Absonderung ihrer Familien auf die leeren
Plätze geraten sind und lesend, musizierend, auch wohl mit einer
Partie Tarock die unnützen Tage füllen, wenn sie nicht irgendwo
mit Handarbeiten oder sonst der Wirklichkeit die kleinen Liebes-
dienste tun.   10
    Doch auch dergleichen war damals staatsgefährlich; denn als nach
dem verunglückten Putsch des Freiherrn von Dörnberg in Kurhessen
eine gestickte Fahne gefunden wurde, hing irgendwie ein Faden
daran, der den Franzosen den Weg nach Wallenstein zeigte, wo sie
tatsächlich von einem Fräulein von Baumbach in aller Heimlichkeit 15

---

1 Karl Freiherr (= baron) vom und zum Stein (1757-1831) did more than
  any other single person to bring about the liberation of Germany from the
  yoke of Napoleon. He held several posts of cabinet rank in the Prussian
  government and introduced many economic and agrarian reforms. After
  incurring the displeasure of Napoleon, he fled to Austria and later to
  Russia, returning to Germany in 1812. The Congress of Vienna so
  disgusted him that he retired from public life. Stein was a baron of the
  Reich, i.e., he owed allegiance directly to the Emperor, not to any of the
  German sovereigns.
3 *Plackereien* vexations
4 *Stiftsdame* Marianne vom Stein became first a canoness, then the abbess of
  the Wallenstein Institute in Homburg in Hesse.
8 *Tarock* a card game
12 Ferdinand Freiherr von Dörnberg (1768-1850), a colonel in Napoleon's
  army, led an unsuccessful rebellion against the French Emperor.
12 *Kurhessen* the electoral principality of Hessen-Kassel

149

gestickt war. Eines Abends langte dort eine geheime Warnung an,
die alten Damen mit schlimmen Ankündigungen zu ängstigen, so
daß ihrer neun am nächsten Morgen abreisten und Marianne vom
Stein die alte Oberin samt einer halbtauben Dechantin nur mit Mühe
20 dabehielt. Sie kannte aus eigener Erfahrung die Hinterhältigkeit
solcher Warnungen und vermutete gleich, daß es den Franzosen
mehr um das Stiftsvermögen von dreihunderttausend Talern als um
die Fahne ginge. Fünf Tage später wurde Wallenstein frühmorgens
von Husaren umzingelt, als ob es eine Festung wäre, und durch die
25 Machtvollkommenheit ihrer Karabiner gedeckt, begann ein Kommissär die peinliche Untersuchung.

Es war ein Franzose von der Zentralgewalt in Mainz, ein lang
aufgeschossener Mensch, der seinen Schnurrbart in einem schwarzen
Röllchen unter der Nase trug, um die Hasenscharte zu verdecken; er
30 trat den Damen zunächst nicht bösartig und mit der sichtbaren
Absicht entgegen, eine weltmännische Figur zu machen. Die Oberin,
ein verdattertes altes Frauchen, das schon die Karabiner auf ihre
Brust gerichtet sah, wollte ihm weinend ihre Unschuld beteuern;
Marianne vom Stein aber drängte sie zu der Dechantin in den Stuhl
35 zurück, der sie danach wie ein Kind weinend auf dem Schoß saß,
und führte die Unterhaltung mit so kalter Würde, daß der Franzose
seine geplanten Versuche bald aufgab und diese Stiftsdamen die
umgedrehte Weltordnung höhnisch spüren ließ, wo ein Bedienter —
denn das war er gewesen — auch einmal drei adelige Fräuleins nach
40 seinen Launen kujonieren konnte. Er machte ihnen zum Schluß,
während draußen ein Frühlingsgewitter gemächlich heranballerte
und die Oberin vollends blaß werden ließ, ein Protokoll, das die
festen Versicherungen ihrer Schuldlosigkeit als überführte Ausreden

---

19 *Oberin* mother superior   19 *Dechantin* deaconess
27 Mainz, the capital of Rhenish Hesse, was in the hands of the French from
   1792 to 1814.
29 *Röllchen* i.e., he rolled his moustache upward
29 *Hasenscharte* hare lip   32 *verdattert* bewildered
40 *kujonieren* annoy   41 *heranballern* roll *or* rumble along
42 *Protokoll* record   43 *überführt* stale

und ziemlich alle Punkte der Anklage als Geständnisse enthielt;
danach quartierte er sich mit den Husaren im Stift ein, die Antwort 45
von Mainz auf den Bericht abzuwarten.

Es dauerte fast eine Woche, bis sie kam, unterdessen stolzierte der
mit der Hasenscharte in den Gemächern, den Gärten und Feldern des
Stiftes herum, als ob er der Gutsherr wäre und die drei Stiftsdamen
als unumgängliche Gäste hätte. Jeden Nachmittag um sechs Uhr 50
ließ er im Speisesaal die Tafel aufs sorgfältigste herrichten, wobei
ihm seine Erfahrung sichtlich zustatten kam, und ließ die Damen
dazu bitten. Die eingeschüchterte Oberin, die heimlich dem Fräulein
vom Stein und seiner Unbeugsamkeit das ganze Unglück zuschob,
wäre jedesmal gegangen, wenn nicht Marianne sie und die andere 55
mit bestimmter Gewalt im Zimmer gehalten hätte, während der
Kommissär allein an seiner Tafel saß. Als ob die beiden nicht
von den Husaren, sondern von ihr gefangen wären, so mußte sie
aufpassen, daß sie die sorglos offenen Tore nicht doch noch kopflos
zur Flucht benutzten und so den Franzosen das erwünschte Einge- 60
ständnis ihrer Schuld gaben.

Am sechsten Abend endlich kam der Reiter wieder mit dem Bericht
aus Mainz: Die Angeklagten sollten in vier Tagen dort erscheinen.
Die Oberin, die sich schon erschossen in einem Festungsgraben sah,
konnte ihren Jammer nicht mehr verhalten, auch die Dechantin verlor 65
die Schweigsamkeit der tauben Ohren und klagte den gefährlichen
Eigensinn an: Marianne gab den Pächtern am nächsten Morgen die
letzten Anweisungen, packte die beiden Alten mit einem Husaren
als Wächter in den geschlossenen Wagen und setzte sich selber zu
dem andern auf den Bock, indessen der Kommissär in seiner Kalesche 70
nachfuhr und rechts und links Husaren ritten.

Es war im Juni, als diese Fahrt geschah, die durch ein gutes Stück
von Deutschland führte. Die Sonne schien wieder nach langem
Regen und die Wiesen standen vor dem ersten Schnitt; von den
dunklen Tannenhöhen hingen die Buchenwälder bis dicht an die 75
Dörfer herunter; überall war die heimelige deutsche Hügellandschaft,
in der nur manchmal am Horizont die blauen Rücken höherer Berge

standen oder ein Fluß aus einem fernen Tal glänzte: immer wieder
aber trennten Grenzpfähle mit neugestrichenen Landesfarben diese
80 Landschaft in die Gebiete der Rheinbundfürsten ab, die um ihrer
Existenz willen Vasallen Napoleons und Könige oder Großherzöge
von seinen Gnaden geworden waren. Marianne hätte nicht die
Schwester des reichsunmittelbaren Freiherrn vom Stein sein müssen,
um diese Fürsten als Sinnbild der deutschen Zänkerei zu hassen; nun
85 aber auf ihrem Bock kamen sie ihr wie die weinerlichen Damen in
dem Wagen vor. Und obwohl sie ihren Bruder nicht verstand, daß
er nach Preußen gegangen war statt zum Kaiser, wohin ihr jeder
gute Deutsche in dieser landesverräterischen Zeit zu gehören schien,
so billigte sie doch mehr als früher während dieser gewaltsamen
90 Wagenfahrt sein Ziel, aufzuräumen mit der deutschen Kleinfürstenwirtschaft.

Es war mehr als eine Stiftsdame aus Wallenstein, was da am Abend
auf dem Kutschbock durch das finstere Festungstor von Kastel
rumpelte und nachher auf der Fähre über den breiten Rheinstrom
95 hinüber in das neugebackene Rheindepartement eingebracht wurde.
Es war die gefährliche Gesinnung des landesflüchtigen Ministers
Stein, mit der die Hasenscharte um der mißachteten Manieren willen
in einen bösartigen Zustand geraten war; ganz ahnungslos, und auch
die Bürokraten von der Zentralgewalt in Mainz, durch ihn berichtet,
00 merkten nicht, wen sie da hatten. Sie ärgerten sich als Sachverwalter
der Revolution an ihrem freiherrlichen Hochmut in den Verhören;
und da sich unterdessen das Fräulein von Baumbach freiwillig mit
dem Geständnis in Mainz eingefunden hatte, sie allein habe die
Fahne in aller Heimlichkeit gestickt — wodurch der Rechtsgrund
5 der französischen Absichten auf das Stiftsvermögen ebenso klar wie

80 *Rheinbundfürsten* the members of the Rheinbund, a league of German
   principalities formed under Napoleon's protection in 1806 and dissolved
   in 1813
83 *reichsunmittelbar* i.e., under the jurisdiction of the Emperor
88 *landesverräterisch* treasonable   93 *Kastel* a suburb of Mainz
95 *Rheindepartement* probably used here in a contemptuous sense, to indicate
   the humiliation of Germany by Napoleon. There never were actual de-
   partments of France on German soil.

durchscheinend wurde — so daß sie die drei zu Unrecht beschul-
digten Stiftsdamen auf freien Fuß setzen mußten: da ließen sie die
beiden andern in Mainz vorläufig einen selbstgewählten Aufenthalt
nehmen; das Fräulein vom Stein sollte erst noch um seiner hochmütigen Gesinnung willen eine schimpfliche Strafe erleiden.   10

Es war kein Urteil der Zentralgewalt, es war die Rachsucht
mißachteter Behörden, der sich Marianne vom Stein nun ausgeliefert
sah, als sie wie eine böse Sieben nach einer hämischen Sitte die Gasse
kehren sollte. Die Kommissäre versprachen sich einen Spaß davon,
wie sich das Gassenvolk an dieser Freiherrin mit seinem Unflat   15
auslassen würde und ahnten nicht, wie übel ihre Rachsucht auslaufen
sollte. Denn als sie am Morgen das Fräulein vom Stein hinaus
führten vor die Präfektur und sie vor den ersten Neugierigen den
Besen in die Hand nehmen sollte, während die Trommler anfingen,
ihre Felle zu schlagen: machte es sich, daß ihr zufällig mit der   20
Hasenscharte ein Herr von Holm in den Weg trat, der hier zu den
Franzosen in den Staatsdienst getreten war und den sie kannte.

Irgend ein verlorener Instinkt der Ritterlichkeit trieb den alten
Galan, bestürzt zu ihr zu treten, als wenn er ihr mit seinem Einfluß
aus der peinlichen Strafe helfen könnte: sie aber, die in diesen Tagen   25
der Gefangenschaft an nichts so bitter als an solche Überläufer
gedacht hatte und wie diese Rheinbunddeutschen den traurigsten Teil
der französischen Beamtenschaft ausmachten; sie riß dem Büttel den
verweigerten Besen als Waffe aus der Hand und begann zu kehren,
daß der saubere Herr sich augenblicklich in einer Staubwolke befand   30
und seine Schienbeine mit einem Satz auf die Treppe retten mußte;
unter dem Gelächter des Volkes, das die Gebärde nicht mißverstand.

Nachdem Marianne vom Stein aber einmal den Besen in der Hand
hielt und sich darin verstanden sah, was es hier auszukehren galt, lag
es nicht mehr an dem Büttel, sie zu treiben. Die Trommler vor ihr   35

---

13 *böse* . . . shrew, vixen   13 *hämisch* malicious, spiteful
15 *Unflat* . . . would pour out their filth
18 *Präfektur* prefecture (district administered by a prefect)
24 *Galan* gallant

konnten lange Beine machen, um nicht in ihren Besen zu geraten, so saß ihr der Zorn in den Händen.

Sie hatte wie ihr Bruder viel in Mainz gewohnt und war bekannt. Drum standen manche in der Gasse, die ihren Namen wußten; doch
40 war es keiner von ihnen, sondern ein fremder Wanderbursch, mit dem Felleisen auf dem Rücken durch das drängende Volk aufgehalten, der mit einer stillen Gebärde zuerst den Hut abnahm. Irgend etwas daran mochte in den andern die Ahnung auslösen, was für ein Zeichen ihrer eigenen Demütigung dieses Schauspiel war; bald
45 standen ihrer viele mit dem Hut in der Hand, bis auch die Buben es nicht mehr wagten, die Mütze auf dem Kopfe zu behalten: als ob ein Priester mit dem Sakrament durch die katholischen Mainzer Gassen käme, so feierlich geehrt wie nie im Leben ging das Fräulein vom Stein mit ihrem Besen durch die entblößten Häupter hin. Und
50 ob ihr fast die Arme abfielen, sie kehrte, weil sie den Atem der Feierlichkeit fühlte, und wieviel Hunderten sie mit ihrem Leidensgang ans innerste Herz rührte, als ob aus dem Volk — nicht von den Fürstenhöfen — vielleicht doch einmal die Kraft und der Mut zum Kehraus aufstehen könnte!

55 Die Trommler durften nicht aufhören und auch der Büttel vermochte nichts gegen den Befehl, so daß Hunderte von Franzosen aus den Fenstern ingrimmig das Schauspiel erblickten und den Sinn der Handlung erkannten. Bis endlich der Leutnant der Wache nach dem Lärm sah und kurzerhand den Zug kassierte.

60 Es wurde keine Gewalttätigkeit begangen an dem Tag und auch dem Fräulein, das auf der Wache fast ohnmächtig hinsank, weil es zuviel für seine Kräfte gewesen war, konnte nichts Widersetzliches nachgewiesen werden; aber es ging bis in die Nacht hinein eine Unruhe in den Mainzer Straßen, daß der Gouverneur selber nach
65 der Ursache sah. Der freilich kannte den Namen Stein und wußte gleich, was für einen Vogel er da im Käfig hatte; doch auch, was für eine Ungeschicklichkeit mit ihm begangen war, so daß der Kommissär schon am Abend selber seinen Verweis erwartete.

36 *lange* . . . hop

Die Sache schien wichtig genug, dem Kaiser Meldung zu machen, auch wurde das Fräulein vom Stein danach mitten im Frieden als 70 Kriegsgefangene mit allen Ehren nach Paris gebracht. Sie war krank, als sie dort anlangte, und mußte lange warten, bevor der badische Gesandte ihre Ungefährlichkeit auf Diplomatenwegen beweisen konnte; auch unternahm sie nichts mehr zum Werk der Freiheit, weil ihre Kräfte hinfällig waren; trotzdem blieb ihre Tat 75 lebendig, bis der Kehraus begann. Doch heißt es, daß Marianne vom Stein den Kehrbesen in den Jahren danach noch manchmal gern in die Hände genommen hätte, wenn nicht auch ihrem Bruder des Staubes zuviel gewesen wäre.

69 *Kaiser* i.e., Napoleon   73 *Gesandte* ambassador

HERMANN HESSE

1877 —

Hermann Hesse, a native of Württemberg, is descended from Protestant missionaries to the Orient. At home he absorbed a strict, austere Christianity with its emphasis on man's sinfulness and his need of grace, but also the pietistic stress on the essentials of faith as opposed to ecclesiastical doctrine and niceties of ritual. He was a boy of strong character and rebelled against the authoritarian repression in the home and at school. His adolescence was as turbulent as Hauptmann's; he too went from school to school; he even ran away from home.

After being apprenticed to a machinist and bookseller, he found himself as an independent writer. He visited the Orient in 1911 and then settled in Switzerland, where he has lived to this day (1957). He has been an outspoken enemy of German chauvinism and militarism during both World Wars, but has served his native country by doing relief work with German prisoners of war at great effort and expense to himself. A nervous breakdown in 1914 brought him into contact with psychoanalysis, which has had some importance in his writings. In 1946 he was awarded the Nobel Prize for literature.

Hesse is equally at home in the pure lyric and in prose fiction; in the latter genre he has written everything from short fairy tales to long novels. He is a highly subjective, personal, lyrical writer even in his epic prose. In his poetry he combines modern complexity of content and sensibility with a naive simplicity which makes his poems moving and delightful. The same may be said of his fiction.

Hesse's special appeal has been to German youth, which was attracted by his impatience with the self-deception of respectable bourgeois life. The fearless searcher for his true self, strong, though erring: that is the theme of all of Hesse's work. He and André Gide have remained the last great individualists of our age, staunchly resisting all the forces that make for collective behavior.

Iris was written in 1917 and clearly stands in the tradition of German romanticism. Hesse called it a *Märchen;* one thinks at once of Novalis' *Märchen von Hyazinth* from *Die Lehrlinge von Sais.* Both are allegories depicting man's quest—for what? happiness? the right way? Both conceive of the quest as a circular one: the hero finds what he is looking for, but only after a life-long, arduous search; and he finds it by returning to the source from which he began. Hyazinth is the pure Rousseauist: he begins in an innocent state of nature, which he loses when he heeds the old sage's advice to cultivate his mind. It is only by burning his book that he takes the first step to regain his original innocence and happiness. After much wandering and yearning he finds the temple of his dreams and in it his Rosenblütchen, who has been the precise object of his quest. The temple is his own room and Rosenblüte has been there all the time.

Hesse's hero, too, moves in a circle: from the harmony of innocent childhood, through the strife, turmoil and frustrations of manhood, back to the harmony of childhood. But Hesse does not preach a Rousseauistic return to the anti-intellectual state of nature; he emphasizes the importance of the quest itself. For as he says in *Demian:* "Nothing in the world is more odious to man than to walk the road that leads to himself." He who has traveled this lonely and painful road courageously will ultimately find again the harmony of spirit that was originally his.

Iris

Im Frühling seiner Kindheit lief Anselm durch den grünen Garten. Eine Blume unter den Blumen der Mutter hieß Schwertlilie, die war ihm besonders lieb. Er hielt seine Wange an ihre hohen hellgrünen Blätter, drückte tastend seine Finger an ihre scharfen Spitzen, roch atmend an der großen wunderbaren Blüte und sah lange hinein. Da standen lange Reihen von gelben Fingern aus dem bleichbläulichen Blumenboden empor, zwischen ihnen lief ein lichter Weg hinweg und hinabwärts in den Kelch und das ferne, blaue Geheimnis der Blüte hinein. Die liebte er sehr, und blickte lange hinein, und sah die gelben feinen Glieder bald wie einen goldenen Zaun am Königs- garten stehen, bald als doppelten Gang von schönen Traumbäumen, die kein Wind bewegt, und zwischen ihnen lief hell und von glaszarten lebendigen Adern durchzogen der geheimnisvolle Weg ins Innere. Ungeheuer dehnte die Wölbung sich auf, nach rück- wärts verlor der Pfad zwischen den goldenen Bäumen sich unendlich tief in unausdenkliche Schlünde, über ihm bog sich die violette Wölbung königlich und legte zauberische dünne Schatten über das stille wartende Wunder. Anselm wußte, daß dies der Mund der Blume war, daß hinter den gelben Prachtgewächsen im blauen Schlunde ihr Herz und ihre Gedanken wohnten, und daß über diesen holden, lichten, glasig geäderten Weg ihr Atem und ihre Träume aus und ein gingen.

Und neben der großen Blüte standen kleinere, die noch nicht

---

2 *Schwertlilie* iris   8 *Kelch* calyx
14 *Wölbung* vault
16 *unausdenkliche* . . . unfathomable depths
19 *Prachtgewächs* splendid formation

aufgegangen waren, sie standen auf festen, saftigen Stielen in einem
25 kleinen Kelche aus bräunlich grüner Haut, aus ihnen drang die junge
Blüte still und kräftig hinan, in lichtes Grün und Lila fest gewickelt,
oben aber schaute straff und zart gerollt das junge tiefe Violett mit
feiner Spitze hervor. Auch schon auf diesen festgerollten, jungen
Blütenblättern war Geäder und hundertfache Zeichnung zu sehen.
30   Am Morgen, wenn er aus dem Hause und aus dem Schlaf und
Traum und fremden Welten wiederkam, da stand unverloren und
immer neu der Garten und wartete auf ihn, und wo gestern eine
harte blaue Blütenspitze dicht gerollt aus grüner Schale gestarrt hatte,
da hing nun dünn und blau wie Luft ein junges Blatt, wie eine Zunge
35 und wie eine Lippe, suchte tastend seine Form und Wölbung, von der
es lang geträumt, und zu unterst, wo es noch im stillen Kampf mit
seiner Hülle lag, da ahnte man schon feine gelbe Gewächse, lichte
geäderte Bahn und fernen, duftenden Seelenabgrund bereitet.
Vielleicht am Mittag schon, vielleicht am Abend war sie offen,
40 wölbte blaues Seidenzelt über goldnem Traumwalde, und ihre ersten
Träume, Gedanken und Gesänge kamen still aus dem zauberhaften
Abgrund hervorgeatmet.
    Es kam ein Tag, da standen lauter blaue Glockenblumen im Gras.
    Es kam ein Tag, da war plötzlich ein neuer Klang und Duft im
45 Garten, und über rötlichem durchsonntem Laub hing weich und
rotgolden die erste Teerose. Es kam ein Tag, da waren keine
Schwertlilien mehr da. Sie waren gegangen, kein goldbezäunter
Pfad mehr führte zart in duftende Geheimnisse hinab, fremd standen
starre Blätter spitz und kühl. Aber rote Beeren waren in den
50 Büschen reif, und über den Sternblumen flogen neue, unerhörte
Falter frei und spielend hin, rotbraune mit perlmutternen Rücken und
schwirrende, glasflüglige Schwärmer.
    Anselm sprach mit den Faltern und mit den Kieselsteinen, er hatte

24 *Stiel* stem   33 *Blütenspitze* pointed bloom
36 *zu unterst* at the lowest point
38 *Seelenabgrund* spiritual bottom *or* nadir
50 *Sternblume* marguerite   51 *Falter* butterfly
52 *Schwärmer* butterfly   53 *Kieselstein* pebble

zum Freund den Käfer und die Eidechse, Vögel erzählten ihm Vogel-
geschichten, Farnkräuter zeigten ihm heimlich unterm Dach der 55
Riesenblätter den braunen gesammelten Samen, Glasscherben grün
und kristallen fingen ihm den Sonnenstrahl und wurden Paläste,
Gärten und funkelnde Schatzkammer. Waren die Lilien fort, so
blühten die Kapuziner, waren die Teerosen welk, so wurden die
Brombeeren braun, alles verschob sich, war immer da und immer 60
fort, verschwand und kam zur Zeit wieder, und auch die bangen,
wunderlichen Tage, wo der Wind kalt in der Tanne lärmte und im
ganzen Garten das welke Laub so fahl und erstorben klirrte, brachten
noch ein Lied, ein Erlebnis, eine Geschichte mit, bis wieder alles
hinsank, Schnee vor den Fenstern fiel und Palmenwälder an den 65
Scheiben wuchsen, Engel mit silbernen Glocken durch den Abend
flogen und Flur und Boden nach gedörrtem Obst dufteten. Niemals
erlosch Freundschaft und Vertrauen in dieser guten Welt, und wenn
einmal unversehens wieder Schneeglöckchen neben dem schwarzen
Efeulaub strahlten und erste Vögel hoch durch neue blaue Höhen 70
flogen, so war es, als sei alles immerfort dagewesen. Bis eines Tages,
nie erwartet und doch immer genau wie es sein mußte und immer
gleich erwünscht, wieder eine erste bläuliche Blütenspitze aus den
Schwertlilienstengeln schaute.

Alles war schön, alles war Anselm willkommen, befreundet und 75
vertraut, aber der größte Augenblick des Zaubers und der Gnade
war in jedem Jahr für den Knaben die erste Schwertlilie. In ihrem
Kelch hatte er irgendeinmal, im frühsten Kindestraum, zum erstenmal im Buch der Wunder gelesen, ihr Duft und wehendes vielfaches
Blau war ihm Anruf und Schlüssel der Schöpfung gewesen. So ging 80
die Schwertlilie mit ihm durch alle Jahre seiner Unschuld, war in
jedem neuen Sommer neu, geheimnisreicher und rührender geworden.
Auch andre Blumen hatten einen Mund, auch andre Blumen sandten

54 *Käfer* beetle   54 *Eidechse* lizard
55 *Farnkraut* fern   56 *Glasscherbe* shard
59 *Kapuziner* nasturtium 60 *Brombeere* blackberry
67 *gedörrt* dried   69 *Schneeglöckchen* snowdrop
70 *Efeulaub* ivy foliage

Duft und Gedanken aus, auch andre lockten Biene und Käfer in
85 ihre kleinen, süßen Kammern. Aber die blaue Lilie war dem
Knaben mehr als jede andre Blume lieb und wichtig geworden, sie
wurde ihm Gleichnis und Beispiel alles Nachdenkenswerten und
Wunderbaren. Wenn er in ihren Kelch blickte und versunken
diesem hellen träumerischen Pfad mit seinen Gedanken folgte,
90 zwischen den gelben wunderlichen Gestäuden dem verdämmernden
Blumeninnern entgegen, dann blickte seine Seele in das Tor, wo die
Erscheinung zum Rätsel und das Sehen zum Ahnen wird. Er
träumte auch bei Nacht zuweilen von diesem Blumenkelch, sah ihn
ungeheuer groß vor sich geöffnet wie das Tor eines himmlischen
95 Palastes, ritt auf Pferden, flog auf Schwänen hinein, und mit ihm
flog und ritt und glitt die ganze Welt leise, von Magie gezogen, in
den holden Schlund hinein und hinab, wo jede Erwartung zur
Erfüllung und jede Ahnung Wahrheit werden mußte.

Jede Erscheinung auf Erden ist ein Gleichnis, und jedes Gleichnis
00 ist ein offnes Tor, durch welches die Seele, wenn sie bereit ist, in das
Innere der Welt zu gehen vermag, wo du und ich und Tag und Nacht
alle eines sind. Jedem Menschen tritt hier und dort in seinem Leben
das geöffnete Tor in den Weg, jeden fliegt irgendeinmal der
Gedanke an, daß alles Sichtbare ein Gleichnis sei, und daß hinter
5 dem Gleichnis der Geist und das ewige Leben wohne. Wenige
freilich gehen durch das Tor und geben den schönen Schein dahin
für die geahnte Wirklichkeit des Innern.

So erschien dem Knaben Anselm sein Blumenkelch als die
aufgetane, stille Frage, der seine Seele in quellender Ahnung einer
10 seligen Antwort entgegendrängte. Dann wieder zog das liebliche
Vielerlei der Dinge ihn hinweg, in Gesprächen und Spielen zu Gras
und Steinen, Wurzeln, Busch, Getier und allen Freundlichkeiten

87 *Gleichnis* symbol

90 *verdämmernd* growing fainter

3 *anfliegen* strike

6 *schöner Schein* a term used in German aesthetics to denote the illusion
created by art

9 *aufgetan* opened up

12 *Getier* beasts

90 *Gestäude* bushes

99 *Erscheinung* phenomenon

11 *Vielerlei* multiplicity

seiner Welt. Oft sank er tief in die Betrachtung seiner selbst hinab, er saß hingegeben an die Merkwürdigkeiten seines Leibes, fühlte mit geschlossenen Augen beim Schlucken, beim Singen, beim Atmen 15 sonderbare Regungen, Gefühle und Vorstellungen im Munde und im Hals, fühlte auch dort dem Pfad und dem Tore nach, auf denen Seele zu Seele gehen kann. Mit Bewunderung beobachtete er die bedeutsamen Farbenfiguren, die bei geschlossenen Augen ihm oft aus purpurfarbenem Dunkel erschienen, Flecken und Halbkreise von 20 Blau und tiefem Rot, glasig helle Linien dazwischen. Manchmal empfand Anselm mit froh erschrockener Bewegung die feinen, hundertfachen Zusammenhänge zwischen Auge und Ohr, Geruch und Getast, fühlte für schöne flüchtige Augenblicke Töne, Laute, Buchstaben verwandt und gleich mit Rot und Blau, mit Hart und 25 Weich, oder wunderte sich beim Riechen an einem Kraut oder an einer abgeschälten grünen Rinde, wie sonderbar nahe Geruch und Geschmack beisammen waren und oft ineinander übergingen und eins wurden.

Alle Kinder fühlen so, wennschon nicht alle mit derselben Stärke 30 und Zartheit, und bei vielen ist dies alles schon hinweg und wie nie gewesen, noch ehe sie den ersten Buchstaben haben lesen lernen. Andern bleibt das Geheimnis der Kindheit lange nah, und einen Rest und Nachhall davon nehmen sie bis zu den weißen Haaren und den späten müden Tagen mit sich. Alle Kinder, solange sie noch im 35 Geheimnis stehen, sind ohne Unterlaß in der Seele mit dem einzig Wichtigen beschäftigt, mit sich selbst und mit dem rätselhaften Zusammenhang ihrer eignen Person mit der Welt ringsumher. Sucher und Weise kehren mit den Jahren der Reife zu diesen Beschäftigungen zurück, die meisten Menschen aber vergessen und 40 verlassen diese innere Welt des wahrhaft Wichtigen schon früh für immer und irren lebenslang in den bunten Irrsalen von Sorgen, Wünschen und Zielen umher, deren keines in ihrem Innersten wohnt,

---

14 *hingegeben an* absorbed by
20 *Fleck* spot
36 *ohne Unterlaß* incessantly

17 *nachfühlen* pursue emotionally
34 *Nachhall* echo
42 *bunter Irrsal* giddy confusion

deren keines sie wieder zu ihrem Innersten und nach Hause führt.

45   Anselms Kindersommer und -herbste kamen sanft und gingen
ungehört, wieder und wieder blühte und verblühte Schneeglocke,
Veilchen, Goldlack, Lilie, Immergrün und Rose, schön und reich wie
je. Er lebte mit, ihm sprach Blume und Vogel, ihm hörte Baum und
Brunnen zu, und er nahm seinen ersten geschriebenen Buchstaben
50   und seinen ersten Freundschaftskummer in alter Weise mit hinüber
zum Garten, zur Mutter, zu den bunten Steinen am Beet.

Aber einmal kam ein Frühling, der klang und roch nicht wie die
frühern alle, die Amsel sang und es war nicht das alte Lied, die
blaue Iris blühte auf und keine Träume und Märchengeschichten
55   wandelten aus und ein auf dem goldgezäunten Pfad ihres Kelches.
Es lachten die Erdbeeren versteckt aus ihrem grünen Schatten, und
die Falter taumelten glänzend über den hohen Dolden, und alles
war nicht mehr wie immer, und andre Dinge gingen den Knaben
an, und mit der Mutter hatte er viel Streit. Er wußte selber nicht,
60   was es war, und warum ihm etwas weh tat und etwas immerfort ihn
störte. Er sah nur, die Welt war verändert, und die Freundschaften
der bisherigen Zeit fielen von ihm ab und ließen ihn allein.

So ging ein Jahr, und es ging noch eines, und Anselm war kein
Kind mehr, und die bunten Steine um das Beet waren langweilig,
65   und die Blumen stumm, und die Käfer hatte er auf Nadeln in einem
Kasten stecken, und seine Seele hatte den langen, harten Umweg
angetreten, und die alten Freuden waren versiegt und verdorrt.

Ungestüm drang der junge Mensch ins Leben, das ihm nun erst
zu beginnen schien. Verweht und vergessen war die Welt der
70   Gleichnisse, neue Wünsche und Wege lockten ihn hinweg. Noch
hing Kindheit ihm wie ein Duft im blauen Blick und im weichen
Haar, doch liebte er es nicht, wenn er daran erinnert wurde, und
schnitt die Haare kurz und tat in seinen Blick so viel Kühnheit und

47 *Goldlack* wallflower   53 *Amsel* thrush
56 *Erdbeere* strawberry
57 *Dolde* umbel (an umbrella-shaped flower)
66 *den Umweg* . . . begin the detour   67 *versiegen* . . . dry up and wither
68 *ungestüm* violently, impetuously   69 *verwehen* blow away

Wissen als er vermochte. Launisch stürmte er durch die bangen, wartenden Jahre, guter Schüler bald und Freund, bald allein und scheu, einmal in Büchern vergraben bis in die Nächte, einmal wild und laut bei ersten Jünglingsgelagen. Die Heimat hatte er verlassen müssen und sah sie nur selten auf kurzen Besuchen wieder, wenn er verändert, gewachsen und fein gekleidet heim zur Mutter kam. Er brachte Freunde mit, brachte Bücher mit, immer anderes, und wenn er durch den alten Garten ging, war der Garten klein und schwieg vor seinem zerstreuten Blick. Nie mehr las er Geschichten im bunten Geäder der Steine und der Blätter, nie mehr sah er Gott und die Ewigkeit im Blütengeheimnis der blauen Iris wohnen.

Anselm war Schüler, war Student, er kehrte in die Heimat mit einer roten und dann mit einer gelben Mütze, mit einem Flaum auf der Lippe und mit einem jungen Bart. Er brachte Bücher in fremden Sprachen mit, und einmal einen Hund, und in einer Ledermappe auf der Brust trug er bald verschwiegene Gedichte, bald Abschriften uralter Weisheiten, bald Bildnisse und Briefe hübscher Mädchen. Er kehrte wieder, und war weit in fremden Ländern gewesen und hatte auf großen Schiffen auf dem Meere gewohnt. Er kehrte wieder und war ein junger Gelehrter, trug einen schwarzen Hut und dunkle Handschuhe, und die alten Nachbarn zogen die Hüte vor ihm und nannten ihn Professor, obschon er noch keiner war. Er kam wieder und trug schwarze Kleider, und ging schlank und ernst hinter dem langsamen Wagen her, auf dem seine alte Mutter im geschmückten Sarge lag. Und dann kam er selten mehr.

In der Großstadt, wo Anselm jetzt die Studenten lehrte und für einen berühmten Gelehrten galt, da ging er, spazierte, saß und stand genau wie andre Leute der Welt, im feinen Rock und Hut, ernst oder freundlich, mit eifrigen und manchmal etwas ermüdeten Augen, und

77 *Gelage* party   83 *Geäder* network of veins
86 *Mütze* the colored cap formerly worn by students belonging to the *Korps*
   (= fraternities)
86 *Flaum* down
89 *verschwiegen* i.e., which he communicated to no one
94 *den Hut ziehen* raise one's hat

war ein Herr und ein Forscher, wie er es hatte werden wollen. Nun ging es ihm ähnlich wie es ihm am Ende seiner Kindheit gegangen
5 war. Er fühlte plötzlich viele Jahre hinter sich weggeglitten, und stand seltsam allein und unbefriedigt mitten in der Welt, nach der er immer getrachtet hatte. Es war kein rechtes Glück, Professor zu sein, es war keine volle Lust, von Bürgern und Studenten tief gegrüßt zu werden. Es war alles wie welk und verstaubt, und das
10 Glück lag wieder weit in der Zukunft, und der Weg dahin sah heiß und staubig und gewöhnlich aus.

In dieser Zeit kam Anselm viel in das Haus eines Freundes, dessen Schwester ihn anzog. Er lief jetzt nicht mehr leicht einem hübschen Gesichte nach, auch das war anders geworden, und er fühlte, daß
15 das Glück für ihn auf besondere Weise kommen müsse und nicht hinter jedem Fenster liegen könne. Die Schwester seines Freundes gefiel ihm sehr, und oft glaubte er zu wissen, daß er sie wahrhaft liebe. Aber sie war ein besonderes Mädchen, jeder Schritt und jedes Wort von ihr war eigen gefärbt und geprägt, und es war nicht immer
20 leicht, mit ihr zu gehen und den gleichen Schritt mit ihr zu finden. Wenn Anselm zuweilen in seiner einsamen Wohnung am Abend auf und nieder ging und nachdenklich seinem eigenen Schritt durch die leeren Stuben zuhörte, dann stritt er viel mit sich selber wegen seiner Freundin. Sie war älter als er sich seine Frau gewünscht hätte. Sie
25 war sehr eigen, und es würde schwierig sein, neben ihr zu leben und seinem gelehrten Ehrgeiz zu folgen, denn von dem mochte sie nichts hören. Auch war sie nicht sehr stark und gesund, und konnte namentlich Gesellschaft und Feste schlecht ertragen. Am liebsten lebte sie, mit Blumen und Musik und etwa einem Buch um sich, in
30 einsamer Stille, wartete, ob jemand zu ihr käme, und ließ die Welt ihren Gang gehen. Manchmal war sie so zart und empfindlich, daß alles Fremde ihr weh tat und sie leicht zum Weinen brachte. Dann wieder strahlte sie still und fein in einem einsamen Glück, und wer es sah, der fühlte, wie schwer es sei, dieser schönen seltsamen Frau

---

3 *Forscher* researcher, scientist   7 *trachten nach* covet
19 *eigen* especially

etwas zu geben und etwas für sie zu bedeuten. Oft glaubte Anselm, **35**
daß sie ihn lieb habe, oft schien ihm, sie habe niemanden lieb, sei
nur mit allen zart und freundlich, und begehre von der Welt nichts,
als in Ruhe gelassen zu werden. Er aber wollte anderes vom Leben,
und wenn er eine Frau haben würde, so müßte Leben und Klang und
Gastlichkeit im Hause sein. **40**

"Iris", sagte er zu ihr, "liebe Iris, wenn doch die Welt anders
eingerichtet wäre! Wenn es gar nichts gäbe als deine schöne, sanfte
Welt mit Blumen, Gedanken und Musik, dann wollte ich mir nichts
andres wünschen als mein Leben lang bei dir zu sein, deine
Geschichten zu hören und in deinen Gedanken mitzuleben. Schon **45**
dein Name tut mir wohl, Iris ist ein wundervoller Name, ich weiß
gar nicht, woran er mich erinnert."

"Du weißt doch", sagte sie, "daß die blauen und gelben
Schwertlilien so heißen."

"Ja", rief er in einem beklommenen Gefühl, "das weiß ich wohl, **50**
und schon das ist sehr schön. Aber immer wenn ich deinen Namen
sage, will er mich noch außerdem an irgend etwas mahnen, ich weiß
nicht was, als sei er mir mit ganz tiefen, fernen, wichtigen Erinnerungen verknüpft, und doch weiß und finde ich nicht, was das sein
könnte." **55**

Iris lächelte ihn an, der ratlos stand und mit der Hand seine
Stirne rieb.

"Mir geht es jedesmal so", sagte sie mit ihrer vogelleichten Stimme
zu Anselm, "wenn ich an einer Blume rieche. Dann meint mein
Herz jedesmal, mit dem Duft sei ein Andenken an etwas überaus **60**
Schönes und Kostbares verbunden, das einmal vorzeiten mein war
und mir verlorengegangen ist. Mit der Musik ist es auch so, und
manchmal mit Gedichten — da blitzt auf einmal etwas auf, einen
Augenblick lang, wie wenn man eine verlorene Heimat plötzlich
unter sich im Tale liegen sähe, und ist gleich wieder weg und **65**
vergessen. Lieber Anselm, ich glaube, daß wir zu diesem Sinn auf

42 *einrichten* set up, order   50 *beklommen* oppressed
52 *mahnen* remind

Erden sind, zu diesem Nachsinnen und Suchen und Horchen auf
verlorene ferne Töne, und hinter ihnen liegt unsere wahre Heimat."

    „Wie schön du das sagst", schmeichelte Anselm, und er fühlte in
70 der eigenen Brust eine fast schmerzende Bewegung, als weise dort
ein verborgener Kompaß unweigerlich seinem fernen Ziele zu. Aber
dieses Ziel war ganz ein andres als er es seinem Leben geben wollte,
und das tat weh, und war es denn seiner würdig, sein Leben in
Träumen hinter hübschen Märchen her zu verspielen?

75   Indessen kam ein Tag, da war Herr Anselm von einer einsamen
Reise heimgekehrt und fand sich von seiner kahlen Gelehrten-
wohnung so kalt und bedrückend empfangen, daß er zu seinen
Freunden lief und gesonnen war, die schöne Iris um ihre Hand zu
bitten.

80   „Iris", sagte er zu ihr, „ich mag so nicht weiter leben. Du bist
immer meine gute Freundin gewesen, ich muß dir alles sagen. Ich
muß eine Frau haben, sonst fühle ich mein Leben leer und ohne
Sinn. Und wen sollte ich mir zur Frau wünschen, als dich, du liebe
Blume? Willst du, Iris? Du sollst Blumen haben, so viele nur zu
85 finden sind, den schönsten Garten sollst du haben. Magst du zu mir
kommen?"

    Iris sah ihm lang und ruhig in die Augen, sie lächelte nicht und
errötete nicht, und gab ihm mit fester Stimme Antwort:

    „Anselm, ich bin über deine Frage nicht erstaunt. Ich habe dich
90 lieb, obschon ich nie daran gedacht habe, deine Frau zu werden.
Aber sieh, mein Freund, ich mache große Ansprüche an den, dessen
Frau ich werden soll. Ich mache größere Ansprüche, als die meisten
Frauen machen. Du hast mir Blumen angeboten, und meinst es gut
damit. Aber ich kann auch ohne Blumen leben, und auch ohne
95 Musik, ich könnte alles das und viel andres wohl entbehren, wenn
es sein müßte. Eins aber kann und will ich nie entbehren: ich kann
niemals auch nur einen Tag lang so leben, daß nicht die Musik in
meinem Herzen mir die Hauptsache ist. Wenn ich mit einem Manne
leben soll, so muß es einer sein, dessen innere Musik mit der

71 *unweigerlich* irresistibly   78 *gesonnen* minded

meinen gut und fein zusammenstimmt, und daß seine eigene Musik 00
rein und daß sie gut zu meiner klinge, muß sein einziges Begehren
sein. Kannst du das, Freund? Du wirst dabei wahrscheinlich nicht
weiter berühmt werden und Ehren erfahren, dein Haus wird still
sein, und die Falten, die ich auf deiner Stirn seit manchem Jahr her
kenne, müssen alle wieder ausgetan werden. Ach, Anselm, es wird 5
nicht gehen. Sieh, du bist so, daß du immer neue Falten in deine
Stirne studieren und dir immer neue Sorgen machen mußt, und was
ich sinne und bin, das liebst du wohl und findest es hübsch, aber es
ist für dich wie für die meisten doch bloß ein feines Spielzeug.
Ach, höre mich wohl: alles, was dir jetzt Spielzeug ist, ist mir das 10
Leben selbst und müßte es auch dir sein, und alles, woran du Mühe
und Sorge wendest, das ist für mich ein Spielzeug, ist für meinen
Sinn nicht wert, daß man dafür lebe. — Ich werde nicht mehr
anders werden, Anselm, denn ich lebe nach einem Gesetz, das in mir
ist. Wirst aber du anders werden können? Und du müßtest ganz 15
anders werden, damit ich deine Frau sein könnte."

Anselm schwieg betroffen vor ihrem Willen, den er schwach und
spielerisch gemeint hatte. Er schwieg und zerdrückte achtlos in der
erregten Hand eine Blume, die er vom Tisch genommen hatte.

Da nahm ihm Iris sanft die Blume aus der Hand — es fuhr ihm 20
wie ein schwerer Vorwurf ins Herz — und lächelte nun plötzlich
hell und liebevoll, als habe sie ungehofft einen Weg aus dem
Dunkel gefunden.

„Ich habe einen Gedanken", sagte sie leise, und errötete dabei.
„Du wirst ihn sonderbar finden, er wird dir eine Laune scheinen. 25
Aber er ist keine Laune. Willst du ihn hören? Und willst du ihn
annehmen, daß er über dich und mich entscheiden soll?"

Ohne sie zu verstehen, blickte Anselm seine Freundin an, Sorge
in den blassen Zügen. Ihr Lächeln bezwang ihn, daß er Vertrauen
faßte und ja sagte. 30

00 *zusammenstimmen* harmonize   5 *austun* smooth out
17 *betroffen* downcast, depressed   18 *achtlos* heedlessly
29 *Vertrauen fassen* gain confidence

„Ich möchte dir eine Aufgabe stellen", sagte Iris und wurde rasch
wieder sehr ernst.

„Tue das, es ist dein Recht", ergab sich der Freund.

„Es ist mein Ernst", sagte sie, „und mein letztes Wort. Willst
35 du es hinnehmen, wie es mir aus der Seele kommt, und nicht daran
markten und feilschen, auch wenn du es nicht sogleich verstehst?"

Anselm versprach es. Da sagte sie, indem sie aufstand und ihm
die Hand gab:

„Mehrmals hast du mir gesagt, daß du beim Aussprechen meines
40 Namens jedesmal dich an etwas Vergessenes erinnert fühlst, was dir
einst wichtig und heilig war. Das ist ein Zeichen, Anselm, und das
hat dich alle die Jahre zu mir hingezogen. Auch ich glaube, daß du
in deiner Seele Wichtiges und Heiliges verloren und vergessen hast,
was erst wieder wach sein muß, ehe du ein Glück finden und das dir
45 Bestimmte erreichen kannst. — Leb wohl, Anselm! Ich gebe dir
die Hand und bitte dich: Geh und sieh, daß du das in deinem
Gedächtnis wiederfindest, woran du durch meinen Namen erinnert
wirst. Am Tage, wo du es wiedergefunden hast, will ich als deine
Frau mit dir hingehen, wohin du willst, und keine Wünsche mehr
50 haben, als deine."

Bestürzt wollte der verwirrte Anselm ihr ins Wort fallen und
diese Forderung eine Laune schelten, aber sie mahnte ihn mit einem
klaren Blick an sein Versprechen, und er schwieg still. Mit
niedergeschlagenen Augen nahm er ihre Hand, zog sie an seine
55 Lippen und ging hinaus.

Manche Aufgaben hatte er in seinem Leben auf sich genommen
und gelöst, aber keine war so seltsam, wichtig und dabei so
entmutigend gewesen wie diese. Tage und Tage lief er umher und
sann sich daran müde, und immer wieder kam die Stunde, wo er
60 verzweifelt und zornig diese ganze Aufgabe eine verrückte Weiber-
laune schalt und in Gedanken von sich warf. Dann aber widersprach

---

33 *sich ergeben* yield   36 *markten* . . . bargain and haggle
51 *bestürzt* alarmed   52 *schelten a o* brand
54 *niedergeschlagen* downcast

tief in seinem Innern etwas, ein sehr feiner, heimlicher Schmerz, eine ganz zarte, kaum hörbare Mahnung. Diese feine Stimme, die in seinem eigenen Herzen war, gab Iris recht und tat dieselbe Forderung wie sie. 65

Allein diese Aufgabe war allzu schwer für den gelehrten Mann. Er sollte sich an etwas erinnern, was er längst vergessen hatte, er sollte einen einzelnen, goldenen Faden aus dem Spinnweb untergesunkener Jahre wiederfinden, er sollte etwas mit Händen greifen und seiner Geliebten darbringen, was nichts war als ein verwehter 70 Vogelruf, ein Anflug von Lust oder Trauer beim Hören einer Musik, was dünner, flüchtiger und körperloser war als ein Gedanke, nichtiger als ein nächtlicher Traum, unbestimmter als ein Morgennebel.

Manchmal, wenn er verzagend das alles von sich geworfen und voll übler Laune aufgegeben hatte, dann wehte ihn unversehens 75 etwas an wie ein Hauch aus fernen Gärten, er flüsterte den Namen Iris vor sich hin, zehnmal und mehrmal, leise und spielend, wie man einen Ton auf einer gespannten Saite prüft. „Iris", flüsterte er, „Iris", und mit feinem Weh fühlte er in sich innen etwas sich bewegen, wie in einem alten verlassenen Hause ohne Anlaß eine 80 Tür aufgeht und ein Laden knarrt. Er prüfte seine Erinnerungen, die er wohl geordnet in sich zu tragen geglaubt hatte, und er kam dabei auf wunderliche und bestürzende Entdeckungen. Sein Schatz an Erinnerungen war unendlich viel kleiner, als er je gedacht hätte. Ganze Jahre fehlten und standen leer wie unbeschriebene Blätter, 85 wenn er zurückdachte. Er fand, daß er große Mühe hatte, sich das Bild seiner Mutter wieder deutlich vorzustellen. Er hatte vollkommen vergessen, wie ein Mädchen hieß, das er als Jüngling wohl ein Jahr lang mit brennender Werbung verfolgt hatte. Ein Hund fiel ihm ein, den er einst als Student in einer Laune gekauft und der 90

---

63 *Mahnung* exhortation
70 *darbringen* present
74 *verzagend* despondently
75 *anwehen* touch (like a breath of air)
75 *unversehens* unexpectedly
81 *Laden* . . . shutter creaks

68 *Spinnweb* cobweb
71 *Anflug* beginning, touch

78 *gespannte* . . . taut string
89 *Werbung* courtship

eine Zeitlang mit ihm gewohnt und gelebt hatte. Er brauchte Tage, bis er wieder auf des Hundes Namen kam.

Schmerzvoll sah der arme Mann mit wachsender Trauer und Angst, wie zerronnen und leer sein Leben hinter ihm lag, nicht
95 mehr zu ihm gehörig, ihm fremd und ohne Beziehung zu ihm wie etwas, was man einst auswendig gelernt hat und wovon man nun mit Mühe noch öde Bruchstücke zusammenbringt. Er begann zu schreiben, er wollte, Jahr um Jahr zurück, seine wichtigsten Erlebnisse niederschreiben, um sie einmal wieder fest in Händen zu haben.
00 Aber wo waren seine wichtigsten Erlebnisse? Daß er Professor geworden war? Daß er einmal Doktor, einmal Schüler, einmal Student gewesen war? Oder daß ihm einmal, in verschollenen Zeiten, dies Mädchen oder jenes eine Weile gefallen hatte? Erschreckend blickte er auf: war das das Leben? War dies alles? Und
5 er schlug sich vor die Stirn und lachte gewaltsam.

Indessen lief die Zeit, nie war sie so schnell und unerbittlich gelaufen! Ein Jahr war um, und ihm schien, er stehe noch genau am selben Ort wie in der Stunde, da er Iris verlassen. Doch hatte er sich in dieser Zeit sehr verändert, was außer ihm ein jeder sah und
10 wußte. Er war sowohl älter wie jünger geworden. Seinen Bekannten war er fast fremd geworden, man fand ihn zerstreut, launisch und sonderbar, er kam in den Ruf eines seltsamen Kauzes, für den es schade sei, aber er sei zu lange Junggesell geblieben. Es kam vor, daß er seine Pflichten vergaß und daß seine Schüler vergebens
15 auf ihn warteten. Es geschah, daß er gedankenvoll durch eine Straße schlich, den Häusern nach, und mit dem verwahrlosten Rock im Hinstreifen den Staub von den Gesimsen wischte. Manche meinten, er habe zu trinken angefangen. Andre Male aber hielt er mitten in einem Vortrag vor seinen Schülern inne, suchte sich auf etwas zu

---

94 *zerrinnen a o* dissolve   97 *Bruchstück* fragment
2 *verschollen* sunk into oblivion
5 *schlug . . .* clapped his hand to his forehead
5 *gewaltsam* forcedly   6 *unerbittlich* inexorably
12 *Kauz* queer fellow   16 *verwahrlost* disreputable
17 *hinstreifen* graze   17 *Gesims* wainscotting

besinnen, lächelte kindlich und herzbezwingend, wie es niemand an 20
ihm gekannt hatte, und fuhr mit einem Ton der Wärme und Rührung
fort, der vielen zu Herzen ging.

Längst war ihm auf dem hoffnungslosen Streifzug hinter den
Düften und verwehten Spuren ferner Jahre her ein neuer Sinn zu-
gekommen, von dem er jedoch selbst nichts wußte. Es war ihm öfter 25
und öfter vorgekommen, daß hinter dem, was er bisher Erinnerungen
genannt, noch andre Erinnerungen lagen, wie auf einer alten be-
malten Wand zuweilen hinter den alten Bildern noch ältere, einst
übermalte verborgen schlummern. Er wollte sich auf irgend etwas
besinnen, etwa auf den Namen einer Stadt, in der er als Reisender 30
einmal Tage verbracht hatte, oder auf den Geburtstag eines Freundes,
oder auf irgend etwas, und indem er nun ein kleines Stück Vergangenheit wie Schutt durchgrub und durchwühlte, fiel ihm plötzlich
etwas ganz anderes ein. Es überfiel ihn ein Hauch, wie ein April-
morgenwind oder wie ein Septembernebeltag, er roch einen Duft, er 35
schmeckte einen Geschmack, er fühlte dunkle zarte Gefühle irgendwo,
auf der Haut, in den Augen, im Herzen, und langsam wurde ihm:
es müsse einst ein Tag gewesen sein, blau, warm, oder kühl, grau,
oder irgend sonst ein Tag, und das Wesen dieses Tages müsse in ihm
sich verfangen haben und als dunkle Erinnerung hängengeblieben 40
sein. Er konnte den Frühlings- oder Wintertag, den er deutlich
roch und fühlte, nicht in der wirklichen Vergangenheit wiederfinden,
es waren keine Namen und Zahlen dabei, vielleicht war es in der
Studentenzeit, vielleicht noch in der Wiege gewesen, aber der Duft
war da, und er fühlte etwas in sich lebendig, wovon er nicht wußte 45
und was er nicht nennen und bestimmen konnte. Manchmal schien
ihm, es könnten diese Erinnerungen wohl auch über das Leben zurück
in Vergangenheiten eines vorigen Daseins reichen, obwohl er
darüber lächelte.

Vieles fand Anselm auf seinen ratlosen Wanderungen durch die 50

---

20 *herzbezwingend* winningly   23 *Streifzug* excursion, expedition
33 *Schutt* rubble   33 *wühlen* stir, rummage
40 *sich verfangen* be caught

Schlünde des Gedächtnisses. Vieles fand er, was ihn rührte und
ergriff, und vieles, was erschreckte und Angst machte, aber das eine
fand er nicht, was der Name Iris für ihn bedeute.

Einstmals suchte er auch, in der Qual des Nichtfindenkönnens,
55 seine alte Heimat wieder auf, sah die Wälder und Gassen, die Stege
und Zäune wieder, stand im alten Garten seiner Kindheit und fühlte
die Wogen über sein Herz fluten, Vergangenheit umspann ihn wie
Traum. Traurig und still kam er von dort zurück. Er ließ sich
krank sagen und jeden wegschicken, der zu ihm begehrte.

60 Einer kam dennoch zu ihm. Es war sein Freund, den er seit seiner
Werbung um Iris nicht mehr gesehen hatte. Er kam und sah Anselm
verwahrlost in seiner freudlosen Klause sitzen.

„Steh auf", sagte er zu ihm, „und komm mit mir. Iris will dich
sehen."

65 Anselm sprang empor.

„Iris! Was ist mit ihr? — O ich weiß, ich weiß!"

„Ja", sagte der Freund, „komm mit! Sie will sterben, sie liegt
seit langem krank."

Sie gingen zu Iris, die lag auf einem Ruhebett leicht und schmal
70 wie ein Kind, und lächelte hell aus vergrößerten Augen. Sie gab
Anselm ihre weiße leichte Kinderhand, die lag wie eine Blume in
seiner, und ihr Gesicht war wie verklärt.

„Anselm", sagte sie, „bist du mir böse? Ich habe dir eine schwere
Aufgabe gestellt, und ich sehe, du bist ihr treu geblieben. Suche
75 weiter, und gehe diesen Weg, bis du am Ziele bist! Du meintest ihn
meinetwegen zu gehen, aber du gehst ihn deinetwegen. Weißt
du das?"

„Ich ahnte es", sagte Anselm, „und nun weiß ich es. Es ist ein
langer Weg, Iris, und ich wäre längst zurückgegangen, aber ich finde
80 keinen Rückweg mehr. Ich weiß nicht, was aus mir werden soll."

Sie blickte ihm in die traurigen Augen und lächelte licht und

58 *sich sagen lassen* announce oneself, pretend
62 *Klause* cell   72 *verklärt* transfigured

tröstlich, er bückte sich über ihre dünne Hand und weinte lang, daß ihre Hand naß von seinen Tränen wurde.

„Was aus dir werden soll", sagte sie mit einer Stimme, die nur wie Erinnerungsschein war, „was aus dir werden soll, mußt du nicht 85 fragen. Du hast viel gesucht in deinem Leben. Du hast die Ehre gesucht, und das Glück, und das Wissen, und hast mich gesucht, deine kleine Iris. Das alles sind nur hübsche Bilder gewesen, und sie verließen dich, wie ich dich nun verlassen muß. Auch mir ist es so gegangen. Immer habe ich gesucht, und immer waren es schöne 90 liebe Bilder, und immer wieder fielen sie ab und waren verblüht. Ich weiß nun keine Bilder mehr, ich suche nichts mehr, ich bin heimgekehrt und habe nur noch einen kleinen Schritt zu tun, dann bin ich in der Heimat. Auch du wirst dorthin kommen, Anselm, und wirst dann keine Falten mehr auf deiner Stirn haben." 95

Sie war so bleich, daß Anselm verzweifelt rief: „O warte noch, Iris, geh noch nicht fort! Laß mir ein Zeichen da, daß du mir nicht ganz verlorengehst!"

Sie nickte und griff neben sich in ein Glas, und gab ihm eine frisch aufgeblühte blaue Schwertlilie. 00

„Da nimm meine Blume, die Iris, und vergiß mich nicht. Suche mich, suche die Iris, dann wirst du zu mir kommen."

Weinend hielt Anselm die Blume in Händen, und nahm weinend Abschied. Als der Freund ihm Botschaft sandte, kam er wieder und half ihren Sarg mit Blumen schmücken und zur Erde bringen. 5

Dann brach sein Leben hinter ihm zusammen, es schien ihm nicht möglich, diesen Faden fortzuspinnen. Er gab alles auf, verließ Stadt und Amt, und verscholl in der Welt. Hier und dort wurde er gesehen, in seiner Heimat tauchte er auf und lehnte sich über den Zaun des alten Gartens, aber wenn die Leute nach ihm fragen und 10 sich um ihn annehmen wollten, war er weg und verschwunden.

Die Schwertlilie blieb ihm lieb. Oft bückte er sich über eine, wo immer er sie stehen sah, und wenn er lang den Blick in ihren Kelch

9 *auftauchen* appear
11 *um . . . annehmen* take his part (*usually with the genitive*)

versenkte, schien ihm aus dem bläulichen Grunde Duft und Ahnung
15 alles Gewesenen und Künftigen entgegenzuwehen, bis er traurig
weiterging, weil die Erfüllung nicht kam. Ihm war, als lauschte er
an einer halb offen stehenden Tür, und höre lieblichstes Geheimnis
hinter ihr atmen, und wenn er eben meinte, jetzt und jetzt müsse alles
sich ihm geben und erfüllen, war die Tür zugefallen und der Wind
20 der Welt strich kühl über seine Einsamkeit.

In seinen Träumen sprach die Mutter zu ihm, deren Gestalt und
Gesicht er nun so deutlich und nahe fühlte wie in langen Jahren nie.
Und Iris sprach zu ihm, und wenn er erwachte, klang ihm etwas nach,
woran zu sinnen er den ganzen Tag verweilte. Er war ohne Stätte,
25 fremd lief er durch die Lande, schlief in Häusern, schlief in Wäldern,
aß Brot oder aß Beeren, trank Wein oder trank Tau aus den Blättern
der Gebüsche, er wußte nichts davon. Vielen war er ein Narr,
vielen war er ein Zauberer, viele fürchteten ihn, viele lachten über
ihn, viele liebten ihn. Er lernte, was er nie gekonnt, bei Kindern
30 sein und an ihren seltsamen Spielen teilhaben, mit einem abgebro-
chenen Zweig und mit einem Steinchen reden. Winter und Sommer
liefen an ihm vorbei, in Blumenkelche schaute er und in Bach
und See.

„Bilder", sagte er zuweilen vor sich hin, „alles nur Bilder."
35 Aber in sich innen fühlte er ein Wesen, das nicht Bild war, dem
folgte er, und das Wesen in ihm konnte zuzeiten sprechen, und seine
Stimme war die der Iris und die der Mutter, und sie war Trost und
Hoffnung.

Wunder begegneten ihm, und sie wunderten ihn nicht. Und so
40 ging er einst im Schnee durch einen winterlichen Grund, und an
seinem Bart war Eis gewachsen. Und im Schnee stand spitz und
schlank eine Irispflanze, die trieb eine schöne einsame Blüte, und er
bückte sich zu ihr und lächelte, denn nun erkannte er das, woran
ihn die Iris immer und immer gemahnt hatte. Er erkannte seinen

---

14 *versenken* fix
24 *Stätte* i.e., home

14 *Grund* valley
42 *treiben* grow

Kindestraum wieder, und sah zwischen goldenen Stäben die licht- 45
blaue Bahn hellgeädert in das Geheimnis und Herz der Blume führen,
und wußte, dort war das, was er suchte, dort war das Wesen, das
kein Bild mehr ist.

Und wieder trafen ihn Mahnungen, Träume führten ihn, und er
kam zu einer Hütte, da waren Kinder, die gaben ihm Milch, und er 50
spielte mit ihnen, und sie erzählten ihm Geschichten, und erzählten
ihm, im Wald bei den Köhlern sei ein Wunder geschehen. Da sehe
man die Geisterpforte offen stehen, die nur alle tausend Jahr sich
öffne. Er hörte zu und nickte dem lieben Bilde zu, und ging weiter,
ein Vogel sang vor ihm im Erlengebüsch, der hatte eine seltene, süße 55
Stimme, wie die Stimme der gestorbenen Iris. Dem folgte er, er flog
und hüpfte weiter und weiter, über den Bach und weit in alle Wälder
hinein.

Als der Vogel schwieg und nicht zu hören noch zu sehen mehr
war, da blieb Anselm stehen und sah sich um. Er stand in einem 60
tiefen Tal im Walde, unter breiten grünen Blättern rann leise ein
Gewässer, sonst war alles still und wartend. In seiner Brust aber
sang der Vogel fort, mit der geliebten Stimme, und trieb ihn weiter,
bis er vor einer Felswand stand, die war mit Moos bewachsen, und in
ihrer Mitte klaffte ein Spalt, der führte schmal und eng ins Innere 65
des Berges.

Ein alter Mann saß vor dem Spalt, der erhob sich, als er Anselm
kommen sah, und rief: „Zurück, du Mann, zurück! Das ist das
Geistertor. Es ist noch keiner wiedergekommen, der da hinein-
gegangen ist." 70

Anselm blickte empor und in das Felsentor, da sah er tief in den
Berg einen blauen Pfad sich verlieren, und goldene Säulen standen
dicht zu beiden Seiten, und der Pfad sank nach innen hinabwärts
wie in den Kelch einer ungeheuren Blume hinunter.

In seiner Brust sang der Vogel hell, und Anselm schritt an dem 75

---

45 *Stab* stamen   46 *hellgeädert* brightly veined
52 *Köhler* charcoal burner   53 *Geisterpforte* spectral gate
55 *Erle* alder   65 *klaffte* . . . a fissure gaped

Wächter vorüber in den Spalt und durch die goldnen Säulen hin ins
blaue Geheimnis des Innern. Es war Iris, in deren Herz er drang,
und es war die Schwertlilie im Garten der Mutter, in deren blauen
Kelch er schwebend trat, und als er still der goldnen Dämmerung
80 entgegenging, da war alle Erinnerung und alles Wissen mit einem
Male bei ihm, er fühlte seine Hand, und sie war klein und weich,
Stimmen der Liebe klangen nah und vertraut in sein Ohr, und sie
klangen so, und die goldnen Säulen glänzten so, wie damals in den
Frühlingen der Kindheit alles ihm getönt und geleuchtet hatte.

85   Und auch sein Traum war wieder da, den er als kleiner Knabe
geträumt, daß er in den Kelch hinabschritt, und hinter ihm schritt
und glitt die ganze Welt der Bilder mit, und versank im Geheimnis,
das hinter allen Bildern liegt.

    Leise fing Anselm an zu singen, und sein Pfad sank leise abwärts
90 in die Heimat.

PAUL ERNST
1866 — 1933

Paul Ernst's reputation, like that of D. H. Lawrence, has suffered unjustly because in both cases the authors demanded too much from fate. Because they both believed they had more to offer the world than was actually the case, posterity has tended to underestimate their solid achievement.

Ernst wrote on philosophy, religion, history, political economy, sociology, and esthetics, besides producing numerous dramas, two verse epics (one of them running to six volumes), novels, and hundreds of short stories. He thought of himself as a prophet and thinker who had a remedy for the world's ills; in reality he possessed a mind which, though rich in ideas, was hopelessly narrow and provincial.

The son of a miner, Paul Ernst was raised in the Harz mountains. He studied theology, then economics at the University of Berlin. He joined the Social Democratic party and edited one of the party organs. But he soon became disillusioned with Marxism and turned to Tolstoy's primitive Christianity for inspiration. He attempted unsuccessfully to work a farm in Bavaria. Returning to Berlin at the end of the nineteenth century, he moved in naturalist circles and wrote some naturalistic plays. His journey to Italy in 1900 was a decisive experience for him. Here he discovered the Italian novella, whose technique he studied assiduously and which he imitated with wonderful success.

The course of German history in the twentieth century embittered him, so that he vented his wrath on progressive Germany, the Germany of the left. The catastrophe of World War I and the establishment of the Weimar Republic made him lose all sense of proportion and all feeling for the logic of events. He could see no iota of good in the present and no evil in the past. He missed no opportunity of abusing democracy, liberalism, Western ideals. His position was very much like that of Hans Grimm and, like Grimm, he was idolized by the right and ignored by the left. He spent the last years of his life on an estate in Styria, Austria.

The verdict *"mehr Denker als Dichter"* applies to all of Ernst's work except his short stories, in which he is wholly the artist, unsurpassed in his mastery of the form. One cannot speak too highly of the excellence of his stories; everything about them is right: their tight structure, the crisp diction, the brief but telling insights into human nature.

Der Hecht is taken from the volume *Komödianten- und Spitzbubengeschichten*, which appeared in 1920. This series of short stories is set in sixteenth-century Rome and deals with the exploits of a troupe of actors and a gang of petty thieves led by Lange Rübe (= Long Carrot), who is the brains of the shady outfit. The conflict between law and outlaw is depicted in these stories on the comic level as a tug of war between the nimble crooks and the stupid police and court authorities. The easy virtue of both sides permits situations of comic delight. The picaresque conduct of this society is described with great charm, in simple but deft strokes. While the main interest of our story is in the plot, there is a sharp psychological factor which is brilliantly interwoven with the events. This story, like so many of Paul Ernst's, is a model of what a short story should be.

PAUL ERNST

Der Hecht

Der Herr Stadtrichter Matta hat über eine Anzahl Spitzbuben abzuur-
teilen. Es war ein Auflauf gewesen, bei dem mehrere Geldbeutel
abgeschnitten wurden. Die Polizei hat verschiedene Leute verhaftet,
von denen sie glaubt, daß sie bei dieser Gelegenheit tätig waren.
Matta sitzt auf seinem Richterstuhl vor seinem breiten Tisch, zur   5
linken Seite sitzt ihm sein Schreiber und schreibt nach; er läßt die
einzelnen Angeklagten vortreten, befragt sie, hört ihre Antworten,
befragt die Zeugen, bildet sich sein Urteil und teilt dem Spitzbuben
mit, zu wieviel Jahren er verurteilt ist. Das Verfahren erscheint uns
vielleicht etwas oberflächlich; aber ländlich, sittlich, das Gericht ist   10
überlastet, die Polizei faßt überhaupt keine Spitzbuben, die nicht
unbedingt zu der denkbar höchsten Strafe verurteilt werden müßten,
wenn nicht für diese, dann für andere Taten, so daß die Schnelligkeit
Mattas den armen Kerls eigentlich nur eine Möglichkeit gibt, glimpf-
licher davonzukommen. Außerdem reißen die Spitzbuben natür-   15
lich sobald wie möglich aus, wenn sie im Gefängnis sitzen.

Pietrino steht mit im Gerichtssaal; aber nicht als Angeklagter,
sondern als Zeuge. Er hat sich den Angeklagten zur Verfügung
gestellt. Er war mit im Gedränge und bezeugt bei jedem Spitzbuben,
der vorgeführt wird, daß er ihn keinen Geldbeutel hat abschneiden   20
sehen. Das Zeugnis hat bei den ersten Angeklagten geholfen; später
fiel es dem Stadtrichter Matta ein, daß der Mann ja vielleicht den
Beutel abgeschnitten haben kann, während Pietrino gerade nicht
hinsah, und so nützt sein Zeugnis jetzt nichts mehr. Pietrino ist

2 *Auflauf* riot
10 *ländlich* . . . other countries, other customs
15 *ausreißen* escape

25 daher auch im Begriff zu gehen; denn wozu soll er sich umsonst im
Gericht herumtreiben?

Das Dienstmädchen des Richters Matta erscheint, bestellt dem
Herrn einen Gruß von der gnädigen Frau, und Onkel Vittorio wäre
gekommen und wollte zum Essen dableiben, und der Herr Richter
30 möchte doch sehen, daß er recht frühzeitig fertig würde.   Matta
flucht auf die Gedankenlosigkeit der Weiber.   Wie oft hat er nicht
gesagt, daß sein silberner Trinkbecher, den er von Onkel Vittorio
geschenkt bekommen hat, zum Silberschmied zum Ausbeulen geschickt werden soll!   Was wird Onkel Vittorio nun von ihm denken,
35 wie er seine Geschenke in Ehren hält!   Er entläßt das Dienstmädchen
und trägt der gnädigen Frau auf, sie solle wenigstens für etwas
Anständiges zu Mittag sorgen.

Das Dienstmädchen geht; Pietrino hat schweigend das Gespräch
mit angehört und geht gleichfalls.

40   Er geht auf den Fischmarkt, wo er eine Fischhändlerin weiß, die
ausgezeichnete Fische hat.   Er tritt vor ihren Stand, knüpft ein Gespräch mit ihr an und fragt sie, ob sie nicht einen schönen Hecht hat,
einen recht schönen Hecht, er muß reichlich sein für fünf Personen,
er ist für den Herrn Stadtrichter Matta, und der Herr Stadtrichter
45 Matta hat es nicht gern, wenn auf dem Tisch etwas knapp ist; der
Onkel Vittorio ist zu Besuch, und Onkel Vittorio ist der Erbonkel und
ist ein starker Esser, und das weiß man ja, wenn Einer ordentlich ißt,
dann essen die andern auch mehr wie sonst.   Die Fischhändlerin hat
gerade einen Hecht, der für die Gesellschaft des Herrn Stadtrichters
50 paßt, einen Achtpfünder, einen Hecht, wie er selten vorkommt heutzutage, denn der Hecht kann das auch nicht mehr leisten, früher
haben die Leute an den Fasttagen eine Seespinne gegessen oder ein
halbes Pfund Stint, jetzt soll es immer Hecht sein, und wo soll denn
der Hecht herkommen?   Sie faßt den Hecht mit zwei Fingern zwi-
55 schen den Kiemen und hält ihn hoch; ein Staatshecht!   Ein Pracht-

33 *ausbeulen* take the dents out
46 *Erbonkel* i.e., the uncle from whom they hope to inherit money
52 *Seespinne* crab   55 *Staatshecht* a capital pike

hecht! Ein süßes Tier von einem Hecht! Die Fischhändlerin ist
ein junges, appetitliches Weib, drall und rotbäckig, mit gleichmä-
ßigen, weißen Zähnen und frischen, blauen Augen. Ein Hecht zum
Küssen!

Pietrino kauft den Hecht für fünf Bajocci und bezahlt bar, er läßt 60
sich den Hecht in Papier schlagen und geht zum Hause des Herrn
Stadtrichters Matta. Er bestellt der Frau Stadtrichter einen Gruß
vom Herrn Stadtrichter, und hier wäre der Hecht für den Mittag, der
Herr Stadtrichter habe ihn selber gekauft, die Frau Stadtrichter
möchte doch so freundlich sein und dem Boten den Mundbecher des 65
Herrn Stadtrichters geben, er solle ihn gleich zum Silberschmied
bringen zum Ausbeulen.

Die Frau Stadtrichter findet, daß ihr Mann gut gekauft hat, wenn
der Hecht nur nicht zu teuer ist, denn den Männern wird immer mehr
abgenommen auf dem Markt als den Frauen; sie legt den Hecht auf 70
eine große Schüssel, schließt den Schrank auf und nimmt den Mundbecher heraus. Dann schärft sie dem Boten ein, daß der Silberschmied ihn aber ja gleich in Ordnung bringt und ihn nicht vierzehn
Tage lang sich in der Werkstätte herumtreiben läßt, denn der Herr
Stadtrichter gebraucht ihn täglich und wäre sehr ärgerlich, wenn er 75
seinen Mundbecher einmal nicht hätte.

Pietrino nimmt den Becher, wickelt ihn in das Papier, das um den
Hecht geschlagen war, und zieht ab.

Er geht in die Kneipe, wo Freunde beieinander sitzen, und erzählt
seinen Streich. Lange Rübe ist der Oberste am Tisch, er hat selbst- 80
verständlich den Ehrenplatz, und alle sehen auf ihn, was er zu der
Geschichte sagen wird.

Lange Rübe zuckt die Achseln. Was ist das schließlich für eine
Heldentat! Ein silberner Becher für einen Hecht! Solche Geschäfte
macht jeder Kaufmann. Der Gauner muß den Hecht auch wieder 85

57 *drall* plump, buxom   60 *Bajocco* (a Roman coin)
65 *Mundbecher* personal *or* favorite cup
85 *Gauner* swindler, crook

mitnehmen, dann hat er etwas geleistet; aber so etwas, das ist gar nichts.

Pietrino ist gekränkt und macht eine ausfallende Bemerkung über Leute, die alles besser wissen, aber besser machen, das ist eine andere
90 Sache. Wortlos nimmt ihm Lange Rübe den Becher ab und geht.

Er nimmt einen jungen Menschen mit, der da am Tische sitzt, und geht geradeswegs zum Hause des Stadtrichters und klingelt. Die Frau Stadtrichter öffnet ihm in Küchenschürze mit geröteten Wangen. Lange Rübe tut so, als ob er sie für das Dienstmädchen hält, und
95 fragt, ob er die gnädige Frau nicht sprechen kann. Die Frau Stadtrichter gibt einen erschrockenen Ton von sich, reißt die Tür zur guten Stube auf und erklärt, daß die gnädige Frau im Augenblick kommen wird. Lange Rübe tritt ein und wartet; der Bursche ist hinter ihm eingetreten und wartet mit, indem er die Mütze in der
00 Hand dreht; die Frau Stadtrichter hat inzwischen ihre Schürze abgeworfen, sich in das Korsett gepreßt, denn sie wallt gewöhnlich uferlos daher, das gute braunseidene Kleid angezogen, schnell die Haare in Ordnung gebracht, und tritt nach einer Viertelstunde mit süßem Lächeln in die gute Stube, indem sie sich über die Dummheit
5 des Mädchens beklagt, die ihr erst jetzt gesagt habe, daß ein Herr warte. Lange Rübe macht eine Verbeugung und stellt sich als geheimen Angestellten der Polizei vor. Die gnädige Frau ist einem frechen Gaunerstreich zum Opfer gefallen. Hier — er zeigt ihr den Becher — diesen Becher hat ihr ein Spitzbube abgeschwindelt, der
10 angab, von dem Herrn Gemahl geschickt zu sein, und einen Hecht mitbrachte, den der Herr Stadtrichter angeblich gekauft haben sollte. Die Polizei hat den Mann bereits dingfest gemacht; sie bittet nur noch, daß die Frau Stadtrichter den Hecht verabfolgt, da man diesen nebst dem Becher als Zeugen der Gaunerei braucht.
15   Die Frau Stadtrichter fällt aus allen Wolken. Nein, was doch einem geschehen kann! Und der Herr Stadtrichter hat von nichts gewußt, er hat gar nicht nach dem Becher geschickt, er hat auch den

88 *ausfallend* personal, pointed   1 *wallt* . . . floats about unconfined
12 *dingfest machen* arrest

Hecht gar nicht gekauft! Lange Rübe macht eine vornehme Handbewegung. Der Herr Stadtrichter weiß selbst jetzt noch von nichts;
aber die Polizei wacht.   20

Kopfschüttelnd geht die Frau Stadtrichter in die Küche und winkt
dem Burschen, daß er ihr folgt; in der Küche gibt sie ihm den Hecht,
der noch auf der Schüssel liegt. „Aber die Schüssel gehört mir, ich
bekomme sie doch wieder?" fragt sie. „Gewiß, gnädige Frau",
erwidert Lange Rübe, macht eine tadellose Verbeugung, zieht die 25
Hand der gnädigen Frau zum Kuß an den Mund und geht mit dem
Burschen ab, der den Hecht trägt.

Pietrino erklärt etwas verdrossen, daß er besiegt ist, denn Lange
Rübe hat nicht nur den Hecht, sondern auch noch eine Schüssel aus
gutem Porzellan dazu erbeutet. Aber die Wirtin kann den Hecht 30
sehr gut zubereiten, und der Wirt hat einen trefflichen Wein; der
Mundbecher des Herrn Stadtrichters geht um und sein Hecht wird
aufgetragen, und so wird denn die leichte Verletztheit in allgemeiner
Zufriedenheit vergessen.

FRANZ KAFKA

1883 — 1924

The literature on Kafka is already large and is still growing, and Kafka's "meaning" is as obscure as ever. Is he an optimist or a pessimist? Is he concerned with God or human society or with himself or art or sex? Every vocal reader of Kafka thinks he knows but no two seem to agree. For Kafka's work is allegorical and the allegory is generally so cunningly vague that it allows for the most diverse interpretations.

The present writer senses in Kafka's work a terrible expression of a mind that finds the universe out of joint. Kafka's great novels and his many short parables and sketches show instance upon instance of a metaphysical *malaise* that saps the very marrow of a healthy life. This disjointedness lies not so much in the universe itself as in man's existence, which is brittle, fraught with anxiety and frustration. That is to say, Kafka never questions the existence of a moral order symbolized by the idea of God. What he does reveal is the confusion that man finds in this world and his total lack of ability to communicate with a higher being, which gave satisfaction to past ages.

The most irrational of the irrationalities that Kafka presents to us is that he describes his crazy world in a classically limpid style. And there is a grotesque humor in Kafka, resulting from the juxtaposition of disparities, the piling up of agonies and the complete reversal of normal behavior and events. We laugh with that same involuntary hysterical laughter that seizes people in the face of catastrophe. For the grotesque is never far removed from the ridiculous.

Kafka was born in Prague of lower-middle-class Jewish parents. His father, as Franz saw him, was a domineering man, towards whom the son developed an anxiety neurosis that lasted all his life (*Brief an den Vater*).   After a legal education at the German university in Prague, he became an official in the Workers Accident Insurance Bureau.   He remained in this post from 1908 to 1920.   Twice he became engaged to F. B., a girl from Berlin, and twice he dissolved the engagement.   In 1917 he contracted tuberculosis and underwent an extended cure for the ailment.   Meanwhile a relationship developed with his Czech translator, Milena Jeneskă-Pollak.   This, too, he dissolved after a period of two years.   During the last months of his life Kafka lived happily with Dora Dyment.   Before his death he extracted a promise from his friend Max Brod that all his manuscripts should be burned.   Fortunately Brod disregarded the request and has done more than anyone else to bring Kafka's work to the attention of the world.

Ein Hungerkünstler, which was published in 1924 as one of four *Novellen,* has all the qualities that characterize the great novels.   The tale is obviously a religious or metaphysical allegory, not a parable about the artist, as is usually claimed.   The hunger artist is an artist in hungering, which is used here as a symbol for saintliness, asceticism, whether of a theological or secular brand.   Kafka is here dealing with the phenomenon that Shaw called "the evolutionary appetite," the will to sacrifice oneself for the sake of realizing a higher form of existence, Goethe's *Stirb und werde.*   It implies joyful self-denial for the sake of the ideal or humanity, a self-sacrifice that does not cost the willing saint an effort.   All this is true of our hunger artist, who does not fast for show but for the sake of fasting, who is eager to break every past record of achievement in self-sacrifice.   But he must live in a world ruled by an impresario, wealthy ladies, circus masters, and the like.   The impresario, with his love of pomp and material show, for whom the saint's fasting is a spectacle, is organized religion. The society ladies are obviously the ruling class which "is for" religion because it keeps the lower classes in their place but which takes good care not to come too close to it.   The circus may be the modern State, which has taken over the functions formerly discharged by the Church and has, in fact, incorporated the Church into its leviathan maw. The panther, finally, is modern materialistic man, for whom eating and drinking alone exist and who occupies the position once enjoyed by the hunger artist.

Read in this spirit, the parable becomes a miniature history of religion in the modern world. The saint was never a popular figure. But at least the mass of people once paid him lip service, recognized his ideal as noble. The ruling class regarded his performances as a "good show," a fashionable entertainment and a useful social institution; so it supported religion, at least outwardly. The mob was always suspicious of the saint, as a hypocrite who was in reality no better than the average man but only pretended to be so. Children alone, still innocent and uncorrupted, had a sense of genuine admiration for the hunger artist and his purpose. This popular distrust made the saint profoundly unhappy. For he knew in his heart that he was perfectly sincere in his self-denial; in fact, it would never have occurred to him that he was performing a feat deserving admiration. His unselfishness arose from effortless instinct. But neither the mass of men, the aristocracy, nor the Church really understood the saint and his passion for fasting.

When, say after the Middle Ages, life became secularized, interest in religion declined. As a last desperate effort to gain the attention of men, the hunger artist joined a great circus; that is, religion became nationalized, the Church became a State church. But in vain; the people were even more apathetic than before. Their interest remained restricted to the other beasts in the menagerie. The State schools ceased to teach self-sacrifice and preached instead the practical virtues: money saving, competition, getting ahead, success. These are the virtues of that modern beast of prey who rules the world. The hunger artist had no choice but to clear out and make room for the panther, that modern god whose joy and power are concentrated in his jaws and teeth.

FRANZ KAFKA

Ein Hungerkünstler

In den letzten Jahrzehnten ist das Interesse an Hungerkünstlern sehr
zurückgegangen. Während es sich früher gut lohnte, große derartige
Vorführungen in eigener Regie zu veranstalten, ist dies heute völlig
unmöglich. Es waren andere Zeiten. Damals beschäftigte sich die
5 ganze Stadt mit dem Hungerkünstler; von Hungertag zu Hungertag
stieg die Teilnahme; jeder wollte den Hungerkünstler zumindest
einmal täglich sehen; an den spätern Tagen gab es Abonnenten,
welche tagelang vor dem kleinen Gitterkäfig saßen; auch in der
Nacht fanden Besichtigungen statt, zur Erhöhung der Wirkung bei
10 Fackelschein; an schönen Tagen wurde der Käfig ins Freie getragen,
und nun waren es besonders die Kinder, denen der Hungerkünstler
gezeigt wurde; während er für die Erwachsenen oft nur ein Spaß
war, an dem sie der Mode halber teilnahmen, sahen die Kinder
staunend, mit offenem Mund, der Sicherheit halber einander bei der
15 Hand haltend, zu, wie er bleich, im schwarzen Trikot, mit mächtig
vortretenden Rippen, sogar einen Sessel verschmähend, auf hinge-
streutem Stroh saß, einmal höflich nickend, angestrengt lächelnd
Fragen beantwortete, auch durch das Gitter den Arm streckte, um
seine Magerkeit befühlen zu lassen, dann aber wieder ganz in sich
20 selbst versank, um niemanden sich kümmerte, nicht einmal um den
für ihn so wichtigen Schlag der Uhr, die das einzige Möbelstück des
Käfigs war, sondern nur vor sich hinsah mit fast geschlossenen Augen
und hie und da aus einem winzigen Gläschen Wasser nippte, um sich
die Lippen zu feuchten.
25   Außer den wechselnden Zuschauern waren auch ständige, vom

3 *Regie* management; *in eigener* — at one's own risk
7 *Abonnent* subscriber   23 *nippen* sip

Publikum gewählte Wächter da, merkwürdigerweise gewöhnlich
Fleischhauer, welche, immer drei gleichzeitig, die Aufgabe hatten,
Tag und Nacht den Hungerkünstler zu beobachten, damit er nicht
etwa auf irgendeine heimliche Weise doch Nahrung zu sich nehme.
Es war das aber lediglich eine Formalität, eingeführt zur Beruhigung 30
der Massen, denn die Eingeweihten wußten wohl, daß der Hungerkünstler während der Hungerzeit niemals, unter keinen Umständen,
selbst unter Zwang nicht, auch das geringste nur gegessen hätte; die
Ehre seiner Kunst verbot dies. Freilich, nicht jeder Wächter konnte
das begreifen, es fanden sich manchmal nächtliche Wachgruppen, 35
welche die Bewachung sehr lax durchführten, absichtlich in eine
ferne Ecke sich zusammensetzten und dort sich ins Kartenspiel vertieften, in der offenbaren Absicht, dem Hungerkünstler eine kleine
Erfrischung zu gönnen, die er ihrer Meinung nach aus irgendwelchen
geheimen Vorräten hervorholen konnte. Nichts war dem Hunger- 40
künstler quälender als solche Wächter; sie machten ihn trübselig; sie
machten ihm das Hungern entsetzlich schwer; manchmal überwand
er seine Schwäche und sang während dieser Wachzeit, so lange er
es nur aushielt, um den Leuten zu zeigen, wie ungerecht sie ihn ver-
dächtigten. Doch half das wenig, sie wunderten sich dann nur über 45
seine Geschicklichkeit, selbst während des Singens zu essen. Viel
lieber waren ihm die Wächter, welche sich eng zum Gitter setzten,
mit der trüben Nachtbeleuchtung des Saales sich nicht begnügten,
sondern ihn mit den elektrischen Taschenlampen bestrahlten, die
ihnen der Impresario zur Verfügung stellte. Das grelle Licht störte 50
ihn gar nicht, schlafen konnte er ja überhaupt nicht, und ein wenig
hindämmern konnte er immer, bei jeder Beleuchtung und zu jeder
Stunde, auch im übervollen, lärmenden Saal. Er war sehr gerne
bereit, mit solchen Wächtern die Nacht gänzlich ohne Schlaf zu
verbringen; er war bereit, mit ihnen zu scherzen, ihnen Geschichten 55
aus seinem Wanderleben zu erzählen, dann wieder ihre Erzählungen
anzuhören, alles nur um sie wachzuhalten, um ihnen immer wieder
zeigen zu können, daß er nichts Eßbares im Käfig hatte und daß

52 *hindämmern* doze off

er hungerte, wie keiner von ihnen es könnte. Am glücklichsten aber
60 war er, wenn dann der Morgen kam, und ihnen auf seine Rechnung
ein überreiches Frühstück gebracht wurde, auf das sie sich warfen
mit dem Appetit gesunder Männer nach einer mühevoll durchwachten
Nacht. Es gab zwar sogar Leute, die in diesem Frühstück eine unge-
bührliche Beeinflussung der Wächter sehen wollten, aber das ging
65 doch zu weit, und wenn man sie fragte, ob etwa sie nur um der Sache
willen ohne Frühstück die Nachtwache übernehmen wollten, ver-
zogen sie sich, aber bei ihren Verdächtigungen blieben sie dennoch.

Dieses allerdings gehörte schon zu den vom Hungern überhaupt
nicht zu trennenden Verdächtigungen. Niemand war ja imstande,
70 alle die Tage und Nächte beim Hungerkünstler ununterbrochen als
Wächter zu verbringen, niemand also konnte aus eigener Anschauung
wissen, ob wirklich ununterbrochen, fehlerlos gehungert worden war,
nur der Hungerkünstler selbst konnte das wissen, nur er also gleichzeitig der von seinem Hungern vollkommen befriedigte Zuschauer
75 sein. Er aber war wieder aus einem anderen Grunde niemals befriedigt; vielleicht war er gar nicht vom Hungern so sehr abgemagert,
daß manche zu ihrem Bedauern den Vorführungen fernbleiben mußten, weil sie seinen Anblick nicht ertrugen, sondern er war nur so
abgemagert aus Unzufriedenheit mit sich selbst. Er allein nämlich
80 wußte, auch kein Eingeweihter sonst wußte das, wie leicht das Hungern war. Es war die leichteste Sache von der Welt. Er verschwieg
es auch nicht, aber man glaubte ihm nicht, hielt ihn günstigstenfalls
für bescheiden, meist aber für reklamesüchtig oder gar für einen
Schwindler, dem das Hungern allerdings leicht war, weil er es sich
85 leicht zu machen verstand, und der auch noch die Stirn hatte, es halb
zu gestehen. Das alles mußte er hinnehmen, hatte sich auch im
Laufe der Jahre daran gewöhnt, aber innerlich nagte diese Unbe-
friedigtheit immer an ihm, und noch niemals, nach keiner Hunger-
periode — dieses Zeugnis mußte man ihm ausstellen — hatte er frei-
90 willig den Käfig verlassen. Als Höchstzeit für das Hungern hatte
der Impresario vierzig Tage festgesetzt, darüber hinaus ließ er nie-

66 *sich verziehen* make a wry face   83 *reklamesüchtig* publicity mad

mals hungern, auch in den Weltstädten nicht, und zwar aus gutem
Grund. Vierzig Tage etwa konnte man erfahrungsgemäß durch allmählich sich steigernde Reklame das Interesse einer Stadt immer
mehr aufstacheln, dann aber versagte das Publikum, eine wesentliche 95
Abnahme des Zuspruchs war festzustellen; es bestanden natürlich in
dieser Hinsicht kleine Unterschiede zwischen den Städten und Ländern, als Regel aber galt, daß vierzig Tage die Höchstzeit war. Dann
also am vierzigsten Tage wurde die Tür des mit Blumen umkränzten
Käfigs geöffnet, eine begeisterte Zuschauerschaft erfüllte das Amphi- 00
theater, eine Militärkapelle spielte, zwei Ärzte betraten den Käfig,
um die nötigen Messungen am Hungerkünstler vorzunehmen, durch
ein Megaphon wurden die Resultate dem Saale verkündet, und schließlich kamen zwei junge Damen, glücklich darüber, daß gerade sie
ausgelost worden waren, und wollten den Hungerkünstler aus dem 5
Käfig ein paar Stufen hinabführen, wo auf einem kleinen Tischchen
eine sorgfältig ausgewählte Krankenmahlzeit serviert war. Und in
diesem Augenblick wehrte sich der Hungerkünstler immer. Zwar
legte er noch freiwillig seine Knochenarme in die hilfsbereit ausgestreckten Hände der zu ihm hinabgebeugten Damen, aber aufstehen 10
wollte er nicht. Warum gerade jetzt nach vierzig Tagen aufhören?
Er hätte es noch lange, unbeschränkt lange ausgehalten; warum gerade
jetzt aufhören, wo er im besten, ja noch nicht einmal im besten Hungern war? Warum wollte man ihn des Ruhmes berauben, weiter zu
hungern, nicht nur der größte Hungerkünstler aller Zeiten zu wer- 15
den, der er ja wahrscheinlich schon war, aber auch noch sich selbst
zu übertreffen bis ins Unbegreifliche, denn für seine Fähigkeit zu
hungern fühlte er keine Grenzen. Warum hatte diese Menge, die
ihn so sehr zu bewundern vorgab, so wenig Geduld mit ihm; wenn
er es aushielt, noch weiter zu hungern, warum wollte sie es nicht aus- 20
halten? Auch war er müde, saß gut im Stroh und sollte sich nun
hoch und lang aufrichten und zu dem Essen gehen, das ihm schon
allein in der Vorstellung Übelkeiten verursachte, deren Äußerung

96 *Zuspruch* patronage   5 *auslosen* choose by lot
21 *gut sitzen* feel comfortable   23 *Übelkeiten* nausea

er nur mit Rücksicht auf die Damen mühselig unterdrückte. Und er
25 blickte empor in die Augen der scheinbar so freundlichen, in Wirklichkeit so grausamen Damen und schüttelte den auf dem schwachen
Halse überschweren Kopf. Aber dann geschah, was immer geschah.
Der Impresario kam, hob stumm — die Musik machte das Reden
unmöglich — die Arme über dem Hungerkünstler, so, als lade er den
30 Himmel ein, sich sein Werk hier auf dem Stroh einmal anzusehen,
diesen bedauernswerten Märtyrer, welcher der Hungerkünstler allerdings war, nur in ganz anderem Sinn; faßte den Hungerkünstler um
die dünne Taille, wobei er durch übertriebene Vorsicht glaubhaft
machen wollte, mit einem wie gebrechlichen Ding er es hier zu tun
35 habe; und übergab ihn — nicht ohne ihn im geheimen ein wenig zu
schütteln, so daß der Hungerkünstler mit den Beinen und dem Oberkörper unbeherrscht hin und her schwankte — den inzwischen totenbleich gewordenen Damen. Nun duldete der Hungerkünstler alles;
der Kopf lag auf der Brust, es war, als sei er hingerollt und halte
40 sich dort unerklärlich; der Leib war ausgehöhlt; die Beine drückten
sich im Selbsterhaltungstrieb fest in den Knien aneinander, scharrten
aber doch den Boden, so, als sei es nicht der wirkliche, den wirk-
licken suchten sie erst; und die ganze, allerdings sehr kleine Last des
Körpers lag auf einer der Damen, welche hilfesuchend, mit fliegen-
45 dem Atem — so hatte sie sich dieses Ehrenamt nicht vorgestellt —
zuerst den Hals möglichst streckte, um wenigstens das Gesicht vor
der Berührung mit dem Hungerkünstler zu bewahren, dann aber, da
ihr dies nicht gelang und ihre glücklichere Gefährtin ihr nicht zu
Hilfe kam, sondern sich damit begnügte, zitternd die Hand des
50 Hungerkünstlers, dieses kleine Knochenbündel, vor sich herzutragen,
unter dem entzückten Gelächter des Saales in Weinen ausbrach und
von einem längst bereitgestellten Diener abgelöst werden mußte.
Dann kam das Essen, von dem der Impresario dem Hungerkünstler
während eines ohnmachtähnlichen Halbschlafes ein wenig einflößte,
55 unter lustigem Plaudern, das die Aufmerksamkeit vom Zustand des

41 *Selbsterhaltungstrieb* instinct for self-preservation

Hungerkünstlers ablenken sollte; dann wurde noch ein Trinkspruch
auf das Publikum ausgebracht, welcher dem Impresario angeblich
vom Hungerkünstler zugeflüstert worden war; das Orchester bekräf-
tigte alles durch einen großen Tusch, man ging auseinander, und
niemand hatte das Recht, mit dem Gesehenen unzufrieden zu sein, 60
niemand, nur der Hungerkünstler, immer nur er.

So lebte er mit regelmäßigen kleinen Ruhepausen viele Jahre, in
scheinbarem Glanz, von der Welt geehrt, bei alledem aber meist in
trüber Laune, die immer noch trüber wurde dadurch, daß niemand
sie ernst zu nehmen verstand. Womit sollte man ihn auch trösten? 65
Was blieb ihm zu wünschen übrig? Und wenn sich einmal ein Gut-
mütiger fand, der ihn bedauerte und ihm erklären wollte, daß seine
Traurigkeit wahrscheinlich von dem Hungern käme, konnte es, besonders bei vorgeschrittener Hungerzeit geschehen, daß der Hungerkünstler mit einem Wutausbruch antwortete und zum Schrecken aller 70
wie ein Tier an dem Gitter zu rütteln begann. Doch hatte für solche
Zustände der Impresario ein Strafmittel, das er gern anwandte. Er
entschuldigte den Hungerkünstler vor versammeltem Publikum, gab
zu, daß nur die durch das Hungern hervorgerufene, für satte Menschen nicht ohne weiteres begreifliche Reizbarkeit das Benehmen des 75
Hungerkünstlers verzeihlich machen könne; kam dann im Zusammenhang damit auch auf die ebenso zu erklärende Behauptung des
Hungerkünstlers zu sprechen, er könnte noch viel länger hungern,
als er hungere; lobte das hohe Streben, den guten Willen, die große
Selbstverleugnung, die gewiß auch in dieser Behauptung enthalten 80
seien; suchte dann aber die Behauptung einfach durch Vorzeigen von
Photographien, die gleichzeitig verkauft wurden, zu widerlegen,
denn auf den Bildern sah man den Hungerkünstler an einem vierzigsten Hungertag, im Bett, fast verlöscht vor Entkräftung. Diese
dem Hungerkünstler zwar wohlbekannte, immer aber von neuem ihn 85
entnervende Verdrehung der Wahrheit war ihm zu viel. Was die
Folge der vorzeitigen Beendigung des Hungerns war, stellte man
hier als die Ursache dar! Gegen diesen Unverstand, gegen diese

56 *Trinkspruch* toast   59 *Tusch* flourish

Welt des Unverstandes zu kämpfen, war unmöglich. Noch hatte er
90 immer wieder in gutem Glauben begierig am Gitter dem Impresario
zugehört, beim Erscheinen der Photographien aber ließ er das Gitter
jedesmal los, sank mit Seufzen ins Stroh zurück, und das beruhigte
Publikum konnte wieder herankommen und ihn besichtigen.

Wenn die Zeugen solcher Szenen ein paar Jahre später daran
95 zurückdachten, wurden sie sich oft selbst unverständlich. Denn
inzwischen war jener erwähnte Umschwung eingetreten; fast plötzlich war das geschehen; es mochte tiefere Gründe haben, aber wem
lag daran, sie aufzufinden; jedenfalls sah sich eines Tages der ver-
wöhnte Hungerkünstler von der vergnügungssüchtigen Menge ver-
00 lassen, die lieber zu anderen Schaustellungen strömte. Noch einmal
jagte der Impresario mit ihm durch halb Europa, um zu sehen, ob
sich nicht noch hie und da das alte Interesse wiederfände; alles vergeblich; wie in einem geheimen Einverständnis hatte sich überall
geradezu eine Abneigung gegen das Schauhungern ausgebildet. Na-
5 türlich hatte das in Wirklichkeit nicht plötzlich so kommen können,
und man erinnerte sich jetzt nachträglich an manche zu ihrer Zeit im
Rausch der Erfolge nicht genügend beachtete, nicht genügend unterdrückte Vorboten, aber jetzt etwas dagegen zu unternehmen, war zu
spät. Zwar war es sicher, daß einmal auch für das Hungern wieder
10 die Zeit kommen werde, aber für die Lebenden war das kein Trost.
Was sollte nun der Hungerkünstler tun? Der, welchen Tausende
umjubelt hatten, konnte sich nicht in Schaubuden auf kleinen Jahr-
märkten zeigen, und um einen anderen Beruf zu ergreifen, war der
Hungerkünstler nicht nur zu alt, sondern vor allem dem Hungern
15 allzu fanatisch ergeben. So verabschiedete er denn den Impresario,
den Genossen einer Laufbahn ohnegleichen, und ließ sich von einem
großen Zirkus engagieren; um seine Empfindlichkeit zu schonen,
sah er die Vertragsbedingungen gar nicht an.

Ein großer Zirkus mit seiner Unzahl von einander immer wieder

96 *Umschwung* revolution   98 *verwöhnt* pampered
00 *Schaustellung* exhibit   12 *Schaubude* exhibitor's booth
12 *Jahrmarkt* annual fair
18 *Vertragsbedingungen* conditions of the contract

ausgleichenden und ergänzenden Menschen und Tieren und Appara- 20
ten kann jeden und zu jeder Zeit gebrauchen, auch einen Hungerkünstler, bei entsprechend bescheidenen Ansprüchen natürlich, und
außerdem war es ja in diesem besondern Fall nicht nur der Hungerkünstler selbst, der engagiert wurde, sondern auch sein alter berühm-
ter Name, ja man konnte bei der Eigenart dieser im zunehmenden 25
Alter nicht abnehmenden Kunst nicht einmal sagen, daß ein ausge-
dienter, nicht mehr auf der Höhe seines Könnens stehender Künstler
sich in einen ruhigen Zirkusposten flüchten wolle, im Gegenteil, der
Hungerkünstler versicherte, daß er, was durchaus glaubwürdig war,
ebensogut hungere wie früher, ja er behauptete sogar, er werde, wenn 30
man ihm seinen Willen lasse, und dies versprach man ihm ohne
weiteres, eigentlich erst jetzt die Welt in berechtigtes Erstaunen
setzen, eine Behauptung allerdings, die mit Rücksicht auf die Zeitstimmung, welche der Hungerkünstler im Eifer leicht vergaß, bei den
Fachleuten nur ein Lächeln hervorrief. 35

Im Grunde aber verlor auch der Hungerkünstler den Blick für die
wirklichen Verhältnisse nicht und nahm es als selbstverständlich hin,
daß man ihn mit seinem Käfig nicht etwa als Glanznummer mitten
in die Manege stellte, sondern draußen an einem im übrigen recht
gut zugänglichen Ort in der Nähe der Stallungen unterbrachte. 40
Große, bunt gemalte Aufschriften umrahmten den Käfig und ver-
kündeten, was dort zu sehen war. Wenn das Publikum in den Pausen
der Vorstellung zu den Ställen drängte, um die Tiere zu besichtigen,
war es fast unvermeidlich, daß es beim Hungerkünstler vorüberkam
und ein wenig dort haltmachte, man wäre vielleicht länger bei ihm 45
geblieben, wenn nicht in dem schmalen Gang die Nachdrängenden,
welche diesen Aufenthalt auf dem Weg zu den ersehnten Ställen
nicht verstanden, eine längere ruhige Betrachtung unmöglich gemacht
hätten. Dieses war auch der Grund, warum der Hungerkünstler
vor diesen Besuchszeiten, die er als seinen Lebenszweck natürlich 50
herbeiwünschte, doch auch wieder zitterte. In der ersten Zeit hatte

26 *ausgedient* retired   38 *Glanznummer* star number
39 *Manege* circus

er die Vorstellungspausen kaum erwarten können; entzückt hatte er
der sich heranwälzenden Menge entgegengesehen, bis er sich nur zu
bald — auch die hartnäckigste, fast bewußte Selbsttäuschung hielt
55 den Erfahrungen nicht stand — davon überzeugte, daß es zumeist
der Absicht nach, immer wieder, ausnahmslos, lauter Stallbesucher
waren. Und dieser Anblick von der Ferne blieb noch immer der
schönste. Denn wenn sie bis zu ihm herangekommen waren, umtobte
ihn sofort Geschrei und Schimpfen der ununterbrochen neu sich
60 bildenden Parteien, jener, welche — sie wurde dem Hungerkünstler
bald die peinlichere — ihn bequem ansehen wollte, nicht etwa aus
Verständnis, sondern aus Laune und Trotz, und jener zweiten, die
zunächst, nur nach den Ställen verlangte. War der große Haufe
vorüber, dann kamen die Nachzügler, und diese allerdings, denen es
65 nicht mehr verwehrt war, stehen zu bleiben, solange sie nur Lust
hatten, eilten mit langen Schritten, fast ohne Seitenblick, vorüber,
um rechtzeitig zu den Tieren zu kommen. Und es war kein allzu
häufiger Glücksfall, daß ein Familienvater mit seinen Kindern kam,
mit dem Finger auf den Hungerkünstler zeigte, ausführlich erklärte,
70 um was es sich hier handelte, von früheren Jahren erzählte, wo er
bei ähnlichen, aber unvergleichlich großartigeren Vorführungen
gewesen war, und dann die Kinder, wegen ihrer ungenügenden
Vorbereitung von Schule und Leben her, zwar immer noch verständ-
nislos blieben — was war ihnen Hungern? — aber doch in dem Glanz
75 ihrer forschenden Augen etwas von neuen, kommenden, gnädigeren
Zeiten verrieten. Vielleicht, so sagte sich der Hungerkünstler dann
manchmal, würde alles doch ein wenig besser werden, wenn sein
Standort nicht gar so nahe bei den Ställen wäre. Den Leuten wurde
dadurch die Wahl zu leicht gemacht, nicht zu reden davon, daß ihn
80 die Ausdünstungen der Ställe, die Unruhe der Tiere in der Nacht,
das Vorübertragen der rohen Fleischstücke für die Raubtiere, die
Schreie bei der Fütterung sehr verletzten und dauernd bedrückten.

54 *standhalten* withstand   58 *umtoben* rage around
64 *Nachzügler* straggler   80 *Ausdünstung* exhalation

Aber bei der Direktion vorstellig zu werden, wagte er nicht; immerhin
verdankte er ja den Tieren die Menge der Besucher, unter denen sich
hie und da auch ein für ihn Bestimmter finden konnte, und wer 85
wußte, wohin man ihn verstecken würde, wenn er an seine Existenz
erinnern wollte und damit auch daran, daß er, genau genommen, nur
ein Hindernis auf dem Weg zu den Ställen war.

Ein kleines Hindernis allerdings, ein immer kleiner werdendes
Hindernis. Man gewöhnte sich an die Sonderbarkeit, in den heutigen 90
Zeiten Aufmerksamkeit für einen Hungerkünstler beanspruchen zu
wollen, und mit dieser Gewöhnung war das Urteil über ihn gesprochen. Er mochte so gut hungern, als er nur konnte, und er tat es,
aber nichts konnte ihn mehr retten, man ging an ihm vorüber. Versuche, jemandem die Hungerkunst zu erklären! Wer es nicht fühlt, 95
dem kann man es nicht begreiflich machen. Die schönen Aufschriften wurden schmutzig und unleserlich, man riß sie herunter,
niemandem fiel es ein, sie zu ersetzen; das Täfelchen mit der Ziffer
der abgeleisteten Hungertage, das in der ersten Zeit sorgfältig erneut
worden war, blieb schon längst immer das gleiche, denn nach den 00
ersten Wochen war das Personal selbst dieser kleinen Arbeit überdrüssig geworden; und so hungerte zwar der Hungerkünstler weiter,
wie er es früher einmal erträumt hatte, und es gelang ihm ohne Mühe
ganz so, wie er es damals vorausgesagt hatte, aber niemand zählte die
Tage, niemand, nicht einmal der Hungerkünstler selbst wußte, wie 5
groß die Leistung schon war, und sein Herz wurde schwer. Und
wenn einmal in der Zeit ein Müßiggänger stehenblieb, sich über die
alte Ziffer lustig machte und von Schwindel sprach, so war das in
diesem Sinn die dümmste Lüge, welche Gleichgültigkeit und einge-
borene Bösartigkeit erfinden konnte, denn nicht der Hungerkünstler 10
betrog, er arbeitete ehrlich, aber die Welt betrog ihn um seinen Lohn.

Doch vergingen wieder viele Tage, und auch das nahm ein Ende.
Einmal fiel einem Aufseher der Käfig auf, und er fragte die Diener,
warum man hier diesen gut brauchbaren Käfig mit dem verfaulten
Stroh drinnen unbenützt stehen lasse; niemand wußte es, bis sich 15

83 *vorstellig werden* protest, complain

einer mit Hilfe der Ziffertafel an den Hungerkünstler erinnerte.
Man rührte mit Stangen das Stroh auf und fand den Hungerkünstler
darin. „Du hungerst noch immer?" fragte der Aufseher, „wann
wirst du denn endlich aufhören?" „Verzeiht mir alle," flüsterte der
20 Hungerkünstler; nur der Aufseher, der das Ohr ans Gitter hielt,
verstand ihn. „Gewiß," sagte der Aufseher, und legte den Finger
an die Stirn, um damit den Zustand des Hungerkünstlers dem Personal anzudeuten, „wir verzeihen dir." „Immerfort wollte ich, daß
ihr mein Hungern bewundert," sagte der Hungerkünstler. „Wir
25 bewundern es auch," sagte der Aufseher entgegenkommend. „Ihr
sollt es aber nicht bewundern," sagte der Hungerkünstler. „Nun,
dann bewundern wir es also nicht," sagte der Aufseher, „warum
sollen wir es denn nicht bewundern?" „Weil ich hungern muß, ich
kann nicht anders," sagte der Hungerkünstler. „Da sieh mal einer,"
30 sagte der Aufseher, „warum kannst du denn nicht anders?" „Weil
ich," sagte der Hungerkünstler, hob das Köpfchen ein wenig und
sprach mit wie zum Kuß gespitzten Lippen gerade in das Ohr des
Aufsehers hinein, damit nichts verlorenginge, „weil ich nicht die
Speise finden konnte, die mir schmeckt. Hätte ich sie gefunden,
35 glaube mir, ich hätte kein Aufsehen gemacht und mich vollgegessen
wie du und alle." Das waren die letzten Worte, aber noch in seinen
gebrochenen Augen war die feste, wenn auch nicht mehr stolze Überzeugung, daß er weiterhungere.

„Nun macht aber Ordnung!" sagte der Aufseher, und man begrub
40 den Hungerkünstler samt dem Stroh. In den Käfig aber gab man
einen jungen Panther. Es war eine selbst dem stumpfsten Sinn fühl-
bare Erholung, in dem so lange öden Käfig dieses wilde Tier sich
herumwerfen zu sehen. Ihm fehlte nichts. Die Nahrung, die ihm
schmeckte, brachten ihm ohne langes Nachdenken die Wächter; nicht
45 einmal die Freiheit schien er zu vermissen; dieser edle, mit allem
Nötigen bis knapp zum Zerreißen ausgestattete Körper schien auch

---

37 *gebrochen* dimmed (refers to the glazed look that comes into the eyes of a
dying person)
46 *knapp* i.e., nearly

die Freiheit mit sich herumzutragen; irgendwo im Gebiß schien sie zu stecken; und die Freude am Leben kam mit derart starker Glut aus seinem Rachen, daß es für die Zuschauer nicht leicht war, ihr standzuhalten. Aber sie überwanden sich, umdrängten den Käfig 50 und wollten sich gar nicht fortrühren.

HANS GRIMM
1875 —

The true assessment of Hans Grimm's stature as a writer has been hampered by the nonaesthetic factors which everywhere protrude from his writings. These are a song of hate against the British, the German Social-Democrats, and the Jews. They abound in clichés of rabid nationalism and race nonsense. His great novel *Volk ohne Raum* (1926) is a catch-all for all the hateful antiliberal propaganda that circulated in Germany between the two World Wars. And yet it is a great novel, with a tremendous power of depicting human experience and human suffering. This power is revealed even more in his many superb stories that picture the wild African landscape in which people go to pieces without apparent reason and without obvious preparation.

Grimm has a style of his own: he narrates in a primitive, lapidary, repetitious manner which recalls the Icelandic sagas. But he is no imitator and no mannerist; he really seems to live in a world of primitive passions and simple, repetitive rhythms. Hence, though his picture of life is grossly unfair to his "enemies," he holds the reader in his grip by his sheer power of telling. In reading him one must make the same allowance as when one reads the poetry of Ezra Pound: one must concentrate one's attention on the literary artist and forget the politician and economist.

Hans Grimm was born of highly cultured, cosmopolitan parents. His father was a professor of law at Basel, spoke and wrote several languages; his mother was an Austrian with a French education. Both were accomplished musicians. When the son finished high school he was sent by his Anglophile father to England, where he entered on a commercial career. For fourteen years he lived in

South Africa, first as an employee, later as a partner, of a large business concern. He returned to Germany at the age of thirty-five, studied politics and economics, and married. During the First World War he was employed in the propaganda department of the German government; after the defeat he settled in an old monastery at Lippoldsberg on the Weser, where he still lives.

Grimm began as a writer of short stories. The publication of *Volk ohne Raum* made him famous; his house at Lippoldsberg became a sort of shrine for conservative pilgrims. His writings in the past twenty years have been few and of no literary significance.

Das Goldstück is based on an actual event which is first mentioned in *Volk ohne Raum*. Grimm then made a separate story of the incident, basing it on a verbal account supplied him by the big-game hunter who features in the story. It first appeared in the collection *Der Richter in der Karu* (1930). It needs no interpretation, illustrating the qualities of mind and art which have been described here as characteristic of its author.

HANS GRIMM

Das Goldstück

Die drei Deutschen M., F. und V. befanden sich auf der Flucht.

F. hatte auf der Farm Sus, in einem abgelegenen Teile Deutsch-
Südwestafrikas, einen Buschmannräuber erschossen, als es du oder
ich galt. Er hatte es der südafrikanischen Besatzungspolizei selbst
angezeigt.   5

Von V. waren einem schwarzen Kerl, der der anordnenden deutschen Frau nach dem Siege der Engländer und Buren ins Gesicht
spie, offen vor dem Hause ein paar an den Schädel gegeben worden;
da hatte sich der Kerl nach Verdauung der Schläge wortlos davonge-
macht zur Sippschaft irgendwo in der Ferne am Okawango oder 10
Kunene. Spitzel sagten aus: „Der Ovambo Jeremias, oder wie er
sonst hieß, ist fort, er ist sicher an dem Schlage gestorben, er ist
ermordet, er ist verscharrt worden." Zwar ließ es sich durch nichts
geradeaus dartun, und in sämtlichen aufgewühlten Ameisenhaufen
der Umgegend waren keine Menschenknochen zu finden, aber die 15
südafrikanischen Engländer und Buren hatten Urteile gegen die
Deutschen nötig zu einem Weißbuche, darin, für jene aufgeregte

2 *Sus* is the name of the farm.
3 *als* . . . when it was a case of your life or mine
6 *anordnend* giving orders   8 *ein paar* i.e., blows
10 *Sippschaft* tribe
10 *Okawango* a river on the northern boundary of Bechuanaland
11 *Kunene* or *Cunene* river-boundary between Angola and Southwest Africa
11 *Spitzel* stool pigeons
11 *Ovambo* . . . Jeremiah of the Ovambo tribe (a tribe of Bantus inhabiting
    the northern part of Southwest Africa and Angola)
13 *verscharrt* buried secretly or roughly
13 *ließ* . . . there was nothing that could prove clearly
17 *Weißbuch* A white book is a government document issued for the purpose
    of justifying government policy or action on a controversial issue.
17 *darin = worin*

Zeit passend, dargestellt werden sollte, wie schlimm die Deutschen
es in ihrer Kolonie trieben.   Also wurde den beiden der Prozeß
20 gemacht und das Urteil gesprochen, daß sie hängen sollten als
Mörder.   Weil jedoch alle Landsleute aufschrien und es auch auf die
Vollstreckung weniger ankam als auf die böse Nachrede, folgte dem
Urteile die Begnadigung zu zehn Jahren Zuchthaus.

Im Weihnachtsmonat 1918 waren die beiden Gefangenen im
25 Gefängnis zu Windhuk das lange Zuwarten, daß nach Beendigung
des Weltkrieges die Kolonie wieder deutsch werde und ihre Ent-
lassung geschehe, müde geworden.   In der Christnacht feilten sie
sich durch die Eisengitter der Krankenstube des Gefängnisses und
begannen die Wanderschaft nach Norden.   Sie wollten sich dort
30 verborgen halten, bis Deutschland und der deutsche Richter von
neuem da seien, und wollten für die vorläufige Freiheit Hunger und
Fieber und Gehetztsein in Gottes Namen in Kauf nehmen.   Hunger
und Gehetztheit und Angst wurden ihnen reichlich zuteil.   Um
Ostern 1919 war der Friede in Europa immer noch nicht fertig; sie
35 begriffen, daß sie etwas unternehmen müßten, um nicht vorzeitig
wieder gefangen zu werden oder in irgendeinem der wechselnden
Verstecke vor Entkräftung zu verrecken.

Sie hörten, M., der Jäger, sei in ihrer Nähe und werde von den
Engländern gesucht wie sie, und sein Steckbrief klebe neben dem
40 ihrigen an öffentlichen Gebäuden und Polizeistationen.   Sie wußten,
M. hat überall zwischen hier und dem Kunene und Okawango gejagt
bis weit hinein in das portugiesische Land Angola, er kennt jeden
Negerpfad.   Sie hörten: „Mit M. geht das so zu: M. ist bei Übergabe
der deutschen Schutztruppe an Botha auf seine Farm entlassen wor-
45 den.   Er hat dann unternommen, den gefangenen deutschen Offi-

---

19 *Prozeß machen* bring to trial
21 *Landsleute* i.e., the German colonists
22 *Vollstreckung . . .* the carrying out of the sentence mattered less than the
evil report
25 *Windhuk* the capital of former German Southwest Africa
25 *Zuwarten* expectation   32 *Gehetztsein* persecution
32 *in Gottes . . .* accept for better or worse
33 *zuteil werden* receive, experience   39 *Steckbrief* warrant of arrest
‡4 Louis Botha was the leader of the Boers.

zieren in Okanjande zum Entkommen nach Deutsch-Ostafrika zu
dienen, er sollte ihr Wegekundiger sein und den Wagen beschaffen.
Das Unternehmen ist im letzten Augenblick verraten worden, und
die Burenpolizei hat ihn abgeholt wegen des beseite geschafften
Wagens, aber da ist er weggeritten; seitdem sind die Engländer hinter 50
ihm her. Er weiß bestimmt, daß sie ihn an die Wand stellen wollen.
Er will das lieber nicht mitmachen, er hat jetzt vor, nach Angola zu
gehen, hier wird ihm der Boden zu heiß; und denen, die ihm nachts
Essen und Trinken vor die Türen stellten, wird schon lange auf-
gepaßt, und er will nicht, daß seine Freunde seinetwegen in Elend 55
geraten." Sie hörten es und verstanden auch den Wink.

Sie sandten eine Botschaft an den Jäger, und im April kamen sie
eines Nachts mit ihm unter dem großen Baum im Otjihaenena-Tale,
das heißt im Schüsseltale, zusammen. Sie wurden sich rasch einig
über die gemeinsame Weiterflucht nach Angola. Sie sagten alle drei: 60
„Wenn einer, der uns etwas zukommen läßt, erwischt und landesverwiesen wird, wer möchte an so etwas schuld sein? Und die ewige
Furcht vor Entdeckung, und daß man immer nur mit einem Auge
schlafen soll, das hält niemand aus. Von Angola haben die Portugiesen die deutschen Gefangenen nach Deutschland geschickt; wenn 65
es nicht anders ist und die Murkserei mit dem Frieden noch lange
dauert, läßt man sich von Angola nach Deutschland schicken."

M. sagte: „Pferde und Waffen besorge ich, dazu reicht das Bar-
geld, das wir zusammen haben. Und ich weiß einen, der uns beides
verkauft. Auf meinen Wegen kommen wir durch."   70

Sie machten einen Tag aus im Mai und eine Stelle, wo die Pferde
stehen und Waffen und Proviant versteckt liegen sollten. Es klappte
auch alles richtig. Unbeobachtet ritten sie ab von den letzten Farmen
in die große Wildnis hinein; und die ersten Wochen der Weiterflucht durch die einsame Buschsteppe und leuchtende Sonne, unver- 75
folgt, mit zähen Pferden zwischen den Beinen und guten Waffen im

46 *Okanjande* or *Okahandja* a town north of Windhuk
49 *beseite . . .* purloined   51 *an die Wand stellen* shoot
61 *etwas . . .* gives us a handout   61 *landesverwiesen* deported
66 *Murkserei* dawdling   72 *klappen* click

Gewehrschuh, mit erjagtem und nicht erbetteltem Fleische, waren beinah glückliche und jedenfalls stolze Wochen.

80 Um den Okawango herum an der Grenze trafen sie wieder auf Menschen, erst auf Bastardhändler und dann auf einen portugiesischen Hauptmann. Sie meinten, es sei besser für alle Fälle, noch einmal zu lügen, obgleich es nach den Wochen der Freiheit und Einsamkeit gar nicht leicht war. Sie erzählten dem einen: „Wir sind Deutsche, die in Rhodesien und am Ngami gejagt haben. Wir haben
85 vom ganzen Kriege nichts gewußt. Wir wollen jetzt nach Europa von Lobito aus." Sie erklärten dem andern: „Wir sind Schweizer, wir kommen von der Jagd in Rhodesien, die Papiere haben wir verloren. Schön, wir werden uns im nächsten Fort melden und um Ausweise bitten."

90 Sie ritten im weiten Bogen um dieses Fort herum, aber die Missionsstation Kalulu der Amerikaner, die ritten sie an. Auf der Missionsstation erfuhren sie: „Der Friede ist unterzeichnet worden, und Deutsch-Südwestafrika sind die Deutschen quitt samt allen anderen Kolonien. Schließlich habt ihr es nicht besser verdient."
95 Der Amerikaner sagte nicht: Deutsch-Südwestafrika, sondern Damaraland, wie von Angola aus nach einem Teile das ganze deutsche Land benannt wird.

Sie antworteten: „Was? Was?" Und wurden grob. Südwestafrika nicht wieder deutsch, das bedeutete für sie, daß ihnen jede
00 Rückkehr abgeschnitten blieb für Zeit und Ewigkeit.

Der Amerikaner sagte: „Auf der französischen katholischen Station sitzt ein Rheinländer, fragt den!"

Der rheinische Pater sagte: „Ja, ich habe es ebenso gehört. Es klingt ganz unbegreiflich, wenn das Friede sein soll. Aber die

77 *Gewehrschuh* holster   81 *für* . . . i.e., to be on the safe side
84 Rhodesia is a British territory in the northern part of South Africa. Lake Ngami is in Bechuanaland.
86 *Lobito* port in Angola   89 *Ausweis* identity card
91 *Kalulu* or *Calulu* a settlement in Angola
91 *ritten an* stopped (at it)
93 *quitt sein* be rid of

Schweizer Farmer in Libollo, die haben schon Zeitungen, das weiß 5
ich bestimmt."

Die paar Tage vom Amerikaner bis zu den Schweizern begannen
sie sich etwas an den Gedanken zu gewöhnen, oder vielmehr sie
besprachen während der paar Tage zwischen Kalulu und Libollo,
welches die allernächsten Folgen für sie selber seien, wenn der Aber- 10
witz sich zu einem Teil als wahr erwiese. Sie kamen überein, daß,
so der Friede geschlossen sei, auch ihre Flucht zu Ende wäre. Sie
könnten nicht zurück nach Südwest, aber heim nach Deutschland
kämen sie nach Friedensschluß auf portugiesischem Schiff allemal
und ungestört. Daß die unsichere Flucht nun aufhören sollte, schien 15
uneingestanden ein leiser Gewinn.

Kurz vor Libollo verloren sie das vierte Pferd, das Packpferd, durch
Schlangenbiß. Sie sagten: „Na ja, lebendig machen läßt sich das
alte Mädchen nicht wieder. Gut, daß die Sache zu Ende geht."

Die Schweizer hatten Zeitungen. Der Friede war geschlossen, der 20
Amerikaner hatte alles richtig angegeben, nur sämtliche Bedingungen
hatte er noch nicht gekannt. Die Schweizer Farmer sagten: „Ach
ja, das ist nun so! Ach ja! Aber für Sie drei sind die Dinge klar.
Wir fahren Sie nach Benguela. Sie stellen sich dem portugiesischen
Guvernör vor. Sie bekommen einen Ausweis bis zum Hafen. Sie 25
hält niemand mehr auf. Wer soll sich um Sie hier kümmern, wenn
Sie gar die Heimfahrt aus eigener Tasche bestreiten und keine
Heimbeförderung verlangen wollen?"

Sie blieben acht Tage bei den Schweizern, um sich auszuruhen.
Beim Besuche in Benguela gaben sie an: „Wir sind drei Deutsche. 30
Wir haben uns am Zambesi verborgen gehalten wegen des Krieges.
Wir haben ein Packpferd im Fluß verloren. Unsere Papiere waren

5 Libollo is a district in Angola.   10 *Aberwitz* madness
11 *übereinkommen* agree   12 *so* if
14 *allemal* = *immer*
16 *uneingestanden* though they didn't admit it
24 *Benguela* port just south of Lobito
27 *bestreiten* pay
28 *Heimbeförderung* free passage home
31 *Zambesi* the largest river in South Africa

in den Packtaschen. Wir können den Preis der Heimfahrt erlegen.
Wir bitten um einen Paß aus dem Lande."

35   Sie erhielten einen Ausweis und sogar Freifahrscheine bis
Loanda; große Fragen wurden nicht an sie gestellt.   Sie sagten
draußen: „Na, Gott sei Dank!"

Die Schweizer sagten: „Seht ihr's.   Warum sollte der Portugiese
jetzt noch Deutsche aufhalten wollen?"   Die drei verkauften ihre
40 drei Pferde an die Schweizer, sie verkauften dem Wirte des Gast-
hauses in Benguela die drei Büchsen; mit den Selbstladepistolen
ging es eigentümlich zu, sie schwankten, ob sie diese mitnehmen, ob
sie diese auch an die Schweizer oder sonstwen zu verkaufen versuchen
sollten; sie hatten dann alle drei den gleichen Einfall.   Sie erklärten
45 den Schweizern: „Die zwei Selbstladepistolen lassen wir einfach bei
euch.   Wenn sie keiner von uns mehr abholt, dann gehören sie euch.
Wir schulden euch ohnehin Dank."   Den Erlös für die Pferde und
Gewehre teilten sie in drei Teile.   Und was nicht gleich notwendig
zu brauchen war von den goldenen englischen Pfundstücken, das
50 nähte jeder bei sich ein, wie es ihm am sichersten schien.

Das Schiff in Lobito sollte portugiesische Truppen heimführen
nach Lissabon.   Das kleine Wirtshaus im Hafenorte war voll von
essenden Soldaten.   Die drei kamen vom Bahnhof aus hin und aßen
zwischen den Portugiesen.   Beim Essen sagte V.: „Dort ist ein Kerl,
55 der fortwährend herstarrt, zu den Portugiesen gehört der nicht."

M. antwortete: „Er sieht aus wie ein Engländer.   Was will der
uns? Nichts."

Sie gingen nach dem Essen an den Strand hinunter und liefen bis
fünf Uhr nachmittags spazieren, dann zogen sie sich wieder auf das
60 Schiff zu.   M. war ein wenig zurückgeblieben; als er aufkam, sah er
die Genossen im Gespräche stehen mit dem Engländer, da ging er
für sich auf und ab; er dachte nichts Böses, er hatte nur keine Lust,

33 *erlegen* pay
36 *Loanda* or *Luanda* a principal port of Angola
41 *Büchse* rifle   57 *uns = von uns*

jetzt vor der Abreise und gleichsam am Ende der Flucht an, sei es ärgerlichem, sei es gleichgültigem Gespräche mit einem Wildfremden teilzunehmen.   65

Nach zehn Minuten des Wartens wurde er dennoch ungeduldig und trat hinzu mit dem Gruße: „Guten Abend."

Just da sagte der Engländer: „Wo kommt ihr also her? — Weil euch die Antwort so sehr schwer zu fallen scheint, will ich euch dazu verhelfen: ihr seid die beiden Mörder, die aus dem Windhuker 70 Gefängnis entsprungen sind. Und über den dritten Herrn hier werde ich auch bald Bescheid wissen."

Sie taten noch, als verstünden sie ihn nicht, und fragten sich scheinbar gleichgültig: „Was will der Bruder? Verstehst du's?" Und antworteten sich: „Er muß einen Vogel haben." Aber dann 75 waren unversehens portugiesische Polizisten da und verlangten die Papiere zu sehen. Sie zogen die Ausweise des Guvernörs von Benguela samt dem Freivermerk bis Loanda aus der Tasche. Die Polizisten sahen den Engländer an, der Engländer sagte: „Verdammt! Aber sie sind es doch!"   80

Sie sagten zu den Polizisten: „Was hat dieser Mann hier eigentlich zu verrichten?" Und eine Zeitlang waren die Polizisten unsicher, was sie tun und lassen sollten. Sie traten achselzuckend von einem Fuß auf den andern, und daß sie an dem englischen Mahner und der englische•Überwacher an ihnen keine Freude hatte, war unschwer zu 85 erkennen.

M. flüsterte: „Wir müssen flüchten! Wir müssen weg."

Die andern erwiderten mit steifen Mienen: „Wie? Jetzt am hellichten Tage? Wie? Wir können eben nichts anderes tun als das Gesicht wahren."   90

An dem gelegentlichen Wortwechsel des Engländers und der Portugiesen nahm plötzlich ein portugiesischer Hautpmann teil, der

63 *an* belongs to *ärgerlichem* and *gleichgültigem Gespräche* (after *teilnehmen*)
64 *Wildfremde* total stranger   69 *fallen* come
72 *Bescheid wissen* be informed   75 *einen Vogel* . . . be nuts
78 *Freivermerk* free ticket   84 *Mahner* agitator
90 *Gesicht* . . . put a bold face on it

auf seinem Gange zum Schiffe stehengeblieben war. Sie sahen
unauffällig hin und erkannten ihn gleich unter heftigem Erschrecken.
95 Er rief: „Die drei? Die drei sind mir am Okawango begegnet. Sie
behaupteten, Schweizer zu sein und aus Rhodesien zu kommen.
Wenn sie sich in Benguela als Deutsche ausgegeben haben, dann
muß etwas mit ihnen verkehrt sein."

Da berührten die Polizisten ihren Arm und sagten: „Prisioneiro."
00 Sie wehrten sich nicht. Sie erwiderten: „Gut, wir gehen mit zum
Vorstand, gut. Er muß die Sache sofort in Ordnung bringen.
Unser Gepäck ist schon auf dem Dampfer. Vor der Abfahrt muß
der Irrtum unbedingt aufgeklärt sein, mit müssen wir."

Der Vorstand war höflich genug, aber der Engländer preßte, und
5 das Ferngespräch nach Benguela mißlang, und da blieb er so
unentschieden wie höflich. Sie setzten durch, daß sie an den
Dampfer zurückgeleitet würden, um das Gepäck — das Gepäck, das
aus kaum mehr als zerschlissenen Decken bestand — wieder
abzuholen. F. und V. meinten, seien sie erst an Bord, werde der
10 mitgesandte Polizist sie nicht bedrängen und knapp vor der Abfahrt
aus dem Auge verlieren, und sie könnten also doch fortkommen; und
vielleicht war es auch so gemeint. Indessen hing sich der Engländer
an den Zug als selbstbestimmter Aufpasser und ging mit an Bord.
Und auf Deck trat der Hauptmann hinzu, und er und der Engländer
15 redeten auf die drei ein, und obgleich sie abwehrten mit kurzen,
vorsichtigen Worten, als sei alles ganz unverständlich, bildete sich
doch ein geschlossener Kreis Neugieriger um sie. Und sie konnten
dem Polizisten nicht aus den Augen, wenn dieser es gar noch mehr
gewünscht hätte als sie selber. Da ordnete er endlich an: „Es wird
20 Zeit. Bitte, nehmen Sie Ihre Sachen jetzt auf und kommen Sie."

Es war dunkel. Eine kleine Mondsichel stand am Nachthimmel.
Der Zugang zur Anlegestelle der Dampfer vom Orte und also von

98 *verkehrt* wrong, crooked
 1 *Vorstand* city manager, commandant
 6 *durchsetzen* achieve   8 *zerschlissene* . . . tattered blankets
10 *bedrängen* persecute   13 *als* . . . as a self-appointed guard
15 *abwehren* refute   22 *Anlegestelle* docking place

der Anlegestelle der Dampfer zum kläglichen Orte führte hin über
eine schmale Landzunge, davon rechts und links sich Lagunen
befinden. Neben den Schienen und dem Wege lagen Maissäcke 25
geschichtet, die verladen werden sollten, wegen des mangelnden
Raumes eine sehr lange Mauer von vollen Säcken. Die Gefangenen
hatten zwei portugiesische Polizisten, etliche schwarze Askaris und
als völlig ungebetenen Begleiter den englischen Geheimagenten um
sich. Sie schritten ruhig. Als sie an die Mauer von Maissäcken 30
kamen, sagte der Jäger bei ganz ruhiger Stimme: „Nun los, versteht
ihr! Tut, was ich tue!"

Dann gab es ein paar zornige Stöße, dann fluchte der Engländer,
und er und die Polizisten ließen Pfeifen trillern durch die Nacht,
und die Askaris und schiffwärts marschierenden Soldaten brüllten: 35
„Alarma, Alarma, Alarma!", und was auf der Landzunge war, rannte
und raste zwischen Bahnwagen und Maissäcken und Schienen und
Schuppen hin und her und schrie sich an. Die drei Flüchtlinge
fielen nach tausend Metern keuchend in Schritt. Tiefer Sand und
hindernde Schwellen machen einen Lauf im Dunkeln verflucht 40
anstrengend. Sie waren gleich beieinander. Am Ende der Landzunge stand ein geballter Trupp Schwarzer auf dem Bahndamme,
vielleicht hintelephoniert. Die drei sprangen wie böse Tiere in den
Trupp, da gab dieser Fersengeld. Die drei waren sich einig: „Nur
weg von der Küste, nur den Bergen zu!" Aber sooft sie vom 45
Bahndamme herunter versuchten, gerieten sie in Wasser und Sumpf,
und das Wasser wurde jedesmal tief. Erst nach 5000 Metern gelang
es, sie kamen Berge hinauf, sie gewannen Aussicht in die Nacht,
auf den kläglichen Ort und — auf den Dampfer, der die Reise
begonnen hatte und mit vollen Lichtern nach Norden fuhr. Sie 50

23 *Anlagestelle* stopping place
25 *Schiene* track
26 *schichten* stack
28 *Askaris* native soldiers
37 *rasen* dash
40 *Schwelle* railway tie
42 *Bahndamm* causeway

24 *davon = wovon*
25 *Mais* sweet corn
28 *etliche = einige*
36 *was* all who
38 *Schuppen* shed
42 *geballt* dense
44 *gab . . .* took to its heels

sahen, daß sie alle drei hindeuteten, sie sagten nichts.   Sie liefen
dann noch die ganze Nacht durch.

Sie beschlossen: „Wir müssen erst nach Libollo zu den Schweizern.
Wir müssen die Pistolen wiederhaben.   Wir müssen uns erkundigen,
55 wie unsere Flucht dargestellt ist, und was über uns bekannt ist.   Wir
müssen uns Sachen anschaffen.   Wir müssen auch ein paar Tage
verschnaufen.   Dann bleibt nichts übrig, als daß wir den Marsch
nach Spanisch-Guinea versuchen, und wenn es weiter ist als von
Köln nach Moskau, und wenn es durch die Regenzeit geht.   Außer
60 Spanisch-Guinea ist alles feindlich."

Sie gelangten ohne Karte und ohne zu wagen, sich bei Weißen
oder Schwarzen zu erkundigen, nach einer guten Woche wirklich
auf das Hochland von Omambolo, wo die Schweizer ihre Farmen
hatten.   Sie wußten selbst kaum, wie es glückte, da sie doch nur des
65 Nachts wanderten und Hunger litten und fieberten.

Aber eines Morgens lagen die Häuser von Libollo unverkennbar
vor ihren Blicken.   Sie gingen am Abend hin, da waren die beiden
Wohnhäuser dunkel und verschlossen.   Sie klopften vorsichtig.
Niemand kam heraus.   Dann begann M. zu lachen.   Er sagte: „Wir
70 sind schon dumm geworden, wir können schon nicht mehr sehen;
der große Ochsenwagen fehlt ja, sie sind irgendwo auf Pfad."   Sie
holten sich an diesem Abend aus dem Garten der Schweizer, was es
da zu essen gab.   Als der Hunger am dritten Tage unerträglich
geworden war, kamen die Schweizer wieder.   Die drei sahen sie
75 kommen, das Heran war auch schon vorher zu hören.   An diesem
Abend wurde ihnen aufgemacht.   Die Frau sagte: „Um Gottes
willen!"   Der Mann sagte: „Wir haben schon alles gehört."   Sie
fragten: „Was wird denn erzählt?   Was steht in den Zeitungen?
Ist es bis hierher bekannt, auch bei den Schwarzen?"

80   Der Mann antwortete: „In den Zeitungen steht und wird erzählt,
und so wissen es auch die Farbigen, daß die zwei Frauen- und

---

55 *darstellen* i.e., report   57 *verschnaufen* stop for breath
58 Spanish Guinea is north of French Equatorial Africa.
75 *Heran* approach

Kindermörder aus Damaraland, die in Windhuk ausgebrochen sind, in Lobito auf dem Dampfer Zaire samt einem andern deutschen Verbrecher verhaftet worden seien, daß es ihnen aber gelungen sei zu flüchten, und auch daß sie sich wahrscheinlich raubend und 85 Unruhe stiftend im Lande herumtreiben, von jedem, dem sich Gelegenheit biete, gepackt und unschädlich gemacht werden müßten."

Sie sagten bitter: „So, jetzt sind es Frauen und Kinder...."

Der Schweizer sagte: „Ich lese nicht nur die Bibel, ich will danach 90 handeln. Aber wie kann es Ihnen so schlecht gehen? Haben Sie mir die ganze Wahrheit kundgegeben? Haben Sie nichts zurückgehalten?"

Sie erwiderten: „Nein!" Sie fügten hinzu: „Wir wollen Sie und Ihre Familien keiner Gefahr aussetzen. Wir wollen bei Ihnen nicht 95 schlafen. Wir bleiben im Busch. Verbrechern dienen Sie nicht, wenn Sie uns etwas verkaufen."

Die beiden Brüder brachten ihnen am nächsten Morgen Essen in den Busch und zwei kleine Zelte und zwei Decken und Säcke und dies und das. Die Brüder sagten: „Nach Spanisch-Guinea kommen 00 Sie niemals zu Fuß mit Ihrer Ausrüstung und flüchtend. Das ist übermenschlich."

Die drei antworteten: „Wißt ihr was Besseres? Und wenn es Fiebertod sein soll, das ist immer noch freier Tod."

Die drei waren sehr fleißig an diesen Ruhetagen. Sie besserten 5 die Schuhe aus. Sie nähten sich Rucksäcke aus dem Sackleinen. Es gab dann einen plötzlichen Aufbruch am Abend des vierten Tages, weil die Farbigen auf den Farmen etwas gemerkt hatten und zu reden anfingen. An diesem vierten Abend war noch keine Decke da für den dritten Mann. Sie liefen in den ersten dreimal vier- 10 undzwanzig Stunden nur des Nachts, der Schweizer wegen, damit kein Auge sie bemerke und kein Gerücht sich verbreiten könnte, sie

---

86 *Unruhe stiften* cause disturbances   92 *kundgeben* tell
 1 *Ausrüstung* equipment   7 *Aufbruch* departure
12 *Gerücht* rumor

kämen aus der Richtung der Schweizer und hätten wohl dort Hilfe gefunden.

15   Als die drei Tage herum waren, gingen sie, wie es paßte; es wurde auch eine sehr volkreiche Landschaft, und nachts wie tags konnte man auf den Buschpfaden ziehenden Trägern begegnen. In diesen ersten Zeiten sahen die drei von der Auffrischung in Libollo her noch ordentlich aus. Sie waren rasiert, sie hatten Seife, sie hatten noch
20   nicht die sehr tiefen Löcher in den Wangen, ihre Hosen waren noch nicht ausgefranst, und ihre Röcke und Stiefel waren noch nicht zerlumpt. Daß sie zu Fuß gingen, statt wie die Portugiesen in Hängematten getragen zu werden, daß sie gar keine Diener hatten, daß sie in einem Lande, in dem der letzte Weiße meint, er sei zu
25   königlich, den geringsten Gegenstand selbst zu tragen, Bündel aus grobem Sackleinen auf den Rücken geschnallt führten, fiel den begegnenden Schwarzen allerdings erstaunlich auf. Aber die Schwarzen liefen noch nicht fort von weitem, sie blieben noch stehen, sie gehorchten noch dem Anrufe.

30   Die drei führten mit den schwarzen Begegnern immer dasselbe Gespräch. Sie fragten jedesmal: „Wo ist in dieser Richtung und in dieser Richtung" — wieviel es nun Wege und Möglichkeiten gab — „das nächste Umbonge?" Umbonge heißt Fort mit einer Besatzung. Wenn die Schwarzen zeigten: „Hier und hier und hier!", fragten
35   sie weiter: „Wie lange dauert es hier? Und wie lange dauert es hier?" Dann antworteten die Schwarzen: „Die Sonne steht dort oder dort oder dort, bis einer richtig hingelangen kann." Die drei nahmen dann scheinbar den Pfad auf, der dem Fort zulief, welches im Rücken der ziehenden Schwarzen lag. Sie nahmen ihn auf, um
40   ihn, sobald sie sich unbeobachtet wußten, wieder zu verlassen. Auf diese Weise steuerten sie zwischen den Forts durch als den Orten der ärgsten Gefahr. Aber durch das Abbiegen und Ausweichen und

15 *passen* be fitting *or* proper   19 *ordentlich* decent
21 *ausgefranst* frayed   23 *Hängematte* hammock
26 *schnallen* buckle

Wiederaufnehmen der Richtung ging es bald täglich durch Wasser und Sümpfe und übermannshohes Gras. Und was wird dann aus schlechtgenährten Menschen mit alten Anzügen? 45

Der erste, der vor ihnen weglief, war ein weißer oder halbweißer Händler samt seiner Mannschaft. An dem Tage lachten sie über den Schrecken, den ihr Erscheinen eingeflößt hatte. Sie lachten, weil einer von ihnen mit richtigem Fieber marschierte und die beiden anderen alles andere als wohl waren. „Man fühlt sich so dreckig 50 und, kuck mal an, man stellt noch so viel vor." Am folgenden Tage wollten sie an einen weißen Händler, er war ganz sicherlich weiß, die Frage nach dem Fort tun, aber dieser hielt nicht an. Seine Karawane lief nicht in den Busch, sie zog nur rascher. Der Weiße winkte, wie einer den Arm bewegt, der nichts versteht oder auch nichts 55 hören will, und die Farbigen sahen sich eigentümlich an. Die drei sagten untereinander: „Was ist das für ein Unfug? Der muß es wohl in der Zeitung gelesen haben oder. . . ." Und jeder dachte bei sich: „Wie sehen die beiden andern auch aus! Wenn ich so aussehe wie sie, dann sind wir freilich ein Anblick zum Fürchten- 60 machen." Es prüfte auch jeder verstohlen sein Bild im nächsten hellen Wasser. Sie kamen am Abend überein, sie müßten heran an einen Händlerposten und müßten etwas für sich tun und müßten dafür etwas Geld ausgeben. Obgleich das Geld noch lange hin- zureichen habe, sei die dritte Decke nötig, für ihre Füße sei ebenfalls 65 was nötig, und was zu essen sei nötig, das den Magen nicht nur quäle, sondern dem Körper auch Kraft gebe.

Sie fragten die nächsten Schwarzen nach dem nächsten Händler. Sie gingen hin, trotzdem er nicht sehr weit von dem Fort seinen Kaufladen hatte. Der Händler war ein fetter, dunkelhäutiger 70 Portugiese. Er trat selbst vor die Ladentüre. Er fragte muffig und erschreckt: „Was gibt's? Was wollen Sie?"

Sie antworteten: „Zunächst einmal in den Laden!"

---

47 *Mannschaft* retinue 48 *einflößen* inspire
51 *kuck* . . . lo and behold
51 *man* . . . one still cuts such a figure
57 *Unfug* mischief 71 *muffig* sulkily

Er räumte knurrend die Türe, aber drinnen erschien er sehr bleich,
75 und seine Glieder zitterten, und er fragte: „Was muß ich hergeben?"
Sie deuteten auf die Decken und Stiefel. Er riß Decken und Stiefel
herunter und stieß sie ihnen zu. Sie wählten, während er erschreckt
lauernd neben der Türe stand, die vom Laden in das Haus führte.
Sie sagten: „Das kostet doch viel." Sie nahmen zum Essen nur etwas
80 Fett und Tapiokamehl mit, daraus man Pfannkuchen backen kann.
Sie sagten: „Wenn man so alles vor sich sieht und Hunger hat, was?"
Aber sie dachten, wie lange das Geld dauern müsse. Sie sagten:
„Komm her, Portugal! Wieviel macht's?" Er nannte von der
Türe aus den Preis. Sie sagten: „Nein, so geht's nicht, du mußt
85 dich schon bemühen, uns herauszugeben, wir brauchen jeden
Pfennig!" Er ging widerwillig und schielend an die Geldschublade.
Als er das Wechselgeld reichte, schlotterten seine Hände so sehr,
daß es hinfiel und herumrollte. Sie sagten: „Tolpatsch!" Sie
suchten es auf und gingen hinaus in die Sonne und hatten ein merk-
90 würdiges Gefühl, gequält und stolz, aber mehr gequält als stolz.
Sie freuten sich richtig, als sie wieder allein gingen im Busch.

Sie waren um diese Zeit im Bundulande und wanderten in der
Richtung des Limbilolandes, wo Dorfschaften noch Menschen
fressen. Alle Ovimbundu rissen von nun an aus, sobald sie der drei
95 Männer ansichtig wurden. Die Neger rissen aus mit einem unverständlichen Geschrei. Bei den einsam gelegenen Kaufläden, die die
drei Wanderer jetzt öfter angingen, weil man doch einmal etwas
hören möchte, war der Empfang immer der gleiche. Kein Gruß
wurde ihnen geboten, tückische Furcht glotzte sie an. Sobald sie
00 forderten, wurde schielend gehorcht. Daß sie zahlten mit guter

74 *knurren* growl   78 *lauernd* warily
85 *herausgeben* give change   86 *schielen* squint, cast side glances
88 *Tolpatsch* clumsy lout
92 *Bunduland* the land of the Bundu tribe in South Angola
93 *Limbiloland* the region of the Liumbale river in Angola
93 *Dorfschaften* villages
94 *Ovimbundu* natives of Ovimbundu (the same as Bunduland above)
94 *ausreißen* beat it   97 *angehen* approach
99 *tückisch* malevolent   99 *glotzen* glare

Münze und ohne zu feilschen, war deutlich unerwartet. Irgendeine
Schlinge oder Falle schien der Forderer noch beim Bezahlen zu
vermuten. Nach dem Bezahlen, auch wenn dem Händler trotz seiner
Angst eine unverschämte Überforderung geglückt war — gegen die
sie sich mit Bewußtheit nicht wehrten — gab es kein Gespräch und 5
keinen Abschiedsgruß. Hinter Fensterläden sah ihnen die furchtsame
Tücke nach.

Sie hatten die Bärte wachsen lassen. Sie stimmten überein: wo
jetzt Geld verwandt werde, werde es am besten für Kost und Chinin
ausgegeben. Kost und Chinin muß ein Mensch haben. Sie lernten 10
inzwischen verstehen, was die fliehenden Neger meistens schrien.
Die Ovimbundu schrien: „Bulamatari, Bulamatari!" als Warnruf.
M. sagte: „Danach brauche ich niemand zu fragen, Bulamatari sind
Menschenfresser. Der Ruf soll bedeuten: „da sind sie, die Menschenfresser!" Sie griffen sich einmal einen Kerl, der ihr Herannahen 15
verspätet bemerkt hatte, und fragten ihn aus. Sie sagten: „Es
geschieht dir gar nichts. Hier hast du ein Geschenk. Aber du mußt
erzählen, warum ihr Dummköpfe euch vollmacht vor Angst, wenn
ihr uns nur seht. Das mußt du, eher kommst du nicht los." Der
Kerl versuchte, sich töricht zu stellen. Sie sagten: „Das hilft dir 20
nichts, Junge." Und einer von ihnen machte im Spaße rollende
Augen und fletschte die Zähne. Da antwortete der Schwarze: „Ihr
weißen Männer seid doch die, die in Damaraland die Frauen und
Kinder schlachteten." Sie redeten zwei Tage daran herum, sie
sagten: „Das sündhafte Geschwätz hat einen Vorteil. Wieviel 25
Askaris mögen von den verschiedenen Forts jedesmal auf unsere
Spur gesetzt worden sein, denn die Händler und die Kaffern haben

1 *feilschen* haggle   2 *Schlinge* snare
2 *Falle* trap   9 *Kost* food
9 *Chinin* quinine (for the treatment of malaria)
14 *Menschenfresser* This is an error; the word means *road builder* (lit., *stone breaker*) and is the African name of the explorer Stanley.
18 *sich vollmachen* befoul oneself   20 *sich . . .* act silly
22 *fletschen* gnash   25 *sündhafte . . .* sinful chatter
27 *Kaffirs* another name for South African Bantus

doch sicher Meldungen gemacht. Aber die farbigen Herren Soldaten
haben uns lieber im Busch verfehlt. Das ist das Gute davon!"

30   Sie zogen durch eine Gegend des Bundulandes, in der wurden die
Felder der Eingeborenen im Busche häufig. Es waren bald Mais-
felder, bald Maniokfelder, bald Süßkartoffelfelder. Auf den
Feldern arbeiteten jetzt überall die schwarzen Weiber, ihrer zehn bis
fünfzehn.

35   Das erstemal hatten die drei Wanderer die arbeitenden Weiber
wohl vorher gehört; aber vorher gesehen waren sie von einem
Mädchen, das abseits hockte bei einem Geschäfte. Das Mädchen
schrie: „Bulamatari!" Sie schrie in solcher Angst, als säße ihr schon
das Schlachtmesser an der Kehle. Die Weiber nahmen den Ruf
40 auf, es gab ein Springen nach den Kindern. Die drei Wanderer
liefen, um doch recht zu sehen, was es gäbe. Sie sahen nur noch
das flüchtende Rudel Frauen, dann war das Feld leer, und es wurde
ganz still.

Das zweite- und drittemal hörten und sahen die drei Wanderer
45 den arbeitenden und singenden und schwatzenden Weibertrupp
zuerst. Das zweitemal blieben sie im Busche und rührten sich nicht
und schauten der lachenden Arbeit eine Weile zu, weil es ihnen
gefiel, oder man kann auch sagen, weil es wohltat und ausruhte,
harmloses Leben unerschreckt vor sich zu haben. Das drittemal
50 traten sie auf das Maniokland hinaus. Sie wollten versuchen, ob die
Weiber nicht Vernunft annähmen. Als gerade diese besonders schrill
brüllten trotz der großen Zahl, da fuchtelten die drei mit ihren
Wanderstäben und taten wie Menschenfresser aus dem Märchen, die
gleich mit Siebenmeilenstiefeln die Verfolgung beginnen wollten.

55   Das viertemal waren wenige Weiber auf einem kleinen Süßkar-
toffelfelde bei der Arbeit. Sie waren nicht zu hören gewesen.
Der Negerpfad stieß unerwartet auf das kleine urbare Stück Land.
Die drei Wanderer sahen das Land in der späten Nachmittagssonne,

28 *Herren* here used contemptuously.
32 *Maniok* a bitter cassava with edible starchy roots
37 *bei* . . . i.e., doing her business   42 *Rudel* pack
52 *fuchteln* wave   57 *urbar* arable

sie sahen keine zwanzig Meter entfernt ein dickes, starrendes und
schon heulendes, nacktes, schwarzes Wesen auf der Erde sitzen, sie 60
sahen am Ende des Landes vier Frauen, die aufhörten zu hacken und
von Blick zu Blick wie versteint schienen; dann jagte ein sehr junges
Weib die sechzig oder achtzig Meter her bis zu dem Kinde und griff
es auf, immer die entsetzten Augen auf die drei Männer gerichtet,
und erst, als sie das Kind hoch hatte, schrie sie zornig: „Bulamatari, 65
Bulamatari, Bulamatari, Bulamatari!" und jagte, fortwährend
schreiend, zurück und mit den andern drei Weibern, die zu schreien
anhuben, als sie schrie, hinein in den Busch. Die drei Wanderer
hatten sich kaum gerührt. Nachdem die Rufe in der Ferne verhallt
waren, sagte V.: „Ihr glaubt gar nicht, wie häßlich ihr ausseht; es 70
ist schon wirklich kein Wunder mehr. Ihr habt keine Bärte, ihr habt
verblichene Zotteln am Kinne hängen."
      Die beiden anderen antworteten: „Glaubst du, bei dir wäre irgend
etwas besser?!" Sie redeten dann geflissentlich von nichts anderem
als von dem tapferen Mute der jungen schwarzen Mutter, die erst 75
ihren Aufschrei getan habe nach dem Erfassen des Kindes, die die
erste gewesen sei, die den Lauf auf sie zu gewagt habe.

      Das fünftemal, da sie auf Feld trafen im Busche, geschah die
Sache mit dem Goldstücke. Sie waren an diesem Tage sehr müde,
einer von ihnen hatte die Nacht in sehr schwerem Fieber gelegen, 80
Fieber hatte auch der zweite, dem dritten taten die Füße weh. Das
Feld lag in der Morgensonne, Weiber und vielleicht Männer waren
bei der Feldarbeit. Die drei sagten untereinander: „Ach was!
Vorüber! Den Weg für heute wissen wir." Sie versuchten also
vorbeizuschleichen. Aber die Schwarzen witterten und merkten, daß 85
irgend etwas außergewöhnlich sei im Busch; und dann wurden sie
wohl gesehen. Es gab das alte Gezeter: „Bulamatari, Bulamatari,

68 *anheben* = *anfangen*
72 *verblichene* . . . bleached matted hair
74 *geflissentlich* intentionally   83 *Ach* . . . Oh nuts! it'll pass
85 *wittern* scent   87 *Gezeter* screaming

Bulamatari!" Es erschraken auch Tierstimmen im Busch, und es gab ein großes Flüchten.

90 Der Jäger sagte: „Die Bande ist zu dumm!"

Die beiden andern sagten: „Sie haben aber etwas zurückgelassen. . . ."

Die drei blieben halten, sie sahen, daß es ein Kind war, so ein Toddel von zwei Jahren mit einem dicken, schwarzen Wollkopfe

95 und fetten, glänzenden Schultern und Armen und einem fetten, glänzenden, kleinen Trommelbauche. Sie warteten, sie dachten beide an das mutige junge Weib vom vorhergehenden Tage. Sie dachten: ‚Wer wird jetzt wiederkommen?'

V. sagte: „Na, jemand wird doch das kleine schwarze Scheusal

00 holen, das wäre doch. . . ."

Obgleich sie aber nicht näher gingen und sich nicht rührten, um nicht zu stören und nicht zu hindern, kam niemand. Vielmehr blieb der Busch jetzt still, fünf Minuten, zehn Minuten, eine Viertelstunde, eine halbe Stunde. Der Busch blieb still bis auf die Laute

5 der Insekten und einen einzigen, fernen, nicht nachgemachten, vorsichtigen Vogelruf. Da geschah folgendes. Da gingen die drei häßlichen, verwilderten Männer mit den Bärten, die in Zotteln von ihren Gesichtern hingen, mit den tiefen Löchern in den hungrigen Wangen, mit zerlumpten Röcken und Stiefeln, mit den ausgefransten

10 Hosen und den Fieberaugen hin zu dem Kinde. Sie gingen vorsichtig, um es durch rasche Bewegungen nicht zu erschrecken. Sie sagten: „Wir wollen es nicht anfassen, es brüllt doch nur." Sie blieben vor dem Kinde stehen. Sie hielten den dünnen Geldbeutel, der jetzt der gemeinsame Geldbeutel war. Sie entnahmen dem

15 Geldbeutel ein goldenes Pfundstück. Sie sagten: „Es muß so liegen, daß der kleine Teufel es nicht greift und nicht in den Mund steckt und nicht schluckt, und daß sie es richtig sehen, wenn sie

90 *Bande* gang   94 *Toddel* toddling child
96 *Trommelbauch* pot belly   99 *Scheusal* monster
15 *Pfundstück* i.e., an English pound

wiederkommen." Sie sagten: „Wiederkommen werden sie schnell genug, sobald wir nur aus dem Wege sind."

Danach gingen die drei unverzüglich weiter und versuchten nicht 20 zu beobachten, was nun geschähe.

Das ist das Ende der Geschichte vom Goldstück. Das Ende der Geschichte von F. und M. und V. steht anderswo zu lesen. Das Ende ihrer Geschichte, insofern es irgendein Ende und eine ganze Auflösung gibt vor dem Tode, war, daß sie nicht nach Spanisch- 25 Guinea gelangten, sondern im Fieber von Askaris gefangengenommen wurden und nach Gefängnis und Qual und langer Not schließlich in die Heimat kamen.

Und nun möchte ich zur Geschichte vom Goldstücke, die ich nachschrieb, noch etwas sagen: Es mag doch zugehen, daß, wenn 30 irgend etwas ganz Verwunderliches geschieht durch die Menschenseele, in die himmlische Musik ein Klingen hineinstößt, daß Gott und alle Engel aufhorchen und der Seligkeit vergessen, brennenden und sogar sehnsüchtigen Auges niederschauen auf die Erde. Denn so unergründlich reich wie die Menschen trotz allen ihren Armselig- 35 keiten und Scheußlichkeiten ist nichts.

25 *Auflösung* resolution   30 *nachschreiben* write down
30 *zugehen* happen   31 *verwunderlich* strange
35 *Armseligkeiten* . . . paltriness and monstrosities

ROBERT MUSIL

1880 — 1942

Though Robert Musil had been writing since 1906, he first attracted attention when volume one of his novel *Der Mann ohne Eigenschaften* appeared in 1931. Even that work received only the baffled and grudging respect which Musil received all his life and caused him to become bitter toward his contemporaries. The very few (among them Thomas Mann) realized his true significance and the pathfinding character of his literary achievement, which they compared to that of Proust and Joyce. Musil was attempting to delineate the anatomy of twentieth-century society, as Thomas Mann had done in *Der Zauberberg* and Hermann Broch in *Die Schlafwandler*. He took a tiny point in time and space—the eve of World War I in Vienna—and showed the clash of *Weltanschauungen* which made our civilization, that "heartbreak house," ripe for destruction. It was not as a moralist that Musil passed judgment on the contemporary world, but as a scientist. His point of view parallels that of Shaw and Wells: the advances which science has made in this century prove that man has enough creative intelligence to transform the world, if he could only empty his mind of the ancient furniture which clutters it. But this is precisely what he will not do in the area of mental life, where ruthless technological rationalization combines with primitive lust for power and superstitious "mysticism" to generate practical enslavement plus spiritual turmoil. Whether Musil's ambivalent protagonist Ulrich has any solution for man's dilemma is a question which cannot be answered here. *Der Mann ohne Eigenschaften,* for all its tremendous length, remains a torso, a testimony to an artist-thinker of depth.

Besides this *magnum opus,* Musil published three collections of shorter fiction. *Der Riese AGOAG* is taken from the last of these, characteristically labeled *Nachlaß zu Lebzeiten* (1935). This parable stands in the same relationship to Musil's great novel as the *Novellen* of Thomas Mann to his great novels; it presents the large problem in capsule form.

Robert Musil was born in Klagenfurt, Austria, the son of a distinguished professor of engineering. He entered upon a military career at the request of his father; but his interest in science led him to study engineering. Embarked on an academic career, he felt a need to study philosophy. Again an academic career beckoned. But Musil entered the field of journalism instead. He fought in World War I, then served in the Austrian Foreign Office and as a technical adviser to the Austrian Ministry of War. For years he lived from his pen, as a journalist and free-lance writer. From 1924 on he worked at his great novel. When the Nazis seized power he left Berlin, where he had been for the previous two years, and returned to Austria. Five years later, when Hitler seized Austria, Musil moved to Geneva, Switzerland, where he remained until his death.

ROBERT MUSIL

Der Riese AGOAG

Wenn der Held dieser kleinen Erzählung — und wahrhaftig, er war
einer! — die Ärmel aufstreifte, kamen zwei Arme zum Vorschein,
die so dünn waren wie der Ton einer Spieluhr. Und die Frauen
lobten freundlich seine Intelligenz, aber sie „gingen" mit anderen,
von denen sie nicht so gleichmäßig freundlich sprachen. Nur eine 5
einzige ansehnliche Schöne hatte ihn einmal, und zu aller Über-
raschung, tieferer Teilnahme gewürdigt; aber sie liebte es, ihn mit
zärtlichen Augen anzuschauen und dabei die Achseln zu zucken.
Und nachdem sich das kurze Schwanken in der Wahl von Koseworten
gelegt hatte, das gewöhnlich zu Beginn einer Liebe statt hat, nannte 10
sie ihn: „Mein Eichhörnchen!"

Darum las er in den Zeitungen nur den Sportteil, im Sportteil am
eifrigsten die Boxnachrichten und von den Boxnachrichten am
liebsten die über Schwergewichte.

Sein Leben war nicht glücklich; aber er ließ nicht ab, den 15
Aufstieg zur Kraft zu suchen. Und weil er nicht genug Geld hatte,
in einen Kraftverein einzutreten, und weil Sport ohnedies nach
neuer Auffassung nicht mehr das verächtliche Talent eines Leibes,
sondern ein Triumph der Moral und des Geistes ist, suchte er diesen
Aufstieg allein. Es gab keinen freien Nachmittag, den er nicht 20
dazu benutzte, auf den Zehenspitzen spazieren zu gehen. Wenn er
sich in einem Zimmer unbeobachtet wußte, griff er mit der rechten

Title: The word Agoag is explained on page 229, line 56.
  2 *aufstreifen* roll up   5 *gleichmäßig* uniformly
  6 *ansehnliche Schöne* stately beauty   7 *würdigen* favor
  9 *Koseworte* terms of endearment   10 *sich legen* subside
 10 *statthaben* take place   11 *Eichhörnchen* squirrel
 17 *Kraftverein* sporting club   17 *ohnedies* besides

Hand hinter den Schultern vorbei nach den Dingen, die links von ihm lagen, oder umgekehrt. Das An- und Auskleiden beschäftigte
25 seinen Geist als die Aufgabe, es auf die weitaus anstrengendste Weise zu tun. Und weil der menschliche Körper zu jedem Muskel einen Gegenmuskel hat, so daß der eine streckt, wenn der andere beugt, oder beugt, wenn jener streckt, gelang es ihm, sich bei jeder Bewegung die unsagbarsten Schwierigkeiten zu schaffen. Man kann wohl
30 behaupten, daß er an guten Tagen aus zwei völlig fremden Menschen bestand, die einander unaufhörlich bekämpften. Wenn er aber nach solchem aufs beste ausgenutzten Tag ans Einschlafen ging, so spreizte er alle Muskeln, deren er überhaupt habhaft werden konnte, noch einmal gleichzeitig auseinander; und dann lag er in seinen
35 eigenen Muskeln wie ein Stückchen fremdes Fleisch in den Fängen eines Raubvogels, bis ihn Müdigkeit überkam, der Griff sich löste und ihn senkrecht in den Schlaf fallen ließ. Es durfte nicht ausbleiben, daß er bei dieser Lebensweise unüberwindlich stark werde. Aber ehe das geschah, bekam er Streit auf der Straße und wurde von einem
40 dicken Schwarm von Menschen verprügelt.

Bei diesem schimpflichen Kampf nahm seine Seele Schaden, er wurde niemals ganz so wie früher, und es war lange fraglich, ob er ein Leben ohne alle Hoffnung werde ertragen können. Da rettete ihn ein großer Omnibus. Er wurde zufällig Zeuge, wie ein riesen-
45 hafter Omnibus einen athletisch gebauten jungen Mann überfuhr, und dieser Unfall, so tragisch für das Opfer, gestaltete sich für ihn zum Ausgangspunkt eines neuen Lebens. Der Athlet wurde sozusagen vom Dasein abgeschält wie ein Span oder eine Apfelschale, wogegen der Omnibus bloß peinlich berührt zur Seite wich, stehen
50 blieb und aus vielen Augen zurückglotzte. Es war ein trauriger

---

25 *es . . . tun* i.e., the acts of dressing and undressing were for him a task to be performed with the utmost expenditure of energy

32 *ausnutzen* exploit

37 *es . . .* it could not but happen

41 *schimpflich* disgraceful

48 *Span* splinter

50 *glotzen* glare

33 *auseinanderspreizen* stretch

38 *unüberwindlich* unbeatably

48 *abschälen* peel off

49 *wich* swerved

Anblick, aber unser Mann nahm rasch seine Chance wahr und kletterte in den Sieger hinein.

Das war nun so, und von Stund an blieb es auch so: Für fünfzehn Pfennige durfte er, wann immer er wollte, in den Leib eines Riesen kriechen, vor dem alle Sportsleute zur Seite springen mußten. Der **55** Riese hieß Agoag. Das bedeutete vielleicht Allgemeingeschätzte-Omnibus-Athleten-Gesellschaft; denn wer heute noch Märchen erleben will, darf mit der Klugheit nicht ängstlich umgehen. Unser Held saß also auf dem Verdeck und war so groß, daß er alles Gefühl für die Zwerge verlor, die auf der Straße wimmelten. **60** Unvorstellbar wurde, was sie miteinander zu besprechen hatten. Er freute sich, wenn sie aufgeschreckt hopsten. Er schoß, wenn sie die Fahrbahn überquerten, auf sie los wie ein großer Köter auf Spatzen. Er sah auf die Dächer der schmucken Privatwagen, die ihn früher immer durch ihre Vornehmheit eingeschüchtert hatten, jetzt, im **65** Bewußtsein der eigenen Zerstörungskraft, ungefähr so herab, wie ein Mensch, mit einem Messer in der Hand, auf die lieben Hühner in einem Geflügelhof blickt. Es brauchte aber durchaus nicht viel Einbildung dazu, sondern bloß logisches Denken. Denn wenn es richtig ist, was man sagt, daß Kleider Leute machen, weshalb sollte **70** das nicht auch ein Omnibus können? Man hat seine ungeheuerliche Kraft an oder um, wie ein anderer einen Panzer anlegt oder ein Gewehr umhängt: und wenn sich die ritterliche Heldenschaft mit einem schützenden Panzer vereinen läßt, weshalb dann nicht auch mit einem Omnibus? Und gar die großen Kraftnaturen der Welt- **75** geschichte: war denn ihr schwacher, von den Bequemlichkeiten der

51 *wahrnehmen* perceive   53 *von* . . . from now on
55 *kriechen o o* crawl
59 *Verdeck* i.e., on the upper deck of a double-tier bus
61 *unvorstellbar* unimaginable
62 *aufgeschreckt* . . . hopped in terror
63 *Köter* cur   63 *Spatz* sparrow
64 *schmuck* smart, trim
72 *an oder um* on or about one (referring to *anlegen* and *umhängen*)
72 *Panzer* armor   73 *Gewehr* rifle
73 *ritterliche* . . . chivalrous heroism

Macht verwöhnter Leib das Furchtbare an ihnen, oder waren sie
unüberwindlich durch den Apparat der Macht, mit dem sie ihn zu
umgeben wußten? Und was ist es, dachte unser Mann, in seinem
80 neuen Gedankenkreis thronend, mit allen den Edelleuten des Sports,
welche die Könige des Boxens, Laufens und Schwimmens als
Höflinge umgeben, vom Manager und Trainer bis zum Mann, der die
blutigen Eimer wegträgt oder den Bademantel um die Schultern legt;
verdanken diese zeitgenössischen Nachfolger der alten Truchsessen
85 und Mundschenken ihre persönliche Würde ihrer eigenen oder den
Strahlen einer fremden Kraft? Man sieht, er hatte sich durch einen
Unfall vergeistigt.

Er benutzte nun jede freie Stunde nicht mehr zum Sport, sondern
zum Omnibusfahren. Sein Traum war ein umfassendes Strecken-
90 abonnement. Und wenn er es erreicht hat, und nicht gestorben,
erdrückt, überfahren worden, abgestürzt oder in einem Irrenhaus ist,
so fährt er damit noch heute. Allerdings, einmal ging er zu weit
und nahm auf seine Fahrten eine Freundin mit, in der Erwartung,
daß sie geistige Männerschönheit zu würdigen wisse. Und da war
95 in dem Riesenleib ein winziger Parasit mit dicken Schnurrbartspitzen,
der lächelte die Freundin einigemal frech an, und sie lächelte kaum
merklich zurück; ja, als er ausstieg, streifte er sogar versehentlich an
sie und schien ihr dabei etwas zuzuflüstern, während er sich vor
allen ritterlich entschuldigte. Unser Held kochte vor Wut: er hätte
00 sich gerne auf den Nebenbuhler gestürzt, aber so klein dieser neben
dem Riesen Agoag ausgesehen hätte, so groß und breit erschien er
darin. Da blieb unser Held sitzen und überhäufte nur später seine
Freundin mit Vorwürfen. Aber, siehe, obgleich er sie in seine
Anschauungen eingeweiht hatte, erwiderte sie nicht: Ich mache mir

---

77 *verwöhnt* pampered   82 *Höfling* courtier
84 *Truchsessen* . . . lord high stewards and cupbearers
87 *sich vergeistigen* become clever
89 *ein* . . . a subscription to permit him to ride the buses for life
97 *versehentlich* accidentally   00 *Nebenbuhler* rival
 2 *überhäufen* overwhelm   3 *siehe* behold
 4 *einweihen* initiate

nichts aus starken Männern, ich bewundere Kraftomnibusse! sondern 5
sie leugnete einfach.

Seit diesem geistigen Verrat, der auf die geringere Verstandeskühnheit der Frau zurückzuführen ist, schränkte unser Held seine
Fahrten etwas ein, und wenn er sie antrat, so geschah es ohne
weibliche Begleitung. Ihm ahnte ein wenig von der männlichen 10
Schicksalswahrheit, die in dem Ausspruch liegt: Der Starke ist am
mächtigsten allein!

9 *antreten* begin
11 *Der Starke* ... a quotation from Schiller's *Wilhelm Tell* (I, 3)

HANS FALLADA

1893 — 1947

Hans Fallada is the pen name of Rudolf Ditzen. He was born in Greifswald, Pomerania, the son of a judge, and grew up in Berlin and Leipzig, by his own account a sickly boy given to tears and solitude. He never finished high school but went to work as an agricultural laborer, clerk, bookkeeper, petty tradesman. His first two novels, published between 1920 and 1922, were failures. For six years he marked time; marriage finally brought him emotional stability. He lived by soliciting advertising for a newspaper in a small Holstein town. His next novel *Bauern, Bonzen und Bomben* (1931) was praised by the critics, and the publication of *Kleiner Mann was nun?* (1932) made him famous, not only in Germany but abroad. During the Nazi years he wrote steadily, without ever attaining the level of his early success. Though hostile to the regime, he tried to remain neutral. The effort told on his work.

Fallada is not a writer of the first magnitude. But in his best work he captured the atmosphere in which the modern white-collar man lives. He depicts the existence and the problems of that rare phenomenon in Germany—the man without metaphysics, who is absorbed by the physical necessities of life. He shows how an ethos arises from this unmetaphysical existence. There may not be in his work the literary quality which his rivals in the genre achieve (Alfred Döblin in *Berlin Alexanderplatz*, Anna Seghers in *Aufstand der Fischer von St. Barbara;* Leonhard Frank in *Von drei Millionen drei*). But one feels from his pages that same authenticity of "real life" that one breathes in James Joyce's *Dubliners*.

The sketch *Ich bekomme Arbeit,* which appeared in the periodical *Die Tat,* obviously resulted from Fallada's own experience. It has that same unliterary, human, slightly ironical atmosphere that Fallada's big novels yield.   It is more than mere *reportage;* it is "a slice of life seen through a temperament," which is a respectable prescription for a type of literature that will always be with us.

Ich bekomme Arbeit

I

Als es gegen den Herbst ging, füllte sich die große Stadt mit
Arbeitslosen, die Preise wurden höher und unsere Aussichten, ein
paar Mark zu verdienen, geringer. Da beschlossen Willi und ich,
in eine kleinere Stadt zu gehen: wir wählten Altholm. Dort war
eine Holzwarenfabrik, in der Willi einmal im Akkord Kisten   5
genagelt hatte. Er hatte damals gut verdient, er erinnerte sich dessen
gern, er hoffte, es würde wieder klappen mit solcher Arbeit. Bei
mir war der Fall schwieriger, ich war zu körperlicher Arbeit untüchtig,
aber auch für mich würde sich schon etwas finden.

Wir schickten unsere Sachen in einem Korb mit Fracht voraus und   10
walzten die hundertfünfzig Kilometer. Es war schöner, windiger,
sonniger Herbst, es tat uns gut, ein paar Tage draußen zu sein und
nicht nach Arbeit zu krampfen. Das Essen kostete uns fast nichts:
Äpfel gab es genug an den Bäumen und Brot schnorrte Willi bei den
Landbäckern. Wir paßten stets ab, daß eine Frau im Laden war,   15
dann ging Willi hinein und stellte sich hin. Er hatte eine spaßige
Art, mit seinem kugeligen Seehundskopf die Frauen anzusehen, sie
lachten und gaben ihm so viel er wollte. Um Geld baten wir nie,
wir waren noch gut im Zeug, hatten unsere schönen blauen Anzüge
an, dazu ich einen Gummimantel und Willi seine Windjacke.   20

Mit Äpfeln und Brot kann man gut bestehen, wir hatten übrigens
schon seit einem halben Jahr nicht mehr warm gegessen und fanden

---

4 *Altholm* is a fictitious place.   5 *im Akkord* by the piece
7 *klappen* click   11 *walzen* hop it
13 *krampfen* look frantically   14 *schnorren* beg
17 *Seehund* seal   19 *gut . . .* in good shape

uns wohl dabei. Nachts schliefen wir für zehn Pfennig bei den
Bauern im Stroh. Ehe wir schlafen gehen durften, suchten die
25 immer unsere Taschen nach Streichhölzern und Rauchbarem ab. Sie
gaben uns das dann am andern Morgen wieder, einer schenkte uns
sogar einmal ein paar Zigarren dazu.

So kamen wir in sechs oder sieben Tagen nach Altholm und
fanden in der Starenstraße bei einem Lederarbeiter ein Zimmer für
30 sechs Mark die Woche. Es hatte nur Tisch, Stuhl und ein Bett, in
dem wir zusammen schliefen, aber die Nächte waren jetzt schon kühl
und so war das nur angenehm. Willi hatte wirklich Schwein, er
bekam schon den dritten Tag Arbeit in seiner Holzwarenfabrik.
Diesmal nagelte er Fallennester für Hühner, auch Akkord, und
35 brachte die Woche fünfundzwanzig, manchmal auch dreißig Mark
nach Hause. Es war eine kleine Fabrik, die nur mit ungelernten
Leuten ohne Tarif arbeitete. Wir wußten, es war Unrecht, da
mitzumachen, aber wir hatten zu lange Kohldampf geschoben, um
wählerisch zu sein.

2

40   Stellen für mich waren nie in der Zeitung ausgeschrieben, aber ich
lief viel in der Stadt umher und sah, wo ich zufassen konnte. War
in einem Geschäft einmal rechter Andrang, ging ich hinein und
fragte, ob ich helfen dürfte. Manchmal bekam ich eine Stunde
Pakete zu packen und brachte einen Fünfziger nach Haus. Zuerst
45 lungerte ich auch viel auf dem Bahnhof herum, weil den Menschen,
wenn sie reisen, das Geld lockerer sitzt, und richtig durfte ich auch
mal einen Koffer tragen. Aber ein Dienstmann hatte mich gesehen
und lief hinter mir und dem Reisenden her und schimpfte mich
Schwarzarbeiter. Er nannte mich mit allen möglichen Namen,

---

32 *Schwein* luck (vulgar)   34 *Fallennest* chicken coop
37 *Tarif* fixed wage
38 *Kohldampf schieben* go hungry (army slang)
44 *Fünfziger* 50 Pfennigs   45 *lungern* loll, loiter
47 *Dienstmann* porter   49 *Schwarzarbeiter* = *Streikbrecher*

Streikbrecher, Stempelbruder, Wohlfahrtskrebs, und von da an, wenn 50
er mich nur von weitem sah, fing er schon an mich zu beschimpfen.
Ich paßte sehr auf, daß ich ihn möglichst wenig traf und ging auch
nicht wieder auf den Bahnhof.

Vor allem hatte ich Willi zu besorgen. Morgens stand ich zeitig
auf, machte ihm Kaffee, schmierte seine Stullen und weckte ihn dann. 55
War er fort in die Fabrik, räumte ich das Zimmer auf, wusch auch
die Wäsche, dann ging ich los auf Arbeit. Um drei mußte ich
wieder im Haus sein und sein Essen kochen. Jetzt, wo er wieder
Arbeit hatte, wollte er warm essen, mit viel Fleisch. Ich selbst blieb
bei meiner alten Diät: Brot mit Margarine und mittags ein Bückling, 60
aber es wurde mir manchmal verflucht schwer sein Fleisch zu braten,
und dann naschte ich. Er merkte es fast immer, er wußte genau,
wieviel ein halbes Pfund Fleisch war. Dann stritten wir uns.

Wir stritten uns überhaupt viel mehr als damals, wo wir beide
keine Arbeit hatten. Das kam natürlich daher, daß er jetzt das 65
Gefühl hatte, mein Ernährer zu sein, immerfort mußte er an mir
rummäkeln und kritteln. Ein paarmal kam er auch am Freitag, dem
Lohntag, angetrunken nach Haus, dann war das Bett natürlich für
uns zu klein und er schmiß mich raus. Ich war auch verärgert und
gereizt durch meine ständige Erfolglosigkeit, darum hielt ich den 70
Mund nicht, so ging unser Streit oft stundenlang.

Am meisten ärgerte er sich immer darüber, daß ich Kragen trug,
steife, gestärkte Stehkragen. Darin war er wie ein Kind, er sah
nicht ein, daß ich nie eine Bürostellung kriegen würde, wenn ich ohne
Kragen herumlief. Seiner Ansicht nach trug man nur sonntags 75
Kragen, alltags mit einem Kragen zu laufen war Fatzkerei. Ich
konnte ja meine Kragen nicht selbst stärken und bügeln, aber dafür
wollte er mir nun nie Geld geben. Ich stahl es ihm dann aus der

---

50 *Stempelbruder* person on relief (The unemployed had to get their relief
cards stamped periodically.)
50 *Wohlfahrtskrebs* welfare crab (i.e., charity seeker)
60 *Bückling* kippered herring
67 *rummäkeln* . . . find fault and criticize
73 *gestärkte* . . . starched stiff collars   76 *Fatzkerei* nonsense

Tasche, wenn er angetrunken war, aber er merkte es ja doch, wenn ich
80 wieder einen frischen umband und dann ging es erst recht los.

Einmal hatte ich gar keinen mehr und ich band seinen Sonntags-
kragen um. Ich dachte den Tag bestimmt eine Stellung zu kriegen.
Aus der Stellung wurde zwar nichts, aber ich kam mit dem Kragen
in den Regen, und ausgerechnet den Abend wollte er mit einem
85 Mädchen ausgehen und fand seinen Kragen aufgeweicht. Er kriegte
einen Wutanfall, wir brüllten uns an und er schmiß mich aus dem
Zimmer. Er hätte es mit mir satt und ich könnte wohnen wo ich
wollte. Schließlich nahm mich der Lederarbeiter in sein Zimmer,
ich schlief auf dem Sofa, seine Frau und er schliefen im Bett.
90 Am andern Morgen kochte ich wie immer für Willi Kaffee und er
sagte auch keinen Ton, wir schwiegen uns an. Als er aus der Tür
ging, blieb er noch einmal stehen und sagte, ich sollte es doch einmal
bei den Pfarrern versuchen, in seiner Fabrik sei auch einer durch die
Pfaffen untergekommen. Dann ging er. Es war das seine Art, sich
95 versöhnlich zu zeigen, schließlich konnte ich ihm nicht böse sein.
Es ist nicht leicht, wenn einer endlich mal ein bißchen Geld verdient,
jemanden durchzufüttern, der einen eigentlich nichts angeht.

3

Die Adressen von den Pfarrern besorgte ich mir auf der Zeitung.
Es gab zwei Zeitungen am Ort, eine große und eine kleine. Bei der
00 großen war ich nur einmal gewesen, da waren sie mächtig hochnäsig
und bellten einen an, wenn man um eine Auskunft bat. Bei der
kleinen aber waren sie sehr nett, hatten immer Zeit zu einem Klöhn
und rieten einem, was sie konnten. Es gab fünf Pastoren im Ort, ich
brachte einen ganzen Tag damit hin, sie aufzusuchen und mein
5 Anliegen vorzutragen. Sie hörten mich alle sehr freundlich an,
fragten mich dies und das, aber im Grunde machten sie mir den

84 *ausgerechnet* just   94 *unterkommen* be taken care of
00 *hochnäsig* snooty   1 *anbellen* bark at
 2 *Klöhn* chat, chinwag

Eindruck von Leuten, die ganz anderes Elend gewöhnt waren, als ich
ihnen berichten konnte.   Sie suchten mich denn auch möglichst
schnell loszuwerden, Arbeit wußte keiner für mich.

Willi war sehr nett, als ich ihm meinen Mißerfolg erzählte, er 10
nahm mich zum Trost sogar ins Kino mit; um mich dankbar zu
zeigen, ging ich ohne Kragen.   Abends im Einschlafen sagte er noch,
ich sollte doch morgen zum katholischen Pfarrer gehen, die
Katholischen hätten die Macht.   Ich wollte nicht dagegenreden, ich
wollte es auch tun, und so besorgte ich mir die Adresse.   Der 15
Geschäftsführer auf der Zeitung war wieder sehr nett, ich mußte ihm
von den Pastoren erzählen und ihm versprechen, daß ich am nächsten
Tage Bericht über den katholischen Pfarrer machen würde.

Da empfing mich eine Nonne oder was das war, man sah fast
nichts von ihrem weißen Gesicht unter der großen Haube, und 20
schließlich kam auch der Pfarrer.   Er war ein großer starker Mann
mit ganz weißen Haaren, sehr langsam und leise im Sprechen, sicher
ein Bauernsohn von der Wasserkante, da sind sie so leise und stark.
Er hörte mich lange an, fragte auch dazwischen, man merkte, er
verstand wie unsereinem zumute ist, der schon über vier Jahre nach 25
Arbeit krampft.   Schließlich sagte er ganz kurz: „Ich gebe Ihnen ein
Schreiben an den Prokuristen von der Lederfabrik.   Ich sage nicht,
daß das Schreiben Ihnen was nützt.   Aber ich gebe es Ihnen." Er
setzte sich hin und schrieb, einmal sah er hoch und fragte: „Von
meiner Konfession sind Sie nicht?" Ich hatte mit Willi besprochen, 30
daß ich ihn auf diese Frage belügen sollte, aber ich sagte doch die
Wahrheit, als er mich ansah.   Er sagte bloß „Gut" und schrieb
weiter.

Ich gab den Brief in der Wohnung des Prokuristen ab und wurde
auf den nächsten Tag bestellt.   Als ich dann kam, gab mir das 35
Dienstmädchen dreißig Pfennig und sagte, ich brauchte nicht noch
einmal zu kommen.   Ich stand ziemlich traurig auf dem Trep-

---

23 *Wasserkante* the sea coast (i.e., northwest Germany)
27 *Prokurist* personnel manager   37 *Treppenabsatz* stair landing

penabsatz. Als ich sie dann wieder in der Küche hantieren hörte, steckte ich die dreißig Pfennig durch den Briefkastenschlitz und lief
40 schnell die Treppe hinunter, als die Groschen im Kasten klapperten.

4

Ich ging zu meinem Freund auf der Zeitung und erzählte ihm alles. Er meinte, er hätte nichts anderes erwartet, und ich sollte in seine Wohnung gehen und seiner Frau helfen die Möbel zu rücken. Die hatte großes Reinemachen, ich half ihr tüchtig, klopfte die
45 Teppiche, scheuerte und bohnerte — und am Abend kam der Geschäftsführer und ich durfte mit ihnen essen. Er sagte, er hätte mit dem Besitzer der Zeitung gesprochen, und wenn ich für sie Abonnenten werben wollte, so wäre er einverstanden. Ich fragte gar nicht nach den Bedingungen, ich sagte gleich Ja, so sehr freute
50 ich mich. Ich hörte dann, daß ich einen Quittungsblock kriegen würde mit Abonnementsquittungen auf einen Monat. Den ersten Monat sollte ich gleich kassieren und das Geld durfte ich als meine Provision behalten. Das war eine Mark fünfzig jedesmal. Ich sollte vor allen Dingen erst einmal zu den Handwerksmeistern gehen,
55 denn das Blatt brachte jede Woche einen Artikel von dem Innungs-syndikus über Handwerkerfragen. Den Frauen sollte ich sagen, daß die Romane in der „Chronik" anerkannt besser seien, als die in den „Nachrichten". Ich sollte mir den neuen Roman durchlesen. Dann war noch zu beachten, daß den Leuten, die um den fünfzehnten
60 herum abonnierten, die Zeitung für den Rest des Monats umsonst geliefert würde. Ich fand das alles sehr gut, kam ganz begeistert nach Haus und erzählte Willi davon. Der war erst stinkwütend, daß ich ihm sein Mittagessen nicht gemacht hatte, aber schließlich fand er es auch gut und meinte, ich müsse eine Masse Geld verdienen.
65   Am nächsten Morgen ging ich zeitig auf die „Chronik", so hieß

---

38 *hantieren* bustle about   48 *Abonnent* subscriber
50 *Quittungsblock* pad of receipts   53 *Provision* commission
55 *Innungsyndikus* union legal representative

meine Zeitung, um mir die Handwerkeradressen herauszusuchen.
Es war aber noch zu früh um loszugehen, vor halb zehn dürfte ich
die Leute nicht stören, meinte der Geschäftsführer. So las ich erst
noch einen Artikel von dem Syndikus, den ich sehr langweilig fand,
und ein Stück Roman, der in den höchsten Sphären spielte. Um halb 70
zehn ging ich los.

Mir klopfte doch das Herz, als ich vor der Tür meines ersten
Kunden stand. Ehe ich die Klingel zog, wartete ich, daß es ruhiger
ging, aber es ging nur immer stärker. Ich klingelte und ein junges
Mädchen machte mir auf. Ob ich Herrn Malermeister Bierla 75
sprechen könnte? „Bitteschön" und „Vater, da ist jemand." Ich
kam in ein großes Zimmer, am Tisch saß eine nette ältere Frau und
schnitt Kohl. Der Meister stand mit einem andern Herrn im
Gespräch am Fenster. „Bitte schön" und was ich wünsche. Ich
verbeugte mich hübsch, auch vor der Frau, auch vor dem Gast. 80
Guten Morgen und ich käme von der Redaktion der „Chronik" mit
der Anfrage, ob Herr Malermeister Bierla sich nicht entschließen
könnte unser Blatt vielleicht erst einmal, probeweise, zu beziehen.
Ich hatte mir eine richtige kleine Rede ausgedacht, daß „wir" ja
immer grade für die Interessen des Handwerks kämpften, daß das 85
Handwerk in diesen schweren Zeiten zusammenhalten müßte, dann
kam der Syndikus, seine wichtigen Aufsätze, und schließlich, mit
einem Seitenblick auf die Frau, unsere anerkannt guten Romane.

Plötzlich war meine Rede zu Ende, ich wußte nichts mehr, keiner
hatte ein Wort gesagt, es war still. Es war so still, daß ich noch 90
einmal loslegte, aber ich verfing mich gleich, stotterte und schwieg
wieder. Dann sagte die Frau vom Tisch her: „Wir können's ja mal
versuchen, Vater" und er: „Was kostet denn die ‚Chronik'?" Nun
hatte ich wieder zu reden, es kam die Gratislieferung, der eine Monat
Abonnement, ich schrieb das Zettelchen aus und gab es dem Meister, 95
der mich damit aber zu seiner Frau schickte. Er redete schon wieder
mit dem Gast. Ich bekam mein Geld, eine Mark fünfzig für fünf
Minuten reden! Als ich auf der Straße war, ging ich auf die andere

91 *loslegen* begin   91 *sich verfangen* get tied up

Seite und sah das Haus an. Es war ein gutes Haus, ein brauchbares
00 Haus, ich mochte es gern. Es war schön unter Farbe gehalten, das
verstand sich bei einem Malermeister von selbst, im Erdgeschoß war
ein Laden mit Räucherwaren von Johannsen. Ich hatte einen Augenblick den Gedanken auch zu Johannsen hineinzugehen, aber ich entschloß mich, nicht aus der Reihe zu tanzen, sondern bei meinen
5 Handwerkern zu bleiben. Ich warf noch einen Blick auf das Haus
und ging weiter.

Der nächste Meister war nicht zu Haus, auch nicht seine Frau.
Der nächste war böse auf den Syndikus, der sei ein Klugschnacker,
kriege das viele Geld von den Innungen und tue nichts dafür. Dann
10 der nächste war sehr zufrieden, daß ich kam, er hatte schon immer
die „Chronik" abonnieren wollen. Die „Nachrichten" hätten ganz
falsch über ihn berichtet, als er wegen ein paar Überstunden, die sein
Lehrling gemacht hatte, zu einer Geldstrafe verdonnert worden war.
So ging es weiter. Manchmal mußte ich lange Strecken durch die
15 Stadt gehen, die Sonne schien noch schön, die letzten Blätter fielen
von den Bäumen.

Um halb zwei machte ich Schluß. Ich merkte, ich war nicht mehr
frisch, leierte nur noch meinen Spruch, außerdem kam ich den
Leuten ins Essen. Ich hatte in vier Stunden sechs neue Abonnenten
20 geworben von einundzwanzig, die ich besucht hatte. Neun Mark
hatte ich in der Tasche. „Das ist kein schlechter Anfang", sagte der
Geschäftsführer, dem ich die Adressen der neuen Leser gab, damit
sie gleich am nächsten Tag die Zeitung bekämen. Dann besorgte
ich etwas Essen, kochte und briet, aber auch für mich diesmal. Als
25 Willi kam, war alles fertig, er freute sich auch. „Da kannst du ja
auf sechzig Mark die Woche kommen! Manning! Manning!" Wir
machten haushohe Pläne, dann wuschen wir uns und gingen gemeinsam ins Kino.

00 *schön* . . . well painted   8 *Klugschnacker* wiseacre
13 *verdonnern* sentence   18 *leiern* reel off
26 *Manning* man alive

5

Der zweite Tag war nicht so gut wie der erste und der dritte war viel schlechter als der zweite. Ich begriff, daß ich meinen besten **30** Tag gehabt hatte und daß er nicht wiederkommen würde. Es lag nicht daran, daß die Maler nun alle waren und ich erst an die Schmiede, dann an die Bäcker geriet, die ganz andere Leute waren. Es lag daran, daß ich den Schwung verloren hatte und leierte. Man muß zum Werber geboren sein, den fünfzigsten Kunden muß man **35** mit demselben Eifer werben können wie den ersten. Man muß glauben an das was man sagt, oder man muß zum mindesten die Leute glauben machen, daß man daran glaubt. Wenn mir gesagt wurde: Aber wir lesen seit zehn Jahren die „Nachrichten" und die „Nachrichten" sind besser als die „Chronik", warum sollen wir wech- **40** seln? — so mußte ich ihnen innerlich recht geben. Mein Widerspruch war kümmerlich. Eigentlich begriff ich nie, warum die Leute sich entschlossen, die „Chronik" zu halten. Die „Nachrichten" waren immer vier, oft acht, oft zwölf Seiten stärker, sie umbrachen vier-spaltig, was viel lebendiger aussah als unser dreispaltiger Umbruch. **45** Sie hatten alle Familienanzeigen und dreimal soviel Geschäftsanzei-gen wie wir. Sie sahen sauber aus, denn sie waren richtig gesetzt, während wir zum größten Teil gematert aus Berlin kamen. Auf all dies lernte ich achten, der Meister meckerte dies und jener das. Wenn ich dann mit dem Geschäftsführer darüber sprach, wurde er oft **50** ärgerlich: „Wenn wir die ‚Nachrichten' wären, brauchten wir Sie nicht auf Werbung zu schicken."

Ich ging nicht mehr an einem Tage zu einundzwanzig Kunden, manchmal wurden es zehn, manchmal nur drei. Hatte ich gleich am Morgen zwei Mißerfolge hintereinander, so traute ich mich nicht **55** weiter. Ich ging dann lange vor einer Schmiede auf und ab, die

32 *alle* finished　　　　　　　　44 *umbrechen* set type
46 *Familienanzeigen* births and deaths
48 *gematert* printed from "boiler plate" (matrix supplied ready made to small
　　newspapers from a central office)
49 *der* (demonstrative) this　　　49 *meckern* bleat

hämmerten drinnen, das Feuer warf einen roten Schein auf die Fenster, schließlich entschloß ich mich und trat ein. Der Meister schnitt einem Pferd den Strahl aus und probierte das Eisen auf den
60 Huf, zwei Gesellen waren dabei, auf die Felgen eines Rades den Reifen zu treiben. Ich stand unter der Tür und wartete. Ich hatte gelernt, daß man die Leute bei der Arbeit nicht stören durfte, man mußte unter der Tür stehen und warten. Während ich dastand und das stiebende Feuer ansah und dem Fauchen des Blasebalges lauschte,
65 hörte ich, daß sie von mir redeten. „Is nichts", rief der eine Geselle zum Meister. „Wieder ein Nichtstuer." — „Geht spazieren statt zu arbeiten", verkündete der andere Geselle. Und der Lehrling rief schrill: „Kauft Hosenträger, Knöpfe, Sicherheitsnadeln! Leute kauft!" — Dann wurde es wieder ruhig, die Gesellen hatten mit
70 ihrem Reifen zu tun, der Meister gab dem Hufeisen auf dem Amboß die rechte Paßform. Der Lehrling hielt das Eisen mit der Zange auf dem Amboß. Der Kutscher hatte den Huf des Pferdes hochgehoben, er lag auf seinem Oberschenkel. Die arbeiteten alle, sie hatten ihr Brot. Ich dachte daran, daß auch ich einmal zu bestimmter Stunde
75 auf ein schönes sauberes Büro gekommen war und schöne saubere Arbeit geleistet hatte. Jetzt lief ich rum und war den Leuten lästig. Am ersten Tage der Werbung hatte ich es gekonnt, da kam ich in das Zimmer des Malermeisters wie ein leutseliger Fürst, der Abgesandte der Großmacht Presse, aber das konnte ich nicht mehr. Jetzt war
80 ich ein kleiner Stadtreisender, der den Leuten etwas aufschnacken wollte, was sie nicht wollten.

Die Tür ging auf hinter mir und jemand kam herein. Ich sah ihn an: es war noch ein Reisender. Er stellte sein Köfferchen neben sich, rief laut „Guten Morgen" und sah mich forschend an, ob ich Kon-
85 kurrenz sei. Ich bewegte verneinend den Kopf. Die Gesellen

---

59 *Strahl* frog (a horny pad in the middle of the sole of a horse's foot)
60 *Felge* felly (rim of a spoked wheel)
64 *stieben o o* throw up sparks   64 *fauchen* hiss
64 *Blasebalg* bellow   65 *Is nichts = Es ist nichts*
70 *Amboß* anvil   71 *Paßform* mold
78 *leutselig* gracious   80 *aufschnacken* talk someone into

fingen wieder an zu schimpfen: „Laß sie stehen, Meister, bis das
Dutzend voll ist, und schick sie dann weg. Es ist zu arg!" Der
Meister kam zu uns. „Was wollen Sie?" Nach drei Worten unterbrach er mich: „Abonnieren, weil ihr fürs Handwerk eintretet? Habt
ihr gesorgt, daß die Steuern niedriger werden? Euer Syndikus, das **90**
ist ja lachhaft, was der schreibt! Der ist ja dicker Freund von dem
Rat im Finanzamt. Nein. Ist erledigt. Sie brauchen nichts mehr
zu sagen. Danke!" Er wandte sich an den andern: „Und was
wollen Sie?"

Ging es zweimal nacheinander so, traute ich mich oft den ganzen **95**
Tag zu keinem mehr, sondern ging stundenlang im Stadtpark spa-
zieren. Dann träumte ich davon, daß ich Geld finden würde, viel
Geld. Ich ging stets mit gesenktem Blick und suchte die Wege ab,
aber ich fand nie etwas außer einem Taschentuch und abgeplatzten
Knöpfen. Es gab viele Tage, an denen ich überhaupt kein Geld nach **00**
Haus brachte, Willi war längst wieder mürrisch geworden.

Eine ewige Hoffnung von mir war ein Bäckermeister in der Loh-
stedter Straße. Er sagte nie ganz Nein, er sagte: „Kommen Sie noch
einmal vor. Ich will es mir überlegen." Und wenn ich dann wiederkam, mußte er es sich wieder überlegen. Er begrüßte mich immer **5**
freundlich mit Handschlag, er sagte: „Na, junger Mann, ist Ihnen
noch ein Grund eingefallen, daß ich die ‚Chronik' abonnieren könnte?
Die alten reichen nicht ganz. Beinahe, aber nicht ganz." Dann
quälte ich irgendwas heraus. Es dauerte sehr lange, bis ich merkte,
daß ich zu seinen Hofnarren gehörte, die ihm die Zeit vertreiben **10**
mußten. Sicher hatte er viele, die so zu seiner Belustigung beitrugen,
es liefen unser ja genug in der Stadt herum.

Aber die meisten liebten das gar nicht, daß so viele Reisende zu
ihnen kamen, für die meisten waren wir eine Landplage. Manchmal hörte ich schon, wenn ich ins Haus trat, klingeln, ich hörte von **15**
unten den andern Reisenden reden, manchmal lebhaft aufmunternd,
mal demütig bittend. Dann wartete ich, bis der Kollege wieder

92 *Rat* commission   10 *Hofnarr* court jester
12 *unser* of us   14 *Landplage* public nuisance

runterkam, und wir gingen ein Stück gemeinsam und schimpften. Alle schimpften, das war nun ganz gleich, ob sie als feine Leute mit
20 Staubsaugern gingen oder einen Bauchladen mit Heftpflaster und Wäscheknöpfen trugen. Wir schimpften, wie häßlich wir behandelt würden, und nach einer Weile gaben wir dann zu, daß die Leute „eigentlich" recht hatten, daß vielzuviel herumliefen und namentlich manche, die nur Gelegenheit zum Klauen suchten.

25   Ich fand es immer besonders bitter, wenn ich für so einen gehalten wurde. Ich hatte geklingelt und stand vor der Tür und nach einer Weile hörte ich einen Schritt schlurfen und in dem Guckloch erschien ein Auge. Es sah immer sehr dunkel mit sehr viel Weiß aus, man konnte auch nie herauskriegen, ob es ein Männer- oder ein Frauen-
30 auge war. Da stand man dann, eine lange Weile schien es, und wurde betrachtet, und dann fiel mit einem leisen Klick die Klappe vor das Guckloch und der Schlurfeschritt entfernte sich wieder. Oder die Tür ging auf, aber die Kette blieb davor, und man fing an zu reden durch den Spalt und plötzlich, mitten im Satz, fiel die Tür
35 wieder zu und man stand und würgte an dem angefangenen Satz und schlich dann leise die Treppen hinunter.

Manchmal hatte ich das Gefühl, als sammelten sich all diese Demü-tigungen in meiner Brust und ich würde nie mit ihnen fertig werden und eines Tages würden sie mich erdrücken. Ich verstand es immer
40 besser, daß fast jeder Reisende irgendwann einmal explodierte, mit geballten Fäusten brüllend gegen eine besonders häßlich geschlossene Tür trommelte oder eine kurz angebundene Hausfrau mit Beleidi-gungen überhäufte. Ich verstand es gut aber ich meinte, davor sicher zu sein, da mir dies alles immer noch nur wie ein Übergang erschien:
45 schließlich würde ich doch wieder auf einem hellen sauberen Büro sitzen.

---

20 *Bauchladen* pedlar's tray suspended from the neck and carried at the level
  of the waistline
20 *Heftpflaster* adhesive tape
21 *Wäscheknöpfe* buttons for shirts and underwear
24 *klauen* pilfer   27 *Guckloch* peephole
31 *Klappe* flap   42 *kurz angebunden* blunt, brusque

6

Dann kam auch mein Tag.

Ich war nun bei den Schneidermeistern angelangt. Unter denen gab es auch eine Meisterin, ein Fräulein Kehding. Der Geschäftsführer auf der „Chronik" hatte mich gewarnt: „Das ist keine Frau, das 50 ist ein Teufel. Die ist das bösartigste Frauenzimmer in ganz Altholm. Gehen Sie lieber nicht hin zu ihr." Nun, ich ging doch, es war immer eine Abwechslung nach so vielen Männern.

Von der Treppe kam man gleich in die Schneiderstube. Es war hier nicht alles in Ordnung, das eine Nähfräulein weinte herzzer- 55 brechend, die andern saßen gedrückt und wußten nicht, was sie für Gesichter machen sollten. Die Meisterin lief in der Stube hin und her und hörte erst mit Schelten auf, als sie mich sah. „Was wollen Sie denn?" fragte sie mich, aber nicht unfreundlich. Eigentlich enttäuschte sie mich, für einen Teufel sah sie ganz manierlich aus mit 60 der langen graden Nase, den hellen Augen und den frischen Farben. Während ich mein Sprüchlein sagte, stand sie, die Hände auf dem Rücken, und sah mich an. Sie war eine, zu der sich gut sprechen ließ, hörte zu und sagte auch einmal ein Wort: „Ach, unser Syndikus schreibt für Sie?" — „Richtig, das Handwerk muß zusammenhalten." 65

Als ich fertig war, hatte ich einen neuen Abonnenten geworben. Alles ging glatt und ich schrieb schon die Quittung. Fräulein Kehding stand etwas zur Seite, zwischen dem Schreiben sah ich hinüber zu den Nähmaschinen, grade zu dem verheulten Nähmädchen. Es war ein hübsches Mädchen, zwischen ihren Tränen lächelte 70 sie mich an. Ich lächelte zurück.

Da hörte ich so etwas wie ein Fauchen neben mir, einen unterdrückten Wutlaut, ich sah zur Meisterin. Sie war weiß vor Zorn, es gefiel ihr wohl nicht, daß ich mit ihrem Mädchen lächelte. Vorsichtig hielt ich ihr die Quittung hin: „Bitte, eine Mark fünfzig." 75 Sie nahm die Quittung, sah sie an. „Ist das eine Quittung?" fragte

51 *Frauenzimmer* (derogatory) female
55 *Nähfräulein* seamstress

sie. „Solche Dinger kann sich jeder machen lassen." — „Es sind die
Quittungen von der ‚Chronik'," sagte ich. „Die sind so." — „Sind die
so?" fragte sie höhnisch und kam immer mehr in Fahrt. „Die lassen
80 Sie sich selbst machen und bringen die Leute um ihr Geld und eine
Zeitung kriegt man nie. Wo haben Sie Ihren Ausweis?" — „Ich
habe keinen Ausweis, die Quittung ist Ausweis", sagte ich. — „Wo
haben Sie Ihren Wandergewerbeschein?" schrie sie. Nun schrie sie
schon. „Sie müssen einen Wandergewerbeschein haben, wenn Sie so
85 in die Häuser laufen." Ich hatte keinen, ich wußte auch nicht, ob
ich einen brauchte. „Ein Betrüger sind Sie!" schrie sie. „Aber bei
mir kommen Sie an die Unrechte. Elfriede, sofort läufst du zu
Wachtmeister Schmidt herum! Hier wäre ein Betrüger." Die Ver-
heulte stand ängstlich auf und ging gegen die Tür. „Fräulein",
90 sagte ich, „hier sehen Sie meinen Quittungsblock, die Abschnitte, das
sind alles Namen von Ihrer Innung." — „Gehst du, Elfriede!" schrie
sie. „Soll ich dir Beine machen?! Das paßte dir wohl so, daß der
Lump ausreißt, der Betrüger?!" Die Kleine lief, ich wurde auch
heiß. „Fräulein", sagte ich, „geben Sie mir meinen Quittungsblock
95 wieder. Ich will Ihr Geld gar nicht. Lassen Sie mich gehen." —
„Nichts!" rief sie. „Daß Sie ausreißen, was? Toni, schließ die
Tür ab." — „Fräulein", rief ich, „Sie sind gemein. Ich weiß wohl,
warum Sie das machen: weil ich Ihr Fräulein angelacht habe. Sie
müssen nicht alle Hübschen weinen machen, weil Sie keinen abge-
00 kriegt haben!"

Es wurde eine schöne Brüllerei zwischen uns, der Wachtmeister
Schmidt verstand kein Wort, sicherheitshalber nahm er mich mit auf
die Wache. Als ich dort auf der Pritsche saß, kam rasch die
Ernüchterung. Ich bereute, daß ich so hitzig geworden war. Au-
5 ßerdem hatte ich Abonnenten zu werben und nicht Mädchen anzu-
lächeln und die Kehding hatte „eigentlich" recht.

79 *in Fahrt* into a rage   81 *Ausweis* credentials
84 *Wandergewerbeschein* soliciting license
90 *Abschnitt* stub   92 *Beine machen* help along
93 *ausreißen* get away   3 *Pritsche* cell-bed

7

Nachdem sich die von der Polizei erkundigt hatten, ließen sie mich laufen. Ich ging langsam zur „Chronik", mir war trübe zumute. Es überraschte mich nicht, daß die Meisterin schon dort gewesen war und sich beschwert hatte. „Schluß", sagte der Geschäftsführer. „Die 10 macht das ganze Handwerk gegen uns rebellisch, wenn ich Sie weiter werben lasse. Sie hätten nicht hingehen sollen, ich habe es Ihnen gleich gesagt."

Er schenkte mir noch fünf Mark, er war immer ein anständiger Kerl. Als ich in die Starenstraße kam, war Willi noch nicht zu Haus. 15 Es ekelte mich schon, wenn ich an seine Vorwürfe dachte. Ich tat meine Sachen in den Koffer und gab ihn der Wirtin in Verwahrung. Ich würde danach schreiben. Dann ging ich aus dem Haus, aus der Stadt, auf die Landstraße. Es war erstes Drittel Dezember, leichter Frost, etwas Schnee. Ich hatte noch neun Mark. Ich wollte in eine 20 größere Stadt und sehen, ob ich dort irgendwie unterschlüpfen könnte.

21 *unterschlüpfen* find refuge

WERNER BERGENGRUEN

1892 —

Werner Bergengruen is a Baltic German, born and raised in Riga. He was educated at the universities of Marburg, Munich, and Berlin. He fought as a volunteer in the German army during the First World War; later he joined the Baltic militia against the Soviet army. For a time he worked as a journalist, traveled much, then lived from his creative writing. In 1936 he became a convert to Roman Catholicism and most of his writing since then has been religious in tone. He has a medieval conception of order and stability, so that he naturally distrusts modernism and (to him) its principal manifestations: the industrialization and mechanization of life. It is the function of the writer, he believes, to depict (not preach or promote) the eternal laws of creation which men disregard at their peril. And this function Bergengruen has sought to fulfill. Fundamentally he is convinced that the eternal order will reestablish itself, no matter how grievously men act to upset it.

> Und so gönnest du auch nur kurze Frist der Verwirrung.
> Manches Verführers Grab hat sich grün übermoost.
> Ja, du erschufst die Völker bekehrbar aus jeglicher Irrung.
> Knaben wachsen heran. Und so sind wir getrost.

It was this religious conviction which gave him courage to be in the opposition to the Nazi regime, so that some of his work was confiscated by the Government censor.

Die Feuerprobe, which first appeared in 1933, is one of a number of masterly *Novellen* our author has produced. Ostensibly it is a tale of the supernatural; consequently its appeal to the sophisticated, unbelieving reader ought to be confined to its artistry. But this is not the case.   For the author has been able to weave into the story a spiritual element that can be translated into secular terms.   For such a reader the miracle of the ordeal will be a symbol of purity of soul. Thus interpreted, the story embodies the essence of Christianity.   The gradual building up of the suspense to the very end, the profound probing into the psychology of the two principal characters involved in the action, the brilliant, though unobtrusive, use of symbols, combine to make this story a masterpiece.

WERNER BERGENGRUEN

Die Feuerprobe

I

In jenen zwistigen Zeiten wurde bestimmt, daß sich jede Nacht zwei Ratsherren im Rathause aufhalten sollten, um Botschaften in Empfang zu nehmen und nötigenfalls eilige Entscheidungen von begrenzter Wichtigkeit zu treffen. Die Anordnung bedang es, daß jeder Ratsherr etwa alle acht Tage eine Nacht außer Hause zu verbringen hatte; 5 vielleicht ist dies der Stadt zugute gekommen, den Häuslichkeiten der Ratsherren brachte es Nachteil und der Sicherheit jedes Maßes und jeder Sitte ebenfalls. Im Hause des Henning von Warendorp, eines bejahrten Witwers, feierte die Dienerschaft ein Fest, bei welchem die kostbarsten Stücke des Hausrats beschädigt wurden. Lub- 10 bert Mistenborchs Magd trieb sich nachts in der Vorstadt umher und ertränkte später ihr Kind in der Düna unter dem Eise. Gottfried von Radenows junger Sohn, welcher die Petrischule besuchte, ging zu den Frauenzimmern im Ellernbrook; des Morgens trug man ihn mit einer Schädelwunde nach Hause. Tidemann Gripen endlich 15 wurde auf der Straße von einem Vetter beiseitegenommen: Es seien da ärgerliche Gerüchte, er könne sie nicht prüfen, aber er sei wohl verpflichtet, seinen Verwandten auf sie hinzuweisen.

1 *zwistig* strife-torn
4 *Die Anordnung* . . . the plan demanded (*bedang* = old form for *bedingte*)
6 *zugute kommen* benefit
12 *Düna* river that flows through the western part of Russia and Latvia and empties into the bay of Riga
13 *Petrischule* St. Peter's School 14 *Frauenzimmer* womenfolk

Tidemann Gripen ging nach Hause, um seine Frau zur Rede zu
20 stellen. Als er sich von dem Vetter trennte, ärgerte er sich noch
über eine törichte Klatscherei; als er vor seiner Haustür stand,
glaubte er seine Schande und Barbaras Schuld erwiesen.

Die Frau stand in der Küche und beaufsichtigte das Reinigen und
Hobeln des Kohls, der für den Winter gesäuert werden sollte. Sie
25 blickte betroffen auf, als der Mann hereinkam; sie war es nicht
gewohnt, ihn in der Küche zu sehen. Auch die Leute hoben in Verwunderung die Augen und hielten in ihrem Gesang inne.

Gripen nahm Barbara bei der Hand und führte sie schweigend
in die große Stube. Er ließ ihre Hand los, fast war es ein
30 Wegschleudern.

„Ist Schwenkhusen hier gewesen?" fragte er.

Die Frau sah erschrocken in sein böses Gesicht.

„Schwenkhusen? Wann? Heute?" fragte sie zurück.

Gripen bekam einen schnaubenden Atem.

35   „Du weißt haargenau, wonach ich frage", sagte er drohend. „Ich
will wissen, ob Schwenkhusen in meinem Bett gelegen ist, während
ich auf dem Rathause war."

Die Frau warf die Lippen auf, die Lippen zitterten.

„Wer hat das behauptet?" schrie sie.

40   „Es kommt nicht darauf an, wer es behauptet hat, sondern ob es
geschehen ist. Antworte: ja oder nein?"

„Nein", sagte die Frau zornig, wandte sich ab und ging mit
zuckenden Schultern aus dem Zimmer.

Der Ratsherr begab sich zu Schwenkhusen. Schwenkhusen war
45 ein junger, leidenschaftlicher Mensch, der für leichtsinnig galt und
beliebt war. Er gehörte zur Kompanie der Schwarzen Häupter, lebte
reich und gastlich und wohnte als ein Unverheirateter mit seiner
Mutter zusammen.

---

21 *eine törichte* . . . silly gossip
23 *Reinigen* . . . cleaning and shredding of the cabbage
24 *gesäuert* i.e., made into sauerkraut   30 *wegschleudern* hurl away
34 *bekam* . . . began to pant
45 *für* . . . was considered to be frivolous
46 *Schwarzen* . . . a military unit   47 *gastlich* festively, hospitably

Gripen fand die Mutter in Traurigkeit. Es hatte an diesem Morgen ein Kriegsauszug stattgefunden; wie man in Riga sagte, eine 50 Stoßreise, nämlich gegen den Bischof von Dorpat und die Vitalienbrüder, die auf sein Geheiß im nördlichen Livland gelandet waren. Die Gesellschaft der Schwarzen Häupter hatte vierzehn Reiter mit ihren Knechten zu dem Aufgebot stellen müssen; unter ihnen war Schwenkhusen.   55

Gripen wünschte der Mutter eine glückliche Heimkehr ihres Sohnes und ging.

Von diesem Tage an saßen die Eheleute bei ihren Mahlzeiten schweigend; auch schliefen sie nicht mehr beieinander. Der Ratsherr hielt sich wenig zu Hause auf. In dieser Zeit nahm er die Gewohn- 60 heit an, den Kopf ruckhaft herumzuwerfen, als suche er einen Nachredner und heimlichen Lacher zu ertappen. Seine harte Schweigsamkeit wurde bemerkt, ohne zu überraschen, jeder kannte des Gerücht. Und in diesen verrückenden Zeiten hatte alles Gerücht über die Seelen der Menschen seine Gewalt.   65

Die Frau dachte nicht daran, sich zu verbergen. Sie ging zur Kirche, zu Einkäufen und Besuchen mit ihrem aufgerichteten und schönen Gang. Daraus schlossen die einen auf eine verstockte Dreistigkeit, der auch Schuld zuzutrauen wäre; die anderen auf Sicherheit eines ungefährdeten Gewissens; die dritten, indem sie 70 Schuld oder Unschuld beiseite ließen, fanden nur die stolze Willenshärte bestätigt, die jedermann an ihr kannte.

Gripen war wieder zur Nacht auf dem Rathause. Ein Bote wurde

51 *Stoßreise* quick thrust
51 *Dorpat* (Esthonian, Tartu) city in Esthonia; at one time an important German settlement
51 The *Vitalienbrüder* were pirates who roamed the northern seas in the 14th and 15th centuries.
52 *Geheiß* command
52 *Livland* Livonia (one of the Baltic states)
54 *Aufgebot* levy   54 *stellen* supply
61 *ruckhaft* jerkily   61 *Nachredner* slanderer
62 *ertappen* catch red-handed   64 *verrückend* unsettled
68 *verstockte . . .* stubborn insolence   69 *zutrauen* impute
70 *ungefährdet* innocent

hereingeführt. Er brachte die Meldung von einem kriegerischen
75 Mißgeschick.

Gripen fragte nach diesem und jenem. Endlich fragte er nach
Schwenkhusen.

„Schwenkhusen ist tot", wurde ihm geantwortet.

Als es Tag war, trauerten viele um ihre Angehörigen, andere um
80 Pferde und Rüstungsstücke, mit denen sie ihre Knechte und Stellvertreter hatten ausstatten müssen. Schwenkhusens Mutter wurde
von manchen aufgesucht und getröstet.

Gripen kam erst um Mittagszeit vom Rathause in seine Wohnung.
Während des Essens begann er: „Weißt du es schon?"

85 „Was?" fragte Barbara, die an diesem Tage noch nicht aus dem
Hause gekommen war. Gripen fiel es ein, daß er ihre Stimme zum
ersten Male seit Tagen hörte.

„Schwenkhusen ist gefallen", sagte er und beobachtete ihr Gesicht.

Sie wurde für einen Augenblick weiß und fragte: „Eine Schlacht
90 ist verloren?"

„Schwenkhusen ist tot", antwortete der Mann.

„Doch nicht er allein!" rief sie heftig und riß an ihrer Bernsteinkette.

Er nannte Zahlen und Namen.

95 Sie schwiegen. Die Magd brachte neue Schüsseln.

„Es hat vielleicht nicht einmal seine Mutter so gierig auf seine
Rückkehr gewartet wie ich", begann Gripen wieder. „Vielleicht
nicht einmal du."

Sie sprach nicht, sie sah ihm nur steinern ins Gesicht mit ihren
00 großen, schöngeschnittenen Augen. Eine Weile ertrug jeder den
Blick des andern.

„Was soll das?" fragte sie.

Gripen beugte sich über den Tisch vor und schrie: „Jetzt muß es
auf andere Weise an den Tag gebracht werden."

---

79 *Angehörige* relatives   80 *Rüstungsstücke* equipment
80 *Stellvertreter* substitutes (who went to war for them in return for money)
81 *ausstatten* equip   92 *Bernsteinkette* amber chain

Sie schwieg.   5

„Rede doch! Wie willst du dich reinigen?"

„Ich?" fragte sie erstaunt.

„Es ist dir bekannt, was ich dir vorwerfe. Aber es ist dir vielleicht
unbekannt geblieben, daß die Stadt davon redet."

„Darum möchte ich mich nicht kümmern müssen", erwiderte die   10
Frau. „Als ich heiratete, da habe ich geglaubt, mein Mann werde
mich gegen Nachrede in Schutz nehmen."

„Gut", sagte er. „Es mag unrecht gewesen sein, daß ich das
Gerede erwähnt habe, obwohl mein Stand es mir verbietet, dem
gemeinen Manne ein Ärgernis oder auch nur das Beispiel einer häus- 15
lichen Unklarheit zu geben. Aber es ist um meinetwillen. Wir
haben vier Jahre miteinander gelebt, und wir sollen es weiter tun, bis
einer stirbt. Aber in dieser Art kann ich mit dir nicht weiterleben."

„Das mache mit dir aus", antwortete Barbara. „Es ist deine
Schuld und trifft dich selbst, wenn du von deiner Frau gering denkst. 20
Was verlangst du von mir?"

Gripen stand auf und ging um den Tisch herum. Hart hinter dem
Stuhl der Frau blieb er stehen. Sie wandte unbeeilt den Kopf und
betrachtete Tidemann über die Schulter hinweg.

„Trage das Eisen!" flüsterte er.   25

Sie machte mit dem Oberkörper eine Bewegung nach rückwärts
gegen die Stuhllehne. Gleichzeitig drehte sie den Kopf wieder nach
vorne, dem Tische zu, so daß Gripen ihr Gesicht nicht sehen konnte.
Im Nacken spürte sie die keuchenden Stöße seines Atems.

„Kenne ich die Stadtrechte besser als du?" fragte sie.   30

Die Bürger von Riga, vornehme und geringe, hatten das Privileg,
daß sie zu keiner Probe wie auch zu keinem gerichtlichen Zweikampf
gezwungen werden konnten.

---

14 *Gerede* (idle) talk   19 *ausmachen* settle
23 *unbeeilt* deliberately
25 *Trage* . . . i.e., submit to ordeal by fire
29 *keuchenden* . . . the panting rhythm of his breath
30 *Stadtrechte* municipal ordinances
32 *gerichtlicher* . . . duel arranged by the Courts

„Das Gesetz kann dich nicht nötigen, ich weiß das. Darum will
35 ich, daß du es aus freien Stücken tust. Weigerst du dich, so wirst
du mir als überführt gelten, und ich werde die Klage auf Ehebruch
erheben. Ob die Klage recht bekommt, nachdem Schwenkhusen tot
ist, das kann ich nicht wissen; aber ihre Erhebung allein wird
der Stadt meine Meinung anzeigen und dich verdammen als eine
40 Ehebrüchige."

„Oder dich als einen Washnsinnigen."

„Du fürchtest das Eisen. Wärest du schuldlos, so brauchtest du
es nicht zu scheuen."

„Wo das Gesetz die Probe verlangt, da mag sie zu leisten sein.
45 Sich ihr ungezwungen unterziehen, wäre ein Herausfordern Gottes.
Es ist Gottes Vorrecht, die Menschen zu versuchen. Aber dem Menschen ist es nicht erlaubt, ihm mit Gleichem zu begegnen."

„Weigere dich nicht, Barbara. Ich werde dir ein Leben machen,
das dir nicht gefallen wird."

50 „Und du glaubst, wenn ich die Probe bestanden hätte, ich werde
nachher mit dir leben können wie früher?"

„Kannst du es denn jetzt?" fragte er leise und blieb ohne
Erwiderung.

Gripen stützte sich auf die Lehne ihres Stuhles. „Antworte mir
55 noch nicht", sagte er vorgeneigt. „Ich werde dich morgen wieder
fragen."

Sie stand auf. Das rasche Zurückschieben ihres Stuhles drängte
den Mann fast gewaltsam zur Seite. Sie ging hinaus, ohne ihn
anzusehen, den Kopf im Nacken.

60 Am nächsten Morgen wiederholte er seine Frage. Sie erwiderte
kurz, mit Gründen, deren Gültigkeit nicht anzufechten war. Schuld
wolle bewiesen werden, nicht Unschuld. Das bloße Dasein des
Privilegs, das ja unmöglich zur Deckung Schuldiger geschaffen sein

35 *aus freien Stücken* voluntarily
36 *Ehebruch* adultery
43 *scheuen* fear
61 *anfechten* dispute
36 *überführen* convict
37 *recht . . .* be valid
45 *sich unterziehen* submit
63 *Deckung* protection

könne, bezeuge die Aberwitzigkeit seines Verlangens. Ob nicht er
selbst ein glühendes Eisen in der Hand halten wolle, um seine 65
Unschuld an der Tötung Abels durch Kain, am Überkochen der
Morgensuppe oder am letzten Nachtfrost darzutun? Er fühle sich
schuldlos, was also habe er zu fürchten?

„Ich bin nicht verklagt, Barbara", antwortete er. „Du bist es.
Was du sagst, ist richtig. Aber glaube nicht, daß es darum Gewicht 70
habe. Und das glaubst du ja auch nicht."

Hiermit hatte Gripen recht, mehr als er wußte. Nein, die Gründe,
welche die Frau vorbrachte, hatten kein Gewicht für sie selbst.
Sprach sie sie aus, so ekelte es sie bereits vor dieser unanfechtbaren
Richtigkeit. Schwenkhusen war tot, dies allein hatte Gewicht, aber 75
zu diesem einen durfte sie sich nicht bekennen.

Der Mann fragte von neuem, sie wies ihn ab, doch verzichtete sie
auf abermaliges Vorbringen von Gründen. Er ließ ihr Zeit, dann
fragte er wieder; sie gab keine Antwort. Durch Stunden hockte
sie am Kamin, ohne Licht, im Dämmer erst, darauf im Dunkel, 80
beachtete das Gesinde nicht, das mit Fragen kam, beachtete den
heimkehrenden Mann nicht, der keine Frage mehr aussprach. Sie
suchte sich Schwenkhusen vorzustellen, als könnte sie ihn befragen,
aber Schwenkhusen war nicht da, es war niemand auf der Welt als
sie selber. Sie suchte sich vorzustellen, wie ihr Mann die Klage 85
erhob; der Versuch führte zu nichts anderem, als daß sie merkte:
Ehre und Schande bei den Menschen waren, am Grade ihrer Verzweiflung gemessen, gleichgültig. Sie suchte sich vorzustellen, wie
es bei der Feuerprobe zugehen mochte. Aber ihre Gedanken kamen
nicht weiter als bis zu Schwenkhusens Tod. 90

Gripen trat ins dunkle Zimmer.

„Ist jemand hier?" fragte er hart.

„Ich."

„Du hast Zeit gehabt, dich zu bedenken", sagte er. „Ich frage

64	*Aberwitzigkeit* insanity	67	*dartun* demonstrate
74	*ekeln* feel disgust	76	*sich bekennen* confess
78	*abermalig* renewed	79	*hocken* crouch
81	*Gesinde* servants		

95 dich morgen früh ein letztes Mal. Danach soll, auf diese oder jene
Weise, von der Sache nicht mehr die Rede sein."

Ihre Augen waren an das Dunkel gewohnt, darum sah sie den
Umriß seiner Gestalt. Er ist wie jenes Eisen, dachte sie, und ich
habe dieses Eisen getragen. Es ist kalt wie Stein seiner inneren Natur
00 nach und glühend wie Feuer, wenn es eine Erhitzung von außen
erfahren hat. Die Glut hebt des Eisens kalte Natur nicht auf, aber
die Glut kann auch durch des Eisens kalte Natur nicht vernichtet
werden.

Gripen rief die Magd und befahl, ihm Decken und Kissen für die
5 Nacht aufs Rathaus zu bringen. Er ging ohne Abschied.

Barbara legte sich nicht schlafen. Als es dämmerte, stand sie aus
dem Lehnstuhl auf und betrachtete die letzte rötliche Glut im Kamin.
Fast war sie versucht, mit der Hand hineinzufahren.

Die Dienstboten schliefen noch, es war totenstill im Hause. Sie
10 ging in die Küche und wusch sich das Gesicht. „Daß Schwenkhusen um sein Leben gekommen ist", sagte sie sich, „dies darf mich
zu nichts bestimmen. Es wäre Torheit, wollte ich hierin ein Zeichen
für mich sehen, denn es sind ja mit ihm noch viele andere getötet
worden, die mit der Sache nichts zu schaffen haben."

15 Zugleich aber fühlte sie die Klarheit und Stärke ihrer Natur
erschüttert. Zu nichts anderem reichte diese Klarheit und Stärke
hin als zu der Erkenntnis, daß es nun nichts gab, was für sie noch
einen Wert haben konnte. Sie dachte an ihren winzigen Sohn, der
unter einer riesigen steinernen Wappenplatte in der Petrikirche lag.
20 Eine Woche nach der Taufe war er erkrankt, zehn Tage danach gestorben. Schwenkhusen hatte namens der Schwarzhäupter ein Tauf-
geschenk übergeben und dazu den herkömmlichen Wunsch gesprochen: „Wir wünschen dem Kinde, es möge einmal Ratsherr zu Riga
werden oder doch wenigstens König von Dänemark."

25 Barbara unterbrach ihren Auf- und Niedergang und sagte laut:

---

1 *aufheben* cancel out   16 *hinreichen* be adequate
19 *Wappenplatte* stone slab (carved with the family coat of arms)
22 *herkömmlich* traditional

„Ich gebe mich in die Hände Gottes, die Schwenkhusen zum Tode gebracht haben."

Als Gripen heimkam, war Barbara nicht mehr im Hause. Die Altmagd richtete aus, was ihr aufgetragen war: Die Frau sei bereit, des Herrn Wunsch zu erfüllen, er möge sie Zeit und Ort wissen 30 lassen; bis dahin werde sie sich im Jungfernkloster zu St. Marien und Jakob aufhalten.

2

Die Tage im Jungfernkloster verbrachte Barbara in Abgeschieden-heit, sogar ohne Umgang mit den Nonnen, unter denen sie doch Verwandte und Kindheitsgefährtinnen hatte. Einmal erhielt sie 35 eine Botschaft ihres Mannes und antwortete mit einer Erklärung ihres Einverständnisses. Als ihr bald danach sein Besuch gemeldet wurde, lehnte sie es ab, ihn zu empfangen. Dies war an einem Sonnabend, dem gewöhnlichen Beichttage der Klosterinsassinnen. Die Frau erforschte ihr Gewissen nach den Vorschriften der Kirche, erweckte 40 Reu und Leid und wartete geduldig, bis die Reihe an sie kam. Sie beichtete, empfing die Lossprechung und verrichtete in Ernst und Gläubigkeit die auferlegte Buße.

Von da an verließ sie ihre Zelle nicht mehr, sprach auch mit niemandem ein Wort, um den erlangten Gnadenstand nicht zu gefähr- 45 den, selbst nicht durch läßliche Sünde. In der Frühe des Sonntag-morgens genoß sie das Sakrament.

Zum Hochamt fand sie sich in St. Peter ein. Die Kirche war gefüllter als sonst. Als sie durch das Schiff dem Ratsgestühl zuging,

29 *Altmagd* senior maid
31 *Jungfernkloster* Convent of the Virgin
33 *Abgeschiedenheit* seclusion   39 *Beichte* confession
39 *Klosterinsassinnen* inhabitants of the convent
42 *Lossprechung* absolution   43 *auferlegen* impose
45 *Gnadenstand* state of grace   46 *läßlich* venal
48 *Hochamt* High Mass   49 *Schiff* nave
49 *Ratsgestühl* pew reserved for the Council members

50 lief es wie ein Wellenschlag durch die Menge. Viele stießen sich
an, flüsterten, reckten die Hälse. Barbara wurde es nicht gewahr, so
gänzlich in sich selber hatte sie sich gewandt mit allen Kräften ihrer
stolzen und leidenschaftlichen Seele. Sie ging langsam, ungesenkten
Kopfes, ganz in Weiß gekleidet, Haar und Gesicht unter weißem
55 Schleierwerk. Bald nach ihr betrat Tidemann das Gestühl. Sie
grüßten einander nicht.

Das Hochamt war beendet, die Kirche leerte sich nicht, das
Gedränge wuchs. In den Gassen um St. Peter standen die Leute
gepreßt, Stadtbürger, Dienstvolk, undeutsche Bauern aus der Um-
60 gegend, Ordensherren vom Schloß, Stiftsvasallen vom Lande. Was
in der Sakristei geschehen sollte, erschien ungeheuerlich um seiner
Seltenheit willen, noch mehr aber, weil es aus freien Stücken unternommen wurde; am erregtesten wunderten sich die vom Lande,
Bauern und Edelleute, denen jenes Privileg der Städter mangelte.
65 Als das Ehepaar die Sakristei betrat, war das Kohlenbecken bereits
hergerichtet, mit glühenden Würfelstücken gefüllt. Dabei stand in
seinem Ornat der Mesner, und neben ihm standen in ihren Sonn-
tagsröcken ein Amtsschmiedemeister und des Mesners halbwüchsiger
Sohn, der bei einem Sattler in der Lehre war, dieser mit einer Zange
70 in der Hand. Die drei suchten mit raschem Köpfeheben der Frau
ins Gesicht zu sehen, doch brachen sich die Blicke am dichten Weiß
des Schleiers. Hinter den Gripens war der bestellte Priester eingetreten, ein bejahrter und gesammelter Mensch. Leute drängten nach,
der Mesner sprang hinzu. Er ließ ein paar Vornehme ein, die der

---

50 *Wellenschlag* tidal wave   50 *sich anstoßen* nudge each other
55 *Schleierwerk* veils
60 *Ordensherren* members of the *Deutsche Orden* under whose auspices much
   of this eastern territory was colonized
60 *Stiftsvassalen* vassals of the Religious Order
61 *Sakristei* vestry   67 *Ornat* ceremonial robes
67 *Mesner* sacristan
68 *Amtsschmiedemeister* official master smith
68 *halbwüchsig* adolescent   69 *in der Lehre* apprenticed
71 *sich brechen* be blocked   73 *bejahrt . . .* aged and serene

Ratsherr, ihres Widerstrebens ungeachtet, um Zeugenschaft gebeten 75 hatte, und verriegelte die Tür.

Der Priester winkte dem Mesnerssohn mit einem Heben des Kinnes. Der junge Mensch reichte ihm das Eisen, ein rechteckiges Stück von der Größe einer Kinderhand. Der Priester betrachtete es genau, hielt es dem Amtsschmiedemeister hin und fragte, ob er es 80 bei seinem Eide für rechtes Eisen erkenne, unzugerichtet und für die Probe tauglich. Der Schmied bejahte. Nun zeigte der Priester es dem Ratsherrn und den Zeugen. Sie nickten stumm.

Der Priester besprengte das Eisenstück mit Weihwasser und sagte: „Ich segne dich im Namen des Vaters und des Sohnes und des 85 Heiligen Geistes, so bist du erhoben über alle anderen Stücke deiner Art." Er legte es auf die Holzkohlen; es zischte.

Der Priester sagte: „Herr Christ, du Anfänger und Vollender aller Gerechtigkeit, wir bitten dich, diesem Eisen deine Gnade zu geben, daß wir an ihm die Gerechtigkeit erkennen." 90

Mit leiserer Stimme bat er Barbara um ihre Hand. Sie trat auf ihn zu, beide standen sie einander gegenüber in der Mitte des Kreises. Die Hände der Frau waren bisher in der weißen Gewandung verborgen gewesen. Nun reckte sie die rechte aus dem weiten, am Gelenk abwärtsfallenden Ärmel, daß sie bis zur Mitte des Unterarmes 95 sichtbar wurde. Die Hand war schön, regelmäßig und kraftvoll, einziges Stück ihres Körpers, das entblößt zur Schau stand. Um das Gelenk lag ein schlichter goldener Reif, Erbstück von Mutters Seite; die Fingerringe, die Gripen ihr geschenkt, hatte sie nicht angelegt.

Der Priester ergriff behutsam die Hand, wandte sie und prüfte die 00 Innenfläche. Er wusch die Hand in geweihtem Wasser und trocknete sie mit einem neuen, den Anwesenden zuvor zur Prüfung hingehaltenen Leinentuch.

„Ich habe weder Salbe noch Pulver an ihr finden können", sagte

---

75 *ungeachtet* notwithstanding   81 *unzugerichtet* not tampered with
84 *besprengen* sprinkle with holy water
93 *Gewandung* garment   98 *Reif* i.e., bracelet
98 *Erbstück* heirloom   1 *Innenfläche* palm

5 er. „Wer sehen will, der sehe zu. Wer Einwand erheben will, der
rede jetzt und schweige nachher."

Niemand rührte sich. Langsam ließ Barbara die Hand sinken.
Nun beharrte sie wieder in ihrer Haltung, weiß, aufgerichtet und
ohne eine Regung.

10 Der Schmied beobachtete das Kohlenbecken. Er räusperte sich,
dann sagte er halblaut: „Was das Eisen angeht, deswegen brauchte
man nicht länger zu warten."

Der Priester hatte eine Scheu, sich seiner Stimme zu bedienen. Er
machte Barbara ein Zeichen und ebenso dem Mesnerssohn.

15 Barbara streckte die geöffnete Hand aus. Ihr Ellenbogen ruhte
auf dem Hüftknochen. Hand und Unterarm standen in einer Linie
rechtwinklig vom Körper ab. Dann krümmten sich ein klein wenig
ihre Finger, wie die eines Kindes, die sich um eine mit Sehnsucht
erbettelte Gabe schließen möchten.

20 Gripen verzerrte den Mund und stöhnte. Dies war der erste Laut,
der von ihm vernommen wurde. Der Mesnerssohn nahm mit der
Zange das rote Eisen aus dem Kohlenbecken und reichte die Zange
dem Priester; dieser holte tief Atem und streckte die rechte Hand mit
der Zange aus. Der Mesner zog eine Sanduhr aus der Tasche und
25 hielt sie in die Höhe. Der Zangenkopf mit dem Eisen befand sich
über dem Handteller der Frau, um Fingersbreite von ihm entfernt.

Der Priester griff mit der Linken nach dem linken Zangenarm
und riß ihn plötzlich zur Seite. Der Mesner drehte in der hocher-
hobenen Hand das Stundenglas um, der Sand begann zu rieseln, allen
30 sichtbar, niemand schaute hin; das Eisenstück lag auf Barbaras Handfläche, der goldene Armreif erglomm rötlich im Widerschein.

Die Hand rührte sich nicht, der Arm rührte sich nicht, die ganze
Gestalt blieb unbewegt. Gripen verlor die Kraft, das Bild dieser
Unbewegtheit zu ertragen. Seine Augen suchten Rettung im Anblick
35 des rinnenden weißen Sandes. Aber der Sand rann langsam. Was

---

16 *Hüftknochen* hip bone   19 *erbetteln* obtain by begging
26 *Handteller* palm   29 *rieseln* trickle
31 *erglimmen* shine

da die enge Straße zwischen dem oberen und dem unteren Glas-
behälter zu durchlaufen hatte, war nicht die geringe Sandmenge, die
der gläserne Raum faßte. Das waren Zentner von Sand, Wagen-
ladungen von Sand, es war aller Sand der Ostseeküste von Danzig bis
Pernau, dieser Sand rieselte Ewigkeiten hindurch.   **40**
Des Priesters Blicke hasteten von Sand zu Eisen, von Eisen zu
Sand. Die geöffnete Zange schwebte hart über dem langsam
ergrauenden Metall. Im Augenblick, da mit dem letzten fallenden
Körnchen der Sandfluß erstarrte, faßte die Zange zu. Das Eisen
klirrte auf den Backsteinfliesen, Barbaras Hand verharrte in ihrer **45**
Haltung, als sei es eine Schneeflocke gewesen, was eben sie ver-
lassen hatte.

Aus jedem Auge im Sakristeiraum sprang ein Blick, alle Blicke
trafen auf den gleichen Ort; hier dauerten sie eine Weile aus, lösten
sich ab, begegneten einander mit Scheu und senkten sich, als sei ihnen **50**
eine Blendung widerfahren. Der Ort war die ausgestreckte weiße
Hand vor dem Goldreif und dem seidigen Schein des Ärmels. Es
war nichts an ihr zu sehen als ein paar schwärzliche Flecke von
Kohlenruß. Der Priester fuhr mit dem Tuch achtsam über sie hin,
da waren sie fort.   **55**

Als der erste regte sich Henning von Warendorp, der alte Ratsherr,
der sich unter den gebetenen Zeugen befand. Er neigte sich tief und
küßte die offene Hand, ohne daß er gewagt hätte, sie mit der seinen
zu berühren. Dann sandte er einen zornigen Blick in Gripens
Gesicht, stieß den Riegel zurück und ging ohne Abschied. Ihm **60**
folgten die übrigen Zeugen.

Während der ganzen Zeit hatten die in der Sakristei wie ein entferntes Wipfelrauschen die Stimmen der Menschenmenge in der
Kirche vernommen. Jetzt, da die Tür offen stand, bis der letzte

---

38 *Zentner* hundredweight
39 *Danzig* . . . two cities on the shores of the Baltic; *Pernau* (formerly a
   German Hanseatic city) is now Pärnu in Esthonia.
44 *erstarren* i.e., stop   45 *Backsteinfliese* brick floor
49 *sich ablösen* detach oneself   51 *widerfahren* befall
54 *Kohlenruß* coal soot

65 Zeuge gegangen war, schollen Ausrufe, Fragen, wildes Geschrei in
den Raum. Das Brausen der Stimmen schwoll, pflanzte sich aus der
Kirche weiter in die Gassen und füllte die Sakristei, auch als die
Schließung der Tür schon wieder geschehen war.

Barbara ließ die ungeschändete Hand sinken und wandte sich, als
70 wolle auch sie gehen. Der Priester und der Schmied, der Mesner und
sein Sohn wagten es nicht, in Gripens Gesicht zu blicken, das sich
gegen seine Brust geneigt hatte. Plötzlich schrie Gripen auf, stürzte
der Frau zu Füßen und küßte ihre Schuhe. Die Männer wandten
sich ab, nur des Mesners Sohn starrte offenen Mundes auf die
75 Eheleute. Der Ratsherr preßte die Augen in den weißen Saum ihres
Kleides, der Mesnerssohn meinte aus seinem verwürgten Gestammel
ein Flehen um Verzeihung zu hören.

Barbara beugte sich zu Tidemann, legte beide Hände an seinen
Kopf und zog ihn in die Höhe. „Gott verzeiht uns allen, wie sündig
80 wir sind", sagte sie. „Verzeihe auch du mir, was ich dir getan
haben mag."

Gemeinsam verließen sie Sakristei und Kirche. Barbara hatte den
Schleier zurückgeschlagen. Vor dem Portal standen Stadtknechte
und stießen die Andrängenden mit den Schäften ihrer Spieße zurück.
85 Es half wenig. Die Gripens kamen nur zollweise von der Stelle.
Weiber und Bauern lagen auf den Knien und rissen einander
schreiend beiseite, um Barbaras Kleidersaum zu küssen. Fäuste und
Schimpfworte drängten sich dem Ratsherrn entgegen; wären die
Knechte nicht gewesen, man hätte ihn zu Boden gestürzt. In der
90 Sündergasse, unweit des Gripenschen Hauses, wurde ein Stein nach
ihm geworfen; Barbara schnellte sich vor, der Stein traf ihr Kinn, ein
schmaler Blutsteig zog sich auf das weiße Kleid.

Im Hausflur begann der Ratsherr: „Es soll alles nach deinem
Willen geschehen. Verlange es, so übergebe ich dir mein Haus samt

69 *ungeschändet* unscathed
76 *verwürgten* . . . choked stammering
83 *Stadtknechte* i.e., policemen   85 *zollweise* inch by inch
88 *Schimpfwort* insult   91 *sich vorschnellen* dart forward
92 *Blutsteig* line of blood

allem, was ich dir bei der Eheberedung zum Wittum verschrieben 95
habe. Verlange es, so gehört dir mein Landbesitz. Verlange es, so
will ich die Stadt verlassen und mit einem weißen Stabe betteln
gehen. Ich weiß wohl, daß du hiernach nicht mehr mit mir wirst
leben können."

„Ich will es versuchen, Tidemann", antwortete die Frau. 00

3

Tidemann Gripen hatte für ewige Zeiten zwei Messen in St. Peter
gestiftet, die am Jahrestage der Probe gelesen werden sollten: eine
zum Dankgedächtnis der Begebenheit, eine für die Seele des getöteten
Schwenkhusen. Das Eisen, so war in der Verschreibung bestimmt,
sollte während dieser Messen auf den Altarstufen zur Schau liegen. 5

Es war in der Stadt die Meinung gewesen, Ratsherr Gripen werde
sich nach Tunlichkeit zurückgezogen in seinem Hause halten. Allein
diese Erwartung behielt nicht recht. Vielmehr war es, als habe er
sich verdammt, jedem Blick des Zornes oder Abscheus, jedem geflissentlichen Ausweichen eines Begegners, jeder der Beschimpfungen, 10
die ihm aus Häusern und Torwegen nachgerufen wurden, sich
geduldig auszusetzen. Er zeigte sich der Welt bei jedem Anlaß, der
seine Gegenwart notwendig machte oder auch nur rechtfertigte.

Barbara indessen hielt sich vor den Menschen verborgen. Einige
Frauen aus ratsherrlichen Geschlechtern waren gekommen, um sie zu 15
besuchen, doch hatte Barbara sich mit Höflichkeit entschuldigen
lassen. An Feiertagen ging sie nicht zum Hochamt in die Petrikirche,
wie es die patrizischen Frauen taten, indem sie sich von ihren Mägden
das Gebetbuch und einen in Tücher gehüllten Wärmstein für die

---

95 *Eheberedung* marriage contract
95 *Wittum* settlement made by the husband on his surviving widow
2 *stiften* sponsor
4 *Verschreibung* stipulation of the deed
7 *nach* . . . as much as possible   8 *recht behalten* i.e., to be realized
9 *Abscheu* horror
9 *geflissentlichen* . . . deliberate avoidance

20 Füße nachtragen ließen; sondern sie begab sich im Morgengrauen
verhüllt, unbegleitet und unbeachtet, in eine jener ärmlichen kleinen
Kirchen und Kapellen, die von geringen Stadtleuten oder vom Lande
eingekommenen Bauern besucht wurden; dumpfe Räumlichkeiten,
in denen die Bettelmönche in lettischer Sprache predigten und aus
25 denen man in den Kleidern schlechten Geruch, Läuse und Flöhe nach
Hause trug. Auf einem dieser Morgengänge begegnete sie Schwenkhusens Mutter. Barbara wollte zur Seite biegen, allein die alte Frau
überquerte die Straße, umarmte sie mit kummervoller Herzlichkeit
und wiederholte: „Armes Kind! Gutes Kind!" Barbara ließ sich
30 stumm die Umarmung geschehen.

Daß sie allem Geselligsein fernbleiben mochte, dies begriffen die
Leute wohl; ihr Mitleid, ihre Zuneigung wandelten sich in Ehrerbietung, aber auch in Scheu, als vor einem Menschen, der unter Gottes
Gericht gestanden hatte. Es dünkte sie nicht möglich, mit einem
35 solchen Menschen von Dienstboten, Marktpreisen, Lachsfang und
Geflügelmast zu sprechen; nicht möglich, ihn um seine Meinung von
einem neuen Stickmuster zu befragen; nicht möglich, ihn zum Bewundern eines soeben aufgestellten, aus dem Reich gekommenen Altar-
gemäldes einzuladen, von dem sich die letzte burgundische Damen-
40 mode ablesen ließ; wie dies alles ja auch Barbara nicht mehr
möglich dünkte.

Das Gesinde berichtete von ihrem strengen Grüblertum, ihrem
verschwiegenen Ernst; ihrer abwehrenden, ja fast hochmütigen Miene.
Auch das ließ man gelten.

45   Am Abend nach dem Dreikönigstag begegnete Gripen an der
Schaalpforte dem alten Henning von Warendorp. Gripen war es

31 *Geselligsein* social life   32 *Ehrerbietung* reverence
35 *Lachsfang* . . . salmon catching and poultry feeding
37 *Stickmuster* embroidery pattern
39 *burgundisch* Burgundian (Burgundy was at that time an independent
   kingdom in France.)
42 *Grüblertum* brooding   43 *verschwiegen* reticent
43 *abwehrend* forbidding   44 *gelten lassen* accept
45 *Dreikönigstag* Epiphany (January 6), the day on which Christ was revealed to the Gentiles in the person of the three magi in Bethlehem.

gewohnt, daß die Leute, und Ratsherr Warendorp insbesondere, mit
ihm nicht viel redeten, es sei denn aus geschäftlichen oder städtischen
Ursachen. Darum grüßte er den Alten, ohne seinen Gang zu unterbrechen. Allein Warendorp trat auf ihn zu und sagte: „Es geht dich 50
an vor anderen. Darum sage ich es dir, wenn du es noch nicht wissen
solltest. Schwenkhusen ist gestern zurückgekehrt."

Schwenkhusen saß bei seiner Mutter, ließ sich streicheln und hatte
Mühe, ihr zu wehren, daß sie alle seine Lieblingsgerichte zugleich
kochen ließ. Häufig von ihrem Schluchzen zu Unterbrechungen 55
genötigt, erzählte er sein Erlebtes, nicht mehr zum ersten Male.

„Sie wollten mir die Rüstung nehmen, dabei erkannten sie, daß
ich noch Leben hatte. Sie schleppten mich in ein Bauernhaus und
später auf ein Schiff. Sie wußten wohl, wieviel ein Schwarzhäupter-
bruder wert ist, sie waren in Angst, um ihr Lösegeld zu kommen, 60
wenn ich stürbe; darum pflegten sie mich besser als ihre eigenen
Verwundeten. Stirbt von denen einer, so ist das kein großer Schade
für sie, es laufen ihnen Leute genug zu. Sogar Messen haben sie
lesen lassen und baumdicke Kerzen gelobt für meine Genesung. Ich
war aber lange nicht bei mir vor Wundfieber und Schwäche, darum 65
konnten sie nicht wegen der Auslösung mit mir handeln."

Das Schiff, so berichtete er, habe davonsegeln müssen, denn es
seien rigische und lübische Fahrzeuge gemeldet worden. Von denen
wurden sie verfolgt, was nicht fechten konnte, mußte von Bord. So
brachten sie ihn zu Fischersleuten, die es mit ihnen hielten, in den 70
Schären vor Abo, wo es die tausend Inseln gibt und sie manchen
Schlupfwinkel hatten. Hier lag er lange, gepflegt und bewacht; mit

51 *vor* . . . more than other people
60 *um* . . . *kommen* to lose their ransom money
64 *geloben* vow   65 *bei mir* in my right mind
66 *Auslösung* ransom
68 *rigische* . . . vessels from Riga and Lübeck
69 *was* anyone who   70 *die* . . . who were on their side
71 *Schären* . . . the rock islands before Abo (the Swedish name for the port
of Turku in Finland)
72 *Schlupfwinkel* hideaway

noch unverheilten Wunden machte er sich eines Nachts davon, in
Lumpen gekleidet, kam in Seenot, verlor Mast und Ruder.

75   Er schüttelte sich vor Grauen, als er von diesen Tagen im
gestohlenen Fischerboot, zwischen Klippen und Schären, erzählte.
Der Mutter tropften die Tränen zwischen den vorgehaltenen Fingern
hindurch. Sie konnte es nicht glauben, daß dieser Mann, der doch
ihr kleines Kind gewesen war, je wieder sollte Tänze anführen und
80   Feste ausrichten können; bei solchen Anlässen nämlich hatte er viel
Bewunderung genossen, die hatte ihr Herz mit gesättigt.

Am Morgen nach seiner Ankunft hatte Schwenkhusen bei der
Frühmahlzeit seine Mutter gefragt, was sich derweil in Riga ereignet
hätte. Sie berichtete umschweifig dieses oder jenes und überlegte
85   dabei, ob sie ihm von der Feuerprobe erzählen sollte. Endlich tat sie
es, er hätte es sonst von anderen erfahren müssen. Schwenkhusen
hörte ihr sehr ernst zu und schien der Mutter erschrocken. Allein
als sie geendet hatte, da begann er zu lachen, laut, hart und lange,
wie wohl Bauern und Seeleute lachen, und die alte Frau meinte, daß
90   ihr Sohn früher anders gelacht habe. Zugleich aber fühlte sie eine
Betroffenheit darüber, daß er aus Anlaß dieser Erzählung zu lachen
vermocht hatte.

Er küßte ihr zerstreut die Hand und sagte: „Wundere dich nicht,
ich habe unter Seeräubern und Fischern gelebt, da lache ich bisweilen
95   zur Unzeit."

Schwenkhusen kümmerte sich um seinen Handel, seine Pferde und
seine Jagdhunde. Er machte Besuche und gab Gastmähler im Hause
der Schwarzhäupterkompanie. Er erhielt mehr Einladungen, als er
annehmen konnte. Sein Haus wurde nicht leer von glückwünschen-
100 den Besuchern, namentlich aus den Jüngeren, die in Schwenkhusen
ihren Anführer gesehen hatten. Frauen und Mädchen drängten sich
um seine Mutter, küßten ihr die Hand und baten sie, von den
Erlebnissen ihres Sohnes zu erzählen. Sie tat es bereitwilliger als er.

---

74 *Seenot* distress at sea
81 *die* . . . and this had also afforded her heartfelt satisfaction
84 *umschweifig* circumspectly

Ohne Ermüdung berichtete sie immer wieder von dem Umhertreiben des Fischerbootes, das zuletzt auf wunderbare Weise das feste Land 5 gewann, von Schwenkhusens Bettelleben in den finnischen Wäldern, unter Wildnisbauern, deren Sprache er nicht verstand, von Krankheit und Hunger, Irrgang und Schneestürmen und Klosterspitälern; endlich war er zu Handelsfreunden nach Reval gelangt, die sorgten für ihn und streckten ihm Geld vor, daß er sich einkleiden und mit 10 einem Diener im Schlitten die Heimreise vornehmen konnte. Fünf Vierteljahre war er fort gewesen.

Gripen hatte sich nach jener Begegnung mit dem alten Warendorp ohne Verzug zu Schwenkhusen aufgemacht. Allein das Kommen und Gehen der vielen Besucher scheuchte ihn nach Hause. Barbara 15 sah er an diesem Tage nicht mehr; sie hatte sich ein abgesondertes Zimmer hergerichtet, und oft ließ sie sich auch die Mahlzeiten hierherbringen.

In der Frühe des nächsten Morgens ließ der Ratsherr sich bei Schwenkhusen melden, der ihn in seinem Geschäftszimmer empfing. 20 Schwenkhusen sah ihm überrascht ins Gesicht, denn Gripen hatte sich seinen breiten, rötlichen Bart abnehmen lassen; die Leute erzählten, vor dem Spiegel sei der zitternde Kerzenschein auf den Bart gefallen, da habe sich Gripen erschreckt, denn er meinte ein Glimmen erblickt zu haben wie Kohlenglut. 25

Gripen verneigte sich und fragte, ob Schwenkhusen wisse, in welchem Verdacht er ihn gehabt habe. Schwenkhusen machte eine wehrende Bewegung, um die Sache als eine abgetane Nichtigkeit zu kennzeichnen.

Gripen sagte: „Nein, damit ist es nicht gut. Ich bin gekommen, 30 um deine Verzeihung zu erbitten. Willst du, so werde ich es öffentlich tun."

8 *Kloster* . . . hospitals run by the monastic orders
9 *Reval* (Tallinn) capital of Esthonia
10 *vorstrecken* advance   10 *sich einkleiden* vest himself
14 *ohne* . . . without delay
27 *eine wehrende* . . . a deprecatory movement, to characterize the matter as a trifle that was now past

„Lieber! Um Christi willen!" rief Schwenkhusen mit einem kleinen und nicht ganz deutlichen Lachen. „Bin ich deswegen den
35 Seeräubern und den finnischen Einöden entkommen, um in Riga an Beschämung zu sterben? Lasse es gut sein, und behüte uns Gott vor Peinlichkeiten."

Darauf erzählte er von seinen Abenteuern und bedankte sich lächelnd für die gestiftete Seelenmesse; der Stifter werde wohl so
40 gut sein, sie aus einer Verstorbenen- in eine Lebendenmesse umwandeln zu lassen.

Gripen wartete, bis er Barbara im Hause begegnete. Denn in ihr Zimmer wagte er nur zu gehen, wenn sie ihn hatte rufen lassen. Er wollte ihr Schwenkhusens Rückkehr auf eine behutsame Art zur
45 Kenntnis geben; allein sie unterbrach ihn anteilslos mit den Worten: „Ist es das? Damit erzählst du mir nichts Neues, ich habe ihn gestern vom Fenster über die Straße gehen sehen."

Der Mann berichtete von seinem Besuch. Er habe Schwenkhusen auch gebeten, er möge wie früher in das Gripensche Haus kommen.
50 „Das hättest du nicht tun sollen, Tidemann", sagte Barbara kalt. „Ich mag ihn nicht mehr sehen."

„Vergib mir, aber ich habe ja nicht nur an dir Unrecht getan, sondern auch an ihm", antwortete er. „Darum glaubte ich, ich schulde ihm vor den Leuten eine solche Genugtuung; nämlich, daß er die
55 Freiheit habe, eine Einladung auszuschlagen."

Dies war das erstemal, daß er ihr in einer Sache widersprach.

Es war aber nicht sein Einspruch, was sie endlich zum Nachgeben bewog, sondern es war die Nacht, die dieser Unterredung vorangegangen war, und die Nacht, die ihr folgte. Sie hatte Schwenkhusen
60 die Straße hinuntergehen sehen, einem Bettler eine Münze schenken, einem Gassenjungen zunicken, einem Krämer, der vor seinem Laden stand, auf die Schulter klopfen; er begegnete einem Stadtknecht, der mit auf jener Stoßreise gewesen sein mochte, und ging plaudernd mit

35 *Einöde* desert   36 *lasse* . . . leave well enough alone
37 *Peinlichkeit* embarrassment   44 *zur* . . . make known
45 *anteilslos* indifferently   55 *ausschlagen* refuse
57 *Einspruch* protest

ihm weiter, wobei er seinen Arm unbefangen in den des Knechtes
schob. Dies waren seine Bewegungen, dies war sein Gehaben. Ein 65
berauschender Schrecken stürzte in die Frau am Fenster wie ein Strom
weißen Lichts, blendete sie und brachte Wirrnis in die Gedanken,
in denen sie gelebt hatte seit dem Tage ihrer großen und wunderbaren Prüfung.

In der Nacht hatte sie ihre Gedanken wieder in die Richte gebracht, 70
freilich auf einem sonderbaren Wege: nämlich indem sie sich selber
die Meinung anbefahl, es gehe nicht an, daß Schwenkhusen als ein
Schuldiger und unentsühnter Mensch je in ihre Nähe komme als in
die einer Gerechtfertigten, ja über menschliches Wesensmaß Erho-
benen. Hieraus gewann sie die Kraft, ihrem Manne zu sagen: „Ich 75
mag ihn nicht sehen." Kaum jedoch hatte Gripen sie verlassen, als
sie abermals jenem berauschenden Erschrecken anheimfiel, denn nun
war ja die Begegnung mit Schwenkhusen ganz nahe vor sie hin-
gerückt worden, ja, fast war sie ein Gegenwärtiges. Sie begriff, daß
es sie nur ein Wort kostete, und das war ein Wort nachgebender 80
Gewährung an ihren bittenden Mann.

Barbara hatte den kräftigen und klaren Schlaf früherer Jahre seit
langem nicht mehr. Auch viele Stunden der folgenden Nacht blieb
sie eine Gefangene ihrer zwiespältigen Herzensqual. Am Morgen
aber ging sie zu Gripen und sagte: „Ich will dir nichts in den Weg 85
legen; wenn du magst, lasse die Einladung ausgehen."

4

Schwenkhusen schlug eine Aufforderung des Ordenskomturs aus,
um die der Gripens annehmen zu können. Es war das erstemal, daß
sie wieder Gäste hatten. Sie saßen zu viert am Tische, die Eheleute,

64 *unbefangen* naturally
70 *in . . .* brought order into
73 *unentsühnt* unrepentant
74 *Wesensmaß* essence, nature
81 *Gewährung* permission
84 *zwiespältigen . . .* split torment of heart
87 *Ordenskomtur* head of the order

65 *Gehaben* conduct
72 *anbefehlen* command
74 *gerechtfertigt* vindicated
77 *anheimfallen* fall a prey

90 Schwenkhusen und seine Mutter. Sie sprachen miteinander befangen
und höflich. Wie immer, wurde Schwenkhusen befragt und mußte
erzählen; er tat es diesmal ohne jene Geringschätzung seiner Erlebnisse, zu der das häufige Berichtenmüssen ihn gebracht hatte.

Beim Nachtisch wurde Gripen abgerufen. Es ist möglich, daß er
95 diesen Abruf vorbereitet oder doch herbeigewünscht hat: in seiner
selbstfeindlichen Erniedrigung mochte er glauben, er dürfe den
Platz an diesem Tisch nicht länger behaupten, als es um der Schicklichkeit willen sein mußte.

Schwenkhusens Mutter schlief ein. Er sah Barbara eindringlich an
00 und wußte nicht, ob sein Herz von Feuer gekühlt oder von Eis
versengt wurde. Seit langem trug sie keine bunten und hellen
Kleider mehr, auch wenig Schmuck. Sie ging nonnenhaft dunkel,
dies gab dem sparsamen Schmuck eine mächtige, fast eine drohende
Wirkung. Schwenkhusen empfand Verführung und Grauen, wie er
5 Grauen und Verführung empfunden hatte vor der Unendlichkeit der
finnischen Waldwüsteneien, in denen noch die alten Heidengötter
Ukko und Akka angerufen wurden. Im ersten Augenblick des
Alleinseins, so hatte er sich vorgenommen, wollte er ihr die Frage
stellen, die als einzige zu stellen war; und diese Frage hatte ihn
10 unabtrennbar gedünkt von einem Lachen augenzwinkerischer,
spießgeselliger Vertraulichkeit. Jetzt aber griff er nur nach ihrer
Hand, die keinen Schmuck trug als den goldenen Reifen um das
Gelenk, schaute in die makellos gebliebene Innenfläche und küßte
sie. Voll Scheu, ohne den Blick zu Barbaras Gesicht zu heben,
15 flüsterte er: „Erzähle mir jetzt. Wie ist es zugegangen?" Und eine
unerklärbare Scham drückte ihn, als er, fast wider Willen, hinzusetzte:
„Was für eine Kunst hast du gebraucht? Wer gab dir die Salbe?"

Barbara sah groß über ihn fort, an diese Art des Blickes konnte er
sich von früher nicht erinnern. Eine Weile schwieg sie noch. Im

---

92 *Geringschätzung* slighting   99 *eindringlich* penetratingly
 1 *versengen* singe   3 *sparsam* spare
 6 *Wüstenei* desert
10 *augenzwinkerisch* . . . winking, vulgar familiarity
13 *makellos* spotless   18 *groß* loftily, nobly

Kamin schnob ein gefangener Wind. Die alte Frau röchelte gleich- 20
mäßig in ihrem Schlaf. Von draußen kam gedämpftes Stunden-
geläut, eine Turmglocke begann nach der andern, jede mit ihrer
besonderen Stimme, und die letzten Schläge der verstummenden
banden sich mit den ersten der verspätet anhebenden zu einer rätselhaften Vielfalt. Die Tischkerzen brannten still über den blanken 25
Weinkannen, Fruchtschüsseln und Konfektschalen.

Barbara redet, als spräche sie zu sich selbst. Schwenkhusen kann
nicht alles verstehen. Ihre geraunten Worte werden hastiger,
manchmal haben sie den dunklen Klang von Beschwörungen, dazwischen schreit sie einen Satz hin, und es ist unheimlich, daß auch 30
dieses Schreien im Flüstertone verbleibt. Ihr Gesicht schien bleich,
es rötet sich, sie hat etwas zum Fürchten, und es schaudert ihn, aber
was begehren wir denn stärker, als was uns fürchten macht?

Barbara spricht von den Verzweiflungen jener Zeit, ihre Stimme
zittert, und dies Zittern teilt sich Schwenkhusens Herzen mit, und 35
sein Herz gibt es weiter an Lippen, Hände und Nasenflügel. Barbara
aber hat sich bereits dem Jammer ihrer Bedrängnis enthoben, ihre
Augen flackern wild und triumphhaft, denn nun spricht sie von dem
großen Geheimnis ihres Glaubens.

Schwenkhusen ist es gewohnt gewesen, in Damast und Pelzwerk 40
im Schwarzhäuptergestühl der Kirche zu sitzen und mit anständigem
Ernst den Verrichtungen der sechs Priester zu folgen, welche die
Kompanie allein für ihre Glieder in St. Peter besoldet. Gewissenhaft
hat er Wachskerzen aufgestellt für den Ritter Mauritius, welcher den
Schwarzen Häuptern zu Schutz und Fürbitte verbunden ist. Schwenk- 45
husens Glaube ist ein höflicher Glaube gewesen. Aber Barbaras
Glaube ist der Glaube der starken und kühnen Seelen gewesen, der
die Himmelsgeheimnisse zu stürmen vermag.

20 *schnauben* roar	20 *röcheln* i.e., snore
26 *Konfektschale* pastry plate	28 *raunen* whisper
29 *Beschwörung* imploring	32 *schaudern* cause to shudder
37 *Bedrängnis* oppression, affliction	40 *Damast* . . . satin and furs
42 *Verrichtung* ministration	43 *Glieder* members
43 *besolden* pay	45 *Fürbitte* intercession

Es ist gesagt, daß Reue und Vorsatz, Beicht und Losspruch die
50 Sünde hinwegnehmen. Barbara hat Reu und Leid erweckt, sie hat
Vorsatz gemacht, ernsthaft und mit allem Willen, sie hat gebeichtet
und Lossprechung empfangen und die Buße verrichtet. Darum ist
keine Sünde mehr an ihr gewesen, als sie zur Probe ging. Gott hatte
sie von ihr nehmen müssen um seiner eigenen Wahrheit und
55 Verheißung willen, und er ist ja ein Herr nicht nur über das Künftige
und Gegenwärtige, sondern auch über das Vergangene. Und weil sie
diesen Glauben hatte, der Berge verrücken, der das Blutrote
schneeweiß machen kann, das Kalte glühend und das Glühende kalt,
darum hat sie sich nicht gefürchtet und ist rein und schuldlos
60 erfunden worden: rein und schuldlos nach dem Recht, denn das
Sakrament der Buße hatte sie rein gemacht. Sie hat Gott gezwungen
in seinem eigenen Gesetz. Sei getrost, Tochter, dein Glaube hat dir
geholfen.

Barbara verstummt, Schwenkhusen ist aufgestanden, totenbleich,
65 und hält sich an der Lehne seines Sessels. Er fragt nichts, es ist, als
scheue er sich, Barbara von neuem zum Reden zu bringen, denn was
vermöchte ein Mensch noch zu sagen, der solche Dinge ausgesprochen
hat?

Schwenkhusen hat ihr zugehört mit Entsetzen. Sein Glaube ist
70 freilich kein höflicher Glaube mehr, wie er vor jenem Auszuge
gewesen war, und Schwenkhusen hat in manchen Dingen andere
Gedanken bekommen, das geschieht einem, wenn man länger als ein
Jahr unter Seeräubern und zauberkundigen Heiden hat leben müssen
und wandern in vieler Einsamkeit, Armut und Gefahr. Dennoch
75 möchte er der Frau den Glauben versagen, allein er fühlt, daß sie
seinen Glauben an sich reißt.

Die Mutter hebt den Kopf, ihr Gesicht ist vom Schlummer gerötet.
Sie blinzelt vor dem gelben Kerzenlicht und seinem metallischen
Widerschein und sinkt mit einem Seufzer in ihren Schlaf zurück.

---

49 *Vorsatz* resolution   49 *Losspruch* absolution
55 *Verheißung* promise   62 *getrost* of good cheer
73 *zauberkundig* versed in magic

Ein paar Kerzenflämmchen flackern noch ein wenig unter dem 80
Anhauch dieses Seufzers, dann ist die alte Leblosigkeit wieder
eingekehrt.

Schwenkhusen geht behutsam auf Barbara zu, ergreift abermals
ihre Hand und küßt deren Inneres. Es ist, als könnten seine Lippen
sich nicht mehr von den Linien dieser Hand lösen. Barbara aber 85
fühlt es nicht, daß Küsse in ihre Hand gelegt werden, wie sie es nicht
gefühlt hat, daß ein heißes Eisen hineingelegt wurde.

Plötzlich richtet sie sich auf und weist Schwenkhusen auf seinen
Sessel. Schwenkhusen gehorcht.

„Ich muß dir noch etwas sagen", flüsterte sie. „Ich habe auf diese 90
Stunde eine große Begierde gehabt, seit ich dich über die Straße
gehen sah. Denn kannst du verstehen, was ein Leben bedeutet, wie
es das meine ist seit dem Tage der Probe? Ich lebe in einem
Geheimnis. Und ich lebe in der vollkommenen Einsamkeit dieses
Geheimnisses. Ich habe zu niemandem sprechen können, verstehst 95
du das, zu niemandem? Und ich weiß, daß ich auch allen anderen
Menschen zu einem Geheimnis geworden bin, denn das vermag ja
von all diesen Leuten niemand zu ahnen, wessen ich gewürdigt
wurde. Als ich dich sah, da habe ich mich entsetzt. Nicht, daß
ich gefürchtet hätte, versucht zu werden; ich kann nicht mehr mit dir 00
versucht werden. Allein ich habe mich entsetzt vor dem Gedanken,
daß sich mir nun eine Pforte auftun könnte, in die ich mein
Geheimnis hineinschreien darf! Eine Pforte, wie sie jeder Mensch
auf der Welt hat, jeder Knecht, jedes Bettelkind, alle jene, die nichts
zu verschließen haben! Vor einem Menschen wenigstens — und vor
dem, welchen es am engsten angeht! — will ich erkannt und offenbar
sein, offenbar sein in dem, worin Gott mich gezeichnet hat, gezeichnet und ausgezeichnet vor allen anderen Menschen . . ."

Sie senkte die Stimme gänzlich, so daß Schwenkhusen Mühe hatte,

88 *weisen auf* show to
98 *wessen* . . . of what I was made worthy
 6 *offenbar* open, frank

10 die folgenden Worte zu verstehen, obwohl ihr Kopf über den Tisch
hinweg langsam auf ihn zukam.

Barbara flüsterte: „. . . als ein Gefäß der göttlichen Auserwählung,
deren Strenge auf mich gelegt ist."

Schwenkhusen sprang von seinem Sessel. Er sah wild und schön
15 aus in diesem Augenblick der äußersten Erschütterung.

Barbara lehnte sich zurück, ihr Gesicht hatte seine strenge Unbewegtheit wieder angenommen. Mit der ein wenig ausgestreckten
Rechten machte sie eine Bewegung, die auch der winzigsten Hoffnung
keinen Raum mehr freigab.

20   „Ich habe die Kraft gehabt, Gott zu zwingen", sagte Barbara.
„Ich habe nicht die Kraft gehabt, es zu hindern, daß wir beide diese
Stunde heute abend miteinander gelebt haben. Ich habe dir das
alles gesagt. Weiter werden wir nichts miteinander zu schaffen
haben."

25   Auf der Treppe vom Erdgeschoß her wurden Gripens Schritte
laut. Er trat geräuschvoll auf, er räusperte sich und schlug mit den
Türen, um seine Rückkehr vorzukündigen.

Schwenkhusen erkannte, daß ihm nur noch wenige Augenblicke
zu Gebot standen.

30   „Du wirst mich anhören, Barbara", schrie er, ohne doch seine
Stimme über die Flüstergrenze zu heben. „Ich werde dich nicht bei
dem Glauben lassen, ich habe keinen Teil mehr an deinem Leben.
Ich werde mich nicht abdrängen lassen, und ich werde dich nicht —"

Barbara warf eines der Tischmesser gegen eine zinnerne Schüssel.
35 Der Ton war voll und hell wie ein Glockenschlag. Schwenkhusens
Mutter schrak auf und sah sich ängstlich und ohne Verständnis um.

„Kinder", sagte sie, „ach, Kinder, es ist wohl spät? Ich bin ein
alter Mensch."

Schwenkhusen, der breitbeinig dagestanden war, ließ den Kopf
40 zwischen die Schultern sinken. Seine geballten Fäuste lösten sich, er
kehrte auf seinen Platz zurück. Bald danach trat Gripen ein. Die

15 *Erschütterung* [emotional] turmoil
33 *abdrängen* push away

alte Frau verlangte nach dem Diener, der sie und ihren Sohn, die
lange, qualmende Fackel in der Hand, durch die dunklen Straßen
nach Hause geleitete.

5

Barbara war in der Frühmesse gewesen und hatte, zurückgekehrt, 45
dem Gesinde einige Anweisungen gegeben. Danach saß sie am
Fenster über der Goldstickerei eines Meßgewandes. Für alle
frauenhaften Verrichtungen solcher Art hatte sie früher geringe
Neigung gehabt. Erst seit sie jenes klausnerische und in sich selber
gewandte Leben führte, fand sie Gefallen an derlei Arbeit, die ja 50
eine Arbeit der Gedankenleeren oder aber der Grübelnden ist.

Draußen im aufsteigenden Straßennebel stand spreizbeinig vor
seinem Laden jener Krämer, den Schwenkhusen auf die Schulter
geklopft hatte.

War es die rechte oder die linke Schulter? dachte Barbara; 55
unversehens begann sie jede Einzelheit aus ihrem Gedächtnis
heraufzunötigen. An jenem Prellstein, im bräunlichen, mürben
Schnee, hatte der Straßenjunge gestanden. Vor jener Toreinfahrt,
wo jetzt das barfüßige, schief gewachsene Mädchen den Pferdemist
zusammenkehrte, war Schwenkhusen dem Knecht begegnet. Der 60
hochgestellte Pelzkragen seines Mantels hatte Silberstickerei gezeigt,
Ranken und Blattwerk. Barbara meinte es damals nicht wahrgenom-
men zu haben, nun aber war es ihr so deutlich, daß sie die Linien
in dem Meßgewand hätte wiederholen mögen. Übrigens hatten ihre
Hände, ohne daß sie es bemerkte, längst von der Arbeit abgelassen 65
und lagen, mit den Flächen aneinandergedrückt, zwischen den
Knien.

Auf der Straße erschien Tidemann, der soeben das Haus verlassen

---

47 *Meßgewand* surplice   49 *klausnerisch* hermitlike
50 *derlei* such   51 *oder aber* or again
52 *spreizbeinig* legs spread wide   57 *Prellstein* curbstone
57 *mürb* soft   62 *Ranke* tendril, branch

hatte, im Gehen den linken Handschuh überstreifend. Er wagte es
70 nicht, zu Barbaras Fenster aufzuschauen. Sie sah ihm nach. Sein
Gang hatte noch die herrische Raschheit von früher her, nur daß sie
jetzt in einem Unverhältnis stand zu der Krümmung seines Rückens,
unterhalb des Nackenansatzes.

Dies war schwer zu ertragen gewesen seit der Probe: die
75 Selbstverdemütigung dieses Mannes, fast war es eine hündische
Preisgabe. Hundertmal war Barbara bedrängt worden von der
Versuchung, hinstürzend seine Knie zu umfassen und das Bekenntnis, das sie dem Beichtiger des Jungfernklosters getan hatte, auch
ihm zuzuschreien. Sie wich Tidemann aus in einer Scheu vor ihm,
80 ja, in Furcht vor sich selber, er aber meinte darin ein entsetztes Zu-
rückschaudern zu erkennen und nahm es auf sich als die gebührliche
Strafe.

Es wäre Barbara vielleicht nicht möglich gewesen, sich in solcher
Qual zu behaupten, hätte sich nicht, außerhalb ihres Wissens, eine
85 selbstschützerische Maßnahme ihrer Natur ihr zur Hilfe aufgemacht;
nämlich es war ja durch die Probe allen ihren Gedanken, allen ihren
Empfindungen ein regierender Mittelpunkt von unvergleichlicher
Strahlung gesetzt worden. Was vordem in Barbaras Leben seinen
Raum einnahm, das hatte sein Recht verwirkt. An ihr war ein
90 Gnadenwunder geschehen, von seinem Licht mußte jede weitere
Stunde ihres Daseins getränkt werden. Es war aber die Art dieses
Wunders nicht eine solche, daß es sie in eine gläubige Gemeinsam-
keit mit den Menschen geführt hätte, sondern es war ein Wunder,
das sie abschloß in eine unerbittliche Einsamkeit.

95 Mit diesem Wunder lebte sie wie mit einem insgeheim geborenen
Kinde. Aus seiner innigen, unablässigen Betrachtung erwuchs
langsam ein einsiedlerischer Stolz, Gottes Mitwisserschaft umflutete

69 *überstreifen* pull on   72 *Unverhältnis* disharmony
73 *unterhalb* . . . below the place where the back of his neck began
75 *Selbstverdemütigung* self-humiliation
76 *Preisgabe* devotion, sacrifice   81 *gebührlich* proper
89 *verwirken* forfeit   96 *innig* fervent, spiritual
97 *Mitwisserschaft* connivance   97 *umfluten* bathe

sie mit eisigem Licht. Ja, war es denn nicht gerecht, daß Tidemann sich vor ihr neigte, unterwürfig wie ein Verurteilter, daß er ihre Hand nicht zu ergreifen, ihren Blick nicht zu suchen wagte? Ein 00 Mensch war er wie jeder. Sie aber hatte Gewalt geübt über Gott.

Das war es, was Schwenkhusen an jenem Abend hatte schaudern machen. Auf dem Heimweg führte er die Mutter, die Fackel flammte rötlich vor ihnen her; sie gingen in der Mitte des Fahrdammes, denn immer wieder polterten Schneemassen, die der warme 5 Tauwind locker gemacht hatte, von den spitzen, vorgeneigten Dächern.

Plötzlich geschah es, daß sich in Schwenkhusen ein Zorn erhob, so sehr, daß er den Arm der Mutter preßte, ihn dann unversehens losließ und stehenblieb. 10

„Was ist?" fragte sie in schläfriger Verwunderung.

Er gab keine Antwort, ergriff wieder ihren Arm und führte sie schweigend weiter. Sie bemerkte es nicht, daß sein Unterarm, auf dem ihre pelzbekleidete Hand lag, von einem Zittern bewegt wurde.

Jeder Zorn bewirkt ja in dem Menschen, der von ihm befallen 15 wird, daß er sich für gerecht hält und für einen Vogt Gottes, in dessen Namen er verpflichtet sei, irgend etwas Ungebührliches zu ahnden und damit die Ordnung, die Gott der Welt gegeben hat, wieder heil zu machen. Schwenkhusen empfand mit einer maßlosen Verbitterung, daß ein Mensch — mochte ihm, was es auch sei, 20 geschehen sein — aus den Verwirrungen seines einsiedlerischen Glaubenswesens den Anspruch auf eine übermenschliche Würde erhob. Ihn erbitterte plötzlich Tidemann Gripens Erniedrigung, ihn erbitterte die eigene, die er an diesem Abend hatte erfahren müssen.

Der Zorn verließ ihn auch während der folgenden Tage nicht 25 gänzlich, in denen er voller Sorgfalt und Vorsicht das Gripensche

---

99 *unterwürfig* humble   5 *poltern* tumble
15 *bewirken* produce an effect
16 *Vogt* steward
17 *Ungebührliches* . . . to avenge something improper
19 *heil* good, safe

Haus beobachtete. Denn er war mit Heftigkeit entschlossen, Barbara zu begegnen. Binnen kurzem hatte er Kenntnis von ihren Kirchgängen.

30   Als Schwenkhusen in der winterlichen Morgendämmerung sein Haus verließ, in einem bäuerlichen Schafspelz, dessen aufgerichteter Kragen sein Gesicht bis an die Augen verhüllte, da war der Zorn zwar immer noch in ihm, doch konnte er keinen Bestand haben für sich allein; denn Bestand hatte in Schwenkhusen einzig die gehäufte 35 Leidenschaft, die sich in Barbara ihr Ziel suchte, und es gibt ja ein Unmaß der Leidenschaft, da sie nicht weiß, ob sie von ihrem Gegenstande im Guten oder im Bösen hingezogen wird. So hatte in Schwenkhusens Leidenschaft auch jener Zorn seine Stätte, dazu jedoch war es das Herzensbrennen von einst, aber nun verklärt in 40 eine wilde Erhabenheit, es war eine Gier des Teilhabenwollens an dem düsteren Schicksalsglanz des geliebten Menschen, die Gier nach einer Vereinigung, die ihr vollkommenes Siegel von einem überweltlichen Geheimnis erhalten hatte. Solchergestalt griff Schwenkhusen nach dem alten Besitz seines Herzens und Leibes, der nun 45 erhöht war, umblitzt und umdunkelt von Schauern und Erschütterungen einer neuen Art. Und auf eine wunderbare Weise meinte er Barbara nicht sondern zu können von all den Schrecknissen und Gewalten, denen er preisgegeben war bei den Heiden, in ihren Urwäldern und Sümpfen und auf den Schären, wo der Wind 50 geschrien hatte wie die armen Seelen im Fegefeuer und geblasen, als wolle er alle Flammen der Hölle anfachen, damit sie endlich die tödliche Winternot fortschmölzen.

In der Kirche brannten einige Altarkerzen, das niedrig gewölbte Schiff lag im Dunkel. Es roch säuerlich und schwer. Kein 55 Weihrauch war so stark wie dieser Dunst der Belasteten und Armen.

27 *mit* . . . vehemently
33 *Bestand* duration
39 *verklärt* transfigured
47 *sondern* separate
51 *anfachen* kindle
55 *Dunst* . . . smell of the burdened

28 *binnen* . . . within a short while
36 *Unmaß* excess
43 *solchergestalt* in this way
50 *Fegefeuer* purgatory
55 *Weihrauch* incense

Bauern und alte Weiber schoben sich vor in die Helligkeit. Barbara hatte ihren gewohnten Platz eingenommen, abseits, in der Düsternis der Pfeilerbündel.

Der Priester betete bei der Handwaschung: „Unter den Unschuldigen wasche ich meine Hände . . . Lasse, Gott, meine Seele 60 nicht zugrunde gehen mit den Unfrommen, noch mein Leben mit den Blutbefleckten, in deren Händen Missetaten sind und unrechtes Gut in ihrer rechten Hand . . .“

Die Bewandtnis dieser Worte war Barbara zum ersten Male in die Seele gedrungen bei jenem Hochamt in St. Peter, ehe sie in die 65 Sakristei ging. Von da an erschienen sie ihr als mächtigstes Bestandstück der Meßliturgie. Sie pflegte sie halblaut mitzusprechen.

Der Priester hatte geendet und kehrte an die Mitte des Altars zurück. 70

„Barbara!“

Schwenkhusens Stimme klang hinter ihr, sein Mund mußte unweit ihres Ohres sein, und es war abermals jenes Schreien im Flüsterton.

Sie fühlte, wie es ihr kalt um das Herz wurde.

„Barbara!“ 75

Weit vor sich, im Kerzenlicht, sah sie den Priester, der, zum Altar geneigt, mit den gefalteten Händen die gestickte Decke berührte und unhörbar betete. Sie gewahrte Nacken und Haaransatz, darunter die starr abstehende Stola und das flammende große Goldkreuz auf dem Rücken der Kasel. Es schien ihr in jenen Augenblicken schwer, 80 zu glauben, daß dieses Gehäuse einen Menschen umschließen sollte.

„Barbara!“

Sie machte eine jähe Bewegung, als wollte sie ihren Platz verlassen und in den Kerzenschein flüchten, in die Altarnähe, unter die

---

57 *Düsternis* . . . obscurity of the cluster of pillars
61 *unfromm* impious   64 *Bewandtnis* significance, character
67 *Bestandstück* element
78 *Haaransatz* the place where the hair begins
78 *darunter* . . . under it the stole which stood out stiffly
80 *Kasel* chasuble
81 *Gehäuse* framework, case (i.e., these vestments)

85 Menschen, von denen verworren ein bäuerliches Ächzen und Murmeln ausging.

„Barbara!"

Sie blieb stehen, rücklings an den Pfeiler gelehnt. Sie wandte
den Kopf nicht, ihr Gesicht blieb ohne Regung dem Altar zugekehrt.
90 Schwenkhusen schien sich an dem Aussprechen dieses Namens
sättigen zu müssen, ehe er zu reden begann.

Er hatte bitten wollen, bitten und fordern. Aber wer fordert, der
gibt ja damit die Möglichkeit zu, seine Forderung könne abgelehnt
werden. Schwenkhusen bat nicht, Schwenkhusen forderte nicht,
95 Schwenkhusen wußte, plötzlich erleuchtet: es kann ja keine
Scheidung geben zwischen Barbara und mir, dies ist ein Sachbestand, unwiderruflich und unanzweifelbar wie Atem, Morgenkälte,
Pfeilerdunkel. Nichts habe ich zu tun, als diesen Sachbestand in
Barbaras Bewußtsein aufzurichten.

00 Aus der Erkenntnis dieser Unumstößlichkeit kam die Ruhe, die
hinter seinen Worten stand, zugleich aber auch die eindringliche, ja,
beschwörende Heftigkeit, mit der er seine Worte laut werden ließ.
Er war in der Lage eines Menschen, der bemüht ist, seinem geliebten,
aber hartnäckig mißverstehenden Kinde klarzumachen, daß vier mal
5 fünf gleich zwanzig ist. Er ist sich der Unumstößlichkeit seiner
Behauptung ebenso gewiß wie des bevorstehenden Augenblickes,
da das Kind sie begreifen und aufnehmen wird — aber wie ist es
denn möglich, fragt er sich, daß dies Kind, mein Kind, das Kind,
das ich liebhabe, sich dieser Einsicht auch nur minutenlang
10 verschließen kann?

Schwenkhusen fühlte, wie er vom schneller und leidenschaftlicher
werdenden Atem der eigenen Worte immer tiefer in eine verzauberte
Welt hineingetragen wurde. Vor sich sah er den unbewegten
Halbumriß der schwarzen Gestalt, deren rechte Hälfte nur seitlich
15 über den Pfeiler vorragte. Um ihn war die morgenkalte, dunkle,

---

88 *rücklings* backwards   96 *Sachbestand* state of affairs
97 *unwiderruflich* . . . irrevocable and indubitable
00 *Unumstößlichkeit* inviolability

nie zuvor betretene Kirche, weit vorne im Kerzenschein des Altars
drängten sich Menschen gleich kahlen Weidenstümpfen, von dort
kam wie entferntes Rauschen ihr eintönig klagendes Gemurmel.
Unablässig, um ein Vielfaches häufiger, als die kirchliche Sitte es
forderte, ja zuließ, bekreuzten sie sich mit groben, holzhauerischen 20
Bewegungen, als vermöchten ihre Arbeitshände die Rast des
Gefaltetseins nicht länger als für Augenblicke zu ertragen.

Fast ohne Unterbrechung drang das heiße, schreiende Geflüster
auf Barbara ein. Sie wollte ihm entgehen, indem sie die Meßgebete
mitsprach, aber Schwenkhusens Stimme war stärker. Die Frau war 25
gefesselt an ihren Platz, verurteilt, ohne Widerrede zuzuhören.

Sie, sie wollte sich von ihm lösen? Im Glühen des Eisens waren
sie aneinandergeschmiedet worden. Hatte denn das geschehene
Wunder nicht auch ihm gegolten?

Seine Stimme zischte, wie es gezischt hatte, als das besprengte Eisen 30
in der Sakristei die Glut berührte.

„Ihr habt gemeint, ich sei tot. Gut. Du hast es als ein Zeichen
genommen. Gut. Aber ist das kein Zeichen, daß ich mein Leben
heil zurückgebracht habe? Ich habe es behalten können trotz allem,
das mir geschehen ist. Das ist ein Wunder, Barbara, nicht geringer 35
als die Probe!"

An jenem Abend im Gripenschen Hause hatte Barbara gesprochen,
Schwenkhusen hatte hören und hinnehmen müssen. Jetzt sprach er.
Er sprach im Knien, er sprach im Stehen, fast ohne Pausen, nur für
die Augenblicke der Wandlung hielt er inne. Da aber meinte 40
Barbara durch ihren Pelzkragen hindurch seinen brennenden Atem
zu fühlen.

Als der Priester sich mit dem Kelch segnete, hörte Barbara
Schwenkhusens leise sich entfernende Schritte. Er hatte die Kirche
verlassen, ohne das Ende der Messe abzuwarten. 45

---

17 *gleich* . . . like bald willow stumps
19 *um ein* . . . much more frequently   26 *Widerrede* reply
40 *Wandlung* transsubstantiation (which occurs when the priest raises the
Host)

6

In der Stadt war es bemerkt und beredet worden, daß die Schwenkhusens im Gripenschen Hause zu Gaste gewesen waren. Hierin
erblickte man den Abschluß jener Vorgangsreihe, welche mit den
ersten Gerüchten ihren Anfang genommen hatte. Nun plötzlich
50 fand man sich geneigt, in Barbaras Weltabgewandtheit nachträglich
etwas wie eine befristete, jetzt aber abgelaufene Trauerzeit zu sehen.
Es war die Meinung der Gesellschaft, die Gripens würden demnächst
wohl eine Widereinladung der Schwenkhusens annehmen und danach
allmählich zu ihren früheren Umgangsgewohnheiten zurückkehren.
55 Männer und Frauen erregte gleichermaßen die Aussicht, Barbara
Gripen wieder bei Gastmählern, Hochzeiten, Kindtaufen und
anderen Veranstaltungen zu begegnen. Der Gedanke: „Ich werde
mit ihr sprechen, ihre Hand berühren, werde mit ihr tanzen!" war in
vielen Hirnen zu Hause.

60   Dies alles bewirkte eine Änderung im Verhalten der Männer
gegenüber dem Ratsherrn Gripen. Hier und da hörte man sagen, er
habe genug gebüßt. Sei seine Schuld von Barbara und von Schwenkhusen gelöscht worden, so stehe niemandem ein Recht größerer
Strenge zu.

65   Henning Warendorp gab den Ausschlag. Er sprach Gripen auf
der Straße an, als sei nichts gewesen, und fragte ihn, was wohl von
der Pferdezucht eines seiner Vettern zu halten sei; er, Warendorp,
denke daran, seiner Schwiegertochter ein Jagdpferd zum Namenstag
zu kaufen.

70   Gripen gab Auskunft mit einer zurückhaltenden Miene, welcher
dennoch eine Verwunderung anzumerken war.

48 *Vorgangsreihe* series of events
50 *Weltabgewandtheit* withdrawal from the world
50 *nachträglich* subsequently   51 *befristet* limited
51 *abgelaufen* ended   54 *Umgangsgewohnheit* social habit
63 *löschen* annul   63 *zustehen* be permitted
65 *Ausschlag geben* take the decisive step
67 *Pferdezucht* horse breeding   67 *halten* think
68 *Namenstag* day of the saint whose name one bears
70 *zurückhaltend* reserved

Warendorp aber sah ihn mit seinen hellen, von winzigen Haut-
falten umrandeten Augen an, redete von diesem und jenem, wobei
er im Eifer Gripens Gürtelschließe anfaßte, und setzte das Gespräch
so lange fort, bis er meinte, der Vorgang sei von einer hinreichenden 75
Menschenzahl beobachtet worden. Dann verabschiedete er sich mit
einem Handschlag.

Das Weitere geschah nach der Erwartung der Gesellschaft. Tidemann und Barbara kamen zu Schwenkhusens und fanden eine
größere Anzahl von Gästen vor; denn Schwenkhusen hatte sich ge- 80
sagt, seine Aussicht, mit Barbara zu sprechen, sei am geringsten,
wenn sie zu viert am Tisch säßen.

Schwenkhusen fand Gelegenheit zu einigen Worten, als sie nach
dem Essen in der Halle standen, in einem schweren Dunst von Wein,
Speisen, Gerüchen und Gesprächen. 85

„Wie kann das eine Schuld gewesen sein, was Gott selber gedeckt
hat?" fragte er plötzlich, und da er um der Leute willen nicht laut
reden konnte, so waren sie beide augenblicks wieder im Zauberkreis
jenes eindringlichen und gefährlichen Geflüsters.

„Gott hat es nicht gedeckt", erwiderte Barbara, ohne ihn 90
anzusehen. „Er hat es hinweggenommen, weil ich selber es als
Schuld erkannt, bereut und gebeichtet hatte."

„So ist eure Rechnung beglichen", sagte Schwenkhusen zornig.
„Du bist frei, eine neue zu beginnen."

Es war Gebrauch, wenn sich die großen grauweißen Eisschollen 95
des Stromes in Bewegung setzten, daß sich die Leute aller Stände
ans Düna-Ufer begaben, um dem Eisgang zuzusehen. Auch die Gripens fanden sich ein, auf dem Bollwerk, das Ufer und Stadtbefestigung vor der Wucht des andrängenden Eises zu schützen hatte. Es
war das erstemal, daß sie sich miteinander einer unbeschränkten 00
Öffentlichkeit zeigten.

Der Tag war windig und hell. Vom Strom her kam ein dumpfes

---

72 *von* . . . eyes that were surrounded by tiny folds of skin
74 *Gürtelschließe* the buckle of his belt
93 *begleichen* square 95 *Eisscholle* ice chunk
97 *Eisgang* thaw 98 *Bollwerk* bulwark

Gepolter. Ein paar Kinder jauchzten. Ein Höker rief Warmbier und heißen Wein aus. Die Menge stieß und schob sich bis in die 5 Gegend der Kalköfen. Dazwischen kam die Sonne für eine kleine Weile hervor, matt zwischen perlmutterfarbigen Wolken. Das alles nahm Barbara wahr; darüber konnte sie für Augenblicke sich wundern.

Um Tidemann und Barbara war ein Gedränge. Manche erwiesen 10 sich zudringlich, manche verlegen; allein jeder wollte die Gripens begrüßen, jeder mit ihnen zu schaffen haben, jeder Barbara aus der Nähe sehen.

Wir wissen ja, daß es eine Notwendigkeit der Dinge gibt und daß auch die Handlungen der Menschen sich kraft dieser Notwendigkeit 15 ereignen. Für Barbara hatte eine neue Kette von Notwendigkeiten begonnen mit dem Augenblick, da sie begriff, daß Schwenkhusen lebte und in dieser Stadt gegenwärtig war. Und nun also stand sie, die doch ein glühendes Eisen in der Hand gehalten hatte, unter lauter höflichen und teilnehmenden und bekannten Gesichtern, und 20 rings um sie wurde gesprochen von Verlobungen und Zwillingsge- burten, vom erwarteten Hochwasser und von der kommenden Schiff- fahrtszeit und der Erkrankung des Bürgermeisters, welcher mit Barbara verwandt war.

Schwenkhusen drängte sich durch die Gruppe. Barbara fühlte, 25 daß sie mit niemandem zu tun hatte als mit ihm.

Es wurden Begrüßungen und Höflichkeiten getauscht, dann nahm Schwenkhusen an den Gesprächen teil wie jeder andere. Barbara suchte hastig seinen Blick. In diesem allein fand sie das Außer- ordentliche ihres Daseins bestätigt. Die Feuerprobe hatte sie un- 30 widerruflich von ihm geschieden, diese Scheidung aber sie unwider- ruflich an ihn gekettet.

Nicht lange nach dem Eisgang kam Ostern und damit das Ende der Fastenzeit, und es begannen wieder die gastlichen und geselligen Wochen, an denen die Gripens nun teilnahmen wie andere Ehepaare

3 *Gepolter* pounding   3 *Höker* hunchback
5 *Kalköfen* lime kilns   10 *zudringlich* aggressive

auch. Barbara hatte sich den Besuch der kleinen Gesindekirchen 35
abgewöhnt, sie erschien an Tidemanns Arm im Ratsgestühl von St.
Peter. Es war das erstemal seit der Probe, so machte es Aufsehen,
und da es den Abstand minderte, der zwischen Barbara und den
übrigen gelegen war, so mehrte es die ehrerbietige Zuneigung, die
sie sich gewonnen hatte.   40

„Ich habe dir zuliebe eingewilligt, daß die Schwenkhusens in
unser Haus kamen", sagte sie zu ihm. „Nun ist es in seiner
Ordnung, daß ich nicht mehr lebe wie eine Witwe."

Er ging zart und scheu mit ihr um, doch sprachen sie wenig
miteinander; auch sahen sie sich kaum, es sei denn in Gesellschaft. 45

„Sie hat ihm verziehen", meinten die Leute. „Sie leben
miteinander wie zuvor."

Die Männer drängten sich an sie. Jeder einzelne glaubte, seine
Ergebenheit vor sie hinbreiten zu müssen wie eine schadloshaltende
Huldigung. Auch die Frauen suchten ihre Nähe, begannen jedoch 50
später zurückzuweichen: sie sei stolz, ihr Stolz voll Kälte, niemand
dürfe den Glauben haben, ihr Genüge zu tun. Vielleicht sei es zu
begreifen.

Sie waren willig, ihr eine Sonderlichkeit einzuräumen, die sie
niemandem sonst erlaubt hätten. Barbara durfte plötzlich sagen: 55
„Man muß gestanden sein, wo ich gestanden bin, um in solchen
Dingen ein Urteil sprechen zu können." Manchmal redete sie, als
befände sie sich in einem Mittelpunkt, erhöht, allen sichtbar; als
müsse ja, was in ihrem Herzen und in ihren Gedanken vorgefallen
sei, so bekannt, ja so wichtig für alle sein wie dasjenige, was in den 60
Herzen und Gedanken der Heiligen vorgefallen ist, wovon Legenden
und Altarbilder Nachricht geben. Auch dies wollten viele ihr
zugestehen; hieran aber am meisten nährte sich Schwenkhusens
zornige Liebesflamme.

---

35 *Gesindekirchen* churches attended by the lower classes
49 *Ergebenheit* respect, devotion
49 *wie* . . . like a homage which was to prove that she was pure (unharmed)
52 *Genüge tun* satisfy   54 *ihr* . . . allow her an eccentricity
59 *vorfallen* occur   63 *zugestehen* grant

65 Sie begegneten einander häufig, doch nie allein, jede Begegnung
war ein Stachel. Schwenkhusen begehrte den Schmerz dieses
Stachels, Barbara zerspaltete sich in Hinstreben und Widerstreben,
wie sie es getan hatte in jenen Tagen nach Schwenkhusens Rückkehr.

Im Mai wurde ihr sein Besuch gemeldet. Tidemann war
70 abwesend. Barbara wollte sich verleugnen lassen und gab doch
Anweisung, ihn hereinzuführen.

Sie sahen sich an, sonderbare Liebesleute, jeder der hörige Feind
und Herr des andern.

„Warum bist du hergekommen?" fragte sie.

75 „Warum hast du mich nicht abweisen lassen?" fragte er zurück.

„Weil ich dich an das erinnern muß, was damals geschehen ist.
Begreifst du nicht, daß ich einen Vorsatz gemacht habe, härter als
jeden anderen meines Lebens? Begreifst du nicht, daß es nur die
Gewalt dieses Vorsatzes war, womit ich Gott gezwungen habe?"

80 Schwenkhusen erwiderte: „Du hast diesen Vorsatz gemacht in
dem Glauben, ich sei tot. Der Glaube war falsch, was soll der
Vorsatz jetzt?"

„Meinst du, der Vorsatz galt nur dir?" fragte sie heftig. „Hältst
du dich für den einzigen Mann?"

85 Schwenkhusens Antwort, Schwenkhusens Stimme und Gesicht
hatten eine überraschende Innigkeit; sie hatten eine gläubige Gewiß-
heit, die von jedem Hochmut, jeder Eigensucht frei war. Er sagte
leise: „Beinahe, Barbara, glaube ich das. Ich weiß, daß du mich
geliebt hast. Ich weiß, daß du mich liebst. Ich weiß, daß du
90 mit keinem anderen Manne versucht werden kannst als mit mir."

Barbara stand abgekehrt.

Schwenkhusen begann von neuem: „Ich habe gesagt: versucht werden. Aber das ist ja nicht richtig. Du sagst, du hast Gott gezwungen,
und ich weiß, daß du Gott gezwungen hast. Darum aber bist du
95 frei, zu tun, was du magst. Denn du hast ja deinen Ort gefunden

66 *Stachel* sting
67 *Hinstreben* . . . desire and resistance
71 *Anweisung* order   72 *hörig* enslaved

an einer Stelle, da keine Gebote mehr in Geltung sind.   Dies ist ein einsamer Ort, und es ist ein eisiger Ort, einsamer und eisiger als die Öden, in denen ich Einsamkeit und Eiseskälte erfahren habe.   Und dies allein also kann deine Versuchung sein, Versuchung zur Sünde: daß dich deine Kraft verläßt, die Kraft, auszudauern in solchem oo Ort, daß du dich flüchtest in den warmen Brodem der anderen, der von Geboten und Verboten sorglich umhegt wird.   Daß du dich verkriechst unter die Gebote, über die Gott selbst dich hat aufsteigen lassen.   Ich habe gelernt, daß es noch eine andere Majestät Gottes gibt, als die in Monstranzen und an Altären daheim ist.   An dieser 6 versündigst du dich, wenn du in kreatürlicher Schwäche dich unter‹ worfen hältst den Ordnungen, die für die Schwachen gegeben sind. Dies ist deine Versuchung, Barbara, dies allein: kleiner sein zu wollen als Gott."

Barbara hatte sich während dieser Worte abermals zu Schwenk- 10 husen umgewandt.   Plötzlich brach ein maßloser Haß aus ihrem Gesicht.

„Geh fort!" schrie sie.   „Geh fort!"

Schwenkhusen sah eine Weile in ihre Augen, in ihr weiß gewor- denes Antlitz, auf ihre zuckenden Nasenflügel und Lippen.   15

Barbara senkte ein wenig den Kopf.   „Geh fort!" wiederholte sie leise und mit dem Gehaben einer Erschrockenen.   Schwenkhusen ging.

7

Nicht lange nach diesem Gespräch verließ Barbara die Stadt und siedelte nach Gripenhof über, dem Erbgut ihres Mannes, das stromauf 20 an der Düna lag, weitab von der Stadt.   Dies war seit einer Reihe von

---

1 *Brodem* vapor, atmosphere   2 *umhegen* hedge about
2 *Daß du* . . . this sentence is a subordinate clause only, equivalent to an exclamation of surprise: How can you . . .
5 *Monstranze* monstrance (the Host in the Mass)
6 *sich versündigen an* commit a sin against
17 *Gehaben* action, mien   20 *Erbgut* family estate

Sommern nicht mehr geschehen, denn Tidemann, dem Geschäfte und
Amtspflichten keine Abwesenheit von der Stadt erlaubten, hätte eine
solche Trennung ungern gelitten; im letztvergangenen Jahr aber, wo
25 ja sein Wille nicht mehr galt, hatte Barbara zu wenig Gedanken für
die Dinge ihres äußeren Lebens, als daß sie Entschluß und Zu-
rüstungen zu einer solchen Änderung hätte auf sich nehmen mögen.
Gripenhof liegt zwischen den großen Wäldern, Nachbarn sind
fern, auf den Höfen des Ritterordens und der Zisterzienser gibt es
30 keine Frauen zum Umgang. Tidemann kommt auf Pfingsten und
kehrt nach den Feiertagen in die Stadt zurück. Barbara ist einsam,
das hat sie gewollt. Anfangs hält sie sich viel im Garten auf, dann
gewöhnt sie sich, durch die Wälder zu gehen, auf Schneisen und
Jagdsteigen, immer allein. In Gripenhof gibt es einige deutsche
35 Leute, den Verwalter und seine Frau, den Müller, ein paar Handwerker. Sie haben Barbara lange nicht gesehen, aber sie haben wohl
etwas gehört, daß sich mit ihr in Riga große und heilige Dinge
ereignet haben. Darum wagen sie es nicht recht, sich über diese
Seltsamkeit zu wundern, daß die gnädige Frau so durch die Wälder
40 geht; die Müllerin meint, wie eine Pilgerin, die sich fürchtet, unterwegs zu sterben, darum ist sie in Eile.

Um diese Zeit verließ Schwenkhusen die Stadt. Er hatte ein paar
kleine zerstreute Besitztümer, irgendwo an der Düna, nach denen
wollte er sehen, wollte Pachtberedungen treffen, Mastenholz hauen
45 lassen und jagen. Das konnte keinen in Verwunderung setzen.

Er hatte niemanden mitgenommen als einen Reitknecht, einen
stumpfen und schweigsamen Mann von Jahren.

Hinter Üxküll hatten die Zisterzienser einen kleinen Hof, darauf
saßen ein paar Ordensbrüder und Dienstleute. Hier ließ Schwenk-
50 husen seinen Knecht zurück, er selber ritt im Morgengrauen davon
und kam erst bei Dunkelheit heim. Er speiste mit dem Subprior, der
an Schwenkhusens Gesellschaft Freude hatte und sich gern von Finn-

---

29 *Zisterzienser* Cistercian monastery   30 *Pfingsten* Pentecost
33 *Schneise* glade   43 *Besitztum* estate
44 *Pacht* . . . talk over leases   44 *Mastenholz* wood for shipmasts

land erzählen ließ. Desgleichen tat Schwenkhusen an den folgenden Tagen, nur am Sonntag wartete er die Frühmesse ab, aus Höflichkeit gegen seinen Gastgeber.

In Gripenhof einzusprechen wagte er nicht. Allein nachdem er
zwei Wochen lang verbissen die Gripenhöfschen Wälder durchritten
hatte, sah er Barbara. Sie ging in großer Entfernung langsam vor
ihm her, zwischen sumpfigen, weiß und gelblich flimmernden Wald-
wiesen. Hinter der Knüppelbrücke bog sie rechter Hand ab.
Schwenkhusen begann zu galoppieren.

Barbara saß auf einem Findlingsstein, vornübergebeugt, die Hände
auf den Knien, die Füße im dichten Strickbeerkraut. Die Sonne lag
warm über der Lichtung, es roch nach Faulbaumblüte, hinter den
Bäumen rief der Pirol.

Schwenkhusen sprang vom Pferde. Sie hob ohne Erstaunen den
Kopf.

„Du hast mich erwartet, Barbara?" fragte Schwenkhusen und fuhr
heftig fort: „Du hast mich erwartet!"

„Ich hörte dich auf der Knüppelbrücke", antwortete sie mit einem
letzten Ausweichen.

Eine Stunde danach kehrte sie plötzlich zu seiner Frage zurück.
„Ja, ich habe dich erwartet!" schrie sie. „Hörst du, Gott? Hörst du?"

Augenblicks fühlte Schwenkhusen sich wieder von jenem wilden
und abgründigen Schaudern überrieselt, er riß Barbara an sich.

Sie erinnerte ihn an ihr letztes Beisammensein im Gripenschen
Stadthause. Sie sagte: „Wie ist es zugegangen, daß du meine Gedanken besser gewußt hast als ich selbst?"

Und Schwenkhusen antwortete: „Habe ich denn nicht die Probe

55 *Gastgeber* host
57 *verbissen* grimly
62 *Findlingsstein* erratic stone brought by glaciers in the Ice Age
62 *vornüber* forward
63 *Strickbeerkraut* bilberry with a reticulate leaf
64 *Lichtung* clearing
64 *Faulbaumblüte* black alder blossom
65 *Pirol* thrush
75 *überrieselt* overcome

56 *einsprechen* call in
60 *Knüppelbrücke* log bridge

75 *abgründig* abysmal

80 mit dir bestanden? Mein Herz lag auf deiner rechten Hand, darum
konnte das Eisen sie nicht brennen."

„War es darum", sagte die Frau, „daß dein Herz nicht erstarren
konnte in den Schneewüsten?"

„Darum, Barbara. Es hatte ja die Glut des Eisens an sich
85 genommen."

Vier, fünf Male noch trafen sie sich im Walde. Dann war
Sonntag, und Gripen kam aus der Stadt.

„Ich werde mit dir zurückkehren, Tidemann", erklärte Barbara.

„Oh", sagte er überrascht und mit einer zaghaften Dankbarkeit.
90 Schwenkhusen blieb der Stadt noch eine Weile fern und besuchte
seine Höfe, ohne Gedanken für das, was er sah und anordnete. Dies
war das letzte Zugeständnis, das er um Barbaras willen den Geboten
der Vorsicht machte. Er hatte noch Klarheit genug gehabt, um zu
wissen, daß diese Waldreiterei zu Barbara nicht länger anhalten
95 konnte, ohne vom Zisterzienserhof Gerüchte ausgehen zu lassen.
Darum war Barbaras Rückkehr zur Stadt vereinbart worden.

Als er in Riga einritt, hatten sie sich eine Woche lang nicht
gesehen; die Woche war unendlicher gewesen als Gefangenschaft
und Irrfahrt. Am folgenden Tage schon machte Barbara der Frau
00 Schwenkhusen einen Besuch, danach fand sich eine Stunde für die
beiden.

Der Sommer stob hin, der Herbst brachte die frühen Dunkelheiten,
die zwei blieben ineinander verstrickt, eine brennende Dornenhecke.
Schwenkhusen betrat das Gripensche Haus ohne Rücksicht auf Gegen-
5 wart oder Abwesenheit des Ratsherrn. Barbara ging zu den Schwenkhusens, gleichgültig gegen die Tageszeit. Keiner von beiden war
noch vermögend, einen Gedanken der Vorsicht zu denken. Freilich
bedurften sie dessen nicht: die ganze Stadt hätte wahrnehmen müssen,
was geschah, wäre nicht ihre Meinung gleich der des Ratsherrn
10 Gripen seit der Probe unerschütterbar vorausbestimmt worden. Allein

92 *Zugeständnis* concession   96 *vereinbaren* agree upon
2 *hinstieben o o* blow away [like dust]
3 *verstrickt* intertwined   10 *vorausbestimmt* predetermined

auch dieser Überlegung war weder Schwenkhusen noch Barbara
fähig. Allenfalls fiel Schwenkhusens Veränderung den Leuten auf;
aber man war beflissen, Erklärungen zu finden: „Er hat Dinge erlebt
wie kein anderer, verlangt ihr, daß er sein soll wie zuvor?" Und es
war sonderbar, daß man auf den Einwand verzichtete, Schwenk- 15
husen habe doch in der ersten Zeit nach seiner Heimkehr noch nichts
an sich merken lassen von dieser mondwandlerischen Verbissenheit,
dieser düsteren Unruhe, diesem plötzlichen Aufglühen.

Als sich der Tag der Probe zum erstenmal jährte, da hatte Tidemann, tief gebückt, als einziger den gestifteten Messen in der Petri- 20
kirche beigewohnt. Jetzt, am zweiten Jahrestage, war es, als hätte
die ganze Stadt das Gedächtnis eines ihr widerfahrenen Wunders
mit zu begehen, ja, als hätten alle diese Leute, die aus Höflichkeit,
Neugier oder um einer Huldigung für Barbara willen gekommen
waren, an diesem Wunder selbst ein Verdienst. Es waren alle zur 25
Stelle, die dem Geschehnis in der Sakristei beigewohnt hatten, die
Zeugen waren da und der Mesner und sein Sohn und der Schmiede-
meister, der noch den Sonntagsrock von damals trug. Gleich hinter
den Gripens stand Schwenkhusens Mutter am Arm ihres Sohnes,
neben ihr der alte Warendorp in seinem brokatenen Staatsrock mit 30
der breiten Goldkette unter dem gestutzten weißgrauen Bart, darauf
in dichtem Gedränge alles, was Rang und Geltung hatte, Männer und
Frauen aus Geschlechtern und Volk. Die Gesellschaft der Schwarzen
Häupter war versammelt in ihrer vollen Zahl.

Die Handlung hatte ihren Raum an einem der Seitenaltäre der 35
Kirche. Auf einer der Altarstufen lag das Eisen, grau, unscheinbar
und von allen betrachtet. Dieser und jener machte flüsternd seinen
Nachbar auf das wundersame Metall aufmerksam, es wurden Hälse

---

12 *allenfalls* to be sure   13 *beflissen* zealous
17 *mondwandlerisch* somnambulistic
19 *als sich* . . . on the first anniversary
23 *mit* . . . share in celebrating   30 *brokaten* . . . brocaded uniform
31 *stutzen* trim   33 *Geschlecht* upper-class family
35 *Handlung* Mass   36 *unscheinbar* insignificant

gereckt, mancher suchte sich vorzuschieben, eine Frau hob ihr Kind
40 auf die Schulter.

Die Gedächtnismesse las der nämliche Priester, welcher der Probe
vorzustehen gehabt hatte und gealtert schien.   Danach sollte die
Messe für Schwenkhusen gelesen werden; hierzu war einer der sechs
Geistlichen gewählt worden, welche von der Kompanie der Schwarzen
45 Häupter unterhalten wurden.

Der Priester las murmelnd jenes Evangelium, welches die Kirche
für Votivmessen vorschreibt.   Nicht er noch sonst einer verstand den
Sinn der Worte, niemand außer Barbara und Schwenkhusen.

„In jener Zeit sprach Jesus zu den Jüngern: Habt Glauben an Gott!
50 Wahrlich, ich sage euch, welcher zu diesem Berge spricht: hebe dich
und stürze dich ins Meer, und zweifelt nicht in seinem Herzen, sondern hat den Glauben, daß alles geschehen werde, was er sagt, dem
wird es geschehen."

Schwenkhusen empfand eine plötzliche Kälte in den Schulterblät-
55 tern.   Er schloß die Augen und meinte die Engel und Dämonen des
Altarbildes zu sehen, die, schwebend über Barbara und ihm, glühende
Rosen als Liebes- und Höllenflammen auf die Verstrickten nieder-
strömen ließen.

Barbara stand unbeweglich vor ihm, den Kopf kaum geneigt, weiß
60 gekleidet und unter Schleierwerk; allen Menschen anzusehen wie an
jenem Sonntag vor zwei Jahren.

Die Messe war geendigt, der Altar verlassen.   Eine kleine Weile
noch dauerten alle in der Haltung des letzten Gebetes aus.   Dann
geschahen Bewegungen, halblaute Worte, jemand hustete, Gruppen
65 lockerten und schlossen sich.   Barbara wandte sich um.

Ratsherr von Warendorp trat auf sie zu und küßte ihr die Hand,
wie er damals getan hatte.   Gripen, Schwenkhusen, viele von den
andern drängten an Barbara heran, drückten und küßten ihre Hand,

41 *nämlich* same   42 *vorstehen* direct
46 *Evangelium* passage from the Gospel. (The source is Mark XI 22-3.)
47 *Votivmessen* votive masses (i.e., those said for specific people)
57 *verstrickt* ensnared

Schwenkhusens Mutter umarmte sie, der Mesnerssohn glitt ihr mit den
Lippen rasch über den hängenden Ärmel. Es war da viel halblautes 70
Begrüßen und Beglückwünschen, ein Huldigen aus Ehrfurcht, Ergriffenheit, herzenserbötiger Bewunderung, nur gedämpft in seinen Äu-
ßerungen durch die besondere Bewandtnis dieser Feierlichkeit. Barbara dankte mit leichten, oft kaum wahrnehmbaren Neigungen des
Kopfes. 75

Niemand verließ die Kirche, denn nun sollte ja alsbald die zweite
Messe gelesen werden, die für Schwenkhusen; und jeder hatte den
Wunsch, gleichwie der Ratsherrin Gripen, so auch ihm eine Anteil-
nahme an seinen wunderbaren Geschicken darzutun. Indessen war
der zweite Priester bereits in der Sakristei mit dem Anlegen der 80
Meßkleidung beschäftigt.

Die Bewegung all der Menschen, die auf Barbara hindrängte wie
eine langsame Brandungswelle, hatte sie bestimmt, um einige Schritte
hinter sich zu treten. So stand sie auf den Stufen, mit dem Rücken
zum Altar, mit dem verhüllten Gesicht den Menschen zugewandt, 85
wunderbar aufgerichtet, schneeweiß und hoch.

Abseits, eine Stufe unter ihr, lag das Eisen. Barbara deutete
darauf mit einem leichten Handwinken. Die Umstehenden errieten
im Augenblick ihren Wunsch, das Werkzeug des Wunders gedächt-
nishaft zu berühren. Gripen und Warendorp bückten sich gleich- 90
zeitig, um das Eisenstück aufzuheben. Schwenkhusen kam ihnen
zuvor und reichte es Barbara zu. Es fröstelte ihn vor der kalten
Berührung. Sie streckte langsam die geöffnete Hand aus. Der
Ärmel schob sich zurück, und am Handgelenk erschien der einfache
goldene Reif. Der Ellenbogen ruhte auf dem Hüftknochen. Hand 95
und Unterarm standen in einer Linie rechtwinklig vom Körper ab.
Alle Blicke hatten sich auf sie gerichtet.

In dem Augenblick, da der Priester aus der Sakristei ins totenstille

72 *herzenserbötig* coming from the heart
83 *Brandungswelle* surge
88 *Handwinken* movement of the hand
92 *frösteln* chill

Kirchenschiff trat, vernahm er einen unmenschlichen Aufschrei: „Ich
00 brenne! Ich brenne!" Gleich danach war der dumpfe Aufschlag
eines niederstürzenden Körpers zu hören.

Der Priester begann mit bebenden Knien zu laufen. Im Vor-
wärtsstolpern schlug er ein Kreuz, die Hand flatterte ihm über Gesicht
und Brust.

5   Alle standen, Augenblicke hindurch, unbeweglich und schweigend.
Schwenkhusen wandte sich taumelnd ab. Die Leute wichen vor ihm
zurück, so daß sich in Sekunden eine öde Gasse für ihn herstellte,
durch die ganze Länge der Kirche, bis an den Ausgang.

00 *dumpfe* . . . muffled noise   3 *flattern* move about unsteadily
7 *sich herstellen* be created

ELISABETH LANGGÄSSER

1899 — 1950

Elisabeth Langgässer began to publish in the early 1920's, at first lyric
poetry, then fiction. Her literary career was thwarted by the Nazi
censor, who forbade her to reach the German reading public because
she was half Jewish. During the Second World War she was drafted
to do compulsory labor in a factory and her oldest daughter was sent
to the infamous concentration camp at Auschwitz. After the war she
lived in dire privation and mental agony because of her daughter's
fate. She died suddenly in 1950 of multiple sclerosis.

In her last years of life Elisabeth Langgässer had begun to write
again and became famous through the publication of her novel *Das
unauslöschliche Siegel* (1947), which was followed by the equally
impressive *Märkische Argonautenfahrt* (1950). She is one of the
few modern German writers to have been affected by the more radical
experiments in literary technique that characterize the literature of our
century: the stream of consciousness, the elaborate use of literary
symbols and myths, and the techniques of surrealism. She is a stylist
of distinction, with a powerful command over the written word.
However, she is not primarily an aesthete. A Catholic of deep conviction, she has written about man's sinfulness and his need of grace.

Untergetaucht is one of eighteen short stories and sketches that
appeared in 1947 under the title *Der Torso*. They deal with contemporary life and reveal "aspects of man, whose ruined and soulless
image is placed under the judgment of God." They are varied in
content and style but held together by a unity of tone: they are powerful, unsentimental snapshots of man's grandeur and his depravity.
Our story presents, within the limits of a few pages, the atmosphere
of Germany under the Nazi regime, with all shades of behavior from

swinishness to heroism.   The two women sitting laconically over their beer—which (we learn) they do not consume in ladylike sips—represent the mass of anonymous humanity from which National Socialism drew its strength.   Yet it is one of these women who risked her freedom and her life to harbor the Jewess.   And she takes it all as a matter of course: what else could she have done?   Well, she might have acted like that *"seelensguter Mensch,"* her husband, and called the Gestapo.   Or like the infamous parrot, who bit the hand that fed him—once too often.   But she feels so unheroic about her deed that she even makes a heroine of the Jewess for not handing *her* over to the Gestapo, since she, the one-hundred-per-cent "Aryan," looks much more Semitic than the Aryan-looking Jewess.

The parrot is, in a sense, the "falcon" in our story in that he symbolizes, more than anyone else, the sheer malevolence of man. There is some "excuse" for the husband, who will at least save his skin by denouncing the compromising visitor to the authorities.   But this ignoble "falcon" is a simon-pure patriot.   He has acquired the gift of speech, which sets man off from the animals; but all he does with it is to babble what others say and to use it for requiting good with evil.   And he, bearing the unhappy name of Jacob, is ready to betray a woman with the perfectly respectable Aryan name of Elsie. The breaking down of the boundaries between animal and man need not surprise us; it is characteristic of Elisabeth Langgässer's art, as Bernhard Blume has shown in a masterly analysis of her imagery.[1]

Is the husband a villain?   We are not told so precisely.   His wife insists that he is a *"seelensguter Mensch."*   But the anonymous listener-reporter throws in his judgment on the question in the last sentence, acting as a sort of Greek tragic chorus.   By a slip of the tongue he confuses the words *entlastet* and *entlaust,* indicating that the husband is on a par with the parrot.

The title of the story has significance too.   Water, Professor Blume has shown, has symbolic significance in our author's work; the image of a submerged life indicates a state of graceless existence, from

[1] "Kreatur und Element." *Euphorion* 48 (1954), pp. 71-89.

which man can only be redeemed by a shower of clear water from above. Here the reverse is true. In topsy-turvy Germany the submerged, the submarines, are those who really live in grace; those who are on top are the damned. So much depth and artistry lies concealed in this seemingly casual tale.

ELISABETH LANGGÄSSER

Untergetaucht

„Ich war ja schließlich auch nur ein Mensch", wiederholte die stattliche Frau immer wieder, die in der Bierschwemme an dem Bahnhof
der kleinen Vorortsiedlung mit ihrer Freundin saß, und schob ihr
das Möhrenkraut über die Pflaumen, damit nicht jeder gleich merken
5 sollte: die hatte sich was gegen Gummiband oder Strickwolle aus
ihrem Garten geholt, und dem Mann ging das nachher ab. Ich spitzte
natürlich sofort die Ohren, denn obwohl ich eigentlich nur da hockte,
um den ‚Kartoffelexpreß‘, wie die Leute den großen Hamsterzug
nennen, der um diese Zeit hier durch die Station fährt, vorüber-
10 klackern zu lassen — er ist nämlich so zum Brechen voll, daß ein
Mann, der müd von der Arbeit kommt, sich nicht mehr hineinboxen
kann — also, obwohl ich im Grund nur hier saß, um vor mich
hinzudösen, fühlte ich doch: da bahnte sich eine Geschichte an, die
ich unbedingt hören mußte; und Geschichten wie die: nichts Beson-
15 deres und je dämlicher, um so schöner, habe ich für mein Leben gern
— man fühlt sich dann nicht so allein.

„Am schlimmsten war aber der Papagei", sagte die stattliche Frau.

Title: submerged (i.e., living underground).
  2 *Bierschwemme* beer parlor
  3 *Vorortssiedlung* suburban settlement (in Europe usually inhabited by the
    poorer classes)
  3 *schob* . . . shoved the carrots over the plums
  5 *die* . . . she had got something (*was = etwas*) from the garden in exchange
    for rubber bands or knitting wool
  8 *Hamsterzug* a local train used to go out to the country and buy up pro-
    visions on the black market
 10 *klackern* rattle
 10 *zum* . . . disgustingly full (lit., to make you vomit)
 11 *sich hineinboxen* fight his way in   13 *dösen* drowse
 15 *dämlich* stupid   15 *habe* . . . love madly

„Nicht die grüne Lora, die wir jetzt haben, sondern der lausige
Jacob, der sofort alles nachplappern konnte. ,Entweder dreh' ich
dem Vieh den Hals um, oder ich schmeiße die Elsie hinaus,' sagte 20
mein Mann, und er hatte ja recht — es blieb keine andere Wahl!"

„Wie lange", fragte die Freundin [die mit dem Netz voll Karot-
ten], „war sie eigentlich bei euch untergetaucht? Ich dachte damals,
ihr wechselt euch ab — mal diese Bekannte, mal jene; aber im
Grund keine länger als höchstens für eine Nacht." 25

„Naja. Aber wie das immer so geht, wenn man mit mehreren
Leuten zugleich etwas verabredet hat: hernach ist der Erste ja doch der
Dumme, an dem es hängen bleibt, und die Anderen springen aus,
wenn sie merken, daß das Ding nicht so einfach ist."

„Der Dumme?" fragte die Freundin zweifelnd und stützte den 30
Ellbogen auf. „Das kannst du doch jetzt nicht mehr sagen, Frieda,
wo du damals durch diese Elsie fast ins Kittchen gekommen bist.
Schließlich muß man ja heute bedenken, daß dein Mann gerade war
in die Partei frisch aufgenommen worden und Oberpostsekretär. Was
glaubst du, wie wir dich alle im Stillen bewundert haben, daß du die 35
Elsie versteckt hast, zu sowas gehört doch Mut!"

„Mut? Na, ich weiß nicht. Was sollte ich machen, als sie plötzlich vor meiner Tür stand, die Handtasche über dem Stern? Es
schneite und regnete durcheinander, sie war ganz naß und dazu ohne
Hut; sie mußte, wie sie so ging und stand, davon gelaufen sein. 40
,Frieda', sagte sie, ,laß mich herein — nur für eine einzige Nacht.
Am nächsten Morgen, ich schwöre es dir, gehe ich ganz bestimmt
fort.' Sie war so aufgeregt, lieber Himmel, und von weitem hörte
ich schon meinen Mann mit dem Holzbein die Straße herunterklap-
pern — ,aber nur für eine einzige Nacht', sage ich ganz mechanisch, 45
,und weil wir schon in der Schule zusammen gewesen sind.' Natür-

19 *plappern* babble   28 *ausspringen* back out
32 *Kittchen* "klink"
34 *Oberpostsekretär* senior secretary in the Post Office (one of those un-
    translatable German titles)
34 *was . . .* you've no idea
38 *Stern* the yellow star of David which the Nazis compelled all Jews to wear

lich wußte ich ganz genau, daß sie nicht gehen würde; mein Karl, dieser seelensgute Mensch, sagte es schon am gleichen Abend, als er mir das Korsett aufhakte und dabei die letzte Fischbeinstange vor 50 Aufregung zerbrach; es machte knack, und er sagte: ‚Die geht nicht wieder fort.‘ "

Beide Frauen, wie auf Verabredung, setzten ihr Bierglas an, bliesen den Schaum ab und tranken einen Schluck; hierauf, in einem einzigen Zug, das halbe Bierglas herunter, ich muß sagen, sie tranken nicht 55 schlecht.

„Es war aber doch wohl recht gefährlich in eurer kleinen verklatschten Siedlung, wo jeder den anderen kennt", meinte die Freundin mit den Karotten. „Und dazu noch der Papagei."

„Aber nein. An sich war das gar nicht gefährlich. Wenn einer 60 erst in der Laube drin war, kam keiner auf den Gedanken, daß sich da jemand versteckt hielt, der nicht dazugehörte. Wer uns besuchte, kam bloß bis zur Küche und höchstens noch in die Kammer dahinter; alles übrige war erst angebaut worden — die Veranda, das Waschhaus, der erste Stock mit den zwei schrägen Kammern, das ganze 65 Gewinkel schön schummrig und eng, überall stieß man an irgendwas an: an die Schnüre mit den Zwiebeln zum Beispiel, die zum Trocknen aufgehängt waren, und an die Wäscheleine. Auch mit der Verpflegung war es nicht schlimm, ich hatte Eingemachtes genug, der Garten gab soviel her. Nur der Papagei: ‚Elsie‘ und wieder ‚Elsie‘ 70 — das ging so den ganzen Tag. Wenn es schellte, warf ich ein Tischtuch über den albernen Vogel, dann war er augenblicks still. Mein Mann, das brauche ich nicht zu sagen, ist wirklich seelensgut. Aber schließlich wurde er doch ganz verrückt, wenn der Papagei immerfort ‚Elsie‘ sagte; er lernte eben im Handumdrehen, was er 75 irgendwo aufgeschnappt hatte. Die Elsie, alles was recht ist, gab

48 *seelensgut* angelic
52 *ansetzen* raise (to one's lips)
60 *erst* once
64 *das* . . . the whole corner nicely dim and snug
74 *im Handumdrehen* i.e., in an instant
75 *alles* . . . to give her her due
49 *Fischbeinstange* (corset) stay
56 *verklatscht* gossipy
64 *schräg* i.e., with sloping ceilings

sich wirklich die größte Mühe, uns beiden gefällig zu sein — sie
schälte Kartoffeln, machte den Abwasch und ging nicht an die Tür.
Aber einmal, ich hatte das Licht in Gedanken schon angeknipst, ehe
der Laden vorgelegt worden war, muß die Frau des Blockwalters,
diese Bestie, sie von draußen gesehen haben. ‚Ach‘, sagte ich ganz 80
verdattert vor Schrecken, als sie mich fragte, ob ich Besuch in meiner
Wohnküche hätte, ‚das wird wohl meine Cousine aus Potsdam gewesen sein.‘ ‚So? Aber dann hat sie sich sehr verändert‘, sagt sie
und sieht mich durchdringend an. ‚Ja, es verändern sich viele jetzt
in dieser schweren Zeit, Frau Geheinke‘, sage ich wieder. ‚Und 85
abends sind alle Katzen grau.‘ “

„Von da ab war meine Ruhe fort; ganz fort wie weggeblasen.
Immer sah ich die Elsie an, und je mehr ich die Elsie betrachtete,
desto jüdischer kam sie mir vor. Eigentlich war das natürlich ein
Unsinn, denn die Elsie war schlank und zierlich gewachsen, braun- 90
blonde Haare, die Nase gerade, wie mit dem Lineal gezogen, nur
vorne etwas dick. Trotzdem, ich kann mir nicht helfen — es war
wirklich ganz wie verhext. Sie merkte das auch. Sie merkte alles
und fragte mich: ‚Sehe ich eigentlich „so“ aus?‘ ‚Wie: so?‘ entgegnete ich wie ein Kind, das beim Lügen ertappt worden ist. ‚Du 95
weißt doch — meine Nase zum Beispiel?‘ ‚Nö. Deine Nase nicht.‘
‚Und die Haare?‘ ‚Die auch nicht. So glatt wie sie sind.‘ ‚Ja, aber
das Löckchen hinter dem Ohr‘, sagt die Elsie und sieht mich verzweifelt an, verzweifelt und böse und irr zugleich — ich glaube,
hätte sie damals ein Messer zur Hand gehabt, sie hätte sich und mich 00
niedergestochen, so schrecklich rabiat war sie. Schließlich, ich fühlte
es immer mehr, hatte ich nicht nur ein Unterseeboot, sondern auch
eine Irre im Haus, die sich ständig betrachtete. Als ich ihr endlich
den Spiegel fortnahm, veränderte sich ihre Art zu gehen und nachher

---

77 *Abwasch* . . . wash the dishes   79 *Blockwalter* block warden
81 *verdattert* bewildered
82 *Wohnküche* combined living room and kitchen
93 *verhext* bewitched   96 *Nö* dialect for *nein*
 1 *rabiat* insane
 2 *Unterseeboot* submarine (i.e., someone who had to be kept hidden)

5 ihre Sprache — sie stieß mit der Zunge an, lispelte und wurde so
ungeschickt, wie ich noch nie einen Menschen gesehen habe: kein
Glas war sicher in ihren Händen, jede Tasse schwappte beim Eingie-
ßen über, das Tischtuch war an dem Platz, wo sie saß, von Flecken
übersät. Ich wäre sie gerne losgewesen, aber so wie ihre Verfassung
10 war, hätt' ich sie niemand mehr anbieten können — der Hilde nicht
und der Trude nicht und erst recht nicht der Erika, welche sagte, sie
könne auch ohne Stern und Sara jeden Menschen auf seine Urgroß-
mutter im Dunkeln abtaxieren. ‚Ja?' fragte die Elsie. ‚Ganz ohne
Stern? Jede Wette gehe ich mit dir ein, daß man dich auch für „so
15 eine" hält, wenn du mit Stern auf die Straße marschierst — so dick
und schwarz, wie du bist.' Von diesem Tag an haßten wir uns. Wir
haßten uns, wenn wir am Kochherd ohne Absicht zusammenstießen,
und haßten uns, wenn wir zu gleicher Zeit nach dem Löffel im Sup-
pentopf griffen. Selbst der Papagei merkte, wie wir uns haßten, und
20 machte sich ein Vergnügen daraus, die Elsie in den Finger zu knappern, wenn sie ihn fütterte. Endlich wurde es selbst meinem Mann,
diesem seelensguten Menschen, zu viel, und er sagte, sie müsse jetzt
aus dem Haus — das war an dem selben Tag, als die Stapo etwas
gemerkt haben mußte. Es schellte, ein Beamter stand draußen und
25 fragte, ob sich hier eine Jüdin, namens Goldmann, verborgen hätte.
In diesem Augenblick trat sie vor und sagte mit vollkommen kalter
Stimme: Jawohl, sie habe sich durch den Garten und die Hintertür
in das Haus geschlichen, weil sie glaubte, das Haus stünde leer. Man
nahm sie dann natürlich gleich mit, und auch ich wurde noch ein
30 paarmal vernommen, ohne daß etwas dabei herauskam, denn die Elsie
hielt vollkommen dicht. Aber das Tollste war doch die Geschichte
mit dem Papagei, sage ich dir."

---

5 *stieß* . . . her tongue got twisted   7 *schwappte über* slopped over
9 *übersäen* strew   11 *erst recht nicht* least of all
12 *Sara* According to the Nuremberg racial laws every person of Jewish
  descent had to assume the name of Israel or Sarah.
13 *abtaxieren* assess   20 *knappern* snap at
23 *Stapo* = *Gestapo* (the Nazi secret police)
31 *dicht halten* keep one's mouth shut

„Wieso mit dem Papagei?" fragte die Freundin, ohne begriffen zu haben.

„Na, mit dem Papagei, sage ich dir. Die Elsie nämlich, bevor sie 35 sich stellte, hatte rasch noch das Tischtuch auf ihn geworfen, damit er nicht sprechen konnte. Denn hätte er ‚Elsie' gerufen: na, weißt du — dann wären wir alle verratzt."

„Hättest du selber daran gedacht?" fragte die Freundin gespannt.

„Ich? Ich bin schließlich auch nur ein Mensch und hätte nichts 40 andres im Sinn gehabt, als meinen Kopf zu retten. Aber Elsie — das war nicht die Elsie mehr, die ich versteckt hatte und gehaßt und am liebsten fortgejagt hätte. Das war ein Erzengel aus der Bibel, und, wenn sie gesagt hätte: ‚Die da ist es, diese Dicke, Schwarze da!' — Gott im Himmel, ich wäre mitgegangen!" 45

Na, solch'ne Behauptung, sagen Sie mal, kann selbst einem harmlosen Zuhörer schließlich über die Hutschnur gehen. „Und der Jacob?" frage ich, trinke mein Bier aus und setze den Rucksack auf. „Lebt er noch, dieses verfluchte Vieh?"

„Nein," sagte die dicke Frau ganz verblüfft und faßt von neuem 50 nach den Karotten, um die Pflaumen mit dem Karottenkraut ringsherum abzudecken. „Dem hat ein Russe wie einem Huhn die Kehle durchgeschnitten, als er ihn füttern wollte, und der Jacob nach seiner lausigen Art ihm in den Finger knappte."

„Böse Sache", sagte ich, „liebe Frau. Wo ist jetzt noch jemand, 55 der Ihren Mann vor der Spruchkammer . . . [eigentlich wollte ich sagen: ‚entlastet', doch hol es der Teufel, ich sagte, wie immer:] entlaust?"

36 *sich stellen* appear   38 *verratzt* "in the soup"
46 *'ne = eine*   46 *sagen Sie mal* I tell you
47 *über* . . . be too much   54 *knappen* peck
56 *Spruchkammer* the denazification Courts set up by the Allied countries
58 *entlausen* delouse

WOLFGANG BORCHERT

1922 — 1947

Wolfgang Borchert was twenty-six years old when he died, worn out by hunger, privation and illness that were his legacy from the Second World War. His "life," since he grew up, reads like a Dostoyevskian novel. In barracks, while awaiting transportation to the war front, he was arrested for speaking critically of Hitler and the war in private letters. He was condemned to death for this crime but, after spending six weeks in the death cell, was pardoned because of his youth and sent to the eastern front. He was severely wounded in the fighting and in addition contracted jaundice and diphtheria. His physical condition was so weakened that he was released from service. The night before his discharge he was arrested again for some offensive jest he had made at the expense of the regime and again sent to the eastern front. This was in 1945. He was captured by the Americans and sent back on his own to Germany. He lived on for two more years in his native Hamburg, broken in body, working as a theater director and cabaret artist. And he wrote feverishly. Fame reached him in February 1947 when his play *Draußen vor der Tür* was given its premiere on the Hamburg radio and became a national, then an international, success. A few close friends sent him to Switzerland in the hope of bringing him back to health. He died a few months later.

Borchert's work is the product of the last two years of his life. It is small in compass (contained in one volume published by Rowohlt) and bears the marks of youth: it is irritated, strident in tone, full of *Weltschmerz*. But it is evident from every page that there is an impressive talent at work here. The basic experience (though not the only one) is the war and the devastation (physical and spiritual) caused by it. Borchert writes about the aftermath of the war rather than about the fighting itself; he shows the effects of the war on the veterans who return home and the civilians to whom they return. In everything he has written the sensibility of the poet is discernible. His compelling prose rhythms, so evident in our story, betray his lyric origins and testify to the power produced by the fusion of poetry and prose.

WOLFGANG BORCHERT

Die lange lange Straße lang

Links zwei drei vier links zwei drei vier links zwei weiter, Fischer!
drei vier links zwei vorwärts, Fischer! schneidig Fischer! drei vier
atme, Fischer! weiter, Fischer, immer weiter zickezacke zwei drei vier
schneidig ist die Infantrie zickezackejuppheidi schneidig ist die Infantrie die Infantrie die Infantrie . . .   5
  Ich bin unterwegs. Zweimal hab ich schon gelegen. Ich will zur
Straßenbahn. Ich muß mit. Zweimal hab ich schon gelegen. Ich
hab Hunger. Aber mit muß ich. Muß. Ich muß zur Straßenbahn. Zweimal hab ich schon drei vier links zwei drei vier aber mit
muß ich drei vier zickezacke zacke drei vier juppheidi ist die Infan-   10
trie die Infantrie Infantrie fantrie fantrie . . . 57 haben sie bei
Woronesch begraben. 57, die hatten keine Ahnung, vorher nicht
und nachher nicht. Vorher haben sie noch gesungen. Zickezackejuppheidi. Und einer hat nach Haus geschrieben: . . . dann kaufen
wir uns ein Grammophon. Aber dann haben viertausend Meter   15
weiter ab die Andern auf Befehl auf einen Knopf gedrückt. Da hat
es gerumpelt wie ein alter Lastwagen mit leeren Tonnen über Kopfsteinpflaster: Kanonenorgel. Dann haben sie 57 bei Woronesch
begraben. Vorher haben sie noch gesungen. Hinterher haben sie
nichts mehr gesagt. 9 Autoschlosser, 2 Gärtner, 5 Beamte, 6 Ver-   20

2 *schneidig* smart, snappy
4 *juppheidi* (an expression of joy which occurs in German folksongs, meaning no more than *tra-la-la*)
12 *Woronesch* city in the Soviet Union, due south of Moscow
17 *rumpeln* rumble
17 *Kopfsteinpflaster* cobblestone pavement
18 *Kanonenorgel* (refers to the din made by the cannon rumbling over the
   cobblestones)
20 *Autoschlosser* automobile mechanic

käufer, 1 Friseur, 17 Bauern, 2 Lehrer, 1 Pastor, 6 Arbeiter, 1 Musiker, 7 Schuljungen. 7 Schuljungen. Die haben sie bei Woronesch begraben. Sie hatten keine Ahnung. 57.

Und mich haben sie vergessen. Ich war noch nicht ganz tot.
25 Juppheidi. Ich war noch ein bißchen lebendig. Aber die andern, die haben sie bei Woronesch begraben. 57. 57. Mach noch ne Null dran. 570. Noch ne Null und noch ne Null. 57 000. Und noch und noch und noch. 57 000 000. Die haben sie bei Woronesch begraben. Sie hatten keine Ahnung. Sie wollten nicht. Das
30 hatten sie gar nicht gewollt. Und vorher haben sie noch gesungen. Juppheidi. Nachher haben sie nichts mehr gesagt. Und der eine hat das Grammophon nicht gekauft. Sie haben ihn bei Woronesch und die andern 56 auch begraben. 57 Stück. Nur ich. Ich, ich war noch nicht ganz tot. Ich muß zur Straßenbahn. Die Straße ist
35 grau. Aber die Straßenbahn ist gelb. Ganz wunderhübsch gelb. Da muß ich mit. Nur daß die Straße so grau ist. So grau und so grau. Zweimal hab ich schon zickezacke vorwärts, Fischer! drei vier links zwei links zwei gelegen drei vier weiter, Fischer! Zickezacke juppheidi schneidig ist die Infantrie schneidig, Fischer! weiter,
40 Fischer! links zwei drei vier wenn nur der Hunger der elende Hunger immer der elende links zwei drei vier links zwei links zwei links zwei . . .

Wenn bloß die Nächte nicht wärn. Wenn bloß die Nächte nicht wärn. Jedes Geräusch ist ein Tier. Jeder Schatten ist ein schwarzer
45 Mann. Nie wird man die Angst vor den schwarzen Männern los. Auf dem Kopfkissen grummeln die ganze Nacht die Kanonen: Der Puls. Du hättest mich nie allein lassen sollen, Mutter. Jetzt finden wir uns nicht wieder. Nie wieder. Nie hättest du das tun sollen. Du hast doch die Nächte gekannt. Du hast doch gewußt von den
50 Nächten. Aber du hast mich von dir geschrien. Aus dir heraus und in diese Welt mit den Nächten hineingeschrien. Und seitdem ist jedes Geräusch ein Tier in der Nacht. Und in den blaudunklen

---

26 *ne = eine*   46 *grummeln* grumble
50 *geschrien* (referring to the mother's cries in labor)

Ecken warten die schwarzen Männer. Mutter Mutter! in allen Ecken
stehn die schwarzen Männer. Und jedes Geräusch ist ein Tier.
Jedes Geräusch ist ein Tier. Und das Kopfkissen ist so heiß. Die 55
ganze Nacht grummeln die Kanonen dadrauf. Und dann haben sie
57 bei Woronesch begraben. Und die Uhr schlurft wie ein altes
Weib auf Latschen davon davon davon. Sie schlurft und schlurft
und schlurft und keiner keiner hält sie auf. Und die Wände kommen immer näher. Und die Decke kommt immer tiefer. Und der 60
Boden der Boden der wankt von der Welle Welt. Mutter Mutter!
warum hast du mich allein gelassen, warum? Wankt von der Welle.
Wankt von der Welt. 57. Rums. Und ich will zur Straßenbahn.
Die Kanonen haben gegrummelt. Der Boden wankt. Rums. 57.
Und ich bin noch ein bißchen lebendig. Und ich will zur Straßen- 65
bahn. Die ist gelb in der grauen Straße. Wunderhübsch gelb in der
grauen. Aber ich komm ja nicht hin. Zweimal hab ich schon
gelegen. Denn ich hab Hunger. Und davon wankt der Boden.
Wankt so wunderhübsch gelb von der Welle Welt. Wankt von der
Hungerwelt. Wankt so welthungrig und straßenbahngelb. 70

Eben hat einer zu mir gesagt: Guten Tag, Herr Fischer. Bin ich
Herr Fischer? Kann ich Herr Fischer sein, einfach wieder Herr
Fischer? Ich war doch Leutnant Fischer. Kann ich denn wieder
Herr Fischer sein? Bin ich Herr Fischer? Guten Tag, hat der
gesagt. Aber der weiß nicht, daß ich Leutnant Fischer war. Einen 75
guten Tag hat er gewünscht — für Leutnant Fischer gibt es keine
guten Tage mehr. Das hat er nicht gewußt.

Und Herr Fischer geht die Straße lang. Die lange Straße lang.
Die ist grau. Er will zur Straßenbahn. Die ist gelb. So wunderhübsch gelb. Links zwei, Herr Fischer. Links zwei drei vier. Herr 80
Fischer hat Hunger. Er hält nicht mehr Schritt. Er will doch noch
mit, denn die Straßenbahn ist so wunderhübsch gelb in dem Grau.
Zweimal hat Herr Fischer schon gelegen. Aber Leutnant Fischer
kommandiert: Links zwei drei vier vorwärts, Herr Fischer! Weiter,

56 *dadrauf* on it   57 *schlurfen* shuffle
58 *Latschen* bedroom slippers   63 *rums* (imitative sound) bump

85 Herr Fischer! Schneidig, Herr Fischer, kommandiert Leutnant
Fischer. Und Herr Fischer marschiert die graue Straße lang, die
graue graue lange Straße lang. Die Mülleimerallee. Das Asch-
kastenspalier. Das Rinnsteinglacis. Die Champs-Ruinés. Den Mutt-
schuttschlaginduttbroadway. Die Trümmerparade. Und Leutnant
90 Fischer kommandiert. Links zwei links zwei. Und Herr Fischer
Herr Fischer marschiert, links zwei links zwei links zwei links vorbei
vorbei vorbei . . .
   Das kleine Mädchen hat Beine, die sind wie Finger so dünn. Wie
Finger im Winter. So dünn und so rot und so blau und so dünn.
95 Links zwei drei vier machen die Beine. Das kleine Mädchen sagt
immerzu und Herr Fischer marschiert nebenan das sagt immerzu:
Lieber Gott, gib mir Suppe. Lieber Gott, gib mir Suppe. Ein Löffelchen nur. Ein Löffelchen nur. Ein Löffelchen nur. Die Mutter
hat Haare, die sind schon tot. Lange schon tot. Die Mutter sagt:
00 Der liebe Gott kann dir keine Suppe geben, er kann es doch nicht.
Warum kann der liebe Gott mir keine Suppe geben? Er hat doch
keinen Löffel. Den hat er nicht. Das kleine Mädchen geht auf
seinen Fingerbeinen, den dünnen blauen Winterbeinen, neben der
Mutter. Herr Fischer geht nebenan. Von der Mutter sind die Haare
5 schon tot. Sie sind schon ganz fremd um den Kopf. Und das kleine
Mädchen tanzt rundherum um die Mutter herum um Herrn Fischer
herum rundherum: Er hat ja keinen Löffel. Er hat ja keinen Löffel.
Er hat ja keinen nicht mal einen hat ja keinen Löffel. So tanzt das
kleine Mädchen rundherum. Und Herr Fischer marschiert hinteran.
10 Wankt nebenan auf der Welle Welt. Wankt von der Welle Welt.
Aber Leutnant Fischer kommandiert: Links zwei juppvorbei schnei-

---

87 *Mülleimerallee* The street names are either approximations of existing
   famous streets or inventions of the author: Garbage Can Avenue, Ashcan
   Lane, Gutter Glacis, Ruined Fields (parody of Champs Elysées), Slime
   Rubble, Scare-Him Broadway (*Mutt* is dialect for *Schlamm; Dutt* for
   Haufen; in Dutten schießen = *erschrecken;* perhaps a pun on *schlag ihn
   tot*)
89 *Trümmerparade* ruins parade
3 *Fingerbeine* legs as thin as fingers
11 *juppvorbei* (The lieutenant is making his way to the head of his platoon.
   "*Jupp*" indicates that he whizzes by the marching soldiers.)

dig, Herr Fischer, links zwei und das kleine Mädchen singt dabei:
Er hat ja keinen Löffel. Er hat ja keinen Löffel. Und zweimal hat
Herr Fischer schon gelegen. Vor Hunger gelegen. Er hat ja keinen
Löffel. Und der andere kommandiert: Juppheidi juppheidi die In- 15
fantrie die Infantrie die Infantrie . . . 57 haben sie bei Woronesch
begraben. Ich bin Leutnant Fischer. Mich haben sie vergessen. Ich
war noch nicht ganz tot. Zweimal hab ich schon gelegen. Jetzt bin
ich Herr Fischer. Ich bin 25 Jahre alt. 25 mal 57. Und die haben
sie bei Woronesch begraben. Nur ich, ich, ich bin noch unterwegs. 20
Ich muß die Straßenbahn noch kriegen. Hunger hab ich. Aber der
liebe Gott hat keinen Löffel. Er hat ja keinen Löffel. Ich bin 25
mal 57. Mein Vater hat mich verraten und meine Mutter hat mich
ausgestoßen aus sich. Sie hat mich allein geschrien. So furchtbar
allein. So allein. Jetzt gehe ich die lange Straße lang. Die wankt 25
von der Welle Welt. Aber immer spielt einer Klavier. Immer spielt
einer Klavier. Als mein Vater meine Mutter sah — spielte einer
Klavier. Als ich Geburtstag hatte — spielte einer Klavier. Bei der
Heldengedenkfeier in der Schule — spielte einer Klavier. Als wir
dann selbst Helden werden durften, als es den Krieg gab — spielte 30
einer Klavier. Im Lazarett — spielte dann einer Klavier. Als der
Krieg aus war — spielte immer noch einer Klavier. Immer spielt
einer. Immer spielt einer Klavier. Die ganze lange Straße lang.
Die Lokomotive tutet. Timm sagt, sie weint. Wenn man hochkuckt, zittern die Sterne. Immerzu tutet die Lokomotive. Aber 35
Timm sagt, sie weint. Immerzu. Die ganze Nacht. Die ganze
lange Nacht nun schon. Sie weint, das tut einem im Magen weh,
wenn sie so weint, sagt Timm. Sie weint wie Kinder, sagt er. Wir
haben einen Wagen mit Holz. Das riecht wie Wald. Unser Wagen
hat kein Dach. Die Sterne zittern, wenn man hochkuckt. Da tutet 40
sie wieder. Hörst du? sagt Timm, sie weint wieder. Ich versteh
nicht, warum die Lokomotive weint. Timm sagt es. Wie Kinder,
sagt er. Timm sagt, ich hätte den Alten nicht vom Wagen schubsen

29 *Heldengedenkfeier* memorial celebration for war heroes
43 *schubsen* colloquial for *schieben*

sollen. Ich hab den Alten nicht vom Wagen geschubst. Du hättest
45 es nicht tun sollen, sagt Timm. Ich hab es nicht getan. Sie weint,
hörst du, wie sie weint, sagt Timm, du hättest es nicht tun sollen. Ich
hab den Alten nicht vom Wagen geschubst. Sie weint nicht. Sie
tutet. Lokomotiven tuten. Sie weint, sagt Timm. Er ist von selbst
vom Wagen gefallen. Ganz von selbst, der Alte. Er hat gepennt,
50 Timm, gepennt hat er, sag ich dir. Da ist er von selbst vom Wagen
gefallen. Du hättest es nicht tun sollen. Sie weint. Die ganze
Nacht nun schon. Timm sagt, man soll keine alten Männer vom
Wagen schubsen. Ich hab es nicht getan. Er hat gepennt. Du
hättest es nicht tun sollen, sagt Timm. Timm sagt, er hat in Rußland
55 mal einen Alten in den Hintern getreten. Weil er so langsam war.
Und er nahm immer so wenig auf einmal. Sie waren beim Munitionsschleppen. Da hat Timm den Alten in den Hintern getreten.
Da hat der Alte sich umgedreht. Ganz langsam, sagt Timm, und
er hat ihn ganz traurig angekuckt. Gar nichts weiter. Aber er hat
60 ein Gesicht gehabt wie sein Vater. Genau wie sein Vater. Das sagt
Timm. Die Lokomotive tutet. Manchmal hört es sich an, als ob sie
schreit. Timm meint sogar, sie weint. Vielleicht hat Timm recht.
Aber ich hab den Alten nicht vom Wagen geschubst. Er hat
gepennt. Da ist er von selbst. Es rüttelt ja ziemlich auf den
65 Schienen. Wenn man hochkuckt, zittern die Sterne. Der Wagen
wankt von der Welle Welt. Sie tutet. Schrein tut sie. Schrein,
daß die Sterne zittern. Von der Welle Welt.

Aber ich bin noch unterwegs. Zwei drei vier. Zur Straßenbahn.
Zweimal hab ich schon gelegen. Der Boden wankt von der Welle
70 Welt. Wegen dem Hunger. Aber ich bin unterwegs. Ich bin
schon so lange so lange unterwegs. Die lange Straße lang. Die
Straße.

Der kleine Junge hält die Hände auf. Ich soll die Nägel holen.

---

49 *pennen* slang for *schlafen*
56 *Munitionsschleppen* dragging of munitions (i.e., transport)
64 *von selbst* i.e., *heruntergefallen*

Der Schmied zählt die Nägel. Drei Mann? fragt er. Vati sagt, für
drei Mann.   75
   Die Nägel fallen in die Hände. Der Schmied hat dicke breite
Finger. Der kleine Junge ganz dünne, die sich biegen von den
großen Nägeln.
   Ist der, der sagt, er ist Gottes Sohn, auch dabei?
   Der kleine Junge nickt.   80
   Sagt er immer noch, daß er Gottes Sohn ist?
   Der kleine Junge nickt. Der Schmied nimmt die Nägel noch mal.
Dann läßt er sie wieder in die Hände fallen. Die kleinen Hände
biegen sich davon. Dann sagt der Schmied: Na ja.
   Der kleine Junge geht weg. Die Nägel sind schön blank. Der   85
kleine Junge läuft. Da machen die Nägel ein Geräusch. Der
Schmied nimmt den Hammer. Na ja, sagt der Schmied. Dann hört
der kleine Junge hinter sich: Pink Pank Pink Pank. Er schlägt
wieder, denkt der kleine Junge. Nägel macht er, viele blanke Nägel.
   57 haben sie bei Woronesch begraben. Ich bin über. Aber ich   90
hab Hunger. Mein Reich ist von dieser dieser Welt. Und der
Schmied hat die Nägel umsonst gemacht, juppheidi, umsonst gemacht, die Infantrie, umsonst die schönen blanken Nägel. Denn
57 haben sie bei Woronesch begraben. Pink Pank macht der
Schmied. Pink Pank bei Woronesch. Pink Pank. 57 mal Pink   95
Pank. Pink Pank macht der Schmied. Pink Pank macht die Infantrie. Pink Pank machen die Kanonen. Und das Klavier spielt
immerzu Pink Pank Pink Pank Pink Pank . . .
   57 kommen jede Nacht nach Deutschland. 9 Autoschlosser,
2 Gärtner, 5 Beamte, 6 Verkäufer, 1 Friseur, 17 Bauern, 2 Lehrer, 00
1 Pastor, 6 Arbeiter, 1 Musiker, 7 Schuljungen. 57 kommen jede
Nacht an mein Bett, 57 fragen jede Nacht: Wo ist deine Kompanie?
Bei Woronesch, sag ich dann. Begraben, sag ich dann. Bei Woronesch begraben. 57 fragen Mann für Mann: Warum? Und 57mal
bleib ich stumm.   5

---

74 *Vati* colloquial for *Vater*   84 *na ja* well now
90 *über* i.e., I got away

57 gehen nachts zu ihrem Vater.   57 und Leutnant Fischer.   Leutnant Fischer bin ich.   57 fragen nachts ihren Vater: Vater, warum? Und der Vater bleibt 57mal stumm.   Und er friert in seinem Hemd. Aber er kommt mit.

10   57 gehen nachts zum Ortsvorsteher.   57 und der Vater und ich. 57 fragen nachts den Ortsvorsteher: Ortsvorsteher, warum?   Und der Ortsvorsteher bleibt 57mal stumm.   Und er friert in seinem Hemd.   Aber er kommt mit.

57 gehen nachts zum Pfarrer.   57 und der Vater und der Orts-
15 vorsteher und ich.   57 fragen nachts den Pfarrer: Pfarrer, warum? Und der Pfarrer bleibt 57mal stumm.   Und er friert in seinem Hemd. Aber er kommt mit.

57 gehen nachts zum Schulmeister.   57 und der Vater und der Ortsvorsteher und der Pfarrer und ich.   57 fragen nachts den Schul-
20 meister: Schulmeister, warum?   Und der Schulmeister bleibt 57mal stumm.   Und er friert in seinem Hemd.   Aber er kommt mit.

57 gehen nachts zum General.   57 und der Vater und der Ortsvorsteher und der Pfarrer und der Schulmeister und ich.   57 fragen nachts den General: General, warum?   Und der General — der Ge-
25 neral dreht sich nicht einmal rum.   Da bringt der Vater ihn um.   Und der Pfarrer?   Der Pfarrer bleibt stumm.

57 gehen nachts zum Minister.   57 und der Vater und der Ortsvorsteher und der Pfarrer und der Schulmeister und ich.   57 fragen nachts den Minister: Minister, warum?   Da hat der Minister sich
30 sehr erschreckt.   Er hatte sich so schön hinterm Sektkorb versteckt, hinterm Sekt.   Und da hebt er sein Glas und prostet nach Süden und Norden und Westen und Osten.   Und dann sagt er: Deutschland, Kameraden, Deutschland!   Darum!   Da sehen die 57 sich um. Stumm.   So lange und stumm.   Und sie sehen nach Süden und
35 Norden und Westen und Osten.   Und dann fragen sie leise: Deutschland?   Darum?   Dann drehen die 57 sich rum.   Und sehen sich niemals mehr um.   57 legen sich bei Woronesch wieder ins Grab.

10 *Ortsvorsteher* local administrator   30 *Sektkorb* champagne basket
31 *prosten* say *Prost* (i.e., drink a toast)

Sie haben alte arme Gesichter. Wie Frauen. Wie Mütter. Und sie
sagen die Ewigkeit durch: Darum? Darum? Darum?

57 haben sie bei Woronesch begraben. Ich bin über. Ich bin 40
Leutnant Fischer. Ich bin 25. Ich will noch zur Straßenbahn. Ich
will mit. Ich bin schon lange lange unterwegs. Nur Hunger hab
ich. Aber ich muß. 57 fragen: Warum? Und ich bin über. Und
ich bin schon so lange die lange lange Straße unterwegs.

Unterwegs. Ein Mann. Herr Fischer. Ich bin es. Leutnant 45
steht drüben und kommandiert: Links zwei drei vier links zwei drei
vier zickezacke juppheidi zwei drei vier links zwei drei vier die Infantrie die Infantrie pink pank pink pank drei vier pink pank drei
vier pink pank pink pank die lange Straße lang pink pank immer
lang immer rum warum warum warum pink pank pink pank bei 50
Woronesch darum bei Woronesch darum pink pank die lange lange
Straße lang. Ein Mensch. 25. Ich. Die Straße. Die lange
lange. Ich. Haus Haus Haus Wand Wand Milchgeschäft Vorgarten Kuhgeruch Haustür.

Zahnarzt 55
Sonnabends nur nach Vereinbarung

Wand Wand Wand

Hilde Bauer ist doof

Leutnant Fischer ist dumm. 57 fragen: warum. Wand Wand Tür
Fenster Glas Glas Glas Laterne alte Frau rote rote Augen Bratkartof- 60
felgeruch Haus Haus Klavierunterricht pink pank die ganze Straße
lang die Nägel sind so blank Kanonen sind so lang pink pank die
ganze Straße lang Kind Kind Hund Ball Auto Pflasterstein Pflaster-
tein Kopfsteinköpfe Köpfe pink pank Stein Stein grau grau violett
Benzinfleck grau grau die lange lange Straße lang Stein Stein grau 65
blau flau flau so grau Wand Wand grüne Emaille

58 *doof* nuts   66 *flau* faint, weak

Schlechte Augen schnell behoben
Optiker Terboben
Im 2. Stockwerk oben

70 Wand Wand Wand Stein Hund Hund hebt Bein Baum Seele Hun-
detraum Auto hupt noch Hund pupt doch Pflaster rot Hund tot
Hund tot Hund tot Wand Wand Wand die lange Straße lang Fenster
Wand Fenster Fenster Fenster Lampen Leute Licht Männer immer
noch Männer blanke Gesichter wie Nägel so blank so wunder-
75 hübsch blank . . .
    Vor hundert Jahren spielten sie Skat. Vor hundert Jahren spielten
sie schon. Und jetzt jetzt spielen sie noch. Und in hundert Jahren
dann spielen sie auch immer noch. Immer noch Skat. Die drei
Männer. Mit blanken biederen Gesichtern.
80   Passe.
    Karl, sag mehr.
    Ich passe auch.
    Also dann . . . ihr habt gemauert, meine Herren.
    Du hättest ja auch passen können, dann hätten wir einen schönen
85 Ramsch gehabt.
    Man los. Man los. Wie heißt er?
    Das Kreuz ist heilig. Wer spielt aus?
    Immer der fragt.
    Einmal hat es die Mutter erlaubt. Und noch mal Trumpf! Was,
90 Karl, du hast kein Kreuz mehr?
    Diesmal nicht.
    Na, dann wollen wir mal auf die Dörfer gehen. Ein Herz hat
jeder.

---

71 *hupen* honk   71 *pupen* break wind
76 *Skat* the most popular German card game
79 *bieder* honest, respectable   83 *mauern* hold back
85 *Ramsch* a play in which everyone passes
86 *man los* get going   87 *Kreuz* club
87 *ausspielen* lead   92 *auf* . . . follow suit, draw one out

Trumpf! Nun wimmel, Karl, was du bei der Seele hast. Acht-
undzwanzig.   95
    Und noch einmal Trumpf!
    Vor hundert Jahren spielten sie schon. Spielten sie Skat. Und
in hundert Jahren, dann spielen sie noch. Spielen sie immer noch
Skat mit blanken biederen Gesichtern. Und wenn sie ihre Fäuste auf
den Tisch donnern lassen, dann donnert es. Wie Kanonen. Wie 00
57 Kanonen.
    Aber ein Fenster weiter sitzt eine Mutter. Die hat drei Bilder vor
sich. Drei Männer in Uniform. Links steht ihr Mann. Rechts
steht ihr Sohn. Und in der Mitte steht der General. Der General
von ihrem Mann und ihrem Sohn. Und wenn die Mutter abends zu 5
Bett geht, dann stellt sie die Bilder, daß sie sie sieht, wenn sie liegt.
Den Sohn. Und den Mann. Und in der Mitte den General. Und
dann liest sie die Briefe, die der General schrieb, 1917. Für Deutschland — steht auf dem einen, 1940. Für Deutschland — steht auf
dem anderen. Mehr liest die Mutter nicht. Ihre Augen sind ganz 10
rot. Sind so rot.
    Aber ich bin über. Juppheidi. Für Deutschland. Ich bin noch
unterwegs. Zur Straßenbahn. Zweimal hab ich schon gelegen.
Wegen dem Hunger. Juppheidi. Aber ich muß hin. Der Leutnant kommandiert. Ich bin schon unterwegs. Schon lange lange 15
unterwegs.
    Da steht ein Mann in einer dunklen Ecke. Immer stehen Männer
in den dunklen Ecken. Immer stehn dunkle Männer in den Ecken.
Einer steht da und hält einen Kasten und einen Hut. Pyramidon!
bellt der Mann. Pyramidon! 20 Tabletten genügen. Der Mann 20
grinst, denn das Geschäft geht gut. Das Geschäft geht so gut.
57 Frauen, rotäugige Frauen, die kaufen Pyramidon. Mach eine
Null dran. 570. Noch eine und noch eine. 57 000. Und noch
und noch und noch. 57 000 000. Das Geschäft geht gut. Der
Mann bellt: Pyramidon. Er grinst, der Laden floriert: 57 Frauen, 25

94 *wimmel* . . . play the highest card you have
19 *Pyramidon* (a patent pain reliever)

rotäugige Frauen, die kaufen Pyramidon. Der Kasten wird leer.
Und der Hut wird voll. Und der Mann grinst. Er kann gut grinsen.
Er hat keine Augen. Er ist glücklich: Er hat keine Augen. Er sieht
die Frauen nicht. Sieht die 57 Frauen nicht. Die 57 rotäugigen
30 Frauen.

Nur ich bin über. Aber ich bin schon unterwegs. Und die Straße
ist lang. So fürchterlich lang. Aber ich will zur Straßenbahn. Ich
bin schon unterwegs. Schon lange lange unterwegs.

In einem Zimmer sitzt ein Mann. Der Mann schreibt mit Tinte
35 auf weißem Papier. Und er sagt in das Zimmer hinein:

> Auf dem Braun der Ackerkrume
> weht hellgrün ein Gras.
> Eine blaue Blume
> ist vom Morgen naß.

40 Er schreibt es auf das weiße Papier. Er liest es ins leere Zimmer
hinein. Er streicht es mit Tinte wieder durch. Er sagt in das Zimmer hinein:

> Auf dem Braun der Ackerkrume
> weht hellgrün ein Gras.
45 > Eine blaue Blume
> lindert allen Haß.

Der Mann schreibt es hin. Er liest es in das leere Zimmer hinein.
Er streicht es wieder durch. Dann sagt er in das Zimmer hinein:

> Auf dem Braun der Ackerkrume
50 > weht hellgrün ein Gras.
> Eine blaue Blume—
> Eine blaue Blume—
> Eine blaue—

36 *Ackerkrume* bit of field

Der Mann steht auf. Er geht um den Tisch herum. Immer um
den Tisch herum. Er bleibt stehen: 55

        Eine blaue—
        Eine blaue—
        Auf dem Braun der Ackerkrume—

Der Mann geht immer um den Tisch herum.
57 haben sie bei Woronesch begraben. Aber die Erde war grau. 60
Und wie Stein. Und da weht kein hellgrünes Gras. Schnee war da.
Und der war wie Glas. Und ohne blaue Blume. Millionenmal
Schnee. Und keine blaue Blume. Aber der Mann in dem Zimmer
weiß das nicht. Er weiß es nie. Er sieht immer die blaue Blume.
Überall die blaue Blume. Und dabei haben sie 57 bei Woronesch 65
begraben. Unter glasigem Schnee. Im grauen gräulichen Sand.
Ohne Grün. Und ohne Blau. Der Sand war eisig und grau. Und
der Schnee war wie Glas. Und der Schnee lindert keinen Haß.
Denn 57 haben sie bei Woronesch begraben. 57 begraben. Bei
Woronesch begraben.   70
    Das ist noch gar nichts, das ist ja noch gar nichts! sagt der
Obergefreite mit der Krücke. Und er legt die Krücke über seine
Fußspitze und zielt. Er kneift das eine Auge klein und zielt mit
der Krücke über die Fußspitze. Das ist noch gar nichts, sagt er.
86 Iwans haben wir die eine Nacht geschafft. 86 Iwans. Mit 75
einem M.G., mein Lieber, mit einem einzigen M.G. in einer Nacht.
Am andern Morgen haben wir sie gezählt. Übereinander lagen sie.
86 Iwans. Einige hatten das Maul noch offen. Viele auch die
Augen. Ja, viele hatten die Augen noch offen. In einer Nacht,
mein Lieber. Der Obergefreite zielt mit seiner Krücke auf die alte 80
Frau, die ihm auf der Bank gegenübersitzt. Er zielt auf die eine
alte Frau und er trifft 86 alte Frauen. Aber die wohnen in Rußland.

Davon weiß er nichts. Es ist gut, daß er das nicht weiß. Was sollte
er sonst wohl machen? Jetzt, wo es Abend wird?
85   Nur ich weiß es. Ich bin Leutnant Fischer. 57 haben sie bei
Woronesch begraben. Aber ich war nicht ganz tot. Ich bin noch
unterwegs. Zweimal hab ich schon gelegen. Vom Hunger. Denn
der liebe Gott hat ja keinen Löffel. Aber ich will auf jeden Fall zur
Straßenbahn. Wenn nur die Straße nicht so voller Mütter wäre.
90   57 haben sie bei Woronesch begraben. Und der Obergefreite hat am
anderen Morgen 86 Iwans gezählt. Und 86 Mütter schießt er mit
seiner Krücke tot. Aber er weiß es nicht, das ist gut. Wo sollte er
sonst wohl hin. Denn der liebe Gott hat ja keinen Löffel. Es ist
gut, wenn die Dichter die blauen Blumen blühen lassen. Es ist gut,
95   wenn immer einer Klavier spielt. Es ist gut, wenn sie Skat spielen.
Immer spielen sie Skat. Wo sollten sie sonst wohl hin, die alte Frau
mit den drei Bildern am Bett, der Obergefreite mit den Krücken und
den 86 toten Iwans, die Mutter mit dem kleinen Mädchen, das Suppe
haben will und Timm, der den alten Mann getreten hat? Wo sollten
00   sie sonst wohl hin?
        Aber ich muß die lange lange Straße lang. Lang. Wand Wand
Tür Laterne Wand Wand Fenster Wand Wand und buntes Papier
buntes bedrucktes Papier.

                    Sind Sie schon versichert?
5   Sie machen sich und Ihrer Familie
                        eine Weihnachtsfreude
                mit einer Eintrittserklärung in die
                URANIA LEBENSVERSICHERUNG

57 haben ihr Leben nicht richtig versichert. Und die 86 toten
10   Iwans auch nicht. Und sie haben ihren Familien keine Weihnachtsfreude gemacht. Rote Augen haben sie ihren Familien gemacht.
Weiter nichts, rote Augen. Warum waren sie auch nicht auch nicht
in der Urania Lebensversicherung? Und ich kann mich nun mit

8 *Urania* (lit., heaven)

den roten herumschlagen. Überall die roten rotgeweinten rotge-
schluchzten Augen. Die Mutteraugen, die Frauenaugen. Überall die 15
rotgeweinten Augen. Warum haben sich die 57 nicht versichern
lassen? Nein, sie haben ihren Familien keine Weihnachtsfreude
gemacht. Rote Augen. Nur rote Augen. Und dabei steht es doch
auf tausend bunten Plakaten: Urania Lebensversicherung Urania
Lebensversicherung ... 20

Evelyn steht in der Sonne und singt. Die Sonne ist bei Evelyn.
Man sieht durch das Kleid die Beine und alles. Und Evelyn singt.
Durch die Nase singt sie ein wenig und heiser singt sie bißchen.
Sie hat heute nacht zu lange im Regen gestanden. Und sie singt, daß
mir heiß wird, wenn ich die Augen zumach. Und wenn ich sie 25
aufmach, dann seh ich die Beine bis oben und alles. Und Evelyn
singt, daß mir die Augen verschwimmen. Sie singt den süßen
Weltuntergang. Die Nacht singt sie und Schnaps, den gefährlich
kratzenden Schnaps voll wundem Weltgestöhn. Das Ende singt
Evelyn, das Weltende, süß und zwischen nackten schmalen Mädchen- 30
beinen: heiliger himmlischer heißer Weltuntergang. Ach, Evelyn
singt wie nasses Gras, so schwer von Geruch und Wollust und so
grün. So dunkelgrün, so grün wie leere Bierflaschen neben den
Bänken, auf denen Evelyns Knie abends mondblaß aus dem Kleid
raussehen, daß mir heiß wird. 35

Sing, Evelyn, sing mich tot. Sing den süßen Weltuntergang, sing
einen kratzenden Schnaps, sing einen grasgrünen Rausch. Und
Evelyn drückt meine graskalte Hand zwischen die mondblassen Knie,
daß mir heiß wird.

Und Evelyn singt. Komm lieber Mai und mache, singt Evelyn 40
und hält meine graskalte Hand mit den Knien. Komm lieber Mai
und mache die Gräber wieder grün. Das singt Evelyn. Komm lieber
Mai und mache die Schlachtfelder bierflaschengrün und mache den
Schutt, den riesigen Schuttacker grün wie mein Lied, wie mein
schnapssüßes Untergangslied. Und Evelyn singt auf der Bank ein 45
heiseres hektisches Lied, daß mir kalt wird. Komm lieber Mai und

---

27 *verschwimmen* blur   29 *kratzend* biting

mache die Augen wieder blank, singt Evelyn und hält meine Hand
mit den Knien. Sing, Evelyn, sing mich zurück unters bierflaschen-
grüne Gras, wo ich Sand war und Lehm war und Land war. Sing,
50 Evelyn, sing und sing mich über die Schuttäcker und über die
Schlachtfelder und über das Massengrab rüber in deinen süßen
heißen mädchenheimlichen Mondrausch. Sing, Evelyn, sing, wenn
die tausend Kompanien durch die Nächte marschieren, dann sing,
wenn die tausend Kanonen die Äcker pflügen und düngen mit Blut.
55 Sing, Evelyn, sing, wenn die Wände die Uhren und Bilder verlieren,
dann sing mich in schnapsgrünen Rausch und in deinen süßen Weltuntergang. Sing, Evelyn, sing mich in dein Mädchendasein hinein,
in dein heimliches, nächtliches Mädchengefühl, das so süß ist, daß
mir heiß wird, wieder heiß wird von Leben. Komm lieber Mai und
60 mache das Gras wieder grün, so bierflaschengrün, so evelyngrün.
Sing, Evelyn!

Aber das Mädchen, das singt nicht. Das Mädchen, das zählt, denn
das Mädchen hat einen runden Bauch. Ihr Bauch ist etwas zu rund.
Und nun muß sie die ganze Nacht am Bahnsteig stehen, weil einer
65 von den 57 nicht versichert war. Und nun zählt sie die ganze Nacht
die Waggons. Eine Lokomotive hat 18 Räder. Ein Personenwagen
8. Ein Güterwagen 4. Das Mädchen mit dem runden Bauch zählt
die Waggons und die Räder — die Räder die Räder die Räder . . . 78,
sagt sie einmal, das ist schon ganz schön. 62, sagt sie dann, das
70 reicht womöglich nicht. 110, sagt sie, das reicht. Dann läßt sie
sich fallen und fällt vor den Zug. Der Zug hat eine Lokomotive, 6
Personenwagen und fünf Güterwagen. Das sind 86 Räder. Das
reicht. Das Mädchen mit dem runden Bauch ist nicht mehr da, als
der Zug mit seinen 86 Rädern vorbei ist. Sie ist einfach nicht mehr
75 da. Kein bißchen. Kein einziges kleines bißchen ist mehr von ihr
da. Sie hatte keine blaue Blume und keiner spielte für sie Klavier
und keiner mit ihr Skat. Und der liebe Gott hatte keinen Löffel
für sie. Aber die Eisenbahn hatte die vielen schönen Räder. Wo
sollte sie sonst auch hin? Was sollte sie sonst wohl tun? Denn der

66 *Personenwagen* passenger coach   67 *Güterwagen* freight car

liebe Gott hatte nicht mal einen Löffel. Und nun ist von ihr nichts 80
mehr über, gar nichts mehr über.

Nur ich. Ich bin noch unterwegs. Noch immer unterwegs.
Schon lange, so lang schon lang schon unterwegs. Die Straße ist
lang. Ich komm die Straße und den Hunger nicht entlang. Sie
sind beide so lang. 85

Hin und wieder schrein sie los. Links auf dem Fußballplatz.
Rechts in dem großen Haus. Da schrein sie manchmal los. Und
die Straße geht da mitten durch. Auf der Straße geh ich. Ich bin
Leutnant Fischer. Ich bin 25. Ich hab Hunger. Ich komm schon
von Woronesch. Ich bin schon lange unterwegs. Links ist der 90
Fußballplatz. Und rechts das große Haus. Da sitzen sie drin.
1000. 2000. 3000. Und keiner sagt ein Wort. Vorne machen
sie Musik. Und einige singen. Und die 3000 sagen kein Wort.
Sie sind sauber gewaschen. Sie haben ihre Haare geordnet und
reine Hemden haben sie an. So sitzen sie da in dem großen Haus 95
und lassen sich erschüttern. Oder erbauen. Oder unterhalten. Das
kann man nicht unterscheiden. Sie sitzen und lassen sich sauber
gewaschen erschüttern. Aber sie wissen nicht, daß ich Hunger hab.
Das wissen sie nicht. Und daß ich hier an der Mauer steh — ich,
der von Woronesch, der auf der langen Straße mit dem langen 00
Hunger unterwegs ist, schon so lange unterwegs ist — daß ich hier
an der Mauer steh, weil ich vor Hunger vor Hunger nicht weiter
kann. Aber das können sie ja nicht wissen. Die Wand, die dicke
dumme Wand ist ja dazwischen. Und davor steh ich mit wackligen
Knien — und dahinter sind sie in sauberer Wäsche und lassen sich 5
Sonntag für Sonntag erschüttern. Für zehn Mark lassen sie sich die
Seele umwühlen und den Magen umdrehen und die Nerven betäuben.
Zehn Mark, das ist so furchtbar viel Geld. Für meinen Bauch ist das
furchtbar viel Geld. Aber dafür steht auch das Wort PASSION auf
den Karten, die sie für zehn Mark bekommen. MATTHÄUS- 10
PASSION. Aber wenn der große Chor dann BARRABAS schreit,

10 *Matthäus Passion* by Bach. Barrabas was the prisoner whom the people
wanted freed in preference to Jesus (Matthew XXVII, 16-21).

BARRABAS blutdurstig blutrünstig schreit, dann fallen sie nicht
von den Bänken, die Tausend in sauberen Hemden. Nein und sie
weinen auch nicht und beten auch nicht und man sieht ihren
15 Gesichtern, sieht ihren Seelen eigentlich gar nicht viel an, wenn der
große Chor BARRABAS schreit. Auf den Billets steht für zehn
Mark MATTHÄUS-PASSION. Man kann bei der Passion ganz
vorne sitzen, wo die Passion recht laut erlitten wird, oder etwas
weiter hinten, wo nur noch gedämpft gelitten wird. Aber das ist
20 egal. Ihren Gesichtern sieht man nichts an, wenn der große Chor
BARRABAS schreit. Alle beherrschen sich gut bei der Passion.
Keine Frisur geht in Unordnung vor Not und vor Qual. Nein, Not
und Qual, die werden ja nur da vorne gesungen und gegeigt, für
zehn Mark vormusiziert. Und die BARRABAS-Schreier, die tun
25 ja nur so, die werden ja schließlich fürs Schreien bezahlt. Und der
große Chor schreit BARRABAS. MUTTER! schreit Leutnant
Fischer auf der endlosen Straße. Leutnant Fischer bin ich.
BARRABAS! schreit der große Chor der Saubergewaschenen.
HUNGER! bellt der Bauch von Leutnant Fischer. Leutnant
30 Fischer bin ich. TOR! schreien die Tausend auf dem Fußballplatz.
BARRABAS! schreien sie links von der Straße. TOR! schreien sie
rechts von der Straße. WORONESCH! schrei ich dazwischen. Aber
die Tausend schrein gegenan. BARRABAS! schrein sie rechts.
TOR! schrein sie links. PASSION spielen sie rechts. FUSSBALL
35 spielen sie links. Ich steh dazwischen. Ich. Leutnant Fischer.
25 Jahre jung. 57 Millionen Jahre alt. Woronesch-Jahre. Mütter-
Jahre. 57 Millionen Straßen-Jahre alt. Woronesch-Jahre. Und
rechts schrein sie BARRABAS. Und links schrein sie TOR. Und
dazwischen steh ich ohne Mutter allein. Auf der wankenden Welle
40 Welt ohne Mutter allein. Ich bin 25. Ich kenne die 57, die sie bei
Woronesch begraben haben, die 57, die nichts wußten, die nicht
wollten, die kenn ich Tag und Nacht. Und ich kenne die 86 Iwans,
die morgens mit offenen Augen und Mäulern vor dem Maschinenge-

24 *vormusiziert* played to you
30 *Tor* goal

24 *tun* . . . are only pretending
33 *gegenan* against me

wehr lagen. Ich kenne das kleine Mädchen, das keine Suppe hat und ich kenne den Obergefreiten mit den Krücken. BARRABAS schrein ⁴⁵ sie rechts für zehn Mark den Saubergewaschenen ins Ohr. Aber ich kenne die alte Frau mit den drei Bildern am Bett und das Mädchen mit dem runden Bauch, das unter die Eisenbahn sprang. TOR! schrein sie links, tausendmal TOR! Aber ich kenne Timm, der nicht schlafen kann, weil er den alten Mann getreten hat und ich ⁵⁰ kenne die 57 rotäugigen Frauen, die bei dem blinden Mann Pyramidon einkaufen. PYRAMIDON steht für 2 Mark auf der kleinen Schachtel. PASSION steht auf den Eintrittskarten rechts von der Straße, für 10 Mark PASSION. POKALSPIEL steht auf den blauen, den blumenblauen Billets für 4 Mark auf der linken ⁵⁵ Seite der Straße. BARRABAS! schrein sie rechts. TOR! schrein sie links. Und immer bellt der blinde Mann: PYRAMIDON! Dazwischen steh ich ganz allein, ohne Mutter allein, auf der Welle, der wankenden Welle Welt allein. Mit meinem bellenden Hunger! Und ich kenne die 57 von Woronesch. Iich bin Leutnant Fischer. ⁶⁰ Ich bin 25. Die anderen schrein TOR und BARRABAS im großen Chor. Nur ich bin über. Bin so furchtbar über. Aber es ist gut, daß die Saubergewaschenen die 57 von Woronesch nicht kennen. Wie sollten sie es sonst wohl aushalten bei Passion und Pokalspiel. Nur ich bin noch unterwegs. Von Woronesch her. Mit Hunger ⁶⁵ schon lange lange unterwegs. Denn ich bin über. Die andern haben sie bei Woronesch begraben. 57. Nur mich haben sie vergessen. Warum haben sie mich bloß vergessen? Nun hab ich nur noch die Wand. Die hält mich. Da muß ich entlang. TOR! schrein sie hinter mir her. BARRABAS! schrein sie hinter mir her. ⁷⁰ Die lange lange Straße entlang. Und ich kann schon lange nicht mehr. Ich kann schon so lange nicht mehr. Und ich hab nur noch die Wand, denn meine Mutter ist nicht da. Nur die 57 sind da. Die 57 Millionen rotäugigen Mütter, die sind so furchtbar hinter mir her. Die Straße entlang. Aber Leutnant Fischer kommandiert: ⁷⁵ Links zwei drei vier links zwei drei vier zickezacke BARRABAS die

54 *Pokalspiel* trophy match

blaue Blume ist so naß von Tränen und von Blut zicke zacke
juppheidi begraben ist die Infantrie unterm Fußballplatz unterm
Fußballplatz.

80   Ich kann schon lange nicht mehr, aber der alte Leierkastenmann
macht so schneidige Musik. Freut euch des Lebens, singt der alte
Mann die Straße lang. Freut euch, ihr bei Woronesch, juppheidi,
so freut euch doch solange noch die blaue Blume blüht freut euch
des Lebens solange noch der Leierkasten läuft . . .

85   Der alte Mann singt wie ein Sarg. So leise. Freut euch! singt er,
solange noch, singt er, so leise, so nach Grab, so wurmig, so erdig,
so nach Woronesch singt er, freut euch solange noch das Lämpchen
Schwindel glüht! Solange noch die Windel blüht! Ich bin
Leutnant Fischer! schrei ich. Ich bin über. Ich bin schon lange die
90   lange Straße unterwegs. Und 57 haben sie bei Woronesch begraben.
Die kenn ich.

Freut euch, singt der Leierkastenmann.

Ich bin 25, schrei ich.

Freut euch, singt der Leierkastenmann.

95   Ich hab Hunger, schrei ich.

Freut euch singt er und die bunten Hampelmänner an seiner Orgel
schaukeln. Schöne bunte Hampelmänner hat der Leierkastenmann.
Viele schöne hampelige Männer. Einen Boxer hat der Leierkastenmann. Der Boxer schwenkt die dicken dummen Fäuste und ruft:
00   Ich boxe! Und er bewegt sich meisterlich. Einen fetten Mann hat
der Leierkastenmann. Mit einem dicken dummen Sack voll Geld.
Ich regiere, ruft der fette Mann und er bewegt sich meisterlich.
Einen General hat der Leierkastenmann. Mit einer dicken dummen
Uniform. Ich kommandiere, ruft er immerzu, ich kommandiere!
5   Und er bewegt sich meisterlich. Und einen Dr. Faust hat der
Leierkastenmann mit einem weißen weißen Kittel und einer

80 *Leierkasten* hurdy-gurdy
81 *Freut* . . . a popular 18th century song. The opening lines are: *Freut euch
des Lebens, / Weil noch das Lämpchen glüht; / Pflücket die Rose / Eh
sie verblüht.*
96 *Hampelmann* jumping jack

schwarzen Brille. Und der ruft nicht und schreit nicht. Aber er
bewegt sich fürchterlich so fürchterlich.

Freut euch, singt der Leierkastenmann und seine Hampelmänner
schaukeln. Schaukeln fürchterlich. Schöne Hampelmänner hast du, 10
Leierkastenmann, sag ich. Freut euch, singt der Leierkastenmann.
Aber was macht der Brillenmann, der Brillenmann im weißen Kittel?
frag ich. Er ruft nicht, er boxt nicht, er regiert nicht und er
kommandiert nicht. Was macht der Mann im weißen Kittel, er
bewegt sich, bewegt sich so fürchterlich! Freut euch, singt der 15
Leierkastenmann, er denkt, singt der Leierkastenmann, er denkt und
forscht und findet. Was findet er denn, der Brillenmann, denn er
bewegt sich so fürchterlich. Freut euch, singt der Leierkastenmann,
er erfindet ein Pulver, ein grünes Pulver, ein hoffnungsgrünes Pulver.
Was kann man mit dem grünen Pulver machen, Leierkastenmann, 20
denn er bewegt sich fürchterfürchterlich. Freut euch, singt der
Leierkastenmann, mit dem hoffnungsgrünen Pulver kann man mit
einem Löffelchen voll 100 Millionen Menschen totmachen, wenn
man pustet, wenn man hoffnungsvoll pustet. Und der Brillenmann
erfindet und erfindet. Freut euch doch solange noch, singt der Leier- 25
kastenmann. Er erfindet! schrei ich. Freut euch solange noch,
singt der Leierkastenmann, freut euch doch solange noch.

Ich bin Leutnant Fischer. Ich bin 25. Ich hab dem Leierkastenmann den Mann im weißen Kittel weggenommen. Freut euch doch
solange noch. Ich hab dem Mann, dem Brillenmann im weißen 30
Kittel, den Kopf abgerissen! Freut euch doch solange noch. Ich hab
dem weißen Kittelbrillenmann, dem Grünpulvermann, die Arme
abgedreht. Freut euch doch solange noch. Ich hab den Hoff-
nungsgrünenerfindermann mittendurchgebrochen. Ich hab ihn
mittenmittendurchgebrochen. Nun kann er kein Pulver mehr 35
mischen, nun kann er kein Pulver mehr erfinden. Ich hab ihn
mittenmittendurchgebrochen.

Warum hast du meinen schönen Hampelmann kaputt gemacht, ruft
der Leierkastenmann, er war so klug, er war so weise, er war so
faustisch klug und weise und erfinderisch. Warum hast du den 40

Brillenmann kaputt gemacht, warum? fragt mich der Leierkastenmann.

Ich bin 25, schrei ich. Ich bin noch unterwegs, schrei ich. Ich
hab Angst, schrei ich. Darum hab ich den Kittelmann kaputt
45 gemacht. Wir wohnen in Hütten aus Holz und aus Hoffnung,
schrei ich, aber wir wohnen. Und vor unsern Hütten da wachsen
noch Rüben und Rhabarber. Vor unsern Hütten da wachsen
Tomaten und Tabak. Wir haben Angst! schrei ich. Wir wollen
leben! schrei ich. In Hütten aus Holz und aus Hoffnung! Denn
50 die Tomaten und Tabak, die wachsen doch noch. Die wachsen doch
noch. Ich bin 25, schrei ich, darum hab ich den Brillenmann im
weißen Kittel umgebracht. Darum hab ich den Pulvermann kaputt
gemacht. Darum darum darum . . .

Freut euch, singt da der Leierkastenmann, so freut euch doch
55 solange noch solange noch solange noch freut euch, singt der Leierkastenmann und nimmt aus seinem furchtbar großen Kasten einen
neuen Hampelmann mit einer Brille und mit einem weißen Kittel
und mit einem Löffelchen ja Löffelchen voll hoffnungsgrünem
Pulver. Freut euch, singt der Leierkastenmann, freut euch solange
60 noch ich hab doch noch so viele viele weiße Männer so furchtbar-
furchtbar viele. Aber die bewegen sich so fürchterfürchterlich,
schrei ich, und ich bin 25 und ich hab Angst und ich wohne in einer
Hütte aus Holz und aus Hoffnung. Und Tomaten und Tabak, die
wachsen doch noch.

65 Freut euch doch solange noch, singt der Leierkastenmann.

Aber er bewegt sich doch so fürchterlich, schrei ich.

Nein, er bewegt sich nicht, er wird er wird doch nur bewegt.

Und wer bewegt ihn denn, wer wer bewegt ihn denn?

Ich, sagt da der Leierkastenmann so fürchterlich, ich!

70 Ich hab Angst, schrei ich und mach aus meiner Hand eine Faust
und schlag sie dem Leierkastenmann dem fürchterlichen Leierkastenmann in das Gesicht. Nein, ich schlag ihn nicht, denn ich kann
sein Gesicht das fürchterliche Gesicht nicht finden. Das Gesicht ist
so hoch am Hals. Ich kann mit der Faust nicht heran. Und der

Leierkastenmann der lacht so fürchterfürchterlich. Doch ich find es 75
nicht ich find es nicht. Denn das Gesicht ist ganz weit weg und
lacht so lacht so fürchterlich. Es lacht so fürchterlich!
Durch die Straße läuft ein Mensch. Er hat Angst. Seine Mutter
hat ihn allein gelassen. Nun schrein sie so fürchterlich hinter ihm
her. Warum? schrein 57 von Woronesch her. Warum? Deutsch- 80
land, schreit der Minister. Barrabas, schreit der Chor. Pyramidon,
ruft der blinde Mann. Und die andern schrein: Tor. Schrein 57 mal
Tor. Und der Kittelmann, der weiße Brillenkittelmann, bewegt
sich so fürchterlich. Und erfindet und erfindet und erfindet. Und
das kleine Mädchen hat keinen Löffel. Aber der weiße Mann mit 85
der Brille hat einen. Der reicht gleich für 100 Millionen. Freut
euch, singt der Leierkastenmann.
      Ein Mensch läuft durch die Straße. Die lange lange Straße lang.
Er hat Angst. Er läuft mit seiner Angst durch die Welt. Durch die
wankende Welle Welt. Der Mensch bin ich. Ich bin 25. Und ich 90
bin unterwegs. Bin lange schon und immer noch unterwegs. Ich
will zur Straßenbahn. Ich muß mit der Straßenbahn, denn alle sind
hinter mir her. Sind furchtbar hinter mir her.
      Ein Mensch läuft mit seiner Angst durch die Straße. Der Mensch
bin ich. Ein Mensch läuft vor dem Schreien davon. Der Mensch 95
bin ich. Ein Mensch glaubt an Tomaten und Tabak. Der Mensch
bin ich. Ein Mensch springt auf die Straßenbahn, die gelbe gute
Straßenbahn. Der Mensch bin ich.
      Ich fahre mit der Straßenbahn, der guten gelben Straßenbahn.
Wo fahren wir hin? frag ich die andern. Zum Fußballplatz? Zur 00
Matthäus-Passion? Zu den Hütten aus Holz und aus Hoffnung mit
Tomaten und Tabak? Wo fahren wir hin? frag ich die andern. Da
sagt keiner ein Wort. Aber da sitzt eine Frau, die hat drei Bilder
im Schoß. Und da sitzen drei Männer beim Skat nebendran. Und
da sitzt auch der Krückenmann und das kleine Mädchen ohne Suppe 5
und das Mädchen mit dem runden Bauch. Und einer macht
Gedichte. Und einer spielt Klavier. Und 57 marschieren neben der
Straßenbahn her. Zickezackejuppheidi schneidig war die Infantrie

bei Woronesch heijuppheidi.   An der Spitze marschiert Leutnant
10 Fischer.   Leutnant Fischer bin ich.   Und meine Mutter marschiert
hinterher.   Marschiert 57 millionenmal hinter mir her.   Wohin
fahren wir denn, frag ich den Schaffner.   Da gibt er mir ein
hoffnungsgrünes Billett.   Matthäus-Pyramidon steht dadrauf.
Bezahlen müssen wir alle, sagt er und hält seine Hand auf.   Und ich
15 gebe ihm 57 Mann.   Aber wohin fahren wir denn? frag ich die
andern.   Wir müssen doch wissen: wohin?   Da sagt Timm: Das
wissen wir auch nicht.   Das weiß keine Sau.   Und alle nicken mit
dem Kopf und grummeln: Das weiß keine Sau.   Aber wir fahren.
Tingeltangel, macht die Klingel der Straßenbahn und keiner weiß
20 wohin.   Aber alle fahren mit.   Und der Schaffner macht ein un-
begreifliches Gesicht.   Es ist ein uralter Schaffner mit zehntausend
Falten.   Man kann nicht erkennen, ob es ein böser oder ein guter
Schaffner ist.   Aber alle bezahlen bei ihm.   Und alle fahren mit.
Und keiner weiß: ein guter oder böser.   Und keiner weiß: wohin.
25 Tingeltangel, macht die Klingel der Straßenbahn.   Und keiner weiß:
wohin?   Und alle fahren: mit.   Und keiner weiß . . . und keiner
weiß . . . und keiner weiß . . .

19 *Tingeltangel* ting-a-ling

HEINRICH BÖLL
1917 —

At the age of forty Heinrich Böll has won a place among the better writers of the younger generation in Germany with four novels and a volume of short stories. He has been awarded three literary prizes and translated into various languages. The principal theme which his work exploits is the life of the German "everyman" during and after the Second World War. He records with deep and pure sensibility the impact which the atmosphere of crisis has made on the German psyche.

Böll is a natural story teller. He carries no literary tricks in his bag, only a strong ethical conscience and the power to translate his readings of the human soul into artistic form. His work has improved in quality from book to book, attaining something approaching greatness in his latest novel *Haus ohne Hüter*.

Böll was born in Cologne, the son of a sculptor who worked chiefly for the Church. After finishing high school he became an apprentice to a bookseller, writing in his spare time, though not for publication. From 1938 to the end of the Second World War he served first in the Nazi labor service, then as an infantryman on various war fronts. From 1947 on his stories began to appear in journals and his plays were performed on the radio. He has lived abroad for lengthy periods, in Ireland and recently in Sweden.

HEINRICH BOLL

Die Waage der Baleks

In der Heimat meines Großvaters lebten die meisten Menschen von der Arbeit in den Flachsbrechen. Seit fünf Generationen atmeten sie den Staub ein, der den zerbrochenen Stengeln entsteigt, ließen sich langsam dahinmorden, geduldige und fröhliche Geschlechter, die
5 Ziegenkäse aßen und Kartoffeln, manchmal ein Kaninchen schlachteten; abends spannen und strickten sie in ihren Stuben, sangen, tranken Pfefferminztee und waren glücklich. Tagsüber brachen sie den Flachs in altertümlichen Maschinen, schutzlos dem Staub preisgegeben und der Hitze, die den Trockenöfen entströmte. In ihren
10 Stuben stand ein einziges, schrankartiges Bett, das den Eltern vorbehalten war, und die Kinder schliefen ringsum auf Bänken. Morgens waren ihre Stuben vom Geruch der Brennsuppe erfüllt; an den Sonntagen gab es Sterz, und die Gesichter der Kinder röteten sich vor Freude, wenn an besonders festlichen Tagen sich der schwarze
15 Eichelkaffee hell färbte, immer heller von der Milch, die die Mutter lächelnd in ihre Kaffeetöpfe goß.

Die Eltern gingen früh zur Arbeit, den Kindern war der Haushalt überlassen: Sie fegten die Stube, räumten auf, wuschen das Geschirr und schälten Kartoffeln, kostbare gelbliche Früchte, deren dünne
20 Schale sie vorweisen mußten, um den Verdacht möglicher Verschwendung oder Leichtfertigkeit zu zerstreuen.

Kamen die Kinder aus der Schule, mußten sie in die Wälder gehen und — je nach der Jahreszeit — Pilze sammeln und Kräuter:

2 *Flachsbreche* flax brake (a machine for beating flax to extract the fiber)
12 *Brennsuppe* a type of soup eaten by poor people
13 *Sterz* oxtail
15 *Eichelkaffee* coffee made from acorns

Waldmeister und Thymian, Kümmel und Pfefferminz, auch Fingerhut, und im Sommer, wenn sie das Heu von ihren mageren Wiesen 25
geerntet hatten, sammelten sie die Heublumen. Einen Pfennig gab
es fürs Kilo Heublumen, die in der Stadt in den Apotheken für
zwanzig Pfennig das Kilo an nervöse Damen verkauft wurden.
Kostbar waren die Pilze: sie brachten zwanzig Pfennig das Kilo
und wurden in der Stadt für eine Mark zwanzig gehandelt. Weit in 30
die grüne Dunkelheit der Wälder krochen die Kinder im Herbst,
wenn die Feuchtigkeit die Pilze aus dem Boden treibt, und fast jede
Familie hatte ihre Plätze, an denen sie Pilze pflückte, Plätze, die von
Geschlecht zu Geschlecht weitergeflüstert wurden.

Die Wälder gehörten den Baleks, auch die Flachsbrechen, und die 35
Baleks hatten im Heimatdorf meines Großvaters ein Schloß, und die
Frau des Familienvorstandes jeweils hatte neben der Milchküche
ein kleines Stübchen, in dem Pilze, Kräuter, Heublumen gewogen
und bezahlt wurden. Dort stand auf dem Tisch die große Waage
der Baleks, ein altertümliches, verschnörkeltes, mit Goldbronze 40
bemaltes Ding, vor dem die Großeltern meines Großvaters schon
gestanden hatten, die Körbchen mit Pilzen, die Papiersäcke mit
Heublumen in ihren schmutzigen Kinderhänden, gespannt zusehend,
wieviel Gewichte Frau Balek auf die Waage werfen mußte, bis der
pendelnde Zeiger genau auf dem schwarzen Strich stand, dieser 45
dünnen Linie der Gerechtigkeit, die jedes Jahr neu gezogen werden
mußte. Dann nahm Frau Balek das große Buch mit dem braunen
Lederrücken, trug das Gewicht ein und zahlte das Geld aus, Pfennige
oder Groschen und sehr, sehr selten einmal eine Mark. Und als
mein Großvater ein Kind war, stand dort ein großes Glas mit sauren 50
Bonbons, von denen, die das Kilo eine Mark kosteten, und wenn die
Frau Balek, die damals über das Stübchen herrschte, gut gelaunt war,

24 *Waldmeister* . . . woodruff, thyme, caraway, mint, foxglove
26 *Heublume* couch grass (used in Germany as a popular remedy for various
   ailments)
37 *Familienvorstand* head of the family
40 *verschnörkelt* ornate
49 *Groschen* a small coin worth 12 pfennigs

griff sie in dieses Glas und gab jedem der Kinder ein Bonbon, und die
Gesichter der Kinder röteten sich vor Freude, so wie sie sich röteten,
55 wenn die Mutter an besonders festlichen Tagen Milch in ihre Kaffeetöpfe goß, Milch, die den Kaffee hell färbte, immer heller, bis er so
blond war wie die Zöpfe der Mädchen.

Eines der Gesetze, die die Baleks dem Dorf gegeben hatten, hieß:
Keiner darf eine Waage im Hause haben. Das Gesetz war schon so
60 alt, daß keiner mehr darüber nachdachte, wann und warum es
entstanden war, und es mußte geachtet werden; denn wer es brach,
wurde aus den Flachsbrechen entlassen, dem wurden keine Pilze,
kein Thymian, keine Heublumen mehr abgenommen, und die Macht
der Baleks reichte so weit, daß auch in den Nachbardörfern niemand
65 ihm Arbeit gab, niemand ihm die Kräuter des Waldes abkaufte.
Aber seitdem die Großeltern meines Großvaters als kleine Kinder
Pilze gesammelt, sie abgeliefert hatten, damit sie in den Küchen der
reichen Prager Leute den Braten würzten oder in Pasteten verbacken
werden konnten, seitdem hatte niemand daran gedacht, dieses Gesetz
70 zu brechen: Fürs Mehl gab es Hohlmaße, die Eier konnte man
zählen, das Gesponnene wurde nach Ellen gemessen, und im übrigen
machte die altertümliche, mit Goldbronze verzierte Waage der
Baleks nicht den Eindruck, als könne sie nicht stimmen, und fünf
Geschlechter hatten dem auspendelnden schwarzen Zeiger anvertraut,
75 was sie mit kindlichem Eifer im Walde gesammelt hatten.

Zwar gab es zwischen diesen stillen Menschen auch welche, die das
Gesetz mißachteten, Wilderer, die begehrten, in einer Nacht mehr
zu verdienen, als sie in einem ganzen Monat in der Flachsfabrik
verdienen konnten, aber auch von diesen schien noch nie jemand
80 den Gedanken gehabt zu haben, sich eine Waage zu kaufen oder sie
zu basteln. Mein Großvater war der erste, der kühn genug war, die
Gerechtigkeit der Baleks zu prüfen, die im Schloß wohnten, zwei
Kutschen fuhren, die immer einem Jungen des Dorfes das Studium
der Theologie im Prager Seminar bezahlten, bei denen der Pfarrer

70 *Hohlmaß* hollow measure   71 *Elle* ell (= 24 inches)
77 *Wilderer* poacher   81 *basteln* rig up

jeden Mittwoch zum Tarock war, denen der Bezirkshauptmann — das 85
kaiserliche Wappen auf der Kutsche — zu Neujahr seinen Besuch
abstattete und denen der Kaiser zu Neujahr des Jahres 1900 den
Adel verlieh.

Mein Großvater war fleißig und klug: er kroch weiter in die
Wälder hinein, als vor ihm Kinder seiner Sippe gekrochen waren, 90
er drang bis in das Dickicht vor, in dem der Sage nach Bilgan der
Riese hausen sollte, der dort den Hort der Balderer bewacht. Aber
mein Großvater hatte keine Furcht vor Bilgan: Er drang weit in das
Dickicht vor, schon als Knabe, brachte große Beute an Pilzen mit,
fand sogar Trüffeln, die Frau Balek mit dreißig Pfennig das Pfund 95
berechnete. Mein Großvater trug alles, was er den Baleks brachte,
auf die Rückseite eines Kalenderblattes ein: jedes Pfund Pilze, jedes
Gramm Thymian, und mit seiner Kinderschrift schrieb er rechts
daneben, was er dafür bekommen hatte; jeden Pfennig kritzelte er
hin, von seinem siebten bis zu seinem zwölften Jahr, und als er 00
zwölf war, kam das Jahr 1900, und die Baleks schenkten jeder
Familie im Dorf, weil der Kaiser sie geadelt hatte, ein Viertelpfund
echten Kaffee, von dem, der aus Brasilien kommt; es gab auch
Freibier und Tabak für die Männer, und im Schloß fand ein großes
Fest statt; viele Kutschen standen in der Pappelallee, die vom Dorf 5
zum Schloß führt.

Aber am Tage vor dem Fest schon wurde der Kaffee ausgegeben
in der kleinen Stube, in der seit fast hundert Jahren die Waage der
Baleks stand, die jetzt Baleks von Bilgan hießen, weil der Sage nach
Bilgan der Riese dort ein großes Schloß gehabt haben soll, wo die 10
Gebäude der Baleks stehen.

Mein Großvater hat mir oft erzählt, wie er nach der Schule
dorthin ging, um den Kaffee für vier Familien abzuholen: für die
Cechs, die Beidlers, die Vohlas und für seine eigene, die Brüchers.
Es war der Nachmittag vor Silvester: Die Stuben mußten geschmückt, 15

85 *Tarock* a card game
85 *Bezirkshauptmann* district military commander
87 *den Adel verlieh* i.e., they were raised to the aristocracy
15 *Silvester* New Year's eve

es mußte gebacken werden, und man wollte nicht vier Jungen entbehren, jeden einzeln den Weg ins Schloß machen zu lassen, um ein
Viertelpfund Kaffee zu holen.

Und so saß mein Großvater auf der kleinen schmalen Holzbank
20 im Stübchen, ließ sich von Gertrud, der Magd, die fertigen
Achtelkilopakete Kaffee vorzählen, vier Stück, und blickte auf die
Waage, auf deren linker Schale der Halbkilostein liegengeblieben
war; Frau Balek von Bilgan war mit den Vorbereitungen fürs Fest
beschäftigt. Und als Gertrud nun in das Glas mit den sauren
25 Bonbons greifen wollte, um meinem Großvater eines zu geben,
stellte sie fest, daß es leer war: Es wurde jährlich einmal neu gefüllt,
faßte ein Kilo von denen zu einer Mark.

Gertrud lachte, sagte: „Warte, ich hole die neuen", und mein
Großvater blieb mit den vier Achtelkilopaketen, die in der Fabrik
30 verpackt und verklebt waren, vor der Waage stehen, auf der jemand
den Halbkilostein liegengelassen hatte, und mein Großvater nahm
die Kaffeepaketchen, legte sie auf die leere Waagschale, und sein
Herz klopfte heftig, als er sah, wie der schwarze Zeiger der Gerechtigkeit links neben dem Strich hängenblieb, die Schale mit dem Halbkilo-
35 stein unten blieb und das halbe Kilo Kaffee ziemlich hoch in der
Luft schwebte; sein Herz klopfte heftiger, als wenn er im Walde
hinter einem Strauch gelegen, auf Bilgan den Riesen gewartet hätte,
und er suchte aus seiner Tasche Kieselsteine, wie er sie immer bei
sich trug, um mit der Schleuder nach den Spatzen zu schießen, die
40 an den Kohlpflanzen seiner Mutter herumpickten — drei, vier, fünf
Kieselsteine mußte er neben die vier Kaffeepakete legen, bis die
Schale mit dem Halbkilostein sich hob und der Zeiger endlich
scharf über dem schwarzen Strich lag. Mein Großvater nahm den
Kaffee von der Waage, wickelte die fünf Kieselsteine in sein
45 Sacktuch, und als Gertrud mit der großen Kilotüte voll saurer
Bonbons kam, die wieder für ein Jahr reichen mußten, um die Röte

20 *fertigen* . . . prepacked ⅛-kilogram packages
27 *von denen* . . . of those candies which cost a mark per kilogram
39 *Schleuder* slingshot   45 *Sacktuch* handkerchief
45 *Tüte* bag

der Freude in die Gesichter der Kinder zu treiben, als Gertrud die
Bonbons rasselnd ins Glas schüttete, stand der kleine blasse Bursche
da, und nichts schien sich verändert zu haben. Mein Großvater
nahm nur drei von den Paketen, und Gertrud blickte erstaunt und 50
erschreckt auf den blassen Jungen, der den sauren Bonbon auf die
Erde warf, ihn zertrat und sagte: „Ich will Frau Balek sprechen."
„Balek von Bilgan, bitte", sagte Gertrud.

„Gut, Frau Balek von Bilgan", aber Gertrud lachte ihn aus, und
er ging im Dunkeln ins Dorf zurück, brachte den Cechs, den 55
Beidlers, den Vohlas ihren Kaffee und gab vor, er müße noch zum
Pfarrer.

Aber er ging mit seinen fünf Kieselsteinen im Sacktuch in die
dunkle Nacht. Er mußte weit gehen, bis er jemand fand, der eine
Waage hatte, eine haben durfte: in den Dörfern Blaugau und Bernau 60
hatte niemand eine, das wußte er, und er schritt durch sie hindurch,
bis er nach zweistündigem Marsch in das kleine Städtchen Dielheim
kam, wo der Apotheker Honig wohnte. Aus Honigs Haus kam der
Geruch frischgebackener Pfannekuchen, und Honigs Atem, als er
dem verfrorenen Jungen öffnete, roch schon nach Punsch, und er 65
hatte die nasse Zunge zwischen den schmalen Lippen, hielt die
kalten Hände des Jungen einen Augenblick fest und sagte: „Na, ist
es schlimmer geworden mit der Lunge deines Vaters?"

„Nein, ich komme nicht um Medizin, ich wollte . . ." Mein
Großvater nestelte sein Sacktuch auf, nahm die fünf Kieselsteine 70
heraus, hielt sie Honig hin und sagte: „Ich wollte das gewogen
haben." Er blickte ängstlich in Honigs Gesicht, aber als Honig nichts
sagte, nicht zornig wurde, auch nicht fragte, sagte mein Großvater:
„Es ist das, was an der Gerechtigkeit fehlt", und mein Großvater
spürte jetzt, als er in die warme Stube kam, wie naß seine Füße waren. 75
Der Schnee war durch die schlechten Schuhe gedrungen, und im Wald
hatten die Zweige den Schnee über ihn geschüttelt, der jetzt schmolz,
und er war müde und hungrig und fing plötzlich an zu weinen, weil
ihm die vielen Pilze einfielen, die Kräuter, die Blumen, die auf der

70 *aufnesteln* untie

80 Waage gewogen worden waren, an der das Gewicht von fünf Kieselsteinen an der Gerechtigkeit fehlte. Und als Honig, den Kopf
schüttelnd, die fünf Kieselsteine in der Hand, seine Frau rief, fielen
meinem Großvater die Geschlechter seiner Eltern, seiner Großeltern
ein, die alle ihre Pilze, ihre Blumen auf der Waage hatten wiegen
85 lassen müssen, und es kam über ihn wie eine große Woge der
Ungerechtigkeit, und er fing noch heftiger an zu weinen, setzte sich,
ohne dazu aufgefordert zu sein, auf einen der Stühle in Honigs
Stube, übersah den Pfannekuchen, die heiße Tasse Kaffee, die die
gute und dicke Frau Honig ihm vorsetzte, und hörte erst auf zu
90 weinen, als Honig selbst aus dem Laden vorne zurückkam und, die
Kieselsteine in der Hand schüttelnd, leise zu seiner Frau sagte:
„Fünfeinhalb Deka, genau."

Mein Großvater ging die zwei Stunden durch den Wald zurück,
ließ sich prügeln zu Hause, schwieg, als er nach dem Kaffee gefragt
95 wurde, sagte kein Wort, rechnete den ganzen Abend an seinem Zettel
herum, auf dem er alles notiert hatte, was er der jetzigen Frau
Balek geliefert hatte, und als es Mitternacht schlug, vom Schloß die
Böller zu hören waren, im ganzen Dorf das Geschrei, das Klappern
der Rasseln erklang, als die Familie sich geküßt, sich umarmt hatte,
00 sagte er in das folgende Schweigen des neuen Jahres hinein: „Baleks
schulden mir achtzehn Mark und zweiunddreißig Pfennig." Und
wieder dachte er an die vielen Kinder, die es im Dorf gab, dachte
an seinen Bruder Fritz, der viele Pilze gesammelt hatte, an seine
Schwester Ludmilla, dachte an die vielen hundert Kinder, die alle
5 für die Baleks Pilze gesammelt hatten, Kräuter und Blumen, und er
weinte diesmal nicht, sondern erzählte seinen Eltern, seinen Geschwi-
stern von seiner Entdeckung.

Als die Baleks von Bilgan am Neujahrstage zum Hochamt in die
Kirche kamen, das neue Wappen — einen Riesen, der unter einer
10 Fichte kauert — schon in Blau und Gold auf ihrem Wagen, blickten
sie in die harten und blassen Gesichter der Leute, die alle auf sie

92 *Deka* 10 grams   98 *Böller* mortar
98 *Klappern* . . . clatter of the rattles   8 *Hochamt* High Mass

starrten. Sie hatten im Dorf Girlanden erwartet, am Morgen ein
Ständchen, Hochrufe und Heilrufe, aber das Dorf war wie ausgestor-
ben gewesen, als sie hindurchfuhren, und in der Kirche wandten
sich die Gesichter der blassen Leute ihnen zu, stumm und feindlich, 15
und als der Pfarrer auf die Kanzel stieg, um die Festpredigt zu
halten, spürte er die Kälte der sonst so friedlichen und stillen Gesichter, und er stoppelte mühsam seine Predigt herunter und ging
schweißtriefend zum Altar zurück. Und als die Baleks von Bilgan
nach der Messe die Kirche wieder verließen, gingen sie durch ein 20
Spalier stummer, blasser Gesichter. Die junge Frau Balek von Bilgan
aber blieb vorne bei den Kinderbänken stehen, suchte das Gesicht
meines Großvaters, des kleinen, blassen Franz Brücher, und fragte
ihn in der Kirche: „Warum hast du den Kaffee für deine Mutter
nicht mitgenommen?", und mein Großvater stand auf und sagte: 25
„Weil Sie mir noch so viel Geld schulden, wie fünf Kilo Kaffee
kosten", und er zog die fünf Kieselsteine aus seiner Tasche, hielt sie
der jungen Frau hin und sagte: „So viel, fünfeinhalb Deka, fehlen
auf ein halbes Kilo an Ihrer Gerechtigkeit." Und noch ehe die Frau
etwas sagen konnte, stimmten die Männer und Frauen in der Kirche 30
das Lied an: „Gerechtigkeit der Erden, o Herr, hat Dich getötet . . ."

Während die Baleks in der Kirche waren, war Wilhelm Vohla,
der Wilderer, in das kleine Stübchen eingedrungen, hatte die Waage
gestohlen und das große, dicke, in Leder eingebundene Buch, in dem
jedes Kilo Pilze, jedes Kilo Heublumen, alles eingetragen war, was 35
von den Baleks im Dorf gekauft worden, und den ganzen Nachmittag des Neujahrstages saßen die Männer des Dorfes in der Stube
meiner Urgroßeltern und rechneten, rechneten elf Zehntel von allem,
was gekauft worden — aber als sie schon viele tausend Taler errechnet
hatten und noch immer nicht zu Ende waren, kamen die Gendarmen 40
des Bezirkshauptmanns, drangen schießend und stechend in die
Stube meines Urgroßvaters ein und holten mit Gewalt die Waage

---

12 *Girlande* garland   13 *Ständchen* serenade
13 *Hoch* . . . cries of hurrah and hail   18 *herunterstoppeln* stumble through
21 *Spalier* lane

und das Buch heraus. Die Schwester meines Großvaters wurde
getötet dabei, die kleine Ludmilla, ein paar Männer verletzt, und einer
45 der Gendarmen wurde von Wilhelm Vohla, dem Wilderer, erstochen.

Es gab Aufruhr, nicht nur in unserem Dorf, auch in Blaugau und
Bernau, und fast eine Woche lang ruhte die Arbeit in den Flachs-
fabriken. Aber es kamen sehr viele Gendarmen, und die Männer
und Frauen wurden mit Gefängnis bedroht, und die Baleks zwangen
50 den Pfarrer, öffentlich in der Schule die Waage vorzuführen und zu
beweisen, daß der Zeiger der Gerechtigkeit richtig auspendelte.
Und die Männer und Frauen gingen wieder in die Flachsbrechen —
aber niemand ging in die Schule, um dem Pfarrer zuzusehen: Er stand
ganz allein da, hilflos und traurig mit seinen Gewichtsteinen, der
55 Waage und den Kaffeetüten.
    Und die Kinder sammelten wieder Pilze, sammelten wieder Thy-
mian, Blumen und Fingerhut, aber jeden Sonntag wurde in der
Kirche, sobald die Baleks, sie betraten, das Lied angestimmt: „Gerechtigkeit der Erden, o Herr, hat Dich getötet", bis der Bezirks-
60 hauptmann in allen Dörfern austrommeln ließ, das Singen dieses
Liedes sei verboten.

Die Eltern meines Großvaters mußten das Dorf verlassen, das
frische Grab ihrer kleinen Tochter, sie wurden Korbflechter, blieben
an keinem Ort lange, weil es sie schmerzte, zuzusehen, wie in allen
65 Orten das Pendel der Gerechtigkeit falsch ausschlug. Sie zogen
hinter dem Wagen, der langsam über die Landstraße kroch, ihre
magere Ziege mit, und wer an dem Wagen vorbeikam, konnte
manchmal hören, wie drinnen gesungen wurde: „Gerechtigkeit der
Erden, o Herr, hat Dich getötet." Und wer ihnen zuhören wollte,
70 konnte die Geschichte hören von den Baleks von Bilgan, an deren
Gerechtigkeit ein Zehntel fehlte. Aber es hörte ihnen fast niemand zu.

60 *austrommeln* (Public announcements were made by a messenger, who
summoned the people by beating a drum.)
63 *Korbflechter* basket weaver   65 *ausschlagen* come out

Vocabulary

Since this book will be used by students in second year and beyond, the vocabulary has been somewhat abridged. Most of the first thousand words from Wadepuhl and Morgan's *Minimum Standard German Vocabulary* have been omitted, except when they are used in a special sense. It is also assumed that the student will be able to derive meanings from related forms which occur in the vocabulary. Thus words formed with the standard prefixes and suffixes[1] are not given unless they have developed some special meaning.

The plural of nouns is given when it cannot be derived by grammatical rule. Hence it is omitted in weak feminines, in masculines and neuters in *-el, -en, -er,* in weak masculines, in nouns in *-nis* and *-tum,* etc.

The past participles of weak verbs are not listed unless they have a special meaning. Otherwise the student should look under the corresponding infinitive.

---

[1] prefixes: ab-, an-, be-, emp-, ent-, er-, ge-, miß-, un-, ver-, zer-.

suffixes: -bar, -chen, -e, -ei, -en, -er, -erei, -ern, -fach, -haft, -heit, -ig, -igen, -isch, -in, -keit, -lein, -ler, -lich, -ling, -los, -nis, -sam, -schaft, -tum, -ung, -voll, -wärts, -weise.

ab und zu off and on
ab·biegen, o, o turn away
ab·blühen fade
ab·bringen divert
ab·drehen turn away, wrench off
das Abenteuer adventure
der Aberglaube superstition
abermals again
die Abfahrt departure, sailing
ab·fallen drop, slope
s. ab·finden bear, make the best of
ab·fordern claim
abgehärmt worn
ab·gehen be deducted, die
abgehobelt planed off
abgekehrt with averted face
abgelebt out of date, ancient
abgelegen remote
abgeleistet finished, achieved
abgemessen restrained
abgenagt gnawed off
abgeplatzt burst
der Abgesandte ambassador
abgescheuert brushed
abgesehen von apart from
abgespannt exhausted
abgestumpft blunted
s. ab·gewöhnen grow disaccustomed
der Abglanz reflection
ab·gleiten, i, i slip or glide off
abgöttisch idolatrous
der Abgrund, ⁻e abyss
ab·halten hold off, hold back, prevent, hinder
der Abhang, ⁻e slope
ab·hängen depend
ab·kaufen buy from
ab·lassen desist
ab·laufen lassen let go
ab·legen deposit
ab·lehnen decline, refuse
ab·lenken divert
ab·leugnen deny
ab·liefern deliver
ab·lösen relieve
ab·machen carry on, transact
der Abmarsch, ⁻e departure
s. ab·mühen struggle
ab·nehmen decrease, decline, purchase

die Abneigung disinclination, antipathy
abonnieren subscribe
ab·passen watch for
die Abreise departure
der Absatz, ⁻e landing, heel
ab·schälen peel
abscheulich horrible
der Abschied, –e departure
ab·schlachten slaughter
der Abschluß, ⁻e conclusion
der Abschnitt, –e section
abschreckend frightening
ab·schreiben write down, copy
ab·schweifen avert
ab·sehen conceive
abseits off the main road, aside
der Absender sender
die Absicht intention
ab·sondern separate
s. ab·spielen take place
ab·sprechen deny
der Abstand distance
ab·statten pay [a visit]
ab·stäuben dust off
der Abstieg, –e descent
ab·streifen strip off, lay aside
ab·stürzen fall off
ab·suchen search through
die Abteilung division
ab·trennen divide off
ab und zu off and on
ab·urteilen judge
ab·warten await
Abwasch machen wash up
abwechselnd alternately
die Abwechslung change
ab·wehren ward off, protest, demur, deprecate
ab·weichen, i, i deviate
ab·weisen, ie, ie reject, refuse to see
ab·wenden avert
abwesend absent
ab·wischen wipe off
das Abzeichen badge
ab·ziehen go off
die Achse axle, axis
die Achsel shoulder
das Achselzucken shrug of the shoulders
der Achtpfünder eight-pounder

achtsam respectful
die **Achtung** esteem
ächzen groan
die **Ackerfläche** field
der **Ackermann** farmer
der **Adel** aristocracy
die **Ader** vein, artery
der **Advokat, –en** lawyer
ahnden revenge, requite
ähneln resemble
ahnen have an inkling (premonition, idea, suspicion)
ahnungslos naïve, innocent
ahnungsvoll portentous
die **Ähre** ear of grain
der **Akkord, –e** chord, contract
akzeptieren accept
albern silly
alle gone, exhausted
bei **alledem** for all that
vor **allem** above all
allenthalben everywhere
allerdings to be sure
allerhand all kinds of
allernächst immediate
alles everyone
allgemach gradually
allgemein general
allmählich gradually
der **Alltag** commonplace, ordinary
allwissend omniscient
alsbald soon, at once
alsdann then
altern age
der **Altersgenosse** person of the same age
altertümlich old-fashioned, quaint
altgewohnt habitual, familiar
althergebracht traditional
altklug precocious
der **Amboß, –e** anvil
die **Ameise** ant
die **Amtspflicht** duty of office
an close to
s. **an·bahnen** build up, prepare oneself
an·bauen build on, add to
an·belangen concern
an·beten worship
an·betreffen concern
an·bieten, o, o offer

der **Anblick, –e** sight
die **Andacht** devotion
das **Andenken** memory
ander next
andererseits on the other hand
andernfalls on the other hand
an·deuten indicate, hint
der **Andrang** crowd, congestion
s. **an·eignen** acquire
aneinander to one another
anerkennen recognize, acknowledge, identify
der **Anfall, –̈e** attack
an·fangen do
der **Anfangsbuchstabe** initial
der **Anfangston, –̈e** opening note
an·fassen grasp
an·fertigen prepare, finish
die **Anfrage** inquiry
an·fügen add
der **Anführer** leader
an·geben report, claim, declare
angeblich ostensible, alleged
das **Angebot, –e** offer
angebracht appropriate, suitable
angebunden: kurz — gruff, brusque
angefochten attacked, come over one
an·gehen concern, be practicable, begin
an·gehören belong
der **Angeklagte** defendant
die **Angelegenheit** affair, duty
angelegentlich urgent
angemessen appropriate
angesehen prominent
das **Angesicht, –er** countenance
angesichts in view of, at the sight of
der **Angestellte** employee, agent
angestrichen painted
angetan adapted
angetrunken drunk
angezeigt proper, indicated
an·glühen glow at
an·greifen attack
angreifend exhausting
ängstigen frighten
angststierend staring with anxiety
an·halten keep, last, restrain, control, check

anhaltend sustained
der **Anhang, ⁼e** following
an·hauchen breathe on; **rosig angehaucht** tinged with pink
an·heben, o, o begin
s. **an·hören** sound
der **Ankauf, ⁼e** purchase
an·kläffen bark at
an·klagen accuse
an·kleiden dress
an·knipsen turn on [light]
an·knüpfen enter into
an·kommen arrive; **darauf —** be a
question of, depend, matter
an·kucken look at
die **Ankunft, ⁼e** arrival
an·langen arrive at, attain, reach
der **Anlaß, ⁼e** cause, occasion
der **Anlauf, ⁼e** start
an·legen: Hand — give a hand
die **Anleitung** guidance, introduction
das **Anliegen** request
anliegend adjoining
an·lügen, o, o lie to
s. **an·maßen** presume
an·merken notice
die **Anmut** grace, charm
annähernd close to
an·nehmen accept, assume
annehmlich pleasant
die **Annonce** news item, advertisement
die **Anordnung** arrangement; **—
treffen** make an arrangement
die **Anrede** address
an·reißen, i, i, strike
der **Anruf, –e** call, summons,
invocation
an·rühren touch
ansässig settled
an·schaffen procure
an·schauen look at, observe
anscheinend seeming, apparent
s. **an·schicken** prepare oneself
s. **an·schließen** join
s. **an·schmiegen** press, cuddle
an·schreien shout at
an·sehen look at, tell, read [from the
face]

das **Ansehen** appearance, respect,
prominence
ansehnlich prominent, stately
an·setzen form, raise
ansichtig werden catch sight of
an·spannen yoke
der **Anspruch, ⁼e** claim
die **Anstalt** preparation, institution
der **Anstand** dignity
anständig decent
an·stecken put on [light]
an·steigen advance
an·stieren stare at
an·stimmen intone
anstoßend adjoining
anstößig objectionable
an·strengen strain, exert
anstrengend strenuous
an·tasten touch, attack
die **Antike** classical antiquity
das **Antlitz, –e** countenance
an·treiben impel
an·treten step forward
an·vertrauen trust
der **Anwalt, ⁼e** attorney
die **Anwandlung** attack, inclination
an·weisen, ie, ie instruct, direct
an·wenden apply
anwesend present
die **Anzahl** number
die **Anzeige** notice, advertisement
an·zeigen indicate
an·ziehen attract
anzüglich sarcastic
an·zünden kindle, light
der **Apotheker** druggist
der **Apparat, –e** apparatus, appliance
appetitlich tasty
arg bad, wicked
ärgern vex, annoy
arglos innocent
der **Argwohn** suspicion
der **Ärmel** sleeve
armselig pitiful
der **Armsessel** armchair
artig well behaved, nicely
die **Arznei** medicine
die **Asche** ashes
der **Ast, ⁼e** branch, bough
der **Atemzug, ⁼e** breath
der **Äther** ether, sky

auch sonst other things too
die **Aue** meadow, pasture
auf·atmen breathe again, take a deep
 breath, sigh with relief
auf·bauen build up
auf·begehren start up
auf·bekommen get open
auf·bewahren preserve
auf·brechen leave
auf·bringen anger, incense
auf·brüllen roar, squall
auf·bürden impose [a burden]
aufeinandergepreßt pressed together
der **Aufenthalt, –e** stay, sojourn
auf·erben inherit, bequeath
auf·erlegen impose
auf·fallen surprise
die **Auffassung** conception, view
auf·finden discover
auf·fordern urge, challenge, invite,
 ask
auf·führen erect, act, perform;
 s. — behave
zur **Aufführung bringen** produce
auf·geben commission
aufgebracht incensed
aufgebraucht used up
aufgebürstet brushed up
auf·gehen come up, open
aufgerichtet upright, erect, estab-
 lished
aufgerissen opened wide
aufgeschossen lanky
aufgeweicht softened, soaked
auf·glühen flare up
auf·haken unhook
s. auf·halten stay at, be
auf·heben raise, save, store
auf . . . hin in response to
auf·horchen listen, prick up one's
 ears
auf·hören stop, cease
auf·jagen hunt
die **Aufklärung** enlightenment
auf·kreischen scream
die **Auflage** edition
auf·lösen dissolve
der **Auflösungsprozeß, –e** process of
 dissolution
s. auf·machen set out

aufmerksam attentive; **— machen**
 call attention
auf·muntern encourage
auf·opfern sacrifice
auf·raffen snatch up; **s. —** arouse
 oneself, rise
auf·räumen clean up, clear out
auf·regen excite
auf·reihen line up
auf·reißen, i, i open wide
auf·richten set up, erect; **s. —** stand
 up, sit up, straighten up, rise
aufrichtig upright, sincere
der **Aufruhr, –e** rebellion
der **Aufsatz , ̈e** composition, article
auf·schlagen: **die Augen —** open
 one's eyes
auf·schnappen catch, snap up
der **Aufschrei, –e** cry
die **Aufschrift** inscription
auf·schürzen tuck up
das **Aufsehen** stir, sensation
der **Aufseher** overseer
auf·setzen set up, compose
die **Aufsicht** supervision
auf·sitzen mount
auf·stacheln excite, spur on
auf·stampeln stamp one's foot
auf·steigen climb, board
auf·stellen set up
auf·streifen roll up
auf·tauchen emerge, turn up
auf·tauen thaw out
auf·tischen serve up
der **Auftrag, ̈e** commission, order
auf·tragen serve
auf·treten appear
das **Auftreten** demeanor
der **Auftritt, –e** scene
auf·tun open
auf·türmen tower, pile up
der **Aufwand, ̈e** expenditure
aufwärts upwards
auf·werfen open wide
auf·wühlen stir up
auf·zeichnen note, record
auf·ziehen bring up, raise, wind up
auf·zucken flare up
augenblicks for the moment

augenscheinlich obviously
aus·bilden develop, educate
aus·breiten spread
aus·dauern remain, continue
aus·dehnen extend
der Ausdruck, ⁼e expression
auseinander asunder, apart
auseinander·laufen disintegrate
auseinander·setzen explain
auserlesen choice
die Auserwählung choice, selection
aus·fallen attack, hit at
aus·fragen question
aus·führlich in detail
die Ausgabe edition, expenditure
der Ausgang, ⁼e exit, [point of] departure
der Ausgangspunkt, –e beginning
aus·geben spend
die Ausgeburt outgrowth
ausgedient superannuated, veteran
ausgefranst frayed
ausgelassen wild, boisterous
ausgeliefert at the mercy of
ausgemacht decided, undoubted
aus·genießen, o, o enjoy thoroughly, savor
ausgenommen excepted
ausgezeichnet excellent, distinguished
aus·gleichen, i, i balance, neutralize
aus·halten endure, meet [someone's eye]
aus·höhlen hollow out
aus·kratzen scratch out
die Auskunft, ⁼e information
aus·lachen laugh at, ridicule
s. aus·lassen let oneself go
aus·laufen end
aus·legen interpret
aus·liefern hand over, surrender
aus·löschen extinguish
aus·losen allot, select
aus·lösen produce
aus·machen arrange, fix, constitute
ausnahmslos without exception
s. aus·nehmen cut a figure
ausnehmend exceptional
aus·nützen exploit

aus·pendeln oscillate
aus·rauben plunder
aus·rechnen calculate
die Ausrede excuse
ausreichend sufficient
aus·reißen bolt, break out
aus·richten carry out, execute, give
der Ausruf, –e exclamation
aus·rufen proclaim
aus·sagen state, testify
aus·schlagen refuse
aus·schließen exclude
aus·schmücken adorn, embellish
aus·schreiben advertise
aus·schreiten, schritt, i pace, traverse
aus·schütten pour out, empty
aus·schwitzen sweat, exude
aus·sehen look, appear
das Äußere appearance
außergewöhnlich uncommon
äußerlich external, ostensible
äußern utter, express
außer sich beside oneself
aus·setzen set aside, expose, object
die Aussicht view, prospect
die Aussprache pronunciation
aus·sprechen finish speaking
der Ausspruch, ⁼e expression, maxim
aus·statten furnish, provide
die Ausstellung exhibition
aus·stoßen, ie, o, eject, utter, ejaculate
aus·strahlen radiate
aus·strömen stream out
aus·tragen decide
aus·üben exert
die Auswahl choice
auswärtig foreign
der Ausweg, –e way out, subterfuge
aus·weichen, i, i avoid
aus·zeichnen distinguish
aus·ziehen take off (clothes)
der Auszug, ⁼e expedition
die Axt, ⁼e axe

badisch of Baden
bahnen open, prepare
der Bahnsteig, –e railway platform
die Bahre bier
bald darauf soon after
der Balken beam
ballen clench

bang frightening
bannen captivate, enchant
bar bare, destitute, cash
barmherzig merciful
barsch rough, harsh
der **Bauch, ̈-e** belly
der **Bauernknecht, –e** farm hand
der **Baumeister** architect
bauschig puffed
die **Baustelle** building ground
beabsichtigen intend
beachten heed
die **Beamtenschaft** officialdom
beängstigen frighten
beanspruchen claim
bearbeiten cultivate, revise
beaufsichtigen supervise
beauftragen commission
bebauen cultivate
beben tremble, quake
der **Becher** cup, goblet
bedacht sein strive
bedächte: from **bedenken**
bedächtig deliberate
s. **bedanken** thank, decline
der **Bedarf** demand
bedauern regret, pity
bedenken consider
das **Bedenken** concern
bedeutsam significant
bedienen serve
der **Bediente** servant, lackey
bedingen stipulate
die **Bedingung** condition
bedrängen overcome
bedrohen threaten
bedrucken cover with print
bedrücken depress, oppress
bedünken seem; **es will mich —** it seems to me
bedürfen need
beeilen hurry
beeinträchtigen jeopardize
beendigen end
das **Beet, –e** [flower] bed
befähigt able
befallen befall, attack
befangen constrained, embarrassed
s. **befassen** occupy oneself

s351

befestigen fasten, strengthen, fortify
befindlich existing
beflecken stain, soil
befördern further, promote
befragen question
befreien liberate
das **Befremden** surprise, disapproval
befriedigen satisfy
befürchten fear
begabt gifted
s. **begeben** go, happen
begehen commit, celebrate
begehren desire, covet
begeistert enthusiastic, inspired
die **Begierde** desire
begierig eager
beglückend happy, satisfying
beglückwünschen congratulate
die **Begnadigung** amnesty
s. **begnügen** content oneself
das **Begräbnis** burial, funeral
begreifbar conceivable
begreifen, iff, i conceive, grasp
s. **begreiflich machen** appreciate
begrenzen limit
der **Begriff, –e** concept, idea; **im — sein** be on the point
begriffen occupied
die **Begriffsunterscheidung** abstract distinction
die **Begründung** reasoning
begrüßen greet, welcome
begünstigen favor
begütigen appease, soothe
das **Behagen** comfort, ease, satisfaction
behaglich comfortable
behalten keep, contain, retain
das **Behältnis** cage
behandeln treat
behandschuht gloved
beharren remain
behausen house
beherrschen command
behilflich useful, helpful
behindern hinder
behoben balanced, remedied
die **Behörde** authority, office, department

behüten protect, guard
behutsam cautiously, gingerly
bei·bringen adduce, contribute, bring
die Beichte confession
der Beifall applause, approval
bei·fügen add, enclose
das Beil, –e hatchet
beiläufig approximately, incidentally
beinahe almost
beirren disturb
beisammen together
der Beistand aid, counsel
bei·stehen help
bei·stimmen agree
bei·tragen contribute
bei·wohnen witness, attend
bejahen affiirm
bejahrt well on in years
bekannt known
bekennen avow, profess, acknowledge
das Bekenntnis confession, creed,
religious denomination
s. beklagen complain
bekleiden clothe
beklemmen, o, o oppress
bekräftigen confirm, strengthen
bekränzen wreathe, adorn
s. bekreuzigen cross oneself
s. bekümmern worry, concern
oneself
belagern besiege
belasten burden
belästigen annoy
belauschen listen to
beleben animate
belebt lively
belehren instruct
beleibt corpulent
beleidigen insult
beleuchten illuminate
beliebt popular
belohnen reward
belügen deceive
die Belustigung entertainment, merry
making
s. bemächtigen take possession, grip
bemeistern master
bemerken remark, notice

s. bemühen exert oneself, strive,
attend, be concerned
benachbart adjoining
benachrichtigen inform
die Benachteiligung discrimination
das Benehmen conduct
beneiden envy
benennen name
benutzen use
der Benzinfleck, –e gasoline stain
bequem convenient, comfortable
beraten, ie, a counsel
berauben rob, plunder
berauschen intoxicate
berechnen calculate
berechtigen justify
bereden discuss
der [or] das Bereich, –e realm
bereichern enrich
bereits already
bereitwillig willing
bereuen regret
der Bericht, –e report; — erstatten
give a report
bersten, a, o burst
berüchtigt cursed
berücksichtigen consider
der Beruf, –e calling, vocation
s. berufen refer
die Berufsleute professional people
beruhen rest on
beruhigen calm
berühren touch
besänftigen calm
die Besatzung occupation force
beschädigen damage
beschaffen procure; (adj.) consti-
tuted
beschäftigen occupy
die Beschämung shame
beschattet shaded, dim
bescheiden modest
Bescheid wissen know, be informed
beschieden destined, given
beschimpfen insult
beschleichen creep over
beschleunigen hasten, accelerate
beschließen resolve, conclude
beschreiben describe
beschreiten, schritt, i traverse
beschuldigen accuse

s. **beschweren** complain
beschwichtigen appease, calm
beschwören, o, o beseech, implore
besehen study
beseitigen remove
beseligen make happy
der **Besen** broom
besessen possessed
besetzen occupy, fill; **besetzt** bordered, edged
besichtigen view, inspect
besiegen vanquish, overcome
s. **besinnen, a, o** reflect
die **Besinnung** presence of mind
besinnungslos unconscious
besitzen possess
besonder special
besorgen provide
die **Besorgnis** anxiety
bespannt drawn by
besprechen discuss, review [a book]
besprengen sprinkle
beständig steady, constant
bestätigen confirm
bestehen consist
bestellen order, deliver, be given an appointment
zum **besten geben** treat
die **Bestie** beast
der **Bestimmte** appointee
bestrafen punish
bestrahlen illuminate, radiate
bestreiten bestritt, i dispute
bestreuen strew, cover
bestürzt dismayed, alarmed
besuchen visit, attend
besudeln soil
s. **betätigen** do, practice
betäuben deafen, stupefy, benumb
s. **beteiligen** participate
beten pray
beteuern protest, swear, assure
betonen emphasize, accent
betrachten contemplate, view
beträchtlich considerable, important
betragen amount to, yield
das **Betragen** conduct, behavior
betreffen, o, o catch; **was mich betrifft** as far as I am concerned
betreten set foot on
betriebsam active, industrious

betroffen surprised, astounded
betrüben sadden
betrügen, o, o deceive
der **Bettelmönch, -e** mendicant friar
beugen bend
die **Beule** bump
beunruhigen disturb
beurteilen judge
die **Beute** booty
der **Beutel** bag, purse
die **Bevölkerung** population
bevor·stehen be impending
bevorzugen prefer
bewachen guard
bewaffnen arm
bewahren preserve
bewähren preserve, maintain
die **Bewandtnis, -se** state, case, character, nature; **was für eine — es hat** what the situation is
bewilligen consent
bewirken bring about, cause
bewohnen inhabit
bewundern admire
bewunderungswürdig admirable
bewußt conscious
mit **Bewußtheit** deliberately
das **Bewußtsein** consciousness
bezahlen pay
bezeichnen designate
bezeugen testify
bezichtigen accuse
beziehen get, take
die **Beziehung** connection
beziehungsweise or
die **Bezirkshauptmannschaft** district command
bezwingen, a, u compel, conquer
bieten, o, o offer, bid
die **Bildfläche** surface, scene
das **Bildwerk, -e** sculpture, imagery
das **Billard, -s** billiard table
das **Billett, -s** or **-e** ticket
billig just
billigen approve
binnen within
bis auf except for
bisher until now
bislang so far

bißchen bit
der **Bissen, –** bite, morsel
bisweilen sometimes
bitterwenig precious little
blank bare, shining
blasen, ie, a blow
blaß pale
blättern turn the pages
bläulich bluish
das **Blech** tin
das **Blechinstrument** brass instrument
der **Blechnapf, ·̈e** tin plate
bleich pale
der **Bleisoldat, –en** lead soldier
blenden blind, dazzle
blies (from **blasen**) blew
blindlings blindly
blinken twinkle
blinzeln wink, blink
bloß bare, naked, mere, only
bloß·legen expose
bloß·stellen expose
blumengeschmückt adorned with flowers
die **Bluse** blouse
die **Blutbrüderschaft** intimate friendship
die **Blüte** blossom
die **Blütezeit** golden age
blutrünstig bloody
der **Bogen** curve, arch, vault, sheet [of paper]
die **Boheme** bohemianism
böhmisch Bohemian
bohnern wax, polish
bohren bore, drill
das **Bonbon, –s** candy
der **Bonze** bigwig, big shot
das **Boot, –e** boat
der **Bord, –e** shipboard
die **Börse** purse, stock exchange
das **Börsenblatt, ·̈er** financial newspaper
bösartig vicious, evil, malicious
die **Böschung** slope
der **Bösewicht, –er** villain
der **Bote** messenger
die **Botschaft** message

die **Boxnachrichten** boxing news
der **Brand** conflagration
die **Braue** eyebrow
brauen brew
brausen roar, rush, effervesce
die **Braut, ·̈e** bride, fiancée
der **Bräutigam, –e** bridegroom, fiancé
das **Brett, –er** board
der **Bretterstapel, –** pile of lumber
die **Bretterwand, ·̈e** boarded wall
der **Briefkastenschlitz, –e** slit in the mail box
die **Brieftasche** pocket book, wallet
die **Brille** spectacles
bringen: es zu nichts — get nowhere
der **Brotherr** employer
der **Bruch, ·̈e** break, fraction
brüllen roar
brünett brownish
die **Brunnenschale** base of a fountain
die **Brüstung** rampart, front
die **Brut** brood
der **Bube** lad, rascal
der **Buchenwald, ·̈er** beech forest
der **Buckel** hump, bump
s. **bücken** bow, bend
bügeln iron
die **Buhle** paramour, mistress
die **Bühne** stage
der **Bund, –e** or **·̈e** bond, union, covenant
bunt many colored, gay
die **Burg** castle, keep
die **Bürgerschaft** citizenry
die **Bürgschaft** security
burgunder Burgundian
das **Büro, –s** office
die **Bürostellung** office job
der **Bursche** lad, fellow
bürsten brush
die **Buschsteppe** bush prairie
der **Busen** bosom
die **Buße** atonement, penance
büßen atone, expiate, do penance
der **Büttel, –** jailer, beadle

das **Caféhaus** café
charaktervoll strong willed
der **Chorknabe** choir boy
die **Chronik** chronicle

dabei with all that, and yet; — **sein** be present, be occupied with
der **Dachstuhl** prop of the roof
dagegen·reden contradict
daheim at home
bis **dahin** till that time
dahin·morden murder [out of existence]
der **Damast** damask
der **Damm, ¨e** dam, dike, causeway
das **Dämmerlicht** twilight
dämmern dawn, grow dusk
dämmerig dim, uncertain
die **Dämmerung** twilight
der **Dampf** steam, vapor
dämpfen subdue
danach then
das **Dankgedächtnis** thanksgiving memorial
von **dannen** from there, away
dann und wann now and then
daraufhin thereupon
darein into it
darein·blicken look on
dar·stellen act, describe, represent
dar·tun establish
darüber over it, above it; —**hinaus** beyond that; —**hinweg** over it
das **Dasein** existence, being
daselbst there
Datum und Jahreszahl year and day
davon away
davon·bringen rescue
davon·kommen get away
s. **davon·machen** make off
davon·stürzen rush off
dazu kommen be added
der **Deckel** cover, lid
decken cover, conceal, protect
definitiv final
der **Degen** sword
dehnen stretch
deklamieren declaim
deklassiert declassed
demgemäß accordingly
demnach accordingly
demnächst soon
die **Demut** humility
die **Demütigung** humiliation

demzufolge in consequence
denkbar conceivable
das **Denkmal, ¨er** monument
die **Denkrede** commemorative address
die **Denkschrift** memorial volume
derart or **derartig** such, in such a way
derb vigorous, coarse
dergleichen such things, the like
dermaßen to that degree
derweil meanwhile
desgleichen likewise
deshalb therefore
deswegen on that account
devot pious
die **Diät** diet, regimen
die **Dichtkunst** poetry, literature
das **Dickicht, –e** thicket
die **Diele** floor, hall, threshing floor
der **Dienstbote** domestic servant
der **Dienstmann** porter
das **Dienstvolk** servants
diesseits on this side
dieweil while
die **Direktion** management
dirigieren direct, conduct
die **Dirne** wench
die **Disposition** management
der **Dom, –e** cathedral
die **Dornenhecke** hedge of thorns
das **Dotter** yolk
der **Draht, ¨e** wire
drall plump, buxom
dran to it
der **Drang** press, urge
draußen outside
der **Dreck** dirt, rubbish, mire
drehen turn
der **Drehsessel** swivel chair
das **Dreieck, –e** triangle
dreist bold
drin in it
dringend urgent
drinnen inside
drohen threaten
dröhnend booming, resounding
drüben yonder
s. **drücken** steal away
drückend oppressive

s. **ducken** lie down, submit
der **Duft, ⸚e** fragrance
dulden endure, suffer, tolerate
dumpf muffled, subdued, sullen
düngen fertilize
der **Dünkel** conceit
dünken seem
der **Dunst, ⸚e** vapor, mist, haze
durchbeben quiver
durchblättern turn the pages
durchbohren bore through
durchdringend penetrating
durcheinander together, in confusion
durchfüttern support
durchscheinend transparent
durchschneiden traverse
der **Durchschnitt, —e** cross-section,
average
durchschreiten, itt, i traverse
durch·setzen carry through; **durch-setzt** studded
durchsichtig transparent
durchstoßen, ie, o pierce
durchwühlen plow through
dürftig needy, paltry
dürr dry, withered
düster gloomy, mournful

die **Ebene** plain
echt genuine
der **Edelstein, —e** jewel
egal indifferent
ehegestern day before yesterday
ehemals formerly
ehren honor
die **Ehrerbietung** reverence
die **Ehrfurcht** reverence
der **Ehrgeiz** ambition
der **Eid, —e** oath
der **Eifer** zeal
die **Eifersucht** jealousy
die **Eigenart** peculiarity
die **Eigenschaft** quality, attribute
der **Eigensinn** stubbornness
die **Eigensucht** selfishness
eigentlich proper, really
eigentümlich peculiar
eignen suit, be characteristic
der **Eimer** pail

ein·biegen, o, o turn in
s. **ein·bilden** fancy, imagine
der **Einblick, —e** insight
ein·büßen lose, forfeit
ein·dringen, a, u penetrate
der **Eindruck, ⸚e** impression
eindrucksvoll impressive
einerlei of the same kind, immaterial
einerseits on the one hand
einfach simple
ein·fahren arrive
der **Einfall, ⸚e** idea
ein·fallen occur
einfältig simple
s. **ein·finden** appear
ein·flößen inspire
der **Einfluß, ⸚e** influence
ein·frieren, o, o freeze up
ein·fügen insert
ein·führen introduce
der **Eingang, ⸚e** entrance
ein·geben prompt, inspire
eingeboren innate, native
eingedenk mindful; **— sein** remember
eingehend searching, detailed
eingeknickt quaking
das **Eingemachte** preserves
das **Eingeständnis** confession
ein·gestehen confess
eingeweiht initiated
ein·graben, u, a entrench
ein·händigen hand over
einheimisch native
die **Einheit** unity
ein·holen overtake
einig united
einigermaßen to a certain extent
ein·kaufen buy, shop
ein·kerkern imprison
das **Einkommen** income
ein·laden invite
s. **ein·lassen** meddle
ein·laufen come in, arrive
einmal: doch — after all; **nun —** simply
ein·nehmen occupy
ein·pferchen pen in
s. **ein·quartieren** take up quarters
ein·räumen put in order, concede
ein·richten arrange, set up

ein·schärfen impress
ein·schätzen estimate
ein·schlagen take
ein·schließen enclose, include
ein·schlucken swallow up
ein·schränken restrict, economize
ein·schrumpfen shrink
ein·schüchtern intimidate
ein·sehen realize
ein·setzen insert
einsichtig perspicacious
der Einsiedler hermit
ein·stimmen join in
einstimmig unanimous
ein·streichen, i, i pocket
ein·stürzen collapse
einstweilen for the present
ein·teilen divide
eintönig monotonous
ein·tragen enter
ein·treffen arrive
ein·treten enter, occur, appear;
— für champion
das Eintrittsgeld admission charge
einverstanden agreed
der Einwand, ⁻e objection
ein·weihen initiate
ein·wenden object
ein·willigen agree
ein·wirken effect, influence
der Einwohner resident
die Einwohnerschaft population
der Einwurf, ⁻e slot
die Einzelheit detail
im einzelnen in detail
ein·ziehen move in
die Eisfläche surface of the ice
eitel vain, mere, sheer
der Ekel disgust
die Elektrische street railway
elend miserable, wretched
der Ellenbogen elbow
die Emaille enamel
die Empfänglichkeit receptivity
empfinden, a, u feel
die Empfindlichkeit sensitivity
die Empfindung emotion, sensation
empor up[ward]
empören anger; s. — rebel
endgültig final, conclusive, definitive
der Engel angel

entbehren miss, do without
entblättert leafless
entblößen bare
entdecken discover
die Ente duck
entfahren escape
entfallen fall from [one's hand]
entfalten unfold
entfernen remove
entfliehen escape
entgegen contrary to, towards
entgegen·dringen, a, u meet
entgegengesetzt opposed
entgegen·halten hold out, oppose
entgegen·kommen meet, oblige
entgegen·sehen regard
entgegen·treten come to meet
entgegnen reply
entgehen escape
enthalten contain
enthaupten behead
s. entheben remove oneself
enthüllen reveal
entkommen escape
die Entkräftung exhaustion
entlassen dismiss
entlasten unburden, free
entledigen empty, relieve
s. entleeren empty
entlocken entice
entmutigen discourage
entnervend unnerving
entraten, ie, a do without
entreißen, i, i snatch away
entrichten discharge, pay
s. entringen, a, u break loose
entrinnen, a, o escape
die Entrüstung indignation
die Entsagung renunciation
die Entscheidung decision; — treffen
make a —
entschlafen fall asleep
die Entschlossenheit decision
entschlüpfen escape, slip away
der Entschluß, ⁻e resolve; einen —
fassen form a resolve
entschuldigen excuse
entschwinden, a, u vanish
das Entsetzen horror

s. **entsinnen, a, o** remember
entsprechen correspond
entspringen spring from, originate, escape
entsteigen rise
entstellen disfigure
entsündigt absolved
enttäuschen disappoint
entwaffnen disarm
entweichen, i, i retreat, escape
entwerfen sketch, devise
entwischen escape
s. **entwöhnen** disaccustom oneself
entziehen withdraw
entzücken delight
erachten consider
erbärmlich pitiful
erbauen edify
erbetteln get by begging
erbeuten capture
erbitten, a, e gain, obtain
erblicken catch sight of
das **Erbteil, -e** inheritance
erdacht imaginary
das **Erdbeben** earthquake
das **Erdgeschoß** ground floor
das **Erdreich** earth, soil
erdrücken stifle, crush
der **Erdteil, -e** continent
s. **ereifern** get excited
s. **ereignen** occur
das **Ereignis** event
erfahrungsgemäß as shown by experience
erfassen seize
erfinden invent
erfordern require
erforschen explore
erfreuen rejoice
erfreulich pleasing, delightful
erfrieren, o, o freeze
die **Erfrischung** refreshment
erfüllen fulfill
ergänzen complete
ergeben yield; (adj.) devoted
die **Ergebenheit** resignation
ergebnislos futile
ergehen pass, go; **über s. — lassen** submit to

ergießen, o, o pour out
erglitzern shine
ergötzen delight
ergrauen turn gray
ergreifen, ergriff, i grasp
die **Ergriffenheit** deep emotion
ergrimmen grow angry
erhaben elevated, sublime
erhalten retain
erheben, o, o raise
erheblich considerable
erheiternd cheering
erhellen become clear
erhitzen grow hot, flush
erhöhen heighten
s. **erholen** recover, recuperate
die **Erholung** refreshment
erjagen obtain by hunting
erkennen recognize
erklingen, a, u resound
erkranken grow ill
s. **erkundigen** inquire
erlangen obtain, attain
erläutern expound, illustrate
erleben experience
erledigen finish, settle, remove; s. **—** free oneself
erlegen put down
erleichtern relieve
erleiden suffer
erlogen fabricated
der **Erlös, -e** yield, price
erlöschen become extinct (or) extinguished
erlösen redeem
die **Erlösung** relief
ermahnen urge, warn
ermangeln lack
ermitteln ascertain, establish
ermöglichen make possible
ermorden murder
ermüden grow tired
ermuntern encourage
ermutigen encourage
ernähren nourish
ernennen name
erniedrigen humiliate
die **Ernte** harvest
die **Ernüchterung** sobering, disenchantment
erobern conquer

eröffnen open
erörtern discuss
erquicken refresh
erraten, ie, a guess, surmise
errechnen calculate
erregen stir, excite
erreichen attain
erretten save
errichten erect
erriete (a, ie, a) guessed
erringen, a, u gain, attain
erröten blush
der Ersatz replacement
erscheinen appear
die Erschlaffung exhaustion
erschlagen, u, a kill, slay
erscholl (from erschallen) sounded,
  was heard
erschöpfen exhaust
erschrecken, a, o be frightened
erschüttern move deeply
die Erschütterung [emotional] turmoil
erschweren make more difficult
ersehnen long for
ersetzen replace
ersichtlich visible
erspähen look for
ersparen save
erst once
erstarren grow tense (or) rigid, con-
  geal
erstatten pay, give
erstaunen be astonished
erstechen, a, o stab
ersticken choke
erstorben deathly, faint
erstrecken stretch
ersuchen beseech
ertappen catch
erteilen impart
ertönen ring out
ertragen bear, endure
ertränken drown
erträumen imagine, dream of
ertrinken be drowned
erwachen awake, stir
der Erwachsene adult
erwägen consider
erwählen elect
erwähnen mention

erwärmen warm
erwarten expect
erwecken waken
erweichen soften
erweisen, ie, ie prove
erweitern extend
erwerben, a, o gain, acquire
erwidern reply
erwischen catch
erwogen (ä, o, o) weighed
erwünschen wish for
erwürgen kill, strangle
des Erz, –e ore
der Erzengel archangel
erzeugen produce, generate
erzielen attain
etliche some, a few
die Eule owl
etwa for instance
eventuell in case, possibly
das Exemplar, –e copy, specimen

die Fabrik factory
die Fackel torch
der Faden, ⁻ thread, twine
fähig capable
fahl pale
fahlblond ash-blond
die Fahne flag
die Fahrbahn street
der Fahrdamm, ⁻e street, road
fahren mit pass; in den Mund —
  put into on's mouth
der Fahrgast, ⁻e passenger
das Fahrrad, ⁻er bicycle
der Fahrschein, –e ticket
falb pale, yellow, dun
der Falke falcon
die Falle trap
fallen be killed [in battle]; ins Wort
  — interrupt; aus den Wolken
  — be greatly astonished;
  schwer — be difficult; — lassen
  drop
das Fallennest, –er chicken coop
falls in case
die Falte crease, wrinkle
falten fold
der Falter butterfly

die **Familienanzeigen** births, marriages and deaths
der **Fang**, ⸚e fang
die **Farbe** color, paint
die **Faser** fibre
s. **fassen** control oneself
die **Fassung** composure; **aus der —
bringen** disconcert
der **Fasttag** fast day
fauchen spit
faul lazy, rotten
der **Faulenzer** idler
die **Faust**, ⸚e fist
fechten, o, o fence, fight, beg
das **Federvieh** poultry
fegen sweep
fehlen lassen spare
die **Feier** festival, celebration
feig cowardly
der **Feigling**, –e coward
feil for sale
der **Feldherr** general
der **Feldzug**, ⸚e campaign
das **Fell**, –e fur, skin
das **Felleisen** knapsack
die **Felswand** cliff
das **Fensterbrett** window sill
ferne liegen be far from one's mind
fernerhin furthermore
das **Ferngespräch**, –e long-distance call
fernher from the distance
das **Fernrohr**, –e telescope
der **Fernsprecher** telephone
fertig: — bringen complete; **—
werden** get the better of
die **Fertigkeit** dexterity
fesseln fetter, chain
festgefügt solid
fest·haken hook on
s. **fest·saugen** suck strength
fest·setzen establish
fest·stehen be clear (or) certain
fest·stellen establish
die **Festung** fortification
der **Festungsgraben**, ⸚ moat
fett fat, greasy
feucht moist, humid
das **Feuerzeug**, –e lighter

ficht an (e, o, o) combats, challenges
die **Fichte** pine (or) fir tree
fidel jolly, gay
das **Fieber** fever
fingern finger, play
finster dark, gloomy
die **Fläche** surface, palm [of hand]
flackern shine, blaze, flicker
die **Flanke** flank
die **Flasche** bottle
flattern flutter, struggle
flechten, o, o braid, twist
der **Fleck**, –e spot, stain
fleckenlos immaculate
die **Fledermaus**, ⸚e bat
flehen implore
der **Fleischhauer** butcher
der **Fleiß** zeal
flennen whine
flicken patch
fliegend panting
flimmern flicker, sparkle
der **Floh**, ⸚e flea
florieren flourish
die **Flöte** flute
die **Flotte** fleet
der **Fluch**, ⸚e curse
die **Flucht** flight
flüchtig hasty
der **Flüchtling**, –e fugitive
der **Flug**, ⸚e flight
der **Flügel** wing, grand piano
die **Flügeltür** folding door
der **Flur**, –e hall, vestibule
die **Flur** field
flüstern whisper
die **Flut** flood, high tide
fluten flow
die **Folge** consequence
folgendermaßen as follows
folgsam obedient
förderlich helpful
förmlich fairly
forschen search, investigate
der **Forst**, –e forest
fortab henceforth
fortan henceforth
fort·dauern endure
fort·fahren continue
der **Fortgang** continuation
fortlaufend steady

fort·reißen, i, i carry away, sweep away
fort·rühren move away
der **Fortschritt, –e** progress
fort·setzen continue
fort·stürmen dash away
fortwährend continually
die **Fracht** freight
der **Frack, ⸚e** formal suit
die **Frackjacke** dinner jacket
fraglich in question
frech insolent
im **Freien** in the open
freien court
frei·geben liberate
der **Freigeist, –er** freethinker
frei·haben be free
der **Freiherr** baron
frei·lassen leave
der **Freimut** frankness
freiwillig voluntary
der **Freßsack, ⸚e** glutton
freudestrahlend beaming with joy
der **Frevel, –** ill deed, crime
friedfertig peaceful
der **Friseur, –e** barber
die **Frisur** hair-do, coiffure
fröhlich gay, happy
frohmütig jovial
fromm pious, religious
frühgereift early ripe
das **Frühlingsgewölk** spring clouds
der **Fuchs, ⸚e** fox
fügen add; **s. —** submit
s. **führen** conduct oneself
das **Fuhrwerk, –e** vehicle
der **Fund, –e** find
der **Funke** or **Funken** spark
die **Furche** furrow
die **Fürsorge** care, provision
Fuß: auf freiem — at liberty; **zu Füßen** at the feet of
der **Fußgänger** pedestrian
der **Fußtritt, –e** kick
der **Futtertrog, ⸚e** feeding trough

die **Gabe** gift
gackern cluck
gähnen yawn
der **Gang, ⸚e** walk, course
die **Gänsefeder** goose quill

garnisonieren garrison
die **Gasse** lane, alley, street
gastlich festive, hospitable
das **Gastmahl, ⸚er** banquet
der **Gatte** husband
die **Gattin** wife
die **Gattung** kind, species
das **Geäder** system of veins
s. **gebärden** gesture, behave, act
gebären, a, o give birth to
s. **geben für** pass for
das **Gebet, –e** prayer
das **Gebiet, –e** territory
gebieten, o, o command, rule
der **Gebildete** educated person
das **Gebirge** mountain range
das **Gebiß** set of teeth
geborgen secure
das **Gebot, –e** commandment
der **Gebrauch, ⸚e** custom
gebrauchen need, want, use
gebrechen lack
gebrechlich frail
die **Gebühr** seemliness; **nach —** according to merit
gebühren be due; **s. —** be proper
die **Geburt** birth
das **Gebüsch, –e** bushes
das **Gedächtnis** memory
gedämpft subdued, muted
der **Gedanke, –ns, –n** thought
gedeihen, ie, ie thrive
gedenken think
das **Gedränge** throng
gedrückt depressed
geduckt humble
die **Geduld** patience
gedunsen bloated, puffed up
gefährden endanger, threaten
das **Gefährt, –e** vehicle
der **Gefährte** companion
gefallen: es s. — lassen let it happen; **s. —** be pleased with oneself
gefällig obliging
gefälligst kindly
der **Gefangene** prisoner
das **Gefängnis** prison
das **Gefäß, –e** vessel
das **Gefecht, –e** battle

das **Gefieder** feathers
das **Geflügel** poultry
geflügelt winged
das **Geflüster** whispering
die **Gegend** region
der **Gegenmuskel**, –s, –n complementary muscle
der **Gegensatz**, ⁻e contrast
gegenseitig mutual, reciprocal
das **Gegenteil**, –e contrary, opposite
der **Gegner** opponent
der **Gehalt**, –e content
das **Gehalt**, ⁻er wages, salary
das **Geheimnis** secret
der **Geheimrat**, ⁻e privy councillor
das **Geheul** howling
der **Gehilfe** aid, assistant
das **Gehirn**, –e brain
das **Gehölz** woods
das **Gehör** hearing
gehorchen obey
s. **gehören** be proper
gehörig proper
gehorsam obedient
die **Geige** violin
geißeln scourge
geistreich clever
der **Geiz** avarice
das **Gejohle** yelling
das **Gelächter** laughter
gelangen arrive at, attain
das **Geläut** ringing
gelblich yellowish
der **Geldbeutel** purse
gelegen situated
die **Gelegenheit** opportunity
gelegentlich on occasion, opportunely
der **Gelehrte** scholar
das **Gelenk**, –e wrist
der (and) die **Geliebte** beloved
gelind(e) gentle
gellen shriek, yell
gelten, a, o be a question, be necessary
die **Geltung** validity, standing
das **Gemach**, ⁻er room
gemächlich leisurely
der **Gemahl**, –e husband

das **Gemälde** painting
gemäß according to
gemäßigt controlled
die **Gemeinde** parish, community
gemeinnützlich for the common good
gemeinsam common
die **Gemeinschaft** community
gemessen measured, with dignity
das **Gemisch** mixture
das **Gemüt**, –er mind
gemütlich pleasant
gen towards
genau nehmen be particular
genehmigen approve
genesen, a, e recover
genial gifted, brilliant
das **Genie**, –s genius
der **Genosse** companion
genugsam sufficient
genug·tun satisfy
der **Genuß**, ⁻e enjoyment, pleasure
gepackt halten clutch
das **Gepräge** stamp
geradeswegs directly, frankly, plainly
geradezu downright
das **Gerät**, –e tool
geraten, ie, a fall, come, prosper
geraum ample
geräumig spacious
das **Geräusch**, –e noise
gerecht just
das **Gerede** talk
gereichen prove, conduce to
das **Gericht**, –e court
die **Gerichtsbarkeit** jurisdiction
der **Gerichtshof**, ⁻e court
geringfügig slight
gerötet reddened
der **Geruch**, ⁻e smell
das **Gerücht**, –e rumor
das **Gerüst**, –e scaffolding
gesammelt collected
gesamt total
der **Gesandte** ambassador
der **Gesang**, ⁻e song, singing
der **Geschäftsführer** business manager
das **Geschäftsreiben** busines activity
geschehen: s. — lassen submit to
gescheitelt parted [of hair]

das **Geschick, –e** fate, destiny, skill, aptitude

die **Geschicklichkeit** skill
das **Geschirr** dishes
das **Geschlecht, –er** sex, race, family
der **Geschmack** taste
geschmackvoll savory
das **Gechmeid** jewelry
geschmissen (ei, i, i) hurled
das **Geschöpf, –e** creature
das **Geschoß, –e** [big] gun
das **Geschrei** outcry, shouting
geschwätzig chattering
geschweige denn let alone
geschwind swift
die **Geschwister** brothers and sisters, brothers, sisters, siblings
der **Geschworene** juror
der **Gesell, –en** journeyman
gesellig sociable
das **Gesetz, –e** law
gesetzt supposing
zu **Gesicht bekommen** come into view
der **Gesichtspunkt, –e** point of view
das **Gesinde** servants
die **Gesinnung** frame of mind, sentiment, conviction
gespannt eager, tense
das **Gespenst, –er** ghost
das **Gespött** ridicule
das **Gespräch, –e** conversation
das **Geständnis** confession
der **Gestank** stink
gestehen confess
gestrenge stern, lofty
das **Gestühl** pew
der **Getast** sense of touch
das **Getöse** noise, roaring
das **Getränk, –e** beverage
s. **getrauen** dare
das **Getreide** grain
getreu loyal
getrost comforted, confident
das **Getümmel** confusion
gewahr aware
gewahren notice
gewähren grant
der **Gewahrsam** protection
die **Gewalttätigkeit** violence
das **Gewand, –̈er** garment, gown
gewandt clever, dexterous

gewandt turned
das **Gewässer** waters, flood
das **Gewebe** weave, texture
das **Gewehr, –e** rifle
das **Gewerbe** trade, business, industry
das **Gewesene** the past
das **Gewicht, –e** weight
gewiesen (ei, ie, ie) showed
gewillt willing
das **Gewissen** conscience
gewissermaßen to a certain extent, so to speak
das **Gewitter** storm
gewitterartig stormlike
das **Gewoge** fluctuation
gewohnheitsmäßig customary
das **Gewölbe** vault
das **Gewölk** clouds
das **Gewühl, –e** throng, crowd
gewunden (i, a, u) tied, wound
das **Gewürz, –e** spice
giebelig gabled
die **Gier** desire, greed
das **Gift, –e** poison
das **Gitter** grating, lattice
der **Gitterstab, –̈e** bar
der **Glanz** gleam, sparkle
der **Glaser** glazier
glasflüglig glass winged
glatt smooth
das **Glatteis** slippery ice
glattrasiert clean shaven
das **Glaubenswesen** faith
glaubwürdig credible
gleich indifferent
gleich darauf immediately after
gleichermaßen equally
gleichfalls likewise
das **Gleichgewicht** equilibrium
gleichgültig indifferent
gleichmäßig uniform
das **Gleichnis** symbol
gleichsam as it were
gleichviel no matter
gleichwie as
gleichwohl yet, however
gleichzeitig at the same time
gleiten, glitt, i glide

die **Gliedmaßen** limbs
glimpflich indulgent
die **Glocke** bell
die **Glockenblume** bluebell
glomm (i, o, o) gleamed, shone
glotzen glare
glücklicherweise luckily
der **Glücksfall, ⸚e** good luck
der **Glückwunsch** congratulations
glühen glow
die **Glut** fire, ardor, passion
die **Gnade** grace, mercy
gnädig gracious, merciful; **—e Frau**
    dear lady, madam
der **Gockel** rooster
goldbezäunt edged with gold
der **Gongschlag, ⸚e** ring of the bell
gönnen grant, allow
gor (ä, o, o) fermented
gotteslästerlich blasphemous
der **Grad, —e** grade, degree
der **Gram** grief, sorrow
gräßlich horrible
grauen dawn
das **Grauen** horror
grausam cruel
das **Grausen** horror
graziös graceful
greifbar palpable
greifen put one's hand in
der **Greis, —e** old man
grell shrill, harsh
der **Grenzpfahl, ⸚e** border stake
der **Greuel** horror
der **Griff, —e** grip, handle
die **Grille** whim
der **Grimm** fury, rage
grinsen grin
grob coarse, rough
gröblich crude, palpable
gröhlen howl
der **Groll** annoyance
grollen rumble
großartig magnificent, grand
der **Großherzog, ⸚e** archduke
die **Großmacht, ⸚e** world power
die **Grube** pit
grübeln brood
die **Gruft, ⸚e** grave, vault

im **Grunde** in reality
gründen establish
die **Grundlage** foundation
der **Grundsatz, ⸚e** principle
das **Grundstück, —e** piece of land
die **Gruppe** group
gültig valid
der **Gummi** rubber
der **Gummimantel, ⸚** raincoat
die **Gunst, ⸚e** favor
günstigenfalls at best
gurgeln gurgle
der **Gürtel** girdle, belt
gutbürgerlich conventional, respect-
    able
die **Güte** kindness, goodness
der **Güterzug, ⸚e** freight train
gütigst most graciously
gutmütig good natured
der **Gutsherr** estate owner
das **Gymnasium** secondary school

habhaft werden control
die **Habsucht** greed
der **Hafer** oats
der **Hahnenschrei** cock crow
der **Hagel** hail
der **Haken** hook
halben or **halber** for the sake of, on
    account of
die **Halbinsel** peninsula
der **Halbkreis, —e** semicircle
halblaut in an undertone
der **Halbumriß, —e** half outline
halbwüchsig half grown, stunted
die **Halle** hall
hallen echo, resound
der **Halm, —e** blade (of grass)
der **Hals, ⸚e** neck; **aus vollem —**
    heartily
das **Halsband, ⸚er** necklace
das **Halstuch, ⸚er** kerchief
halt just, simply
halten hold, stop; **— auf** value; **—**
    für take for; **an s. —** control one-
    self; **dafür —** be of the opinion
die **Haltung** bearing
die **Handarbeit** fancy work
der **Handel** business, affair, quarrel
handeln act, trade, bargain; **s. — um**
    be a matter of

das **Händeringen** wringing of hands
die **Handfläche** palm of the hand
das **Handgelenk, –e** wrist
handhaben handle, manage
der **Händler** merchant
die **Handlung** action, deed
der **Handschlag, ⸚e** handshake
die **Handschrift** manuscript
der **Handschuh, –e** glove
die **Handtasche** handbag
das **Handtuch, ⸚er** towel
das **Handwerk, –e** trades union, guild
der **Handwerker** artisan
der **Handwerkmeister** master artisan
harmlos innocent
die **Harmonieverbindung** combination of chords
der **Harnisch, –e** harness
harren wait for
haschen snatch
hastig hasty
hart an close to, hard by
hartnäckig stubborn
die **Haube** cap
der **Hauch, –e** breath
hauen, hieb, gehauen hew, cut
häufen store up
häufig frequent
der **Hauptmann** captain
das **Hauptportal** main entry
der **Hausflur** hall, vestibule
der **Haushahn** pet rooster
die **Häuslichkeiten** domestic arrangements
der **Hausrat** furnishings
der **Hecht, –e** pike
heftig vehement, violent
hegen foster, cherish
hehlen conceal
hehr sublime
der **Heide, –n** pagan
heikel delicate
heil whole, unhurt
der **Heiland, –e** savior
heillos cursed, reprobate
heilsam wholesome, salutary
heimelig intimate, secret
heimlich secret
heischen demand
heiser hoarse

heiter serene, cheerful
heizen heat
der **Heizer** stoker
hellicht bright
hemmen check, curb
die **Henne** hen
herab·mindern decrease
herab·setzen reduce
herab·stimmen subdue
heran·wälzen roll up
heran·ziehen attract
herauf·nötigen force up
heraus·finden reveal
heraus·fordern challenge
heraus·fühlen select by feeling
die **Herausgabe** appearance
heraus·geben give change
heraus·kriegen find out, determine
heraus·quälen force out, blurt out
herb harsh
s. **herbei·lassen** condescend
herbei·locken conjure up
herbei·schaffen procure
herbei·wünschen yearn for
her·bekommen get from
der **Herbstnebel** autumn mist
der **Herd, –e** hearth, stove
her·geben give up, hand over
her·richten set up, prepare, arrange
die **Herrschaft** domination, employer; (pl.) ladies and gentlemen
herrisch imperious
herrschen reign, prevail
her·rühren come from
her·stellen produce, restore, prepare
herum over, past
s. **herum·drehen** loaf about
herum·picken pick at
s. **herum·schlagen** struggle with
s. **herum·sprechen** spread
herum·stolzieren strut about
s. **herum·treiben** dawdle, loiter about
s. **herum·werfen** toss about
herunter·leiern reel off
herunter·würgen gulp (or) force down
hervor·bringen produce
hervor·heben, o, o emphasize
hervorragend outstanding

hervor·rufen call forth, arouse
hervor·schieben, o, o project
hervor·stoßen, ie, o utter, ejaculate
hervor·treten project, stand out
s. hervor·tun push oneself forward
herzlich cordial
der Herzog, ̈-e duke
hetzen hound
das Heu hay
heulen howl
heutzutage nowadays
der Hieb, –e blow
hieb (hauen) smashed, broke
die Hilfe help
hilfeflehend imploring help
hilfreich helpful
hilfsbereit helpful
das Hilfsmittel aid
die Himmlische divine creature
hinab·blicken look down
hinan·klettern climb up
hinauf·klimmen, o, o climb up
hinaus·befördern kick out
hinaus·reichen hand out
hinaus·schmeißen, i, i throw out
hin·breiten spread out
hin·bringen spend
hin·denken think of
hin·deuten point to
hinfällig weak, tottering
s. hin·geben yield, succumb, become
    absorbed
hingegen on the contrary
hin·gehen go there (or) away
hin·gleiten, glitt, i glide away
hin·kritzeln scratch down
hin·nehmen accept
hinreichend adequate
hin·reißen carry away
die Hinrichtung execution
hin·rücken move toward
hin·schelten, a, o scold away
die Hinsicht regard
hin·stellen put down
hin·strecken stretch out
hin·streichen, i, i skim by
hin·streifen flit past
hin·streuen scatter
hintan behind

hinterdrein behind
die Hinterhältigkeit deceptiveness
hinter . . . her behind, after
hinteran along behind [one]
hinterher subsequently
hinterlassen bequeath
der Hintern behind, seat
hinterrücks backward, behind [his]
    back
hinüber·spielen send a glance over
hin und her back and forth
hin und wieder now and again
hinweg away
der Hinweis, –e hint
hin·weisen, ie, ie refer to
s. hin·ziehen lead to, extend
hinzu·fügen add
hinzu·setzen add
hinzu·treten come up
das Hirn, –e brain
der Hirt, –en shepherd
die Hitze heat
die Hochachtung high esteem
hoch·kucken peer up
der Hochmut arrogance
die Höchstzeit maximum time
die Hochzeit wedding
hocken cower, crouch, sit (or) hang
    around
die Hoffnung hope
der Höfling, –e courtier
Höhe: auf der — on top
der Höhepunkt, –e peak, climax
die Höhle cave, socket
der Hohn scorn, disdain
hold kind, lovely
holdselig most gracious
die Hölle hell
die Höllenausgeburt brood of hell
holpern jolt
das Holzgitter wooden fence
der Holzhauer lumber jack
die Holzleiste wooden last
die Holzwarenfabrik wood products
    factory
horch hark, listen
horchen listen
der Horizont, –e horizon
der Hort, –e treasure
die Hosenträger suspenders
das Hotelportal hotel portico

hübsch pretty
der **Huf,** –e hoof
die **Hüfte** hip
der **Hügel** hill
das **Huhn,** ⁻er chicken
huldigen pay homage
die **Hülle** cover
hupen blow one's horn
hüpfen hop, skip
huschen dart
der **Hustenanfall** fit of coughing
die **Hut** care, guard
hüten guard

die **Idee** idea
immerfort continuously
immerhin still, nevertheless
immerwährend lasting
immerzu all the time
imstande in a position
die **Inbrunst** fervor
indes while
indessen meanwhile, however
indigniert indignant
infolge in consequence
ingrimmig furious
der **Inhalt,** –e content
inne haben hold, occupy
inne-halten stop
das **Innere** interior, heart, soul
innerhalb within, inside
innerlich at heart
innerst innermost
inne-wohnen inhere
innig intimate, ardent, fervent,
  spiritual
die **Innung** guild, union
insbesondere especially
die **Inschrift** inscription
die **Insel** island
insgeheim secretly
insofern insofar
inzwischen meanwhile
irden earthen
irdisch earthy
irr disturbed, distraught
s. **irren** err
das **Irrenhaus** mental hospital
die **Irrfahrt** wandering

jach suddenly

die **Jacke** jacket
der **Jagdsteig,** –e hunting path
der **Jagdwagen** dog cart
jäh sudden
der **Jahrestag** anniversary
der **Jahrmarkt,** –e annual fair
das **Jahrtausend** millenium
der **Jammer** pity, lamentation,
  misery
jammern moan, whimper
jauchzen shout with joy, exult
jedenfalls in any case
jeglich each, every
von **jeher** at all times
jenseits beyond
jeweils at all times
das **Joch,** –e yoke
johlen shout with joy
der **Jubel** joy, rejoicing
der **Jude** Jew
der **Jugendverein,** –e youth club (or)
  society
der **Jünger** disciple
die **Jungfrau** virgin
der **Junggesell,** –en bachelor
der **Juwelier,** –e jeweler

der **Käfig,** –e cage
kahl bald
der **Kahn,** ⁻e boat
die **Kalesche** caleche
der **Kamerad,** –en comrade
der **Kamin,** –e fireplace
der **Kamm,** ⁻e comb
der **Kanal,** ⁻e canal, channel, sewer
das **Kaninchen** rabbit
die **Kanzel** pulpit
der **Kanzler** chancellor
die **Kapelle** chapel, band
der **Kapellmeister** bandmaster, conductor
das **Kapitel** chapter
kaputt ruined; — machen destroy
der **Karabiner** carbine
karminrot carmine
der **Karren** cart
die **Kasse** pay office
kassieren cashier, collect
die **Kastanie** chestnut

der **Kasten,** ⁓ chest, box
die **Kate** cottage, hut
kauern crouch
der **Kavalier, –e** gentleman
keck bold
die **Kehle** throat
der **Kehraus** clean sweep
kehren turn, sweep
kehrt machen turn about
der **Keim, –e** germ, bud
keinerlei of no sort
keinesfalls in no case, by no means
keineswegs by no means
der **Kelch, –e** chalice
kennzeichnen mark, distinguish
der **Kerker** prison
der **Kerl, –e** fellow, ruffian
der **Kern, –e** kernel, essence, core
die **Kerze** candle
der **Kessel** kettle
die **Kette** chain
der **Ketzer** heretic
keuchen pant
keusch chaste
kichern snicker
die **Kiefer** pine
die **Kieme** gill
der **Kiesel** pebble
das **Kilo** kilogram
das **Kino, –s** cinema, movie theatre
die **Kirchhofsmauer** churchyard wall
das **Kissen** cushion
der **Kläger** plaintiff
kläglich plaintive
die **Klammer** hook
der **Klang, ⁓e** sound, music
klang (i, a, u) sounded
die **Klangfülle** sonorousness
klappen clap, rattle, suit, work
klappern rattle, stump
klatschen crackle, clap
das **Klavier, –e** piano
kleben glue, paste, be posted
die **Kleinfürstenwirtschaft** government by petty princes
der **Kleinmut** pusillanimity
klettern climb
der **Klick** clicking sound
das **Klima, –ta** climate

klimmen, o, o climb
die **Klingel** bell
klingen, a, u sound, ring
klirren rattle
das **Kloster,** ⁓ cloister, convent, monastery
klug clever, prudent
knacken crack
knallen bang
knapp scant, concise, tight
knarren grind
der **Knebelbart, ⁓e** twirled mustache
der **Knecht, –e** servant
die **Kneipe** tavern
kneipen pinch
kneten knead
die **Kniebeugung** genuflection
knirschen gnash [one's teeth]
knistern crackle
der **Knöchel** knuckle
der **Knoten** knot
knüpfen bind
knurren growl
der **Kochherd, –e** kitchen stove
der **Kohl, –e** cabbage
das **Kohlenbecken** coal basin
die **Kokettrie** coquetry
der **Kollege** colleague
die **Komik** comedy, comic feature
kommen get at, get around; **zu s. —** recover one's senses; **das kommt weil** that is because
die **Konfession** faith, denomination
die **Konkurrenz** competition
können: wir — nichts dafür we can't help it
das **Konto, –s** account
konzertieren give concerts
die **Kopfbedeckung** head dress
köpfen decapitate
kopflos thoughtless
das **Kopfnicken** nod
der **Korb, ⁓e** basket
das **Korn, ⁓er** grain, wheat
köstlich precious, delicious
der **Kot** mud, filth
krachen crack, crash
kraft by virtue of
der **Kragen** collar
die **Kralle** claw
der **Krämer** shopkeeper

krampfhaft spasmodic
kränken offend
der **Kranz, ⸚e** wreath
kratzen scratch
krausen: die Stirn — pucker one's brow
kraushaarig curly haired
das **Kraut, ⸚er** herb
kreatürlich creature-like, dependent
der **Kreis, –e** circle, sphere, district
kreischen scream
das **Kreuz, –e** cross
kreuzigen crucify
kriegen get
der **Kriegsauszug** departure for war
der **Kriegsgefangene** prisoner of war
der **Kriegsorden** war decoration
die **Krise** crisis
kritteln criticize, carp
die **Kröte** toad
die **Krücke** crutch
der **Krug, ⸚e** jug, tavern
s. **krümmen** curve, writhe
die **Krümmung** winding, curvature
die **Küche** kitchen
die **Küchenschürze** kitchen apron
die **Kugel** ball, sphere, bullet
kühn bold
der **Kummer** sorrow, grief
kümmerlich wretched
s. **kümmern** worry, care
kund known
der **Kunde** customer
kündigen give notice
künftig future
die **Kunstausstellung** art exhibit
das **Kunststück** trick
das **Kupfer** copper
kurz angebunden gruff, brusque
kurzerhand abruptly, simply
kurzgehalten closely cropped
kurzgeschoren short-cropped
kürzlich recently
die **Küste** coast
der **Kutschbock, ⸚e** coach box
die **Kutsche** coach, carriage
kutschieren drive

laben comfort
lächerlich ridiculous
lachhaft ridiculous

der **Laden, ⸚** shutter, store
laden, u, a load, summon
der **Ladentisch** counter
die **Lage** situation, position
das **Lager** camp, couch, layer, store-house
der **Lagerplatz, ⸚e** lumberyard
lahm lame
der **Laie** layman
das **Lamm, ⸚er** lamb
der **Landbäcker** country baker
der **Landbesitz, –e** country estate
die **Landesfarbe** national color
landesflüchtig fugitive
die **Landschaft** landscape
der **Landsmann, –leute** fellow countryman
die **Landstadt** provincial town
die **Landstraße** highway
die **Landwehr** militia
der **Landwirt, –e** farmer
der **Länge nach** lengthwise
die **Langeweile** boredom
langgeschnitten almond shaped
langgezogen long drawn out
die **Langmut** patience
längs alongside of
längst long since
die **Lanze** lance
der **Lappen** rag
der **Lärm** noise
die **Larve** mask
lassen omit, fail to do
die **Last** burden, load
das **Laster** vice
lästern slander, blaspheme
das **Lasttier, –e** beast of burden
der **Lastwagen** truck
die **Laterne** lamp, street lamp
die **Latte** lath
lau tepid, indifferent
das **Laub, –e** foliage
die **Laube** arbor
der **Lauf, ⸚e** course
die **Laufbahn** career
die **Laune** humor, mood, whim
die **Laus, ⸚e** louse
lauschen listen
der **Laut, –e** sound

läuten ring
lauter pure, nothing but
das Lazarett, –e military hospital
der Lebehochruf cry of hurrah
das Lebensalter lifetime
das Lebensmittel food, provisions
der Lebenswandel way of life
die Lebensweise way of life
das Lebewesen living creature
lechzen be parched with thirst
lecken lick
das Leder leather
ledig free from, unmarried
lediglich sorely, merely
die Lehne arm [of a chair]
der Lehnsessel easy chair
Lehre: in die — tun apprentice
der Leib: lebendigen Leibes alive
leibhaftig bodily
die Leiche corpse
der Leichnam, –e corpse
die Leichtfertigkeit irresponsibility
leichtgekräuselt slightly curly
leichtgewellt lightly waved
leichthin superficially, carelessly
der Leichtsinn frivolity
die Leidenschaft passion
der Leidensgang ordeal, martyrdom
leidlich tolerable
leihen, ie, ie lend
leinen linen
die Leinwand linen
leisten perform, achieve
die Leiter ladder
die Lektüre reading
leserlich legible
lenken guide, steer
der Leutnant, –s lieutenant
letzthin recently
leuchten shine
leugnen deny
leutselig amiable, affable
das Lichtbild photograph
s. lichten grow light
der Lichtmensch child of light, favored person
lichtscheu afraid of the light
das Lid, –er eyelid
liebeln flirt

liebenswürdig friendly, charming, amiable
das Liebespärchen lovers
der Liebhaber lover, amateur
die Lieblingsbeschäftigung favorite occupation
das Lieblingsgericht favorite dish
liederlich slovenly, disorderly
liefern furnish, supply, deliver
liegen an be the reason for, matter, care about, be up to, be a question
die Limonade lemonade
lind mild, gentle
lindern relieve
das Lineal, –e ruler
zur Linken at the left hand
lispeln whisper, lisp
die List trick, stratagem, cunning
die Livree livery
löblich honorable
das Loch, ¨-er hole
die Locke lock of hair
locken entice
locker loose
lodern flame, gleam
s. lohnen pay
los! off, away from
das Los, –e fate, lottery ticket
löschen quench, put out
lose loose
s. lösen dissolve
los·fahren fly out at
los·gehen begin, explode, fly at one, start out
losgetrennt severed
los·schreien, ie, ie cry out
los sein be wrong
los·werden be rid of
das Lotto a card game
die Lücke gap
lüften lift
lügen, o, o lie
die Luke dormer window, opening
der Lump, –e scoundrel
der Lumpen rag
die Lustbarkeit merriment
lüstern lascivious, greedy, succulent
die Lustigkeit merriment, mirth
lustwandeln stroll
der Luxus luxury

machen signify, say: — **daß** see **to
it that; s.** — chance, happen; **s.
auf und davon —** make off
s. machen care
die **Machtvollkommenheit** authority
mädchenhaft maidenly
die **Magd, ⁀e** servant girl, maid
mager skinny
die **Magie** magic
mahlen grind
mahnen exhort, warn, remind
Mal: mit einem — suddenly
malen paint
mancherlei many kinds of
die **Manieren** manners
manierlich civil
der **Mangel, ⁀** lack, defect
mannigfach manifold
mannigfaltig manifold
die **Mannschaft** crew
die **Mappe** briefcase
das **Märchen** fairy tale
die **Marke** stamp, brand
der **Marmor** marble
die **Maske** mask
maskiert masked
das **Maß, –e** measure: **über die
Maßen** extraordinarily
maßlos boundless
die **Masse** mass
maßgebend determining
mäßig moderate
die **Maßnahme** measure
der **Maßstab, ⁀e** standard, criterion
matt faint, dull
der **Maurer** mason
mausetot dead as a doornail
das **Mehl** flour
mehren increase
meiden, ie, ie avoid
melden announce, report
meinerseits for my part
meinesgleichen like me
meinesteils for my part
s. meistern control oneself
die **Memme** coward
der **Menschenalltag** commonplace,
everyday
das **Menschenalter** age, generation
merklich noticeable, perceptible
merkwürdig remarkable

die **Messe** mass, fair
messingen brass
die **Messingstange** brass bar
das **Mieder** bodice
die **Miene** mien, air, countenance;
mit jeder — with one's whole being; **— machen** look as if, threaten
das **Mienenspiel** pantomime, expression
mieten rent
die **Milchküche** dairy
mild mild, generous
die **Militärkapelle** military band
der **Milliardär** multi-millionaire
minder less
die **Minderwertigkeit** inferiority
mindestens at least
s. mischen mix
mißachten slight
mißbilligen disapprove
mißdeuten misinterpret
der **Mißerfolg, –e** failure
die **Missetat** misdeed
mißfallen displease
das **Mißgeschick** misfortune
mißlingen fail
der **Mißstand** evil, abuse
mißtönend cacophonous
mißlingen fail
das **Mißtrauen** distrust
der **Mist** dung heap
der **Mitarbeiter** fellow worker, **col-**
laborator
das **Mitglied, –er** member
die **Mithilfe** aid
mithin therefore
mit·leben share
das **Mitleid** sympathy
mit·machen share, take part in
mit·reden have a say
der **Mitschüler** fellow pupil
das **Mittagessen** midday meal
mit·teilen communicate, inform
Mitteilung machen communicate
das **Mittel** means, remedy
mitteldeutsch central German
mittelmäßig moderate
der **Mittelpunkt, –e** center
mitten auf in the midst of

mittendurch through the center
mitten inne in the midst of
mittlerweile meanwhile
mitunter now and then
mit·wirken co-operate
die Möbel (pl.) furniture
die Mode fashion
möglicherweise possibly
möglichst as much as possible; —
   wenig as little as possible
der Mönch, –e monk
die Mondsichel sickle of a moon
das Moor, –e moor, bog, swamp
das Moos, –e moss
die Moquerie mockery, contempt
die Mordlust bloodthirstiness
der Morgendämmer morning twilight
die Morosität moroseness
morsch rotten, decrepit
das Motiv, –e motif, motive
die Mühe effort, trouble
mühselig with difficulty
den Mund halten keep quiet
der Mundbecher favorite cup
die Mundhaltung set of the mouth
der (or) das Münster minster
munter lively, gay
die Münze coin
mürbe soft, rotten
murmeln murmur
mürrisch peevish, sullen
der Musikant, –en musician
die Musikkapelle orchestra, band
musizieren make music
der Muskel, –s, –n muscle
die Muße leisure, idleness
der Müßiggänger idler
das Muster sample, pattern
mustern muster
mustergültig exemplary, excellent
Mut: guten —es of good cheer, in
   good spirits, confidently
der Mutwille high spirits, mischief
die Mütze cap
die Mystik mysticism

na well
nach·ahmen imitate

nach·beten repeat a prayer
nach·bilden imitate
nach·denken reflect
nachdenklich thoughtful, pensive
die Nachdrängenden the pressing
   mob
der Nachdruck emphasis, vigor
die Nachforschung investigation
die Nachfrage demand
nach·geben yield
nach·genießen, o, o recapture
nachher afterwards
nach·klingen, a, u echo
der Nachlaß heritage, posthumous
   work
nach·lassen let go, stop, relax
nach·machen imitate
die Nachricht news, report
nach·schreiben take notes
nach·sinnen, a, o reflect
der Nachteil disadvantage
der Nachtisch dessert
nächtlicherweise by night
nachträglich supplementary
nach·wachsen grow up
nach·weisen, ie, ie prove
die Nachwelt posterity
nach wie vor now as ever
der Nacken neck, nape
nackt naked
die Nadel needle
der Nagel, ⸚ nail
nagen gnaw
nahe daran sein be on the point
das Nahen approach
nähen sew
nähren nourish
na ja well, yes
namens in the name of
namentlich especially
nanu! come!
der Napf, ⸚e pan, bowl
Narrenpossen (pl.) foolery
närrisch silly
naschen nibble
der Nasenflügel side of the nose
naß wet
nebenan next to, nearby
nebenbei incidentally
der Nebenbuhler rival
nebenher incidentally, besides

nebst together with
nehmen: zu sich — consume
der **Neider** envious person
neigen bend, bow, incline
nein doch really
nett decent, nice
das **Netz, —e** net
die **Netzhaut** retina
neu: von —em, aufs —e anew
neuerdings recently
neuerlich recent[ly]
neugebacken freshly baked, recent
neugestrichen newly painted
neugeworben newly won
die **Neugier** curiosity
neulich recently
das **Nichtachten** disregard
nichtig insignificant
nichtsdestoweniger nonetheless
der **Nichtstuer** idler
nichtswürdig unworthy, contemptible
niedergedrückt depressed
niedergeschlagen downcast
die **Niederlage** defeat
s. **nieder·lassen** settle
nieder·schlagen lower, drop
nieder·schmettern shatter
die **Niederschift** penning, diary
nieder·stechen, a, o stab to death
niederträchtig base
nimmermehr never
nirgends nowhere
die **Noblesse** nobility
nonnenhaft nunlike
zur **Not** in case of need
nötigen urge, oblige
nötigenfalls in case of need
die **Notiz** report
nüchtern sober, prosaic
die **Null** zero
nunmehr henceforth, now
nutzen or **nützen** be of use

obendrein in addition
bis **obenhin** to the top
die **Oberfläche** surface
der **Oberkellner** head waiter
der **Oberschenkel** upper thigh
der **Oberst, —en** colonel
der **Oberste** head

373

obig above-mentioned
die **Obigkeit** authorities
obschon although
obwohl although
obzwar although
öde desolate
offenbar evident, apparent
offenbaren reveal
offenherzig frank
öffentlich public
des **öfteren** often
der **Oheim, —e** uncle
ohnedies in any case, besides
ohnegleichen unequaled
ohnehin anyhow, besides
die **Ohnmacht** impotence, swoon
die **Ohrfeige** box on the ear
das **Öl, —e** oil
ölfleckig oil stained
die **Oper** opera
das **Opfer** victim
opfern sacrifice
oppositionell defiant, wanting to be different
der **Orden** order, decoration
ordentlich proper, decent
ordnen arrange
die **Ordnung** order, arrangement
ordnungsgemäß regular, normal
der **Ortswechsel** change of place
Ostern Easter

packen pack, seize
das **Paket, —e** package
der **Palast, ⸚e** palace
der **Pantoffel** slipper
der **Papagei, —en** parrot
die **Pappe** cardboard
die **Pappelallee** poplar avenue
die **Pappenschachtel** cardboard box
der **Papst, ⸚e** pope
der **Paria, —s** pariah, outcast
das **Parkett, —e** orchestra section
die **Partei** party
die **Partie** picnic, game, match
passen suit, fit, pass
passieren happen
die **Pastete** [meat] pie

der **Pater** (pl. **patres**) Roman Catholic priest
der **Patrizier** patrician
peinigen torment
peinlich embarrassing
der **Pelz, –e** fur
die **Pension** pension, boardinghouse
das **Personal** staff, personnel
der **Pfad, –e** path
der **Pfahl, ⸚e** stake, post
der **Pfaffe** clergyman
das **Pfand, ⸚er** pledge
die **Pfanne** pan
der **Pfarrer** clergyman
der **Pfau, –e** peacock
der **Pfefferminz** peppermint
die **Pfeife** pipe
der **Pfeil, –e** arrow
der **Pfeiler** column
das **Pferdegestampf** trampling of horses
der **Pferdemist** manure
pfiffen (**pfeifen, i, i**) whistled
das **Pflaster** pavement
die **Pflaume** plum
pflegen nurse, cultivate, be accustomed to, practice
pflichtgemäß obligatory, in duty bound
der **Pflug, ⸚e** plough
die **Pforte** gate
die **Pfote** paw
pfui shame
das **Pfund, –e** pound
der **Pfuscher** bungler, blunderer
die **Phantasie** imagination
picken peck
der **Pikkolo** piccolo, apprentice waiter
der **Pilger** pilgrim
der **Pilz, –e** mushroom
plagen torment
das **Plakat, –e** poster
der **Plan, ⸚e** plane, clearing
plappern babble
platt flat
die **Platte** plate, tray
der **Platz, ⸚e** square
platzen burst

plaudern chat
plump thick, coarse, heavy
pochen pound, rely confidently
das **Podium** platform
polieren polish
der **Polizeiwachtmeister** police sergeant
poltern pound
das **Portal, –e** entrance
die **Posse** farce
der **Posten** post, sentinel
die **Pracht** splendor
prägen coin, stamp
prahlen boast
prallen rebound, be reflected
prangend splendid
prasseln crackle
predigen preach
preisen, ie, ie praise
preis-geben expose, abandon
die **Pritsche** bench, cell-bed
das **Privatkontor, –e** private office
die **Probe** test, sample
der **Proviant** supplies
provisorisch temporary
das **Prozent, –e** percent
der **Prozeß, –e** trial
prügeln thrash
pst! sh!
das **Pulver** powder
pumpenartig pump-like
pünktlich punctual
das **Puppentheater** puppet show
pusten puff, blow
der **Putsch, –e** [unsuccessful] uprising
der **Putz** finery

der **Quacksalber** quack
quälen torment
qualmen puff, smoke
die **Quelle** spring, source
quellen, o, o flow, ooze
quer across
quittieren give a receipt

die **Rache** revenge
der **Rachen** jaws [of a beast]
rächen avenge
das **Rad, ⸚er** wheel
der **Radau** noise, racket
der **Rädelsführer** ringleader

der **Radfahrer** cyclist
raffen snatch
ragen jut out
der **Rahmen** frame
der **Rand, ⁻er** edge, rim
der **Rang, ⁻e** rank, row
rasch swift
rascheln rustle
rasen rage
der **Rasende** madman
rasseln rattle
die **Rast** rest
Rat pflegen consult, deliberate
das **Rätsel** riddle
der **Ratsherr** councilman
rauben rob
das **Raubtier, –e** beast of prey
der **Raubvogel** bird of prey
der **Rauch** smoke
die **Räucherwaren** smoked meats
rauh rough, rude
räumen clear, clear out
die **Räumlichkeit** room, area
raus = heraus
der **Rausch, ⁻e** intoxication
rauschen rustle
s. **räuspern** clear one's throat
die **Rechenmaschine** abacus
recht: — geben agree with; **erst —**
more than ever; **zur Rechten** at
the right hand; **von Rechtens**
wegen by rights
rechteckig rectangular
rechtfertigen justify
die **Rechtlichkeit** honesty, integrity
der **Rechtsbeistand** legal counsel
rechtschaffen righteous, honest
der **Rechtsgelehrte** attorney
der **Rechtsgrund, ⁻e** legal right
rechtwinklig right-angled
recken stretch
die **Rede: — stehen** give an account;
zur — stellen call to account
die **Redensart** phrase
redlich honest
reduzieren reduce
regelmäßig regular
regen stir, excite
die **Regierung** government
die **Regung** impulse
reiben, ie, ie rub

reichlich generous, plentiful
der **Reif, –e** ring
der **Reifen** hoop
die **Reihe** row; **der — nach** in turn;
aus der — tanzen dance out of
turn
der **Reim, –e** rhyme
das **Reinemachen** house cleaning
der **Reiter** trooper, cavalry soldier
die **Reizbarkeit** irritability
die **Reklame** advertisement, publicity
rennen, rannte, gerannt run
die **Reue** repentance, remorse
der **Rhabarber** rhubarb
richten judge, direct; **das Wort —**
address
der **Richter** judge
richtig real
die **Richtung** direction
rieb (ei, ie, ie) rubbed
der **Riemen** belt, strap
der **Riese** giant
das **Rind, –er** ox
ringen, a, u wrestle, struggle
ringsumher round about
rinnen, a, o flow, run
der **Rinnstein** gutter
der **Ritter** knight
ritterlich chivalrous
der **Rittmeister** captain of cavalry
ritzen scratch
roch (from riechen) smelt
roh raw, brutal
das **Rohr, –e** tube, pipe, reed
die **Röhre** tube, pipe
die **Rolle** role
rollend sonorous
der **Roman, –e** novel
der **Rosenkranz, ⁻e** wreath of roses
rosig pink; **— angehaucht** tinged
with pink
rosten rust
rotgefleckt hectic
die **Rübe** beet, turnip
rüber = herüber over [here]
ruchlos infamous
der **Ruck, –e** jolt
rücken move
der **Rückgang, ⁻e** return

das **Rückgrat, –e** backbone
die **Rückkehr** return
die **Rückseite** reverse side
die **Rücksicht** consideration
das **Ruder** oar
rügen censure
die **Ruhepause** rest period
rührend touching
rum = herum
rumoren roar
rumpeln rumble, jolt
rundherum round about
runzeln furrow, wrinkle
rüsten prepare, arm, equip
die **Rüstung** armor
rütteln shake, rattle

der **Saal, Säle** large hall
die **Saat** seed, growing crop
die **Sache** cause
die **Sachlage** situation
der **Sachverwalter** attorney, manager
sacht gentle
das **Sackleinen** sack linen
säen sow
der **Saft, –e** juice
die **Sägemühle** saw mill
der **Sammet** velvet
die **Salbe** salve
der **Samen** seed
das **Sammetpolster** padding
samt together with, plus
der **Samt** velvet
sämtlich all
sanft gentle
die **Sänfte** sedan chair
der **Sarg, –e** coffin
satt satisfied
der **Sattel, –** saddle
die **Sau, –e** sow
sauber clean
saugen, o, o suck
die **Säule** column
säumen tarry, delay
die **Säure** acid
sausen whiz, rush
der **Schädel** skull
schäbig shabby
die **Schachtel** [paper] box

schaffen work, put, get
schaffen, u, a create
der **Schaffner** conductor
der **Schaft, –e** stock
die **Schale** bowl, husk, skin
schälen peel
schallen sound
schalt (from **schelten**) scolded
die **Scham** bashful
s. **schämen** feel ashamed
die **Schandbarkeit** shamefulness
die **Schande** disgrace
die **Schanze** entrenchment
die **Schar** band, group
s. **scharen** gather
der **Scharfsinn** sagacity
scharren scrape
der **Schatten** shadow
schätzen esteem, value
die **Schatzkammer** treasure chamber
schaudern shudder
schauen look
der **Schauer** shudder, thrill
schauerlich horrible
die **Schaufel** shovel
schauhungern do exhibition fasting
schaukeln swing
der **Schaum** foam
das **Schauspiel** spectacle, play
der **Schauspieler** actor
das **Schauspielstück** buffoonery
die **Scheibe** disk, slice
scheinbar seeming
der **Scheitel** crown, hair, head
der **Scheiterhaufen** funeral pyre
scheitern be wrecked, fail
schellen ring
der **Schelm, –e** rogue
schelten, a, o scold, reprimand
der **Schenkel** thigh
der **Scherben** potsherd, flower pot
der **Scherz, –e** jest, joke
scheu shy, uneasy, fretful, respectful,
  timid
scheuchen frighten away
scheuen fear
scheuern scour
die **Scheune** barn
das **Scheusal, –e** monster
die **Schicht** layer, shift
die **Schicklichkeit** propriety

das **Schicksal, –e** fate
die **Schicksalsschwere** fatality
schief slanting, crooked
schief getreten worn down
schielen squint, peer
das **Schienbein, –e** shin-bone
die **Schiffahrt** navigation
der **Schiffersknecht, –e** boathand
das **Schild, –er** sign
schildern describe
schimmern gleam
schimpfen scold, swear
schimpflich disgraceful
das **Schimpfwort, –e** insult
der **Schirm, –e** umbrella, screen
schlachten slaughter
die **Schläfe** temple
schlaftrunken drunk with sleep
der **Schlag, ⸚e** stroke
schlagen: in Papier — wrap up
der **Schlamm** mire
die **Schlange** snake
schlängeln wind
schlau sly, cunning
schlechterdings absolutely, utterly
schleichen, i, i sneak, creep, steal
der **Schleier** veil
schleppen drag
schleudern hurl
schleunig speedy
die **Schleuse** dam, sluice
schlicht plain, simple
schlimm bad, unpleasant
die **Schlinge** snare
die **Schlingung** winding
der **Schlitten** sleigh
der **Schlittschuh, –e** skate
das **Schloß, ⸚er** lock, castle
der **Schlosser** locksmith
schlottern shake [with fear]
schluchzen sob
der **Schluck, –e** sip
schlummern slumber
der **Schlund, ⸚e** gully, abyss
schlüpfen slip
schlurfen or **schlürfen** shuffle
der **Schluß, ⸚e** close, end, conclusion
der **Schlüssel** key
der **Schlußstein** keystone
die **Schmach** disgrace, insult
schmackhaft tasty

377

schmähen slander, insult
schmal narrow, scanty
der **Schmarotzer** parasite
schmecken taste, relish
schmeicheln flatter
schmeißen, i, i throw, hurl
schmelzen, o, o melt
der **Schmied, –e** smith
die **Schmiede** blacksmith's shop
die **Schmiegsamkeit** flexibility
schmieren smear, grease
schmiß (ei, i, i) hurled, pitched
der **Schmuck, –e** jewelry, adornment
schmücken adorn
schmunzeln chuckle
schmutzig dirty
der **Schnabel, ⸚** beak
schnacken talk, jaw, yak
der **Schnallenschuh, –e** buckle shoe
schnappen snap, gasp
die **Schnauze** snout, muzzle
die **Schneeflocke** snowflake
der **Schneider** tailor
der **Schnitt, –e** cut, harvest
schnitzen carve
schnüffeln sniffle
die **Schnur** cord, string
der **Schnurrbart, ⸚e** moustache
schob (ie, o, o) shoved, thrust
scholl (schallen) sounded, rang
die **Scholle** [clod of] earth
schonen spare
schöpfen draw
die **Schöpfung** creation
der **Schoß, ⸚e** lap
schräg oblique, sloping; **— bewegt** wavering
der **Schrank, ⸚e** closet, cupboard clothes press
die **Schranke** barrier
die **Schraube** screw
das **Schrecknis** horror
der **Schrei, –e** cry
der **Schreiber** clerk
der **Schreiner** carpenter
die **Schrift** writing
der **Schriftsteller** author, writer
schriftstellerisch literary
das **Schrifttum** literature

die **Schublade** drawer
schüchtern bashful, timid
die **Schuld** guilt, debt
das **Schuldbewußtsein** consciousness
  of guilt
der **Schuppen** shed
die **Schürze** apron
der **Schuß**, ⸚e shot; **—bereit** loaded
die **Schüssel** bowl
der **Schutt** rubble
schütteln shake
schütten pour
der **Schutz** defense
der **Schütze** marksman
schützen protect
der **Schwager** brother-in-law
der **Schwan**, ⸚e swan
schwanken stagger, waver
der **Schwanz**, ⸚e tail
schwärmen swarm, be enthusiastic
schwatzen chatter, gossip
schweben hover, float
der **Schweif**, **–e** tail
schweifen roam, ramble
die **Schweigsamkeit** taciturnity
die **Schweinebande** pack of swine
die **Schweinerei** mess
der **Schweiß** sweat
schwelgen feast
die **Schwelle** threshold
schwemmen water, irrigate
schwenken swing, wave
schwerfällig heavy
die **Schwermut** melancholy
das **Schwert**, **–er** sword
schwimmen, a, o swim
der **Schwindel** dizziness, swindle
schwindelnd dizzy
schwingen, a, u swing
schwirren whir
schwitzen sweat
schwören, o, o swear
schwül sultry
der **Schwung**, ⸚e swing, flight, **verve**
der **Schwur**, ⸚e oath
der **Seeräuber** pirate
das **Segel** sail
der **Segen** blessing
segnen bless

sehen: da sieh mal einer just look at
  that
s. **sehnen** long for
die **Sehnsucht** longing
seicht shallow
die **Seide** silk
die **Seife** soap
das **Seil**, **–e** rope
sein: mir war I felt; **es ist an dem**
  that is what it comes to
seinerseits for his part
seitab aside
der **Seitenflügel** side wing
die **Seitenlehne** [sofa] arm
das **Selbstbewußtsein** arrogance
selbstgefällig self-satisfied
das **Selbstgefühl**, **–e** self-confidence
selbstschützerisch self protective
der **Selbstmord**, **–e** suicide
die **Selbstsucht** selfishness
die **Selbsttäuschung** self-deception
die **Selbstverachtung** self-contempt
die **Selbstverleugnung** self-denial
selbstverständlich self-evident
selig blessed, happy
seltsam strange
senken let down, lower; **s. —** decline
senkrecht vertical
der **Sessel** armchair
setzen stake
die **Seuche** pestilence
seufzen sigh
die **Sichel** sickle
sicherheitshalber for the sake of certainty
die **Sicherheitsnadel** safety pin
sichtbar visible
sichtlich visible
siedeln settle, reside
der **Sieg**, **–e** victory
das **Siegel** seal
siegreich successful
die **Silbe** syllable
Sinn: mit — und Verstand intelli-
  gently
das **Sinnbild** symbol
die **Sippe** tribe
die **Sitte** custom
sittlich moral
die **Sklaverei** slavery

der **Smoking, –s** dinner jacket
soeben just [now]
so etwas such a thing
sog (au, o, o) sucked
sogenannt so called
die **Sohle** sole
solange so long as
somit consequently
sonach accordingly
sonderlich strange
s. **sonnen** sun oneself, bask
sonst niemand no one else
sonstig additional, usual
sonstwer someone else
die **Sorgfalt** carefulness
sorgsam careful, cautious
so was such a thing
sowohl so much, as well
spähen peer
der **Spalt, –e** split, crevice
die **Spalte** column
s. **spannen** tighten, stretch
die **Spannung** tension
die **Sparbüchse** savings box
sparen save
das **Sparkassenbuch** bank book
der **Spaß, ⁻e** joke
der **Spaten** spade
der **Spatz, –en** sparrow
spazieren stroll
das **Spazierstöckchen** walking stick
die **Speise** food
der **Speisesaal** dining room
spenden donate, contribute
der **Spengler** plumber
sperren block
spie (ei, ie, ie) spat
das **Spielchen** card game
spielerisch playful, light
das **Spielzeug, –e** toy
der **Spieß, –e** spear
spinnen, a, o spin
das **Spinngewebe** cobweb
der **Spiritismus** spiritualism
die **Spirituosen** liquor
der **Spitzbart, ⁻e** pointed beard
der **Spitzbub, –en** rascal, rogue
spitzen: die Ohren — prick up one's ears
die **Spitzfindigkeit** subtlety
der **Sporn (pl. Sporen)** spur

spotten mock, scoff
sprechend eloquent
sprengen blast
das **Sprichwort** proverb
spritzen spurt, squirt
der **Spruch, ⁻e** saying, maxim
das **Sprüchlein** little speech
sprudeln bubble
der **Sprung, ⁻e** leap
spucken spit
spülen wash, lap
spüren feel, perceive, scent
Staat machen make a display
der **Staatsdienst** civil service
der **Stab, ⁻e** staff, bar
der **Stacheldraht** barbed wire
die **Stadtbefestigung** city fortifications
städtisch municipal
der **Stadtrichter** magistrate
der **Stadtreisende** city salesman
der **Stahl** steel
stak = steckte
der **Stall, ⁻e** play pen
die **Stallung** stables
stammen descend from
stampfen stamp
der **Stand, ⁻e** social class (or) position
der **Ständer** pole, form
ständig constant
der **Standort, –e** location
der **Standpunkt** point of view
die **Stange** pole
stärken starch
starr rigid
starren stare
statt-finden take place
stattlich stately
der **Staub** dust
die **Staubfaser** speck of dust
der **Staubsauger** vacuum cleaner
die **Staubwolke** cloud of dust
staunen be astonished
stecken stick, put, be
stehen bleiben stop
stehlen, a, o steal
steif stiff
steigen, ie, ie be inclined
steigern increase

steil steep
der **Steinhaufen** pile of stones
die **Steinrampe** stone terrace
der **Steinwurf,** ¨e throwing of stones
s. **stellen** meet
der **Stellvertreter** representative
s. **stemmen** resist
der **Stempel** stamp
der **Stengel** stem, stalk
das **Sterbelager** deathbed
der **Sternenkörper** star
die **Steuer** tax
das **Steuer** rudder, helm
sticken embroider
die **Stickerei** embroidery
der **Stiefel** boot
stieß (o, ie, o) shoved
das **Stift, –e** foundation, religious establishment
stiften found, establish
der **Stil, –e** style
stillvergnügt [quietly] contented
stimmen vote, tune, agree, be accurate, put into a mood
das **Stimmgemisch** mixture of voices
die **Stimmung** mood, frame of mind
stinkwütend furious
der **Stint, –e** smelt
die **Stirn** brow, brazenness
der **Stock,** ¨e stick
der **Stock** (pl. **Stockwerke**) floor [of a building]
stocken stop, falter
stöhnen groan
der **Stollen** tunnel, drift
stolpern stumble
stopfen plug up
stoßen, ie, o come upon
stottern stutter
straff stiff, taut
strahlen beam, radiate
die **Straßenbahn** street car
der **Straßenkot** street mud
der **Strauch,** ¨er shrub
das **Sträußchen** wreath
der **Streich, –e** prank
streicheln stroke
streichen, i, i roam, sail, scoop
streifen graze, roam

der **Streifen** streak, strip
streuen strew
der **Strich, –e** stroke, stripe
der **Strick, –e** rope
stricken knit
die **Stube** room, living room
Stück: aus freien Stücken freely
die **Stufe** step, degree
die **Stuhllehne** armchair
stumm dumb, mute
der **Stümper** bungler
stünde (from **stehen**) stood, would stand
s. **stürzen** rush, hurl oneself
stützen support
sühnen atone
der **Sumpf,** ¨e swamp, bog
surren whirr, buzz
der **Syndikus, –se** syndic (trades union official)

der **Tabak** tobacco
tadellos faultless
tadeln blame, censure
die **Tafel** slate, [set] table, blackboard
an den Tag legen reveal
das **Tagebuch** diary
tagsüber throughout the day
der **Takt, –e** time, beat, rhythm
der **Takstock,** ¨e baton
das **Tal,** ¨er valley
die **Talgkerze** tallow candle
tändeln toy, jest
der **Tanzboden** dance hall
das **Tanzkränzchen** dancing club
die **Tapete** tapestry, wall paper
der **Tapezierer** paperhanger
tapfer brave
tappen grope, patter
der **Tarif, –e** fixed wage
das **Taschentuch,** ¨er handkerchief
die **Taste** key
tasten grope
die **Tat** deed, achievement; **in der —** in fact
die **Tatsache** fact
die **Tatze** paw, claw
taub deaf
die **Taube** dove
tauchen dive, plunge

taufen baptize, christen
taugen be of use, be good for
der **Taumel** turmoil
taumeln tumble, fall
tauschen exchange, swap
täuschen deceive
der **Tauwind** thaw wind
teilhaftig werden partake
die **Teilnahme** interest, sympathy
teil·nehmen participate, sympathize
der **Teint, -s** complexion
das **Tellergeklapper** rattling of plates
terrassenförmig terrace-shaped
der **Teufel** devil
im **tiefsten** in one's inmost soul
tilgen destroy
tippen tap
das **Tischgebet, -e** grace
die **Tischplatte** table top
toben rage
der **Tod** death
des **Todes sein** be doomed
die **Tollheit** madness, folly, stunt, prank
der **Ton** clay
der **Tonangebende** tone giver
die **Tonart** key
der **Toncharakter** tone quality
tönen ring
die **Tonne** ton, barrel
die **Tonpfeife** clay pipe
der **Topf, ⁼e** pot
das **Tor, -e** gate
der **Tor, -en** fool
traben trot
die **Tracht** garb
trachten: nach dem Leben — make an attempt on [one's] life
s. **tragen mit** entertain [an idea]
traktieren treat
trällern hum, warble
die **Träne** tear
der **Trank, ⁼e** drink, potion
tränken water, nourish
s. **trauen** dare
träufeln trickle, drip
der **Traumgang** sleep-walking
traurig sad
treten kick
treffen, a, o meet, hit; **eine Entscheidung —** make a decision

trefflich excellent
der **Trieb, -e** instinct, impulse
triefen, troff, o drip
der **Trikot, -s** tights
trillern trill
der **Trinkbecher** drinking cup
das **Trinkgeld, -er** tip
der **Tritt, -e** step, kick
troff (triefen, o, o) dripped
die **Trommel** drum
der **Trommelwirbel** drum roll
trompeten trumpet
der **Trost** consolation
tröstlich comforting
trostlos disconsolate, hopeless
trotzig defiant
trüb gloomy; **—selig** sad
trübseherisch pessimistic
trübsinnig gloomy
der **Trüffel** truffle
die **Trümmer** ruins
der **Trunk, -e** drink
trunken drunk
der **Trupp, -s** troop, band
der **Tubaruf, -e** tuba note
das **Tuch, ⁼er** cloth, kerchief
tüchtig able, efficient, efficacious
die **Tücke** malice
die **Tugend** virtue
s. **tummeln** tumble (or) bustle about
tun: einem darum zu — sein be concerned about; **— als ob** act as if
tünchen whitewash, plaster
die **Türklinke** door knob
der **Turm, ⁼e** tower
turmhoch towering
tuten toot

übel evil, ill
das **Übelbefinden** unhappiness
übelbekannt of ill repute
überaus extremely
das **Überbleibsel** remainder
der **Überblick** survey
überdauern outlive
überdies moreover
überdrüssig surfeited, disgusted
die **Übereilung** haste, hasty action
überein·stimmen agree

über·fahren run over
überfallen attack, surprise, overtake
überfliegen run down
überflüssig superfluous
die Überforderung overcharge
die Übergabe surrender
der Übergang, ⁻e transition
das Übergewicht, –e overweight
überhäufen overwhelm
überholen overtake; einander —
talk each other down
überlasten overburden
überlaufen run over
der Überläufer deserter
überlegen superior
überlegen consider, reflect on
überliefern hand down
übermäßig excessive
übermorgen day after tomorrow
der Übermut high spirits, arrogance
überqueren cross
überraschen surprise
überreichen hand over
übersäen sow
übersättig surfeited
überschreiten pass, exceed
der Überschuß, ⁻e surplus
übersehen survey
übersenden send, transmit
über·siedeln move
überstehen outlast, withstand
die Überstunden overtime
übertoben drown out
übertragen transfer, translate
übertreffen excel, exceed
übertreiben exaggerate
überwältigen overpower
überwiegen outweigh
überwinden, a, u overcome, conquer
überzeugen convince
der Überzieher overcoat
üblich customary
übrig over, remaining; im —en for
the rest; —ens moreover
die Übung exercise, practice
umarmen embrace
umblitzt illuminated
um·bringen destroy

umdeuten interpret
um·drängen press about
um·drehen twist, wrench, wring
der Umfang, ⁻e circumference, extent
umfassen surround, embrace
der Umgang association
umgeben surround
umgedreht topsy turvy
die Umgegend neighborhood
um·gehen associate, handle
umgehen circumvent
umgekehrt upturned
um·graben, u, a dig up
umher about, around
s. umher·treiben roam about (or)
drift about
umhin: — kommen escape; nicht
— können be unable to help
umjubeln acclaim
um·kehren turn about, return
umklammern cling to
um·kommen lose one's life
der Umkreis, –e circumference
umkreisen circle about
der Umlauf circulation, rotation
das Umlegen putting on
umliegend surrounding
umrahmen frame, surround
um·reißen, i, i upset
umreißen, i, i sketch, outline
umringen, a, u surround
der Umriß, –e outline
umschließen surround
umschlingen, a, u embrace
der Umschwung turn, revolution
umso all the . . .
umsonst in vain, free
umspannen encompass
umspinnen, a, o surround, enmesh
der Umstand, ⁻e circumstance
der Umstehende bystander
um·wandeln transform
s. um·wenden turn around
um·wechseln change
der Umweg, –e detour
um . . . willen for the sake of
umwogen surge about
um·wühlen turn over, churn up
s. um·ziehen change [clothes]
umzingeln surround

unabänderlich permanent, irremediable
unabhängig independent
unablässig incessant
unabtrennbar inseparable
unanfechtbar incontestable
unanständig indecent, ugly
unauffällig casual, inobtrusive
unaufhaltsam incessantly
unausgebildet undeveloped
unbarmherzig merciless
unbeachtet unnoticed
unbedeutend insignificant
unbedingt absolute
unbefangen unaffected, naïve, natural
unbefriedigt unsatisfied
unbegreiflich inconceivable
unbeherrscht uncontrollable
unbemerkt unnoticed
unbenützt unused
unberechenbar incalculable
unberechtigt unjustified
unbeschränkt boundless
unbesprochen undiscussed
unbestimmt indefinite
unbeugsam inflexible
unbeweglich immovable
unbewegt unmoved
unbewußt unconscious
unbrauchbar useless
undenkbar unthinkable
undurchdringlich impenetrable
und wenn even if
unendlich endless, infinite
unentbehrlich indispensable
unentschieden undecided
unerbittlich inexorable
unergründlich unfathomable
unerhofft unhoped for
unerklärlich inexplicable
unermeßlich boundless
unermüdlich tireless
unerreichlich unattainable
unerschöpflich inexhaustible
unerschrocken bold, fearless
unerschütterbar unshakeable
unerschütterlich unshakeable
unerträglich unbearable
unerwartet unexpected
der **Unfall, -̈e** accident, mishap

unfruchtbar fruitless, sterile
der **Unfug** mischief
ungebührlich improper
die **Ungeduld** impatience
ungefähr about, approximately
ungefüge clumsy, huge
ungeheuer huge, enormous
das **Ungeheuer** monster
ungehörig improper
ungelenk stiff
ungemein uncommon
ungenügend inadequate
ungepflegt slovenly
ungerecht unjust
ungern unwillingly
ungesenkt unbowed
ungeschickt clumsy
ungesetzlich illegal
ungestört undisturbed
ungestraft unpunished, with impunity
ungestüm violent, impetuous
das **Ungeziefer** vermin
ungeziemend improper
unglaublich unbelievable
das **Unglück** misfortune, accident
ungültig invalid
das **Unheil** mischief, calamity
unheimlich uncanny, eerie
unhörbar inaudible
das **Unkraut, -̈er** weed
unleserlich illegible
unmerklich imperceptible
unmittelbar direct, immediate
unnennbar unutterable
unnütz useless
die **Unordnung** disorder
das **Unrecht, -e** injustice
unrichtig irregular, wrong, uncanny
die **Unruhe** unrest, disturbance
unsagbar unspeakable, incredible
unsäglich unspeakable
unschädlich harmless
unschicklich improper
unschlüssig uncertain
unschuldig innocent
unselig unhappy
unserein one of us
unsichtbar invisible
der **Unsinn** nonsense

die **Unsitte** bad habit
unsterblich immortal
unterbrechen, a, o interrupt
unter·bringen put up
unterdessen meanwhile
unterdrücken suppress
der **Untergang, ⁓e** decline, destruction
untergeben subject(ed)
untergeordnet subordinate
untergraben undermine
unterhalten entertain, maintain; **s.**
— converse
unterhandeln negotiate, bargain
unter·kommen find shelter
unterlassen omit, forbear
unterliegen succumb
unternehmen undertake
die **Unterredung** conversation, conference
unterschätzen underestimate
unterscheiden, ie, ie differentiate
der **Unterschied, –e** difference
unterschreiben sign
das **Unterseeboot, –e** submarine
unterstützen support
untersuchen investigate
der **Untertan, –s, –en** subject
unterwegs on the way
unterweilen meanwhile
unterwerfen subjugate
unterzeichnen sign
untrüglich infallible
untüchtig incapable, inefficient
unüberwindlich unconquerable
unumgänglich unavoidable
ununterbrochen uninterrupted
unverdorben innocent
unvergleichlich incomparable
unverhofft unexpected
unverkennbar unmistakable
unvermeidlich unavoidable
unvermutet unexpected
unverschämt shameless, insolent
der **Unverstand** stupidity
unversehens unexpectedly
unverwandt fixedly
unverwüstlich indestructible
unverzüglich at once

unvorhergesehen unpremeditated
unvorstellbar unimaginable
unwiderleglich irrefutable
unwiderruflich irrevocable
unwidersprechlich beyond contradiction
unwiderstehlich irresistible
der **Unwille** unwillingness, displeasure
unwillkürlich involuntary
unwürdig unworthy, undignified
die **Unzahl** multitude
unzählig countless
zur **Unzeit** at the wrong time
unzeitgemäß against the times
unziemlich improper
unzugänglich impervious
unzweifelhaft doubtless
üppig luxurious, voluptuous
uralt very old
das **Urbild** original
das **Urgefühl, –e** original feeling
der **Urgrund, ⁓e** first (or) original cause
der **Urheber** originator
der **Urlaub** leave, furlough
die **Ursache** cause, reason

vag vague
der **Vasall, –en** vassal
das **Veilchen** violet
verabfolgen deliver, surrender
verabreden agree upon; **s.** — make an appointment
verabschieden dismiss; **s.** — take leave
verachten despise
verändern change
die **Veranlagung** ability, talent
veranlassen cause, occasion
veranstalten hold, arrange, organize
die **Veranstaltung** affair
verantwortlich responsible
verausgaben spend
verbacken bake into
der **Verband, ⁓e** bandage
verbannen ban
verbergen, a, o conceal
verbessern improve
s. verbeugen bow
verbieten, o, o prohibit

verbinden combine
verbissen grim, dogged
verbleiben remain
verblenden dazzle
verblüfft nonplussed, astonished
verblühen fade
verbluten bleed to death
das Verbot, –e prohibition
der Verbrauch consumption
verbraucht used up, stale
das Verbrechen crime
verbreiten spread
verbrennen burn
verbringen pass, spend
der Verdacht suspicion
verdächtigen suspect
verdammen condemn
verdanken owe [thanks]
das Verdeck, –e top, deck
verdeckterweise covertly
verderben, a, o spoil, corrupt, ruin
das Verdienst, –e merit
s. verdient machen deserve well
verdrängen displace, force out
die Verdrehung perversion
verdreifachen triple
verdrießen, o, o vex
verdünnen thin out
s. verdüstern darken
verehren honor, revere
der Verein, –e club, union
vereinbar compatible
die Vereinbarung arrangement
vereinen unite
die Vereinsamung isolation
vereinzelt single, individual
verfahren proceed
der Verfall decline, fall, decay
verfassen compose
die Verfassung constitution
verfault rotten
verfehlen fail; s. — transgress
verfluchen curse
verfolgen pursue, persecute
verfroren freezing, frozen
verfügen decree, dispose, command
die Verfügung disposal
verführen seduce, lead astray
vergeben give away, forgive
vergebens in vain
vergeblich in vain

s. vergegenwärtigen realize, picture
  to oneself
vergehen pass away, die
vergeistigen spiritualize
in Vergeßlichkeit absently
verglasen become glazed
der Vergleich, –e comparison
vergnüglich contented
vergnügt contented, cheerful
vergnügungssüchtig pleasure-loving
vergiften poison
vergolden gild
vergönnen grant
vergraben, u, a bury
vergrößern magnify
verhaften arrest
verhallen die away
verhalten restrain; s. — be the case,
  behave
das Verhalten attitude
s. verhalten remain, be
das Verhältnis relationship, connection; (pl.) means
die Verhandlung session
das Verhängnis fate
verhängt covered
verharren remain, continue
verhaßt hated
verhehlen conceal
verheiraten marry [off]
verhelfen help
verheult weeping
verhext, bewitched
verhöhnen mock, ridicule
das Verhör, –e hearing
verhüllen cover, veil
verhungern starve to death
verhüten prevent
verkaufen sell
die Verkaufsstelle salesroom
der Verkehr traffic, communication,
  intercourse
verkehren patronize
verkehrt upside down
verkennen fail to recognize
verklagen accuse, sue
verkleben seal
verklingen, a, u die away
verknüpfen tie up

verkohlt charred
verkrampft writhing, convulsed
s. verkriechen, o, o crawl away
s. verkühlen cool
verkünden announce
verkündigen declare, announce
verkürzen shorten
verlangen desire, be greedy
verlängern lengthen
verlassen leave, abandon; s. — rely on
der Verlauf course
verlaufen pass by
verlegen embarrassed
verleihen, ie, ie grant, confer
verleiten mislead
verletzen injure
die Verletztheit touchiness
verleugnen deny
verleumden slander
s. verlieben fall in love
die Verlobung engagement
verlocken entice, tempt
verlöscht extinct
s. vermählen marry
vermehren increase
vermeiden, ie, ie avoid
vermerken note
vermieten rent, let
vermindern lessen
vermischt mixed up
vermissen miss
vermitteln mediate, intercede
vermögen be able
das Vermögen fortune, ability, power
vermummen bundle up
vermuten conjecture, suppose, presume
vernagelt nailed up
vernehmen find out, learn, hear
vernehmlich audible
s. verneigen bow
verneinen deny
vernichten destroy
die Vernunft reason
veröffentlichen publish
verordnen prescribe
verpacken pack up
die Verpflegung feeding
verpflichten oblige
verprügeln thrash, beat up
verraten, ie, a betray
verrecken perish
verrichten carry out, perform
die Verrichtung duty, task
verriegeln bolt, bar
verrücken move
verrückt mad, insane
versagen fail, deny, fall off, refuse
versammeln gather, assemble
versäumen miss
verschaffen procure
verschämt bashful
verscheuchen drive away
verschieben, o, o disarrange
verschieden different
verschlafen sleepy
der Verschlag, ⁼e compartment
verschleiern veil
verschließen, o, o lock
verschlossen taciturn, reserved
verschmähen scorn
verschollen vanished
verschonen spare
das Verschulden guilt, fault
verschüttet spilt
die Verschwendung extravagance, waste
verschwimmen dissolve
verschwimmend hazy, dim
verschwinden, a, u vanish
die Verschwörung conspiracy
versehen furnish, supply, overlook
aus Versehen unintentionally
versenken drop; s. — lose oneself
versetzen transplant
versichern insure
versinken sink; in sich selbst — be plunged in thought
versöhnen reconcile
versorgen provide
s. verspäten be late
verspielen forfeit
verspotten mock
verspüren feel
der Verstand understanding, intelligence
die Verstandeskühnheit intellectual boldness
verstandesmäßig intelligible

verständnisvoll knowingly
verstärken strengthen
verstaubt dusty
verstecken hide
verstellen block
verstockt stubborn
verstohlen stealthy
verstopfen plug
verstoßen, ie, o cast out
verstört confused
verstreichen, i, i slip by
verstummen grow silent
verstünden (from **verstehen**) would understand
der **Versuch, -e** attempt, experiment
die **Versuchung** temptation
versunken absorbed
vertauschen exchange, swap
verteidigen defend
verteilen share, divide up
vertiefen deepen; **s. —** absorb oneself
der **Vertrag, ⁻e** contract, treaty
vertragen bear; **s. —** get along, be commensurate
verträglich peaceable, compatible
vertrauen trust
vertraulich intimate
vertraut intimate
verträumt dreamy
vertreiben, ie, ie drive away; **Zeit —** kill time
vertreten represent, advocate
vertrösten console
verunglücken have an accident
verursachen cause
verurteilen condemn
vervollkomm(n)en perfect
s. verwahren protest
verwahrlost forlorn
die **Verwahrung** custody
verwalten administer
verwegen audacious, impetuous
verwehen blow away
verwehren prevent, hinder
verweigern refuse
verweilen stay, tarry
verweint weepy
der **Verweis, -e** censure, rebuke
verweisen, ie, ie forbid
verwenden use, spend

387

verwerfen reject
verwerten use
verwest rotten, decayed
verwickeln entwine, implicate
verwirklichen make real
verwirren confuse
verwischt hazy, half-forgotten
verworren confused
verwunden wound
verwunderlich strange
verwünschen curse
verwursten turn into sausage
verwüsten lay waste
verzagen despair
verzehren consume
verzeihen, ie, ie pardon
verzerren distort, twist
verzichten renounce
verzieren adorn, decorate
verzögern delay, slacken
verzweifeln despair
der **Viehbestand** stock of cattle
die **Vielfalt** manifoldness, polyphony
viereckig square
zu viert in a group of four
vierteilen quarter
das **Vogelgezwitscher** twittering of birds
der **Vogt, ⁻e** governor, steward, bailiff
der **Volksfeind, -e** enemy of the people
vollauf completely
vollbringen complete, achieve
vollenden complete, perfect
vollends fully, completely
vollführen execute
volltönend sonorous
vollziehen carry out, execute
voran ahead, on with you!
voraus·sagen predict
voraus·sehen foresee
voraus·setzen presuppose
voraussichtlich presumably
vor·behalten reserve the right, dedicate
vorbei along, past
vor·bereiten prepare
s. vor·beugen bend forward

das **Vorbild, –er** model
der **Vorbote** precursor, herald
vor·bringen produce, utter
vordem formerly
vorderst first
vor·dringen, a, u press forward
vorerst at first, at present
der **Vorfahr, –en** ancestor
der **Vorfall, ⁻e** occurrence
vor·finden find [before one]
vor·führen bring forward, produce
der **Vorgang, ⁻e** process
der **Vorgarten, ⁻** front garden
vor·geben announce, pretend
vorgeneigt leaning forward
vorgeschritten advanced
der **Vorgesetzte** superior
vorgestern day before yesterday
vor·greifen, griff, i anticipate, encroach upon
vor·haben intend, plan, examine
vorhanden on hand, existing
der **Vorhang, ⁻e** curtain
vorher before
vorhin a while ago
vorig previous
vor·kündigen give advance notice
die **Vorlage** pattern
vorläufig preliminary, provisional
vor·legen lay before, present
vor·lesen read aloud
die **Vorliebe** preference
der **Vormittag, –e** forenoon
der **Vormund** guardian, trustee
vorn in front
vornehm distinguished, aristocratic
vor·nehmen take up, arrange, enter upon
von **vornherein** from the first, in advance
vornüber forward
vor·ragen project
der **Vorrat, ⁻e** supply, stock
der **Vorraum, ⁻e** vestibule
das **Vorrecht, –e** privilege
der **Vorsatz, ⁻e** design, purpose
zum **Vorschein kommen** appear
vor·schieben, o, o push forward
die **Vorschrift** prescription

s.vor·setzen determine
die **Vorsicht** caution
der **Vorsitz** presidency, leadership
vor·sorgen care for, provide for
vor·spiegeln picture
vor·sprechen call
vor·springen jut out
der **Vorstand** managing committee
vorstellbar imaginable
vor·stellen represent, introduce, put up, display; **s. —** imagine
die **Vorstellung** representation, image, idea, vision, performance
vor·tragen lecture, recite, argue
vortrefflich excellent
vor·treten step forward, protrude
vorüber past
vorübergehend temporary
das **Vorurteil, –e** prejudice
der **Vorwand, ⁻e** pretext
vorwärts forward
vor·weisen, ie, ie produce
vor·werfen reproach
vorwitzig insolent
vor·zählen count out
vorzeiten in early times
das **Vorzimmer** antechamber
der **Vorzug, ⁻e** advantage
vorzüglich excellent, superb
vulkanisch volcanic

die **Waage** weighing scale
die **Wache** watch, guard, police station
die **Wachgruppe** group of watchmen
das **Wacholdergestrüpp** juniper bush
das **Wachs** wax
wachsbleich pale as wax
wachsam vigilant
das **Wachstum** growth
der **Wächter** guard
der **Wachtmeister** police sergeant
der **Wachtraum, ⁻e** day dream
wackeln totter
wacker brave, gallant
wagen dare
der **Wagenführer** tram driver
die **Wahl** choice, election
wählerisch selective, particular
der **Wahn** delusion
der **Wahnsinn** madness, insanity

wahren preserve
währen last, take
währenddessen meanwhile
wahrhaft truly
wahr·nehmen perceive, observe
der Wall, ⁼e wall, rampart
walten rule, administer
wälzen roll
der Walzer waltz
wand (i, a, u) wound
der Wanderbursch, -en journeyman
der Wandergewerbeschein, -e pedlar's license
wandern wander, hike
wandte (from wenden) turned
die Wange cheek
wanken waver, totter, falter, sway
das Wappen coat of arms
warnen warn
die Wäscheleine clothes line
waschen, u, a wash
wasserdicht water tight
der Wasserstoff hydrogen
weben weave, stir
der Wechsel change, alteration
wecken waken
weg·jagen dismiss
der Wegkundige guide
s. weg·stellen stand aside
das Weh, -e pain, cry of woe
der Wehelaut, -e moan
wehen blow, sweep
das Wehgeheul howl of pain
die Wehmut melancholy
Wehr: s. zur — setzen defend oneself
wehren defend, prevent; s. — resist
das Weibswesen female
weich soft
weichen, i, i yield
weiden graze, pasture
s. weigern refuse
weihen consecrate, bless
weinerlich whining
die Weinstube wine restaurant
weisen, ie, ie direct, show
weissagen prophesy
weißlackiert enameled white
weit: bei —em by far; von —em
from afar; ohne —eres without
further ceremony
weitab far away

weitgeschnitten wide
weithin far, widely
weitläufig spacious
der Weizen wheat
welk withered
die Welle wave
wellig undulating
die Weltanschauung philosophy of
life
weltfremd solitary
das Weltgestöhn world agony
weltmännisch urbane
die Weltordnung state of affairs
der Weltuntergang destruction of the
world
die Wendung turn, phrase
wennschon even if
werben, a, o recruit, solicit, court
die Werkstätte workshop
das Werkzeug, -e tool
wesentlich essential, substantial
weshalb why, for which reason
die Wette wager, bet
wich aus (ei, i, i) avoided
wickeln wind
wider- return
widerfahren happen
widerhallen echo
widerlegen refute
der Widerschein, -e reflection
widersetzlich objectionable
der Widersinn nonsense
das Widerspiel reverse, opposition
der Widerspruch, ⁼e disagreement
der Widerstand, ⁼e resistance
widerstehen resist
widerstreben resist
der Widerstreit, -e conflict
widerwärtig repulsive
der Widerwille ill-will, displeasure,
resentment
widmen devote, dedicate
widrig repulsive
widrigenfalls otherwise
die Wiedergabe reproduction
wieder·geben return
wiederum again
die Wiege cradle
wies (ei, ie, ie) pointed

wieso how
wieviel auch however much
wiewohl although
Willen: zu — sein be at one's service; **einem den — tun** meet one's wishes
willkommen welcome
die **Willkür** arbitrariness
wimmeln swarm, teem
die **Windel** diaper
das **Windessausen** gust of wind
die **Windjacke** windbreaker
das **Windloch, ⁒er** air-vent
der **Wink, –e** nod, sign
der **Winkel** corner, angle
winkelig angular, winding
winken beckon
winseln whimper
winzig tiny
der **Wipfel** tree top
der **Wirbel** whirl
die **Wirren** troubles, disorders
die **Wirrnis** confusion
die **Wirtschaft** housekeeping, economy
wischen wipe
die **Wissenschaft** knowledge
wittern scent
die **Witwe** widow
der **Witz, –e** wit, joke
wobei in which connection
die **Woge** wave, surge
woher wherefrom
wohlauf allerseits everyone well
wohlausgestattet well equipped
wohlfeil cheap
wohlgeborgen secure
das **Wohlgefallen** pleasure
wohlgefällig complacent
der **Wohlgeruch, ⁒e** fragrance
der **Wohlgeschmack** fragrance
wohlhabend well to do
das **Wohlleben** ease
der **Wohlstand** prosperity
die **Wohltat** beneficence, blessing
die **Wohltätigkeit** charity
wohlüberlegt well considered
wohlversorgt well cared for
wohlwollend benevolent

wölben arch, vault
wollen: das will sagen that is to say
die **Wollust** voluptuousness, delight
womöglich possibly
wonach according to which
die **Wonne** bliss
woran whereat
Wort: zu — kommen get a word in
der **Wucher** usury
wuchs (a, u, a) grew
der **Wuchs, ⁒e** growth
wühlen stir, burrow
wund sore
die **Wunde** wound
wunderlich strange
wundersam wonderful
würdigen appreciate
der **Wurf, ⁒e** throw
der **Würfel** die, cube
würgen choke, suffocate
der **Wurm, ⁒er** worm
das **Würmchen** creature, mite
die **Wurst, ⁒e** sausage
würzen spice
wüst desolate, wretched
die **Wüste** desert
die **Wut** fury, rage
der **Wutausbruch, ⁒e** attack of fury

zag timid, faint
zagen hesitate
zäh tough, sticky
das **Zähneklappern** chattering of teeth
zähneknirschen gnash one's teeth
der **Zahnstocher** toothpick
die **Zange** tongs
s. **zanken** quarrel
zaubern practice magic
zaudern hesitate
der **Zaun, ⁒e** fence
zechen carouse
das **Zehntel** tenth
zehren consume, gnaw
die **Zeile** line
das **Zeitalter** age, era
der **Zeitgenosse** contemporary
zeitig in time
die **Zeitschrift** periodical
die **Zeitstimmung** temper of the time
der **Zeitvertreib** pastime

die **Zelle** cell
das **Zelt, –e** tent
der **Zentner** hundredweight
die **Zentralgewalt** central authority
zerarbeitet worn out
zerklopfen beat
zerlegen take to pieces
zerlumpt in tatters, ragged
zermalmen crush
zerquetschen crush, squash
zerreiben, ie, ie grate
zerreißen, i, i tear to pieces
zerren tug, stretch, twist
zerrinnen, a, o dissolve
zerschlagen bruised
zerspalten split
zerspringen burst
zerstören destroy
zerstreuen scatter
zerstreut absent-minded
zertreten crush under foot
zeternd screaming
der **Zettel** note, slip of paper
das **Zeug, –e** cloth, stuff, clothes;
  dummes — nonsense; **gut im —**
  in fine form
der **Zeuge** witness, second
die **Zeugenschaft** testimony
das **Zeugnis** report, testimony, certifi-
  cate; **— ausstellen** make out a —
der **Ziegel** brick
s. **ziehen** extricate oneself, extend
ziemen be proper
zieren adorn
zierlich graceful
die **Ziffer** cipher, number
der **Zigeuner** gipsy
das **Zink** zinc
das **Zinn** tin
der **Zins, –es, –en** interest
zischen hiss
zittern tremble
zögern hesitate
das **Zölibat** celibacy
der **Zoll** inch, toll, duty
der **Zorn** anger
zu·bereiten prepare
zu·bringen spend [time]
die **Zucht** discipline
zucken twitch, jerk, shrug
zudem besides

zu·fallen close, fall to one's lot, slam
zu·fassen lend a hand
die **Zuflucht** refuge
zu·flüstern whisper to
zufolge in consequence
der **Zug** draft
zugänglich accessible
zu·geben admit
zu·gehen happen, close
der **Zügel** rein, bridle
zügeln curb
zu·gestehen admit
zugewandt turned toward
zu·greifen take hold
zugrunde gehen be ruined
zu·halten: s. die Ohren — hold one's
  hands over one's ears
zu·hören listen
zu·knöpfen button up
zu·kommen be added
zu·lassen permit, admit
zuletzt at last
zuliebe for the sake of
zumal especially
zumeist mostly
zumindest at least
zumute sein feel
zunächst primarily, for the present
zünden kindle
zu·nehmen increase
zu·nicken nod to
die **Zuneigung** inclination, affection
die **Zunft, ⁻e** guild
die **Zunge** tongue
zupfen tug
zurecht in order; **— legen** arrange
zu·reden persuade, exhort
zu·richten prepare
zürnen be angry
zurück·führen attribute
zurück·gehen decline
zurückgezogen retired
zurückhaltend reserved
zurück·legen traverse
zurück·schaudern be repelled
zurück·scheuen shrink back
zurück·schlagen turn (or) strike back
zurück·schrecken be terrified
zurück·weichen, i, i give way, retreat

zurück·weisen, ie, ie decline

zu·rüsten prepare

zu·sagen promise

zusammen·betteln get by begging

zusammen·brechen collapse

zusammen·fassen sum up

s. zusammen·finden meet, gather

zusammengekrümmt crumpled up

der Zusammenhang, ⸚e connection

zusammen·hängen be connected, really stand

zusammen·kehren sweep together

die Zusammenkunft, ⸚e assembly, meeting

zusammen·nehmen: die letzten Kräfte — make a supreme effort

zusammen·raffen collect

zusammen·schrumpfen shrink

zusammen·setzen compose

zusammen·stoßen, ie, o collide

zusammen·treffen meet

s. zusammen·ziehen contract, gather

der Zusatz, ⸚e addition

der Zuschauer spectator

zu·schieben, o, o ascribe to

zu·schlagen slam

zu·schreiben ascribe, attribute

zu·sehen watch, look on

zustande kommen take place

zustatten kommen stand in good stead

zu·stehen belong, be due

zu·stimmen consent

s. zu·tragen take place

zu·trauen consider capable

zutraulich confident, at ease

zu·treiben run into

zuverlässig reliable

die Zuversicht confidence

zuvor ahead

zuvor·kommen anticipate

zuweilen at times

zu·weisen, ie, ie assign

zu·wenden turn to (or) upon

zu·werfen slam

zuwider contrary to, distasteful

der Zwang compulsion

zweckmäßig expedient, practical

zweideutig ambiguous

zweierlei two kinds of

zweifelsohne without a doubt

zweirädrig two-wheeled

der Zwerg, –e dwarf

die Zwiebel onion, bulb

zwiefach double

das Zwiegespräch, –e dialogue

die Zwietracht discord

der Zwilling, –e twin

zwinkern wink

der Zwischenakt, –e entr'acte

der Zwischenfall, ⸚e incident

der Zylinder top hat